dt

England 1538. Der blutige Kampf zwischen Krone und Kirche droht England zu zerreißen. Joanna Stafford, die einstige Novizin, hat bereits erlebt, was es bedeutet, den Mächtigen des Landes in die Quere zu kommen. Nun findet sie sich im Zentrum einer rätselhaften Prophezeiung wieder, die vor Jahren eine als Seherin bekannte Nonne in ihrem Beisein gemacht hat. Doch auch andere haben davon erfahren und wollen Joanna für ihre Zwecke einspannen. Der Versuch, das Rätsel der Prophezeiung zu lösen, führt Joanna bis nach Flandern. Dort, in den Verliesen einer alten Festung, trifft sie auf Michel de Nostredame, bekannt als Nostradamus. Auch er wiederholt die alte Weissagung, und allmählich erkennt Joanna, welches Komplott hier geschmiedet wird …

Nancy Bilyeau studierte an der University of Michigan und hat als Redakteurin u. a. für ›Rolling Stone‹, ›Entertainment Weekly‹ und ›InStyle‹ gearbeitet. Ihre Drehbücher wurden für verschiedene Auszeichnungen nominiert. Sie lebt mit ihrer Familie in New York.

NANCY BILYEAU

DIE PROPHEZEIUNG DER NONNE

Historischer Roman

Deutsch von
Mechtild Sandberg-Ciletti

Deutscher Taschenbuch Verlag

Von Nancy Bilyeau
ist im Deutschen Taschenbuch Verlag erschienen:
Die letzte Nonne (21560)

*Für Kate McLennan, die mir Mut zugesprochen hat,
als ich es besonders brauchte*

**Ausführliche Informationen über
unsere Autoren und Bücher
finden Sie auf unserer Website
www.dtv.de**

FSC www.fsc.org MIX Papier aus verantwortungsvollen Quellen FSC® C019821

Ungekürzte Ausgabe 2015
Deutscher Taschenbuch Verlag GmbH & Co. KG,
München

Titel der amerikanischen Originalausgabe:
›The Chalice‹ (Touchstone/Simon and Schuster, New York 2013)

Umschlagkonzept: Balk & Brumshagen
Umschlaggestaltung: Katharina Netolitzky unter Verwendung
eines Fotos von Arcangel Images/Joanna Jankowska
Satz: Greiner & Reichel, Köln
Druck und Bindung: Druckerei C.H.Beck, Nördlingen
Gedruckt auf säurefreiem, chlorfrei gebleichtem Papier
Printed in Germany · ISBN 978-3-423-21581-7

Und Jesus sprach: »Vater, willst du, so nimm diesen Kelch von mir.« Lukas 22:42

Prolog

Als ich mich in der Nacht des 28. Dezember 1538 bereit machte, dem Märtyrertod ins Auge zu sehen, dachte ich nicht an die Menschen, die ich liebte. Wie gebannt starrte ich auf die gemeißelte Inschrift des Grabsteins, an dessen Fuß ich mich zusammengekauert hatte.

Hier ruht in Frieden Bruder Bartholomeus Giles vom Kloster Christ-Church, Canterbury, stand da, *verschieden am sechzehnten Juni im Jahr des Herrn 1525*. Glücklicher Bruder Bartholomeus. Er hatte gebetet, gesungen, gearbeitet und studiert und war, als er hinfällig wurde, ins Klosterhospital gebracht worden, wo er in Frieden starb, ohne zu ahnen, dass seine Generation die letzte in England war, die Gott in klösterlicher Abgeschiedenheit dienen durfte. Von der Auflösung der Klöster hatte dieser einfache Mönch nichts gewusst.

Wir, meine sieben Gefährten und ich, hatten uns auf dem kleinen Friedhof im Schatten der mächtigen Kathedrale von Canterbury versteckt, entschlossen, auch vor Gewalt nicht zurückzuschrecken. Ein großer, nahezu voller Mond leuchtete vom schwarzen Himmel auf Gedenksteine und Grabmäler, aber es war ein weicher, verschwommener Mond, nicht die scharf umrissene Scheibe, die ich von anderen Winternächten kannte. Es lag wohl daran, dass wir uns nahe dem Meer befanden. Ich war erst einmal in Canterbury gewesen – auf jener Reise, auf der mir meine Bestimmung offenbart wurde. Gegen meinen Willen hatte ich einer Prophezeiung Gehör schenken müssen, die mir mehr Angst machte als alles andere auf der Welt. Und doch war ich jetzt, an diesem Ort, bereit, sie zu erfüllen.

Jeder von uns hatte sich auf dem Friedhof einen Stein, ein Denkmal für einen verstorbenen Bruder, als Versteck gesucht. Von den sieben Männern an meiner Seite, meine Brüder jetzt, war mir der vertrauteste Bruder Edmund Sommerville, der nur wenige Schritte von mir entfernt wartete. Als er zu mir herüberschaute, nickte ich, zum Zeichen, dass ich bereit war. Wir wussten beide, dass der Moment nahe war, und bliesen uns in die kältestarren Hände; unsere Finger mussten beweglich sein, wenn sie die Waffen führen sollten, die wir mitgebracht hatten. Ich hielt einen scharfkantigen Stein in der Hand, Bruder Edmund einen Knüppel. Wir waren nicht im Kampf ausgebildet, allein unser Glaube musste uns die nötige Kraft und Stärke verleihen.

Seit die Männer König Heinrichs VIII. unsere Heimat, das Kloster Dartford, in Trümmer gelegt hatten, waren wir vor der Welt schlicht Edmund Sommerville und Joanna Stafford. In dem Bemühen, die Auflösung unseres Klosters zu verhindern, hatte ich während der letzten Monate seiner Existenz verzweifelt nach der legendären Athelstan-Krone gesucht, von der Bischof Stephen Gardiner versprochen hatte, sie werde dem Vernichtungswerk Einhalt gebieten. Doch die Suche nahm unerwartete – und todbringende – Wendungen, und als sie beendet war, schloss unser Kloster, das hundertachtzig Jahre lang bestanden hatte, seine Pforten für immer. So fanden das fromme Wirken und der bescheidene Ruhm des einzigen Dominikanerinnen-Klosters in England ein Ende. Wir mussten Habit und Schleier ablegen und gehen. Zusammen mit einer Handvoll anderer aus dem Kloster Vertriebener übersiedelte ich ins nahe gelegene Dorf und bemühte mich, mir ein neues Leben aufzubauen. Jetzt war es auch damit vorbei. Die Grausamkeit des königlichen Hofs hatte mich von Neuem eingeholt. Ich war Furcht und Verrat, Verlust und auch Mut begegnet und hatte mit angesehen, wie auf dem Tower Hill unschuldiges Blut vergossen wurde.

Eine Gestalt rannte über den Friedhof. Im Mondlicht schimmerten die albinobleichen Züge Bruder Oswalds, eines ehemaligen Zisterziensermönchs, wie Elfenbein unter der Kapuze. Die

Wunden an Gesicht und Körper, die ihm von jenen beigebracht worden waren, die uns hassten und uns »Papisten« schimpften, waren verdeckt.

»Macht Euch bereit«, flüsterte er atemlos. »Der Angriff steht kurz bevor.«

Meine Hand auf dem Grabstein spannte sich. Gleich würden die Männer König Heinrichs mit einem heiligen hölzernen Schrein aus der dunklen Kathedrale treten. Und wir würden sie erwarten.

Thomas Becket, der Erzbischof von Canterbury, war vor dreihundertachtundsechzig Jahren in dieser Kathedrale ermordet worden, weil er sich geweigert hatte, sich dem Willen eines weltlichen Herrschers zu beugen. Nach seinem Tod hatte Rom ihn heiliggesprochen, und sein Grab war zum Wallfahrtsort geworden – zur heiligsten Stätte Englands. Doch nun hatte Heinrich VIII. den Heiligen, dem wir höchste Verehrung zollten, zum Verräter erklärt und wollte seinen Schrein zerstören lassen. Morgen war der Jahrestag von Beckets Ermordung. Noch vor Ankunft der ersten unerschrockenen Pilger würde die Schändung vollbracht sein. Eben jetzt bemächtigten sich die Männer des Königs des Reliquiars, des kostbaren Schreins mit den Gebeinen des Heiligen. Die sterblichen Überreste Beckets sollten verbrannt und die Asche in alle Winde verstreut werden.

Es war der letzte grausame Akt des Königs, der mir und allen von uns, die ein geistliches Leben abseits der Welt geführt hatten, bereits alles genommen hatte.

»Ich habe durch die Seitentür die Gebete des Priors gehört«, berichtete Bruder Oswald flüsternd. »Er hat die Männer des Königs beschworen, noch ein Gebet sprechen zu dürfen, bevor sie den Schrein mitnehmen, und sie haben es ihm gewährt. In wenigen Minuten kommen sie; macht Euch bereit, auf die Straße hinauszugehen.«

Er bekreuzigte sich. »Gott steht auf unserer Seite«, sagte er ein wenig lauter. »Heute Nacht verrichten wir Sein Werk. Vergesst nicht – der Heilige Vater wird uns segnen. Er weiß nichts von unserem Unternehmen, aber wenn es getan ist, wird die ganze Christenheit Dank sagen.«

Wir hatten nicht mehr viel Zeit. Bruder Oswald kniete nieder und betete mit bebender Inbrunst. Vor dreizehn Monaten, als Bruder Edmund und ich ihm zum ersten Mal begegneten, war er voll lächelnder Zuversicht gewesen. Zwar war auch er aus seinem Kloster vertrieben worden und zog nun mit einem Dutzend Schicksalsgenossen heimatlos durchs Land, aber damals glaubte er noch fest daran, dass ihm auf diesen Wanderungen Gottes Absicht offenbart würde. Wochen später traf ich ihn wieder, diesmal von Schlägen bedrängt. Das zuversichtliche Lächeln war erloschen. Aber wann hatte ich selbst denn das letzte Mal gelächelt oder eine Nacht ruhig geschlafen?

Auf der mit Kopfsteinen gepflasterten Straße zwischen dem kleinen Friedhof und der Kathedrale bellte ein Hund. Sein Kläffen brach sich an den Mauern der majestätischen Kathedrale und wurde straßabwärts von einem zweiten Tier erwidert. Ich duckte mich tiefer und bedeckte meinen Mund mit der Hand, um zu vermeiden, dass mein warmer Atem in einer weißen Wolke über dem Grabstein aufstieg. Als das Hundegebell sich entfernte und schließlich verklang, hörte ich Bruder Edmunds Stimme.

»Schwester Joanna?«

Selbst im ungewissen Licht des Mondes konnte ich die Veränderung an ihm erkennen, und sie erschreckte mich. Die ruhige Gefasstheit, die mein Freund über Tage gezeigt hatte, nachdem er sich für diesen Weg entschieden hatte, schien zunichte. Die braunen Augen waren voller Schmerz.

»Habt Ihr Euch anders besonnen?«, flüsterte ich.

Er gab keine Antwort. Ich fragte mich, was diese Krise hervorgerufen hatte. »Ist es wegen Schwester Winifred?« Ich wusste, wie sehr er an seiner jüngeren Schwester hing. So wie auch ich – sie war meine engste Freundin.

Auch darauf antwortete er nicht. Die Gebete der anderen näherten sich dem Ende; Stimmengemurmel und das leise Klappern der Rosenkranzperlen wehte über die Gräber.

»Und Ihr – was ist mit Arthur?«, fragte Bruder Edmund schließlich.

Ich schlug die Augen nieder, weil ich fürchtete, er würde in ihnen lesen können, was mich bewegte. Nicht Arthur, dem kleinen elternlosen Jungen, der ganz auf mich angewiesen war, galten meine Gedanken, sondern Geoffrey Scovill und seinen mit zorniger Miene hervorgestoßenen Worten: *Ihr seid eine Närrin, Joanna. Was Ihr tut, ist Wahnsinn – und es wird* nichts *bewirken.*

Wenn ich heute Nacht hier, auf den Straßen von Canterbury, getötet würde, wäre das für Geoffrey Scovill, den Constable, der in Zeiten der Not immer für mich da gewesen war, eine Befreiung. Er war neunundzwanzig, zwei Jahre älter als ich, nicht mehr blutjung, doch noch lange nicht alt. Das Band zwischen uns, das so viele Belastungen hatte aushalten müssen, würde zerreißen, und er würde neu beginnen können. Eigentlich hätte dieser Gedanke mir Stärke verleihen müssen, stattdessen war mir so elend vor Schwäche, dass ich den Kopf an den Grabstein lehnen musste.

»Es ist Zeit, Brüder – und Schwester«, sagte Bruder Oswald, und die anderen traten aus ihren Verstecken hervor. Den Steinbrocken, der mir als Waffe dienen sollte, in der einen Hand, stemmte ich mich mit der anderen vom kühlen Granit hoch und nahm meinen Platz in der Kolonne ein, die sich langsam zur Straße bewegte.

Das Tor quietschte, als unser Anführer es aufstieß.

Einer der Mönche rief: »Sie kommen heraus!« Tief drinnen in der Kathedrale flackerten Lichter.

Gleichzeitig klirrte lauter Hufschlag auf dem holprigen Pflaster der schmalen Straße, und ein einzelner Reiter erschien. Ich erkannte die Farben der Tudors, Grün und Weiß. Es war ein Soldat des Königs, der offenbar vor der Kathedrale Wache gehalten hatte, während die anderen den Schrein aus der Krypta raubten. Er zügelte sein Pferd und starrte unser zusammengewürfeltes Fähnlein verblüfft an.

Einer der Mönche neben mir raunte seinem Nachbarn zischend etwas zu, der nahm es auf und gab es weiter.

Der Soldat fuhr erschrocken zurück. Er war jung, das konnte ich jetzt erkennen, höchstens achtzehn. In unseren zerlumpten Umhängen erschienen wir ihm wahrscheinlich wie eine Schar zischelnder böser Geister.

Er schüttelte die Zügel und stieß seinem Pferd die Hacken in die Seiten, zweifellos um zum Portal der Kathedrale zurückzureiten und die Soldaten zu warnen. Bruder Oswald rannte ihm nach, und die anderen folgten.

Bruder Edmund zögerte und sah mich unschlüssig an.

»Geht mit ihnen«, drängte ich mit erstickter Stimme. »Geht! Säumt nicht!«

Mit aller Kraft stieß ich ihn vorwärts, und zu meiner Erleichterung schloss er sich den anderen an. Ich jedoch stand wie angewurzelt. Meine Beine gehorchten mir nicht. Der Mond am Himmel drehte sich langsam.

In der Ferne flog krachend eine Tür auf, raues Männergeschrei hallte durch die Nacht. Ich hörte alles, denn das Lärmen wurde von der Fassade der Kathedrale zurückgeworfen. Aber sehen konnte ich nichts. In meinen Ohren war ein Brausen wie das einer brodelnden See. Der Schneefall wurde stärker, von Windböen gepeitscht, und ich öffnete den Mund, um die kühlen Flocken zu schmecken – ich durfte auf keinen Fall ohnmächtig werden.

Taumelnd suchte ich an der Mauer der Kathedrale Halt. Wie konnte ich mich von solcher Schwäche niederwerfen lassen? Wir hatten doch vorausgesehen, was geschehen würde – und meine Rolle in diesem Unternehmen war von entscheidender Bedeutung.

Was Ihr tut, ist Wahnsinn – und es wird nichts *bewirken.*

Geoffrey Scovills beschwörende Worte ließen mich nicht los. Es war, als saugten sie mir alle Kraft aus den Knochen. Erbittert zog ich mich an den Mauersteinen entlang nach vorn. Ich musste mit Bruder Edmund und den anderen kämpfen. Ich hatte mich entschlossen, ohne Rücksicht auf die Konsequenzen zu handeln und nicht mehr vor der Zukunft zu fliehen.

Ich schleppte mich bis zum Ende der Mauer.

Zu beiden Seiten des Kirchenportals brannten Fackeln. Im Schatten kauerte der rundliche Prior, die Hände vor das schweißglänzende Gesicht geschlagen. Er hatte von unserem nächtlichen Plan so wenig gewusst wie vom Auftrag des Königs, Beckets heiliges Grab zu schänden. Es war den Soldaten ein Leichtes gewesen, die Kathedrale zu plündern. Diese Lähmung der Gläubigen, die der Vernichtung ihres Glaubens keinerlei Widerstand entgegensetzten, weil sie nicht fassen konnten, was geschah, hatte König Heinrich immer wieder ausgenutzt. Bis zur heutigen Nacht. Im Vertrauen darauf, dass Gott es so wollte, hatte jeder Einzelne von uns geschworen, sein Schicksal selbst in die Hand zu nehmen. Es kam nicht darauf an, zu überleben, sondern einzig zu siegen.

Vor dem Prior sah ich vier königliche Soldaten. Einer von ihnen trug einen langen Kasten – den Schrein. Die anderen stürmten die Stufen hinunter, den Mönchen entgegen, die auf dem Vorplatz einen Halbkreis gebildet hatten.

»Im Namen des Heiligen Vaters befehle ich Euch, von Eurem schändlichen Werk abzulassen«, donnerte Bruder Oswald. Die Kapuze rutschte ihm vom Kopf. Im Fackelschein leuchtete die blasse Haut des Albinos wie eine Kerze aus reinstem weiß gebleichtem Wachs.

Ich war den Anblick gewöhnt, doch den Soldaten jagte er Angst und Schrecken ein. »Beim Blute Christi, was ist *das* für einer?«, schrie einer von ihnen.

Meine Aufmerksamkeit galt allein dem Schrein. Ich spürte keine Schwäche mehr, nur noch feuriger Zorn erfüllte mich. Alles, was ich in London gehört hatte, war wahr – am Vorabend des Tages, da der Tod Thomas Beckets sich zum dreihundertachtundsechzigsten Mal jährte, wollten die Männer des Königs heimlich seine sterblichen Überreste rauben.

Ich konnte nicht zulassen, dass sie die Gebeine des Heiligen entweihten. Mit dem schweren Steinbrocken in der Rechten erklomm ich die ersten beiden Stufen der Kathedrale von Canterbury.

Dies ist die Stadt, wo alles angefangen hat, dachte ich. *Und dies ist die Stadt, wo es enden wird.*

ERSTER TEIL

Kapitel 1

Canterbury, 25. September 1528

Noch bevor der erste Windstoß heranfuhr, noch bevor ich seine heftige Bewegung spürte, merkten unsere Pferde, dass sich etwas zusammenbraute.

Ich war siebzehn und auf dem Weg nach Canterbury, eine weite Reise von den Midlands aus, wo mein Zuhause, Stafford Castle, war. Mein Vater reiste jedes Jahr zu Herbstbeginn nach London, um sich dort um die Familiengeschäfte zu kümmern. Er hatte nicht gewollt, dass meine Mutter und ich ihn begleiteten. Nach einem sommerlichen Ausbruch des Schweißfiebers im Süden des Landes fürchtete er dort unser beider Leben durch die Nachwehen der Seuche gefährdet. Doch meine Mutter war nicht von ihrem Plan abzubringen. Sie sehe mein Leben weit ernstlicher gefährdet, erklärte sie ihm, wenn ich mich nicht endlich zu der bekannten heilkräftigen Quelle in Canterbury begäbe, um von der Melancholie befreit zu werden.

In London ließen wir meinen Vater in unserem Haus am Strand zurück, während wir mit zwei Bediensteten zu Pferd nach Canterbury weiterreisten. Am Tag nach unserer Ankunft ritt meine Mutter voll freudiger Erregung mit mir zur Küste, um mir das Meer zu zeigen. Doch als wir dort ankamen und ich zum ersten Mal die brodelnden grauen Wellen erblickte, schlug die Stimmung meiner Mutter unerwartet um. Sie hatte das Meer nicht mehr gesehen, seit sie mit vierzehn Jahren als Hofdame Katharinas von Aragón aus Spanien nach England gekommen war, und nachdem sie einen Moment schweigend dagestanden hatte, begann sie zu weinen. Ratlos wartete ich, während sie herzzerreißend schluchzte. Erst als ich zaghaft ihre Schulter umfasste, beruhigte sie sich.

An unserem dritten Tag in Canterbury wurde ich zu der Heilquelle geführt. Unter einem hohen Haus in einer vornehmen Straße befand sich eine uralte Grotte. Wir stiegen eine Treppe hinunter, und unten halfen mir zwei kräftige junge Frauen in ein steinernes Badebecken, in dem bis zum Rand beißend riechendes Wasser aus einer unterirdischen Quelle sprudelte. Ich blieb reglos darin sitzen. Ab und zu konnte ich unter dem wallenden Wasser verschwommene Farben erkennen: helles Rotbraun und tiefes Blaugrau. Mosaiken, wurde uns erklärt.

»Das Bad wurde von einem Römer gebaut«, berichtete die Frau, die die Behandlung verabreichte. »In der Römerzeit gab es in der Stadt ein Forum, es gab Tempel und sogar mehrere Theater. Dann verfiel sie, bevor die Angelsachsen auf ihren Überresten eine neue Siedlung errichteten. Aber unter dem Erdboden ist sie immer noch da. Eine Stadt unter der Stadt.«

Die Baderin drehte meinen Kopf bald hierhin, bald dorthin. »Wie ist Euch jetzt, Miss? Fühlt Ihr Euch kräftiger?« Sie war sehr darauf bedacht, uns gefällig zu sein. Außerhalb Londons und der adeligen Gesellschaft war nicht bekannt, wie tief unsere Familie durch den Sturz des Herzogs von Buckingham, des ältesten Bruders meines Vaters, gefallen war. Er war hingerichtet worden, nachdem man ihn fälschlich des Hochverrats bezichtigt hatte, und beinahe der gesamte Grundbesitz der Familie Stafford war von der Krone eingezogen worden. Hier, in einer Badestube in Canterbury, wurden wir immer noch für bedeutende Leute gehalten.

»Mir ist besser«, murmelte ich. Die Frau lächelte stolz. Ich warf meiner Mutter einen Blick zu. Sie seufzte. Sie konnte ich nicht täuschen.

Am nächsten Morgen wollten wir eigentlich die Rückreise nach London antreten. Doch in aller Frühe, als ich noch im Bett lag, kam meine Mutter und legte sich zu mir. Wie früher, als ich noch klein gewesen war, strich sie mir durch die Haare, die so dunkel waren wie ihre. Die ihren lichteten sich später – sie fielen ihr in Büscheln aus, um die Wahrheit zu sagen –, doch sie wurden niemals weiß. »Juana«, sagte sie, »ich möchte mit dir noch eine junge Ordensschwester aufsuchen.«

An dem Plan war nichts Absonderliches. In Spanien verbrachte die Familie meiner Mutter so viel Zeit wie möglich mit Angehörigen christlicher Ordensgemeinschaften. Man besuchte die Klöster in den Hügeln Kastiliens, um in den Kirchen dort zu beten, den heiligen Reliquien seine Ehre zu erweisen oder in asketisch eingerichteten Zellen eine Nacht lang zu meditieren. Wie arm England im Vergleich dazu sei, war eine gewohnte Klage meiner Mutter. Die Ordenshäuser rund um Stafford Castle konnten sie nicht beeindrucken. »Nicht ein einziger Mystiker weit und breit«, mäkelte sie gern.

Während wir uns fertig machten, erzählte mir meine Mutter die ungewöhnliche Geschichte der Benediktinerin Schwester Elizabeth Barton. Noch vor zwei Jahren war sie Bedienerin beim Verwalter des Erzbischofs von Canterbury gewesen. Dann wurde sie krank und lag wochenlang ohne Besinnung. Als sie gesundet erwachte, galt ihre erste Frage einem Kind, das in der Nähe lebte und ebenfalls erkrankt war – jedoch erst, *nachdem* sie das Bewusstsein verloren hatte. Wie hatte sie vom Schicksal des Kindes wissen können? Von diesem Tag an war es ihr gegeben, Dinge wahrzunehmen, die sich in anderen Räumen und anderen Häusern, selbst Meilen entfernt, ereigneten. Die Leute, die Erzbischof Warham zu ihr schickte, um den Fall untersuchen zu lassen, bestätigten, dass ihre Gabe echt sei. Darauf wurde entschieden, dass die junge Dienstmagd ins Kloster eintreten und so vor den Einflüssen der Welt geschützt werden solle. Elizabeth, von vielen die heilige Maid von Kent genannt, lebte nunmehr zurückgezogen im Benediktinerinnenkloster St. Sepulchre in Canterbury, wo sie jedoch hin und wieder verzweifelte Ratsuchende empfing.

»Ihre Gebete könnten hilfreich sein.« Meine Mutter schob mir eine Haarsträhne aus dem Gesicht. Es hatte eine Zeit gegeben, da hätte ich einer Begegnung mit einer solchen Frau voll Spannung entgegengefiebert. Jetzt empfand ich nichts dergleichen. Schweigend ließ ich mir von unserer Zofe beim Ankleiden helfen.

Als ich vor mehr als einem Jahr vom Hofe heimgekehrt war, sprach ich nicht mehr. Die meiste Zeit weinte ich oder lag zusammengekrümmt wie ein kleines Kind in meinem Bett. Meine Mutter musste mich zwingen zu essen. Alle schrieben mein Verhalten dem Schock über die Forderung des Königs nach einer Aufhebung seiner Ehe mit Katharina von Aragón zu. Gleich an meinem ersten Tag als Hofdame der Königin, der auch meine Mutter schon gedient hatte, wurde ich Zeugin der lauten verzweifelten Klagen Katharinas. König Heinrich stürmte hochrot vor Wut aus ihrem Gemach, nachdem er ihr eröffnet hatte, er wolle seine Ehe mit ihr annullieren lassen. Natürlich war das ein erschreckendes Erlebnis gewesen. Meine Mutter allerdings argwöhnte von Anfang an, dass etwas anderes mir auf dem Gemüt lastete, und bedrängte mich immer wieder mit Fragen. Doch ich dachte nicht daran, ihr oder meinem Vater die Wahrheit zu offenbaren. Nicht nur meine abgrundtiefe Scham hinderte mich daran, sondern auch die Sorge um meine Eltern. Wenn mein Vater erfahren hätte, dass George Boleyn, der Bruder der königlichen Mätresse, der sich etwas darauf zugutehielt, ein Favorit des Königs zu sein, versucht hatte, mir Gewalt anzutun, hätte keine Macht der Welt ihn davon abhalten können, diesen Menschen zu töten. Und meine Mutter, in deren Adern das Blut alten spanischen Adels floss, wäre in ihrer Rache noch weiter gegangen. Ich schwieg, um meine Eltern zu schützen. Ich gab mir selbst die Schuld an dem, was mir zugestoßen war, und wollte um keinen Preis wegen dieser Torheit das Leben meiner Eltern – und das der ganzen Familie Stafford – zerstören.

Gegen Ende des Sommers 1527 ergriff eine Art Betäubung von mir Besitz. Mir war diese Rast nach dem Toben der Gefühle willkommen, aber meiner Mutter bereitete meine Interesselosigkeit an allem, was mir früher so viel bedeutet hatte, Bücher und Musik vor allem, tiefe Sorge. In den folgenden Monaten – dem längsten Winter meines Lebens – trieb ich in einer grauen Leere dahin. Der Arzt, der nach Stafford Castle geholt wurde, sprach von Melancholie. Der Bader widersprach und erklärte, meine Körpersäfte seien nicht ausgewogen, die schwarze Galle überwiege allzu sehr. Die vorgeschlagenen Behandlungen standen in Widerspruch miteinander. Meine Mutter stritt mit den beiden Heilkundigen und beschloss schließlich, sich bei meiner Pflege lieber auf ihren eigenen Instinkt zu verlassen. In der Tat erlangte ich meine körperliche Gesundheit wieder, doch mein Gemüt blieb gedrückt. Meinen Verwandten gefiel die stillere, gefügige Joanna – ich war immer ein eigenwilliges Mädchen gewesen –, meine Mutter jedoch sorgte sich.

Als wir an jenem Morgen in Canterbury zum Aufbruch bereit waren, erklärte meine Mutter, wir kämen ohne Bedienstete zurecht. Das Kloster St. Sepulchre befinde sich nicht weit außerhalb der Stadtmauern.

Unsere Zofe freute sich über die Aussicht auf einige Stunden ohne uns. Anders der Diener, den mein Vater uns zur Begleitung mitgegeben hatte. »Sir Richard hat mir ausdrücklich befohlen, stets an Eurer Seite zu bleiben, Lady Stafford«, sagte er.

»Und ich befehle dir, dich anderswie zu beschäftigen«, gab meine Mutter ungeduldig zurück. »Canterbury ist eine anständige Stadt, und ich kenne den Weg.«

Der wütende Blick des Dieners folgte ihr, als sie sich abwandte. So sehr die Bediensteten meinen Vater verehrten, so wenig mochten sie meine Mutter. Sie war schwierig – und sie war eine Fremde. Fremden konnte man nicht trauen, schon gar nicht solchen, die so gebieterisch auftraten wie meine Mutter.

Es war ein schöner Tag, milder als zu dieser Jahreszeit zu erwarten. Wir folgten der Hauptstraße, die aus der Stadt hinausführte. Mächtige alte Eichen säumten sie zu beiden Seiten. Als wir uns der niedrigen, vermutlich von den Römern errichteten Stadtmauer näherten, blieb mein Pferd plötzlich stehen. Ich schüttelte leicht die Zügel, aber anstatt sich wieder in Gang zu setzen, tänzelte das Tier seitlich von der Straße. Ich hatte das bei meinem Pferd noch nie erlebt, und auch bei keinem anderen.

Gerade als meine Mutter sich suchend nach mir umdrehte, verweigerte auch ihr Pferd den Gehorsam, und sie griff zu der kleinen Reitgerte, die sie immer bei sich trug.

Da kam plötzlich heftiger Wind auf. Es gelang mir, mein Pferd auf die Straße zurück zu lenken, aber es war immer noch nervös. Vom scharfen Wind aufgewirbelt, peitschten die langen Haare seiner Mähne mir beinahe ins Gesicht. Immerhin hatten wir es jetzt zu der Öffnung in der Mauer geschafft, durch die die Straße ins offene Land hinausführte. Die Bäume, selbst die massigen Eichen, wiegten und neigten sich wie in Ehrerbietung vor einem strengen Meister.

»*Madre*, wir sollten umkehren.« Ich musste schreien, um mir beim Brausen des Sturms Gehör zu verschaffen.

»Nein, wir reiten weiter, Juana«, rief sie zurück. Der schwarze Schleier ihrer spanischen Hörnerhaube flatterte wie eine dunkle Gloriole um ihren Kopf. »Wir müssen weiter.«

Gehorsam folgte ich meiner Mutter zum Kloster St. Sepulchre. Der Sturm fegte abgerissene Äste und dürres Laub durch die Luft. Zwei Kaninchen sprangen über die Straße, und mein Pferd bäumte sich laut wiehernd auf. Ich brauchte meine ganze Kraft an den Zügeln, um es am Durchgehen zu hindern. Vorn drehte meine Mutter sich nach mir um und deutete auf ein Gebäude zur Linken.

Ein schmerzhafter Schlag traf mich plötzlich. Ich weiß nicht, was es war, aber meine Mutter sagte später, es sei ein losgerissener Ast gewesen. Ich spürte nur den Schmerz der Verwundung und die klebrige Feuchtigkeit, die sich auf meiner Wange ausbreitete, und wäre zweifellos abgeworfen worden, hätte nicht ein bärtiger Mann, der unversehens aus dem Sturm auftauchte, die Zügel meines Pferds gepackt. Er half mir aus dem Sattel und geleitete mich in ein kleines steinernes Torhaus. Drinnen wartete schon meine Mutter, die ihm dankte und mit einem feuchten Tuch, das der Mann ihr reichte, das Blut von meinem Gesicht tupfte.

»Die Wunde ist nicht tief, der Heiligen Jungfrau sei Dank«, sagte sie und befahl mir, das Tuch fest auf meine Wange zu drücken.

»Wie weit ist es noch bis zum Kloster?«, fragte ich.

»Wir sind schon da«, antwortete sie. »Dieser Mann ist der Pförtner. Bis zum Hauptportal sind es nur noch ein paar Schritte.«

Durch den unvermindert tobenden Sturm kämpften wir uns, vom Pförtner geführt, zu dem langgezogenen Steinbau. Sobald er das hohe zweiflügelige Holzportal aufgestoßen hatte, verließ er uns wieder und erklärte, er müsse sich um unsere Pferde kümmern. Sekunden später hörte ich, wie hinter uns klirrend der Torriegel zugestoßen wurde.

Wir waren eingesperrt.

Ich hatte wenig Ahnung von der Lebensweise von Nonnen. Zwar wusste ich, dass sie sich, wie die Brüder, die in monastischen Ordensgemeinschaften lebten, dafür entschieden hatten, der Welt zu entsagen und sich ganz dem Gebet und den Studien zu widmen. Aber ich hatte mir nie Gedanken darüber gemacht, was Klausur eigentlich bedeutete. Jetzt jedoch begann ich zu begreifen, dass Klausur Zwang erfordern konnte.

Der quadratische Raum hatte ein einziges hohes Fenster, an dem der Sturm mit ungezügelter Wildheit rüttelte. Keine Kerze erhellte die Düsternis. Es gab weder Möbelstücke noch Wandbehänge. Nur das Porträt eines alten Mannes blickte von der Wand herab. Sein wallender weißer Bart ruhte auf der schlichten Mönchskutte, und in einer Hand hielt er einen hölzernen Stab. Die vier Ecken des Bilderrahmens waren mit geschnitzten Darstellungen eines belaubten Zweigs verziert.

Mit einem unterdrückten Aufschrei ergriff meine Mutter plötzlich meinen Arm und wies mit der anderen Hand auf eine dunkle Gestalt, die uns vom anderen Ende des Raums entgegenzuschweben schien. Es war, wie wir gleich darauf erkannten, eine hoch betagte Frau, die in ihrem schwarzen Habit und dem schwarzen Schleier beinahe mit der Dunkelheit verschmolz. Mit großen, wässrig blauen Augen blickte sie uns an.

»Ich bin Schwester Anne. Seid willkommen in St. Sepulchre«, begrüßte sie uns ruhig und freundlich.

Anders als die Nonne sprach meine Mutter laut und hastig und begleitete ihren Wortschwall mit nervösen Gesten. Wir würden erwartet, erklärte sie. Uns sei ein Besuch bei Schwester Elizabeth Barton gewährt worden, der Sturm habe die Reise mühevoll gemacht und ich hätte eine leichte Verletzung erlitten, aber wir seien bereit.

Nachdem Schwester Anne sich das alles gelassen angehört hatte, sagte sie: »Die Ehrwürdige Mutter möchte mit Euch sprechen«, und ging uns mit einer jugendlichen Leichtigkeit, die bei ihrem Alter überraschte, auf dem Weg voraus, den sie gekommen war.

An zwei Türen vorbei folgten wir ihr durch einen Gang, noch dunkler als der Raum, in dem wir gewartet hatten, und traten schließlich durch eine dritte Tür am Ende des Flurs in ein nicht minder düsteres Zimmer.

»Aber wo ist die Priorin?«, fragte meine Mutter ungeduldig, als sie sah, dass das Gemach leer war. »Ich habe Euch doch gesagt, dass wir erwartet werden, Schwester.«

Mit einer Verneigung entfernte sich die Nonne ohne ein erklärendes Wort. Am verkniffenen Mund meiner Mutter sah ich, wie verärgert sie war.

Zwei Holztische standen in diesem Raum, der eine breit und ausladend, mit einem Hocker dahinter, der andere schmal und ganz an die Wand geschoben. Mir fiel auf, dass der Boden frisch gefegt war und die Wände keine Altersspuren zeigten. Das Kloster mochte bescheiden ausgestattet sein, aber es wurde gewissenhaft instand gehalten.

»Zeig mir deine Wange.« Meine Mutter schob meine Hand mit dem feuchten Tuch weg. »Es blutet wenigstens nicht mehr. Tut es noch weh?«

»Nein«, log ich.

Auf dem schmalen Wandtisch bemerkte ich ein Buch auf einem Lesepult und ging hin, um es mir genauer anzusehen. Das große glänzende Bild auf dem ledernen Einband zeigte einen weißbärtigen Mann in brauner Kutte, mit einem Stab in der Hand. Es erinnerte mich an das Porträt im Empfangsraum, nur war es detaillierter. Das von Glück und Stolz verklärte Gesicht, der Faltenwurf der Kutte, die über dem Haupt des Mannes schwebenden Wolken – alles war in reichen, satt leuchtenden Farben ausgeführt. Ein verschlungener zarter Zweig mit schmalen grünen Blättern bildete die Bildumrandung. Sehr vorsichtig schlug ich das Buch auf. Es war in Latein geschrieben, einer Sprache, mit der ich mich seit meinem achten Lebensjahr beschäftigte. *Das Leben des heiligen Benedikt von Nursia*, lautete der Titel, und darunter waren die Lebensdaten des Heiligen angegeben: 480 bis 543 A. D. Die Darstellung eines schwarzen Vogels, der einen Brotlaib im Schnabel hielt, schmückte das Blatt. Ich blätterte um und begann zu lesen. Unter der Abbildung eines halbwüchsigen Knaben in einer römischen Tunika hieß es, der heilige Benedikt habe in frühem Alter dem Wohlstand seiner Familie entsagt und der Stadt, in der er aufgewachsen war, den Rücken gekehrt. Die nächste Seite zeigte ihn allein, von Bergen umgeben.

Ich war so auf das Buch konzentriert, dass ich meine Mutter erst bemerkte, als sie unmittelbar an meiner Seite stand. »Ah, der Gründer des Benediktinerordens«, sagte sie und wies auf die grünen Ranken, die jede Buchseite einfassten. »Der Olivenzweig, das Ordenssymbol.«

Mein Finger blieb still auf der Seite liegen. Zum ersten Mal seit dem vergangenen Mai, als ich die Sittenlosigkeit am Hof Heinrichs VIII. am eigenen Leib erfahren hatte, regte sich wieder Wissbegier in mir. Lag es an der Macht des Sturms – hatte er mich aus der tiefen Apathie herausgerissen? Oder hatten mich die aufs Wesentliche beschränkte Kargheit des Klosters und die ergreifende Schönheit dieses Buchs, seines kostbarsten Objekts, erweckt?

Dann öffnete sich die Tür, und eine Frau trat ein, jünger als die Nonne, die uns empfangen hatte, etwa im Alter meiner Mutter, mit scharf gemeißelten Zügen und hohen Wangenknochen.

»Ich bin die Priorin, Schwester Philippa Jonys.«

Meine Mutter eilte ihr entgegen und kniete nieder, als sie ihre Hand ergriff, um sie zu küssen. Es war nicht nur Theater; ich wusste, dass man in Spanien den Leitern kirchlicher Häuser mit tiefster

Ehrerbietung begegnete. Doch die Priorin hob beim Anblick meiner tief gebeugten Mutter die Brauen und entzog ihr ihre Hand.

»Ich habe mit Bedauern von Eurem Missgeschick gehört«, sagte sie. »Wir Benediktinerinnen sind der Gastfreundschaft verpflichtet und bieten Euch gern Obdach, bis Ihr bereit seid, Eure Reise fortzusetzen.«

»Aber wir sind hergekommen, um Schwester Elizabeth Barton zu sehen«, protestierte meine Mutter erregt. »So wurde es vereinbart. Ich habe von Stafford Castle aus mit Doktor Bocking korrespondiert.«

Ich starrte meine Mutter erstaunt an. Bis zu diesem Moment hatte ich geglaubt, der Ausflug nach St. Sepulchre sei spontan beschlossen worden, in Canterbury oder frühestens in London. Jetzt erkannte ich, dass der Besuch der Heilquelle nur ein Vorwand gewesen war, um unbeobachtet von den Bediensteten nach St. Sepulchre zu reisen.

»Ich weiß nichts von einer solchen Vereinbarung«, entgegnete die Priorin, »und hier geschieht nichts ohne mein Einverständnis.«

Manch anderen hätte diese Zurückweisung verschreckt, nicht meine Mutter.

»Mir wurde die Genehmigung von Doktor Bocking erteilt, dem Mönch, der meines Wissens Schwester Elizabeths geistlicher Berater ist«, erklärte sie. »Ich hätte das Schreiben mitgebracht, hätte ich nur einen Moment in Betracht gezogen, dass man an den Worten der Gemahlin von Sir Richard Stafford – einer Hofdame der Königin von England – zweifeln könnte.«

Die Priorin sah sie kalt an. »Wir sind hier in einem Kloster, nicht am königlichen Hof. Schwester Elizabeth ist ein Mitglied unserer Gemeinschaft. In St. Sepulchre leben sechs Nonnen. *Sechs.* Da gibt es viel zu tun, weltliche und geistliche Werke zu verrichten. Diese Besuche rauben Schwester Elizabeth die Kraft. ›Wird die nächste Ernte besser werden?‹ ›Werde ich mich noch einmal verheiraten?‹ Sie kann ihre Zeit nicht an solche Minuzien verschwenden.«

»Ich bin nicht hergekommen, um mich nach Ernteerträgen zu erkundigen«, versetzte meine Mutter scharf.

»Warum dann?«

Mit einem Blick auf mich erklärte meine Mutter: »Meine Tochter ist seit einiger Zeit nicht wohl. Wenn ich wüsste, welchen Weg wir einschlagen sollen – was die Zukunft für sie bereithält – «

»Nein, Mama, nein«, unterbrach ich entsetzt. »Cousin Henry hat uns ausdrücklich befohlen, niemals bei Prophezeiungen Rat zu suchen nach dem, was dem Herzog von Buckingham – «

»Schweig«, herrschte meine Mutter mich an. »Das hier ist etwas ganz anderes.«

Es klopfte an der Tür, gleich darauf trat Schwester Anne ein.

»Schwester Elizabeth lässt ausrichten, dass sie jetzt bereit ist, das Mädchen Joanna zu empfangen«, meldete die Nonne.

»Habt Ihr ihr von diesen Gästen berichtet?«, fragte die Priorin scharf.

Schwester Anne schüttelte den Kopf. Die beiden Nonnen starrten einander an. Eine seltsame Spannung lag in der Luft.

Meine Mutter bemerkte es nicht. »Dann führt uns jetzt bitte ohne weiteren Aufschub zu Schwester Elizabeth«, befahl sie, Triumph in der Stimme.

Schwester Anne neigte den Kopf. »Verzeiht, Lady Stafford, aber Schwester Elizabeth sagte, dass sie die junge Dame allein sehen möchte. Und nur, wenn sie aus freiem Willen und ohne Zwang kommt.«

»Aber ich will sie ja gar nicht sehen«, protestierte ich.

Meine Mutter nahm mich bei den Schultern. Ihr Gesicht war gerötet; zu meinem Schrecken schien sie den Tränen nahe. »Du musst, Juana«, flehte sie. »*Por favor.* Frag sie, was wir tun sollen. Schwester Elizabeth besitzt die Sehergabe. Nur sie kann uns leiten. Ich bin dem allein nicht mehr gewachsen. Ich kann nicht mehr.«

Ich hatte nicht gewusst, wie sehr meiner Mutter meine Schwermut zu schaffen machte. Sie so leiden zu sehen, belastete mein Gewissen. Gut, ich würde diese merkwürdige junge Nonne aufsuchen. Aber es würde ein kurzer Besuch werden; ich würde nicht viele Fragen stellen.

Die Priorin und Schwester Anne besprachen sich noch einen Moment mit gesenkten Stimmen, dann winkte mir die Priorin, ihr zu folgen. Durch den dunklen Gang und durch das Portal hinaus führte sie mich in einen weiteren düsteren Flur, und mir fiel auf, wie sehr die Eleganz ihrer Bewegungen sich von dem gezierten Gehabe der Adelsdamen unterschied, unter denen ich aufgewachsen war. Da war keine Geste auf Wirkung ausgerichtet. Die Anmut beruhte allein auf Natürlichkeit und Einfachheit.

Gleichzeitig überlegte ich, wie ich das Gespräch mit Schwester Elizabeth Barton führen konnte, ohne das Gebot meines Cousins Henry Stafford, des Oberhaupts unserer Familie, zu verletzen. Sein Vater, der dritte Herzog von Buckingham, war damals gefangen gesetzt und mit der Begründung verurteilt worden, er habe die Ermordung des Königs geplant – angeblich durch die Prophezeiungen eines Mönchs verführt. Nach der Hinrichtung seines Vaters hatte mein Cousin wiederholt erklärt, dass nie wieder jemand aus der Familie sich auf Prophezeiungen oder Weissagungen einlassen dürfe. Mein Vater war ganz seiner Ansicht gewesen – er misstraute ohnehin allem, was mit Hellseherei, Hexenkunst und Nekromantie zu tun hatte. Wie in so vielen Dingen waren meine Eltern auch hier gegensätzlicher Meinung.

Die Priorin klopfte sacht an eine Tür und zögerte einen Moment mit gerunzelter Stirn, ehe sie sie öffnete.

Der Raum war sehr klein, nicht geräumiger als eine Gesindekammer. Auf dem Fußboden saß, mit dem Rücken zu uns, eine zusammengesunkene Gestalt. Es gab kein Fenster, nur zwei Kerzen rechts und links der Tür spendeten flackerndes Licht.

»Schwester Elizabeth, kommt Ihr später zur Vesper?«, fragte die Priorin.

Die Frau auf dem Boden nickte, ohne sich umzudrehen. Zu mir gewandt sagte die Priorin: »Ich bin gleich wieder zurück«, und bedeutete mir einzutreten.

Nach einem zaghaften Schritt blieb ich stehen, und die Priorin schloss die Tür.

Schwester Elizabeth trug das gleiche schwarze Habit wie die anderen. Sie drehte sich immer noch nicht um. Ich fühlte mich unsicher, wie ein ungebetener Gast. Die Minuten verstrichen.

»Dieser Wind bringt keinen Regen.« Die Stimme klang jung.

»Das ist wahr, Schwester«, sagte ich, erleichtert, dass sie endlich sprach. »Es hat nicht geregnet.« Doch gleich darauf fragte ich mich, woher sie ohne ein Fenster in ihrem Gemach wusste, wie draußen das Wetter war. Eine andere Nonne musste es ihr gesagt haben. Gerade so, wie jemand ihr meinen Namen gesagt hatte – der Mönch, Dr. Bocking, vielleicht. Ich glaubte nicht, dass sie über die besonderen Gaben verfügte, die meine Mutter ihr zuschrieb. Ich war tief gläubig, aber was das Übersinnliche anging, hielt ich es eher mit den Anschauungen meines pragmatischen Vaters.

Schwester Elizabeth drehte sich, auf dem Boden sitzend, langsam um. Sie sah zart aus, beinahe wie ein Kind. Ihr Gesicht war länglich, mit einem leicht abfallenden Kinn.

Ihre Augen wurden traurig, als sie mich betrachtete. »Ich habe nicht gewusst, dass Ihr noch so jung seid«, sagte sie leise.

»Ich bin siebzehn«, erwiderte ich. »Ihr scheint nicht älter zu sein.«

»Ich bin zweiundzwanzig«, sagte sie. »Ihr seid klug, fromm, stark und schön. Und von Adel. Ich bin nichts von alldem.« Keine Spur von Neid lag in ihrer Stimme. Es hörte sich an, als zählte sie eine Reihe von Waren auf.

Ohne auf diese Beurteilung, die ich peinlich fand, einzugehen, fragte ich: »Wie könnt Ihr sagen, dass Ihr nicht fromm seid, wenn Ihr doch eine Braut Christi seid?«

»Gott hat mich erwählt«, antwortete sie. »Ich war eine Dienstmagd, ohne Bedeutung in dieser Welt. Er hat mich auserwählt, die Wahrheit zu sprechen. Ich habe keine Wahl. Ich muss mich Seinem Willen beugen. Bei Euch ist es anders. Euch führt echte innere Berufung.«

Schwester Elizabeth Barton schien mir verwirrt zu sein. »Ich bin keine Nonne.«

Sie runzelte plötzlich die Stirn, als ob sie einer anderen Stimme lauschte. Sehr langsam stand sie auf. Sie war schmächtig und mindestens drei Zoll kleiner als ich.

»Ja, es werden zwei Kardinäle kommen«, sagte sie. »Noch ehe ein Monat vorüber ist. Und ihr Weg nach London wird sie durch Canterbury führen. Ich muss versuchen, mit ihnen zu sprechen. Ich muss den Mut finden, vor die höchsten und mächtigsten Herren des Landes zu treten.«

Meine Mutter hatte nichts davon gesagt, dass Schwester Elizabeth das Kloster verlassen würde, um vor die Mächtigen zu treten. »Warum solltet Ihr das tun?«, fragte ich.

»Um ihnen Einhalt zu gebieten.«

Ich war hin und her gerissen, einerseits kitzelte mich die Neugier, andererseits befiel mich wachsendes Unbehagen. Nichts Böswilliges ging von dieser zarten Person aus, dennoch weckten ihre Worte Unruhe in mir.

Schließlich siegte die Neugier. »Wem müsst Ihr Einhalt gebieten, Schwester?«, fragte ich. »Den Kardinälen?«

Sie schüttelte den Kopf und trat zwei Schritte näher zu mir. »Ihr wisst es, Joanna.«

»Nein, Schwester Elizabeth, ich weiß es nicht.«

»Eure Frau Mutter möchte wissen, wie es um Eure Zukunft bestellt ist; ob sie Euch mit einem Landadeligen verheiraten soll, der Euch mit Eurer mageren Mitgift nimmt, oder ob sie versuchen soll, Euch an den königlichen Hof zurückzuführen. Eure wahre Berufung müsste ihr offenkundig sein, aber sie ist blind. Die Arme, sie hat keine Ahnung, was sie damit in Gang gesetzt hat, dass sie Euch zu mir gebracht hat.«

Wie konnte die heilige Maid von Kent so viel über meine Familie wissen? Nervös entgegnete ich: »Schwester, ich weiß nicht, wovon Ihr redet.«

Ihre Unterlippe bebte. »Reitet die Kuh einst auf dem Stier, dann, Priester, geht's ans Leder dir«, sagte sie.

Mir zog sich der Magen zusammen. Nun hatte ich doch eine Prophezeiung gehört.

»Das sind nicht meine Worte«, fuhr Schwester Elizabeth fort. »Sie stammen aus dem Mund von Mother Shipton. Habt Ihr von ihr gehört?«

Ich schüttelte den Kopf.

»Sie wurde in einer Höhle in Yorkshire geboren.« Sie sprach jetzt sehr schnell. »Ein Mädchen ohne Vater – ein Bastard aus dem Norden. Von allen gehasst und verachtet. Nicht nur wegen ihres hässlichen Gesichts, sondern mehr noch wegen der Macht ihrer Worte. Höllenbrut, schimpften sie sie. Hexe. Wer die Wahrheit kennt, ist elend dran, Joanna. Wer sieht, was andere nicht sehen können. Wer versuchen muss, das Böse abzuwenden, ehe es zu spät ist.«

»Das Böse? Welches Böse?« Augenblicklich bedauerte ich, die Frage gestellt zu haben.

»Die Boleyns.«

Ich wich taumelnd zurück und schlug hart gegen die Steinmauer. Mit einer Hand tastete ich nach der Tür hinter mir. Ich musste hinaus.

»Oh, ich habe Euch erschreckt, verzeiht mir«, klagte Schwester Elizabeth, und Tränen strömten ihr aus den Augen. »Ich wünsche Euch dieses Schicksal nicht. Ich weiß, dass das Böse Euch schon zu nahe gekommen ist. Ich werde alles versuchen, Joanna. Ich will nicht, dass Ihr die Ausersehene seid.«

»Die Ausersehene?« Meine Hand suchte immer noch nach der Tür.

Schwester Elizabeth breitete die Arme aus. »Ihr seid die Ausersehene, die nachkommen wird«, sagte sie.

Mir wurde eiskalt bei ihrer feierlichen Gebärde und den bedeutungsschweren Worten. Sie schien noch etwas sagen zu wollen, als ihr Gesicht plötzlich erglühte wie im Fieber und dann schlagartig leichenblass wurde. Ich schaute zu den Kerzen hinunter. Was hatte diesen jähen Farbwechsel herbeigeführt? Doch die Kerzen brannten ruhig.

»Ist Euch nicht wohl, Schwester?«, fragte ich. »Soll ich Hilfe holen?«

Sie konnte mir nicht antworten; ihr Körper und ihre Glieder wurden von heftigen Konvulsionen geschüttelt, selbst ihre Zunge zuckte im geöffneten Mund. Dann gaben ihre Knie nach, und sie sank zu Boden.

»Es tut so weh«, wimmerte sie, sich auf dem Rücken wälzend. »Es tut so weh.«

»Ich hole Hilfe«, sagte ich.

»Nein, nein«, stieß sie heiser hervor. »Joanna Stafford – hört mich an. Ich – bitte – Euch.«

Ich kämpfte meine Angst nieder und kniete mich neben sie. Eine dünne Spur weißen Schaums rann aus ihrem klaffenden Mund. Sie schlug um sich und hustete; ich fürchtete, sie würde das Bewusstsein verlieren.

»Ich sehe Klöster zu Staub zerfallen«, stöhnte sie. Das Husten und die Zuckungen hörten auf, und ihre Stimme klang auf einmal kräftig und klar. »Ich sehe, wie das Blut frommer Mönche im ganzen Land vergossen wird. Bücher werden vernichtet, Standbilder vom Sockel gestoßen, Reliquien geschändet. Ich sehe die größten Männer des Königreichs enthauptet. Das Volk wird hängen, selbst die Kinder. Ordensbrüder werden verhungern. Königinnen werden sterben.«

»Nein, nein«, protestierte ich entsetzt. »Das kann nicht sein.«

»Ihr seid die Ausersehene, die, die nachkommen wird«, rief sie. »Ich bin die Erste von drei Sehern. Wenn ich scheitere, müsst Ihr vor den zweiten und den dritten treten, um die ganze Prophezeiung zu empfangen und zu erfahren, was Ihr zu tun habt. Aber Ihr müsst die Prophezeiungen aus freiem Willen und ohne Zwang empfangen. Wenn Ihr die dritte vernommen habt, kann nichts den Lauf der Dinge mehr aufhalten, Joanna Stafford. *Nichts.*«

»Aber das kann ich nicht«, rief ich. »Ich kann nichts tun. Ich bin ein Nichts – und meine Furcht ist zu groß.«

So laut, dass ihre Stimme die ganze Kammer erfüllte, rief Schwester Elizabeth: »Wenn der Rabe das Seil erklimmt, muss der Hund sich in die Lüfte erheben wie der Falke. Wenn der Rabe das Seil erklimmt, muss der Hund sich in die Lüfte erheben wie der Falke.«

Die Tür flog krachend auf. Die Priorin und Schwester Anne eilten zu Schwester Elizabeth und knieten neben ihr nieder. Bevor die Priorin ihr gewaltsam den Mund öffnete und Schwester Anne ihr ein Stoffknäuel zwischen die Zähne schob, konnte Schwester Elizabeth Barton noch zwei Worte hervorstoßen. Sie drehte den Kopf, und ihr wilder Blick suchte mich, dann rief sie: »Der Kelch …«

Kapitel 2

Dartford, 2. Oktober 1538

Zehn Jahre nach diesem Besuch bei der Seherin und zwei Monate vor unserer verzweifelten Mission in Canterbury lag ich eines Dienstagnachts schlaflos in meinem Bett. Ich trauerte um die Vergangenheit und sorgte mich um die Zukunft, obwohl ich keine Ahnung hatte, was kommen würde. Die Ereignisse des folgenden Tages würden mich von Neuem auf den Weg zur Erfüllung der Prophezeiung stoßen, vor der Schwester Elizabeth Barton mich damals gewarnt hatte. Doch in diesem Moment ließ sich nur eins prophezeien: dass wir am kommenden Tag bis zu den Knöcheln in Schlamm waten würden.

Der Regen hatte um Mitternacht eingesetzt, Stunden nachdem ich in mein Bett gekrochen war. Es war ein schönes Bett, auf vier Holzfüßen, mit einer weichen Matratze, weit annehmlicher als der Strohsack auf dem kalten Steinboden im Novizinnendormitorium von Kloster Dartford, auf dem ich die kurzen, von der Matutin, dem Mitternachtsgebet, unterbrochenen Nächte zugebracht hatte.

Jetzt störte nichts meine nächtliche Ruhe, trotzdem fand ich, wie in so vielen Nächten zuvor, keinen Schlaf. Ich lauschte dem Regen und den tiefen Atemzügen Arthurs auf der anderen Seite des kleinen Zimmers.

»Bei dir ist Arthur sicher«, hatte mein Vater im letzten Winter gesagt, als er mich beschworen hatte, für den vierjährigen Arthur, den einzigen Sohn meiner Cousine Margaret, zu sorgen. Sie war tot, und mein Vater, dessen Gesundheit von der Gefangenschaft im Tower und anderen Schrecknissen des vergangenen Jahres völlig zerrüttet war, war ihr bald nachgefolgt.

In ganz England galt Margaret Bulmer – die uneheliche Tochter meines Onkels, des Herzogs von Buckingham – als schändliche Verräterin, die wegen ihrer Teilnahme an der Pilgerreise der Gnade, der Rebellion der Gläubigen im Norden Englands, in Smithfield auf dem Scheiterhaufen verbrannt worden war. Mir jedoch war sie Vertraute und Freundin meiner Kindheit. Nie würde ich bereuen, dass ich damals das Klausurgebot meines dominikanischen Ordens missachtet hatte, um Margaret in ihrer letzten Stunde beizustehen. Es verstand sich von selbst, dass ich ihren Sohn zu mir nehmen und keiner Menschenseele je die Wahrheit über seine Herkunft verraten würde – dass er nicht das Kind von Margarets angetrautem Mann war.

Doch Arthur war ein schwieriges Kind, kaum zu bändigen, wenn er sich nicht im Freien bei sportlichen Spielen – Rennen Laufen, Klettern, Ballspiel – austoben konnte. So besänftigend ich das Geräusch des Regens früher immer gefunden hatte, daheim auf Stafford Castle oder später im Kloster; jetzt, als es deutlich stärker wurde, versetzte mich der Gedanke an den kommenden Tag in Unruhe. Wie sollte ich mit Arthur fertig werden, wenn der Regen uns zwang, im Haus zu bleiben? Ich würde meine ganze Kraft brauchen, um ihn im Zaum zu halten. Ich wurde immer rastloser, und die schlaflosen Minuten wurden zu Stunden.

»Wir dürfen uns nicht dem Selbstmitleid ergeben«, sagte Bruder Edmund oft. Und er hatte recht. Aber mich quälte weniger Selbstmitleid als die verzweifelte Frage, warum Gott dies geschehen ließ: die Auflösung der Klöster, die Vernichtung unserer Lebensweise. Ich war immer wieder ermahnt worden, mich dem Willen Christi unseres Herrn zu beugen. Zu meiner Beschämung muss ich gestehen, dass mir das sehr schwerfiel.

Nach langen Stunden endlich brachte Erschöpfung die Fragen zum Verstummen, und ich fiel doch noch in einen dumpfen Schlaf.

Arthur, der mich ungeduldig schüttelte, weckte mich kurz nach Sonnenaufgang.

»Joanna – Hunger.«

So abgeschlagen ich war, Arthurs helle Stimme – auch wenn er nicht so flüssig sprach wie andere Fünfjährige – und der Anblick seines hübschen runden Gesichts ermunterten mich, dem Tag ins Auge zu sehen. Nachdem ich Arthur angekleidet hatte, nahm ich ihn bei der warmen kleinen Hand und führte ihn nach unten.

In der Küche machte ich Feuer und schnitt Brot auf. Der Käse war großenteils schimmlig geworden, aber ich fand noch ein ordentliches Stück für Arthur. Kitty, meine Dienstmagd, jung und unerfahren, vergaß oft, unsere Essensvorräte in der kühlen Speisekammer zu verwahren, wie es sich gehörte. Sie lebte ganz in der Nähe im Haus ihrer Eltern und kam an mehreren Nachmittagen in der Woche, um zu putzen, zu waschen, zu buttern und zu kochen. Besonders gut machte sie ihre Sache nicht, aber sie war ein liebes Ding und brauchte das Geld.

Arthur kaute seine zweite Scheibe Brot, als es draußen klopfte.

»Schwester Bea!« Er stieß einen Freudenschrei aus.

Schwester Beatrice schüttelte den Regen von ihrem Umhang, bevor sie eintrat. An ihren langen blonden Wimpern glänzten Wassertröpfchen. Sie war vor meiner Zeit Novizin in Dartford gewesen und hatte das Kloster verlassen. Doch wenige Monate vor seiner Schließung war sie als Laienschwester zurückgekehrt und stand nun, wie ich, vor dem Nichts: mit Gewalt aus dem religiösen Leben hinausgedrängt, in Herz und Geist nicht bereit, ein weltliches Leben zu führen.

Sie lächelte auf die ihr eigene Art, als Arthur seine kleinen

Arme um ihre Taille schlang. Sie war eine wortkarge Frau, die selten ihre Gefühle zeigte. Noch nie hatte ich ein Erröten ihrer blassen Haut oder ein Zornesblitzen in ihren leicht schrägstehenden grünen Augen gesehen.

Sie betrachtete mich aufmerksam, als ich ihr ein Stück Brot reichte. Vermutlich hatte die beinahe schlaflose Nacht Spuren in meinem Gesicht hinterlassen. Aber sie fragte nichts. Wir mischten uns nicht in die Sorgen und Geheimnisse der anderen ein. Sie war gekommen, um Arthur zu hüten, während ich zur Messe ging, da der Junge in der Kirche keinen Moment stillsitzen konnte.

»Ich bin gleich fertig«, versprach ich, noch im Nachtgewand.

»Gehen wir zum Amt, wenn Ihr von der Messe zurück seid?«, fragte sie.

Augenblicklich fiel alle Müdigkeit von mir ab. »Ach ja, das hatte ich ganz vergessen. Heute ist ja der erste Mittwoch des Monats. Hurra!« Ich tanzte mit Arthur durch die Küche, dass er vor Lachen halb gekaute Brotkrümel prustete.

Heute war der Tag, an dem ich meinen Tapisserie-Webstuhl abholen konnte.

Im Kloster hatten wir erlesene Tapisserien aus Seide hergestellt, die verkauft wurden und dann die Wände vornehmer Häuser schmückten. Jede von ihnen erzählte eine Geschichte, die entweder auf einer antiken Sage oder einem Gleichnis aus der Bibel gründete. Wir Novizinnen hatten täglich zur hellsten Zeit des Tages mindestens drei Stunden am Webstuhl gesessen, und obwohl sich die Teppichwirkerei gründlich von der feinen Nadelarbeit unterschied, die meine Mutter mich gelehrt hatte, erfasste ich die Technik schnell.

Vor vier Monaten hatte ich beschlossen, diese Tradition unseres Klosters selbstständig fortzuführen. Das Schwierige war, einen geeigneten Webstuhl zu erwerben; der aus unserer Werkstatt war mit allem anderen Besitz bei der Auflösung des Klosters fortgeschafft worden, und in England wurden solche Webstühle gar nicht gefertigt. Ich bestellte daher einen in Brüssel, wo die Tapisseriekunst in höchster Blüte stand, und veranlasste seine

Versendung aus den Niederlanden nach Dartford. Das war bei den schwierigen Handelsbedingungen kein Kinderspiel, aber ich schaffte es. Und heute wollte ich ihn auf dem Amt für Bauwesen abholen, wo man die importierten Waren am ersten Mittwoch jedes Monats abholen konnte.

Ich rannte nach oben und machte mich in Windeseile fertig. Wieder unten, gab ich Arthur einen Kuss und eilte hinaus, nachdem ich Schwester Beatrice noch zugerufen hatte: »Seht zu, dass Ihr bereit seid, wenn ich zurückkomme. Ich bringe Verstärkung mit.«

Kapitel 3

Kaum zur Tür des zweistöckigen Fachwerkhauses in der High Street hinaus, befand ich mich schon mitten im Herzen des Dorfes. Von jenseits der schützenden Klostermauern war es uns immer als guter Nachbar erschienen – ein freundlicher, wohlgeordneter kleiner Ort. Von London aus war er zu Pferd in drei Stunden zu erreichen und bekannt für seine Gasthäuser, die den Reisenden sichere Unterkunft boten, für seine Werkstätten und seinen stolzen Markt und natürlich seine fünfhundert Jahre alte Kirche, die sich beinahe direkt gegenüber von meinem Haus erhob.

Aber es gab auch ein anderes Dartford mit weniger freundlichem Gesicht. Das Schlachthaus war der Kirche näher gelegen, als in einem Ort dieser Größe im Allgemeinen als wünschenswert erachtet. Der Gestank nach Blut und Verwesung war den Bewohnern ein ständiger Begleiter, und mit der Zeit begann ich ihn als Mahnung daran zu begreifen, dass hinter der gefälligen Fassade des Dorfs auch Hässlichkeit lauerte.

An diesem Morgen allerdings dachte ich daran nicht, als ich über die Wasserlachen auf der Straße sprang, um zum imposanten Wahrzeichen des Dorfs, der Dreifaltigkeitskirche, zu gelangen. Ihr kantiger normannischer Turm mit den fünf Fuß dicken Mauern war meilenweit zu sehen.

Als ich den Vorplatz erreichte, hörte ich hinter mir die Stimmen meiner Freunde.

»Schwester Joanna, guten Morgen.«

Bruder Edmund und Schwester Winifred, beide groß und schlank, mit aschblondem Haar und dunklen braunen Augen, waren auf den ersten Blick als Geschwister erkennbar. Während ich vor dem Portal auf sie wartete, musterte ich, mehr aus Gewohnheit denn Besorgnis, Bruder Edmunds feinnervige Züge. Jahrelang hatte er mit einer sorgsam geheim gehaltenen Abhängigkeit von einer berauschenden Tinktur gekämpft, die aus der roten Blume Indiens hergestellt wurde. Seit er mir das im Kloster gestanden und gelobt hatte, nie wieder schwach zu werden, achtete ich mit besonderer Aufmerksamkeit auf ihn, um nur ja keine verräterischen Anzeichen eines Rückfalls zu übersehen: eine unnatürliche Ruhe oder schläfrige Teilnahmslosigkeit. Nach der Auflösung des Klosters hatte sich Bruder Edmund als Apothecarius und Heiler in den Dienst des Dorfes gestellt und dafür gesorgt, dass das Hospital, das vorher zum Kloster gehört hatte, geöffnet blieb. Ich fürchtete, im täglichen Umgang mit Arzneien und Betäubungsmitteln könnte seine Entschlossenheit bröckeln, aber seine Augen waren heute so klar wie jeden Tag seit beinahe einem Jahr.

Sobald die Geschwister zu mir traten, sah ich, dass ich mich eher um Schwester Winifred sorgen sollte als um ihren älteren Bruder. Ihr Gesicht war aschfahl und eingefallen. Ich wusste, dass sie unter der feuchten Marschluft in Dartford litt, vor allem nach Regennächten. »Geht es Euch gut, Schwester?«, fragte ich, als wir die Kirche betraten.

»O ja«, versicherte sie schnell.

Der Klang unserer Schritte hallte in der Kirche wider, die erfüllt war vom lebendigen Licht unzähliger Kerzen auf dem Hochaltar, in der Kapelle des heiligen Thomas Becket und auf dem

Boden rund um die Messingplatten zum Gedenken an die toten Edelleute von Dartford.

Wir drei schienen die einzigen Kirchenbesucher zu sein. Doch wir waren nicht allein. Hundert Fuß in der Höhe, hoch über der Sakristei, schimmerte das Licht einer Kerze durch drei senkrechte Schlitze. Und hinter ihnen bewegte sich eine dunkle Gestalt.

Pater William Mote, der Pfarrer der Dreifaltigkeitskirche, beobachtete uns von seinem Privatgemach aus.

Bruder Edmund schaute nach oben. Auch er bemerkte, dass wir beobachtet wurden, und legte seiner Schwester den Arm um die Schultern, während wir unseren Weg zum Altar der Heiligen Jungfrau Maria in der Südostecke der Kirche fortsetzten. Ich weiß nicht genau, wie es kam, dass wir Flüchtlinge aus Kloster Dartford von der Gemeinde ausgegrenzt wurden. Niemand sagte, dass wir unwillkommen seien. Man tat so, als geschähe es in unserem eigenen Interesse. »Die besondere Verehrung Eures Ordens gilt doch der Jungfrau Maria – würdet Ihr Euch nicht in der Kapelle, die ihr geweiht ist, mehr zu Hause fühlen?« Nicht Pater William würde für uns die Messe zelebrieren, sondern wie stets der tatterige alte Pater Anthony, und wir würden sie getrennt vom Rest der Gemeinde feiern, um – die Höhe der Beleidigung – »Durcheinander zu vermeiden«.

Ich dachte daran, wie viel Gutes unser Kloster über Generationen für das Dorf getan hatte – nicht nur in seiner Eigenschaft als Grundbesitzer und Arbeitgeber, sondern auch als Mäzen des Armenhauses und des Hospitals, vor allem aber durch seine Schule für Mädchen. Es war der einzige Ort, wo Mädchen aus guten ortsansässigen Familien Lesen und Schreiben lernen konnten. Andere Möglichkeiten gab es nicht. Und trotzdem wurden wir behandelt wie minderwertiges Vieh, das aus der Herde entfernt werden musste. Ich tauchte die Finger in das Weihwasserbecken am Eingang zur Kapelle. Doch bevor ich Schwester Winifred folgte, drehte ich mich um und sandte einen zornigen Blick zu Pater Williams verstecktem Beobachtungsplatz hinauf. *Du solltest dich schämen*, dachte ich.

Bruder Edmund schüttelte den Kopf. Geradeso wie ich auf das kleinste Anzeichen einer Wiederkehr seiner Schwäche achtete, bemühte er sich, mir zu helfen, die meine zu meistern – meine Neigung zur Heftigkeit.

Ich nahm meinen Platz vor dem Standbild der Jungfrau Maria ein. Es war immerhin ein Trost, in dieser schönen Kapelle beten zu dürfen, die mit einem farbigen Wandgemälde von Sankt Georg im Kampf mit dem Drachen prächtig ausgestattet war.

Hinter mir hörte ich die anderen kommen, die sechs Nonnen aus Kloster Dartford, die wie ich in der hiesigen Gemeinde geblieben waren und versuchten, weiterhin nach den Idealen unseres Ordens zu leben. Die anderen, auch unsere Priorin, waren nach der Auflösung des Klosters durch Heinrich VIII. und seinen Lordsiegelbewahrer, Thomas Cromwell, zu ihren Familien zurückgekehrt, und wir hörten nichts mehr von ihnen. Doch sechs unserer Ordensschwestern hatten ihre Renten zusammengelegt und sich in einem großen Haus etwas außerhalb des Dorfs niedergelassen, das Schwester Rachel, die älteste unter ihnen, vor Jahren geerbt hatte. Ich war nur deshalb nicht zu ihnen gezogen, weil ich ihnen ein Zusammenleben mit einem so schwierigen und wilden Kind wie Arthur nicht zumuten wollte. Stattdessen mietete ich, wie Bruder Edmund und Schwester Winifred, eine Wohnung aus dem Kircheneigentum der Dreifaltigkeitskirche.

Aber bei der Morgenmesse konnten wir alle zusammen sein wie früher, und das war ein Glück, wenn schon die täglichen gemeinschaftlichen Gebete nicht möglich waren.

Von Schwester Eleanors Kleidern tropfte das Wasser, der Saum ihres Umhangs war von dem langen Marsch durch den Regen durchweicht, aber nie wäre es ihr eingefallen, sich zu beklagen. Im Kloster war sie von der Priorin zur Aufseherin bestimmt worden, für die Durchsetzung der Ordensregeln zuständig. Ich hatte den Eindruck, dass sie sich jetzt als die Führerin der kleinen Gruppe betrachtete, obwohl auch Schwester Rachel – zehn Jahre älter als sie und Eigentümerin des Hauses – feste Vorstellungen davon hatte, wie sie ihr Leben führen sollten.

Der Hierarchie unserer verlorenen Welt gemäß hatte jede von uns bei der Messe ihren festen Platz, Schwester Winifred und ich, die ehemaligen Novizinnen, ganz vorn, die gebieterische Schwester Eleanor gleich hinter uns. Dann folgten Schwester Rachel, die ehemalige Verwahrerin der Reliquien, und Schwester Agatha, die frühere Novizinnenmeisterin, und, in der letzten Reihe, die drei anderen Schwestern. Bruder Edmund stand in strenger Einhaltung der Geschlechtertrennung auf der anderen Seite des Ganges.

Ich kämpfte gegen meine Ungeduld, während wir auf den Priester warteten. In der Stille war nichts zu hören als das Zischen einer A ltarkerze und Schwester Agathas gelegentliches lautes Seufzen. A ls ich mich nach ihr umdrehte, nickte sie mir sachte zu. Von allen Schwestern fehlte sie mir am meisten, die warmherzige, klatschfreudige Novizinnenmeisterin.

Endlich vernahmen wir den schlurfenden Schritt Pater Anthonys.

»Salve«, sagte er mit seiner knarrenden Stimme.

Nach den ersten Worten schaute ich zu Bruder Edmund hinüber. Das war nicht der richtige Text. Mein Freund, der im Lateinischen so zu Hause war wie ich, räusperte sich.

»Verzeiht, Pater, aber wir stehen nicht am Beginn der Fastenzeit.«

Der Priester zwinkerte irritiert. »Welchen Tag haben wir denn?«

»Den zweiten Oktober, Pater.«

»Und welches Jahr?«

Bruder Edmund antwortete milde: »Das Jahr des Herrn fünfzehnhundertachtunddreißig.«

Pater Anthony überlegte einen Moment, dann begann er von Neuem, diesmal mit den richtigen Worten.

Wie tief waren wir gefallen. Ich erinnerte mich mit Schmerzen: wie ich im betäubenden Hauch des duftenden Weihrauchs in meiner Novizinnenbank gesessen, gesungen und gebetet hatte; wie ich die reifen Früchte vom Kirschbaum im Obstgarten gepflückt oder in den kostbaren Handschriften der Bibliothek geblättert hatte. Ich spürte die gleiche Sehnsucht bei den anderen. Doch was konnten wir tun? Das Klosterleben in England war ausgelöscht.

Als wir nach der Kommunion hinausgingen, trafen schon die ersten Dorfbewohner zur regulären Messe ein. Eine Frau kniete am Altar nieder und tauschte liebevoll die Kerzenhalter gegen neue aus, die sie gerade blank poliert hatte.

Auf dem Weg durch den Mittelgang hörte ich jemanden weinen. »Das ist Oliver Gwinn«, sagte Bruder Edmund leise. »Seine Frau ist gestern gestorben.«

Ich blickte den Gang hinauf. Ein großer, kräftiger Mann stand dort ganz allein mit zuckenden Schultern.

»Er tut mir leid – die beiden waren einander so zugetan«, sagte Schwester Winifred, die, wie ihr Bruder, dank ihrer Arbeit im Hospital mehr über die Leute hier wusste als ich.

»Wir müssen versuchen, ihm zu helfen«, meinte Bruder Edmund.

»Aber die Regeln«, wandte Schwester Winifred ein.

Man hatte Bruder Edmund gesagt, dass er in dieser Kirche nicht wirken dürfe, obwohl er als dominikanischer Ordensbruder ein Leben gewählt hatte, das nicht allein der Kontemplation geweiht war, sondern auch der Sorge um hilfsbedürftige Menschen, um Kranke, Arme und trauernde Hinterbliebene.

Er trat in den Gang, als hätte er seine Schwester nicht gehört, und ich ging mit ihm, wie immer voll von leidenschaftlichem Stolz auf meinen Freund. Ich hörte die eilenden Schritte einer Person, die uns folgte, und wirbelte herum. War da schon jemand aus der Gemeinde, der uns daran hindern wollte, Trost zu spenden? Nein, es war Schwester Agatha, die uns nachlief. Ihre Augen blitzten vor Neugier.

»Mister Gwinn, kann ich etwas für Euch tun?«, fragte Bruder Edmund. »Ich trauere mit Euch. Eure Gattin war ein guter Mensch und eine vorbildliche Christin.«

Der große Mann mit dem graugesprenkelten dunklen Bart hob den Kopf. Er war um die fünfzig und wie ein wohlhabender Bürger gekleidet.

»Ja, das war sie, Bruder«, sagte er mit rauer, brüchiger Stimme. »Ich danke Euch für Eure Anteilnahme. Es ist ein harter Schlag. Seit ich zwanzig war, war ich keinen Tag meines Lebens von Amy getrennt. Unsere Kinder – unsere Enkel – ich weiß nicht, wie es weitergehen soll.«

Bruder Edmund legte ihm die Hand auf die Schulter. »Sie ist jetzt in einer besseren Welt, glaubt mir«, sagte er. Obwohl er sich, wie ich besser als jeder andere wusste, seiner eigenen Stärke nicht immer gewiss war: Wenn er sich bemühte, andere zu stützen, strahlte er stets eine Zuversicht aus, die vielen in ihrem Kampf half. Nicht anders war es bei Mister Gwinn, der dankbar nickte.

»Ach, Ihr armer, Ihr armer, armer Mann.« Mit Tränen in den Augen trat Schwester Agatha auf Oliver Gwinn zu. »Ich weiß, wie lieb und teuer Eure Gattin Euch war.«

Er sah Schwester Agatha an, und sein erschöpftes Gesicht verwandelte sich. Anstatt ihn zu schwächen, schienen ihre mitfühlenden Worte ihm Kraft zu verleihen. »Danke Euch«, sagte er.

»Belästigen Euch diese Leute, Mister Gwinn?«, fragte jemand mit hoher, näselnder Stimme.

Ah, da kam sie schon, die Maßregelung. Aber von wem?

Eine Frau im Alter Oliver Gwinns, auch sie wohlgekleidet, drängte sich vor. Das geschnürte Mieder aus rostfarbener Seide spannte über einem überaus fülligen, welken Busen. Der Blick der blauen Augen unter den dunklen gerunzelten Brauen war kalt.

»Wir wollen Mister Gwinn trösten«, entgegnete ich.

Sie musterte mich und die anderen misstrauisch.

»Ja, Missis Brooke, sie spenden mir Trost«, versicherte Oliver Gwinn.

»Aber das steht ihnen nicht zu – es ist Pater Williams Aufgabe«, versetzte sie. »Und hier kommt er schon.«

Ich wartete angespannt. Der Pfarrer der Dreifaltigkeitskirche ließ sich Zeit, er bewegte sich stets träge. Sein Mund lächelte wie gewohnt, doch in dem Blick, mit dem er uns musterte, lag unverhohlene Abneigung.

Ich merkte, dass noch jemand mich fixierte – Mrs Brooke hatte sich nicht von der Stelle gerührt. »Ich weiß, wer Ihr seid«, sagte sie.

»Ja?«, antwortete ich – zu meinem Leidwesen muss ich es gestehen – mit dem herablassenden Schulterzucken meiner stolzen spanischen Mutter.

»Gibt es Schwierigkeiten?«, fragte Pater William, der uns nur, wenn es unumgänglich war, beim Namen nannte, um die Anrede »Schwester« oder »Bruder« zu vermeiden, die uns, genau genommen, nicht mehr zustand. Es gab wohlwollende Leute im Dorf, die diese Anrede aus Achtung immer noch gebrauchten. Doch Pater William war nicht wohlwollend.

Bruder Edmund, einen halben Kopf größer als der Pfarrer, verneigte sich begütigend. »Keineswegs, Pater.«

»Ich muss Euch bitten, mit mir in die Kapelle des heiligen Thomas Becket zu kommen«, sagte er. »Ich habe die anderen schon gebeten, dort auf uns zu warten. Ich habe Euch allen etwas mitzuteilen.«

Beklommen, Mrs Brookes kalten Blick im Rücken, folgte ich ihm durch den Gang zur Kapelle, wo Schwester Rachel, Schwester Eleanor und die anderen Schwestern beisammenstanden. In banger Abwehr bildeten wir einen dicht geschlossenen Halbkreis.

Pater Williams faltete die Hände. »Ich finde es nur recht und billig, Euch vorzubereiten«, begann er. »Der Lordsiegelbewahrer Thomas Cromwell, unser Generalvikar, hat sechs Artikel entworfen, die im ganzen Land verlesen werden sollen. Der König hat diese Artikel gebilligt, und Erzbischof Thomas Cranmer hat daraufhin die Schreiben verfasst, die bald jede Gemeinde des Landes erreichen werden.«

Er machte eine Pause, um jeden Einzelnen von uns anzusehen, mich zuletzt. In seinen Augen blitzte es, als er mein Gesicht musterte, das gewiss voller Angst war.

»Es wird Veränderungen in der Religionsausübung geben«, sagte er, »und Ihr, jeder Einzelne von Euch, werdet Euch dem Willen unseres souveränen Herrschers, des Königs, beugen müssen.«

»Wir sind treue Untertanen König Heinrichs«, erklärte Schwester Eleanor. »Sagt uns nur, was zu erwarten ist.«

Pater William wandte sich Bruder Edmund zu. Ich hatte schon früher bemerkt, wie schwer es ihm fiel, Schwester Eleanor als unsere Sprecherin zu akzeptieren. Stets suchte er sich den einzigen Mann in unserer Gruppe als Gegenüber.

»Unsere Kirche«, sagte er, »soll allen Schmucks entkleidet werden.«

Kapitel 4

Schweigend verließen wir die Dreifaltigkeitskirche. Es hatte aufgehört zu regnen. Ein milchig-weißer Nebel hing über der Straße und verhüllte die Häuser jenseits der Glaserei, es war, als wäre eine Wolke auf die Erde herabgesunken. Der durchdringende Gestank aus dem Schlachthaus umgab uns.

Schwester Rachel brach das Schweigen. »Ketzerei und Heidentum«, jammerte sie.

»Was sollen wir tun?«, flüsterte Schwester Agatha.

An der Ecke standen zwei Männer und beobachteten uns neugierig. Immer wenn wir uns zu mehreren im Ort sehen ließen, erregten wir Aufmerksamkeit.

»Still, Schwester«, mahnte Schwester Eleanor. »Wir werden das nicht hier, mitten auf der Straße, besprechen. Wir gehen nach Hause.«

Unsere sechs Schwestern traten den Heimweg an, zwei und zwei, als ob sie durch den Kreuzgang schritten und nicht eine stinkende, schlammige Straße hinunter.

Bruder Edmund, Schwester Winifred und ich blickten einander an, während wir zu begreifen versuchten, was Pater William uns soeben mitgeteilt hatte. Entkleidet, welch ein entsetzliches Wort.

Es bedeutete, dass in der Dreifaltigkeitskirche zwar weiterhin die Messe zelebriert würde, doch aller äußere Glanz würde ihr genommen werden. Es durften keine Kerzen mehr angezündet werden, natürliches Licht musste von nun an ausreichen. Die Standbilder der Heiligen, »Zeugnisse menschlichen Aberglaubens und papistischer Bilderverehrung«, mussten entfernt, die Messingplatten, liebevolle Gedenken an Bürger des Orts, aus dem Boden gerissen werden. Das Wandgemälde von Sankt Georg? Würde übertüncht werden. Die Kapelle des heiligen Thomas Becket, der in den Augen des Königs ein Rebell war, würde abgerissen, alle Kapellen und Standbilder zu seinen Ehren zerstört werden.

Bruder Edmund räusperte sich. »Ich muss ins Hospital. Der Kerzenzieher hat die Wassersucht, fürchte ich.« Er wandte sich seiner Schwester zu. »Du brauchst nicht mitzukommen, wenn du lieber eine Weile nach Hause gehen würdest.«

Plötzlich fiel es mir ein. »Mein Webstuhl«, rief ich. »Heute kann ich ihn endlich holen.« Ich zupfte Schwester Winifred am Ärmel. »Bitte begleitet mich und Schwester Beatrice zum Amt für Bauwesen.«

Doch Schwester Winifred wurde von einem krampfartigen Hustenanfall geschüttelt. Streit und Spannung erzeugten häufig solche Anfälle bei ihr.

Bruder Edmund bedeutete mir zu warten und führte seine Schwester eilig über die Straße zu ihrer gemeinsamen Wohnung. Als er zurückkam, sagte er: »Vielleicht wäre morgen ein günstigerer Tag für den Webstuhl.«

»Aber ich habe schon so lange gewartet.« Ich war tief enttäuscht.

Den Blick über meine Schulter gerichtet, runzelte er plötzlich die Stirn. »Sie beobachtet uns.«

»Wer?« Ich drehte mich um. Im Fenster der Kirche konnte ich ein Frauengesicht erkennen. Ich kannte diesen argwöhnischen Blick: Mrs Brooke. »Kennt Ihr sie?«, fragte ich.

»Mr Brooke, ihr Ehemann, hat das größte Haus in der Overy Street gebaut.«

»Das gibt ihr noch lange nicht das Recht, uns Befehle zu erteilen.«

Bruder Edmund schüttelte den Kopf. »Schwester Joanna, denkt daran, dass wir hier im Dorf ohne Schutz sind. Wir müssen uns anpassen, wie Schwester Eleanor sagte.«

Ich starrte Mrs Brookes feindseliges Gesicht hinter dem Kirchenfenster an, umgeben von flackerndem Kerzenschein, der bald für immer erlöschen würde. Ich wollte mich nicht anpassen, alles in mir wehrte sich dagegen.

In diesem Moment stolperte uns John durch die High Street entgegen, ein armer Verrückter, der nach dem Tod seiner Eltern in dem vom Kloster geleiteten Armenhaus aufgenommen worden war. Die Verwandten, die er im Dorf hatte, konnten nicht mit ihm umgehen, und so war er, als mit unserem Kloster auch unser Asyl für die Armen und Unerwünschten geschlossen wurde, ins Armenhaus der Gemeinde gesteckt worden. In der neuen verhassten Umgebung begann sein kranker Geist zu brodeln. John weigerte sich, seinen Bart zu schneiden, und bildete sich ein, er wäre Johannes der Täufer. Die Nächte verbrachte er tief unglücklich im Armenhaus, bei Tag streifte er unsinniges Zeug grölend durch den Ort. Die Straßenjungen bewarfen ihn mit Dreck. Uns, aus dem Schutz des Klosters verbannt wie er, dauerte er. Doch er glaubte fest, die aus Kloster Dartford Vertriebenen seien schuld an seinem Unglück. Zielscheibe seines Zorns war, aus unerklärlichen Gründen, vor allem Bruder Edmund.

»Sehet den großen Strom Euphrat«, donnerte er. »Sein Bett ist ausgetrocknet. Drei unreine Dämonen habe ich wie Frösche aus dem Schlund des Drachen kriechen sehen.« John wandte sich nach links und rechts, als wäre er von andächtig lauschenden Anhängern umgeben. »Sehet, hier ist der falsche Prophet.«

Bruder Edmund, der längst gelernt hatte, dass mit John nicht vernünftig zu reden war, sagte leise zu mir: »Versprecht mir zu warten – geht nicht ohne mich zum Amt.«

»John hat noch nie einen von uns angerührt. Ich fürchte ihn nicht«, entgegnete ich.

»Es ist ja auch nicht John, den wir fürchten sollten«, gab Bruder Edmund zurück. »Schwester Joanna, ich muss ins Hospital.«

Er lächelte mir noch einmal zu, dann ging er schnellen Schritts die Straße hinunter zu den Patienten, die ihn brauchten.

John rannte ihm stolpernd nach. »Brüder und Schwestern«, schrie er, »dieser Mensch beschwört mit seinen Wunderwerken die Dämonen des Teufels herauf. Folgt ihm nicht an den Ort, den die Hebräer Armageddon heißen.«

Ich kehrte Johns Wahnsinn den Rücken, um nach Hause zu gehen. Es betrübte mich, dass Bruder Edmund und die anderen meinen Plänen, eine Tapisseriewerkstatt einzurichten, so wenig Enthusiasmus entgegenbrachten. Ich wusste natürlich, dass es ein gewagtes Unternehmen war. Tapisseriewebstühle und die Seidengarne, die man für die Arbeit brauchte, waren ungeheuer kostspielig. Aber ohne sie ging es nicht – ich musste den Einsatz riskieren.

Doch die Rente, die man mir und Schwester Winifred ausgesetzt hatte, war gering; einhundert Schilling im Jahr. Novizen erhielten die niedrigsten Beträge. Deshalb hatte ich den Webstuhl von meinem persönlichen Vermögen gekauft, der kleinen Erbschaft von meinem Vater und dem Erlös aus dem Verkauf unseres Londoner Hauses, sowie einem Teil meiner ersten Jahresrente.

»Aber das ist doch alles, was Ihr habt – wovon wollt Ihr leben, wenn es ein Fehlschlag wird?«, hatte Schwester Winifred händeringend gefragt. »Und was wissen wir schon, wie man so ein Unternehmen führt. Geschäfte werden von Männern geleitet.«

Ich hatte ihre Bedenken damals genauso in den Wind geschlagen, wie ich es jetzt tat. Mein Unternehmen würde *nicht* fehlschlagen. Als ich daheim Schwester Beatrice berichtete, was wir in der Kirche gehört hatten, traf es mich mit ganzer Wucht: Von jetzt an würde ich Gott nicht mehr auf die Weise dienen können, die mir als die sinnreichste erschien. Meine Niedergeschlagenheit schlug plötzlich in wilde Entschlossenheit um. Ich musste etwas tun.

»Ich gehe jetzt los und hole meinen Webstuhl«, verkündete ich.

»Aber Bruder Edmund hat Euch doch gebeten, auf ihn zu warten«, wandte Schwester Beatrice ein.

»Ja, aber – « Ich stockte, einen Moment um Rechtfertigung verlegen, dann erklärte ich trotzig: »Er ist nicht mein leiblicher Bruder, er ist nicht mein Vater und auch nicht mein Ehemann. Er ist ein Freund, den ich hoch schätze, aber seine Bedenken sind grundlos.«

Ich bemerkte Schwester Beatrices ungläubigen Blick. Es war noch nie vorgekommen, dass ich mich den Wünschen Bruder Edmunds entgegenstellte. Zwischen ihm und mir bestand eine innere Verbindung, die sich während unseres verzweifelten Kampfes um das Kloster entwickelt hatte. Einmal, in einem Gasthaus in Amesbury, als wir uns ein Zimmer hatten teilen müssen, hatte sich bei beiden von uns Begehren nach dem anderen geregt. Bruder Edmund war mitten in der Nacht aus dem Zimmer geflohen, um nicht der Sünde anheimzufallen, während ich einen Traum hatte, der mir heute noch nachging. Es versteht sich, dass wir diese Nacht niemals erwähnten.

»Es hat zu regnen aufgehört«, sagte ich zu Schwester Beatrice, »da müssen wir ohnehin hinaus. Arthur braucht Bewegung.«

Das Amt für Bauwesen war oben in der High Street auf dem Weg zu der großen Straße, die London mit der Küste Kents verband. Unterwegs blieben wir immer wieder stehen, um Arthur in die Pfützen springen zu lassen. Ich musste dafür sorgen, dass er seine überschüssigen Kräfte austobte, bevor wir das Amt betraten. Das Kopfschütteln der Leute versuchte ich nicht zu beachten. Viele mochten seine kindliche Ungebärdigkeit nicht.

Endlich angekommen, klopfte ich an die glänzende, neue Tür. Das Amt war erst vor sechs Monaten geschaffen worden. Alle größeren Erwerbungen liefen über dieses Amt, in erster Linie jedoch war es zur Förderung und Unterstützung des größten Bauvorhabens eingerichtet worden, das Dartford seit mindestens einem Jahrhundert gesehen hatte: der Errichtung eines Herrschaftshauses für König Heinrich VIII. auf den Trümmern des Klosters.

Als uns die Tür geöffnet wurde, fiel mir noch ein Grund dafür ein, warum Schwester Winifred nicht gewünscht hätte, mich zu begleiten. Gregory, einst der zuverlässige Pförtner von Kloster Dartford, jetzt Oberschreiber beim neuen Amt, ließ uns ein.

»Wir waren schon gespannt, ob Ihr heute kommen würdet«, bemerkte er brummig.

Anders als meine Mitschwestern nahm ich es Gregory nicht übel, dass er diesen Posten angenommen hatte und nun seine genaue Kenntnis des Klosters in den Dienst derer stellte, die es zerstört hatten. Alle unsere ehemaligen Bediensteten mussten sehen, wie sie ohne Rente zurechtkamen. Und bezahlte Arbeit gab es in Dartford nur im Zusammenhang mit dem Bau des neuen königlichen Landsitzes. Zwar waren die meisten aufgelösten Klöster treuen Männern der Krone zum Geschenk gemacht worden, Kloster Dartford jedoch behielt König Heinrich für sich, nicht ohne es zuvor dem Erdboden gleichgemacht zu haben.

»Ja, ich bin hier, um meinen Webstuhl abzuholen«, erwiderte ich.

Er wandte sich an einen Untergebenen. »Sag Jacquard, er soll sich um den Transport kümmern.«

Ich zuckte innerlich zurück. Niemand wäre mir als Helfer weniger willkommen gewesen als Jacquard Rolin, ein Mann aus den Niederlanden, der eigens geholt worden war, um die Materialbestellungen zu beaufsichtigen. König Heinrich bevorzugte in seinen Häusern Ausstattungen in französischer und flämischer Manier, und Jacquard wusste das Neueste an Fliesen, Möbeln, Fensterglas und Tapisserien in dieser Art zu beschaffen. Sein lebhaftes und beständiges Interesse an meinen Plänen zur Eröffnung einer Tapisseriewirkerei hätte mich freuen können, doch uns trennten Welten: Er war, so hatte ich gehört, Protestant, ein überzeugter Anhänger Luthers.

Arthur, der an meiner Seite stand, wurde unruhig. Ich nahm ihn fester bei der Hand und hoffte, er würde die Abwicklung der Geschäfte hier nicht stören.

Plötzlich flog die Tür auf, und Mrs Brooke drängte sich herein.

»Was habt Ihr denn hier zu tun?«, fragte ich.

»Was ich hier zu tun habe?« Ihr Ton war entrüstet. »Mein Mann wurde vom König beauftragt, die Anwerbung von Männern zur Errichtung seines neuen Landhauses in Dartford zu beaufsichtigen.«

Gregory nickte bestätigend, während sie schon mit lauterer Stimme hinzufügte: »Eher sollte ich wohl fragen, wie Ihr dazu kommt, die Leute hier von ihrer Arbeit abzulenken.«

»Miss Joanna Stafford ist hier, um ihren Webstuhl zu holen.« Es war eine kultivierte Stimme mit fremdländischem Klang. Jacquard Rolin trat neben Gregory. Er war jung und eher schmächtig, und ich fand ihn immer irgendwie beunruhigend. Um seinen Mund lag ein anzügliches Lächeln. Die Augen waren groß, von einem samtigen dunklen Braun mit lichten Sprenkeln. Ein Blick, der blendete. Mich jedoch beschlich bei diesem Blick ein unerklärliches Unbehagen.

»Websul, Websul«, krähte Arthur.

»Und woher«, fragte Mrs Brooke spitz, »sollte ein Mädchen aus dem Kloster die Mittel haben, einen Webstuhl zu erwerben?«

»Das geht Euch gar nichts an«, wies ich sie zurecht.

Gregory zuckte ein wenig zusammen, und Jacquards Gesichtszüge bekamen etwas Angespanntes. Flüchtig fragte ich mich, wieso dieser Streit Jacquard kümmern sollte.

»Websul! Websul!« Arthur hüpfte auf und nieder.

»Bringt endlich diesen dummen Jungen zum Schweigen«, fuhr Mrs Brooke mich an.

Ich wurde zornig. »Er ist nicht dumm, und sein Name ist Arthur Bulmer. Er ist der Sohn von Margaret Stafford, der Tochter des dritten Herzogs von Buckingham, und verdient Respekt.«

Geschwind trat Jacquard zwischen uns und hob besänftigend eine Hand. »Missis Brooke«, sagte er lächelnd, »Ihr habt ein Schreiben bei Euch. Ist es für Euren Gatten bestimmt? Er ist zurzeit auf der Baustelle. Würdet Ihr mir gestatten, es ihm überbringen zu lassen?«

Sie nickte, den Blick immer noch auf mich gerichtet. »Ein Bote aus London hat ihn aus irgendeinem Grund zu uns nach Hause gebracht. Sir Francis Haverham hat sich für morgen angesagt, um den Fortschritt der Arbeiten zu prüfen.«

»Morgen?«, wiederholte Gregory. »Der Baumeister des Königs kommt morgen hierher?« Er rief den Leuten, die hinten an der Arbeit waren, einen mahnenden Hinweis zu.

»Ich hole jetzt meinen Webstuhl, dann könnt Ihr Euch um Eure Geschäfte kümmern«, sagte ich zu Gregory.

Jacquard räusperte sich. »Miss Stafford«, sagte er, »es ist leider ein Missgeschick passiert. Brüssel ist ein Fehler unterlaufen.«

»Ein Fehler?«

»Sie haben nur eine Hälfte des Webstuhls auf den Weg gebracht, obwohl Ihr, wie unsere Bücher beweisen, den vollen Betrag bezahlt habt. Wir werden nachfragen und dafür sorgen, dass die fehlende Hälfte spätestens am ersten Mittwoch im November hier eintrifft.«

»Ich soll noch einen Monat warten?« Meine Stimme wurde schrill.

Mrs Brooke prustete verächtlich. »Und was wollt Ihr nun tun?«

»Ich nehme auf jeden Fall die heutige Lieferung mit«, erklärte ich.

Auf Gregorys Befehl erschienen drei Männer, denen er Anweisung gab, mir meinen Webstuhl zu liefern.

Sofort fuhr Mrs Brooke dazwischen. »Diese Leute sollten jetzt alles für den Besuch von Sir Francis vorbereiten, nicht Zeit und Mühe an derartige Besorgungen verschwenden.«

Gregory gab augenblicklich klein bei. »Ich bedaure, Schwester Joanna, aber ich kann heute keinen Mann entbehren.«

»Dann tragen wir den Webstuhl eben selbst nach Hause«, sagte ich, Schwester Beatrice an meiner Seite.

Meine Worte ernteten Gelächter, und Arthur, der nicht verstand, worum es ging, stimmte ein.

»Bringt uns hin – jetzt«, sagte ich zu Gregory. »Ihr könnt mir nicht mein Eigentum verweigern.«

Gregory breitete die Hände aus. »Wie Ihr wünscht.«

Jacquard übernahm es, mich zu meinem Webstuhl zu führen. Mit einem Tuch zugedeckt, stand er in einer Ecke des Lagerhauses, das bis unter die Decke mit den Baumaterialien für den Landsitz des Königs gefüllt war. Jacquard sah tatenlos zu, als Schwester Beatrice und ich den Holzrahmen versuchsweise anhoben. Der Mann war mir ein Rätsel. Ich wusste, dass er mit einer Gruppe Deutscher auf Einladung von Erzbischof Thomas Cranmer an den königlichen Hof gekommen war. Irgendwie war es ihm gelungen, sich den König gewogen zu machen und die Position als Leiter der Materialbeschaffung zu erlangen. Wie kam ein Protestant aus den Niederlanden dazu, sich für die Ausstattung eines königlichen Landsitzes zu interessieren?

Ich richtete meine Aufmerksamkeit auf den Webstuhl. Es war, wie angekündigt, nur eine Hälfte des rechteckigen Holzrahmens, aber sie wirkte groß und schwer. Doch das kurze Stück bis zum Haus würden wir das Ungetüm schon irgendwie tragen können.

»Ich wünsche Euch Glück, Miss Stafford«, sagte Jacquard.

Ohne ihn eines Blickes zu würdigen, hob ich zusammen mit Schwester Beatrice den Holzrahmen hoch, und wir tappten schwankend voran.

Auf der Straße, wir waren noch keine zehn Schritte gegangen, begannen mir Arme und Schultern erst zu brennen und dann zu zittern. Arthur hüpfte neben mir her. Die Leute blieben stehen und glotzten.

Meine zitternden Arme flatterten jetzt regelrecht. Hinter mir sagte Schwester Beatrice: »Wir schaffen das nicht, Schwester Joanna.«

»Doch, wir schaffen es.«

In unserem Rücken rief Mrs Brooke schallend: »Seht sie euch an. Eine Schande ist das.« Und John, der Verrückte, dessen Stimme ich in diesem Moment wirklich nicht hören wollte, brüllte: »Es ist Zeit, Buße zu tun.«

Wir mussten weitergehen. Ich zwang mich, einen Fuß vor den anderen zu setzen.

»Lasst uns wenigstens kurz rasten«, keuchte Schwester Beatrice. »Einen Moment absetzen und dann weitergehen.«

»Nein, Schwester. Wenn wir ihn jetzt absetzen, bekommen wir ihn nie wieder hoch.«

Arthur sprang juchzend in eine Pfütze, Schmutzwasser spritzte mir in die Augen. Ich zuckte zusammen, stolperte und fiel vornüber auf die Straße, der schwere Webrahmen krachte auf meine rechte Schulter und drückte mich nieder.

Eiskalter Schlamm durchnässte mich. Er roch nach Asche, verfaultem Gemüse und Pferdemist. Mir brannten die Augen, ich konnte nichts sehen. Aber hören konnte ich.

»Das nenn ich eine feine Nonne!«

»Närrisch und dumm.«

Arthur begann laut zu weinen. Ich spürte Schwester Beatrices Hände auf meinem Rücken. Sie versuchte, den Webrahmen von meiner Schulter zu ziehen, aber ihre Kraft reichte nicht aus. Immerhin gelang es mir, dank ihrem erbitterten Bemühen wenigstens den Kopf zu heben. Mein Blick fiel auf die Röcke und Füße von mindestens einem Dutzend Leuten, die um mich herumstanden.

»Sehet die Hure des falschen Propheten«, donnerte John. »Heute tanzt sie nicht.«

»Dafür sollte man sie in den Stock legen«, verkündete Mrs Brooke.

Dann aber wurde ein neuer Ruf laut. »Wer sind diese Leute? Wer ist das?«

Endlich schaffte es Schwester Beatrice, mich von der Last des Webrahmens zu befreien. Mit ihrer Hilfe kam ich taumelnd wieder auf die Beine. Meine Schulter tat weh. Schwester Beatrice wischte mir den Schmutz vom Gesicht.

Jetzt konnte ich erkennen, was die Gaffer von mir abgelenkt hatte. Ein kleiner Zug bewegte sich durch das Dorf, vielleicht zwanzig in weiß-blaue Tracht gekleidete Reiter, die sich schützend um ein Paar scharten. Der hellhaarige Mann trug ein blaues Wams; es schien die Wahlfarbe der Familie zu sein. Doch die Frau, die an seiner Seite ritt, war ganz in Rot; Mieder, Überkleid und Kopfputz leuchteten in tiefem Scharlach. Selbst von meinem

Platz aus konnte ich das Rubinkollier erkennen, das auf ihrem Busen funkelte. Dieses Schmuckstück allein kostete mehr, als die Leute hier in ihrem ganzen Leben verdienen würden.

Als der Zug näher kam, sagte die Frau etwas zu ihrem Begleiter. Beide musterten mich aufmerksam, dann sprach der Mann mit seinen Bediensteten und stieg vom Pferd. Er war ein stattlicher Mann, jedoch recht füllig und schon in mittleren Jahren.

Zwei Männer erschienen plötzlich mit einem Ballen Tuch, das sie in meine Richtung auswarfen. Erst dann wurde der Dame vom Pferd geholfen. Sie setzte ihren Fuß auf das Tuch, das, wie ich jetzt erkannte, als Steg über den Schlamm dienen sollte. Sie nahm den Mann bei der Hand und führte ihn mir entgegen. Kleine Diamanten, mit denen die dunkelroten Samtschuhe besetzt waren, glitzerten bei jedem ihrer Schritte.

»Ihr seid es wirklich«, sagte sie ungläubig. Ihr Gesicht war von feinen Linien durchzogen, wie zartes Pergament, das zu lange ungebraucht liegen geblieben ist. Ihr Haar unter der Gabelhaube spanischer Mode war schwarz, von ersten grauen Fäden durchzogen. »Joanna Stafford?«, fragte sie.

»Ja«, antwortete ich. »Aber ich kenne Euch nicht.«

»O doch«, entgegnete sie. »Ich bin Gertrude.«

Der Mann trat lächelnd vor. »Ich bin Euer Cousin, Joanna. Ich bin Henry Courtenay.«

Kapitel 5

Noch nie hatte sich Pater William Mote so schnell bewegt wie an diesem Morgen. Der Pfarrer der Dreifaltigkeitskirche flog beinahe die High Street hinunter. Als er uns erreichte, zitterten ihm von der Anstrengung die Knie.

»Mein Herr Marquis, Frau Marquise, wir fühlen uns hoch geehrt, dass Ihr unsere Gemeinde besucht«, sagte er und verneigte sich tief vor Henry und Gertrude Courtenay, dem Marquis und der Marquise von Exeter.

Doch sie achteten nicht auf den Geistlichen, ihre Aufmerksamkeit galt allein mir.

»Erinnert Ihr Euch nicht an mich?«, fragte Gertrude mit bebenden Lippen. Sie schien tatsächlich gekränkt darüber, dass ich, zerzaust und schlammbeschmutzt, sie nicht erkannte. Beinahe hätte ich gelacht.

Henry hielt seine Frau um die Taille. Ja, sein Name war mir vertraut. Die Courtenays waren mit den Staffords verwandt – beide Familien stammten direkt von Eduard III. ab und waren durch Heiraten mit der Familie Woodville miteinander verschwägert. Der Name Courtenay gemahnte an Reichtum und Macht. Doch meines Wissens war dieses Paar niemals auf Stafford Castle zu Besuch gewesen – wo sollte ich sie schon einmal gesehen haben?

Als ich Henrys gütiges Gesicht betrachtete, fiel es mir ein.

»Eure Hochzeit«, sagte ich. »Ich war dabei. Als ich noch ein Kind war.«

»Ihr wart unser Blumenmädchen.« Gertrudes Lachen schallte den Dorfleuten, die um uns herumstanden, in die neugierigen Gesichter. Die Heiterkeit verwandelte ihre Züge, die Fältchen traten zurück und die braunen, weit auseinanderliegenden Augen blitzten lebhaft.

»Cousine Joanna, was geht hier vor?«, fragte Henry.

Ich begann stockend zu erklären, berichtete von meinen Plänen, eine Tapisseriewerkstatt zu eröffnen, und meinem Bemühen, mit Schwester Beatrice zusammen den Webstuhl nach Hause zu befördern.

Henry unterbrach mich. »Aber warum hat Euch niemand geholfen? Wenn schon die Leute vom Amt für Bauwesen nicht abkömmlich waren, hätte Euch doch wenigstens jemand aus dem Ort zu Hilfe kommen können. Ihr seid eine Braut Christi.«

Ich blickte in die Runde. Nicht einer der Umstehenden wagte es, meinem Blick zu begegnen.

»Habt Ihr eine Erklärung dafür, Pater?« Der Zorn in Gertrudes Stimme war unüberhörbar.

»Sie wird sich finden, Frau Marquise.« Pater William rang die Hände. »Ich werde selbst herausfinden, warum die Leute von Dartford unserer Schwester Joanna alle christliche Nächstenliebe versagten.«

»Aber Pater«, hörte ich Mrs Brooke rufen, »Ihr habt uns stets gesagt, dass die Frauen aus dem Kloster …«

»Schweigt«, herrschte der Geistliche sie an.

Gegen meinen Willen stieß ich einen Schmerzensschrei aus, als mich Arthur, verwirrt und ungeduldig, am Arm zog. Brennender Schmerz durchfuhr meine Schulter.

»Ihr seid verletzt?«, rief Henry besorgt. »Da muss sofort etwas geschehen. Die Schuldigen werden festgestellt und zur Rechenschaft gezogen werden. Pater, führt uns in die Kirche.« Er wies auf den kantigen Kirchturm.

»Nein, nicht in die Kirche.« Es klang, ganz gegen meine Absicht, beinahe flehend. »Ich möchte nach Hause.«

»Dann bringen wir Euch dorthin«, versicherte Henry tröstend und wandte sich an einen streng dreinblickenden Mann in der Courtenay-Tracht. »Charles, Ihr verfolgt diese Angelegenheit weiter.«

Gertrude neigte sich zu Arthur hinunter und strich ihm über die Wange. »Ist er das? Ist das Arthur Bulmer?«

»Woher wisst Ihr von Arthur?«, fragte ich.

Gertrude trat näher und flüsterte mir ins Ohr: »Alle, die der Lady nahestehen, wissen von Euch und Arthur Bulmer.«

Der Lady?

Ehe ich fragen konnte, geleiteten sie mich so fürsorglich, als hätten sie es mit einer florentinischen Skulptur zu tun, zum Haus. Henry kam nicht mit hinein, er wolle noch in die Kirche, erklärte er.

»Komm, Edward, du begleitest mich«, rief er, und ein blonder Junge von vielleicht elf Jahren trat aus der kleinen Schar der Bediensteten.

»Wollt Ihr eine Privatmesse lesen lassen?«, fragte ich verwundert.

»Mein Gemahl, der Historiker, hegt schon lange den Wunsch, die Dreifaltigkeitskirche zu besuchen«, erklärte Gertrude lächelnd. »Dorthin wurde der Leichnam Heinrichs V. gebracht. Das ist doch richtig, nicht wahr?«

»Ja, der Zug, der den toten König von Dover nach London geleitete, machte hier Halt, um eine Trauermesse lesen zu lassen«, erklärte mein Cousin Henry, der schon ungeduldig auf den Füßen wippte. »Vielleicht möchte Arthur uns begleiten?«

Für derartige historische Expeditionen, sagte ich bedauernd, sei Arthur noch nicht reif.

»Wer weiß, Cousine«, entgegnete Henry. »Was meinst du, Arthur? Möchtest du mich und deinen Cousin Edward begleiten?«

Arthur starrte den jungen Edward Courtenay an wie eine Engelserscheinung. Er nickte. Henry zauste ihm die Haare. »Seht ihr? Arthur ist ein guter Junge.« Er zog die Hand seiner Frau an die Lippen, um sie zu küssen. »Wir bleiben nicht lange, Liebste.«

Gertrude antwortete mit einem Lächeln von bezaubernder Kindlichkeit. Ihre Blicke trafen sich mit einer Zärtlichkeit, die voller Geheimnisse war. Solche Intimität war ich nicht gewöhnt, ich wandte mich ab.

Der Mann und die beiden Jungen begaben sich von Bediensteten gefolgt zur Kirche. Zwei blieben vor meinem Haus zurück, wie um es zu bewachen.

Die Frauen geleiteten mich nach oben. In meinem Schlafgemach halfen sie mir aus den Kleidern und wuschen mir Gesicht, Hals und Schultern. Geübte Finger massierten Salbe in meine verletzte Schulter. Dann wurden frische Kleider herausgesucht.

Gertrude selbst rührte mich nicht an, sie überließ es ihrer Hofdame, Constance, und einer jungen Zofe, mich zu versorgen, und dirigierte nur mit einem Nicken oder einer kurzen Handbewegung. Als ich fertig gekleidet war, kämmte mir die Zofe die Haare, was bei der Lockenfülle nicht ganz schmerzlos abging. Aber ich biss die Zähne zusammen.

Gertrude wartete derweilen in dem Sessel, der für sie ins Zimmer gebracht worden war. Vielleicht lag es an dem stumpfen Licht, das durch das Fenster fiel, aber der funkelnde Glanz, der sie umgeben hatte, war erloschen. Das voluminöse rote Prachtgewand schien den dünnen Körper zu überwältigen. Sie sah alt aus und sehr müde. Schatten lag unter ihren braunen Augen.

Als hätte sie meine Gedanken gelesen, sagte sie mit feiner Wehmut in der Stimme: »Wie alt seid Ihr, Joanna?«

»Siebenundzwanzig.«

Sie lächelte. »Ich hätte Euch für einundzwanzig gehalten. Und was für eine hübsche Figur Ihr habt. Aber Ihr habt natürlich auch keine Kinder zur Welt gebracht. Ja, wir Frauen von spanischem Blut gehören zu den schönsten, aber unsere Schönheit verblüht manchmal schnell.«

»Ihr seid Spanierin?«

»Meine Mutter kam genau wie Eure im Dienst Katharinas von Aragón aus Spanien nach England. Und wie Eure Mutter hat sie einen Engländer geheiratet. Mein Vater ist Baron Mountjoy. Daran müsst Ihr Euch doch erinnern.«

»Das Einzige, woran ich mich erinnere, ist der Tag Eurer Hochzeit.«

Gertrude wurde wieder etwas lebhafter. »Ja, es war eine prachtvolle Hochzeit, nicht wahr? Genau so, wie ich sie mir gewünscht hatte.«

Meine Erinnerung an den Tag wurde deutlicher. Ich sah wieder das Brautpaar, Henry und Gertrude, jung und strahlend, wie sie am Kirchenportal zusammentrafen, um ihr Ehegelöbnis vor Gott abzulegen. Meine Cousine Margaret und ich streuten Blumen, und aller Augen ruhten auf der entzückenden jungen Margaret, während mich kaum jemand beachtete. Ich grollte nicht. Ich war stolz auf sie.

Aber jetzt war nicht die Zeit für Reminiszenzen. Ich wollte Auskünfte von der Marquise von Exeter.

»Wie kommt es, dass Ihr mich heute beinahe auf den ersten Blick erkannt habt?«, fragte ich. »Wir haben einander viele Jahre nicht gesehen, und damals war ich noch ein Kind. Woher wisst Ihr von Margarets Sohn? Und wer ist ›die Lady‹?«

Gertrude spielte an ihrem Rubinkollier, während sie mich forschend betrachtete, als überlegte sie, wie viel sie mir enthüllen sollte. »Ich bin heute nicht nur nach Dartford gekommen, um die Kirche zu besuchen, sondern vor allem, um Euch ausfindig zu machen. Von Euch und Arthur Bulmer weiß ich durch« – sie senkte ehrfürchtig die Stimme – »Lady Maria.«

Natürlich. Maria Tudor, die älteste Tochter des Königs und seiner ersten Ehefrau Katharina von Aragón. Im vergangenen Winter, als Bruder Edmund und ich im Haus des Herzogs von Norfolk in höchster Gefahr gewesen waren, hatte ich in meiner Not ihre Aufmerksamkeit gesucht, indem ich ihr einfach in den Weg trat und sie mit einem tiefen spanischen Hofknicks und in spanischer Sprache begrüßte. Als sie hörte, dass ich ihre vom Hof verbannte Mutter im letzten Monat ihres Lebens betreut hatte, setzte sie sich sofort für mich ein. Dank ihrer Einflussnahme wurde mein Vater aus dem Tower of London befreit. Seither hatte ich viele Briefe von Maria Tudor erhalten, sowohl vor der Auflösung unseres Klosters als auch danach. Ihre Schreiben bekamen einen besorgten Ton, nachdem ich mich mit Arthur im Dorf niedergelassen hatte, anstatt zu meinen Verwandten auf Stafford Castle zu übersiedeln.

»Ich weiß, dass Lady Maria sich um mich sorgt, aber es war nicht nötig, Euch deswegen eigens nach Dartford zu senden«, sagte ich.

»Nicht nötig? Nach allem, was wir heute hier gesehen haben?«

»Nur mein Eigensinn und mein Stolz waren an dem unglücklichen Zwischenfall in der High Street schuld«, erklärte ich.

Gertrude sprang auf. »Ihr gebt Euch selbst die Schuld?«, rief sie. »Euch ist grausames Unrecht geschehen, Ihr habt Euren Platz im Kloster verloren und müsst Euch hier von gemeinem Volk beleidigen lassen. Was man Euch allen angetan hat, den Brüdern und Schwestern unserer kirchlichen Orden, ist eine schwere Sünde vor Gott.«

Es kam selten vor, dass jemand so offen sprach – noch dazu im Beisein von Bediensteten. Ich versuchte zu erkennen, wie Constance und die Zofe diese Kritik am König aufnahmen, doch ihre Gesichter verrieten nichts.

Gertrude holte mehrmals tief Atem, als ränge sie um Beherrschung.

»Was hat Lady Maria Euch über mich berichtet?«, fragte ich.

»Ich habe durch Briefe, nicht in Gesprächen von Euch gehört«, antwortete Gertrude. »Ich habe sie seit dem Frühjahr nicht mehr gesehen. Sie darf keine Besuche empfangen. Dafür sorgt Cromwell.«

Ich war von Neuem verwirrt. »Aber Lady Maria ist doch mit ihrem Vater, dem König, ausgesöhnt.«

Gertrude schüttelte den Kopf. »Joanna, ich weiß, Ihr bevorzugt ein zurückgezogenes Leben. Aber geht das so weit, dass Ihr nicht einmal wisst, was in unserem Königreich vorgeht?«

»Ich weiß gar nichts«, erwiderte ich. Und es war die Wahrheit. Der Londoner Klatsch hatte mich nie interessiert, jedenfalls nicht mehr nach meinem ersten Ausflug an den verkommenen königlichen Hof. Jahre später, im Kloster, achtete ich aufmerksamer auf Nachrichten vom Hof, aber nur, soweit sie die Klöster betrafen. Jetzt mied ich allen Klatsch – nicht dass mir viel davon zugetragen worden wäre.

»England ist in großer Gefahr«, sagte Gertrude. »Vor vier Monaten wurde der Waffenstillstand von Nizza unterzeichnet – « Sie brach ab. »*Davon* werdet Ihr doch gehört haben?«

Ich wurde rot. »Nein.«

»Der König der Franzosen hat einen Waffenstillstand mit Kaiser Karl V. geschlossen. Der Papst selbst hat ihn vermittelt. Sie haben sich zum Kampf gegen das Osmanische Reich zusammengeschlossen.«

»Aber ist denn Frieden zwischen Frankreich und Spanien nicht wünschenswert?«, fragte ich, zornig über meine Unwissenheit. »Wie sollte das England schaden?«

Gertrude trat ans Fenster. Sie spähte hinaus, als fürchtete sie, draußen auf dem Sims verberge sich ein heimlicher Lauscher. Als sie sich wieder zu mir herumdrehte, sagte sie: »Die Türken sind vielleicht nicht die Einzigen, die Kaiser Karl im Visier hat. Er ist der mächtigste Herrscher der Welt und soll selbst gesagt haben, dass in seinem Reich die Sonne niemals untergeht. Spanien, die Niederlande, Österreich, Burgund, Teile von Italien, die Kolonien in der Neuen Welt – alle stehen sie unter seiner Herrschaft. Er verfügt über Heere und Flotten. Obwohl er noch nicht einmal vierzig Jahre alt ist, ist er der mächtigste Katholik auf Erden.«

Ich lernte Gertrude in diesem Augenblick von einer neuen Seite kennen. Ich sah die Frau des Höflings, die politische Entwicklungen verfolgte und verstand.

»Und der Kaiser ist entschlossen, die Häresie zu vernichten«, fuhr sie fort. »Es gibt Gerüchte, dass der Papst ihn beauftragt hat, England vom protestantischen Makel zu reinigen. Frankreich war über Jahre unser Verbündeter. Jetzt jedoch, da König Franz von Frankreich ein Abkommen mit Karl unterzeichnet hat und nicht mit uns, sind wir ungeschützt …«

»Wollt Ihr sagen, dass England von Spanien und Frankreich angegriffen und besetzt werden könnte?«

Sie nickte nur.

Es durchfuhr mich wie ein Blitz. »Lady Maria ist über ihre Mutter mit Karl blutsverwandt und ihm treu ergeben. Wenn Spanien England den Krieg erklärt, wird sie des Verrats verdächtigt werden.«

Wieder nickte Gertrude.

Wie konnte sich Lady Maria um mich sorgen, wenn sie selbst in solcher Gefahr war? Auf dem Sterbebett hatte Katharina von Aragón mir ihre Angst um ihre Tochter, die Prinzessin, offenbart und mich gedrängt, ins Kloster Dartford einzutreten, weil sie dort die Athelstan-Krone verborgen glaubte, die der Überlieferung nach dem alten Glauben die Rettung bringen würde. Sie hatte gehofft, ich würde Maria beschützen. Doch ich hatte versagt. Ich hatte nicht nur die gefährdete Prinzessin im Stich gelassen, sondern auch die von mir verehrte verstorbene Königin, weil ich nach der Zerstörung unseres Klosters in Selbstmitleid versunken war.

»Lady Maria hat in keinem ihrer Briefe etwas von diesen Entwicklungen angedeutet«, sagte ich schwach.

»Sie weiß, dass alle ihre Briefe von Cromwell geöffnet und gelesen werden«, versetzte Gertrude.

Das hieß, dass auch meine Schreiben an sie kontrolliert wurden. Doch ich hatte mich nie zu politischen Dingen geäußert, dessen war ich sicher. Trotzdem – meine Berichte über Arthurs Entwicklung, meine Träume von einer Tapisseriewerkstatt, meine Sehnsucht nach meinem Vater, es war alles so persönlich.

»Ich ertrage es kaum, Euch so bekümmert zu sehen.« Gertrudes Stimme zitterte.

Ich schaute überrascht auf. Sie kannte mich doch kaum. Doch schon folgte eine noch größere Überraschung. Gertrude Courtenay flog plötzlich auf mich zu und warf sich mir zu Füßen. In ihren braunen Augen glitzerten Tränen. Zum ersten Mal roch ich ihren Duft: Salbei, Kamille und Rosmarin, von einem seltsam bitteren Aroma unterlegt.

»Es ist ein Omen, es muss ein Omen sein, dass wir Euch gefunden haben«, rief sie. »Ich wollte mich in der Kirche nach Eurem Verbleib erkundigen. Dann Constance mit einer Nachricht zu Euch senden und um eine Zusammenkunft bitten. Es muss etwas zu bedeuten haben, dass Ihr mir im Augenblick meiner Ankunft in dieser Gemeinde gewissermaßen in den Weg gestoßen wurdet. Gott hat uns beiden ein Zeichen gesandt.«

Ich blickte verwundert zu ihr hinunter. »Was wollt Ihr damit sagen?«

»Ich soll Euch retten – es ist meine Bestimmung«, erklärte sie. »Joanna, ich habe so viel, und Ihr habt so wenig. Lasst mich Euch helfen. Wir wollen einander Schwestern sein. Verlasst diesen schrecklichen Ort und kommt mit mir – heute noch.«

Einen Moment fehlten mir die Worte. »Aber meine Freunde … meine Werkstatt … Arthur …«

»Margaret Bulmers Sohn wäre uns so willkommen wie Ihr«,

versicherte sie, immer noch zu meinen Füßen kniend. »Es wäre mir eine Ehre, mein Haus mit Euch und Arthur zu teilen.«

Ich spürte, dass ihr Angebot von Herzen kam. »Bitte steht auf, Gertrude«, bat ich und reichte ihr die Hand. »Ein Leben in London, in nächster Nähe zum Hof«, erklärte ich behutsam, »das ist nichts für mich.«

»Ich bin niemals bei Hofe«, entgegnete sie eilig. »Henry muss natürlich anwesend sein, aber seit dem Tod von Königin Jane habe ich kein Amt mehr, das meine Anwesenheit verlangt. Und wir verbringen ja auch nur vier oder fünf Monate des Jahres in London. Im Frühling kehren wir stets in den Westen zurück, wo die meisten von Henrys Besitztümern liegen. Cornwall ist wunderschön; ich würde es Euch so gern zeigen. Das Meer, die Wälder, die Blumenpracht – «

Als zornige Stimmen von unten ihre schwärmerische Schilderung störten, gab sie Constance ein Zeichen, und die Hofdame schlüpfte hinaus. Ich eilte zur Tür.

»Joanna, wartet.« Gertrude packte mich mit erstaunlicher Kraft am Handgelenk. »Ihr dürft Euch nicht wieder in Gefahr begeben.«

Ich riss mich los. »Dies ist mein Haus«, sagte ich. »Ich muss nach dem Rechten sehen.«

Ich war halb die Treppe hinunter, als ich ihn erblickte. Die zwei Courtenay-Bediensteten, die zur Bewachung meines Hauses zurückgeblieben waren, rangen erbittert mit einem hochgewachsenen jungen Mann, dem es gelungen war, ins Haus einzudringen. Die Tür hinter ihm stand sperrangelweit offen, und er drängte sich mit kraftvollen Ellbogenstößen zu meinem Empfangszimmer vor, während die beiden Bediensteten erfolglos versuchten, ihn aufzuhalten.

Mit einem wütenden Knurren ließ der Größere der beiden Courtenay-Männer sich zurückfallen und zog sein Schwert. »Gebt auf«, befahl er.

»Nicht bevor Ihr mir sagt, wo ich Joanna Stafford finde«, gab der Mann erregt zurück.

»Ich bin hier, Geoffrey«, rief ich laut.

Geoffrey Scovill schaute zu mir hinauf. »In der Tat, da seid Ihr«, sagte er.

Kapitel 6

Ein Lächeln der Erleichterung flog über Geoffreys Gesicht. Mit einer Hand schob er das Schwert weg, das ihn bedrohte, und sagte: »Das könnt Ihr Euch jetzt sparen.« Mit der anderen zog er sein im Handgemenge verrutschtes Wams zurecht. »Oh, ich habe einen Knopf verloren.«

Ich musste lachen, ich konnte nicht anders. Und Geoffrey lachte mit, eine Spur verlegen.

Ich war Geoffrey Scovill, dem Constable aus Rochester, zum ersten Mal begegnet, als er mich in Smithfield bei Margarets Verbrennung vor Angriffen des Pöbels rettete. Seither waren wir manches Stück Weg gemeinsam gegangen, nicht immer einig und unbeschwert. Er sah anders aus, als ich ihn in Erinnerung hatte. Das hellbraune Haar, offensichtlich frisch geschnitten, fiel ihm in akkurat gestutzten Fransen tief in die Stirn, ganz der höfischen Mode entsprechend, auf die er, solange ich ihn kannte, nie etwas gegeben hatte. Auch seine Kleidung, früher stets Flickwerk aus getragenen und geänderten Sachen, war neu und modisch. Doch die tiefblauen, jetzt von Lachfältchen umgebenen Augen waren so vertraut wie immer.

»Was gibt es denn so Erheiterndes?«, fragte Gertrude, die die Treppe herunterkam. Ihr Ton war scherzhaft, doch ihr Schritt entschlossen, als sie zur Haustür ging und sie schloss.

Ich beherrschte meine Lachlust mit Mühe. »Das ist mein Freund Geoffrey Scovill«, erklärte ich. »Er ist Constable in Rochester.«

Geoffrey verneigte sich tief, als ich ihn in aller Form mit der Marquise bekannt machte, der Ausdruck der Überraschung in seinem Gesicht entging mir trotzdem nicht.

»Uns hat er erklärt, er wäre hier in Dartford der zuständige Constable und hat sich aufgeführt wie ein Barbar«, bemerkte der kleinere Bedienstete immer noch aufgebracht.

»Ihr hättet nur auf meine Nachfrage an der Tür antworten müssen«, sagte Geoffrey, »dann hätte es keine Schwierigkeiten gegeben.«

»Wir sind nicht befugt, auf Anfragen von Fremden zu antworten, wenn es die Herrschaft nicht ausdrücklich geboten hat«, entgegnete der Größere der beiden Männer.

Noch während dieses Austauschs erschien Schwester Beatrice. Sie war nicht mit mir nach oben gekommen, aber im Haus geblieben. Jetzt rief sie, geradezu flatternd vor Erregung: »O Geoffrey, die Berufung ist sicher?«

»Ich verstehe nicht«, sagte ich. »Welche Berufung?«

»Hier in Dartford wird ein Constable gebraucht, und der Posten ist mir anvertraut worden. Ich bin nicht mehr für Rochester zuständig.« Geoffreys Worte waren an mich gerichtet, doch sein Blick galt Schwester Beatrice. Mich brachte diese Neuigkeit aus der Fassung. Geoffrey hier, in Dartford, jeden Tag? Ein Gefühl der Unsicherheit befiel mich. Ich hatte ihn in den vergangenen sechs Monaten nur einmal, im Juli, gesehen. An diesem Nachmittag hatte er Schwester Beatrice und mich zum Margaretenfest begleitet. Es wurde ein seltsamer Tag. Geoffrey war mit seinen Gedanken woanders; Musik, Eselrennen, Kletterkünstler, ja selbst das Preisschießen der Bogenschützen schienen ihn nicht zu amüsieren. Als es dämmerte, brachte er uns eilig nach Dartford zurück, und ich hatte ihn seitdem nicht wieder gesehen.

»Was sagt Richter Campion dazu?«, fragte ich. Der hochbetagte Friedensrichter hatte einen großen Teil von Geoffreys Lohn aus eigener Tasche bezahlt, um bei ernsteren Verbrechen jederzeit auf den scharfen Verstand und die jugendliche Kraft des jungen Constable zurückgreifen zu können.

»Richter Campion ist tot«, antwortete Geoffrey. »Aber jetzt will ich wissen, was hier passiert ist und warum Euer Haus bewacht wird.«

Geoffreys Zorn brach sich Bahn, noch ehe ich zu Ende berichtet hatte. Er schlug sich ungeduldig auf den Schenkel. »Konnte Euch denn Sommerville nicht helfen?«, fragte er scharf. »Weiß Gott, der Mann taugt zu nichts.«

»Es ist doch nicht Bruder Edmunds Schuld«, hielt ich ihm entgegen.

»Nein, es ist nie seine Schuld«, knurrte Geoffrey.

Ich merkte, wie Gertrude, die dem Gespräch schweigend zugehört hatte, mich ansah. Ihr Blick verriet Überraschung, aber nicht das allein, er hatte wieder dies nachdenklich Forschende, als grübelte sie über einer wichtigen Entscheidung.

Noch ehe ich mir weitere Gedanken machen konnte, klopfte es draußen. Henrys Haushofmeister, der streng dreinblickende Charles, führte zwei Personen herein: Gregory, den Oberschreiber des Amts für Bauwesen, und Mrs Brooke. In allen Einzelheiten berichtete er Gertrude, was sich vor dem für mich so demütigenden Zwischenfall in der High Street im Dorf und im Amt zugetragen hatte.

Gregorys schweißfeuchtes Gesicht verriet, wie unwohl er sich fühlte. Mrs Brooke jedoch zeigte nur Trotz. »Ich habe nichts Widergesetzliches getan«, trumpfte sie auf. »Und ich bin unter Protest hierher geschleppt worden. Ich weiß allerdings gut genug, warum.« Sie warf hochmütig den Kopf zurück und bedachte mich mit einem hasserfüllten Blick.

Geoffrey schlüpfte in seine Rolle als amtlicher Vertreter des Gesetzes und entgegnete: »Nein, auf den ersten Blick habt Ihr nicht gegen das Gesetz verstoßen, Missis Brooke. Aber Euer Verhalten gibt doch zu näherer Prüfung Anlass. Und ich werde nicht säumen, sie vorzunehmen.«

»Constable, Ihr erlaubt?« Ohne auf eine Antwort zu warten, trat Gertrude vor Mrs Brooke hin. »Ihr wisst, wer ich bin?«, fragte sie in mildem Ton.

»Aber ja, Ihr seid die Marquise von Exeter«, antwortete Mrs Brooke.

»Und wisst Ihr auch, was das bedeutet?« Gertrude trat noch einen Schritt näher. Die Diamanten an ihrem Samtschuh funkelten.

Mrs Brooke machte ein mürrisches Gesicht.

»Ich will es Euch erklären.« Gertrude faltete die Hände, als wollte sie beten. »Mein Gemahl, Henry Courtenay, ist der Enkel Eduards IV. und wurde zusammen mit seinem Cousin, unserem König Heinrich, und dessen Schwestern aufgezogen. Der König vertraut ihm mehr als all seinen anderen Verwandten. Ihm allein ist es gestattet, die Privatgemächer des Königs ohne vorherige Anmeldung des Kammerherrn zu betreten. Ihr habt die Schar der Bediensteten gesehen, die uns begleitet. Sie ist nur ein geringer Teil unserer Dienerschaft. Der König hat uns genehmigt, unsere Leute mit Waffen und Uniformen auszustatten. Alles, was wir tun, sei es im Westen Englands, in London oder hier und heute in Dartford, geschieht mit Billigung des Königs.«

Mrs Brooke warf einen Blick zur Haustür. Ihr gefiel das alles nicht. Und es gab noch jemanden, dem das alles nicht gefiel. Geoffreys Gesicht hatte sich in einem Ausdruck misstrauischer Vorsicht verschlossen.

»Joanna Stafford ist die Verwandte meines Gemahls«, fuhr Gertrude fort, »und damit eine Verwandte seiner Majestät des Königs. Zudem ist sie eine Vertraute von Lady Maria Tudor.«

Geoffrey sah mich entgeistert an. Er hatte keine Ahnung von meiner Verbindung zum Königshaus gehabt. Ich wünschte, Gertrude hätte geschwiegen.

»Wenn Ihr Joanna Stafford missachtet, missachtet Ihr den Adel unseres Reichs«, hob Gertrude die Stimme, nun gar nicht mehr milde. »Ein Wort von mir würde genügen, um Euch nach Eurem heutigen Verhalten zu vernichten, Missis Brooke. Euch, Euren Ehemann und Eure ganze Familie. Ist das deutlich genug? Euer Ehemann, der heute noch die Anwerbung der Leute zum Bau des neuen königlichen Landsitzes leitet, würde morgen mit Schimpf und Schande aus dem Amt gejagt. Er könnte sich glücklich schätzen, als Steinklopfer unterzukommen.«

Mrs Brooke blieb der Mund offen stehen, und sie begann zu zittern wie eine Fieberkranke.

Aber auch ich fühlte mich, um die Wahrheit zu sagen, wie von einem Fieber ergriffen, allerdings nicht von einem schwächenden. Auf einmal war ich nicht mehr machtlos auf mich allein gestellt; einflussreiche Leute setzten sich für mich ein. *Ja, vernichte sie*, frohlockte ich innerlich. *Lass sie leiden.*

Aber diesem Triumphgefühl folgte unverzüglich Scham.

»Nein, bitte«, protestierte ich und legte Gertrude die Hand auf den Arm. »Ich bin nicht ohne Schuld. Ich habe sie provoziert.« Gertrude schüttelte den Kopf. Wie zuvor konnte sie kein Fehl an mir finden. Ich suchte nach einem Gebet, das uns leiten konnte. »Heilige Jungfrau, gesegnet sind die Barmherzigen, denn sie werden Barmherzigkeit erlangen. Selig sind die reinen Herzens sind, denn sie werden Gott schauen. Und selig sind die Friedfertigen, denn sie werden Gottes Kinder heißen.«

Die Zorneswolken, die Gertrudes Züge verdunkelten, lichteten sich. Mit einem Aufschrei umfasste sie meine Hände. »Joanna, danke Euch, dass Ihr mich an den Geist Christi erinnert, an dem ich festhalten muss. Durch Euch begreife ich von Neuem Gottes Gnade.«

Sie befahl, Mrs Brooke und Gregory ihrer Wege zu schicken. Während Geoffrey, der die beiden zur Haustür brachte, noch leise und in nachdrücklichem Ton mit Mrs Brooke sprach, wurde es auf der Straße von Neuem lebendig. Mein Cousin Henry Courtenay war zurück, hochzufrieden mit seinem Besuch der Dreifaltigkeitskirche.

»Wirklich ein kenntnisreicher Mann, dieser Pater William«, berichtete er. »Er hat mir ein wunderbares Wandgemälde von Sankt Georg in einer der Kapellen gezeigt.«

Aber er hatte dem Herrn Marquis sicher nichts davon gesagt, dass das Gemälde auf Cromwells Befehl übertüncht werden sollte, sondern lieber nach Kräften gekatzbuckelt. Solchem Verhalten, gerade von Leuten, die bei anderen nicht an Grausamkeit sparten, begegnete Henry Courtenay wahrscheinlich, wohin er kam.

»Wie war es mit Arthur?« Ich hegte die schlimmsten Befürchtungen.

»Seht selbst«, sagte Henry.

Ein Blick aus dem Fenster zeigte mir die High Street, wie ich sie nie gesehen hatte – in ein Spielfeld für Arthur verwandelt. Henrys Leute hatten einen großen freien Platz geschaffen, auf dem Henrys Sohn Edward und Arthur lachend einen Ball hin und her warfen.

Ich beobachtete Margarets Sohn, mit welch glühendem Eifer er nach dem Ball sprang und wie er unter Edwards Ermutigungen aufblühte. Er schien in der letzten Stunde einen ganzen Kopf größer geworden zu sein.

»Joanna, was ist Euch?«, fragte Henry. »Ihr weint ja.«

Ich griff mir an die feuchten Wangen. »Es ist manchmal so schwierig mit Arthur. Ich weiß nicht, ob ich ihm wirklich gerecht werde. Ich mache mir ständig Sorgen um seine Zukunft.« Ich kannte diesen Verwandten von mir kaum, und doch sprach ich ihm von Ängsten, die ich bisher mit niemandem geteilt hatte, nicht einmal mit Bruder Edmund.

»Nun ja, zunächst einmal sollte er keine Kinderkittel mehr tragen«, sagte Henry. »Er ist groß genug, um wie ein Junge gekleidet zu werden, ein Junge aus gutem Haus.«

»Meint Ihr?«

»Er ist fünf Jahre alt. Alt genug, um in die Hand eines Hauslehrers gegeben zu werden und sich im körperlichen Wettkampf zu üben«, erklärte Henry.

Mein Gesicht verriet wohl meine Ungläubigkeit.

»Arthur ist ein kräftiger und beweglicher Junge. Mag sein, dass die Bücher niemals seine Welt sein werden, aber das braucht ihn doch nicht daran zu hindern, das Leben eines geachteten Edelmanns zu führen – oder sogar bei Hof erfolgreich seinen Weg zu machen. Norfolk sagt oft genug, dass Bücherweisheit den Adel verdorben hat.« Er lachte, ohne zu bemerken, wie ich bei der

Nennung des Namens Norfolk zusammenzuckte. Niemals würde ich vergessen, wie der Herzog mich in der Zeit meiner Gefangenschaft im Tower gequält hatte; ja, er hatte mich sogar ins Gesicht geschlagen, als ich mich nicht beugte.

»Mein Gemahl ist der beste Vater Englands.« Gertrude, die zu uns auf die Vortreppe hinausgetreten war, streichelte ihrem Mann den Arm.

»Warum besucht Ihr uns nicht zusammen mit Arthur, Joanna?«, fragte Henry. »Bleibt eine Weile bei uns. Lehrer sind da. Er braucht Reit- und Tanzunterricht und muss höfisches Benehmen lernen. Es wäre auch gut für Edward, einen Jüngeren um sich zu haben.«

»Ich habe Joanna schon zu uns nach London eingeladen, aber sie meinte, es gäbe hier in Dartford zu viel zu tun für sie«, warf Gertrude ein. »Sie erwartet in einem Monat den Rest ihres Webstuhls.«

Henry breitete die Hände aus. »Dann kommt auf einen Monat. In vier Wochen könnten wir viel für Arthur tun. Ihr könnt ja im November wieder heimkehren. Ich bin beeindruckt von Eurem Mut, ganz allein ein solches Unternehmen zu wagen. Vielleicht würdet Ihr mir erlauben, mich daran zu beteiligen.«

Nicht einmal als ich unter dem Webstuhl eingeklemmt auf der Straße gelegen hatte, hatte ich so stürmisches Herzklopfen gehabt. Sollte ich das tun – zu den Courtenays übersiedeln? Nach London, in die Stadt, die ich fürchtete, in der ich Margarets Verbrennung erlebt hatte? Doch Gertrude hatte mir versichert, dass sie den königlichen Hof mied, und sie waren beide so sehr bemüht, mir zu helfen. Eine Beteiligung Henry Courtenays an meinem kleinen Unternehmen würde mir zweifellos einen festeren Stand geben. Konnte ich es überhaupt verantworten, die Möglichkeiten, die Arthur hier geboten wurden, auszuschlagen?

»Darf ich Euch einen Moment stören?« Geoffrey Scovills Stimme riss mich aus meinen Gedanken. In die Beobachtung Arthurs vertieft, hatte ich alles um mich herum vergessen, auch, dass Geoffrey noch hier war. Jetzt wollte er mit mir sprechen.

Henry drehte sich um und musterte ihn von oben bis unten. »Und Ihr seid …?«

»Er ist ein Freund von Joanna, Geoffrey Scovill«, erklärte Gertrude mit ausgesuchter Höflichkeit. »Er ist der Constable von Dartford.«

»Ich verstehe.« Henry lächelte, aber seine Augen verrieten Verwirrung. Er konnte sich vermutlich nicht vorstellen, was eine Stafford mit einem Gemeinde-Constable zu tun haben sollte.

»Ich würde Miss Stafford gern einen Moment unter vier Augen sprechen«, sagte Geoffrey.

Henrys Lächeln trübte sich.

»Geoffrey hat meinen Vater gekannt.« Sofort bedauerte ich meine Worte. Es hörte sich wie eine Rechtfertigung an. Aber es wirkte.

»Oh, natürlich«, sagte Henry. »Sollen wir so lange hinausgehen?«

»Nein, nein«, wehrte ich ab. »Wir können in die Küche gehen.«

Neugierige Blicke folgten uns, als ich mit Geoffrey das Zimmer verließ. In der Küche schloss ich die Tür. Auf dem Holztisch lagen noch die Krümel von Arthurs Frühstück. Kitty, meine junge Dienstmagd, war nicht da gewesen.

Geoffrey packte mich bei den Schultern und riss mich an sich. Wir waren einander so nahe, dass ich die Seife riechen konnte, mit der er sich gewaschen hatte. Scharf und beißend. Arme-Leute-Seife. Verfehlt bei einem Mann, der sich in modischer Eleganz versuchte. Bestürzt über sein Verhalten, das allen Respekt vermissen ließ, war ich doch auch gerührt über sein ungeschicktes Bemühen, einen Mann von Stand aus sich zu machen.

»Joanna, hört mir zu«, sagte er. »Ihr dürft nicht mit diesen Leuten gehen.«

»Und warum nicht?«

»Es wäre gefährlich.«

Ich riss mich von ihm los. Seine Befürchtungen waren lächerlich. Ich war so erleichtert gewesen bei der Vorstellung, dass die Courtenays mir bei der Erziehung Arthurs helfen und die drückende Last der Verantwortung mit mir teilen würden, und jetzt wollte Geoffrey mir den schönen Plan vergällen.

»Ihr wisst, dass die Familie Courtenay zu den reichsten des Landes gehört?«, fragte ich. »Sie verfügen über ein Heer von Bediensteten. Wie sollte mir jemand etwas anhaben können, wenn ich bei ihnen zu Gast bin?«

»Ich fürchte etwas ganz anderes.«

»Was denn?«, fragte ich scharf.

Er antwortete nicht. Ich sah ihm an, dass er überlegte, wie er seine Befürchtungen formulieren sollte, und fühlte mich an Gertrude Courtenay erinnert, wie sie ihre Worte abgewogen hatte, als sie mir von Maria Tudor berichtete.

»Woher wusste Schwester Beatrice eigentlich, dass Ihr als Constable nach Dartford kommen würdet?«, fragte ich.

Geoffrey sah mich erstaunt an. »Sie hat mir nach dem Margaretenfest geschrieben, und ich habe ihre Briefe beantwortet.«

»Ach so.«

»Ich hätte auch Euch nur zu gern geschrieben, Joanna. Aber Ihr habt nichts von Euch hören lassen.«

Eine unangenehme Spannung breitete sich in meiner Küche aus. Ihm zu schreiben wäre leichtfertig gewesen. Es hätte womöglich seine Hoffnungen auf mehr als Freundschaft geschürt. Ich hatte geglaubt, seine leidenschaftlichen Gefühle für mich hätten sich gelegt, da ich ihn nur einmal wiedergesehen hatte, seit er sich mir damals im Frühling im Stall des Klosters erklärt hatte.

»Auf dem Margaretenfest«, begann ich und stockte.

»Ja? Was denn?«

»Ihr habt Euch nicht – wohlgefühlt. Ich weiß nicht, warum.«

Einen Moment sah Geoffrey mich verständnislos an, dann lachte er. Nicht das unbeschwerte, herzhafte Lachen von früher. Dieses Lachen klang hart.

»Ihr habt keine Ahnung, nicht wahr, Joanna? Ich habe mich manchmal gefragt, ob Ihr es wisst – ich dachte: Unbedingt. Sie *muss* es merken. Sie ist doch nicht blind.«

»Was muss ich merken?«

»Welche Wirkung Ihr auf Männer ausübt. Wie sie auf Euch ansprechen, wie sie Euch ansehen. Und dann noch Beatrice dazu – Herr im Himmel! Zwei bildschöne junge Frauen, unverheiratet und vaterlos mitten im Getümmel. Die eine dunkel, die andere hell. Könnt Ihr Euch vorstellen, dass ich mich nicht wohlgefühlt habe, Joanna, weil ich fürchtete, es würde mir vielleicht nicht gelingen, Euch vor einer Menge trunkener Männer zu schützen? Zum Glück hat niemand uns belästigt. Aber ich bin überzeugt, das war einer der Gründe, warum das ganze Dorf Euch heute am liebsten im Stock sehen wollte. Bei Eurem Anblick kann man schon – den Kopf verlieren.«

»Das ist nicht wahr«, protestierte ich erregt und warf einen Blick zur Tür. Niemand sollte dieses Gespräch mit anhören. »Was Ihr da sagt, ist abscheulich. Und absurd.«

»Muss ich Euch daran erinnern, unter welchen Umständen ich Eure Bekanntschaft gemacht habe?«, fragte er.

Ich schauderte, als ich an den ekelhaften Wüstling dachte, der in Smithfield über mich hergefallen war. »Und was soll das mit den Courtenays zu tun haben?«, fragte ich spitz.

»Nichts. Aber in ihrem Haus seid Ihr nicht sicher. Jedenfalls zurzeit nicht. Nicht dass sie etwas verbrochen hätten – sie halten offensichtlich auf Sitte und Anstand. Es hat damit zu tun, wer sie *sind.*«

Nebenan hörte ich Arthur lachen. Er war wieder da. Ich wollte zu ihm und meinen Verwandten zurück. Ich verstand nicht, was Geoffrey mir sagen wollte.

»Ich sehe, Ihr seid um mein Wohl besorgt, Geoffrey«, entgegnete ich, »aber ich darf sagen, dass ich selten jemanden so zuverlässig gefunden habe wie Henry Courtenay. Ich weiß, dass ich ihm vertrauen kann.«

»So wie Ihr wusstet, dass Ihr Schwester Christina vertrauen könnt?«

Ich sah das Bedauern in seinem Blick, als ich vor ihm zurückwich. Der Schmerz bei der Erinnerung an die frühere Mitnovizin, die meine Freundin gewesen und dann als Mörderin entlarvt worden war, stand mir wohl unverhüllt ins Gesicht geschrieben. Er streckte die Hände nach mir aus. »Ich wollte doch nur – «

Ich schlug seine Hände weg und rannte zur Küchentür. Sie klemmte. Ich rüttelte am Knauf.

»Joanna, es tut mir leid.« Seine Stimme klang brüchig.

»Geht einfach«, sagte ich und schlug mit beiden Handballen so fest gegen die Tür, dass sie krachend aufsprang.

A lles Gespräch versiegte. Ich bemühte mich, ruhig zu erscheinen. Arthur stürmte mir entgegen, und ich fuhr ihm mit den Fingern durch das feine zerzauste Haar.

»Ist alles in Ordnung, Joanna?«, fragte Gertrude. Ihr Blick glitt an mir vorbei zu Geoffrey.

»Ja, ja.« Meiner Stimme war nichts mehr von meiner Erregung anzuhören. »Ich wollte Euch sagen, dass ich Eure freundliche Einladung gern annehmen möchte.«

Die Courtenays waren hocherfreut. Arthur machte Luftsprünge. Sofort wurden die Bediensteten angewiesen, mit dem Packen zu beginnen. Gertrude wollte keinen Tag warten.

Schwester Beatrice war auf dem Weg zur Tür hinaus, als ich sie abfing. Sie wollte wohl Geoffrey folgen, von dem nichts mehr zu sehen war. Er hatte endlich mein Haus verlassen.

»Würdet Ihr mir oben helfen, Schwester Beatrice?«, fragte ich. »Ich würde gern mit Euch reden.«

In meinem Zimmer kniete sie sich neben mich vor die Truhe mit Arthurs Kleidern. »Ich weiß jetzt, warum Ihr mit mir in Dartford geblieben seid«, sagte ich. »Es ging Euch weniger um meine Freundschaft, vermute ich, als um Geoffrey Scovill.«

»Ja«, antwortete sie. »Ich bin ihm sehr zugetan.«

Wenigstens würde es keine Verschleierungen mehr geben.

Sie reichte mir ein wollenes Nachthemd für Arthur. »Geoffrey bringt mir nicht die gleichen Gefühle entgegen«, fügte sie hinzu. »Das weiß ich. Aber das kann sich ändern.«

So viel kühle Ruhe erschreckte mich. »Und das Gelübde, das wir abgelegt haben?«, fragte ich. »Gilt das nicht immer noch, auch wenn es unser Kloster nicht mehr gibt?«

»Sprecht Ihr vom *Keuschheits*gelübde?« Sie spie mir das Wort ins Gesicht. »Ihr kennt mein Leben. Ich wurde von einem gewissenlosen Mann verführt. Als ich ein Kind unter dem Herzen trug, hat Gott in seiner Gnade es zu sich genommen. Ich wurde von allen verlassen – selbst von meiner Mutter, die mich eine Hure geschimpft und in den Wald gejagt hat.«

Sie litt noch immer schwer an dem, was ihr damals widerfahren war, und ihr Leiden ergriff mich. »Aber Ihr seid als Laienschwester ins Kloster zurückgekehrt«, sagte ich. »Ihr wurdet wieder in die Gemeinschaft aufgenommen.«

»Dank Geoffrey.« Sie nickte heftig. »Er hat mich gefunden und mich nicht verurteilt, als ich ihm alles erzählt hatte. Nie habe ich ein Wort der Kritik von ihm gehört.«

Ich dagegen bekam fast nur Kritik von Geoffrey zu hören. Vom ersten Tag an hatte er mit mir gestritten und versucht, mich zu bevormunden. »Ich verurteile Euch nicht«, entgegnete ich.

»Ihr vielleicht von allen Frauen am wenigsten, Schwester Joanna, aber Ihr tut es dennoch. Ich nehme es Euch nicht übel.« Sie drückte meine Hand. »Ihr seid mir eine gute Freundin. Ich bin nicht nur wegen Geoffrey bei Euch geblieben. Ihr habt bei all Eurem Ungestüm und Aufbrausen ein gutes Herz.« Sie schien noch etwas hinzufügen zu wollen, ließ es dann aber.

»Nur heraus mit der Sprache«, sagte ich.

Schwester Beatrice holte Atem. »Wenn wir heute schon offen zueinander sein wollen, dann lasst uns den Weg bis zum Ende gehen. Ich weiß, dass Geoffrey Euch liebt. Aber nicht *obwohl*, sondern *weil* es hoffnungslos ist. Solcher Art ist sein Gefühl für Euch. Und Ihr liebt ihn nicht.«

In ihren letzten Worten schwang ein kaum wahrnehmbarer Unterton der Frage. *Sie möchte meine Bestätigung, sie möchte, dass ich ihr meinen Segen gebe*, dachte ich. Doch ich war plötzlich heillos verwirrt. Ich wusste nicht, was ich von Geoffrey Scovill wollte.

»Es ist alles so weit gepackt.« Gertrudes junge Zofe stand an der offenen Tür. »Lady Gertrude erwartet Euch unten.«

Dann riss der Wirbel des Aufbruchs mich mit sich fort. Arthur wurde zu seinem Entzücken zu Edward aufs Pferd gesetzt. Mir gab man für die Reise nach London und die Dauer meines dortigen Aufenthalts ein eigenes Tier, eine Fuchsstute mit wachem Auge. Wie war das möglich – wer hatte sie eben noch geritten?, fragte ich mich flüchtig.

Ich sagte Schwester Beatrice Lebewohl und bat sie, nachdem ich ihr Geld gegeben hatte, meiner Dienstmagd ihren Lohn zu zahlen und ihr das Nötige zu erklären. Sie sah mich nicht an, als sie nickte und mir mit kühler Höflichkeit antwortete. Vielleicht nahm sie es übel, dass ich ihr hinsichtlich jener letzten Frage die Beruhigung versagt hatte.

Unser stattlicher Zug setzte sich in Bewegung, die High Street hinauf zur Kreuzung mit der Darent Road. Vorbei ging es an dem Kreuz in der Dorfmitte, gegenüber vom Markt. Ich bekam einen neuen Blick auf das Dorf, das ich noch nie zu Pferd durchquert hatte, und konnte von meiner höheren Warte aus in die Fenster der Wohnungen und Läden hineinsehen, an denen wir vorüberkamen.

Eigentlich hätte ich froh sein müssen, Dartford den Rücken zu kehren, wo nur Stunden zuvor die Leute nichts anderes im Sinn gehabt hatten, als mich zu demütigen. Doch ich fühlte mich plötzlich schwach. Du bist nur hungrig, sagte ich mir. Du tust genau das Richtige. Ich hielt mich am Sattelknauf fest, um mich aufrecht zu halten.

»Schwester Joanna! Schwester Joanna!«

Ich drehte mich um. Ihre Röcke gerafft, um schneller laufen zu können, kam Schwester Winifred uns nach. »Haltet an. Was tut Ihr denn?«

Ich bedeutete den Männern, sie durchzulassen.

»Ich reise auf Besuch zu meinen Verwandten«, sagte ich. »In einem Monat bin ich wieder zurück.«

»Ich verstehe Euch nicht.« Sie weinte. »Wann habt Ihr das beschlossen?«

»Heute.« *Bruder Edmund wird es auch nicht verstehen*, dachte ich bedrückt. Wie hatte ich eine solche Entscheidung treffen können, ohne mit ihm zu sprechen? Und wie würde er es aufnehmen, dass ich fortgegangen war, ohne ihm Lebewohl zu sagen?

Zwei Pferde vor mir wandte Gertrude Courtenay den Kopf. Mit einem kurzen Winken versuchte ich, ihr zu verstehen zu geben, dass alles in Ordnung war und sie nicht einzugreifen brauchte.

»Bitte, Schwester Winifred, bitte regt Euch nicht auf.« Ich beugte mich zu ihr hinunter. »Ich schreibe Euch – gleich morgen, und erkläre euch und Bruder Edmund alles.«

Schwester Winifred, die neben meinem Pferd hergelaufen war, hielt an und blieb auf der Straße zurück, während wir weiterzogen. Schließlich richtete ich den Blick wieder nach vorn. Sekunden später hörte ich sie laut rufen: »Möge Gott Euch bewahren, Schwester Joanna.«

Seinen Artgenossen folgend, bog mein Pferd auf die große Straße nach London ein, die linker Hand von üppigen Apfelpflanzungen gesäumt war. Einige Leitern lehnten noch an den Stämmen. Es war Erntezeit. Das Licht der tiefstehenden Herbstsonne funkelte auf den Blättern, und ich schloss einen Moment die Augen.

Plötzlich gab es lautes Geschrei auf der Straße. John stürmte, wild mit seinem Stock fuchtelnd, aus der Obstpflanzung. »Sehet die Schlangenbrut, die eine Tochter Satans in ihren Schoß aufgenommen hat.«

Gertrude gab einem der Bediensteten ein Zeichen. Ich preschte auf meinem Pferd nach vorn, um zu verhindern, dass John zu Schaden kam. »Tut ihm nichts, ich bitte Euch«, sagte ich. »John ist nicht bei Sinnen – er ist ein armes Geschöpf Gottes.«

Henry Courtenay nickte und gebot seinen Leuten, etwas anderes zu tun. Ein Schauer von Münzen ging zu Johns schmutzigen Füßen nieder.

Er hob die Geldstücke nicht auf. Wie angewurzelt stand er am Straßenrand und predigte: »Bereitet dem Schicksal den Weg – ihr müsst bereit sein, ihr alle, die ihr vor Gott gesündigt habt. Er erkennt eure falsche Reue, die nichts ist als Heuchelei.«

Gertrude drückte die Hand auf den Mund. Johns Geschwafel machte ihr Angst. Henry rief laut: »Wir reiten weiter.«

Unser Zug setzte sich wieder in Bewegung. Ich betete zu Gott, dass John uns nicht folgen würde. Die Geduld der Courtenays hatte ohne Zweifel Grenzen.

Er folgte uns nicht, aber er schwieg auch nicht. Seine schrille Stimme hallte noch in meinen Ohren wider, nachdem wir Dartford lange hinter uns gelassen hatten. »Der Tag der Abrechnung wird kommen«, schrie John. »Armageddon steht bevor, und es wird euch alle verschlingen.«

ZWEITER TEIL

Kapitel 7

Die Suffolk Lane konnte es nur im Herzen von London geben. Rundherum wogten Getöse und Gestank und die abgestumpften Menschenmassen der Stadt. Doch die kurze, schmale Suffolk Lane war eine Oase der Stille, ein Refugium der Geborgenheit. Auf der Westseite beherrschte ein stattliches Herrenhaus aus rotem Backstein die enge, mit Kopfsteinen gepflasterte Straße. Es war vor beinahe zweihundert Jahren unter ungeheuren Kosten von einem Kaufmann aus Middlesex errichtet worden, der fünfmal nacheinander zum Bürgermeister von London berufen worden war und seinem teuren Haus einen Namen gegeben hatte: Red Rose. Nach seinem Tod ging das Haus in die gierigen Hände des Adels über. Mein Verwandter Henry Courtenay hatte es zwei Jahre nach seiner Hochzeit mit Gertrude Blount gekauft, und dort lebte ich während meines Aufenthalts in London.

Mein Zimmer befand sich im zweiten Stockwerk, nahe der Südwestecke des Hauses zur Lower Thames Street, einer großen Durchfahrtsstraße, die den Windungen des Flusses folgte wie ein nervöser Liebhaber den Spuren seiner Angebeteten. Am Mittwochmorgen in der zweiten Woche meines Aufenthalts vernahm ich von der Lower Thames Street her die schallende Stimme eines Mannes; nach dem unsinnigen Gefasel eines armen Irren hörte sich seine Rede nicht an. A ls ich zum Fenster hinausschaute, sah ich ihn in königlicher Uniform kerzengerade an der Straßenecke stehen: den Stadtausrufer. Ich konnte nur zwei Worte der Proklamation ausmachen: »Kaiser Karl«.

Es schickte sich nicht für eine Dame, das Fenster aufzureißen und sich hinauszulehnen. Ich öffnete meines trotzdem, um besser hören zu können. Ein nasskalter Luftzug fuhr fauchend in mein wohlriechendes Schlafgemach.

»Die muselmanischen Türken besiegen die Flotte des christlichen Kaisers Karl vor Preveza«, verkündete der junge Mann allen, die es hören wollten. »Dreizehn kaiserliche Schiffe sind verloren, dreitausend Christen in die Gefangenschaft Khair ad-Din Barbarossas geraten. Die Osmanen gewinnen an Stärke, die Streitkräfte des Kaisers sind bezwungen.«

Er wiederholte seine Meldung ein drittes Mal, dann ging er davon und verschwand aus meinem Blickfeld, während ich versuchte, die Bedeutung des eben Gehörten zu erfassen. Ich wollte mich nicht länger aus den Geschäften der Welt heraushalten. Ich schuldete Lady Maria, die immer zu mir gestanden hatte, Gefolgschaft, und ihre Geschicke waren eng mit denen ihres Cousins, des Kaisers, verflochten. Aus Freundschaft zu ihr hatte ich beschlossen, meinen Widerwillen gegen die Politik hintanzustellen und mich ernsthaft mit den weltlichen Angelegenheiten des christlichen Abendlandes zu beschäftigen. Aber welch undurchschaubarer Wirrwarr! War diese verlorene Seeschlacht nun von Vorteil oder von Nachteil für Lady Maria?

»Ich frage Gertrude«, murmelte ich vor mich hin, während ich das Fenster schloss.

Auf einer Seite meines großen Schlafgemachs stand ein Himmelbett mit goldgesäumten Behängen. Gegenüber glomm schwach das zu glühender Asche zusammengesunkene Feuer im offenen Kamin. A ls ich auf dem Weg hinaus an dem hohen Spiegel vorbeikam, der neben der Tür in die Eichentäfelung der Wand eingelassen war, blieb ich abrupt stehen.

Wer war die Fremde mit der eng gebundenen spanischen Haube, die mir da entgegenblickte? Diese Fremde in dem weitärmeligen goldfarbenen Gewand mit ausladenden Röcken und einem engen Mieder, dessen tiefen Halsausschnitt ein funkelnder Diamantanhänger zierte?

Ich sah aus wie Gertrude Courtenay.

Aber war das ein Wunder? Es waren ja einmal ihre Kleider gewesen. Gleich an meinem ersten Morgen in London hatte Gertrude gerufen, und alle waren sie gekommen, die Schneiderinnen Londons. Ich konnte mich kaum der fieberhaften Geschäftigkeit erwehren, mit der diese Frauen mit den begierigen Blicken und den schwieligen Fingern über mich herfielen, um einen Auftrag der Marquise von Exeter zu ergattern.

Ich wollte Nein sagen. Ich versuchte, die Kleider und den Schmuck abzulehnen, die Gertrude mir aufdrängte. Nicht nur dass ihre Großzügigkeit meiner Meinung nach weit über das hinausging, was ich verdiente; ich hatte mich auch nie im Geringsten für Mode interessiert, ja, ich hatte es als befreiend empfunden, im Kloster in den langen, losen Nonnenhabit schlüpfen zu können. Als ich die Tracht ablegen und wieder weltliche Kleidung tragen musste, wählte ich einige unauffällige Stücke in zurückhaltenden Farben. Es war nie mein Bestreben gewesen, durch äußeren Prunk zu beeindrucken.

»Joanna, Eure Bescheidenheit verdient Respekt, aber es gibt noch anderes zu berücksichtigen«, erklärte Gertrude. »Wir gehören zu den vornehmsten Familien des Landes, in Euren Adern fließt, wie in denen meines Gemahls, königliches Blut – da muss ein gewisser Wert auf die äußere Erscheinung gelegt werden. Oder glaubt Ihr, Lady Maria kleidet sich in Lumpen? Als die Trauerzeit für Königin Jane um war, begann sie wieder die schönsten Farben zu tragen. Sie hat ihren Schmuck wieder herausgeholt. Sie erfreut sich an Musik – ja, sie spielt sogar Karten. Aller Augen sind auf sie gerichtet; jede Kleinigkeit an ihrer Erscheinung wird wahrgenommen. Gerade wir, die wir Lady Maria lieben, müssen zeigen, dass wir stolz sind auf unseren Rang.«

Daraufhin hatte ich mir, wenn auch mit großem Widerstreben, die neue Garderobe anpassen lassen. Ich war zwei Zoll kleiner als Gertrude und hatte einen fülligeren Busen. Die erste notwendige Änderung war leicht ausgeführt, bei der zweiten war es schwieriger. Die Mieder saßen alle knapp. Anfangs fühlte ich mich eingeengt; es war unangenehm, sich jedes Atemzugs so bewusst zu sein. Aber nach ein paar Tagen gab sich das Engegefühl.

Als ich die Tür zum oberen Korridor öffnete, wäre ich beinahe mit Alice, meiner Zofe, zusammengestoßen.

»Habt Ihr einen Wunsch, Madam?« Alice knickste, das dunkle rote Haar, das unter ihrer Haube hervorsah, glänzte.

»Nein, danke. Ich wollte gerade zur Marquise.«

»Ich glaube, sie ist in ihrem Empfangszimmer.« Alice trat zur Seite und wartete, um mir zu folgen.

Ich überlegte hastig. »Alice, das Feuer in meinem Zimmer ist ausgegangen. Ich weiß, dass die Sorge darum eigentlich nicht Eure Aufgabe ist, aber – «

»Ich kümmere mich sofort darum, Madam.« Alice eilte in mein Schlafzimmer.

Erleichtert setzte ich meinen Weg fort. Von all dem Neuen, an das ich mich gewöhnen musste, störte mich am meisten, ständig eine Zofe auf den Fersen zu haben. Gertrude hatte sie mir zugewiesen, und sie war ja auch eine willige junge Person, aber ich hatte jahrelang keine persönlichen Bediensteten gehabt. Früher, auf Stafford Castle, hatten meine Mutter und ich uns eine Bedienerin geteilt, die unwirsche Mrs Hadley, eine Bauersfrau, und wenn ich ehrlich sein soll, hätte ich Hadleys vorwurfsvolle Seufzer bei jedem kleinsten Handgriff der Dienstbeflissenheit von Alice vorgezogen. Vielleicht lag es daran, dass meine neue Zofe ständig wissen wollte, was ich vorhatte, weil sie meinte, mir dann besser dienen zu können, ich aber häufig keine Antwort auf ihre Fragen wusste. Arthurs Tage waren angefüllt mit Lernen und Spielen an der Seite Edward Courtenays und seiner Lehrerschar. Mein Platz im Haus war weniger klar bestimmt.

Ihrem Wort getreu mied Gertrude den königlichen Hof. Seit meiner Ankunft hatte sie Red Rose nicht verlassen. Sie ließ die Leute zu sich kommen: Scharen von Besuchern, von der Schneiderin bis zum Heilkundigen, vom Goldschmied bis zum Gelehrten, sprachen bei ihr vor und nahmen ihre Zeit in Anspruch. Bei ihren Geschäften war sie stets umgeben von ihren Dienern, Zofen und Hofdamen.

Auch jetzt, gegen Mitte des Vormittags, summte das Haus vor

Geschäftigkeit. Jeden Morgen standen die Bediensteten früh um fünf Uhr auf und waren dann den ganzen Tag bis Sonnenuntergang auf den Beinen. Ich kam mir seltsam vor, so tatenlos inmitten all dieser Betriebsamkeit.

Auf dem Weg zu der Treppe, die zu Gertrudes Gemächern führte, musste ich an einem Raum des Hauses vorbei, der mir nicht geheuer war – dem sogenannten Rittersaal. Es war ein riesiger leerer Raum, der nie benutzt wurde. An jenem ersten Morgen, bevor die Schneiderinnen aufmarschierten, hatte Gertrude mir das Haus gezeigt. Sie hatte die hohe Flügeltür zum Rittersaal aufgestoßen und mich hindurchgeführt.

Und dabei war etwas geschehen, was ich mir bis heute nicht erklären konnte.

Ich hatte den gewaltigen offenen Kamin betrachtet, so hoch, dass selbst ein großer Mensch aufrecht darin stehen konnte, und blank gefegt. Seit Monaten, seit Jahren vielleicht, hatten keine Flammen an seinen Mauern gezüngelt. Zwei Kalksteinfiguren über dem Sims zogen meine Aufmerksamkeit auf sich. Sie entsprachen nicht den Bildern, die man gewöhnlich als schmückendes Beiwerk eines Kamins sah. Es waren zwei geflügelte Löwen, die Mäuler weit aufgerissen, wie mitten im Brüllen.

Als ich näher trat, um sie mir genauer anzusehen, überfiel mich ein seltsames Grauen. Einen Augenblick später vernahm ich rätselhafte Stimmen.

Zuerst sprach jemand: »*Möge Gott der Allmächtige Euch segnen.*«

Darauf folgte ein kurzer schriller Schrei, wie der eines Kindes.

Und dann Männergelächter.

Die Stimmen flogen mich blitzartig an und verstummten wieder. Ich sah Gertrude an und dann Constance, die Hofdame, die hinter ihr stand. Keine von beiden zeigte eine Reaktion.

»Habt Ihr das auch gehört?«, fragte ich Gertrude.

Sie schüttelte den Kopf, so verwundert wie Constance.

Beinahe hätte ich mich ihr anvertraut, aber das Bedürfnis schwand gleich wieder, und ich folgte Gertrude zur Tür hinaus, ohne etwas zu sagen. Der Abschied von Dartford war schließlich nicht leicht gewesen, und die erste Nacht in London hatte ich nicht gut geschlafen. Vielleicht war ich einfach übermäßig angespannt. Auf keinen Fall wollte ich bei Gertrude den Eindruck erwecken, ich sei nicht bei klarem Verstand.

Seit jenem ersten Nachmittag hatte ich keinen Anlass gehabt, den Rittersaal zu betreten. Aber jedes Mal, wenn ich an ihm vorüberkam, plagte mich die Erinnerung an das, was ich gehört hatte. Waren es bloße Hirngespinste, oder war es etwas Unheimlicheres? War es vielleicht eine *Vision*?

Der Gedanke führte mich zurück in die Finsternis des Klosters St. Sepulchre in Canterbury und zu dem furchterregenden Zusammentreffen mit Schwester Elizabeth Barton.

An jenem Tag im Jahr 1528 hatte meine entsetzte Mutter mich in Windeseile aus dem Kloster fortgebracht. Ich sagte ihr nur, dass die Nonne einen Anfall erlitten und wildes Zeug von Raben und Hunden gefaselt habe. Was vorher geschehen war, unterschlug ich, da ich wusste, wie empfänglich meine Mutter für alles Übersinnliche war. Ich wollte verhindern, dass sie weitere Weisung suchte oder mich drängte, den Weg zur Erfüllung der Prophezeiung zu beschreiten.

Obwohl mich das Erlebnis in St. Sepulchre beinahe ebenso heftig erschütterte wie damals George Boleyns gemeiner Angriff auf meine Unschuld, zog ich mich danach nicht von Neuem in die Tiefen der Melancholie zurück. Vielmehr tat ich allen und jedem kund, dass ich fortan auf Stafford Castle zu leben gedachte. Wenn mir außerhalb der dicken Mauern der Burg meiner Vorfahren Gefahr drohte, würde ich eben in den Midlands bleiben. Wie sich zeigte, wollte es das Schicksal ohnehin so. Nicht ich erkrankte in jenem Winter, sondern meine Mutter. Von einem Leiden heimgesucht, von dem sie sich nie mehr erholte, war sie jahrelang auf meine Betreuung angewiesen. Es war keine Rede mehr davon, eine Stellung bei Hof oder einen Ehemann für mich zu finden. Alle Pläne hinsichtlich meiner Zukunft – alle Erwägungen, dass ich der Familie Stafford durch Dienst bei Hofe oder durch eine vornehme Heirat nützlich sein könnte – traten in den Hintergrund. Mein Platz war nun zu Hause, wo es galt, meine Mutter zu pflegen, meinem Vater Gesellschaft zu leisten und Lady Ursula, der Gemahlin meines Cousins Henry Stafford, die jedes Jahr ein Kind bekam, zur Hand zu gehen.

Ich hörte in dieser Zeit immer wieder von Schwester Elizabeth Barton. Jeder hörte von ihr, sie gelangte wenige Monate nach meinem Besuch bei ihr zu Berühmtheit. In der Tat reisten zwei Kardinäle durch Canterbury: Kardinal Thomas Wolsey, der Lordkanzler des Königs, begleitete Kardinal Lorenzo Campeggio nach London, wo der päpstliche Legat vergebens versuchte, den König von der geplanten Scheidung von Katharina von Aragón abzubringen. In Canterbury erwirkte Schwester Elizabeth eine Audienz bei Kardinal Wolsey und warnte ihn vor den Gefahren einer Scheidung. Im Lauf der folgenden Jahre traf sie mit zahlreichen wichtigen Persönlichkeiten zusammen und beschwor sie, den König zu bewegen, von seinen Scheidungsplänen abzulassen. Zweimal stand sie dem König selbst gegenüber. Bei dieser zweiten Begegnung sagte sie ihm, wenn er Anne Boleyn heirate, werde er innerhalb von drei Monaten tot sein. Er heiratete sie dennoch, im Jahr 1533.

Und als sich nach Ablauf der drei Monate die Prophezeiung nicht erfüllte und somit als falsch erwies, ließ er Schwester Elizabeth Barton und ihre Anhänger wegen Hochverrats festnehmen. Immer wieder wurde sie im Tower of London verhört, bis sie schließlich einen Widerruf ihrer Vorhersagen unterzeichnete und daraufhin im Frühjahr 1534 zusammen mit einer Handvoll ihrer Anhänger in Tyburn hingerichtet wurde. Das Privileg, im Tower of London gerichtet zu werden, wurde ihr auf Grund ihrer niederen Geburt versagt.

Ihr Schicksal dauerte mich, aber ich muss zu meiner Schande gestehen, dass ich auch erleichtert war. Sie hatte alle ihre Weissagungen öffentlich widerrufen und erklärt, dass die Männer in ihrer Umgebung ihr diese Ideen in den Kopf gesetzt hätten. Einige glaubten, Schwester Elizabeth sei ein Werkzeug der Leute gewesen, die die königliche Scheidung verhindern wollten; andere behaupteten, sie sei verrückt gewesen. Oder von einer Krankheit besessen, die ihr alle Kraft raubte und den Schaum vor den Mund trieb. Ganz gleich, für mich bedeutete ihr Widerruf, dass nichts von dem, was sie zu mir gesagt hatte, zu glauben war. Ich war *nicht* ausersehen, irgendeine schreckliche Aufgabe zu vollbringen. Als ich später anstelle meiner verstorbenen Mutter an die Seite der sterbenskranken Katharina von Aragón eilte und nach ihrem Tod ins Kloster Dartford eintrat, dachte ich längst nicht mehr an Schwester Elizabeths Prophezeiung, dass mir bei der Entwicklung der künftigen Geschicke des Königreichs eine entscheidende Rolle bestimmt sei. Und als Bischof Gardiner mich zwang, zum Werkzeug seiner Intrigen zu werden, brachte ich das keinen Moment mit Schwester Elizabeths Prophezeiung in Verbindung. Meine Suche nach der legendären Athelstan-Krone, die angeblich das Königreich retten sollte, hatte damit nichts zu tun.

Dennoch mied ich jede Berührung mit Astrologen, Sehern, Mystikern, weisen Frauen und ähnlichen dem Übersinnlichen zugewandten Menschen. Schwester Elizabeth hatte gesagt, dass zwei Seher ihr folgen würden. Und das konnte ich nicht vergessen, so gern ich es getan hätte.

Wenn mich die Gedanken daran plagten, rief ich mir ins Gedächtnis, was mein kluger Vater gesagt hatte, als einmal zwei unserer Bediensteten auf Stafford Castle berichteten, sie wüssten von einem Wanderzauberer, der einen abgeschlagenen Kopf in einem Sack mit sich herumtrage. Man brauche ihn nur vor einen Zauberspiegel zu stellen und einen Schilling zu bezahlen, dann beantworte er alle Fragen, die man ihm stellte. »Leute«, sagte mein Vater energisch, »dieser Zauberer ist nichts als ein Scharlatan. Und selbst wenn nicht, weichen solche Praktiken doch gefährlich von Gottes Wegen ab. Ihr setzt euer Seelenheil aufs Spiel, wenn ihr euch mit Leuten einlasst, die mit dem Fleisch der Toten Missbrauch treiben. Das ist Nekromantie.«

Als ich an diesem Morgen vor dem Rittersaal stand, beschloss ich in Gedanken an meinen pragmatischen Vater, mir die Angst vor quälenden Visionen auszutreiben, indem ich den Saal noch einmal aufsuchte und mich davon überzeugte, dass es dort nichts zu fürchten gab.

Der Raum zeigte sich diesmal heller und freundlicher. Durch die hohen Erkerfenster zum Innenhof des Hauses strömte Sonnenlicht. Ich ging ein paar Schritte weiter in den Saal hinein. Es war ein riesiger Raum – wenigstens dreimal so lang wie breit. Am hinteren Ende, hoch oben, hing eine steinerne Sängerkanzel.

In meinen Samtschuhen glitt ich lautlos über den Steinboden bis zu der Stelle, wo ich vor knapp zwei Wochen die Stimmen gehört hatte.

Was für ein Einfall, einen offenen Kamin mit solch grotesken Fabeltieren zu schmücken. Was hatte der Erbauer des Hauses sich dabei gedacht? Ich erinnerte mich jetzt an seinen Namen, Henry hatte ihn mir genannt – Sir John de Poulteney. Was hatte ihn veranlasst, sein städtisches Herrenhaus mit einem Rittersaal auszustatten, als wäre er ein mächtiger Burgherr? Dieser Saal gehörte nicht in die Suffolk Lane. So viel Streben nach Geltung und Ruhm war eher traurig. Offenbar verbarg sich hinter dem Hochmut und den beständigen Machtkämpfen des Adels nichts als Leere. Seelenlose Leere wie in diesem Saal.

Ich trat noch näher an die beiden geflügelten Löwen mit den grimmig aufgerissenen Mäulern heran. Sie erinnerten mich an die Fratzen der Wasserspeier, die ich an den Seitenmauern der Westminster-Abtei gesehen hatte. Stimmte es, dass Löwen niemals die Augen schlossen, nicht einmal im Schlaf? Dass sie die wachsamsten aller Geschöpfe Gottes waren?

Plötzlich überfiel mich wieder dieses Grauen, heftiger diesmal. Ich hörte die Stimmen, aber dabei blieb es nicht. Jetzt erschienen auch Bilder vor meinen Augen.

»*Möge Gott der Allmächtige Euch segnen.*« Es war eine geistliche Segnung, jedoch von einem lächelnden Knaben ausgesprochen, der nicht älter als acht Jahre war und ein Bischofsgewand trug.

Ein hoher kindlicher Schrei. Spöttisches Lachen von Erwachsenen. Ich sah noch eine zweite Person, einen breitschultrigen

Mann in abgerissener Kleidung, der ein wogendes Gedränge anderer Männer turmhoch überragte. Ich schien ihm entgegenzufliegen und blickte in das Gesicht eines einfältigen Kindes mit milchig hellen Augen und sabbernder, bebender Unterlippe. Es starrte mich an und schauderte wie vor Furcht.

Ich wich taumelnd zurück und stürzte zu Boden, als ich in meinen geborgten Schuhen auf dem glatten Stein ausrutschte.

Kapitel 8

Als ich mich endlich aufraffte und stolpernd aus dem Saal lief, hatten Bilder und Stimmen sich verflüchtigt. Draußen lehnte ich mich um Atem ringend an die Wand und versuchte, zu begreifen, was ich soeben gesehen und gehört hatte.

Ein junger Mann mit rotbraunem Haar und einem Tablett näherte sich, einer der Zwillingsbrüder, die hier im Haus dienten und einander bis hin zur Haarlänge zum Verwechseln ähnlich sahen. Sie waren nur durch ihr unterschiedliches Temperament auseinanderzuhalten. James war ein heller Kopf, Joseph von schwerfälligerem Verstand. Der jetzt auf mich zukam, war eindeutig James. Er senkte nicht, wie die meisten Bediensteten der Familie, devot den Blick. Würde ich nun zum Gegenstand des Dienstbotenklatsches werden? »Diese Stafford ist eine komische Person«, würde er vielleicht heute Abend den anderen berichten.

Ich straffte die Schultern und setzte entschlossenen Schritts meinen Weg zu Gertrudes Räumen fort.

Mit Schwester Elizabeth Barton hatte diese merkwürdige Geschichte gar nichts zu tun, sagte ich mir. Aber vielleicht war das alte Haus von bösen Geistern besessen. Gertrude und ihr ganzer Hofstaat würden mich wahrscheinlich für verrückt halten, aber ich musste ihr berichten, was sich im Rittersaal zugetragen hatte.

Meine Mutter glaubte fest an die Existenz von Geistern, ja, sie schwor, im Stammschloss ihrer Familie in Kastilien mehr als einmal selbst welchen begegnet zu sein. Mein Vater verlachte natürlich auch das als Hirngespinste. Und als ich überlegte, ob es nicht, wie viele glaubten, möglich sei, dass manche Tote keine Ruhe finden, weil ihnen entweder die Letzte Ölung versagt geblieben oder ihnen im Leben so Entsetzliches widerfahren war, dass ihre Seelen keinen Frieden erlangen können, sagte er nur: »Nein, Joanna, wenn die Menschen sterben, sind und bleiben sie tot.«

Aber ich war selbst von diesen Stimmen und Bildern heimgesucht worden; zweimal. Und ich war *nicht* verrückt.

A ls ich an ihrem Türdiener vorbei in Gertrudes eleganten Empfangssalon trat, bemerkte ich, dass sie nicht allein war. Constance war anderswo beschäftigt, doch auf üppigen Sitzkissen saßen zwei vielleicht dreizehnjährige Mädchen, die guten Familien aus dem weiteren Bekanntenkreis der Courtenays angehörten, über ihren Stickarbeiten. Sie dienten ihr wie kleine Hofdamen, während sie in die Feinheiten höfischer Lebensart eingeführt wurden.

Gertrude selbst ruhte, den Kopf an die Lehne zurückgeneigt, in den Polstern ihres bevorzugten Sessels. Ihre smaragdgrünen Röcke bauschten sich um die zierliche Taille. Ihre Hände, deren Haut frischer und samtiger war als die ihres Gesichts und ihres Halses, lagen locker auf den Armstützen. Ihr schräg gegenüber saß ein Mann mit glatt rasiertem Gesicht; er mochte zwischen dreißig und vierzig Jahre alt sein. Er trug, obwohl offensichtlich kein Geistlicher, eine wallende schwarze Robe, und seinen Kopf bedeckte eine runde Kappe, die unter dem Kinn gebunden war. Zu seinen Füßen stand ein großer Beutel, so vollgestopft mit irgendwelchen langen, kantigen Gegenständen, dass die grobe Leinwand über ihnen spannte.

»Es ist mir unverständlich, wie Ihr wissen konntet, wozu sie fähig ist – dieses unscheinbare kleine Ding, das sie so lange gewesen ist«, sagte der Mann.

Den Blick zur Zimmerdecke gerichtet, antwortete Gertrude: »Nun, ich habe eben ihre geheime Sehnsucht gespürt. Jeder hat so eine geheime Sehnsucht, auch wenn er sie selbst nicht ganz versteht.«

Begierig beugte der Mann sich vor. »Und was war das für eine Sehnsucht?«

»Der Herrschaft ihrer fürchterlichen Familie zu entkommen.« Gertrude schauderte ein wenig. »Dies war ihre Art, nicht nur die rohe Gewalt der Männer ihres Clans abzuschütteln, sondern auch die Oberhand über sie zu gewinnen.«

Sie konnten unmöglich von mir sprechen. Und doch machte etwas an Gertrudes Worten – mit so viel kluger Distanz vorgetragen – mich stutzen. Ich räusperte mich.

Gertrude hob hastig den Kopf, und ihr Gesicht nahm augenblicklich jenen Ausdruck an, dem ich stets begegnete, wenn ich ihr gegenübertrat: warm und herzlich mit einer kleinen Beimischung von Triumph.

Der Mann sprang auf.

»Ist sie das?«, hauchte er beinahe. »Ist das Miss Joanna Stafford?«

Er musterte mich von Kopf bis Fuß. Innerlich war ich wütend auf Geoffrey Scovill. Ich hatte es vorher nie bemerkt, aber jetzt hörte ich jedes Mal, wenn ein Mann mich mit diesem berechnend gierigen Blick betrachtete, Geoffreys Worte: *»Welche Wirkung Ihr auf Männer ausübt. Wie sie auf Euch ansprechen, wie sie Euch ansehen … bei Eurem Anblick kann man schon den Kopf verlieren.«*

Der Fremde küsste mir die Hand. Ich spürte sein feistes Fleisch, seine feuchten Lippen auf meiner Haut. Einen bizarren Moment lang fühlte ich mich an den sabbernden Mund des Riesen erinnert, der mir im Rittersaal erschienen war. Es bedurfte meiner ganzen Selbstbeherrschung, dem Mann nicht meine Hand zu entreißen.

»Welcher Liebreiz«, sagte der Fremde. Er ließ meine Hand los und wandte sich Gertrude zu. »Ich entdecke da eine Ähnlichkeit, Marquise.«

»Miss Stafford ist die Verwandte meines Gemahls«, belehrte sie ihn, »nicht meine. Aber unsere Mütter waren beide Spanierinnen. Das erklärt vielleicht gewisse Gemeinsamkeiten.«

Mit einer höfischen Verneigung erwiderte er: »Fürwahr, zwei strahlende Gestirne, Marquise.«

Ich wand mich innerlich und wünschte mich weit fort.

Gertrude richtete sich in ihrem Sessel auf und legte dabei den Kopf leicht schräg, eine Angewohnheit von ihr, die ich schon kannte. Sie schickte diese Geste meist einer entschiedenen Äußerung voraus. »Miss Stafford legt keinen Wert auf Schmeicheleien. Sie hält nichts von ihnen.«

»Ah, ja, natürlich, das klösterliche Leben hat seine Spuren hinterlassen«, gab der Fremde in ehrerbietig gedämpftem Ton zurück.

Gertrude wandte sich mir zu. »Das ist Dr. Branch, einer der hervorragendsten Ärzte des Landes. Er hat drei Jahre in Montpellier studiert. Niemals würde ich jemanden konsultieren, der seine Ausbildung lediglich an unserer Ärzteakademie genossen hat.«

»Seid Ihr oder Henry nicht wohl?«, fragte ich.

Sie zuckte mit den Schultern. »A lte Geschichten. Die Verdauung meines Gemahls ist immer eine Sorge. Und ich bin seit damals vor zehn Jahren nicht mehr dieselbe. Dr. Branchs Mittel sind die einzigen, die helfen.« Ich wusste, was England damals, im Jahr 1528, kurz bevor ich mit meiner Mutter nach Canterbury reiste, getroffen hatte: ein bösartiger Ausbruch des Schweißfiebers, an dem unzählige Menschen gestorben waren. Die Krankheit hatte Gertrude gezeichnet. Ihr Temperament war so lebhaft wie immer, doch ihr Körper war geschwächt. Eines Abends vertraute sie mir an, dass sie keine Kinder mehr bekommen konnte. Edward würde der einzige Erbe dieses Zweiges der Familie Courtenay bleiben.

Gertrude runzelte die Stirn. »Ihr scheint mir ein wenig aus der Fassung zu sein, Joanna.«

Ich wollte Gertrude nichts von dem Grausen sagen, das mich so plötzlich im Rittersaal überfallen hatte, jedenfalls nicht vor diesem Arzt, der mich immer noch mit merkwürdigem Blick musterte.

»Ich habe vorhin den Stadtausrufer mit seiner Nachricht über Kaiser Karl gehört und bin mir nicht sicher, was sie für uns bedeutet«, erklärte ich, froh, dass mir der ursprüngliche Anlass, Gertrude aufzusuchen, wieder eingefallen war.

»Die Niederlage bei Preveza.« Gertrude schlug mit der flachen Hand auf die Armlehne ihres Sessels. »Die muslimischen Türken haben das christliche Bündnis niedergeworfen.«

Wie so oft war ich beeindruckt von ihren Kenntnissen über die Angelegenheiten des Reichs.

»Kann das sein – der Muselmann unterwirft die Christen?«, rief Dr. Branch aus.

»Der Kaiser wird obsiegen«, sagte Gertrude.

»Seit drei Monaten«, berichtete der Arzt, »höre ich Gerüchte in London. Jetzt, da Frankreich nicht mehr unser Verbündeter ist, seien wir isoliert, heißt es. Vielleicht wird diese Niederlage im Mittelmeer – die Bedrohung durch die Muselmanen – den Kaiser von einer Invasion Englands abhalten.«

Invasion. Das Wort erschreckte mich, wie es jeden in unserem Inselreich erschrecken musste. Wie im ersten Augenblick, nachdem ich die bedrohliche Nachricht gehört hatte, flogen meine Gedanken zu Lady Maria.

»Aber die diplomatischen Bündnisse«, sagte ich vorsichtig, »und der Schutz, den sie für England bedeuten – und für die wichtigen Persönlichkeiten im Land –, bleiben doch unverändert bestehen?«

Gertrude sah mich an. »Diese Persönlichkeiten sind nach allem, was ich höre, weiterhin sicher«, erklärte sie mit einem so fein angedeuteten Nicken, dass es Dr. Branch vielleicht nicht einmal bemerkte. Mir aber war es tiefe Beruhigung. In unserer Ergebenheit der Tochter des Königs gegenüber waren wir uns einig.

Als unversehens Constance ins Zimmer kam, gebot Gertrude ihr, einen dritten Sessel bringen zu lassen.

»Ich bin sehr froh, dass Ihr zu mir gekommen seid, Joanna«, sagte sie. »Sonst hätte ich Euch rufen lassen. Bitte setzt Euch dem Doktor gegenüber.«

»Aber ich bin bei bester Gesundheit«, wandte ich ein.

»Dr. Branch ist nicht nur Arzt«, entgegnete sie.

Der dritte Sessel wurde gebracht, doch ich nahm nicht Platz. Mit wachsendem Unbehagen sah ich Dr. Branch in einem Bündel Papiere blättern. Sehr behutsam zog er ein einzelnes Blatt heraus, das mit einer Unzahl von Zeichen – Kreisen, Pfeilen und sich kreuzenden Linien – bedeckt war.

»Dr. Branch ist ein Astrologe erster Ordnung«, verkündete Gertrude.

Ich umfasste die Rückenlehne des Sessels, in dem ich eigentlich hätte sitzen sollen. »Es tut mir leid, Gertrude, ich wollte, ich hätte früher von dieser Idee erfahren. Verzeiht, aber das ist – unmöglich.«

Der Arzt blickte verwundert von seinen Schaubildern auf. »Unmöglich?«, wiederholte er.

»Ich kann mir nicht die Sterne deuten lassen«, sagte ich.

Gertrudes amüsiertes Lachen füllte den Raum. »Was ist denn das für ein Unsinn, Joanna? Jeder lässt sich die Sterne deuten. Ihr haltet die Astrologie doch nicht etwa für Teufelswerk? Solche Vorstellungen wurden schon vor Jahrhunderten widerlegt.«

»Das ist auch nicht der Grund meiner Ablehnung.«

»Was dann?«

»Nach dem schrecklichen Schicksal, das meinem Onkel, dem Herzog von Buckingham, widerfuhr, ließ mein Cousin Henry Stafford die ganze Familie, uns alle, die wir auf Stafford Castle lebten, schwören, dass wir uns niemals die Sterne deuten lassen würden.«

»Ah, ich verstehe«, sagte Dr. Branch. »Der Herzog wurde von einem Ordensbruder beraten?«

»Von einem Mönch«, sagte ich. »Als man ihm den Prozess machte, lautete die schwerwiegendste Anklage gegen ihn, er habe Prophezeiungen eingeholt und auf diese hin die Ermordung des Königs geplant.« Meine Stimme geriet ins Zittern bei dem Wort *Prophezeiungen*. »Mein Onkel hat nie nach der Zukunft des Königs gefragt und ebenso wenig danach, ob dem Haus

Tudor männliche Erben beschert würden. Diese Aussagen waren gelogen. Trotzdem wurde er schuldig gesprochen, und wir haben alles verloren.«

Respektvolles Schweigen folgte auf meine Worte. Mein Atem, der sich während meines Berichts über den Sturz meines Onkels zwischen den verkrampften Schultern gestaut hatte, floss wieder freier.

Gertrude sagte betont: »Niemals würden wir nach der Zukunft des Königs fragen. Im Haus Henry Courtenays wird das Gesetz geachtet.«

Dann sprang sie auf und umfasste meine Taille. Mit erstaunlicher Kraft zog sie mich an sich. »Dr. Branch ist hier, um Euch zu *helfen*, Joanna. Wenn wir den Tag und die genaue Zeit Eurer Geburt wissen, können wir die Zusammensetzung Eurer Körpersäfte bestimmen und für den besten Schutz Eurer Gesundheit sorgen.« Mit der freien Hand winkte sie Dr. Branch. »Bitte erläutert Eure Kunst. Ihr versteht Euch so gut darauf.«

Der Arzt wies auf den leeren Sessel ihm gegenüber. »Wollt Ihr Euch nicht setzen, Miss Stafford?«

»Ich möchte niemanden beleidigen, aber ich kann damit nichts zu tun haben«, beharrte ich. Ich wollte keine Prophezeiungen mehr hören, gleich welcher Art, das hatte ich mir damals auf dem eiskalten Steinboden von St. Sepulchre geschworen.

Gertrude ließ mich los. »Dr. Branch ist mein Gast – und ein langjähriger Freund«, sagte sie merklich kühler. »Ich kann nicht verstehen, warum Ihr Euch nicht wenigstens setzen und zuhören wollt. Wenn Ihr danach bei Eurer Haltung bleibt, wird Euch natürlich niemand zwingen, Joanna.«

Ich setzte mich.

Der Arzt, jetzt ganz Ernst und Sachlichkeit, begann sogleich mit seinem Vortrag. »Der Glaube an die Macht der Gestirne und Planeten lässt sich bis in die früheste aufgezeichnete Geschichte zurückverfolgen, Miss Stafford. Schon die Babylonier erkannten die Sonne als Lebensspenderin und wussten, dass das Befinden der Menschen von den Mondschwankungen beeinflusst wird.

Jahrhundertelanges gewissenhaftes Studium des Himmels lehrte sie, dass die vier Elemente – Erde, Luft, Feuer und Wasser – von den Bewegungen der Himmelskörper beherrscht werden. Dank den Forschungen der großen humanistischen Gelehrten Europas wissen wir heute, dass Aristoteles und Claudius Ptolemäus viel von der Astrologie hielten.« Er hielt kurz inne. »Diese Namen sagen Euch vielleicht nichts.«

»Doch, sie sind mir bekannt«, entgegnete ich. »Ebenso wie der Name des römischen Geschichtsschreibers Tacitus, der die Astrologen als ›eine Gefahr für die Fürsten‹ bezeichnet hat.«

Dr. Branch starrte mich entgeistert an, und Gertrude sagte: »Unsere spanischen Mütter folgten dem Beispiel Königin Isabellas, die der Überzeugung war, dass auch Frauen eine klassische Erziehung verdienen. Joanna hat ihre Studien offensichtlich ernst genommen.«

Ohne auf diesen Einwurf etwas zu erwidern, fuhr er in seinem Sermon fort. »Alle Herrscher des christlichen Abendlandes bedienen sich des Wissens von Astrologen. Von der Marquise habe ich gehört, dass Ihr Mitte April geboren seid, doch ich muss den genauen Tag wissen, um –«

»Ich habe Euch doch gesagt, dass ich mich bester Gesundheit erfreue«, unterbrach ich ihn.

»Ja – heute«, gab Dr. Branch zurück. »Aber wenn ich Euch das Horoskop gestellt habe, kann ich das augenblickliche Verhalten Eurer Körpersäfte zueinander bestimmen und beurteilen, was getan werden sollte, um sie in Zukunft in perfekten Einklang zu bringen.«

Und ich hatte gefürchtet, die Erscheinungen im Rittersaal könnten etwas mit Schwester Elizabeth Barton zu tun haben. Dies hier war viel schlimmer. Gertrude drängte mich zu dem, was ich am meisten fürchtete – einer Begegnung mit meiner Zukunft.

Ich holte tief Atem und sagte: »Die Zukunft ist ein Land, das ich nicht betreten darf.«

»Joanna.« Ich zuckte zusammen bei Gertrudes schrillem Aufschrei. »Ihr benehmt Euch wie eine Närrin. Der Doktor hat versprochen, dass nichts Böses oder Bedrohliches Euch vorausgesagt werden wird, wenn er einmal in Besitz der notwendigen Angaben ist. Ich finde Eure Angst befremdlich. Der Herzog von Buckingham wurde vor siebzehn Jahren hingerichtet. Ihr seid doch keine ergebene Dienerin des Willens seines Sohnes. Sonst würdet Ihr jetzt auf Stafford Castle bei Eurem Cousin und seiner Familie leben. Doch das tut Ihr nicht – Ihr habt ihm bisher allenfalls der Form halber Gehorsam erwiesen. Und doch zittert Ihr in dieser Frage vor seinem fernen Gebot? Das kann ich nicht glauben.«

In dem gespannten Schweigen nach ihren Worten ließen die beiden Mädchen auf den Sitzkissen ihre Nadeln ruhen. Der Arzt senkte den Blick.

»Ich habe keine Wahl«, sagte ich niedergeschlagen.

Dr. Branch ergriff seinen Beutel. »Nun ja. Ich habe noch andere Patienten, Marquise. Aber bevor ich aufbreche, würde ich gern noch das Wasser Eures Gemahls untersuchen. Ihr habt es mir doch aufbewahren lassen?«

Constance führte den Arzt hinaus. Ich blieb unter Gertrudes halb ungläubigem, halb wütendem Blick in meinem bestickten Sessel sitzen.

»Dr. Branch ist teuer, Joanna«, sagte sie. »Ich bin nicht erfreut über das, was sich gerade hier abgespielt hat.«

Ich stand auf. »Wenn Ihr mir sagt, was Dr. Branch verlangt, übernehme ich gern die Bezahlung.« Ich knickste tief und bemerkte, als ich mich wieder aufrichtete, die brennend roten Flecken in ihrem Gesicht und ihre hastigen Atemstöße. Sie war so ärgerlich mit mir, wie sie es in Dartford mit Mrs Brooke gewesen war.

»Lasst mich jetzt allein«, sagte sie mit mühsam beherrschter Stimme.

Kapitel 9

Den ganzen Tag versuchte ich vergebens, meine innere Ruhe wiederzufinden. Rastlos lief ich in meinem großen Zimmer auf und ab, vom Fenster zur Suffolk Lane, durch das die Herbstfrische hereinzog, zum offenen Kamin, wo Alice das Feuer neu angefacht hatte. Unablässiges Bedauern quälte mich. Die Courtenays waren Arthur und mir mit rückhaltloser Herzlichkeit entgegengekommen. Wenn es mir irgend möglich gewesen wäre, auf Gertrudes Wunsch einzugehen, hätte ich das ohne Zögern getan.

Gertrude war scharfsichtig genug, meinen Verweis auf ein Familiengebot für eine Ausrede zu halten. Es traf ja zu, dass ich mir sonst nichts von meinem fernen Cousin befehlen ließ. Doch ihr den wahren Grund meiner Ablehnung zu enthüllen – von meinem lang vergangenen Besuch bei der mit dem Tod bestraften Verräterin zu erzählen –, wäre gefährlich gewesen, nicht nur für mich, sondern auch für sie und ihren Mann.

Verzweifelt versuchte ich mich abzulenken, griff nach dem Buch, das ich vor Kurzem angefangen hatte, eine englische Übertragung vom *Leben Eduard des Bekenners* aus der Feder des Abts von Rievaulx, doch die Kämpfe des frommen Sachsenkönigs vermochten mich nicht zu fesseln. Als ich am Ende einer langen Passage merkte, dass ich nicht ein Wort aufgenommen hatte, klappte ich das Buch mit dem roten geprägten Einband entmutigt wieder zu. Die Bücher in meinem Schlafgemach waren alle Kostbarkeiten. Ich wusste, dass Gertrude in den letzten zwei Jahren in aller Stille Bücher und Manuskripte aus den großen Klöstern erworben hatte, die auf Befehl des Königs aufgelöst worden waren. Sie rettete Niederschriften des Martyrologiums, der *Regel des heiligen Benedikt* und des Vaterunsers vor den gottlosen Höflingen, die die Gotteshäuser besetzten. Gleich am ersten Tag meines Aufenthalts hatte sie mir eine erlesene Ausgabe von *Mirror of the Blessed Life of Christ* in die Hand gedrückt. Und nun musste sie mich widerspenstig und undankbar erleben.

Ich bekam plötzlich heftiges Heimweh nach den Freunden, die ich in Dartford zurückgelassen hatte. Die Spannungen im Haus Red Rose setzten mir zu. Mir blieben noch zwei Wochen hier, aber wenn ich an diesem Tag hätte abreisen können, ohne jemanden zu verletzen, hätte ich es getan. Hätte ich wenigstens mit Schwester Winifred sprechen können – und Bruder Edmund! Ich hatte vier Briefe von ihnen bekommen, drei von ihr und einen kurzen von ihm. Voll schmerzlicher Sehnsucht danach, seine beherrschte Stimme zu hören und in seine lauteren, klugen Augen zu blicken, warf ich mich auf das elegante Bett und schluchzte wie ein Kind. Als die Tränenflut endlich versiegte, fühlte ich mich erschöpft und etwas beschämt ob solcher Hemmungslosigkeit.

Kurz nach Einbruch der Dämmerung hörte ich draußen Pferdegetrappel. Fackelschein zog flackernd über mein Fenster wie jeden Abend, wenn es dunkel wurde. Henry Courtenay, Marquis von Exeter, kehrte nach Hause zurück.

Henry hätte sicherlich persönliche Räume am königlichen Hof bewohnen können, der gegenwärtig in Whitehall residierte. Doch er zog es vor, unter seinem eigenen Dach zu leben und hatte die Genehmigung erwirkt, täglich nach seinem Dienst zu seiner Frau und seinem Sohn heimzukehren. Als naher Verwandter des Königs und Angehöriger des Hochadels zum Hofdienst verpflichtet, begab er sich deshalb jeden Morgen nach dem Gottesdienst in der Hauskapelle unverzüglich zum Fluss, um sich zum Palast rudern zu lassen, und kehrte erst nach Einbruch der Dunkelheit heim. Mit Rücksicht auf seinen Tageslauf nahm die Familie ihre Hauptmahlzeit nicht, wie andernorts üblich, am frühen Nachmittag ein, sondern erst abends, wenn Henry am Kopf der Tafel Platz nehmen konnte.

Ich fand es immer wieder berührend, mit welcher Aufregung Henry zu Hause empfangen wurde. So viel freudigen Diensteifer einem Hausherrn gegenüber hatte ich nie zuvor erlebt. Türen wurden aufgerissen, Bedienstete rannten durch die Gänge, Rufe schallten von Stockwerk zu Stockwerk. Alle, vom Küchenjungen bis zum hochherrschaftlichen Kammerdiener, eilten sie herbei, um sich rechtzeitig zu Henrys Empfang und zur nachfolgenden Abendandacht einzufinden.

Als ich die Treppe erreichte, trat Henry gerade zur Haustür herein. Kerzen brannten überall. Die versammelte Dienerschaft, mehr als sechzig Leute, begrüßte ihn mit Verneigungen und tiefen Knicksen. Auch Gertrude, die ihn wie gewöhnlich auf der untersten Treppenstufe erwartete, knickste.

Immer wieder bin ich von den verschiedensten Leuten gefragt worden, was eigentlich die bezwingende Ausstrahlung Henry Courtenays ausmachte. Vielen empfindsamen Seelen geht sein Schicksal noch heute nach.

Zum Teil verdankte er seine Strahlkraft gewiss seiner äußeren Erscheinung. Er und der König hatten beide die hohe Statur, die helle Haut und die leuchtend blauen Augen ihres Großvaters, Eduard IV. aus dem Hause York, geerbt. Doch Henry Courtenay zeichnete sich dazu durch eine große Natürlichkeit aus, eine offene und freundliche Gelassenheit. Niemals pochte er einem anderen gegenüber auf sein Recht auf Gehorsam. Vielleicht wurde er ihm deshalb so bereitwillig erwiesen.

Während ich noch mit den anderen auf der Treppe stand, schob sich eine kleine Hand in die meine. »Joanna«, rief Arthur aufgeregt. »Ich habe heute mit Pfeil und Bogen geschossen.«

Es machte mich glücklich, Arthur so strahlen zu sehen. In den vergangenen zwei Wochen hatte er unglaublich viel gelernt, und das Sprechen bereitete ihm kaum noch Schwierigkeiten. Es grenzte an ein Wunder.

Wir sangen Henrys liebstes Kirchenlied, eine Tradition in der Familie, wie ich schnell gelernt hatte.

Bevor des Tages Licht vergeht,
O Herr der Welt, hör dies Gebet
Behüte uns in dieser Nacht
Durch deine große Güt' und Macht.

Mein Blick fiel auf die Zwillingsbrüder Joseph und James. Der eine, dem ich zuvor im Korridor begegnet war, sang mit Inbrunst, der andere jedoch bewegte kaum die Lippen. Ich hatte gehört, dass Joseph durch einen Unfall im Kindesalter geistigen Schaden genommen hatte. Seither bemühte sich sein Bruder, ihm Helfer und Beschützer zu sein. Auch jetzt stieß er ihn ab und zu leise an, wie um damit die Erinnerung an das Lied wachzurufen.

Nach der Andacht schritt Henry mit einem Lächeln für diesen und einem freundlichen Nicken für jenen zwischen der Schar der Bediensteten hindurch und trat zu seiner Frau.

»Milady«, begrüßte er sie und küsste ihr die Hand.

In einer Hinsicht zumindest hatte Henry keine Ähnlichkeit mit Eduard IV., diesem schändlichen Ehebrecher. Die Liebe zu Gertrude war sein Leitstern.

Das Abendessen im Haus der Courtenays fand gewöhnlich in kleinem Rahmen statt. Neben der Familie und ihren Verwandten speisten nur Constance und Charles, die dem Hof des fürstlichen Paares vorstanden, mit an der Tafel sowie der Hauskaplan und ein junger Hauslehrer von der Universität in Oxford, der Edwards Unterricht leitete.

Bei den beiden Jungen drehte sich heute alles um das Bogenschießen. Edward hatte, wie sein Vater mit Stolz vernahm, an diesem Nachmittag große Fortschritte gemacht. Beim Fasan unterhielten sich Vater und Sohn fachmännisch über Bogenlänge und Zielgenauigkeit, während Arthur andächtig zuhörte und sich bemühte, dem Gespräch zu folgen.

Ich erhoffte mir aus tiefstem Herzen eine glänzendere Zukunft für Arthur als die, welche ihm meiner Meinung nach in Dartford offenstand. Er war schließlich ein Stafford. Ihm gebührte die Erziehung eines Edelmanns. Die Häuser Stafford und Bulmer hatten an Ansehen und Einfluss verloren. Henry Courtenay hingegen befand sich in hervorragender – vielleicht einzigartiger – Position: Er gehörte dem alten Hochadel an und stand beim König in höchster Gunst. Niemand konnte Arthur besser helfen.

»Und Arthur – wie ist es ihm ergangen?«, wandte sich Gertrude, zwei Plätze von mir entfernt, an ihren Sohn. Leicht vorgebeugt, drehte sie sich zu mir herum. Sie hatte eine entwaffnende Art, einen anzusehen, verschwörerisch, beinahe augenzwinkernd, die selten ihre Wirkung verfehlte. Die Verstimmung vom Nachmittag war abgetan, für immer, hoffte ich. Dank ihrer frappierenden Begabung dafür, sich in andere hineinzuversetzen, hatte sie wohl meine Gedanken erspürt und wusste um meine Hoffnungen für Arthur.

Ich lächelte zaghaft und konnte endlich, während ich Arthurs aufgeregtem Bericht über den Nachmittag zuhörte, den wohlschmeckenden Fasan genießen.

Das Gespräch wandte sich Bekannten der Courtenays im Westen des Landes zu, als Charles die neuesten Nachrichten vortrug, die mit der Post überbracht worden waren. In einer Familie war soeben der Vater verstorben; eine andere hatte wegen einer Missernte mit Schulden zu kämpfen. Ich fühlte mich an das Tischgeplauder auf Stafford Castle erinnert. Da wurde bis ins Kleinste das Leben ländlicher Familien erörtert, für die man sich persönlich kaum interessierte. Meiner Mutter war das unerträglich gewesen. Sie wollte die wichtigen Ereignisse im Reich besprochen hören; gerade nach der Verbannung meiner Eltern vom Hof lechzte sie nach solchen Gesprächen. Aber das war nicht Stafford'sche Art. Und auch die Courtenays sprachen, wie ich schnell merkte, bei Tisch niemals über den König und seinen Hof oder über politische Angelegenheiten des Königreichs.

»Vergesst nicht mein kleines Fest übermorgen«, sagte Gertrude. »Nur einige Freunde, ausschließlich Frauen. Mit Gebäck und süßem Wein. Die Gesellschaft wird Joanna guttun.«

Sie sagte es, als wüsste ich bereits von dem Fest, dabei hatte ich nicht ein Wort davon gehört. Henry strahlte, während ich mich bemühte, meine Überraschung zu verbergen. Hatte Gertrude einfach vergessen, mir etwas zu sagen? Aber nein, sie vergaß nie etwas. Ich war überhaupt nicht sicher, dass diese Gesellschaft mir ›guttun‹ würde; eben das war eine meiner Bedingungen vor Antritt dieses Besuchs gewesen – kein Verkehr mit dem königlichen Hof und seinen Angehörigen.

Hatte Gertrude mit ihrer »Einladung« an mich absichtlich gewartet, bis Henry zugegen war, um mir eine Absage zu erschweren?

Der Gedanke tat mir sofort leid. Wie hochherzig hatte sie unsere Meinungsverschiedenheit über die Astrologie abgetan! Welch inniges Interesse zeigte sie an Arthur! Ganz zu schweigen von der Großzügigkeit und der Fürsorglichkeit, mit denen sie uns an jedem Tag unseres Aufenthalts begegnete.

Henry legte seine Gabel nieder und sagte: »Ich glaube, jetzt ist der Moment, um noch ein anderes bevorstehendes Ereignis anzusprechen, Joanna. Ich habe es mir zur Regel gemacht, jedes Jahr im Herbst einmal mit meinem engsten Freund Henry Pole, Baron Montague, zu speisen, und dieses Mal treffen wir uns am vierten November hier im Haus. Wollt Ihr uns nicht das Vergnügen Eurer Gesellschaft schenken? Ihr kennt Montague, soviel ich weiß.«

»Ja, ich bin mit der Familie Pole bekannt«, antwortete ich. Mein Cousin Henry Stafford war mit Ursula Pole verheiratet, und ich kannte ihre drei Brüder, die mit ihren Familien regelmäßig auf Stafford Castle zu Gast waren. Henry, den ich als unangenehm arrogant in Erinnerung hatte, war der älteste, dann folgten Reginald, ein in sich gekehrter Gelehrter, und Godfrey, der jüngste. Mehr als die Gästeliste kümmerte mich jedoch im Moment das Datum des geplanten Essens – Anfang November, später als mir lieb war.

»Dann sind wir uns einig – Ihr werdet mit uns speisen?«, fragte Henry lächelnd.

»Ja.« Ich stockte. »Allerdings wird in dieser Woche der Rest meines Webrahmens geliefert, das heißt, dass ich nach dem Treffen sofort nach Dartford zurück muss.«

Meine Worte wurden mit unterschiedlichen Reaktionen aufgenommen, keine davon erfreut. Arthur und Edward protestierten mit lauter Enttäuschung. Gertrude starrte mich völlig entgeistert an. Henrys betroffenes Gesicht jedoch bekümmerte mich am meisten.

»Fühlt Ihr Euch denn bei uns nicht wohl, Joanna?«, fragte er traurig. »Ich dachte, Ihr würdet gern länger bleiben wollen.«

Gerade die Gespräche mit Henry Courtenay hatte ich während meines Aufenthalts in Red Rose am meisten genossen. Manchen Abend hatte ich mit ihm in seinem Studierzimmer verbracht, wo er mit großem Enthusiasmus über sein Lieblingsthema gesprochen hatte – das Leben der ehemaligen Könige von England –, während er abwechselnd die beiden Hunde kraulte, die um seine Aufmerksamkeit buhlten. So hatte ich mir einmal die Abende mit meinem Vater vorgestellt. Nach seinem Tod im letzten Winter hatte ich geglaubt, diese familiäre Vertrautheit wäre für immer verloren. Henry hatte mir ein Stück davon wiedergegeben.

Arthur wurde immer erregter. »Nein! Nein, ich will hier nicht weg.«

»Reg dich doch nicht so auf, Arthur«, versuchte ich, ihn zu besänftigen. »Es wird sich alles finden.« Ich hätte ihn nicht so unvorbereitet mit dem Thema unserer Abreise konfrontieren dürfen.

Das Gespräch wandte sich wieder Gertrudes Einladung zu. Die Herzogin von Suffolk würde ihr leider nicht folgen können, berichtete Gertrude. Da ich wusste, dass der Herzog von Suffolk als engster Freund des Königs galt, bedauerte ich das nicht sonderlich.

Doch Gertrude fügte hinzu: »Die Herzogin hat mir geschrieben, wie leid es ihr tut, dass sie verhindert ist. Sie hätte von Herzen gern Eure Bekanntschaft gemacht.«

»Wieso sollte ihr daran etwas liegen?«, fragte ich beklommen.

»Ich nehme an, im Andenken an ihre Mutter, Maria de Salinas«, antwortete Gertrude.

Meine Hand um das Messer, mit dem ich gerade ein Stück Fasan abgeschnitten hatte, spannte sich. Einen Moment lang war ich nicht mehr in diesem behaglichen, schön ausgestatteten Speisezimmer, sondern in den kalten, schäbigen Räumen auf Kimbolton Castle, wo die vom Hof verbannte Königin Katharina von Aragón im Sterben lag. Ich pflegte sie dort gemeinsam mit Maria de Salinas, ihrer treuesten Hofdame, die, wie meine Mutter, als junges Mädchen aus Spanien gekommen war und einen englischen Edelmann geheiratet hatte. Blind vor Schmerz hatten wir uns weinend in den Armen gelegen, als die Königin die Augen für immer geschlossen hatte.

»Lady Willoughby ist tot«, sagte ich leise. Ich wusste, dass Maria nicht einmal ein Jahr später der Königin ins Grab gefolgt war. »Aber ja, um ihretwillen würde ich ihre Tochter gern kennenlernen.«

Gertrude sah ihren Mann fragend an. Er nickte. »Die Herzogin ist sehr jung, noch nicht einmal zwanzig«, sagte sie. »Sie ist Suffolks vierte Ehefrau und, ich sage es mit Bedauern, eine energische Befürworterin der religiösen Reformation.«

Während die anderen sich ihrem Mahl widmeten, dachte ich über Catherine Brandon, Herzogin von Suffolk, nach. Wie konnte sie einer Glaubenslehre anhängen, in der ihre Mutter und die von ihr verehrte Königin einen ketzerischen Irrweg gesehen hatten?

Nach dem Essen begleitete ich, wie gewöhnlich, Arthur in sein Zimmer, um noch etwas Zeit mit ihm allein zu verbringen. Er hatte nach der Szene beim Abendessen seine Unbekümmertheit wiedererlangt; ich jedoch war beim Spiel mit ihm nicht bei der Sache.

Ich fühlte mich aus dem Gleichgewicht gebracht. Das Vertrauen, das mich während der ersten zwei Wochen in Red Rose getragen hatte, war dahin. Nach der Erschütterung am Morgen im Rittersaal hatten sich immer stärkere Unsicherheit und Verwirrung eingestellt. Mich Henry anzuvertrauen bot sich keine Gelegenheit. Er hatte sich gleich nach dem Essen mit Charles zur Besprechung irgendwelcher drängenden Angelegenheiten zurückgezogen, und solche Sitzungen dauerten meist Stunden. Aber vielleicht wäre es ein erster Schritt zur Wiederherstellung des Vertrauens, wenn ich mich Gertrude offenbarte und mit ihr, wenn auch nicht über meine Angst vor Prophezeiungen, so doch über die Erscheinungen sprach, die mich im Rittersaal heimgesucht hatten.

Nachdem ich Arthur zu Bett gebracht hatte, begab ich mich ein weiteres Mal zu Gertrudes Gemächern.

Aus ihrem Badezimmer hörte ich Frauenstimmen. Sie war die einzige Person, die ich kannte, die sich einen eigenen Baderaum hatte einrichten lassen. Im Schlafgemach waren ihre Zofen dabei, das Bett zu richten, während in einem riesigen Kessel über dem offenen Feuer das Badewasser siedete. »Herein«, rief sie, als ich an die Tür klopfte.

Das kleine Badezimmer wurde beinahe vollständig von einem großen hölzernen Zuber eingenommen, der, wie ich wusste, nach ihren besonderen Angaben gefertigt war. Halb ausgestreckt lag sie darin, das volle dunkle Haar hochgebunden, bis zum Busen von Wasser bedeckt, in dem Kräuter und Essenzen schwammen, dazu die Schalen von Orangen, Früchten, die im Mittelmeerraum gediehen und den Raum in ihren leicht bitteren Duft hüllten.

Sie fuhr überrascht in die Höhe. »Ich dachte, es wäre die Zofe mit dem Wasser«, sagte sie. Zum ersten Mal sah ich, wie dünn und knochig ihr Körper war, dessen hohen Wuchs und vornehme Haltung die üppige Kleidung so vorteilhaft zur Geltung brachte.

Constance saß mit einer kleinen geöffneten Kassette voller Papiere auf dem Schoß an der Seite von Gertrude, die ein Schreiben in den Händen hielt. Ohne es weiter anzusehen, schob sie es Constance zu. Die Hofdame beugte sich vor, doch der Brief entglitt ihr und fiel zu Boden. Von einem leichten Luftzug getrieben, landete er vor meinen Füßen. Ich hob ihn auf. Er war nicht in Englisch geschrieben, sondern in Latein.

»Joanna, so gern ich mich mit Euch unterhalten würde, ich muss zuerst meine Korrespondenz erledigen«, sagte Gertrude. »Ich hoffe, das ist Euch genehm.«

Ihr Einwand war absolut vernünftig, doch ich spürte eine gewisse Gereiztheit. Sie war nicht ungehalten, eher nervös, und statt mich anzusehen, fixierte sie den Brief in meiner Hand.

»Natürlich«, sagte ich und reichte das Schreiben Constance, die es in die Kassette auf ihrem Schoß legte. »Morgen vielleicht?«

Auf dem langen Weg durch die von Wandkerzen erleuchteten

Gänge zu meinem Zimmer überlegte ich, was Gertrude so nervös gemacht hatte. Der Brief konnte es nicht sein. Ich hatte nur eine kurze Wendung lesen können: *de libero arbitrio*. Was übersetzt so viel wie »aus freiem Willen« hieß.

Aus irgendeinem Grund ließen die Worte mich nicht los. Ich versuchte, mir die Gespräche ins Gedächtnis zu rufen, die ich in den letzten Tagen geführt hatte. Soweit ich mich erinnern konnte, waren diese Worte darin nie gefallen.

Erst mitten in der Nacht, als ein beunruhigender Traum in den nächsten überging, fiel es mir plötzlich ein. Atemlos fuhr ich in meinem Bett in die Höhe.

Ich hatte diese Worte vor zehn Jahren bei meinem Besuch im Kloster St. Sepulchre gehört, zuerst aus dem Mund von Schwester Anne und dann aus dem von Schwester Elizabeth Barton.

»Ihr müsst die Prophezeiungen aus freiem Willen und ohne Zwang empfangen«, hatte die Nonne zu mir gesagt. *»Wenn Ihr die dritte vernommen habt, kann nichts den Lauf der Dinge mehr aufhalten. Nichts.«*

Kapitel 10

»Und wie gedeihen die Bemühungen Eures Gemahls, dem König eine neue Gemahlin zuzuführen, Lady Wriothesley?«

Die Frauen, die Gertrudes Einladung gefolgt waren, brachen in helles Gelächter aus. Lady Jane Wriothesley, hochschwanger und schlicht von Angesicht, schüttelte den Kopf, ohne zu antworten.

Cecily, die Fragerin, jünger und hübscher als die Ehefrau von Sir Thomas Wriothesley, dem Gesandten des Königs in Brüssel, nippte von dem Gewürzwein in ihrem Glas und heuchelte Bedauern. »Es ist gewiss nicht unsere Absicht, die Geheimnisse des Kronrats auszuspionieren, aber was sollen wir denn anfangen?«, fragte sie. »Seit einem Jahr müssen wir ohne Königin leben. Ganz ohne Kämpfe um Gunst und Position. Es ist unerträglich. Wir beten alle darum, dass Seine Majestät endlich eine vierte Frau nimmt – möglichst noch heute.« Wieder lachten alle, während Cecily ein wenig hilflos kicherte, als hätte sie mit den Worten, die über ihre Lippen gekommen waren, nichts zu tun.

Ich versuchte, meine Aufmerksamkeit ganz auf die Musik zu richten, die in diesem schönsten Raum des Hauses gespielt wurde. Dank Gertrudes erlesenem Geschmack – und Henrys Geld – war das Haus bis in den letzten Winkel beeindruckend. Doch das Musikzimmer übertraf alles, was umso interessanter war, als ich gehört hatte, dass es bereits eingerichtet war, als die Courtenays den Besitz übernahmen. Drei Wände des hohen Raums waren unter der Decke mit einem Fries geschmückt, dessen in Stein gemeißelte Bilder von einer Truppe wandernder Musikanten und ihrem ausgelassenen Empfang in einer Dorfgemeinschaft erzählten. Der Künstler hatte offensichtlich ein Gefühl dafür besessen, wie sehr Musik das Leben verändern kann. Eine wahrhaft passende Kulisse für die Musiker, die Gertrude und ihre Gäste auf der Laute und der Harfe mit hübschen Madrigalen unterhielten.

Alles war für einen angenehmen Nachmittag gerichtet – wären nicht die Gäste gewesen.

Ich bin nie jemand gewesen, dem es leichtfällt, sich in Gesellschaft zu bewegen. Doch Gertrude versicherte mir, dass ihre Freundinnen strenggläubig, kultiviert und höflich seien. »Ich bin sicher, Ihr werdet heute dauerhafte Freundschaften schließen«, sagte sie und drückte mir den Arm, als wir zusammen zum Musikzimmer gingen. Ich zwang mich zu einem Lächeln. Zweifellos war es nichts als Zufall gewesen, dass mir aus dem zu Boden gefallenen Brief die Worte *de libero arbitrio* förmlich entgegengesprungen waren. Dennoch hatte ich Gertrude nichts von den Erscheinungen im Rittersaal gesagt. Vorläufig würde ich alles, was mich beunruhigte, mit mir selbst abmachen.

»Liebe Freundinnen, ich möchte Euch die Cousine meines Gemahls vorstellen, Miss Joanna Stafford«, sagte Gertrude laut.

Fünf Augenpaare musterten mich von Kopf bis Fuß, besichtigten kritisch die ganze geliehene Pracht, mit der ich geputzt war, vom Brokatgewand bis zum Kopfschmuck und zu den Juwelen.

Es waren Frauen höchst unterschiedlichen Alters. Die mädchenhafte Cecily war die jüngste unter ihnen, die älteste, wie mir schien, eine Frau mit tiefen Fältchen um die Augen, die von allen als Gräfin Elizabeth angesprochen wurde. Cecily saß bei Lady Carew - oder Lady C, wie alle sie nannten –, die in vielsagenden Bemerkungen über ihren Ehemann, Sir Nicholas Carew, durchblicken ließ, dass er bei Hof in hohem Ansehen stand. Das Lächeln der Frauen, als ich die Runde machte, um sie zu begrüßen, irritierte mich, es war höflich, aber so kalt wie ein Wintertag.

Die Frauen hatten sich zu zweien zusammengetan, nur eine saß allein, weiter als alle anderen von der Musik entfernt, mit einem starren Lächeln im Gesicht, das sie selbst beim Sprechen beibehielt und das die weit auseinanderliegenden grauen Augen unberührt ließ. Meiner Schätzung nach war sie im gleichen Alter wie Gertrude, die sie mit viel Herzlichkeit Lady R nannte. Ihre Haut war alabasterweiß, leuchtend hell, doch glanzlos wie die Schale eines Eis, das zu lange im Schrank aufbewahrt worden ist. Im Profil sah sie aus wie jede andere Frau. Doch als ich sie von vorn sah, mit diesem starren Lächeln und den hervorquellenden Augen, überlief es mich kalt.

Sie mischte sich jetzt in das Gespräch ein, wie es schien, um Lady Jane Wriothesley aus der Verlegenheit zu helfen. »Es ist nicht die Schuld Eures Gemahls, dass die Verhandlungen um die Hand Christinas, der Herzogin von Mailand, in Brüssel so langsam vorangehen«, sagte sie. »Sie ist immerhin die Nichte von Kaiser Karl.«

»Und die Herzogin hat ihre eigenen Ansichten über König Heinrich«, murmelte Cecily.

Gertrude gab der jungen Frau einen leichten Klaps auf die Schulter, bei dem ihr Diamantarmband auffunkelte. Sie trug ein Mieder und Röcke aus Samt in dunklem Gold, einem Farbton, der ihren südländisch-olivgetönten Teint hervorhob. Die Lippen hatte sie sich mit einer Beerenmixtur gefärbt. Gertrude war in ihrer Jugend eine große Schönheit gewesen, und wenn die Gelegenheit es angemessen erscheinen ließ, verstand sie es auch heute noch, Garderobe, Schmuck und Schminke so zu wählen, dass sie ihr Äußeres aufs Vorteilhafteste zur Geltung brachten. »Diesen Klatsch wollen wir doch nicht wiederholen«, sagte sie.

»Das ist kein Klatsch«, entgegnete Lady C. »Es ist Tatsache. Die Herzogin Christina mag mit ihren siebzehn Jahren noch sehr jung sein, aber dumm ist sie nicht. Zu Sir Thomas Wriothesley sagte sie so laut, dass der ganze Brüsseler Hof es hören konnte: ›Wenn ich zwei Köpfe hätte, stünde einer zu König Heinrichs Verfügung.‹«

In noch tieferer Verlegenheit als zuvor drückte Lady Wriothesley eine Hand auf ihren runden Bauch, während die Frauen um sie herum vor Lachen schrien.

»Wir müssen alle dafür beten«, sagte Cecily außer Atem, »dass der König Christina oder eine der französischen Prinzessinnen heiratet und sich nicht anderswo in Europa umsieht.«

»Anderswo?«, wiederholte jemand.

Eine der Frauen stöhnte übertrieben. »Sprecht jetzt bitte nicht von Kleve. Das würde mir diesen vergnüglichen Nachmittag gründlich verderben.«

»Kleve?«, fragte ich, zum ersten Mal seit meiner Ankunft das Wort ergreifend.

»Cromwell wird vielleicht energischer auf eine protestantische Heirat drängen«, erklärte Gertrude. »Der Herzog von Kleve hat zwei heiratsfähige Töchter.«

Die Stimmung sank merklich. Eine solche Heirat wünschte offensichtlich niemand hier.

Wieder war es Cecily, die für Aufmunterung sorgte. »Also, ich würde auch einer Türkin dienen, die nichts als rote Pluderhosen trägt, wenn ich dafür Hofdame am königlichen Hof werden könnte«, verkündete sie und erntete dafür von den anderen gespielten Tadel.

»Für eine weitere englische Heirat besteht wohl keine Chance?«, fragte die Gräfin.

»Der König scheint nicht so geneigt«, antwortete Gertrude.

»Wenn es eine solche Kandidatin gäbe, würdet Ihr es uns doch sagen, Gertrude, nicht wahr?«, drängte Cecily.

Gertrudes Blick flog zu mir und kehrte dann zu den anderen zurück. »Ich war seit einiger Zeit nicht mehr bei Hof«, sagte sie, und ich glaubte einen Unterton der Warnung in ihrer Stimme zu hören.

Lady R lachte. Es war ein dezentes, aber keineswegs freundliches Lachen. »Spielt das eine Rolle?« Sie schien anzunehmen, dass Gertrude bevorzugtes Wissen über Wünsche und Begehren des Königs zur Verfügung stand. Sie richtete die grauen Augen auf mich. »Ihr wisst sicher, dass wir dem Marquis von Exeter den Aufstieg von Königin Jane zu danken haben, Miss Stafford?«

»Das ist doch Unsinn«, sagte Gertrude scharf.

»Warum leugnet Ihr es?«, rief Lady C. »Wie hätte kleiner Landadel wie die Familie Seymour jemals so etwas zuwege bringen können?«

Gräfin Elizabeth schüttelte den Kopf. »Oh, diese Brüder Seymour – grauenhaft«, sagte sie.

Gertrude holte tief Atem, bevor sie ihrem Herzen mit einem kleinen Lachen Luft machte. »Der Vater war der Schlimmste – sie sind wahrhaftig fürchterlich«, bekannte sie unter allgemeinem zustimmendem Gelächter. Ich bemühte mich, meine Verwunderung – und meine Bestürzung – zu verbergen. Ich erinnerte mich, wie ich sie, kurz bevor ich in ihren Salon getreten war, mit Dr. Branch über ein unscheinbares junges Ding aus fürchterlicher Familie hatte sprechen hören. Jetzt fragte ich mich, ob sie damals die verstorbene Königin Jane Seymour gemeint hatte.

Die Bosheit in diesem Zimmer, die Sticheleien und der Spott – das war nicht das, was ich mir erhofft hatte. Ich fand es abscheulich.

Einen Augenblick später wurde auf silbernen Platten das Gebäck hereingetragen. Gertrudes Feinbäcker hatte sich selbst übertroffen. Einer der Musikanten trug ein reizendes Lied von unerfüllter Liebe zu einer fernen Angebeteten vor und die edlen Damen lauschten und knabberten dazu ihre Küchlein.

Bis auf Gertrude und Lady R, die leise und angespannt miteinander sprachen, ohne Leckereien und Musik zu beachten. Gertrude schien Lady R über irgendetwas zu befragen. Ich schnappte nur ein Wort auf: *Londinium.*

Als die Musik verklang, stand Gertrude auf, um sich zu ihren anderen Gästen zu gesellen, während Lady R, sehr zu meinem Unbehagen, die Hand hob und mir winkte. Jetzt sollte also ich mich dieser seltsamen Frau widmen. Ich nahm mein halb geleertes Weinglas und setzte mich zu ihr.

Sie neigte sich mir zu. Ein Duft nach welken Veilchen wehte mir entgegen.

»Ich habe allen drei Königinnen gedient«, sagte sie »Wusstet Ihr das?«

»Nein.« Ich schreckte vor dem scharfen Blick dieser Augen zurück. Nicht grau waren sie, wie ich jetzt bemerkte, sondern von einem überaus blassen Blau, mit dunklen Ringen um die Pupillen.

»Ich war Hofdame Katharinas von Aragón, als Ihr 1527 Euren Dienst als Ehrendame bei ihr angetreten habt«, fuhr sie fort. »Wie lange das her ist! Ich habe ein gutes Gedächtnis, aber an Euch erinnere ich mich leider nicht. Interessant ist, dass Ihr Euren Dienst bei der Königin damals nur einen einzigen Tag versehen habt.«

Mir verschlug es den Atem. Woher wusste diese Frau von jenem einen fernen Tag, an dem ich bei Hof gewesen war? Gertrude wusste nichts davon oder hatte jedenfalls nie etwas davon gesagt.

»Verzeiht«, stammelte ich, »aber ich habe Euren vollen Namen nicht verstanden, als wir miteinander bekannt gemacht wurden. Wofür steht das ›R‹?«

Sie neigte sich noch ein Stück näher. Unsere Gesichter berührten sich beinahe.

»Rochford«, sagte sie. »Der verstorbene Lord Rochford war mein Gemahl. Aber als Ihr bei Hof wart, trug er diesen Titel noch nicht. Er war als George Boleyn bekannt.«

Kapitel 11

Liebste Joanna,
ich danke Euch für Euer Schreiben aus dem Haus Eurer Verwandten. Es freut mich, dass Ihr mit diesen guten Christenmenschen vereint seid. Aber ich möchte auch nicht, dass Ihr glaubt, wir könnten Euch je vergessen. Bruder Edmund und ich sprechen jeden Tag von Euch. Wir bitten Gott um gute Gesundheit für Euch und Arthur.
Hier in Dartford geht alles seinen guten Gang, wenngleich ich natürlich weiß, dass unsere dörflichen Aufregungen mit denen, die London zu bieten hat, nicht mithalten können. Bruder Edmund behandelt viele neue Dorfbewohner, und einer seiner Patienten hat für ein Heilmittel sogar mit einer Münze bezahlt. Er ist jeden Tag bis in die Nacht hinein tätig, sodass ich mir Sorgen um ihn mache, aber Ihr kennt meinen Bruder und wisst, welch tiefe Befriedigung er in der Heilkunst findet. Ich hoffe, dass ich ihm in meinem Bemühen, ihm zur Hand zu gehen, immer nützlicher sein kann.

Ich legte das Schreiben von Schwester Winifred aus der Hand und schloss die Augen, um mir Bruder Edmund vorzustellen, wie er sich über einen ängstlichen fieberkranken Dorfbewohner beugte – den Metzgergesellen, zum Beispiel – und um einen Beruhigungstrank bat; und Schwester Winifred, wie sie eilig die dazu erforderlichen Lattich-, Ampfer- und Veilchenblätter in den Tiegel gab. Er würde leicht ihren zitternden Arm berühren und selbst die Herstellung des Tranks übernehmen, um ihn dann seinem dankbaren Patienten zu verabreichen.

Aus ganzem Herzen und ganzer Seele wünschte ich mich nach Dartford zurück.

Gertrude hatte ihr Versprechen gehalten. Sie hatte mich nicht genötigt, den königlichen Hof zu besuchen. Doch an diesem Tag hatte der Hof bei mir Besuch gemacht: seicht und selbstbesessen und – ich sah Lady Rochfords steinernes Lächeln vor mir – gefährlich. Wusste sie, was ihr Ehemann mir angetan, wie gemein er sich an einer unschuldigen Sechzehnjährigen vergangen hatte? *Etwas* schien sie zu wissen. Würde sie anderen davon erzählen?

Und ebenso bedrohlich: Wie konnte Gertrude einer Boleyn trauen? Die Boleyns hatten das Leben Katharinas von Aragón zerstört. Es war bekannt, dass Anne Boleyn gedroht hatte, Lady Maria zugrunde zu richten. Nur dank ihrer Hinrichtung war es dazu nicht gekommen. Und dennoch sollte Gertrude eine enge Freundin der Schwägerin von Anne Boleyn sein? Es war mir unbegreiflich.

Nachdem Lady Rochford mir eröffnet hatte, wer ihr verstorbener Ehemann gewesen war, hatte ich kaum noch Worte gefunden, um die Zeit, da ich mich in den Fängen dieser Frau sah, zu überbrücken. Später flüchtete ich mich in mein Zimmer und blieb dort. A lice brachte mir das Abendessen hinauf, aber ich hatte keinen Appetit. Zum Glück brachte sie auch den Brief von Schwester Winifred mit, wichtigere Stärkung für mich als leibliche Nahrung.

Jetzt saß sie drüben am Feuer und besserte mit Nadel und Faden einen meiner Röcke aus. Ich nahm Schwester Winifreds Brief wieder zur Hand.

Es gibt Neuigkeit aus dem Haus der Schwestern von Dartford. Ich weiß nicht, ob Ihr Euch an den Mann erinnert, der am Morgen vor Eurer Abreise in der Dreifaltigkeitskirche den Tod seiner Ehefrau beklagte. Sein Name ist Oliver Gwinn. Schwester Agatha hat mir erzählt, dass er Bruder Edmund und uns allen zutiefst

dankbar ist für unser Bemühen, ihn in seinem Leid zu trösten. Er sucht die Schwestern jetzt regelmäßig auf, erledigt Reparaturen im Haus, die lange überfällig waren, und kümmert sich mit ihnen um das Vieh. Seine Güte sei ihnen Wohltat und Erleichterung, sagt Schwester Agatha.
Geoffrey Scovill, unser neuer Constable, ist überall willkommen. Er ist jeden Tag in der High Street anzutreffen, wo er sich mit den Leuten von Dartford bekannt macht und sich ihre Anliegen anhört. Er sieht es als seine vordringlichste Aufgabe, das Schlachthaus an einen Ort ferner der Dreifaltigkeitskirche zu verlegen. Ich weiß, wie oft Ihr das gefordert habt. Nun also wird es geschehen.
Gestern Nachmittag kam Mister Scovill ins Hospital, um zu fragen, ob wir von Euch gehört hätten. Ich habe ihm erzählt, dass es Euch wohl ergeht. Ich hoffe, das habe ich recht gemacht, Joanna. Er schien voll guten Willens.
Geschrieben zu Dartford
Schwester Winifred Somerville

Kaum hatte ich den Brief zu Ende gelesen, nahm ich einen Bogen Papier vom Bord und begann zu schreiben.

Lieber Geoffrey,
Ihr hattet recht mit dem, was Ihr sagtet, und es tut mir leid, dass wir im Streit auseinandergegangen sind. Ich möchte so bald wie möglich nach Dartford zurückkehren. Eine familiäre Verpflichtung wird mich noch bis zum 4. November im Haus meines Cousins festhalten. Sobald sie erfüllt ist, werden Arthur und ich nach Hause reisen.
Geschrieben zu London,
im Haus Red Rose des Marquis von Exeter
Joanna Stafford

Als die Tinte trocken war, faltete ich das Blatt zweimal und verschloss den Brief mit Siegellack, den ich zuvor über der Kerze erhitzt hatte. Ich drückte das Siegel so fest auf, dass der rote Lack rundherum auseinanderlief. Zurück blieb ein Mal, das aussah wie eine frische Wunde.

»Alice«, sagte ich, »dieser Brief muss nach Dartford. Er muss unbedingt mit der nächsten Post abgeschickt werden.«

Erfreut über den wichtigen Auftrag ergriff Alice das Schreiben, auf dem der Lack noch warm war, und eilte hinaus. Gleich würde es in andere Hände übergehen und dann, vermutlich noch vor Ende des Tages, die Reise nach Dartford antreten. Leichte Sorge regte sich. Vielleicht hätte ich meinen Entschluss, Geoffrey Scovill einen solchen Brief zu schreiben – der erste, den ich ihm je geschrieben hatte –, überschlafen sollen. Ich schob die Bedenken weg. Jetzt war es zu spät für Zweifel.

Alice kehrte bald mit der Nachricht zurück, dass mein Brief an Geoffrey Scovill unterwegs sei. Außerdem brachte sie mir eine Antwort von Pater Timothy, dem Hauskaplan, bei dem ich angefragt hatte, ob er mir am nächsten Tag noch vor dem Gottesdienst die Beichte abnehmen könne. Die reinigenden Kräfte des Sakraments der Buße würden, so hoffte ich, dazu beitragen, mir Halt zu geben.

Ich war lange vor Morgengrauen wach und wartete, nachdem ich mich angekleidet hatte, ungeduldig auf den ersten Schimmer Tageslicht. Endlich zeigte er sich – die Nacht zog sich zurück. Als ich mit einer Kerze in der Hand durch die dunklen Gänge eilte, vernahm ich von ferne die ersten morgendlichen Geräusche. Unten, in den Küchen- und Vorratsräumen, hatten die Bediensteten der Familie Courtenay bereits ihr Tagwerk begonnen.

»Ah, Miss Stafford, ich danke Euch für Euer pünktliches Kommen – mir scheint, mich erwartet heute ein geschäftiger Tag«, sagte Pater Timothy, der am Eingang zur Hauskapelle stand. Eine Reihe frischer Kerzen brannte auf dem Altar hinter ihm.

Ich stellte meine Kerze in eine steinerne Nische und tauchte die Finger ins Weihwasserbecken. Pater Timothy öffnete die Tür zum Beichtstuhl, einem freistehenden schrankähnlichen Möbel aus polierter Eiche, und schob sich hinein. Ich hörte ihn die Tür schließen, bevor er seinen Platz hinter der Trennwand mit der vergitterten Öffnung einnahm.

Ich betrat meine Seite des Beichtstuhls. Nur der blasse Glanz des silbernen Kruzifixes über dem dicht gefügten hölzernen Gitter durchdrang die beinahe erstickende Dunkelheit. Ich konnte nicht einmal die Umrisse von Pater Timothys Kopf erkennen. Aber ich spürte seinen warmen Atem durch das Gitter, und ich nahm einen schwachen Zwiebelgeruch wahr.

»Ich höre Eure Beichte«, sagte er.

»Vater, segnet mich, denn ich habe gesündigt«, sagte ich. »Meine letzte Beichte war vor fünf Tagen.« Ich hielt inne, um mich zu sammeln. Wo beginnen – wie meine Sünden in Worte fassen?

Plötzlich hörte ich die laute Stimme Henry Courtenays, keine zehn Fuß entfernt. »Was glaubt Ihr, wird Joanna heute zur Morgenmesse kommen?«

Ich sprang von der schmalen Holzbank. Ich hatte niemanden hereinkommen hören. Aber jetzt waren Henry und Gertrude in der Kapelle. Ich hätte unverzüglich aus dem Beichtstuhl treten müssen. Doch die Erwähnung meines Namens lähmte mich. Auch Pater Timothy blieb still und reglos.

»Ach, sie wird wahrscheinlich in ihrem Zimmer bleiben und schmollen«, versetzte Gertrude.

»Ich wünsche nicht, dass du so von ihr sprichst«, sagte Henry schärfer, als es seine Art war.

»Keine Sorge, mein Herr Gemahl. Ich werde Euren Fang schon pfleglich behandeln.«

Meine Wangen brannten vor Scham. Wie konnte ich mich jetzt noch zeigen? Warum bezeichnete Gertrude mich als »Fang«? Ich musste wissen, was Pater Timothy jetzt für geraten hielt, aber in der Finsternis konnte ich nichts erkennen. Ich merkte nur an den hastigen, von Zwiebeldunst geschwängerten Atemstößen, die mich durch das Gitter trafen, dass auch er in Nöten war.

Draußen sagte Henry: »Ich muss dich bitten, Pater Timothy nicht zu nötigen, Predigten über die Bedeutung von Tapferkeit, Mut und Opferbereitschaft zu halten, Gertrude.«

Seine Frau erwiderte: »Keine Sorge. Ich habe die Hoffnung aufgegeben, dass du je einen solchen Kurs einschlagen wirst.«

Ein Donnerschlag hallte durch die Kapelle. Als hätte Henry, so schwer vorstellbar das war, mit geballter Faust gegen die Holztäfelung geschlagen. Mir schossen die Tränen in die Augen. Es kam mir vor wie ein Albtraum, dass mein sonst so gütiger Cousin derart reagierte – noch dazu an einem geweihten Ort.

»Es wird nicht passieren, Gertrude«, fauchte er sie an. »Verstehst du das denn nicht? Es geht nicht allein um Heinrich Tudor. Hör mir zu! Es geht um Cromwell, Cranmer und Suffolk. Und um Norfolk. Vergiss Norfolk nicht! Diese Männer sind ständig bei ihm.«

Pater Timothy trat aus dem Beichtstuhl hervor. Ich hätte das Gleiche tun sollen, aber ich konnte mich vor Angst und Schrecken nicht rühren.

»Pater Timothy, das ist unerhört«, rief Gertrude.

Mit aller Sanftmut bat der Priester um Vergebung und versicherte, dass alles, was er in der Tat gerade gehört hatte, geheim bleiben werde. Offensichtlich, fügte er hinzu, bedürften der Marquis und die Marquise geistlichen Beistands. Er werde sich nach besten Kräften bemühen, ihn zu leisten.

»Aber warum habt Ihr die ganze Zeit im Beichtstuhl gesessen?«, fragte Gertrude immer noch aufgebracht.

»Ich habe mich auf den kommenden Tag vorbereitet, Lady Courtenay«, antwortete er.

»Es war niemand bei Euch, um zu beichten?«, fragte sie. »Es ist nicht noch jemand drinnen? Neben der Tür steht doch eine Kerze. Bitte sagt mir, wer hat sie dort zurückgelassen?«

Pater Timothy sagte gar nichts. Natürlich wollte er nicht lügen.

Ich rutschte auf die andere Seite der Bank. Mit beiden Händen tastete ich die Wand hinauf und hinunter. Gab es irgendwo einen Riegel? Eine Tür zur anderen Seite? Unmöglich konnte ich den Courtenays gegenübertreten nach dem, was ich soeben gehört hatte.

Aber es führte kein anderer Weg aus dem Beichtstuhl hinaus.

»Ich sehe nach, Gertrude«, sagte Henry.

Ich hörte Schritte. Sie wurden lauter. Die Tür des Beichtstuhls wurde aufgezogen. Henrys Gestalt füllte die schmale Öffnung. Um ihn herum drang kaum Licht ein. Er sah mich – natürlich sah er mich. Ich konnte seine Gesichtszüge nicht erkennen.

Er verweilte nur einen Herzschlag lang, ehe er zurücktrat. Die Tür fiel knallend zu.

»Da ist niemand«, sagte er. »Und nun, Pater, ist es Zeit für die Messe.«

Kapitel 12

Ich zog meine eigenen Sachen an, ein schlichtes dunkles Kleid, das ich an jenem ersten Tag, als Gertrude mir ihren Putz aufdrängte, auf die Seite gelegt hatte. Keinesfalls würde ich Red Rose in ihren Prachtgewändern verlassen. Denn als die Sonne an diesem Tag ihren höchsten Stand am Himmel erreichte, stand mein Entschluss fest: Die Bedrohung kam näher, Arthur und ich mussten unverzüglich abreisen.

Aber die Kinder waren nicht in ihrem Unterrichtsraum, als ich dorthin kam. Nur Edward Courtenays Französischlehrer, ein ernster Student namens François, war da. »Die Jungen sind im Hof«, sagte er und sah mich stirnrunzelnd an. »Seid Ihr wohlauf? Ihr seht – verändert aus.«

»Es geht mir gut«, erwiderte ich fest.

Sein Blick flog an mir vorbei, und ich drehte mich um. Der aufgeweckte James stand an der Tür.

»Die jungen Herren kommen vor dem Abendessen wieder herauf«, sagte er. »Möchtet Ihr nicht auf sie warten, Madam?«

»Nein«, antwortete ich scharf. »Ich möchte meinen Verwandten jetzt sehen.«

Damit drehte ich mich um und eilte den Gang hinunter. An der ersten Biegung hörte ich Schritte hinter mir. François und James waren mir gefolgt.

»Ich kenne den Weg«, rief ich ihnen zu. »Ich brauche keine Begleitung.«

Noch ein Gang, dann war ich an der Treppe. Ich war versucht, Hals über Kopf hinunterzujagen, aber ich wusste, dass ich jetzt einen kühlen Kopf behalten musste. Auf halbem Weg nach unten vernahm ich über mir von Neuem die eilenden Schritte der Verfolger und bemerkte bei einem kurzen Blick zurück, dass sich jetzt Alice, meine Zofe, und ein weiterer Diener, dessen Namen ich nicht kannte, François und James angeschlossen hatten.

Als ich die letzte Ecke erreichte, hatten sich die Geräusche hinter mir zu wahrem Getrampel gesteigert. Offenbar war mir jetzt eine ganze Dienstbotenschar auf den Fersen. Was sollte diese wilde Jagd, fragte ich mich zornig.

Im Hof war es an diesem Tag kühl. Eine graue Wolkendecke verhüllte den Himmel. Die beiden Jungen trugen mit flachen Holzschwertern einen spielerischen Kampf aus. Arthur winkte mir lachend mit seiner Waffe zu. Edward verneigte sich, doch sein Gesicht verriet Verwirrung. Ich blickte mich um. Die Zahl der Bediensteten, die mir folgte, war auf ein gutes halbes Dutzend angewachsen. Wie ein vielköpfiges Tier schob die dicht geschlossene Phalanx sich näher.

Entschlossen, sie zu ignorieren, sagte ich zu Magister David, der Edwards Erziehung leitete: »Guten Morgen. Sobald die Stunde hier beendet ist, muss Arthur für die Reise umgezogen werden. Wir kehren heute nach Dartford zurück.«

»Nein, Joanna, nein«, schrie Arthur. »Ich will nicht weg.«

»Es tut mir leid, Arthur, aber es muss sein.« Ich wollte ihm die Schultern tätscheln, doch er schreckte vor mir zurück.

»Miss Stafford, Lord Courtenay hat mir nichts von einer bevorstehenden Abreise gesagt«, erklärte Magister David.

»Arthur steht unter *meiner* Obhut«, entgegnete ich. »Unser Besuch ist beendet. Ich bin Gast hier und keine Gefangene.«

Arthur rannte zu Edward und hielt sich an ihm fest. »Edward, ich will hierbleiben.« Er weinte. Der größere Junge tröstete ihn leise.

»Niemand hat behauptet, Ihr wärt eine Gefangene«, sagte Magister David steif. »Ich bedaure, wenn ich diesen Eindruck bei Euch erweckt habe, Miss Stafford.«

Im Stillen verwünschte ich meine Ungeschicktheit. Die Angst hatte mir die Worte diktiert. »Verzeiht bitte. Ihr habt nichts getan, um diesen Eindruck zu erwecken«, sagte ich. »Arthur, bitte komm mit. Ich erkläre es dir.«

»Nein, nein, nein«, schluchzte Arthur, an Edward geklammert. Der junge Courtenay starrte mich zornig an. Er zog Arthur von mir weg auf die andere Hofseite. Die Dienerschar rückte vor und bildete eine Kette zwischen Arthur und mir.

»Miss Stafford«, sagte Magister David, »ich kann Lord Courtenay benachrichtigen lassen und um Anweisungen bitten. Ohne seine Zustimmung wird in Red Rose nichts entschieden.«

»Das ist nicht nötig«, erwiderte ich. »Ich werde heute Abend selbst mit Lord Courtenay sprechen.« Leicht würde das nicht werden, aber es musste sein. Mitten am Tag einfach auszureißen, war in der Tat feige. Wir würden morgen aufbrechen.

James, der Zwilling, warf ein: »Aber Ihr könnt heute Abend nicht mit ihm sprechen. Lord Courtenay kehrt erst am dritten November nach Hause zurück, am Tag vor dem Besuch von Lord Montague.«

»Wie?«, rief ich. »Was redet Ihr da?«

»Der König hat sich mit seinem Kronrat nach Windsor begeben«, erklärte Magister David. »Lord Courtenay nimmt dann immer in den Hofräumen Wohnung. Die Entfernung ist für eine tägliche Heimkehr zu groß.«

Ich starrte die Männer an, diese bevorzugten Bediensteten am Hof des Marquis von Exeter. Ich war erschüttert, dass Henry nicht mit mir gesprochen hatte. Allerdings hatte ich mich am Vortag auch ganz zurückgezogen. Wann hätte er da mit mir sprechen sollen?

Mir würde nichts anderes übrig bleiben, als meine vorzeitige Abreise mit Gertrude zu besprechen. Das würde unangenehm werden, aber wenigstens wusste Gertrude im Gegensatz zu ihrem Mann nicht, dass ich in der Kapelle gehört hatte, was sie über mich gesagt hatte.

»Bitte gebt Lady Courtenay Bescheid, dass ich sie gleich aufsuchen werde«, sagte ich zu Alice.

Noch bevor sie antworten konnte, meldete sich wieder James zu Wort. »Lady Courtenay ist unwohl. Sie hat sich nach dem Morgengottesdienst gleich zu Bett begeben. Unter diesen Umständen wird sie Euch nicht empfangen.«

Es begann zu regnen. Ich wischte mir einen Wassertropfen ab, während ich zu begreifen versuchte, was hier vorging. Niemand suchte Schutz vor dem Regen. Sie warteten alle schweigend darauf, was ich jetzt tun würde. Nur das Klatschen der Tropfen auf der Pflasterung des Hofs und Arthurs wortloses Jammern waren zu hören.

Ich tat, was ich tun musste. Zwischen zwei Dienstboten hindurch rannte ich mit ausgebreiteten Armen auf Arthur zu. »Komm jetzt«, rief ich. »Komm schon.«

Arthur löste sich von Edward und kam mir entgegen. Doch bevor unsere Hände einander berührten, wurde ich grob zurückgerissen. Jemand drehte mir die Arme auf den Rücken.

»Ihr seid krank, Madam«, zischte James mir ins Ohr. »Ihr braucht Ruhe.«

Mir taten die Arme weh von seiner Umklammerung. »Das ist ungeheuerlich – lasst mich los«, rief ich laut.

Magister David hob die Hand. Ich glaubte, er werde James befehlen, mich freizugeben.

Aber nein.

»Bringt sie in ihr Zimmer«, sagte er.

James zerrte mich zur Haustür. Meine Schultern brannten. Ich konnte nicht mit Arthur sprechen, der wieder weinte, laut jetzt. Als ich an Alice vorbeikam, sah ich, dass auch sie Tränen in den Augen hatte.

»Das wird Euch noch leidtun«, sagte ich zu James, als er mich in den Gang stieß.

»Ich glaube, es wird eher umgekehrt sein«, keuchte er. »*Euch* wird es leidtun.«

Die bestürzten Blicke manches Dienstboten folgten uns auf dem Weg zu meinem Zimmer. Jeder konnte sehen, mit welch roher Gewalt James mich vor sich her stieß. Aber niemand protestierte, niemand versuchte, mir zu helfen. Einer der höheren Höflinge, wie etwa Charles, hätte gewiss gefragt, warum man mich so ungehörig behandelte. Doch es war niemand da.

Als die Zimmertür zufiel, setzte ich mich auf die Bettkante und rieb meine schmerzenden Arme, auf denen sich schon Blutergüsse zu bilden begannen. Anfangs war ich nur wütend. Ich konnte nicht glauben, dass ein Dienstbote es gewagt hatte, mich derart zu misshandeln. Dann aber wich die Wut wachsender Furcht. James war kein Dummkopf. Niemals hätte er sich so verhalten, wenn er nicht sicher gewesen wäre, dass es für ihn keine nachteiligen Konsequenzen haben würde. Er musste den Befehl erhalten haben, mich an der Abreise zu hindern. Ich hätte meinen Versuch, Arthur zu holen, klüger einfädeln müssen. Stattdessen hatte ich meine Absichten ganz offen angekündigt und Leuten zu befehlen versucht, die keinen Grund hatten, mir zu gehorchen.

Diesen Fehler durfte ich nicht noch einmal machen.

Als ich etwas ruhiger geworden war, öffnete ich die Tür, um mich auf die Suche nach Charles zu begeben. Aber vor meinem Zimmer wachte James. Die Arme über der Brust gekreuzt stand er da und schüttelte nur wortlos den Kopf.

»Ihr habt kein Recht, mich hier festzuhalten«, sagte ich.

Er gab keine Antwort.

»Ihr werdet Lady Courtenay jetzt melden, dass ich sie augenblicklich zu sprechen wünsche«, herrschte ich ihn an.

»Lady Courtenay fühlt sich nicht wohl«, erwiderte er. »Das habe ich Euch bereits gesagt. Sie darf nicht gestört werden.«

Am liebsten hätte ich laut geschrien, so laut, dass die Leute in der Suffolk Lane aufmerksam werden mussten. Aber wenn ich mich jetzt wie eine Verrückte aufführte, würde das Arthur und mir nicht helfen, aus diesem Haus zu entkommen. Ich konnte mich nur in mein Zimmer zurückziehen.

Wenig später brachte Alice mir das Mittagessen. Ihre Augen waren rot und verschwollen, ich spürte, dass sie mir helfen würde, wenn James nichts davon merkte. Als sie wieder ging, schrieb ich ein kurzes Briefchen, mit dem ich sie bat, Charles zu Hilfe zu holen. Ich würde es ihr zustecken, wenn sie das nächste Mal kam. Das Essen rührte ich nicht an.

Aber Alice kam nicht mehr. Ich ging im Zimmer hin und her und drehte unablässig den Zettel mit meiner Botschaft in den Händen, bis das Papier an den Ecken grau und knittrig wurde. Vergeblich wartete ich, während es draußen dämmerte, auf ein Zeichen von Henrys Heimkehr. Er schien tatsächlich mit dem König nach Windsor gezogen zu sein. Als es dunkel wurde, brachte mir Joseph, der einfältige Zwillingsbruder, das Abendessen. Ich brauchte nur seine misstrauische Miene zu sehen, um zu wissen, dass es keinen Sinn hatte, ihn zu irgendetwas bereden zu wollen.

Im Kamin sank das Feuer zu glühender Asche zusammen. Ich rief niemanden, es neu anzufachen, und versuchte es auch selbst nicht. Ich blieb einfach im Dunkeln sitzen, während die Kälte sich ausbreitete. »*Ich bin Gast hier und keine Gefangene*«, hatte ich Magister David erklärt. Ich hatte mich geirrt. Ich war in diesem Haus so gewiss eine Gefangene wie damals im Tower of London.

Nach einer Weile wurde es so kalt im Zimmer, dass ich unter die dicke Bettdecke kroch. Voll bekleidet krümmte ich mich zusammen, die Knie bis zur Brust hochgezogen, und betete, in inbrünstigem Vertrauen darauf, dass Christus mir den rechten Weg zeigen würde.

Warmer Kerzenschein weckte mich aus einem Traum. Ich öffnete die Augen.

Ein Mann saß über mich gebeugt. In einer Hand hielt er eine Kerze. Es war Henry Courtenay.

Kapitel 13

Ich schrie auf, und Henry drückte mir hastig seine kalte, feuchte Hand auf den Mund. »Leise, Joanna«, flüsterte er, »sonst hört man Euch. Ich tue Euch nichts. Bitte. Ich muss mit Euch reden.«

Als ich nickte, zog er seine Hand weg. Seine Kleider, sein Hut, selbst sein Gesicht waren nass. Ich warf einen Blick zum Fenster. Draußen war es pechschwarz.

»Was tut Ihr hier?«, fragte ich. »James sagte, Ihr wärt auf Schloss Windsor.«

»Das ist richtig, aber als der Bote mit Charles' Nachricht eintraf, dass man Euch in Eurem Zimmer festgesetzt hat, bin ich sofort nach Hause geritten. Ich kann nicht lange bleiben. Ich muss heute Morgen wieder am Hof sein.«

»Woher wusste Charles, was passiert ist? Ich wollte ihm eine Nachricht zukommen lassen, aber das ist mir nicht gelungen.«

»Das hier ist mein Haus. Glaubt Ihr, meine Leute wissen nicht, was vorgeht? Es geht nur um die angemessenen Maßnahmen.« Er schnitt ein Gesicht. »Es wundert mich kaum, dass Ihr nach allem, was Ihr in der Kapelle gehört habt, schnellstens abreisen wolltet. Ich habe Charles angewiesen, dafür zu sorgen, dass Ihr Euch morgen wieder frei bewegen könnt.«

»Aber warum bin ich überhaupt festgehalten worden, Henry?«, fragte ich.

Mein Cousin trat zum offenen Kamin und bückte sich, um mit seiner Kerze eine Flamme zu entzünden. »Es ist ja eine bitterkalte Nacht«, murmelte er.

Nach einer kleinen Weile richtete er sich auf. »Joanna, ich brauche Eure Hilfe«, sagte er.

»*Meine* Hilfe?«

Er ging langsam zum Fenster und starrte in die Dunkelheit. Was Henry Courtenay mir zu sagen hatte, wollte ihm nicht leicht über die Lippen.

»Ich liebe Gertrude«, sagte er schließlich. »Von ganzem Herzen. Niemand kann auch nur ahnen, was ich für sie empfinde – und sie für mich.« Er schwieg. Ich wartete, verlegen, ungeduldig und verwirrt, aber auch tief gerührt.

»Gertrudes Mutter starb, als sie noch ein Kind war«, fuhr er endlich fort. »Ihr Vater, Lord Mountjoy, war Königin Katharinas Haushofmeister. Er schickte sie nicht fort, sondern zog sie am Hof groß, immer in der Nähe der Königin, sodass Katharina ihr in vieler Hinsicht eine Ersatzmutter war. Und Lady Maria eine Schwester.«

Den Blick immer noch nach draußen gerichtet, fragte er: »Ist Euch Schwester Elizabeth Barton ein Begriff?«

Meine Hand krampfte sich um den Bettpfosten. »Ja«, flüsterte ich, froh, dass er mein Gesicht nicht sehen konnte.

»Gertrude hat sie mehrmals aufgesucht oder wurde von ihr aufgesucht. Es gab mindestens drei Zusammentreffen, das erste 1529. Ich glaube, dass bei diesen Reisen Gertrude ihr Verlangen, in die Zukunft zu sehen, zur Besessenheit wurde. Sie suchte Elizabeth Barton auf, um zu erfahren, was den König und unsere Familie erwartet.«

Mir stand das Entsetzen wahrscheinlich ins Gesicht geschrieben. *Gertrude war eine Anhängerin Schwester Elizabeth Bartons gewesen.*

Henry sagte heftig: »Gertrude hat das natürlich nie zugegeben. Sie hat immer behauptet, sie wolle von Schwester Barton lediglich erfahren, ob sie irgendwann einmal noch ein Kind bekommen würde. Aber ich weiß, dass es um mehr ging. Und jeder in England – jeder auf der Welt – weiß, dass Schwester Barton in ihren Prophezeiungen vor einer Heirat des Königs mit Anne Boleyn gewarnt hat.«

»Aber sie hat widerrufen«, warf ich ein. »Sie hat ein Geständnis unterzeichnet, demzufolge ihre Prophezeiungen Betrug waren.«

»Ach Gott, Joanna, sie wurde gefoltert«, entgegnete Henry. »Was würde ein Mensch nicht sagen, um der Streckbank zu entgehen? Als Schwester Barton wegen Hochverrats geprüft wurde, als man ihre Papiere und Besitztümer und die Aufzeichnungen des Klosters St. Sepulchre durchsuchte, wurden Gertrudes Besuche bekannt. Sie musste dem König einen Brief schreiben, in dem sie sich zu schweren Verirrungen bekannte und um königliche Gnade bat. Ich fürchtete, dieses Schreiben würde nicht genügen. Aber es kam anders, und Gertrude entging einem Prozess.«

Und wenn sie von meinem Besuch mit meiner Mutter in St. Sepulchre wussten?, dachte ich entsetzt. »Ihr hättet mir das alles sagen sollen, bevor Ihr mich hierher eingeladen habt«, sagte ich.

Henry senkte den Kopf. »Ja, Ihr habt recht.«

Jetzt musste ich alles wissen.

»Gertrude hat sich große Mühe gegeben, um mich zu finden und hierherzubringen. Jetzt will sie mich mit Gewalt hier festhalten. Warum?«

Henry schritt vor dem frisch entfachten Feuer auf und ab. »Es war nicht ihre Idee«, erklärte er. »Vor dem vergangenen Sommer hat sie nie von Euch gesprochen. Dann redete sie plötzlich beinahe unaufhörlich von Euch und drängte immer wieder darauf, nach Dartford zu reisen, um Euch aufzusuchen.«

»Hat Lady Maria ihr das geboten?«

Henry breitete hilflos die Hände aus. »Ich weiß es nicht, Joanna. Es ist möglich, ich kann mir allerdings nicht vorstellen, warum.«

Er hatte recht. Was sollte Lady Maria daran gelegen haben, mich nach London zu holen? Nein, das ergab keinen Sinn. Doch eine andere Person fiel mir nicht ein.

»Um die Wahrheit zu sagen, macht mir nicht Eure Anwesenheit hier die größte Sorge, Joanna. Vielmehr beunruhigt mich die Frage, welche Interessen Gertrude verfolgt. Sie hat mir geschworen, dass es keine Komplotte mehr gibt. Doch ich fürchte, ihre tiefe Verehrung für Katharina von Aragón und Kaiser Karl ist stärker als alle Vernunft.«

»Was habt Ihr eben gesagt? Keine Komplotte *mehr*?«

»Gertrude unterhält persönliche Verbindungen zu Eustace Chapuys, dem Botschafter des Kaisers. Sie hat ihn sogar mehrmals aufgesucht, heimlich, um ihm mitzuteilen, was sie über den

König und seinen Rat weiß. Sie hat mir versichert, dass solche Zusammentreffen nicht mehr stattfinden, aber ich weiß nicht, ob ich ihr glauben kann.«

Ich konnte es kaum fassen. Sie hatte einem fremden Herrscher Nachrichten geliefert. »Und habt Ihr gegen den König konspiriert?«

Henry richtete sich auf. »Ich unterstütze die wahre Lehre der römischen Kirche und die Klöster – wie alle Angehörigen der alten Familien. Ich trauere um Katharina von Aragón und ich liebe ihre Tochter, Lady Maria. Aber ich stehe in Treue zu meinem gesalbten Herrscher.«

»Dann müsst Ihr Gertrude aufhalten«, sagte ich. »Unbedingt!«

»Das werde ich«, versicherte er leidenschaftlich. »Nach der Einladung am vierten November werde ich einen Vorwand finden, um mit Gertrude in den Westen zu reisen. Dort werde ich sie im Blick haben.«

»Warum bedeutet Euch diese Einladung so viel?«, fragte ich.

»Warum muss es verdächtig sein, wenn ich mit meinem engsten Freund zusammen zu sein wünsche?«, entgegnete Henry. Er setzte sich neben mich aufs Bett. »Nur eine Woche bleibt noch bis zu dem Festessen für Montague«, sagte er. »Reist nicht ab, Joanna, ich bitte Euch. Wacht über Gertrude. Wenn Ihr hier seid, kann sie keine heimlichen Verabredungen treffen. Bleibt an ihrer Seite.«

»Aber Ihr müsst einsehen, dass ich Gertrude nicht aufhalten kann, wenn sie entschlossen ist, ihren eigenen Weg zu verfolgen. Schon gar nicht, solange sie von ihren vertrauten Bediensteten umgeben ist.«

»Ihr könnt mir immerhin durch Charles Nachricht zukommen lassen.«

Ich sank zusammen, den Kopf zwischen den Händen. »Ihr verlangt von mir, dass ich ihr heimlich nachspioniere«, sagte ich und erinnerte mich meines ohnmächtigen Zorns, als Bischof Gardiner mich zwang, für ihn Kundschafterdienste zu leisten und Kloster Dartford nach der Athelstan-Krone zu durchsuchen. Es war ein unwürdiges und schmutziges Geschäft.

»Es tut mir leid, Joanna«, sagte Henry. »Es gibt sonst niemanden, der mir in dieser Sache helfen kann.«

Das Feuer knisterte und knackte. Ich sah zu, wie Henrys Müdigkeit sich zu Verzweiflung verdunkelte. »Ich habe sie angefleht, der Verlockung der Hellseherei zu widerstehen. Sich Gedanken und Vorstellungen von der Absetzung und dem Tod des Königs hinzugeben, ist Hochverrat.«

Er stand auf und begann wieder, auf und ab zu gehen. »Es ist ja nicht nur Gertrude – das ganze Königreich ist toll geworden. Als ich ein Junge war, gab es nicht wie heute Seher, denen die Leute nicht schnell genug ihr Geld in die Hand drücken können. Heutzutage sabbert einen jede Dorfalte mit Weissagungen voll und behauptet, sie hätte ihr Wissen von den Kelten oder aus Merlins Schwarzem Buch, das irgendwo ausgegraben wurde – blühender Unsinn und schlimmer.«

»Nichts ist mir verhasster als Hellseherei«, sagte ich.

Er nickte schnell. »Dann werdet Ihr sicher ein Mittel finden, um Gertrude zurückzuhalten, sollte sie in der kommenden Woche einen Besuch bei einem Seher planen.«

»Ich will mein Bestes tun.«

Er trat vor mich hin. »Und wenn Ihr sie nicht zurückhalten könnt, Joanna, werdet Ihr sie dann begleiten und mir berichten?«

»*Nein* – das kann ich nicht.« Ich sprang vom Bett. »Henry, ich will und darf mit Sehern und Propheten nichts zu tun haben.«

»Natürlich, ich verlange zu viel von Euch«, murmelte er. »Verzeiht mir, Joanna. Aber Ihr wisst nicht, wie groß meine Angst ist.« Eine ganze Weile blickte er schweigend zu Boden, dann stieß er schnell hervor: »Ich meine – wenn mir etwas zustieße … wenn ich mir Edward im Tower vorstelle, ohne mich, ich kann das nicht ertragen. Er hätte so entsetzliche Angst. So ganz allein. Ich halte diese Vorstellung nicht aus, ich – « Seine Stimme brach. »O Gott im Himmel, bewahre ihn.«

Den rechten Arm vor dem Gesicht wandte er sich von mir ab. Sein halb unterdrücktes Schluchzen klang laut in der Stille.

Ein kurzes Klopfen an der Tür brachte ihn zum Schweigen. »Einen Augenblick«, rief er.

»Henry«, sagte ich. »Ich verspreche Euch, dass ich tun werde, was in meiner Macht steht, um Euch zu helfen, solange ich hier bin. Ich werde immer in Gertrudes Nähe bleiben und versuchen, auf sie einzuwirken – soweit mir das möglich ist. Und dann werde ich gehen.«

»Gott segne Euch, Joanna.« Er schaffte es nicht ganz, mir in die Augen zu sehen, bevor er hinauseilte.

Ich legte mich nicht wieder schlafen. Ich betete die ganze Nacht und bat Gott um Weisheit und Stärke. Bald nach Sonnenaufgang kam Alice. Ich sagte nichts über meine Abreise, sondern bat sie nur, mir Kleidung und etwas zu essen zu bringen. Als ich sie später zu Gertrude sandte, um anzufragen, ob sie mich empfangen würde, kam sie mit einer Zusage zurück.

Gertrude war an diesem Morgen nicht allein. Ein Fremder saß an ihrer Seite. Beide blickten auf einen großen Kasten, der auf ihrem Schoß lag. Genau konnte ich es nicht erkennen, da Gertrude mit dem Rücken zu mir saß.

Nun also musste die Beobachtung beginnen.

»Guten Morgen«, sagte ich. Meine Stimme klang natürlich.

Gertrude fuhr herum. Sie wirkte angegriffen, vielleicht war die Krankheit echt. Dann lockerte ein Lächeln die angespannten Züge. »Joanna, wie lieb von Euch, mich zu besuchen.« Sie eilte mir entgegen und hüllte mich in ihren Duft von Kamille, Rosmarin und herber Orange, als sie mich küsste. »Kommt und erfreut Euch mit mir an dieser Pracht.«

Sie gab ihrem Gast ein Zeichen, und der Fremde zeigte mir den Kasten, den er ihr abgenommen hatte. Er war gefüllt mit Stoffmustern in allen erdenklichen Farben und Geweben von Samt bis Brokat und Seide.

»Zeigt den Stoff, den wir ausgesucht haben«, befahl Gertrude.

Ein Glitzern wie das eines Wasserfalls im Sonnenlicht.

»Silberlamé vom ersten Brüsseler Händler«, erklärte Gertrude. »Ihr sollt für das Festessen meines Gemahls angemessen eingekleidet werden, Joanna. Meine Schneider werden aus diesem Stoff rechtzeitig ein Kleid für Euch fertigen.«

»Das soll ich tragen?«, fragte ich.

»Baron Montague ist ein Verwandter des Königs. Er war bis zur Geburt von Prinz Eduard der mutmaßliche Thronerbe. Wir müssen uns von unserer besten Seite zeigen.«

Sie faltete die Hände, wie in Erwartung meines Protests, meiner Ablehnung ihres Ansinnens.

»Ich danke Euch, Gertrude«, sagte ich.

Das war der Anfang. Drei Tage blieb ich beinahe ständig an Gertrudes Seite. Es ließen sich keine bemerkenswerten Gäste blicken. Sie machte keine Besuche. Wir stickten, lasen, hörten uns Musik an. Einen Abend las ich ihr im Badezimmer aus einem Buch christlicher Klagelieder vor, während sie in ihrem Zuber lag und mit geschlossenen Augen lauschte. Arthur und Edward sahen wir zweimal am Tag. Die Jungen schienen die Szene im Hof vergessen zu haben, und niemand machte eine Bemerkung über mein Verlangen abzureisen. Der König wurde niemals erwähnt, ebenso wenig seine Tochter Maria oder ihr Verwandter, Kaiser Karl. Alles war so harmonisch, so frei von aller Heimlichkeit, dass es Augenblicke gab, in denen Henrys Anliegen, über sie zu wachen, in den Hintergrund rückte. Aber ich vergaß es nicht.

Doch am letzten Tag im Oktober wurde ich aufgeschreckt. Als ich in Begleitung von Alice durch den Hauptgang kam, hörte ich vorn einen lauten Ruf. Diener schleppten Stühle, Kisten und Truhen durchs Haus. Als ich näher kam, sah ich auch, wohin: Die hohe Flügeltür des Rittersaals war weit geöffnet.

»Was tun sie da?«, fragte ich Alice.

»Sie bereiten alles für das Festessen zu Ehren von Lord Montague vor«, antwortete sie.

Als ich hörte, dass Gertrude sich in der Küche aufhielt, eilte ich zu ihr. Es war Zeit, ihr von den Erscheinungen zu berichten, die mich im Saal heimgesucht hatten. Unmöglich konnte ich in diesem Raum speisen …

Die Köche hatten einen großen eisernen Kessel über dem

Feuer aufgehängt. Gertrude, eine Schürze über ihrem Brokatgewand, stand davor und spähte hinein. Ein süßer, fruchtiger Geruch wehte mir entgegen.

»Joanna, kommt und seht«, rief sie heiter. »Damit werden wir es Lady C zeigen.«

Ich warf einen Blick in den Kessel, in dem eine dunkle orangefarbene Flüssigkeit brodelte, zähflüssig und von kleinen Fruchtkernen durchsetzt.

»Quittenkonfitüre, als Geschenk für sie«, erklärte Gertrude. »Solche Geschenke sind in diesem Jahr die Mode. Lady Carews Konfitüren sind vorzüglich. Meine muss noch besser werden.«

Sie lachte auf die ihr eigene entwaffnende Art, als wollte sie sagen: Ja, es ist albern, ich weiß, aber ich mach's trotzdem, und ich werde es gut machen. Mich konnte Gertrudes Charme nicht mehr blenden, aber seine Wirkungskraft war nicht zu leugnen.

»Muss das Essen unbedingt im Rittersaal stattfinden?«, fragte ich.

Gertrude rührte mit einem langen Holzlöffel in ihrer Konfitüre. »Es findet jedes Jahr dort statt. Der Saal wird überhaupt nur zu diesem Anlass benutzt. Den Männern gefällt das. Sie nennen es ›Plantagenet spielen‹.«

»Aber er ist so groß, und wir sind nur eine kleine Gesellschaft«, wandte ich ein.

»So klein nun auch wieder nicht«, entgegnete sie und zählte auf: »Henry und ich, Ihr, Pater Timothy, Lord Montague, seine Schwägerin und Sir Edward Neville. Neville kommt auch immer zu diesen Essen – wenn er sich gerade in London aufhält, wie in diesem Jahr.«

Ich war erstaunt. »Warum kommt Lord Montague mit seiner Schwägerin und nicht mit seiner Frau?«

Gertrude runzelte die Stirn. »Sie ist Anfang des Jahres gestorben, Joanna. Ich dachte, das wüsstet Ihr.«

»Nein, ich hatte keine Ahnung. Das tut mir wirklich leid«, sagte ich und fragte, noch immer verwirrt: »Wer ist denn die Schwägerin?«

»Constance, die Frau von Godfrey Pole.«

»Aber Godfrey selbst kommt nicht?« Ich wurde nicht recht klug aus dieser Veranstaltung.

Gertrude warf mir einen kurzen Blick zu, ehe sie sich wieder auf ihre Konfitüre konzentrierte. »Godfrey sitzt im Tower.«

Ich fror plötzlich in der warmen, dampfgeschwängerten Küche. Der Sturm der Erinnerungen an die Monate im Tower, in der Kerkerzelle, hinter Mauern, die so dick waren, dass nicht einmal Kanonenfeuer sie erschüttern konnte, packte mich mit eisiger Hand.

»Warum wird er dort festgehalten?«, fragte ich.

»Soviel ich weiß, wird er wegen seines Bruders, Reginald Pole, verhört, der sich in Rom aufhält und Pamphlete gegen den König, die Scheidung von Königin Katharina und den Bruch mit der römischen Kirche schreibt. Wir haben uns natürlich alle von Reginald losgesagt« – Gertrude rührte schneller –, »aber der König und seine Leute wollen Gewissheit.«

»Wie lange wird er schon gefangen gehalten?«

»Solche Fragen zu beantworten ist Sache meines Gemahls«, antwortete Gertrude kurz. »Es ist sein Festessen, nicht meins.«

Jetzt meine Furcht bezüglich des Rittersaals anzusprechen, war unmöglich. Ich zog mich zurück und ließ Gertrude mit ihrem brodelnden Kessel allein.

Den ganzen Tag vermochte ich mich nicht auf Nadelarbeiten oder Gespräche zu konzentrieren. Am Abend saß ich wach und versuchte bei Kerzenschein zu lesen. Ich hatte keine Ahnung gehabt, dass der König in seinem Misstrauen gegen jeden, in dessen Adern auch nur ein Tropfen königlichen Bluts floss, der also Anspruch auf seine Nachfolge hätte erheben können, so weit ging, ihm verdächtige Personen gefangen zu setzen. Jetzt wünschte ich, ich hätte Henrys Bitten zu bleiben widerstanden. Dieses Festmahl, das nur noch vier Tage entfernt war, war mir nicht geheuer.

Ich weiß nicht, wie spät es war, als ich draußen ein Pferd wiehern hörte. Hufschlag erklang auf den Pflastersteinen. Ich ließ die Kerze am Bett stehen und trat zum Fenster.

Unten, in der Suffolk Lane, bemerkte ich vier Berittene. Einer von ihnen hatte Schwierigkeiten mit seinem Pferd. In einem Halter neben dem Tor brannte eine einsame Fackel, in deren Schein ich den Reiter mit dem rotbraunen Haar erkennen konnte: Joseph. Und sein Zwillingsbruder, James, auf einem Grauschimmel, war mit von der Partie. Verblüfft sah ich, dass sie in Begleitung von zwei Frauen waren. Joseph gelang es endlich, sein Pferd zu bändigen, und James gab das Zeichen zum Aufbruch.

Angestrengt versuchte ich, die zwei Frauen zu erkennen. Es waren keine Damen höheren Standes, das verriet die bescheidene Kleidung. Ihre Gesichter waren unter den tief in die Stirn gezogenen Kapuzen nicht auszumachen. Konnten es Dienstmägde sein? Was würden die Courtenays sagen, wenn sie wüssten, dass diese beiden Diener ihres Vertrauens mit Frauen in eine Nacht voller Laster und Gefahr hinausritten? Welch schändliches Verhalten.

Das Quartett bewegte sich unter meinem Fenster die Straße hinauf, weg von der Themse. Eine der Frauen zügelte ihr Pferd und hob die Hand, um ihre Kapuze zu richten. Das Fackellicht spielte auf ihr. Sie hatte lange, schlanke Finger. Ich kannte diese Hand, diese schnellen, anmutigen Bewegungen. Gewöhnlich war sie mit blitzenden Ringen geschmückt – doch an diesem Abend nicht.

Die Hand gehörte Gertrude Courtenay.

Kapitel 14

Noch lange nachdem die vier verschwunden waren, stand ich am Fenster. Wie leicht ich mich hatte täuschen lassen. Gertrude ging weiterhin ihren heimlichen Geschäften nach, und es mussten hochgefährliche Geschäfte sein, wenn sie sich, die Abwesenheit ihres Mannes nutzend, deswegen dem Nachtruhegebot zum Trotz bei Dunkelheit in Verkleidung auf Londons Straßen begab.

Ich beschloss, wach zu bleiben, bis die vier zurückkamen, ganz gleich, wie spät es werden würde. Danach wollte ich, wie versprochen, Charles mit einem Bericht zu Henry schicken.

In meinem Zimmer gab es keine Uhr, ich hatte daher keine Ahnung, wie lange Gertrude und die anderen ausblieben. Aber mir schien die halbe Nacht zu vergehen. Mehrmals war ich drauf und dran, der Erschöpfung nachzugeben. Aber ich widerstand der Versuchung.

Als ich wieder einmal mein Gesicht mit Wasser erfrischte, vernahm ich ein schwaches Geräusch. Auf Zehenspitzen schlich ich zum Fenster. Die Fackel draußen neben dem Tor war gelöscht worden. Es schien kein Mond. Trotzdem konnte ich mit einiger Mühe vier Reiter ausmachen, die die Suffolk Lane herunterkamen. Zwei von ihnen stiegen ab und begaben sich zum Tor. Die anderen beiden ritten zu den Stallungen. Gertrude war heimgekehrt.

Ich schlief ein, sobald ich den Kopf aufs Kissen legte, und es kam mir vor, als hätte ich nur Augenblicke geruht, als jemand mich sachte an der Schulter schüttelte.

»Es tut mir leid, Madam«, sagte Alice. »Ich habe geklopft, aber Ihr habt nicht geantwortet. Die Schneiderin ist hier.«

Ich hatte die Anprobe ganz vergessen. Es gelang mir nicht, die Schlaftrunkenheit abzuschütteln, es gelang mir nicht, einen klaren Gedanken zu fassen. Mich verdross diese Stumpfheit, ich musste jetzt meine fünf Sinne beisammen haben.

»Sagt Charles, dass ich heute Morgen eine Besorgung für ihn habe«, murmelte ich.

Ich wollte jetzt nicht von Schneiderinnen mit Stecknadeln und Maßband traktiert werden. Ich wollte jetzt Gertrude nicht sehen.

Sie schien überhaupt nicht müde zu sein. Mit scharfem Auge sah sie zu, während die Schneiderin und ihr Lehrmädchen an mir herumzupften. Der kostbare Silberlamé, der im Kasten des Händlers so schwerelos gewirkt hatte, lag drückend auf meinen Gliedern.

Doch bei näherer Beobachtung bemerkte ich eine Veränderung an Gertrude. Ihr Lächeln, ihr Lachen, all ihre Gesten waren von einer übertriebenen Lebhaftigkeit. Ich erinnerte mich an unser erstes Zusammentreffen in Dartford, dort hatte ich die gleiche nervöse Anspannung hinter ihren höfischen Worten und Gesten gespürt. Damals hatte ich geglaubt, das sei ihre Art. Aber später, in ihrem Heim, hatte die Anspannung sich gelegt, Gertrude war ruhiger und gelassener geworden. Was hatte sie jetzt von Neuem so nervös gemacht? Es konnte nur mit den Ereignissen der vergangenen Nacht zu tun haben.

Nach der Anprobe bestand Gertrude darauf, dass ich blieb.

»Ihr habt bezaubernd schön ausgesehen in diesem Silber, Joanna«, sagte sie. »Es bringt Eure natürliche Erscheinung wunderbar zur Geltung.«

Ich sagte nichts.

Im selben künstlich leichten Ton fügte Gertrude hinzu: »Gönnt mir noch einen Augenblick Eurer Zeit, bitte. Mein Feinbäcker probiert eine neue Kreation aus, mit den neuen Zuckersorten von den Inseln jenseits des Meeres. Sagt mir, wie Euch diese Speise schmeckt. Wenn sie Euch zusagt, soll sie bei unserem Festessen serviert werden.«

Nur ungern nahm ich neben ihr Platz. Die neue Speise war nicht nach meinem Geschmack. »Zu süß«, sagte ich.

»Ach?« Gertrude spielte die Enttäuschte.

»Aber mich solltet Ihr nicht fragen. Ich mache mir nicht viel aus Süßspeisen.«

Gertrude neigte den Kopf ein wenig zur Seite. »Joanna versagt sich alle Freuden, selbst süße Leckereien.«

Ich hatte keine Lust mehr auf dieses neckische Getue und wollte aufstehen. Sofort hielt sie mich fest. Dann stand sie auf und stellte sich vor mich, die Hände in die Seiten gestemmt.

»Was ist eigentlich los, Joanna?«, fragte sie. »Seid Ihr krank?«

»Nein.« Ich versuchte, an ihr vorbeizukommen.

»Habt Ihr schlecht geschlafen?«, bohrte sie weiter.

Die großen braunen Augen zeigten nichts als Zuneigung. Probiert diese Kleider an, kostet von dieser köstlichen Speise. Und doch log sie und schmiedete heimliche Pläne, mit denen sie ihren Ehemann und ihren Sohn – und auch Arthur und mich – in größte Gefahr brachte.

»Ja«, antwortete ich mit Bedacht. »Ich habe schlecht geschlafen.«

Ich spürte, wie mir heiß wurde, und doch versetzte mich der Entschluss, den ich eben gefasst hatte, auch in eine Art kämpferisches Hochgefühl. Keine Verstellung mehr. *Ich werde ihr offen gegenübertreten*, dachte ich. *Ich habe keine Angst.* Zorn machte mich mutig und zielbewusst. Das Bild Bruder Edmunds stieg vor mir auf, der den Kopf schüttelte und mich ermahnte, meinen Zorn zu zügeln.

»Und warum?«, fragte sie.

Ich hob das Kinn. »Weil ich stundenlang wach war und auf Eure Rückkehr gewartet habe.«

Gertrude verzog nur leicht den Mund, sonst blieb sie äußerlich völlig ungerührt.

In diesem Augenblick öffnete Constance die Tür und rief: »Lady Courtenay, Charles ist hier. Er bittet darum, Miss Stafford sprechen zu dürfen. Er sagt, sie habe einen Auftrag für ihn.«

Ohne den Blick von mir zu wenden, erwiderte Gertrude: »Er soll warten.«

Als wir wieder allein waren, sagte sie ganz ruhig: »Wollt Ihr mich nicht fragen, wo ich war? Ihr möchtet meinem Gemahl doch einen *vollständigen* Bericht überbringen lassen, nicht wahr? So wie Ihr es mit ihm vereinbart habt, als er Euch heimlich in Eurem Schlafgemach aufsuchte. Ich finde, ich habe einiges mit Euch zu besprechen, Joanna. Über die Art Eures Umgangs mit meinem Ehemann.«

»Ihr wisst genau, dass das völlig abwegig ist«, entgegnete ich aufgebracht.

»Ach ja?« Sie lachte. »Ja, wahrscheinlich.«

Ihr Lachen machte mich noch wütender. »Ja, Gertrude, ich werde Euren Gemahl wissen lassen, dass Ihr letzte Nacht nicht zu Hause wart. Wenn Ihr mich jetzt entschuldigen wollt, Charles wartet auf mich.«

Ich wandte mich zur Tür. Doch noch bevor ich zwei Schritte getan hatte, packte sie mich am Handgelenk, genau wie damals in Dartford. Nur diesmal weit energischer.

»Es war kein großer Ausflug, Joanna. Ich hatte eine Verabredung mit einem Mann, der nur schwer zu sprechen ist. Es war mir gelungen, ein Treffen an einem geheimen Ort mit ihm zu vereinbaren, und das zu einem Zeitpunkt, an dem die Sterne für eine solche Angelegenheit äußerst günstig standen.«

Ich riss mich von ihr los, aber ich ging nicht. Wenn es Gertrude gefiel, sich zu offenbaren, würde ich das nutzen, um alles zu entdecken.

»Wie heißt er?«

»Seinen wahren Namen weiß ich nicht. Niemand kennt ihn. Er hat den Namen Orobas angenommen.«

»Angenommen?«, wiederholte ich ungeduldig. »Was soll das heißen? Was ist das für ein Name: Orobas?«

An Gertrudes schlankem Hals zuckte ein Nerv. »Soviel ich weiß, kommt er aus dem Lateinischen. Ich vermute, er hat diesen Namen für sich gewählt, weil es in heiligen Schriften heißt, Orobas sei ein Prinz der Hölle, der immer wahr spricht.«

Ich schlug das Kreuz.

»Ein *Dämon*«, rief ich. »Ihr pflegt Umgang mit Leuten, die Dämonen anbeten? Das ist wahrlich die schlimmste Art der Gotteslästerung. Ihr müsst vollkommen von Sinnen sein, Gertrude.«

»Ich bin nicht von Sinnen«, widersprach sie. »Der Mann ist kein Teufelsanbeter. Er hat nur den Namen Orobas angenommen. Ich bin nicht sicher, als was man ihn bezeichnen würde. Ich habe mich für ›Seher‹ entschieden. Und ich pflege keinen Umgang mit ihm. Ich bezahle ihn und bezahle ihn gut dafür, dass er die Zukunft erforscht. Gestern Nacht hat er mir eine Prophezeiung bekannt gemacht, die zu hören ich lange gewartet habe. Eine Aufgabe muss ich noch erfüllen, dann höre ich den Rest. Er hat es geschworen.«

Ich fiel vor Gertrude Courtenay auf die Knie. »Ich bitte Euch«, rief ich händeringend, »ich flehe Euch an – lasst ab. Sucht nicht die Prophezeiung. Sie ist eine Gefahr für Euch und Eure Familie, für alle, die Euch lieben. Im Namen der Heiligen Jungfrau beschwöre ich Euch, lasst ab von Eurem Vorhaben.«

Völlig unbewegt blickte sie zu mir hinunter. »Das steht Euch wirklich nicht, Joanna. Auf Knien zu bitten. Man könnte es beinahe erheiternd finden, wenn man bedenkt, dass Ihr nahe daran wart, Nonne zu werden.« Sie zerrte mich in die Höhe. Unsere Gesichter waren keine Handbreit voneinander entfernt. »Ich muss es wissen – was hat sie Euch gesagt? Was hat Schwester Elizabeth Barton gesagt, um Euch solche Furcht einzujagen?«

Ich entriss ihr meine Hand und wich so hastig zurück, dass ich über einen niedrigen Tisch stolperte.

»Ihr wisst, dass ich in Canterbury war?«, stammelte ich.

»Ich weiß, dass Schwester Elizabeth Barton Euch im Oktober 1528 mitgeteilt hat, dass Ihr ihr nachkommen werdet, wenn es ihr nicht gelingen sollte, den König von England aufzuhalten. Das hat sie mir selbst anvertraut. Aber die genaue Prophezeiung, soweit sie Euch betrifft, die hat sie mit keiner Menschenseele geteilt. Meines Wissens kennt niemand sie außer Euch und Schwester Elizabeth, und sie ist tot.«

Gertrude bedrängte mich von Neuem. Ihre Augen glühten wie die eines Jägers kurz vor dem Abschuss des verfolgten Wilds. »Meine innere Stimme sagt mir den wahren Grund dafür, dass Schwester Elizabeth Barton im Tower aufgegeben und widerrufen hat. Ihre Sehergabe war echt – eine Gabe Gottes. Keine Frau bei Hof war ihr näher als ich. Ich habe sie verstanden. Sie kann nur widerrufen haben, weil es das einzige Mittel war, den Verhören ein Ende zu bereiten, bevor man ihr das Geheimnis, das sie mit Euch teilte, mit Gewalt abpresste. Sie hat widerrufen, um *Euch* zu schützen.«

»Nein, nein.« Ich hielt mir die Ohren zu. »Ich höre mir das nicht an.«

Gertrude schlug meine Hände weg. »Lasst das«, zischte sie. »Ihr seid kein Kind. In Eurer Hand liegt der Schlüssel zum Erfolg unseres Unternehmens. Ihr seid die, die uns von Heinrich Tudor befreien und England zum wahren Glauben zurückführen könnte. Aber das wollt Ihr nicht tun.«

»Ich weiß nicht, was Ihr Euch einbildet«, entgegnete ich mit heftigem Kopfschütteln. »Was soll da noch getan werden können? Der König hat die Klöster aufgelöst, die Kirchen sind ausgeplündert. Wir haben gar keine Wahl, wir müssen uns fügen.«

»Fügen?«, rief sie. »Es geht um unser Seelenheil, und ausgerechnet Ihr ratet uns, uns zu fügen? Erst vor wenigen Wochen hat der König den letzten Schlag gegen den wahren Glauben geführt, den gotteslästerlichsten von allen, als er den Schrein des heiligen Thomas Becket in Canterbury plünderte. A ller Schmuck und Zierrat wurde in die königliche Schatzkammer gebracht. Das Einzige, was geblieben ist, sind die Gebeine des Heiligen.«

Mit einem Dutzend Schritten, vielleicht sogar weniger, konnte ich die Tür erreichen. Charles wartete draußen. Gertrude war eine kräftige Frau, aber wenn es mir gelang, um sie herum zur Tür zu laufen, würde sie mich nicht an der Flucht hindern können. Doch bei der ersten Bewegung trat Gertrude mir in den Weg.

»Wenn Ihr mich nicht sofort vorbeilasst, schreie ich«, drohte ich.

»Das werdet Ihr nicht tun«, versetzte sie. »Heute wird es keinen Auftrag für Charles geben. Und morgen werdet Ihr mich zu Orobas begleiten.« Sie hielt einen Augenblick inne und fügte dann hinzu: »Ihr müsst aus freiem Willen und ohne Zwang mitkommen.«

Die Worte trafen mich wie ein Schlag. In dem Schreiben ging es also tatsächlich um mich. Ich erkannte jetzt, dass alles, was sie sagte und tat, nur dem einen Ziel diente, mich der Vollendung der Prophezeiung entgegenzutreiben.

»Niemals werde ich das tun«, sagte ich.

»Gebt uns, was wir wünschen, Joanna«, forderte sie mit vor Verzweiflung heiserer Stimme.

»*Uns*?«, wiederholte ich. »Wer hat Euch befohlen, mich aus Dartford zu holen? Wer hat Euch befohlen, mich jetzt zu einem Seher zu bringen?«

»Das kann ich Euch nicht sagen, aber Ihr müsst mich begleiten.« Sie wollte nach meinem Arm greifen.

Ich stieß sie von mir. »Ich werde Euch nicht begleiten, weder morgen noch an irgendeinem anderen Tag. Ich sende jetzt Henry eine Nachricht und dann verlasse ich dieses Haus.«

Ihre Unterlippe bebte. Rote Flecken brannten auf ihren eingefallenen Wangen. »Kümmert es Euch nicht, was ich meinem Gemahl berichten werde, wenn Ihr fort seid?«

»Nein.«

»Dass seine hochgeschätzte Joanna Stafford heimlich Schwester Elizabeth Barton aufgesucht hat, genau wie ich? Dass auch Ihr eine Lügnerin und Verräterin seid?«

Ich zuckte bei den hässlichen Worten zusammen, dennoch sagte ich: »Berichtet ihm, was Euch beliebt.«

»Oh, ich glaube nicht, dass Euch das recht wäre. Ich weiß, dass es etwas gibt, das Ihr vor aller Welt geheim halten wollt, und es hat nichts mit einer Prophezeiung zu tun.«

Wieder schaute Constance zur Tür herein. »Charles beharrt darauf, dass er unverzüglich mit Miss Stafford sprechen muss, Lady Courtenay.«

Ich wollte Constance und dem hinter ihr wartenden Charles entgegeneilen, doch Gertrude hielt mich an den Schultern fest. »Und wenn ich der Welt erzähle, dass Ihr George Boleyn zu Willen wart?«, zischelte sie mir ins Ohr.

Mir erstarb das Wort im Mund, mir erstarb der Atem. *Das ist das Ende*, dachte ich. *Mein Ende.*

Schließlich schaffte ich es, wenigstens drei Worte über die Lippen zu bringen. »Schließt die Tür.«

Constance zog sich zurück. Ich hörte Stimmengemurmel, dann das Geräusch sich entfernender Schritte.

»Ihr solltet Euch setzen, Joanna«, sagte Gertrude. Keine Spur mehr von der noch eben gezeigten Verzweiflung. Sie war ganz liebevolle Fürsorge. »Ihr seid nicht wohl.«

Ich kehrte ihr den Rücken, während ich versuchte, mich zu fassen. Dann sagte ich heiser: »Lady Rochford hat Euch belogen.«

»Ach, Joanna. Es liegt doch auf der Hand, dass sie die Wahrheit gesagt hat.«

Ich konnte die Tränen nicht mehr zurückhalten. »Ich war sechzehn Jahre alt.«

Gertrude schüttelte den Kopf. »Wenn es Euch ein Trost ist – vor seiner Hinrichtung hat George Boleyn vor der versammelten Menge bekannt, dass er ein Sünder ist und den Tod verdient. Vielleicht dachte er dabei an Euch und all die anderen jungen Mädchen, an denen er sich vergangen hat.«

Ich drückte beide Fäuste auf die Augen, um die Tränen zurückzudrängen. Aber es half nicht. »Wer weiß es noch?«, fragte ich.

»Niemand«, antwortete Gertrude. »Und ich schwöre bei Gott, dass ich keiner Menschenseele je etwas davon sagen werde – *wenn* Ihr mich morgen begleitet. Der Seher hat mir gesagt, dass er ohne Euch die Prophezeiung nicht zu Ende bringen wird. Und er hat gesagt, dass Ihr aus freiem Willen zu ihm kommen müsst.«

So lange schon fürchtete ich mich davor, dass der zweite Prophet meine Zukunft erkennen und mich einer schrecklichen Bestimmung näher bringen würde. Beinahe ebenso groß war meine Angst davor, dass George Boleyns Vergehen an mir bekannt würde. Ich hatte ihn in keiner Weise ermutigt und mich nach Kräften gewehrt, um seiner Annäherung zu entkommen, als er mich im verborgenen A lkoven des Salons seiner Schwester in die Enge getrieben hatte. Ich wusste, dass Frauen niemals geglaubt wurde, und hatte mich immer vor dem verdammenden Urteil der Leute über mich und meine Familie gefürchtet, sollte Boleyns schändlicher Angriff auf mich bekannt werden. Nun drangen diese beiden großen Ängste vereint so mächtig auf mich ein, dass ich ihnen nichts mehr entgegenzusetzen hatte.

Ich würde tun, was Gertrude verlangte. Das wusste sie. Doch da ergriff mich eine neue Sorge. »Woher wollt Ihr wissen, dass Lady Rochford nicht auch anderen erzählt hat, was ihr Mann mir angetan hat?«, fragte ich. »Und dass sie auch in Zukunft schweigen wird?«

Gertrude sagte nichts. Ich nahm die Hände von den Augen und drehte mich ihr zu. Ich erwartete Triumph zu sehen. Doch ich sah etwas ganz anderes, ein müdes, von Kummer gezeichnetes Gesicht. Die feinen Linien hatten sich vertieft, Gertrude schien in dieser kurzen Zeit um Jahre gealtert zu sein.

»Sagt es mir«, forderte ich. »Beruhigt mich. Sagt mir zu, dass mir Scham und Erniedrigung vor der Welt für immer erspart bleiben werden, wenn ich Euch morgen begleite. Wie könnt Ihr sicher sein, dass Lady Rochford schweigen wird?«

Gertrude ließ sich in ihren Sessel sinken. Ihre Hände zitterten, als sie sagte: »Weil sie mir nie etwas erzählt hat. Sie hat keine Ahnung davon, was Ihr Mann Euch angetan hat. Ich habe beobachtet, wie Ihr Euch verhalten habt, als Ihr hörtet, dass Lady Rochford die Witwe George Boleyns ist. Jeder bei Hof wusste, dass er eine Vorliebe dafür hatte, sich an jungen Mädchen zu vergreifen. Da habe ich meine eigenen Schlüsse gezogen und alles auf eine Karte gesetzt. Es hat sich gelohnt.«

DRITTER TEIL

Kapitel 15

Nach Sonnenuntergang wurden die Haustüren in Red Rose stets abgeschlossen, und spätestens um acht suchten die Dienstboten ihre Räume auf. Doch an diesem Abend war es schon zehn, als James an meine Zimmertür klopfte. Ohne ein Wort bot er mir die Hand, und ich legte die meine hinein, obwohl mich schauderte. Er zog mich aus meinem Zimmer in die Dunkelheit.

Er hatte keine Kerze bei sich, um uns zu leuchten. James kannte jede Ecke und jeden Winkel dieses Hauses und suchte sich den Weg durch den Gang, indem er die linke Hand die Wand entlanggleiten ließ, während er mich mit der rechten führte, rücksichtsvoll, nicht so grob wie an dem Tag, als ich mit Arthur hatte fliehen wollen. Heute Abend war ich kostbares Gut.

Neben der Speisekammer öffnete sich eine Tür zu einem Flur, der das Haus mit einem schmalen Durchgang zur Straße verband. Ich roch das Wasser der Themse, als wir auf die Straße traten und den Weg zum Stall nahmen.

»Lass sie ja nicht weg«, befahl James seinem Zwillingsbruder Joseph, nachdem er mich hineingebracht hatte, und eilte zurück. Joseph brummte zustimmend und fasste mich scharf ins Auge, während er in beiden Händen einen Strick drehte, als hätte er gute Lust, mich zu fesseln.

Ich beachtete ihn nicht. Die Pferde schnaubten und schnoberten in ihren Boxen, und ich dachte an Schwester Elizabeth Barton. Vielleicht hatte Gertrude wirklich die Wahrheit gesagt. Vielleicht hatte Schwester Elizabeth nur widerrufen, um den Verhören ein Ende zu bereiten und damit zu verhindern, dass die Leute des Königs von mir erfuhren.

»Ihr seid die Ausersehene, die nachkommen wird ...«

James führte Gertrude herein, bescheiden gekleidet wie eine Dienstmagd. Constance war nirgends zu sehen. Diesmal würde ich an ihrer Stelle das Quartett komplettieren.

Am oberen Ende der Suffolk Lane bogen wir auf unseren Pferden in eine breitere Straße zwischen niedrigen Fachwerkhäusern ein. In keinem der Fenster schimmerte Licht. Längst war die Nachtruhe eingeläutet worden, und alle anständigen Leute lagen in ihren Betten und schliefen. Bei Tag war London von Lärm erfüllt – vom Hufschlag der Pferde und vom Rumpeln der Fuhrwerke, von Glockengeläut, Geschrei und Gelächter –, doch nachts war es totenstill.

Vor einer Straßenbiegung sprang James plötzlich vom Pferd und pfiff mehrmals hintereinander kurz und schrill.

Zwei junge Burschen kamen aus einer Gasse angerannt. Sie trugen ein langes Bündel zwischen sich, das sie James übergaben. Ein beißender Geruch breitete sich aus, dann flammte gelbes Licht auf. Die Burschen hatten uns Fackeln für den nächtlichen Ritt mitgebracht.

Ihnen folgten weitere dunkle Gestalten, Männer diesmal, sechs an der Zahl. Einer nach dem anderen nahmen sie die Münzen entgegen, die James ihnen hinhielt. Im Fackelschein waren die Knüppel und die zugespitzten Stöcke zu erkennen, die sie bei sich hatten.

Wir bildeten eine Gruppe: Gertrude und ich in der Mitte, geführt von James und den Fackelträgern und umgeben von den gedungenen Beschützern. Den Schluss bildete Joseph.

Zum ersten Mal sprach Gertrude mich an. »Wenn wir mit heiler Haut aus den Stadtvierteln wieder herauskommen wollen, die wir heute Nacht passieren müssen, braucht es mehr als ein paar Fackelträger. Diese Männer bekommen dafür, dass sie uns beschützen, einen höheren Lohn, als sie sonst in einem ganzen Jahr sehen würden.«

Nach einer kleinen Pause entgegnete ich: »Ich bete zu Gott, dass sie scheitern, damit wir unser Ziel niemals erreichen.«

Gertrude ritt näher an mich heran. Ich konnte ihr Gesicht unter der Kapuze nicht erkennen. Aber ich hörte jedes Wort. »Ihr habt unter den politischen Schachzügen des Königs mehr gelitten als die meisten, Joanna. Euer Onkel enthauptet, Eure Cousine grausam auf dem Scheiterhaufen verbrannt. Eure Familie ihres gesamten Besitzes beraubt. Und schließlich auch noch Euer Kloster, Eure geistige und weltliche Heimat, dem Erdboden gleichgemacht. Und dennoch wollt Ihr Euch absolut nicht zur Wehr setzen.«

Der wütende Trotz, der aus ihren Worten sprach, verstörte mich. »Zur Wehr setzen?«, wiederholte ich. Die Vorstellung war absurd. Heinrich Tudors Leute waren Männer von äußerster Gewissenlosigkeit. Er hatte die Vorherrschaft der Kirche gebrochen; Soldaten nahmen nur von ihm Befehle entgegen. Seine Untertanen fürchteten seine Macht.

»Der König ist unser gesalbter Herrscher«, sagte ich. »Gott gebietet uns, ihm zu gehorchen.«

»Seid Ihr da sicher?«, fragte Gertrude.

Zum ersten Mal zweifelte ich an Gertrude Courtenays Verstand. »Heinrich VIII. ist unser *König*«, entgegnete ich heftig.

»Vielleicht nicht mehr lang«, gab sie zurück. »Der Papst hat vor zwei Jahren schon eine Bulle zu seiner Exkommunikation verfertigt. Seine Heiligkeit hat nichts unversucht gelassen, um England in die Gemeinschaft der Kirche zurückzuholen, aber nach dieser letzten Abscheulichkeit, der Plünderung der heiligen Schreine, ist er jetzt nahe daran, sie zu besiegeln. Heinrich Tudor wird exkommuniziert werden.«

Exkommuniziert. Mich schauderte bei dem Wort, wie es jeden Christenmenschen geschaudert hätte. Unser Hauskaplan hatte es gern als Waffe benutzt, um die widerspenstigen Stafford-Kinder zu bändigen. Noch jetzt, Jahre später, konnte ich seine schrille Stimme hören, wie er das Wort in einzelne Silben zerlegte: *»Ex-kom-mu-ni-ziert werden heißt, aus der Gnade Gottes verbannt und verstoßen zu werden, nie mehr das Sakrament empfangen zu können. Dann wird die Glocke geläutet, das Buch wird geschlossen* *und die Kerze gelöscht, zum Zeichen dafür, dass der Sünder nie wieder das Licht Gottes schauen wird.«*

»Wie soll ein König noch herrschen können, wenn er exkommuniziert ist?«, murmelte ich vor mich hin, und Gertrude, an die die Frage eigentlich gar nicht gerichtet war, nahm den Faden sofort auf.

»Eben«, sagte sie. »Er kann es natürlich nicht. Und dann ist es die Pflicht anderer christlicher Herrscher, ihn zu entthronen. Wir, seine Untertanen, könnten Heinrich nicht verteidigen. Jedenfalls nicht, wenn wir der Kirche und dem Heiligen Vater die Treue halten wollten.«

Wenn das richtig war, änderte es alles. Aber konnte ich Gertrudes Darstellung der Dinge trauen? Nach einem Augenblick der Überlegung sagte ich: »Ihr habt aber bisher bei Eurem Handeln nicht auf den päpstlichen Segen gewartet. Wie weit seid Ihr in Eurem Verrat am König schon gegangen?«

Gertrude prustete geringschätzig. »Von Verrat kann keine Rede sein. Ich muss allerdings zugeben, dass ich das Königreich von einem bösartigen Geschwür befreit habe. Ich habe die Boleyns aus dem Weg geschafft. O ja, für diese Kleinigkeit habt Ihr mir zu danken.«

»*Ihr* wart das?« Ich war bestürzt über Gertrudes Wortwahl zur Beschreibung von Verhaftung, Prozess und Hinrichtung Anne und George Boleyns.

»Es gab genug Leute bei Hof, die die Boleyns hassten, aber statt etwas zu unternehmen, haben sie sich immer nur beklagt. Der Herzog von Norfolk hat dem König ein paar hübsche kleine Huren zugeführt, um ihn zu locken und Annes Einfluss zu schwächen. Aber es hat nicht gewirkt. Ich habe Heinrich Tudor mein Leben lang beobachtet – ich weiß, wie er auf Frauen anspricht. Wir mussten eine Frau finden, die das Gegenteil von Anne Boleyn war. Und ich habe sie schließlich gefunden. Jane Seymour hatte Königin Katharina gedient, sie war seit Jahren am Hof. Sie war so wenig beeindruckend, dass kein Mann sie je umworben hatte. Aber sie besaß eine Eigenschaft, die wichtiger war als

Schönheit oder Geist. Und eben diese Eigenschaft scheint Euch vollkommen zu fehlen, Joanna. Sie war *ehrgeizig*. Ich brauchte ihr nur zu raten, was sie tun musste, um den König zu fesseln, und sie befolgte meine Anweisungen bis ins Kleinste.«

Bei all meinem Abscheu vor Gertrudes kupplerischen Machenschaften musste ich doch auch die Beherztheit eines solchen Plans anerkennen – und seinen Erfolg. Und dennoch: »Ihr habt sie zur Königin gemacht und die Boleyns entmachtet – doch mit welchem Ende? Der König hat sich von Rom abgekehrt. Die Klöster wurden dennoch aufgelöst. Königin Jane hat nichts unternommen, um es zu verhindern.«

Gertrude fasste die Zügel fester. »Königin Jane hat versucht, die Klöster zu retten, Ihr habt keine Ahnung, unter welchen Gefahren«, behauptete sie. »Wenn sie am Leben geblieben wäre, hätte sie als Mutter des Thronerben ungeheuren Einfluss gehabt.«

»Das kann man jetzt leicht sagen«, entgegnete ich. »Die Wahrheit werden wir nie erfahren.«

Ehe unser Streit sich weiter zuspitzen konnte, wurden wir unterbrochen. Ein bärtiger Mann mit einem langen Stab in der Hand trat den Fackeljungen in den Weg.

»Ich bin der Nachtwächter des Bezirks Dowgate – wohin des Wegs um diese Zeit?«, knurrte er.

James schwang sich aus dem Sattel und ging auf den Mann zu. Sie sprachen eine Weile miteinander, dann wechselte ein praller kleiner Beutel die Hände, und der Nachtwächter ließ uns durch.

James eilte zu Gertrude zurück. »Der Nachtwächter des nächsten Bezirks wird das doppelte Entgelt fordern, Lady Courtenay. Wir brauchen aber seinen Schutz auf dem Weg an den Schenken und Glücksspielhäusern vorbei. Ohne ihn wäre es zu gefährlich.«

»So sei es«, sagte sie.

Wir ritten nochmals zwei lange, finstere Straßen hinunter. An der Ecke zu einer engen Kopfsteingasse, die steil abwärts führte, hielt James sein Pferd an. Ganz unten konnte ich flackernde Flammen vor einem niedrigen Gebäude erkennen. Ich hörte laute Männerstimmen und, ganz überraschend, gedämpfte Musik.

»Wir müssen hier warten, bis der nächste Nachtwächter vorbeikommt und uns seinen Schutz zusagt«, sagte James.

Doch Gertrude war ungeduldig. Unsere eigene Schutztruppe sei völlig ausreichend, erklärte sie. James widersprach ihr. An diesem Abend wurde mir zum ersten Mal deutlich, wie schwierig die Verbindung zwischen ihnen war. Er war ihr Diener und somit ein Untergebener, aber er war auch ein Verwandter von ihr, und er war weder ein Schwächling noch ein Dummkopf.

»Wenn sich da unten ein Pöbelhaufen zusammenrottet, kann ich mit einer bloßen Handvoll Männer nichts gegen ihn ausrichten«, sagte James.

»Ach, das passiert bestimmt nicht. Das ist doch lächerlich«, entgegnete sie. »Wir können nicht stundenlang hier herumlungern, dann versäumen wir noch die verabredete Stunde. Wir reiten weiter. Sofort.«

Kopfschüttelnd schwang James sich wieder in den Sattel. Leise Furcht regte sich unter den Männern, die uns begleiteten. Doch der Marquise von Exeter wagte niemand zu widersprechen.

Einer hinter dem anderen ritten wir sehr langsam die Gasse hinunter. Die Pferdehufe klirrten auf dem holprigen Pflaster. Jetzt erst fiel mir auf, dass der Mann, der an meiner Seite ging, an einer Missbildung litt, die eine Schulter war höher als die andere. Ich sprach lautlos ein Gebet für ihn.

Die Gasse war so schmal, dass ich bei ausgestreckten Armen die Mauern der stillen Häuser zu beiden Seiten hätte berühren können. Unten trafen wir auf eine breite Straße und das lodernde Feuer, das ich zuvor schon bemerkt hatte. Es brannte vor dem uns am nächsten stehenden Gebäude und war von einem Kreis von Männern umgeben, die sich die Hände wärmten. Im Inneren des Hauses brannten Dutzende von Kerzen, und hinter den gesprungenen Scheiben der hohen Fenster im Erdgeschoss konnte ich, vom flackernden Licht umrissen, ungezählte Köpfe erkennen. Es musste nahe an Mitternacht sein, doch das Haus war brechend voll. Eine Schenke, vielleicht eine Spielhölle. Anspannung ergriff mich.

Ich war jetzt nahe genug, um die harten jungen Gesichter der Männer unterscheiden zu können, die um das Feuer standen, und um die Luft um sie herum zu riechen: verkohltes Holz, Bier und Erbrochenes. Es war alles so – hässlich. Ja, ich hatte schon früher die dunklen Seiten der Seele kennengelernt – doch da waren sie von Verstellung und einer dünnen Fassade von Anstand verbrämt gewesen. Hier gab es keine Verstellung und keine Fassade.

Die Männer um das Feuer zeigten kein Interesse an uns. Meine Schultern lockerten sich wieder. Niemand würde sich uns in den Weg stellen. James' Befürchtungen waren unbegründet.

Plötzlich flog eine Tür auf. Ein Mann torkelte heraus, den Arm um eine Frau geschlungen, deren Brüste aus dem Mieder quollen. Als sie uns bemerkten, blieben sie stehen. Ich senkte hastig den Blick und trieb mein Pferd an.

Die Frau kreischte: »He, was ist das?«

Ich hielt den Kopf gesenkt.

»Sind das neue Huren für den Markt?«, schrie sie. »Southwark ist drüben am anderen Flussufer.«

Ihr Begleiter lachte grölend. Dann sah ich einen der jungen Männer vom Feuer auf mich zu kommen. James wendete sein Pferd, um ihm den Weg abzuschneiden. »Wir wollen keinen Ärger«, rief er. »Lasst uns passieren.« Er versuchte vergeblich, einen leichten, vertraulichen Ton anzuschlagen.

»Wenn ihr keinen Ärger wollt, was sucht ihr dann hier?«, rief der Begleiter der Hure.

»Lasst uns passieren«, wiederholte James.

Immer mehr Männer kamen jetzt aus dem Haus gelaufen. Die Tür flog ununterbrochen auf und zu. Bald war unsere Gruppe weit in der Unterzahl.

Kapitel 16

Vorhin hatte ich noch zu Gertrude gesagt, ich hoffte, wir würden angegriffen werden, bevor wir den Seher erreichten. Wie töricht! Mit einer Hand packte ich die Zügel meines Pferdes, mit der anderen griff ich nach dem Rosenkranz, der an meiner Taille hing.

Gertrude war vor mir, umringt von fünf unserer gedungenen Beschützer und den Fackelträgern. Auch Joseph war an ihrer Seite.

James versuchte, mir zu helfen. Er hatte offensichtlich vorgehabt, sich zwischen mich und die wachsende Menge zu drängen, um mich zu Gertrude und in Sicherheit zu bringen. Doch die Männer hatten die Straße schon erreicht und hielten ihn auf. Er konnte nicht vorwärtskommen, ohne jemanden niederzureiten. Ich sah seinen Blick über die Menge fliegen, während er erwog abzusitzen. Er tat es nicht.

Nur noch der Mann mit der schiefen Schulter befand sich zwischen mir und den betrunkenen Spielern. »Zurück!«, schrie er, seinen Knüppel schwingend.

Jemand lachte. Ich konnte nur hilflos zusehen, wie einer der Betrunkenen meinen Beschützer ins Gesicht schlug. Er stürzte zu Boden. Ich konnte ihn nicht mehr sehen, aber ich hörte seine Schreie und sein Stöhnen, als die Menge auf ihn einzutreten begann. Der Knüppel flog in die Luft, und sie warfen ihn unter sich hin und her wie ein Spielzeug.

Ein Mann mit langen Haaren, die ihm zottig um die Schultern hingen, drängte sich durch das wogende Gewühl. Er hob eine Hand, als wollte er mir vom Pferd helfen.

In diesem Augenblick wünschte ich verzweifelt, ich hätte eine Gerte zur Hand, aber ich trug nie eine bei mir. »Weg da«, rief ich wie ein Kind.

Mit ausgestreckten Armen sprang er vorwärts und wollte mich um die Taille fassen. Ich versuchte, nach ihm zu treten, aber mein Fuß saß im Steigbügel fest.

Mit schallender Stimme rief James: »Männer, wir wollen keinen Ärger. Hier – für Eure Mühe.« Er schleuderte eine Handvoll Münzen in die Luft. Im Feuerschein glitzerten sie wie goldener Regen.

Der Mann, der mich vom Pferd hatte ziehen wollen, fuhr herum und stürzte sich in das allgemeine Gedränge um das Geld. Nun da die Straße frei war, gab ich meinem Pferd die Sporen. James, Gertrude, Joseph und ich preschten die Straße hinauf. An der ersten Biegung gab James uns Zeichen, ihm um die Ecke zu folgen. Wir ritten weiter, bis das Grölen der betrunkenen Spieler hinter uns nicht mehr zu hören war.

Dann gebot uns James mit erhobener Hand anzuhalten und auf unsere Leute zu warten, die zu Fuß unterwegs waren. A ls sie keuchend und schweißgebadet angekommen waren, zählte James ab.

»Wir haben nur einen verloren«, verkündete er.

Einer der gedungenen Beschützer, ein hochgewachsener Mann, sagte: »Wir müssen umkehren. Ich kenne den Mann und seine Mutter, sie wohnen in meinem Sprengel. Wir können ihn nicht da liegen lassen. Er ist schwer verletzt – er könnte sterben. Die gehen jetzt bestimmt alle wieder rein, dann können wir ihn holen.«

»Nein«, sagte Gertrude sofort. »Dazu haben wir keine Zeit.«

Ich hörte jemanden fluchen.

»Wie heißt der Mann?«, fragte ich, und Gertrude neben mir schnalzte ungeduldig mit der Zunge.

»Owen, Lady«, murmelte der Mann.

»Ich bete für Owen«, sagte ich, »denn er hat die Verletzungen meinetwegen empfangen.«

James räusperte sich. »Wenn wir diese Angelegenheit hier abgeschlossen haben und zurück an der Suffolk Lane sind, kannst du ihn holen. Mein Bruder und ich helfen dir.«

Ich spürte das Zögern der Männer und schöpfte Hoffnung. Wenn sie das Angebot ausschlugen, bedeutete das vielleicht das Ende dieses irrwitzigen Unterfangens. Doch nach einem Augenblick der Unschlüssigkeit nahmen sie ihre alten Positionen ein, und James trabte mit seinem Pferd an die Spitze unserer Gruppe, allerdings nicht, ohne zuvor Gertrude einen ärgerlichen Blick zuzuwerfen. Sie bemerkte ihn nicht. Mir aber, die ihn sehr wohl bemerkte, kam ein ganz neuer Gedanke: Könnte man James vielleicht dazu bringen, sich gegen Gertrude zu stellen?

Wir ritten weiter, tiefer in die nächtliche Finsternis der Stadt. Alles war ruhig. Dann hielt der Fackelträger, der vorausging, unvermittelt an. Es war nichts Verdächtiges zu bemerken, dennoch schien er sich zu fürchten. James beugte sich von seinem Pferd zu ihm hinunter, um ihn etwas zu fragen.

»Sie haben den Mut verloren«, sagte ich zu Gertrude, »weil sie gemerkt haben, dass ihr Leben Euch nichts gilt.«

»Kein Menschenleben zählt mehr als die Vollendung unserer Aufgabe«, versetzte Gertrude.

»Und was ist mit Euch?«, fragte ich heftig. »Würdet Ihr Euer Leben dafür geben, dass ich die Prophezeiung empfangen kann?«

Bevor sie antworten konnte, hörten wir beide einen erstickten Schrei und drehten uns um. Joseph saß zusammengekrümmt auf seinem Pferd und hielt sich jammernd mit beiden Händen den Kopf.

»Was ist, Bruder?«, rief James.

»Schlimm«, stöhnte Joseph. »Es ist schlimm.«

Mein bisher so folgsames Pferd warf den Kopf und wich ein paar Schritte zurück. James' Pferd begann sich im Kreis zu drehen. Er riss zornig an den Zügeln, um es zur Räson zu bringen.

Der erste Windstoß lupfte die Mähne meines Pferdes. Während des ganzen Ritts war die Luft still und schwer gewesen. Jetzt nicht mehr. Ein loser Fensterladen schwang klappernd hin und her. Die ganze Straße entlang war es, als begänne sich etwas zu regen. Etwas, das bisher geschlafen hatte und nun erwachte.

Furcht schnürte mir die Kehle zu.

James war jetzt bei Joseph. Doch er konnte seinen Bruder nicht beruhigen. »Es ist schlimm«, jammerte dieser immer wieder.

»Tut etwas – er macht die Pferde scheu«, rief Gertrude, deren Pferd ebenfalls nervös zu tänzeln begonnen hatte.

»Es liegt nicht an ihm«, sagte ich.

Gertrude fuhr herum. »Was soll das heißen?«

»Wir haben nicht viel Zeit«, sagte ich. »Es wird ein Wind ohne Regen kommen, ein schrecklicher Wind.«

Ohne eine weitere Frage befahl Gertrude uns, weiterzureiten. Die Fackelträger an der Spitze der Gruppe hatten Mühe, ihre Lichter gegen den Wind am Brennen zu halten. Zwei Ecken weiter rief Gertrude: »Halt«, und wies triumphierend eine Straße hinunter, die hier abzweigte.

Im ersten Augenblick sah ich gar nichts. Dann gaben die Wolken den Mond frei, und ein Gebäude wurde sichtbar, ein beeindruckender dreistöckiger Steinbau, vor dessen Fassade mehrere, in fein ausgewogenem Abstand gesetzte Säulen in die Höhe strebten. Lange Fensterreihen kennzeichneten jedes Stockwerk, und das steile spitzgiebelige Dach stieg so hoch auf, dass man hätte meinen können, es berührte die Wolken.

»Dahin wollt Ihr mich bringen?«, fragte ich ungläubig.

Gertrude lachte kurz. »Nicht direkt. Das ist Guildhall. Von dort aus führen der Bürgermeister und sein Rat die Geschäfte Londons.«

Wir saßen ab, und unsere Begleiter wurden zu einem Stall in der Nähe geschickt, wo sie mit den Pferden auf unsere Rückkehr warten sollten. Nur James und Joseph würden Gertrude und mich den Rest des Wegs begleiten.

Der Wind nahm zu; bei jeder neuen Bö zitterte Joseph, als bereitete sie ihm körperliche Schmerzen. Das Wehen wurde so heftig, dass das Licht unserer Fackel endgültig ausging. Doch der Mond war frei von Wolken, wir konnten genug von unserer Umgebung erkennen, um unseren Weg fortzusetzen.

»Auf – wir sind bald am Ziel«, sagte James und eilte uns voraus.

Wir folgten ihm zu einem kleinen Holzbau gegenüber von Guildhall. Auf einem Schild waren die Worte *Coneyhope Tavern* zu lesen. Die Stunde, da die Abendruhe eingeläutet worden war, war längst verstrichen, und alles war still, dennoch blickte James wachsam die Straße hinauf und hinunter, ehe er uns weiterwinkte.

Wenig später drückte uns der Wind an die rohe Holztür des Hauses. Der Mond verschwand hinter einer Wolkenbank, die

Straße und die Gebäude hinter uns wurden unsichtbar. Jemand zerrte mich durch die Türöffnung. Kerzen wurden angezündet. Ich sah, wie blass Gertrude war. Ihr Gesicht war aschfahl. Ich verstand nicht, warum wir all diese gefährlichen Mühen auf uns nahmen, um in eine gemeine Schenke zu gelangen, die um diese Nachtzeit geschlossen war.

Joseph war nicht zu beruhigen. Schluchzend kauerte er sich in eine Ecke und wimmerte immer wieder: »Es ist schlimm, es ist schlimm, es ist schlimm.«

Schließlich befahl Gertrude scharf: »James, bringt ihn weg.«

»Wohin?«, fragte James.

»Wenn Joseph sich nicht beruhigen lässt, muss er weg«, sagte sie.

James starrte sie ungläubig an. Ich sah meine Chance und ergriff sie. »Hört mir zu, James, Ihr wisst sehr wohl, dass das, was wir hier tun, Wahnsinn ist«, sagte ich schnell. »Wir müssen alle zurück nach Red Rose.«

Sein Blick flog von mir zu Gertrude und zurück zu mir. Dann schenkte er sich mit einem kurzen Auflachen ein Bier ein, trank es in einem Zug und packte Joseph. Gemeinsam stolperten die Brüder in die Nacht hinaus.

Mir brannte das Gesicht, als ich mich in dieser elenden Schenke auf einen Hocker setzte. Ich erwartete scharfe Vorwürfe von Gertrude dafür, dass ich versucht hatte, James gegen sie aufzuwiegeln. Stattdessen jedoch betrachtete sie mich voll Bewunderung. »Ihr habt gesagt, es werde ein schrecklicher Wind kommen, und Ihr habt gesagt, es werde keinen Regen geben«, sagte sie leise. »Sie haben recht gehabt – Ihr besitzt die Gabe. Wenn Ihr nur aufhören wolltet, gegen mich zu kämpfen, Joanna, und sie nutzen würdet!«

»Wer sind ›sie‹?«, fragte ich gereizt.

Statt mir zu antworten, sagte sie: »Es gibt gewisse Dinge, die Ihr wissen müsst, bevor wir fortfahren. Ihr allein könnt uns vor der Vernichtung und dem Bösen bewahren.«

»Davon hat Schwester Elizabeth Barton auch gesprochen«, entgegnete ich bitter, »und jetzt ist sie tot.«

Gertrude legte ihre Kapuze und den Umhang ab. Aus demselben Krug, aus dem James sich eingeschenkt hatte, goss sie Bier in einen angeschlagenen Becher. Beim ersten Schluck verzog sie das Gesicht, doch sie trank den Becher leer. »Es schmeckt widerwärtig«, sagte sie, »aber wir brauchen Stärkung. Kommt, trinkt auch etwas.«

»Ich mag nicht.«

»Ihr habt heute nichts gegessen«, erwiderte sie, sichtlich bemüht, ihren Zorn zu zügeln. »Es dient niemandem, wenn Ihr Euch Eurer Kräfte beraubt.«

»Sagt mir einfach, was jetzt auf mich zukommt, Gertrude.«

Sie trat zwei Schritte näher zu mir. »Orobas ist einer der begnadetsten Seher in ganz England – was sage ich, in der ganzen christlichen Welt. Er kennt die alten Riten, die andere vergessen haben. Um aber seine Gabe in vollem Maß nutzen zu können, muss er hierherkommen.«

Ich schaute mich ungläubig in der Schenke um.

»Joanna«, fuhr sie fort, »gleich gehen wir in ein uraltes Gelass hinunter, das tief unter dieser Schenke liegt. Es war in alter Zeit eine Krypta, ein Ruheplatz der Toten.«

»Wir gehen in eine *Krypta*?« Mir schnappte die Stimme über.

»Nur wenn gewisse Bedingungen erfüllt sind, kann Orobas einen Blick in die Zukunft werfen.« Gertrude zögerte, unsicher, so schien es, wie sie mir das Kommende möglichst schonend beibringen konnte.

»Orobas braucht die direkte Verbindung«, sagte sie schließlich. »Die Verbindung mit den Toten.«

Nekromantie. Meine Knie gaben nach, ich sank zu Boden.

»Christus, vergib mir, bitte vergib mir«, flüsterte ich.

»Orobas glaubt, dass wir heute Nacht sehr klar sehen werden«, erklärte Gertrude, entschlossen, so zu tun, als läge ich nicht auf den Knien im Schmutz dieser elenden Schenke. »Wir werden erfahren, was auf uns wartet, wie lange der König herrschen wird und wie wir dem, der nachkommt, den Weg bereiten können.«

Ich faltete die Hände vor der Brust und schloss die Augen. »Herr, erbarme dich unser. Christus, erbarme dich unser«, betete ich.

Eine Holzdiele knarrte. Gertrude konnte das Geräusch nicht verursacht haben, sie hatte sich nicht von der Stelle gerührt. Ich schluckte und zwang mich, in meinem Gebet fortzufahren.

Wieder dieses Knarren. Und gleich darauf das Geräusch sich nähernder Schritte. Es konnte keinen Zweifel geben, jetzt befanden sich drei Menschen in diesem Raum.

Ich brach mein Gebet ab und öffnete die Augen. Dicht vor mir bauschten sich rostrote Taftröcke. Als ich aufstand, sah ich eine Frau vor mir stehen. Ihr Mieder war tief ausgeschnitten, beinahe so tief wie das der Frau aus der Spielhölle. Langes braunes Haar fiel ihr lose auf die Schultern, obwohl sie kein Mädchen mehr war. Sie musste um die dreißig sein. Ihre Augen brannten vor Erregung. Es war dieselbe Art von Erregung, wie ich sie in Gertrudes Blick gesehen hatte, nur noch heißer.

»Ihr habt also die Braut Christi mitgebracht, und dies genau zur verabredeten Zeit«, sagte sie. »Er wird zufrieden sein.«

»Ja«, antwortete Gertrude. »Ich habe alles getan wie gefordert.«

Der Blick der Frau wich keine Sekunde von meinem Gesicht. Sie knickste lächelnd.

»Mein Name ist Hagar«, sagte sie. »Willkommen in Londinium.«

Kapitel 17

Hagar ergriff eine Kerze und wandte sich von uns ab. Hinter dem Schanktisch, in der hintersten Ecke, stieß sie eine Tür auf und trat in einen schmalen Gang. Gertrude versetzte mir einen leichten Stoß zum Zeichen, dass ich folgen sollte.

Zehn Schritte den Gang hinunter wartete eine weitere Tür, hinter der sich ein kleiner Vorratsraum befand. Leere Fässer reihten sich auf einem Bord, und gegenüber stand ein von faulendem Gemüse – Kohl, Karotten, Lauch – überquellender Bottich, über dem Trauben winziger Fliegen hingen.

In der Mitte der Kammer kauerte Hagar nieder, fand nach kurzem Suchen eine Kette und riss mit beiden Händen kräftig daran. Eine Falltür klapperte, die sie im Aufstehen mit sich in die Höhe zog. Ich konnte eine Treppe ausmachen, die steil abwärts führte. Hagar ging voraus.

Gertrude schob mich vorwärts. »Jetzt Ihr.«

Die oberen Stufen waren ausgetreten und schief. Nach zwei Schritten blieb ich stehen. Keinesfalls wollte ich mich an Hagar festhalten. Mir tat der Kopf weh, ob vor Durst oder Müdigkeit, konnte ich nicht sagen. Ich rieb mir die Augen. Der helle Schein von Hagars Kerze blendete mich.

»Lasst Euch von diesem Ort erzählen, Braut Christi«, sagte Hagar, die einige Stufen weiter unten ebenfalls stehen geblieben war, um auf mich zu warten. »In der Stadt London gibt es Orte, zu denen Menschen zu bestimmten Zwecken immer wieder hingezogen werden. Kelten, Römer, Sachsen, Normannen, sie alle haben diesen Boden gesucht, Jahrhundert auf Jahrhundert. Und wisst Ihr, warum?«

»Nein«, antwortete ich.

»Das Streben nach Recht und Gerechtigkeit ist es, das sie immer wieder an diesen Ort zieht«, erklärte Hagar. »Heute sitzen in Guildhall Richter und Advokaten und sprechen Recht. Sie erlassen Gesetze. Die Schuldigen werden zu Gefangensetzung oder zum Tod am Galgen verurteilt. So war es immer. Am Anfang, als Brutus von Troja diese Stadt gründete, zähmte er zwei gewaltige britannische Riesen, Gog und Magog, und zwang sie, die Stadt zu bewachen. Dann feierten die Druiden, die keltischen Priester, hier ihre Rituale. Sie verstanden ihre Messer sehr genau zu führen, und sehr grausam. Aber im Vergleich zu den Römern war das nichts.« Hagar wies in die Tiefe. »Hinter dieser Lehmmauer war ein riesiges Amphitheater. Dort hielten die Römer ihre Spiele ab, bei denen verurteilte Verbrecher unter dem Jubelgeschrei Tausender von wilden Tieren zerrissen wurden.«

So grotesk ihre Geschichten waren, sie verdrängten meine Müdigkeit. Der Gang, durch den wir nun abwärts tappten, hatte sich verändert. Die Stufen waren hier von ganz anderer Beschaffenheit, aus hellem, glattem Stein gehauen. Viel älter, und in genauer Symmetrie von Länge und Breite gearbeitet.

»Jetzt ist es nicht mehr weit, Braut Christi«, murmelte Hagar. »Ich habe gehört, wie die Marquise von Exeter Euch sagte, dass wir in eine Krypta hinuntersteigen. Das ist nicht ganz richtig. Ursprünglich war es ein Heiligtum. Die Römer erbauten diesen Raum neben dem Amphitheater, um dort die Göttin Diana mit Gebeten und Opfergaben zu ehren. Die jungfräuliche Diana.«

Hagar kicherte. Ich fand es abstoßend, wie sie sich über die Keuschheit lustig machte.

Wir hatten das Ende der Treppe erreicht und drängten uns nun in einer Art flacher Mulde vor einer Mauer aus demselben hellgrauen Stein wie die unteren Stufen der Treppe. Hagar wies nach links zu einer gewölbten Öffnung mit bröckelnden Wänden. »Vor Euch seht Ihr das Tor nach Londinium, Braut Christi«, verkündete sie mit übertriebener Feierlichkeit.

»Es ist nicht nötig, mich dauernd so zu betiteln«, sagte ich ärgerlich. »Ich bin keine Novizin mehr. Mein Name ist Joanna – «

In diesem Moment, als ich ansetzte, meinen Familiennamen zu nennen, fiel es mir ein. Ich wusste, dass ich das Wort *Londinium* irgendwann in den letzten Wochen gehört hatte. Und jetzt erinnerte ich mich: auf Gertrudes Fest aus dem verschwörerisch flüsternden Mund von Lady Rochford.

»Nein«, rief ich laut, mich nach Gertrude umwendend. »Das kann ich nicht.«

Gertrude trat einen Schritt zurück. »Was ist denn?«

»Hier ist der Ort, von dem Lady Rochford Euch berichtet hat – hier haben die Boleyns ihren Hexenkünsten gefrönt«, sagte ich.

Gertrude schwieg. Ich wandte mich Hagar zu. Sie stand reglos, das Gesicht unbewegt. Mehr Bestätigung brauchte ich nicht. Orobas hatte den Boleyns gedient.

»Es ist mir gleich, was Ihr mir antut, Gertrude«, sagte ich. »Erzählt Eurem Gemahl, erzählt der Welt über mich, was Ihr wollt. Es kümmert mich nicht mehr. Niemals werde ich einen Teufelspakt schließen wie die Boleyns. Niemals.«

»Sie sollte aus freiem Willen kommen«, bemerkte Hagar zu Gertrude. »Ihr seid genauestens belehrt worden.«

Gertrude schüttelte heftig den Kopf. »Joanna! Nein, nein.« Sie packte mich bei den Schultern. »Ich weiß, dass Ihr mich hasst. Ich habe Euch belogen und betrogen. Aber nur, weil ich musste. Bitte, bitte kommt mit. Ich werde nicht zulassen, dass Ihr zu Schaden kommt. Ich bin Christin – genau wie Ihr. Ich liebe den wahren Glauben – genau wie Ihr.«

»Ja, ich folge dem wahren Glauben, aber ich kann mir nicht vorstellen, dass es Gottes Plan ist, dass ich mich dem Bösen verschreibe«, rief ich erregt. »Das ist ausgeschlossen.«

Gertrude weinte jetzt. »Wir müssen herausfinden, wie der König zu besiegen ist, Joanna. Ich weiß, Ihr habt Angst, aber Ihr seid unsere letzte Hoffnung. Denkt an meinen Sohn. Und an meinen Gemahl.« Die Tränen rannen ihr über das gepeinigte Gesicht. »Dies ist das einzige Mittel – das einzige. Könnt Ihr denn nicht Eure Angst hinter Euch lassen, um eine Tat zu vollbringen, die notwendig ist, um die Seelen so vieler zu retten?«

Sie ließ meine Schultern los, taumelte mir entgegen und umfing mich. »Ich bitte Euch«, flehte sie. »Ich bitte Euch.«

Ich schob sie weg. »Gut, ich gehe mit Euch, aber nur unter einer Bedingung.«

Ihre Züge erschlafften vor Erleichterung. »Nennt sie mir.«

»Henry hat vor, nach dem Festessen für Lord Montague mit Euch und Edward in den Westen zu reisen. Ihr müsst London unverzüglich verlassen und mir vor Gott schwören, dass Ihr keine verschwörerischen Pläne verfolgen und nicht das Leben Eurer Familie aufs Spiel setzen werdet.«

»Aber nur um der Sache willen, für die ich kämpfe, habe ich

Euch hierher gebracht«, stammelte sie. »Ich muss wissen, was wir zu tun haben.«

»Ganz gleich, was wir heute Nacht hören, *Ihr* dürft nichts tun«, entgegnete ich. »Wenn Ihr damit nicht einverstanden seid, gehe ich keinen Schritt weiter.«

Gertrude brauchte nicht lang für ihre Entscheidung. »Ich bin einverstanden«, sagte sie resigniert.

Ich zog das Kruzifix heraus, das ich um den Hals trug. »Schwört.«

Gertrude neigte sich zu dem Kruzifix hinunter und drückte ihre Lippen darauf.

»Jetzt bin ich bereit.« Ich wandte mich Hagar zu. »Ich komme aus freiem Willen.«

Hagar führte Gertrude und mich durch das Tor. Es gibt ja noch den dritten Seher, sagte ich mir. Gleich, was heute Nacht hier geschieht, ich muss gar nichts tun, solange ich nicht die Prophezeiung eines dritten Sehers empfange – das hat Schwester Elizabeth Barton gesagt. Und diese dritte Prophezeiung werde ich nie empfangen.

Das Heiligtum war vielleicht zwanzig Fuß lang und zehn Fuß breit. Es war nicht gut erhalten. Risse durchzogen die feuchten, bröckelnden Mauern. Auf dem Boden lagen die Trümmer einer Säule. Von einem vor langer Zeit umgestoßenen Standbild neben der Tür war nur ein Paar schmaler Frauenfüße geblieben, im Augenblick der Flucht auf einen Marmorsockel gebannt. In einer Ecke stand eine brennende Kerze. Mit der ihren zündete Hagar zwei weitere an. Im kräftigeren Licht zeigten sich gemalte Figuren auf den Mauern: Menschen in weiten Umhängen, mit Schilden bewaffnet, blickten mich mit großen Augen an. Fremdartige Worte waren über ihre Gesichter gekrakelt. Im Boden hatte man zwei flache runde Gruben ausgehoben. Ganz hinten an eine Seitenmauer gedrückt lag ein großer Steinquader – lang genug, um einen Leichnam zu bergen.

Doch die Erkenntnis, dass in dieser Gruft menschliche Gebeine ruhten, war nicht das Schlimmste. Das Schlimmste war der

Geruch: süßlich und faulig wie in einem Schlachthaus. In diesem Gelass hing der Geruch nach frischem Tod, obwohl es Hunderte von Jahren alt war.

Am hinteren Ende des Raums erhoben sich zwei Pfeiler. Zwischen ihnen war Schwärze. Doch dann geriet die Schwärze in Bewegung und bildete sich zu einer eigenen Säule von beträchtlichem Umfang aus.

Ich stand wie erstarrt.

Die schwarze Säule bewegte sich vorwärts, in den Bereich des Kerzenscheins. Ein leuchtend weißes Haupt krönte sie. Vor mir stand ein Mann in einem weiten schwarzen Gewand, ähnlich dem ungegürteten Umhang eines Ordensbruders. Doch unter diesem losen Gewand waren seltsame Wellenbewegungen zu erkennen. Es sah aus, als wollte sich da etwas entfalten.

Dann schlug der Mann das Gewand vorn auseinander, und ein Junge kam zum Vorschein, der sicher nicht mehr als elf Jahre zählte. Stolpernd trat er ans Licht, den Blick so leer, wie der Hagars gewesen war, als ich von den Boleyns gesprochen hatte.

»Komm mit mir, mein Sohn«, sagte Hagar. Sie küsste ihn auf die Wange und drehte ihn zur Tür.

»Gertrude«, stieß ich heiser hervor. »Das ist abscheulich. Das ist unerträglich.«

Sie flüsterte: »Es ist zu spät, Joanna. Wir können jetzt nicht mehr gehen.«

»Seid Ihr gekommen, um mir zu predigen, Braut Christi?« Die Stimme des Mannes war tief und rau. Er trat auf uns zu, ein wahrhaft furchteinflößender Anblick. Sein Schädel war kahl, die scharf geschnittene Nase unter der hohen, schmalen Stirn sprang stolz hervor. Seine Augen, groß und grau, flossen über vor Verachtung. »Dies ist kein Ort, an dem Frauen Predigten zu halten haben«, sagte er. »Dies ist ein Ort der Priester und Ordensbrüder, denen Ihr dient. Wisst Ihr nicht, dass sie brennen würden vor Verlangen nach Hagars Sohn?«

Ich widerstand dem Drang, aus diesem Gelass zu fliehen. »Ihr irrt«, entgegnete ich fest. »Ihr wisst nichts von diesen guten Menschen. Und ich diene niemandem außer Gott und der Heiligen Jungfrau.«

Er lächelte. »Und mir – heute Nacht.«

»Nein«, sagte ich.

»Oh, so viel selbstgerechte Entrüstung. Ihr glaubt, etwas gesehen zu haben, Braut Christi, aber Eure Wahrnehmung, in einer so engen und finsteren kleinen Welt gebildet, ist dieser Umgebung nicht gewachsen. Es ist nicht so, wie Ihr glaubt.« Mit einer herablassenden Geste entließ er Mutter und Sohn, die noch an der Tür standen.

Als sie gegangen waren, sagte er: »Hagars Sohn ist in einem verheißungsvollen Alter, und ich suche mich seiner Kräfte zu bedienen, mehr nicht. In der Antike vermochten nur Knaben wie er aus einer Schale voll schillernder Flüssigkeit die Zeichen der Zukunft zu lesen.«

»Deswegen sind wir hier«, sagte Gertrude ungeduldig. »Um zu hören, was die Zukunft bringt.«

Er nickte. »Und Ihr sollt bekommen, was Ihr wünscht. Die Konstellation ist jetzt vollkommen für einen ungetrübten Blick. Die Mägde Christi, jene zwei, die den Schleier nahmen, um ein Leben in Keuschheit zu führen, treffen hier, in einem Heiligtum der Diana, zusammen.«

Ich war nicht sicher, dass ich ihn richtig verstanden hatte. »Gertrude war niemals im Kloster«, sagte ich.

Orobas trat zu dem steinernen Sarg. »Aber sie.« Mit einer Geste, die etwas berührend Zärtliches hatte, breitete er die Hände über dem Sarkophag aus. »Mein Mädchen, das mir das Liebste war. Ethelrea. Sie hatte so gar keine Ähnlichkeit mit Euch, und doch war sie eine Zeit lang das Gleiche wie Ihr: eine Nonne in Dartford.«

»Das ist ausgeschlossen«, protestierte ich. »Hier kann keine Nonne aus Dartford begraben sein.«

»Und warum nicht?« Den haarlosen Schädel schräg geneigt, sah er mich an.

»Dieser Raum wurde von den Römern gebaut, und sie sind

vor mehr als tausend Jahren aus dem Land verschwunden. Mein Kloster wurde vor zweihundert Jahren gegründet.«

Er beugte sich ein wenig vornüber und strich mit den Fingern über den Steinsarg. »Das ist keine Gruft der Römer, sondern der Sachsen. Als sie London erobert hatten, bestand das Amphitheater noch und ebenso dieses Heiligtum. Sie nutzten es. Praktische Leute, diese Sachsen. Aus dem Heiligtum wurde eine Grabstätte für ein siebzehnjähriges Mädchen.«

»Sie war eine sächsische Nonne?«, fragte ich erstaunt. Und dann erinnerte ich mich an das Nonnenkloster auf dem Hügel, Hunderte von Jahren erbaut, bevor Eduard III. ein Kloster für die Dominikanerinnen gegründet hatte. Nichts als die Grundmauern waren von ihm geblieben. Das erste Kloster war im 8. Jahrhundert niedergebrannt, als feindliche Wikinger es angegriffen hatten. »Der Orden der heiligen Juliana«, flüsterte ich.

»Ihr seid nicht dumm.« Er schritt zu den beiden Pfeilern auf der anderen Seite des Raums. »Eine Seltenheit bei Frauen.«

Ohne seine beleidigenden Worte zu beachten, sagte ich: »Ich glaube es trotzdem nicht. Gewiss, zu Zeiten der Sachsen lebten Nonnen in Dartford, aber warum sollte eine von ihnen hier in London begraben sein? In einem Heiligtum, das einer römischen Göttin geweiht war.«

Mit drei kleinen Urnen im Arm kehrte Orobas zu dem Steinsarg zurück. Er stellte sie vorsichtig nieder, eine neben die andere.

Ich fühlte mich aufgerufen, diese Tote zu schützen. »Wenn Ihr wahr sprecht und die Frau in diesem Sarg einst eine Nonne war, dann dürft Ihr ihre sterblichen Überreste nicht mit nekromantischen Possen entweihen.«

Mit einem Ruck hob er den Kopf. »Ich mag dieses Wort nicht. Nekromanten sind Narren. Kindern Fingernägel abzuschneiden, um mit ihrer Hilfe den Geist herbeizurufen, der den vergrabenen Schatz findet – ha! Oder einem Totenschädel einen Spiegel vorzuhalten und ihm Fragen zu stellen. Ich bin kein Gaukler. Das Ritual, das ich hier vollziehe, ist zehntausend Jahre alt.«

Gertrude zog mich am Arm. »Haltet Euch zurück, Joanna«, drängte sie.

Ich schüttelte ihre Hand ab. »Wie soll ich Euch dann nennen?«, fuhr ich fort. »Abgesehen von dem Namen des Höllenprinzen, den Ihr angenommen habt.«

»Ich habe den Namen Orobas aus demselben Grund angenommen, aus dem ein Lump namens Giulio de' Medici sich den Namen Clemens VII. zugelegt hat, nachdem er sich die Wahl zum Papst erschwindelt hatte«, gab er mit einem Schulterzucken zurück. »Es ist gut fürs Geschäft.«

Im ersten Augenblick war ich empört über diese Respektlosigkeit dem Heiligen Vater gegenüber. Dann jedoch sagte ich mir: Er gibt praktisch zu, dass er ein Scharlatan ist. Meine Angst vor der bevorstehenden Handlung ließ nach.

»Um auf Eure Frage zu antworten: Ich bin ein Seelenbeschwörer«, sagte er. »Wir können beginnen, sobald Ihr beide Euer Haar gelöst habt.«

Ich war sicher, dass er kein Seelenbeschwörer war. Kalte Wut auf Gertrude packte mich, dass sie mich zwang, an diesem frevlerischen Treiben teilzunehmen. Ich hatte nur einen Wunsch: es hinter mich zu bringen. Obwohl ich es unerträglich fand, diesem Menschen mein Haar zu zeigen, nahm ich meine Kapuze ab und löste meine Zöpfe, wie Gertrude. Im Kerzenlicht leuchteten die weißen Strähnen in ihren schwarzen Haaren auf. Meine eigenen Haare waren nachgewachsen, seit sie im Kloster abgeschnitten worden waren, und reichten mir jetzt bis zu den Schultern.

Orobas tauchte seine Finger in die erste Urne und ging langsam im Kreis um die flache Grube herum, die uns am nächsten war. Bei jedem zweiten Schritt spritzte er einige Tropfen Flüssigkeit auf den Boden der Gruft. Konnte dies die Quelle des Blutgeruchs sein, bei dem sich mir immer noch der Magen umdrehte?

»Es ist Wasser«, hauchte Gertrude, und ich nickte erleichtert.

In eintönigem Singsang intonierte Orobas: »Himmlischer Sohn des Laertes, noch einmal musst du die Reise antreten und hinuntersteigen in das Reich des Hades und der gefürchteten Persephone, um den blinden Seher von Theben zu befragen –«

»Das ist Homer – die *Odyssee*«, warf ich ein.

Orobas sah mich an. Er war so erstaunt über mein Wissen wie zuvor Gertrudes Arzt, aber er verbarg es schneller. »Man hat Euch also die alten Sagen gelehrt«, sagte er leise. Er stellte eine Urne nieder und ergriff die nächste. »Die großen Philosophen Griechenlands und Roms wussten, dass die Toten immer in unserer Nähe sind. Sie haben mit ihnen gesprochen, genau wie Odysseus. Die meisten Toten wissen nichts, das ist die Schwierigkeit. Sie sehen und hören sehr wenig. Es gibt jedoch einige wenige, die, wenn die Seele den Körper abgestreift hat, sehr viel darüber wissen, was geschehen ist und was kommen wird.«

Wieder begann er, im Kreis zu gehen und den Boden mit etwas aus der zweiten Urne zu beträufeln. Nicht mit Wasser diesmal, sondern mit einer weißen Flüssigkeit, die aussah wie Milch.

»Wenn wir erfahren wollen, was sie wissen, müssen die Toten den Lebenden und die Lebenden den Toten näher gebracht werden«, erklärte er. »Ihr werdet verstehen, dass das ein äußerst gefährliches Wagnis ist. Es verlangt die Könnerschaft eines Meisters, wie ich es bin.«

Abgestoßen von seiner Überheblichkeit bemerkte ich: »Schwester Elizabeth Barton brauchte keine Toten zu beschwören.«

Orobas hatte seinen zweiten Rundgang beendet. Er hob die dritte Urne auf. »Eure erste Seherin war von anderer Art. Sie verfügte über eine echte Sehergabe, aber sie war ungeübt. Sie beging Fehler bei der Auslegung – immer ein Risiko in unserer Welt. Und Ihr habt beide gesehen, wie sie wegen ihrer Visionen leiden musste.«

»Warum habt Ihr ihr nicht geholfen?« Gertrudes Ton klang entrüstet.

Er lächelte. »Um mich damit den Leuten des Königs preiszugeben? Bin ich ein Narr? Von dem Tag an, als sie sich das erste Mal öffentlich gegen die Scheidung des Königs aussprach, wurde sie aufs Schärfste beobachtet. Das solltet Ihr eigentlich wissen, Marquise.«

Die Flüssigkeit, die er diesmal bei seinem Rundgang verteilte, war tiefdunkel. Ich erhaschte einen Hauch ihres Geruchs – ein voller, süßer Wein.

»Jetzt tretet beide in diesen Teil der Gruft«, befahl er und winkte uns zu der ferner gelegenen Grube. Gertrude drückte meinen Arm, eine Geste der Unterstützung und der Warnung zugleich.

Orobas hob einen großen zylindrischen Gegenstand auf, der mit einem Tuch verhüllt war. Es war keine Urne. Er stellte ihn auf der anderen Seite der Grube nieder. Hier war der faulige Geruch am stärksten, doch ich konnte die Ursache nicht erkennen. Die Kerzen standen weit entfernt; die Grube war finster.

Mit einer schnellen Bewegung riss er das Tuch weg. Darunter hatte sich ein hölzerner Käfig verborgen. Auf seinem Boden lag reglos ein kleines Tier. Ich war gewiss, dass es tot war, doch dann hörte ich matten Flügelschlag. Ein Vogel.

»Was tut Ihr da?«, rief ich entsetzt. Er antwortete nicht, sah mich nicht einmal an, sondern öffnete den Käfig und nahm einen grauen Vogel mit langen Schwanzfedern heraus, eine Schwalbe, deren Kopf mit einer Haube verhüllt war. Unter der Hand von Orobas begann das arme Geschöpf angstvoll mit den Flügeln zu schlagen.

Er packte den Vogel mit einer Hand fest um den Hals, sodass er nicht nach ihm hacken konnte, und zog mit der andern ein langes Messer aus seinem Gewand.

»Aufhören«, schrie ich. A lles in mir wehrte sich dagegen, dieses grausame heidnische Ritual mit ansehen zu müssen. Gertrude warf beide Arme um mich und hielt mich fest. »Er muss das Opfer darbringen, Joanna«, sagte sie. »Ohne es kann die Seele weder sehen noch sprechen.«

Orobas stieß das Messer tief in die Brust der kleinen Schwalbe.

Kapitel 18

Die Schwalbe gab einen leisen Laut von sich, dann erschlaffte ihr Körper. Blut strömte aus dem gefiederten Leib und tropfte schwer in die zweite Grube. Jetzt wusste ich, woher der Geruch kam: vom Fleisch und Blut geopferter Vögel.

»Nein, nein, nein«, schluchzte ich und versuchte, mich aus Gertrudes Umklammerung zu befreien. Doch sie ließ mich nicht los. Mir war, als wäre ich es, die da über der Grube in diesem uralten Gemäuer ausblutete.

Orobas warf den Kadaver zu Boden und hob beide Hände. Blut rann seine Arme hinunter. Er rief mit donnernder Stimme: »Ich beschwöre und rufe dich zum Zeugen an. Auf dass du in freundlicher Gestalt kommen mögest. Auf dass du keine Ruhe finden mögest, bis du zu mir kommst.« Er machte eine kurze Pause, dann sprach er die Worte ein zweites Mal.

Ich weiß nicht, wie oft er seine Beschwörungsformel wiederholte. Mir klopfte das Herz bis zum Hals. Furcht kämpfte mit Zweifel. Neben mir rang Gertrude keuchend nach Luft, während sie mich fest an sich gedrückt hielt.

Plötzlich erstarben die Worte auf Orobas' Lippen, und sein Gesicht erschlaffte. Seine Knie knickten ein, und er sank in einer langsamen Drehung zu Boden. Gertrude eilte zu ihm. Sie kniete nieder und beugte sich über ihn.

»Ist er tot?«, fragte ich.

»Nein«, antwortete Gertrude, ohne mich anzusehen. »Aber dies ist der gefährlichste Augenblick. Es ist der Augenblick, da manche zu den Toten hinübergehen, anstatt sie auf unsere Seite zu ziehen.«

Die Zeit schien stehen zu bleiben. Ich konnte nicht umhin, mich zu fragen, ob es für uns – und auch die Welt draußen – nicht besser wäre, dieser Mann stürbe. Doch gleich schämte ich mich dieser Gedanken. Jeder Mensch hatte Erlösung verdient.

Neben Gertrude bewegte sich etwas. Auf eine Hand gestützt,

richtete Orobas sich auf. Er versuchte nicht, auf die Beine zu kommen, sondern blieb auf dem Boden sitzen, gekrümmt, das Kinn auf der Brust. Sein bleiches Gesicht leuchtete im Kerzenlicht.

»Ethelrea?«, flüsterte Gertrude.

»Wer hat mich gerufen?«, fragte Orobas. Seine Stimme hatte sich verändert. Sie war immer noch tief und rau, aber gedämpft und ohne eine Spur von Verachtung.

»Ich. Ich bin Gertrude Courtenay.«

Orobas hob den Kopf. Seine Schultern waren gekrümmt, seine Gesichtszüge wie verwischt. Sein Blick suchte Gertrude. »Ich sehe dich«, sagte er. »Ich habe schon mit dir gesprochen. Warum rufst du mich von Neuem?«

Gertrude winkte mir, näher zu kommen. »Ich habe die andere mitgebracht«, sagte sie. »Die Braut Christi.«

Ich rührte mich nicht. Orobas drehte den Kopf nach links und nach rechts. Er hielt inne, als seine stumpfen grauen Augen mich gefunden hatten. »Ich sehe sie. Sie muss näher kommen.«

Wieder winkte mir Gertrude.

Nichts als Schwindel, sagte ich mir. Orobas gibt sich als Geist einer toten sächsischen Nonne aus, um Gertrude möglichst viel Geld aus der Tasche zu ziehen. Ich tue einfach so, als glaubte ich den Zauber, und dann gehen wir.

Ich trat zu ihnen und kniete an Gertrudes Seite nieder. Er musterte mich aufmerksam, dann schüttelte er den Kopf. Wie ein schmollendes Kind schob er die Unterlippe vor. Es war eine gute Vorstellung, dachte ich, aber nur das – eine Vorstellung.

»Sie ist keine Braut Christi«, sagte Orobas. »Ich sehe keinen Habit und keinen Schleier.«

»Sie wurden ihr genommen«, erklärte Gertrude. »Ihr Kloster, das Dominikanerinnenkloster in Dartford, ist aufgelöst worden.«

Orobas hob den Kopf. Einen Moment lang verdrehten sich seine Augäpfel. Gertrude presste ihre Hand auf mein Knie.

»Ja«, sagte er. »A lle Klöster – weggefegt. Es ist ein Jammer.«

»Aber werden sie wiederhergestellt werden?«, fragte Gertrude. »Wenn der wahre Glaube zurückkehrt, werden die Klöster dann wieder in ihre Rechte eingesetzt werden?«

Orobas schüttelte den Kopf. »Mit dir will ich nicht sprechen. Nur mit ihr. Ich will heute Nacht von Dartford sprechen.« Er wandte sich mir zu. Ich rückte ein wenig näher.

»Mein Vater hatte einen Hof in der Nähe von Middlebrook«, sagte er. »Wir hatten ein Haus. Er hat es mit seinen eigenen Händen gebaut. Es stand auf einem Hügel. Vom Fenster aus konnte ich den in drei Arme geteilten Fluss sehen.«

Ein kalter Schauder rann mir den Nacken hinunter und setzte sich prickelnd bis in meine Finger fort. Aber ich weigerte mich immer noch zu glauben. Jeder konnte sich die nötigen Kenntnisse aneignen, um die Landschaft um Dartford zu beschreiben.

»Warum habt Ihr den Schleier genommen?«, fragte ich. Überzeugendes Wissen über das Leben einer Nonne in Dartford vorzutäuschen, würde nicht so einfach sein.

»Mein Vater hatte das Gelöbnis abgelegt, nicht ich. Er hatte drei Töchter; ich war die zweite. Und einen Sohn. Nur einen Sohn. Meinen Bruder. Als ich vierzehn war, erkrankte mein Bruder am Fieber. Der Priester hielt seinen Tod für gewiss und versah ihn mit den Sterbesakramenten. Mein Vater gelobte, seine schönste Tochter dem Orden der heiligen Juliana zu überantworten, sollte Gott Caedwalla verschonen. Und Caedwalla überlebte die Krankheit.«

Sein Lächeln erlosch. »Eitelkeit ist eine Sünde«, murmelte er stumpf. »Wir werden für unsere Sünden bestraft. Immer.«

»Wart Ihr gern bei den Schwestern der heiligen Juliana?«, fragte ich.

»Sie waren harte Frauen. Sie haben mich geschlagen, wenn ich bei der Erledigung meiner Aufgaben säumig war. Es gab dort mehr zu tun als auf dem Hof. Ich war immer müde. Wenn ich ausruhen wollte, befahlen sie mir zu beten. Ich musste ihnen die Gebete nachsprechen. Es waren so viele und alle musste ich lernen.«

»Welches Gebetbuch habt Ihr benutzt?«, fragte ich.

»Niemand konnte lesen. Die Nonnen sagten, wenn ich die Gebete aufsagte, die ich gelernt hatte, wenn ich ohne viel Schlaf und Nahrung alle Mühsal auf mich nähme, würde mir das helfen, die heilige Juliana zu begreifen. Im ersten Jahr begriff ich gar nichts, ich wusste nur, dass mir das Leben als Nonne verhasst war. Und eines Tages bin ich weggelaufen.«

Es wurde schwieriger, an Orobas' Worten zu zweifeln. *Er ist schlau*, dachte ich unsicher. *Die Priester sagen immer, dass der Teufel schlau ist.*

»Warum seid Ihr hier begraben?«, fuhr ich fort. »So weit von Dartford entfernt. Wie seid Ihr nach London gekommen, nachdem Ihr weggelaufen wart?«

»Mein Leben ist hier zu Ende gegangen«, sagte er.

»Ihr seid aus dem Kloster geflohen und nach London gekommen?«

Seine Schultern fielen noch weiter nach vorn. »Es war unrecht. Es war Sünde.«

Ich fand das alles ungeheuer verwirrend.

Er begann schneller zu sprechen. »Sie kamen mit dreihundert Schiffen. Die Nordmänner plünderten und brandschatzten Canterbury, dann griffen sie London an. Wer nicht aus London floh, wurde mit dem Schwert niedergemetzelt. Ich gehörte zu denen, die nicht flohen.«

»War es Orobas, der Euch entdeckt hat?«, fragte Gertrude.

Orobas antwortete nicht. Er sah todmüde aus, als wünschte er sich nichts mehr, als wieder einzuschlafen.

»Wir fühlen uns geehrt, Eure Geschichte hören zu dürfen«, sagte Gertrude mit ihrer spröden Stimme. »Aber jetzt muss ich Euch bitten, den Blick in die Zukunft zu richten.«

»Wenn es sein muss.« Der Ton war mürrisch.

»In der vorletzten Nacht habt Ihr Lady Maria mit der Krone der Königin von England gesehen«, fuhr Gertrude fort. »Wird sie ihr mit der Hilfe fremder Soldaten aufs Haupt gesetzt werden? Werden die Streitkräfte des Kaisers einfallen?«

Ich fasste Gertrude beim Arm. »Das ist Hochverrat«, flüsterte ich.

»Wie sollte Maria sonst auf den Thron gelangen?«, flüsterte Gertrude zurück.

»Ich sehe viele Schiffe«, sagte Orobas. »Sie segeln nach England.« Er kniff die Augen zusammen und runzelte die Stirn, als sei ihm etwas ungewiss.

»Sind es spanische Schiffe?«, fragte Gertrude scharf.

Orobas nickte.

»Wann? Wann kommen sie? Das muss ich unbedingt wissen.«

Wieder verdrehten sich seine Augen, und er schüttelte den Kopf, als sei er verwirrt. »Ich sehe Maria als Königin«, stieß er dann hervor. »Sie geht an der Seite eines Mannes im Kardinalsgewand. Und auch eines Bischofs. Priester, Nonnen und Mönche begleiten sie. Der wahre Glaube ist wiederhergestellt.«

Gertrude warf sich in meine Arme. Ihre Tränen der Erleichterung benetzten meine Haut. Ich hätte froh sein müssen wie sie. Dies war die beste Zukunft, die man sich denken konnte. Doch irgendetwas stimmte nicht.

Orobas stöhnte. Sein Körper zitterte. Schweiß stand auf seiner Stirn.

»Ich sehe etwas anderes«, sagte er. »Der König hat einen zweiten Sohn bekommen. Heinrich VIII. wird sterben, Eduard wird sterben. Cromwell steht hinter dem Knaben, der jetzt König ist, er herrscht über das Land.« Er zitterte jetzt heftiger. »Lady Maria ist in einer Kerkerzelle; von allen verlassen. Cromwell und der Knabe werden im ganzen Land gefürchtet.«

Gertrude schlug die Hände vors Gesicht. »Nein, nein, nein«, klagte sie.

»Wie kann es eine zweite Zukunft geben?«, fragte ich.

Zum ersten Mal regte Orobas eines seiner Glieder. Er hob den rechten Arm und zeigte auf mich. »Du besitzt den Schlüssel. Du wirst den Weg bestimmen, den die Zukunft nehmen wird.«

»Wie denn?«, rief ich. »Das ist unmöglich.«

Immer noch hielt Orobas seinen ausgestreckten Arm auf mich

gerichtet. »Wenn der Rabe das Seil erklimmt, muss der Hund sich in die Lüfte erheben wie der Falke.«

Ich bedeckte meine Augen mit den Händen. Es war kaum zu ertragen, aus seinem Mund die Worte Schwester Elizabeth Bartons zu vernehmen, die ich streng in meinem Inneren bewahrt hatte.

»Baut auf den Bären, wenn ihr den Stier schwächen wollt«, sagte er dann. »Baut auf den Bären, wenn ihr den Stier schwächen wollt.«

Diesen Spruch hatte ich noch nicht gehört. Ein Rat, der mir nichts sagte.

»Ich weiß nicht, was ich tun soll«, rief ich verzweifelt. »Ich kann nicht über die Zukunft entscheiden. Eure Worte sagen mir nichts. Sie sind so sinnlos wie die von Schwester Elizabeth.«

»Der dritte Seher wird dir sagen, was du tun musst«, erwiderte Orobas mit matter Stimme. »Es ist vorbei.« Seine Lider flatterten, der Schweiß rann ihm von der Stirn in die Augen.

»Wartet.« Gertrude drängte sich wieder nach vorn. »Ihr habt einen Kardinal und einen Bischof an der Seite von Königin Maria gesehen. Aber was ist mit meinem Gemahl? Und meinem Sohn? Was wird aus den Courtenays?«

»Lasst mich, lasst mich«, sagte Orobas.

»Nein, sagt es mir«, herrschte sie ihn an. »Ihr müsst es mir sagen. Ich bezahle Euch mehr. Alles, was Ihr wollt.«

»Ach, armer Henry Courtenay«, seufzte er schließlich. »Der Tag der Abrechnung wird kommen.«

Furcht schüttelte mich. Das waren die Worte, die der verrückte John uns nachgeschrien hatte, als ich mit den Courtenays aus Dartford hinausgeritten war.

»Warum sagt Ihr das?« Gertrude war außer sich. »Warum?«

Dicker Speichel quoll aus Orobas' Mund. Er sank in sich zusammen und sprach nichts mehr.

Kapitel 19

Eine Zeit der Marter begann für mich. War Orobas echt – konnte er wirklich in die Welt der Schatten eintauchen und mit einer lang verstorbenen sächsischen Nonne, die in die Zukunft sehen konnte, Verbindung aufnehmen? Auf den ersten Blick erschien die Vorstellung sowohl gotteslästerlich als auch absurd. Doch wenn ich daran dachte, wie er den Fluss beschrieben hatte, der sich durch Dartford wand, wie er dem Seelenaufruhr einer fast noch kindlichen Nonne Ausdruck verliehen hatte, sagte mir eine Stimme, dass ich die Wahrheit gehört hatte. Und er hatte die gleiche Prophezeiung ausgesprochen wie Schwester Elizabeth Barton. Das zwang mich, der Tatsache ins Auge zu sehen, dass ich in der Tat bei der zukünftigen Entwicklung unseres Königreichs eine entscheidende Rolle zu spielen hatte. Mein Handeln in einem bestimmten Moment würde das Leben aller verändern. Ich fürchtete mich vor dieser ungeheuren Verantwortung jetzt genauso heftig wie damals, als ich an der Seite der sich in Krämpfen windenden Nonne gekniet hatte.

Stumm vor Erschöpfung ritten Gertrude und ich in Begleitung der Zwillingsbrüder und der anderen Männer nach Hause. Es begann schon zu dämmern, als wir die Suffolk Lane erreichten.

Gertrude sagte leise: »Ich werde Wort halten, Joanna. Ich reise mit Henry in den Westen. Er darf nie erfahren, was sich heute Nacht abgespielt hat.«

Ich nickte. »Und ich reise mit Arthur nach Dartford zurück und suche die Stille.«

Doch vorher musste ich noch das Festmahl Henry Courtenays für seinen Freund Montague über mich ergehen lassen. Henry selbst holte mich in meinem Zimmer ab, als zwei Abende später die Stunde heranrückte. Ich sah ihn zum ersten Mal wieder, seit er mich gebeten hatte, über seine Frau zu wachen. Lächelnd bot er mir den Arm. »Ich begleite Euch hinunter, Joanna.«

Auf dem Weg zum Rittersaal redeten wir über Belanglosigkeiten, bis Henry mit einem kurzen Blick zu den Dienern, die sich dicht hinter uns hielten, fragte: »Es war also alles ruhig, während ich weg war?«

Ich hatte auf die Frage gewartet. »Ja«, antwortete ich kaltblütig.

Ich hörte ihn erleichtert aufatmen. Er bedrängte mich nicht mit weiteren Fragen, und das machte mich beinahe schwanken. Ich war nahe daran, ihn in den Alkoven an der Treppe zu ziehen, um ihm fern der Diener zu berichten, was zwei Nächte zuvor geschehen war, und ihn zu beschwören, London so schnell wie möglich zu verlassen – sofort, noch an diesem Abend.

Der Tag der Abrechnung wird kommen.

»Ah, sie haben alle Leuchter angezündet – welch ein herrlicher Glanz«, freute sich Henry. Und in der Tat, das ganze Treppenhaus war feurig erleuchtet von goldenen Lichtern. Niemals hatten Treppe und Wände so hell geglänzt. Die Diener mussten alles stundenlang poliert haben. So viel Anstrengung und harte Arbeit, um das Haus für ein letztlich doch bedeutungsloses kleines Mahl unter Freunden herzurichten. Wie konnte das jetzt noch wichtig sein, da die Dunkelheit heranrollte?

Ich hielt es nicht mehr aus. Ich musste Henry warnen. Doch da trat Henry ein paar Schritte zurück, wie um mich im Glanz der Lichter in meinem silbernen Prunkgewand zu bewundern. Es war mir eine Last, es zu tragen, der Stoff drückte so schwer und rau auf meine Haut. Aber das bemerkte der Betrachter nicht.

»Ihr seid wahrhaft schön«, sagte er und klatschte zweimal in die Hände. »Es ist eine Freude, Euch zu Eurem Ehrenmahl geleiten zu dürfen.«

Der Moment der Wahrheit war vorbei.

»Zu *meinem* Ehrenmahl?«, fragte ich. »Aber der Ehrengast ist doch Lord Montague.«

Henry lächelte. Er war glänzender Laune. »Ja, natürlich. Natürlich. Kommt, wir wollen ihn nicht warten lassen.«

Gleich würden wir den Rittersaal betreten. Ich hatte keine Angst. Die seltsamen Erscheinungen, die mich dort zweimal heimgesucht hatten, konnten mich nach dem Zusammentreffen mit dem zweiten Seher nicht mehr ängstigen.

Doch Henry führte mich nicht in den Saal, sondern in das Musikzimmer. Als ich wissen wollte, warum, antwortete er mir nicht und summte nur gedämpft vor sich hin.

Nur eine Person erwartete uns in dem Raum, der so strahlend erleuchtet war wie der Rest des Hauses. Der Mann stand von uns abgewandt, die Hände auf dem Rücken, in die Betrachtung des Wandfrieses vertieft. Langsam drehte er sich um.

Es war Henry Pole, Baron Montague, aber wie sehr hatte er sich verändert! Ich hatte ihn seit mindestens fünf Jahren nicht mehr gesehen, damals hatte er seine Schwester Ursula auf Stafford Castle besucht. Als Ältester der Geschwister Pole hatte er nach dem Tod des Vaters vor Jahren die Rolle des Familienoberhaupts übernehmen müssen.

Seine Besuche versetzten stets das ganze Schloss in Aufregung, schon deshalb, weil er einer der höchsten Adligen des Landes war, ein Kindheitsgefährte König Heinrichs, wie Henry Courtenay. Aber das war es nicht allein. Ich wusste, dass manche Frauen ihn äußerst anziehend fanden. Ich war da immer anderer Meinung gewesen und hatte ihn auch im Gespräch nicht bemerkenswert gefunden. Er schien mir kalt und hochmütig, dem Glücksspiel übermäßig zugetan, Büchern gegenüber gleichgültig. Kurz, der vollendete Aristokrat.

Montague war in den Vierzigern. Sein schwarzes Haar war stark ergraut, und ein Netz tiefer Fältchen umgab seine Augen. Sein Gesicht war beinahe hager. Er trug ein schwarzes Wams, das weder Edelsteine noch Amtsketten schmückten. Wie ein schwarzer Geist trat er uns entgegen. Mit höfischer Geste ergriff er meine Hand und küsste sie. »Buckingham war ein so leidenschaftlicher Musikliebhaber«, sagte er.

»Ja, das ist richtig«, antwortete ich, obwohl mir rätselhaft war, warum er jetzt auf den ältesten Bruder meines Vaters zu sprechen kam. Aber er war immer ein großer Bewunderer von ihm gewesen. Vielleicht erinnerte ich ihn an den Herzog.

»Er hatte eine Truppe hervorragender Lautenspieler«, fuhr Montague fort. »Einer von ihnen spielte wie ein Engel, aber er wurde jedes Jahr fetter.«

»Ach ja, das war Robert«, sagte ich. »Mein Onkel ließ jedes Mal eigens einen Schneider kommen, der seine Tracht ändern musste. Der Schneider nähte dann die ganze Nacht durch, damit Robert am nächsten Tag präsentabel war.«

Montague lachte, und zu meiner Überraschung lachte auch ich.

Henry war begeistert. »Seht Ihr?«, sagte er. »Es ist möglich, das Leben zu genießen, mein Freund.«

Montague zog ein Gesicht. Aus irgendeinem Grund war ihm Henrys Bemerkung peinlich. Unbehagliches Schweigen breitete sich aus.

Zum Glück erschien in diesem Augenblick Gertrude, wunderbar anzusehen in smaragdgrünem Samt. Sie ergriff die Hand ihres Mannes und drückte sie an ihre Wange. Ich kannte diese Geste von ihr, aber ich hatte den Eindruck, dass sie an diesem Abend eine Spur inniger war als sonst. Unsere Blicke trafen sich. Wir verstanden einander wieder vollkommen. Dies war Henrys Abend, und wir würden beide alles daran setzen, um ihn ihm so angenehm wie möglich zu machen.

Lord Montague begleitete mich in den Saal. »Es hat mir sehr leidgetan, vom Tod Eurer Gemahlin zu hören«, sagte ich und bedauerte, wie steif meine Worte klangen. Es war sicher nicht der passendste Zeitpunkt für diese Beileidsbezeigung, aber besser jetzt als in einem festlich geschmückten Saal voll Speise und Trank.

Er dankte mir gleichermaßen förmlich. »Ich kann Euch nicht sagen, wie sehr mich die Nachricht vom Tod Eures Herrn Vaters erschüttert hat«, sagte er. »Ich habe ihn mein Leben lang gekannt und nie anders als lauter und großzügig erlebt.«

»Wir haben beide Menschen verloren, die wir geliebt haben«, sagte ich, als wir uns der Tür zum Rittersaal näherten.

Er erwiderte nichts darauf. Meine Bemerkung schien ihm so unangenehm zu sein wie zuvor Henrys aufmunternder Zuspruch. Ich besaß einfach kein Talent dafür, andere mit leichtem Gespräch zu unterhalten. Ich hätte den Tod seiner Frau gar nicht ansprechen sollen. Die Courtenays, die hinter uns gingen, lachten über irgendeinen Scherz. Mir fiel nichts mehr ein, was ich hätte sagen können, so krampfhaft ich auch nach Worten suchte.

Im festlich prangenden Saal erwarteten uns zwei weitere Gäste: Sir Edward Neville, ein stattlicher Mann mit einem herzlichen Lächeln, und Lord Montagues Schwägerin, Lady Constance Pole. Sie war etwas älter als ich, blond und mit einer Haut wie Milch und Blut, ganz wie man das bei einer Engländerin erwartete.

»Oh, diese silberne Pracht«, rief sie. »Ist das die neue Tracht der Nonnen?«

Mein Gesicht brannte. Gertrude erklärte hastig, dass das Kleid ein Geschenk von ihr war.

»Es muss schön sein, solche Freunde zu haben – Ihr seid wahrhaftig ein Glückskind«, sagte Lady Pole und hob ihren Becher mit Wein. Ihre Fingernägel, sah ich, waren abgekaut bis auf die Haut.

Ihre Worte hatten einen Unterton, den ich nicht verstand – und der mir nicht gefiel. Ich erinnerte mich, dass ihr Mann im Tower eingesperrt war. Das war bitter; ich wusste es nur zu gut. Ohne etwas zu sagen, schaute ich mich nach Lord Montague um, der sich während des kurzen Austauschs von uns entfernt hatte, um den Wandschmuck und die Kunstwerke im Saal zu betrachten.

Alle anderen begaben sich dorthin, wo ich am allerwenigsten sein wollte: zu dem imposanten offenen Kamin. Ich blieb allein zurück. Gertrude winkte mir. Ich tat, als bemerkte ich es nicht.

»Montague, geht und holt Joanna her«, rief Henry gutgelaunt.

Mir blieb nichts anderes übrig, als meine Hand auf den dargebotenen Arm zu legen und Montague zu folgen. Sei nicht albern, sagte ich mir, um Ungezwungenheit bemüht.

Ich holte einmal tief Atem, dann richtete ich den Blick auf den Kamin und die steinernen Löwen, die über ihm kauerten.

Ein schreckliches Grauen überfiel mich.

»Was ist Euch?«, fragte Lord Montague.

»Es tut mir leid, es tut mir leid«, stammelte ich und schloss die Augen.

Er zog mich ein wenig zur Seite, sodass ich mit dem Rücken zum Rest der Gruppe stand. »Habt Ihr Angst?«, fragte er leise.

»Ja«, antwortete ich und öffnete die Augen. »Woher wisst Ihr das?«

»Weil es auch mir nicht ganz leichtfällt, hier zu sein«, sagte er. In seinen großen dunklen Augen spiegelte sich eine Traurigkeit, die zu meinen Empfindungen passte.

»Seht Ihr auch die Erscheinungen?«, fragte ich unwillkürlich.

Er sah mich erstaunt an. »Erscheinungen? Welcher Art?«

Stockend berichtete ich ihm, was ich bei meinen zwei Besuchen in diesem Saal gesehen und gehört hatte. Ich erzählte von dem Knaben, der wie ein Geistlicher gekleidet war, und von dem erschreckenden Riesen; von dem spottenden Gelächter um mich herum.

Er zog mich noch weiter von den anderen weg. »Joanna, das sind keine Erscheinungen – das sind Erinnerungen. Ihr wart als kleines Kind hier, in diesem Saal. Ihr wart vielleicht sechs Jahre alt. Weihnachten. Buckingham gab damals ein großes Fest.«

»Wieso sollte mein Onkel hier, im Haus der Courtenays, ein Fest geben?«

Lord Montague schüttelte wie ungläubig den Kopf. »Weil es damals nicht den Courtenays gehörte. Es war der Stadtpalast des Herzogs von Buckingham. Nach seiner Hinrichtung hat der König es Henry geschenkt. Um Himmels willen, haben Henry und Gertrude Euch das nicht gesagt?«

Ich war sprachlos, von Gefühlen überwältigt.

»Buckingham«, fuhr Lord Montague fort, »liebte es, Weihnachtsfeste nach alter Tradition auszurichten. Dazu gehörte es, dass ein Knabe als Bischof eingekleidet wurde und den Segen erteilte und dass man einen Riesen anwarb, der Glück bringen sollte.«

»Und woher dieses Gefühl zu fliegen?«

»Ihr seid wirklich geflogen. Buckingham hat gemerkt, dass Ihr vor dem Riesen Angst hattet, und da hat man Euch zu seinem Gesicht hinaufgehoben. Aber der Riese war ein einfältiger Kerl und hatte mehr Angst vor Euch als Ihr vor ihm. Ich erinnere mich genau, wie alle lachten. Das war natürlich nicht nett. Ich fürchte, die Gäste hatten alle sehr viel getrunken. Es war der dritte Tag der Weihnachtsfestlichkeiten.«

Nach einer kleinen Pause sagte ich: »Es wundert mich, dass mein Vater mir das angetan hat. Er kannte meine Wesensart und war mir gegenüber immer sehr feinfühlig. Er hätte gewusst, dass es für mich nichts Schlimmeres gibt, als im Mittelpunkt der Aufmerksamkeit zu stehen.«

»Das war nicht Euer Vater«, sagte Lord Montague. »Ach, Joanna, erinnert Ihr Euch nicht? Das war ich. Ich habe Euch hochgehoben. So hoch es ging.«

Plötzlich war die Erinnerung wieder da, und ich sah vor mir einen jungen dunkelhaarigen Mann von ansprechendem Äußeren, der mich lachend in die Höhe schwang. Jetzt wusste ich, warum ich stets diese Abneigung gegen Baron Montague verspürt hatte.

»Es tut mir so leid, Joanna, dass ich Euch Angst gemacht habe«, sagte der düstere Mann, der jetzt vor mir stand. »Erlaubt Ihr mir, Abbitte zu tun? Wollt Ihr mit mir zum Kamin kommen, damit wir diese Erinnerungen bannen können?«

Gemeinsam gingen wir auf die steinernen Löwen zu. A lles Unheimliche war ihnen jetzt genommen. Sie waren nur noch Löwen mit Fratzen wie die von Wasserspeiern an einer Kathedrale. Ich war tief erleichtert – keine unheilvollen Visionen, sondern schlichte Erinnerungsfetzen. Henry Courtenay allerdings sah ich jetzt mit anderen Augen.

»Sie hätten mir von der Geschichte des Hauses erzählen müssen«, sagte ich zu Lord Montague.

Er antwortete leise wie zuvor: »Bitte, macht Henry keinen Vorwurf. Vielleicht glaubte er, Ihr wüsstet es, und hielt es für besser, das heikle Thema nicht anzusprechen. Vielleicht hat er sich auch geschämt, dass er auf diese Weise vom Unglück Eurer Familie profitierte. Er hat es schwer genug in diesen Zeiten ständiger gefährlicher Wendungen.«

»Ah, ich sehe, es entwickelt sich alles zum Besten«, erklang eine heitere Frauenstimme, und ich sah Lady Pole mit entschlossenem Schritt und befriedigter Miene auf uns zu kommen.

Gertrude sagte warnend: »Das ist genug. Schweigt jetzt besser.«

Aber Lady Pole lachte nur. »Wozu das falsche Getue? Die beiden sind keine Kinder mehr. Wir sind alle keine Kinder mehr.«

Ich hatte für diese Frau wirklich nichts übrig. »Was wollt Ihr damit sagen?«, fragte ich.

»Henry Courtenay meint, Ihr würdet eine ausnehmend gute zweite Ehefrau für seinen besten Freund abgeben, und wie es aussieht, ist mein Schwager ganz seiner Meinung.«

Nichts fand ich widerwärtiger als herzlose Scherze, und schon gar nicht schätzte ich es, als Ziel eines solchen Scherzes missbraucht zu werden. Gerade wollte ich Lady Pole eine entsprechende Antwort geben, als mir auffiel, wie unbehaglich plötzlich allen im Saal zumute zu sein schien. Gertrude und Henry starrten Lady Pole wütend an. Sir Edward Neville sah aus, als wünschte er sich dringend an einen anderen Ort. Und Lord Montagues Züge waren starr vor Verlegenheit.

»Das ist unmöglich«, rief ich. »Unmöglich.«

Henry eilte auf mich zu. »Joanna, verzeiht mir. Ich habe dieses Zusammentreffen zwischen Euch und Montague herbeigeführt, um Euch Gelegenheit zu geben, Euch wieder näherzukommen und vielleicht zueinander zu finden.«

Lord Montague trat vor. »Und ich hätte Henry einen solchen Schritt niemals gestatten dürfen. Er wollte mein Glück – und Eures. Aber Ihr hättet unterrichtet werden müssen.« Sein Gesicht zeigte tiefes Bedauern.

»Ja«, sagte ich, peinlich berührt und ärgerlich zugleich. »Ihr habt recht. Ich hätte über vieles in diesem Haus unterrichtet werden müssen.«

An der Tür zum Saal räusperte sich Charles geräuschvoll. »Lord Courtenay, verzeiht, aber unter den Kindern hat es Streit gegeben. Master Arthur will unbedingt mit Miss Stafford sprechen. Es hat mit einem Kind zu tun, das hier zu Gast ist. Master Arthur ist leider nicht zu beruhigen.«

»Das wird mein Sohn gewesen sein«, sagte Lord Montague seufzend.

Ich hob die Hand. »Ich kümmere mich darum.«

»Nein, es ist mein Haus«, widersprach Gertrude. »Ich werde Euch begleiten und für Frieden sorgen.«

»Ich gehe allein«, erklärte ich energisch.

Sobald ich im Flur war, raffte ich meine Röcke, um schneller laufen zu können, und rannte nach oben. Schon von ferne konnte ich Arthur in seinem Zimmer schreien und weinen hören. Ich stieß die Tür auf. Er lag wild um sich schlagend auf dem Bett, und Edward Courtenay stand ängstlich und hilflos davor. Ich hörte, dass Lord Montagues vierzehnjähriger Sohn Arthur gnadenlos geneckt hatte, bis dieser in einem Anfall blinder Wut auf ihn losgegangen war. Diener hatten die beiden Jungen getrennt. Wo der andere Junge sich jetzt befand, wusste ich nicht.

»Arthur, beruhige dich, es wird alles gut, ich bin ja da«, sagte ich, während ich den Jungen in meinen Armen wiegte, bis sein heftiges Weinen sich legte und er nur noch gelegentlich aufschluchzte.

»Es tut mir leid, dass ich Arthur nicht besser beschützt habe«, sagte Edward Courtenay. »Dieser fürchterliche Montague ist unser Gast, ich habe nicht gewusst, was ich tun soll.«

Ich tätschelte seinen Arm. »Du hast dein Bestes getan, danke dir.«

A ls Arthur sich vollends beruhigt hatte, stand ich vom Bett auf. Ich musste zurück in den Saal, so wenig mich das lockte. Auf dem Weg nach unten dachte ich an Lord Montague. Ich war nicht die Einzige, die heute Abend in Verlegenheit gebracht worden war. Er sollte nicht glauben, dass ich gemeint hatte, er sei unakzeptabel, als ich »Unmöglich«, gerufen hatte. Er hatte bei dem Gespräch über die Weihnachtsfeier meines Onkels viel Feingefühl gezeigt, und er hatte sich vorbildlich verhalten, als seine Schwägerin den Heiratsplan verraten hatte. Ein Pole heiratet eine Stafford, das erschien auf den ersten Blick als natürliche Lösung. Seine Schwester war die Ehefrau meines Cousins. Und es war nicht so, dass ich ihn nicht mochte. Im Gegenteil. Doch ich konnte niemals heiraten.

Ich hatte den Zwischenstock erreicht, als jemand flüsternd »Joanna!« rief.

Verwirrt drehte ich mich um. Niemals würde ein Diener mich beim Vornamen nennen. Doch der Mann, der aus dem Alkoven an der Treppe trat, trug die Courtenay-Tracht. Das Gesicht vom Licht abgewandt, winkte er mir hastig.

»Sir, was erlaubt Ihr Euch?«, fragte ich irritiert und ein wenig erschrocken. »Soll ich die anderen rufen?«

Der Mann kam einen Schritt näher, das Licht fiel auf sein Gesicht. Geoffrey Scovill.

Ich erstarrte.

Mit einem Satz war er bei mir und zog mich in die Dunkelheit des Alkovens.

»Was tut Ihr hier?«, zischte ich ihn an.

Er hielt mich auf Armeslänge von sich ab. »Bei Gott und allen Heiligen, Ihr seid eine Augenweide«, sagte er. »Nie – mein ganzes Leben nicht – habe ich eine schönere Frau gesehen.«

Ich weiß nicht, ob es der Schock war, ihm gerade jetzt zu begegnen, da meine Ängste vor allem, was mit London zu tun hatte, ins Unermessliche zu wachsen drohten, aber ich ließ mich einfach nach vorn fallen und drückte meine Stirn an seine Brust. Tränen sprangen mir in die Augen.

»Geoffrey«, sagte ich nur, und er nahm mich in die Arme. Er hielt mich so fest, dass meine Haut unter dem harten Druck des kostbaren, rauen Silberstoffs brannte. Doch ich kroch nur noch tiefer in seine Umarmung.

»Joanna«, flüsterte er, die Lippen zuerst an meinem Ohr und dann auf meinem Hals. »Joanna.«

Es war wie damals, im letzten Frühling, im Kloster, als er zu mir kam, um mir die letzten Worte von Schwester Christina vor deren Hinrichtung zu überbringen. Ich schloss die Augen, mein Mund suchte seine Lippen. Ich küsste ihn so leidenschaftlich wie er mich.

Erste Scham über meine Schwäche regte sich. Ich öffnete die Augen und sah den Lichtschimmer der Leuchter draußen. Mit einem Ruck riss ich mich von Geoffrey los.

»Seid Ihr wegen meines Briefes hier?«, fragte ich. »Aber warum verkleidet Ihr Euch als Bediensteter? Und warum seid Ihr gerade heute Abend gekommen? Ich reise morgen mit Arthur ab.«

Geoffrey schüttelte den Kopf. »Nein, Joanna. Ihr müsst heute Abend reisen – unverzüglich. Ich bin gekommen, um Euch und Arthur hinauszubringen. Der König hat seine Leute hierher geschickt, sie müssten in spätestens einer Stunde da sein. Sie sind mit Haftbefehlen ausgestattet. Die Anklage lautet Hochverrat.«

Kapitel 20

»Henry Courtenay ist kein Verräter«, protestierte ich, als ich meine Stimme wiedergefunden hatte.

»Trotzdem kommen sie ihn holen«, sagte Geoffrey. »Und Courtenays Name ist nicht der einzige auf der Liste. Auch Pole und Neville sollen abgeholt werden. Durch so ein heimliches Zusammentreffen fern vom Hof – Mitglieder dreier Familien von königlichem Blut – wecken sie starkes Misstrauen. Gott weiß, dass der König und Cromwell schon vorher argwöhnisch waren.« Geoffrey schüttelte ungeduldig den Kopf. »Es kann für sie keinen hinreichend wichtigen Grund geben, ausgerechnet *jetzt,* da seine Majestät Verschwörung im Inneren des Landes fürchtet und Invasion von außen, im Geheimen zusammenzukommen.«

Ich hielt mir erschrocken die Hand vor den Mund.

Geoffrey nahm mich wieder in die Arme. »Der Name Stafford steht nicht auf den Haftbefehlen, Joanna.« Er küsste mich auf die Stirn. »Wenn ich Euch jetzt von hier fortbringe, so besteht die Hoffnung, dass Ihr nicht in die Ermittlungen hineingezogen werdet. Es ist nur eine geringe Hoffnung – ich will Euch nichts vormachen. Doch es ist Eure einzige. Ihr dürft nicht hier sein, wenn die Leute des Königs an die Tür klopfen.«

Ich trat von ihm weg. »Wenn es heute Abend Fragen gibt, muss ich selbst vortreten und für Henry und die anderen sprechen. Ich kann erklären, warum die Gäste hier sind. Es hat nichts mit Verrat zu tun.«

Er schüttelte den Kopf. »Der Mann, der sie festnehmen wird, ist Lord John Dudley. Er ist Soldat. Und er sucht die Gunst des Königs. Er wird sich die Erklärungen einer Frau gar nicht anhören. Und ganz gewiss nicht einer Frau mit Namen Stafford. Er würde in seinem Ehrgeiz nicht davor zurückschrecken, Euch eigenmächtig im Tower festsetzen zu lassen, weil ihr aus einer Verräterfamilie stammt.«

Bei dem Gedanken, in den Tower of London zurückkehren zu müssen, wurde mir eiskalt. Doch es gelang mir, die Ruhe zu bewahren.

»Nein, Geoffrey, ich kann nicht einfach weglaufen. Ihr versteht nicht – es ist alles meine Schuld. Der Grund für – «

Er ließ mich nicht aussprechen. »Das ist doch Unsinn«, unterbrach er mich. »Nichts ist Eure Schuld. Warum müsst Ihr nur immer mit mir streiten, Joanna?« Ärger – und zweifellos Furcht – schwangen in seiner Stimme mit. Ich wich vor ihm zurück und trat aus dem schützenden Dunkel des Alkovens. Am Hinterkopf spürte ich die Wärme des Kerzenlichts.

»Joanna, seid Ihr das?«, rief von unten ein Mann.

Geoffrey hob langsam, beschwichtigend beide Hände und flüsterte beschwörend: »Sagt nichts. Zu niemandem.«

»Ich muss sie warnen«, erwiderte ich ebenso leise.

Ich sah sein Erschrecken. »Nein, sagt nichts. Seht, dass Ihr ihn loswerdet und kommt zurück.«

Geoffrey musste unbedingt geschützt werden.

Baron Montague war schon halb die Treppe herauf. Ich sah seine besorgte Miene und lief ihm eilig entgegen, um ihn abzufangen. Auf keinen Fall durfte er einen Blick in den Alkoven werfen.

»Was machen die Kinder?«, fragte er.

»Mit den Kindern ist alles in Ordnung, Lord Montague«, sagte ich steif.

»Aber mit Euch nicht.« Er schüttelte den Kopf. »Ach, Joanna, Ihr seid außer Euch. Ich bedauere von Herzen, was sich heute Abend hier abgespielt hat.«

»Ihr braucht Euch nicht zu entschuldigen.« Ich spähte über seine Schulter hinweg zum Fuß der Treppe. Würde gleich Lord Dudley mit schwerer Faust an diese Tür schlagen? Wie viel Zeit blieb uns noch?

»O doch.« Lord Montague drehte sich um und blickte ebenfalls nach unten. »Wir sind allein hier, Joanna. Und ich werde Euch jetzt sagen, was gesagt werden muss.«

»Nein, nein, nein.« Ich hastete zu ihm hinunter und drückte ihm die Hand auf den Mund, um ihn am Sprechen zu hindern. Er zog sie weg, ließ sie aber nicht los. Seine Hand war kühler als Geoffreys.

»Henry ist mein ältester und vertrautester Freund, und mit diesen Augen sieht er mich«, erklärte Lord Montague. »Er ist überzeugt, dass eine Frau, die Montague zum Gemahl bekommt, sich glücklich preisen kann. Während ich entgegengesetzter Meinung bin.«

»Lord Montague, ich beschwöre Euch, kehren wir zu den anderen zurück«, sagte ich verzweifelt. »Wir können das später besprechen.«

»Nein.« Er hielt mich immer noch fest. Der traurige Blick seiner Augen wurde hart.

»Ich trage einen großen Namen, und ich trage einen Titel, doch meine Börse ist nicht voll wie die Henrys. Mir ist nach dem Tod meines Vaters kein großes Vermögen zugefallen. Und meine Familie hat mit Schwierigkeiten ohnegleichen zu kämpfen. Meine

Mutter ist hochbetagt, sie verlässt sich in allen Dingen auf mich. Mein jüngster Bruder sitzt im Kerker. Auch für seine Gemahlin trage ich jetzt die Verantwortung. Mein anderer Bruder ist unversöhnlich in seiner Feindschaft gegen den König. Ich habe auf Bitten seiner Majestät hin an ihn geschrieben und ihm deswegen Vorhaltungen gemacht. Doch auf Reginald ist das ohne jede Wirkung geblieben. Er bringt uns alle in höchste Gefahr, dennoch beharrt er darauf, seinem Gewissen zu folgen, wie er es ausdrückt. Und schließlich sind auch noch meine Kinder da.« Sein Mund zuckte. »Ihre Mutter war ihnen alles. Mein ältester Sohn – zweifellos derjenige, der Euren kleinen Verwandten gequält hat – hat mir gesagt, er wünschte, ich wäre an ihrer Stelle gestorben. Ich habe ihn so aufgezogen, wie mein Vater mich, so wie alle Söhne in unserer Familie aufgezogen wurden.« Er machte eine hilflose Handbewegung. »Ich muss – ich *werde* – einen ganz neuen Anfang mit ihm machen, wenn es dazu noch nicht zu spät ist.«

Ich war hin und her gerissen zwischen wachsendem Mitgefühl mit Lord Montague und meiner Angst davor, wie er reagieren würde, wenn er merkte, dass außer mir noch jemand seine Worte hörte.

Doch was Geoffrey bis dahin ungewollt belauscht hatte, war nichts im Vergleich zu dem, was folgte.

»Ich habe versucht, Henry von seinem Plan abzubringen«, fuhr Lord Montague fort. »Doch er beharrt darauf, dass Ihr mir nicht nur eine Hilfe, sondern auch eine gute Ehefrau sein könntet. Er wollte, dass wir uns wiedersehen, in Gesellschaft und ganz ohne Zwang. Ich bat Neville mitzukommen – er ist der Bruder meiner verstorbenen Frau und ein guter Freund. Die Frau meines Bruders Godfrey hat sich selbst eingeladen. Sie trägt schwer an seiner Einkerkerung. Versucht, ihr ihre unbedachten Worte zu verzeihen, wenn Ihr könnt.«

Ich nickte. An meiner Meinung über sie allerdings änderte sich nichts.

»Ich gestehe«, fuhr er fort, »dass ich diesen feurigen Geist, von dem er mir gesprochen hatte, zunächst nicht erkennen konnte –

erst als Ihr uns alle in den Saal zurückbeordert und darauf bestanden habt, Euch allein um die Kinder zu kümmern, habe ich die Stafford in Euch gesehen. Es ist eine erstaunliche Erfahrung.«

Er hatte nichts Hochmütiges mehr. Ein Schimmer Hoffnung, aufkeimender Zuneigung vielleicht, machte seine Züge weich.

Ich konnte ihn nicht fortfahren lassen. »Lord Montague, ich muss – «

Er unterbrach mich. »Gestattet mir zu vollenden, was ich Euch sagen möchte. Danach können wir gemeinsam planen, oder ich verlasse dieses Haus und behellige Euch nie wieder.« Er drehte meine Hand um und umschloss sie fest mit beiden Händen. »Vielleicht kennt Henry mich besser, als ich dachte. Denn Ihr seid in der Tat die ideale Frau für mich. Ich könnte niemals ein einfältiges junges Ding heiraten, das die harten Bedingungen meiner Welt nicht kennt – sie wäre nur eine weitere Belastung für mich. Ich bin jedoch zugleich, und ich schäme mich, es einzugestehen, ein überaus stolzer Mann. Ich könnte keine Witwe zur Frau nehmen, eine Frau, die früher schon das Bett mit einem anderen geteilt hat.«

Ich war so außer mir darüber, dass Geoffrey das alles mithörte, Zeuge der intimsten Regungen Lord Montagues wurde, dass ich an allen Gliedern bebte.

»Oh, Ihr zittert«, sagte er zärtlich besorgt. »Natürlich, das alles muss Euch erschrecken. Ihr hattet Euch einem Leben als Nonne verschrieben. Ich versichere Euch, dass ich – «

»Genug!«, rief Geoffrey Scovill, der auf die Treppe hinausgetreten war.

Lord Montague starrte ihn fassungslos an. »Wer seid Ihr?«

Ich drehte mich um. Geoffrey war schon auf dem Weg die Treppe hinunter. Ich kannte diesen entschlossenen Zug um seinen Mund.

»Ich habe Euch einiges zu erklären, Sir«, sagte er.

»Ihr wollt *mir* etwas erklären?« Lord Montague machte kein Hehl aus seiner Empörung. Hier stand ein Pole, ein Angehöriger des Hauses York, Nachfahre von Königen.

Ehe ich etwas sagen oder tun konnte, sprang Lord Montague die Stufen hinauf und stürmte Geoffrey Scovill entgegen.

»Wartet!«, rief ich verzweifelt und lief ihm nach. Meine Röcke behinderten mich. Lord Montague hatte Geoffrey erreicht, bevor ich eingreifen konnte.

»Sir«, sagte Geoffrey, »diese Angelegenheit betrifft Euch ebenso wie die Familien Courtenay und Neville – nicht nur Joanna.«

»Ihr nennt sie beim Vornamen?«, rief Lord Montague. »Bei Gott, ich werde Euch Zucht und Anstand lehren, Lakai.«

»Geoffrey, lasst mich sprechen«, flehte ich.

Lord Montague fuhr herum. »Ihr steht auf vertrautem Fuß mit diesem Dienstboten?«, fragte er mich ungläubig.

»Ich bin kein Dienstbote«, sagte Geoffrey, der sichtlich Mühe hatte, sich zu beherrschen.

»Lord Montague, hört ihn an, ich bitte Euch«, sagte ich. »Er hat Euch etwas Wichtiges mitzuteilen.«

Einen Moment sah er mich schweigend an. Verwirrung kämpfte mit Schmerz. Dann jedoch überwältigte ihn ein Zorn, der alles andere fortriss.

»Das wird Henry Courtenay mir büßen«, sage er. »Dass er mir eine Frau zuführen wollte, die sich als Dame gibt, doch in Wirklichkeit nichts anderes ist als eine gemeine – «

»Redet nicht so über sie.« Mit geballten Fäusten trat Geoffrey einen Schritt näher an Lord Montague heran.

»Ihr habt Euch da oben mit ihr vergnügt«, entgegnete Montague. »Ich glaubte, sie bliebe so lang fort, weil sie sich um die Kinder kümmerte. Aber sie hat sich um Euch gekümmert.«

Zu meinem Entsetzen stieß Geoffrey ihn mit der Faust vor die Brust. »Das reicht jetzt.«

Montague taumelte rückwärts, doch er fing sich sogleich wieder, ein höhnisches Lächeln um den Mund. »Ja, es reicht in der Tat. Ihr habt Hand an einen der Höchsten des Reiches gelegt, dafür erwartet Euch der Tod.«

Er griff tief in sein Wams und zog ein Messer heraus.

»Nein!«, schrie ich und versuchte, Geoffrey wegzustoßen.

Doch Geoffrey wich mir mit einer schnellen Drehung aus und zog selbst ein Messer.

»Ihr werdet mich nicht töten, alter Mann«, sagte er.

Das höhnische Lächeln erlosch. Montagues Hand spannte sich so fest um den Messergriff, dass die Knöchel weiß wurden. »Ihr sterbt noch heute Abend, verlasst Euch darauf«, stieß er mit erstickter Stimme hervor.

»Das ist doch Wahnsinn«, rief ich. »Ich hole Henry – ich hole die anderen.«

Sie umkreisten einander mit lauernden Blicken. Geoffrey war jünger und frischer, doch Montague trug die gefährlichere Waffe. Die lange Messerklinge glänzte im Licht der Kerzen. Und Montague bewegte sich mit kalkulierter Behändigkeit die Stufen hinauf und hinunter, wendig wie eine schwarze Katze kurz vor dem Angriff.

»Lord Montague, Geoffrey Scovill ist mein Freund – er ist nicht das, wofür Ihr ihn haltet. Haltet ein, ich bitte Euch«, flehte ich.

Montague beachtete mich gar nicht. Ich blickte suchend die Treppe hinauf und hinunter und entdeckte niemanden, der mir hätte helfen können. Ich musste allein versuchen, diesen Kampf zu verhindern, ehe es zu Blutvergießen kam.

»Jetzt ist nicht die Zeit für solchen Streit«, rief ich energisch. »Geoffrey Scovill ist Constable in Dartford. Er ist gekommen, um mich zu warnen. Die Leute des Königs sind auf dem Weg hierher. Sie sind mit Haftbefehlen versehen. Für Euch und Henry und ebenso für Sir Edward Neville.«

Montague warf mir nur einen kurzen Blick zu. »Ich glaube Euch nicht.«

Geoffrey richtete sich auf, holte einmal tief Atem, drehte sein Messer herum und hielt es, mit dem Griff voraus, Montague hin. »Es stimmt«, sagte er. »Ich bin Constable in Dartford. Ich bitte um Vergebung, Sir, dass ich grob geworden bin. Hier, nehmt meine Waffe.«

Ich wartete mit hämmerndem Herzen darauf, was Montague tun würde.

Sehr langsam senkte er sein Messer. Die ihm von Geoffrey dargebotene Waffe schlug er mit einer Handbewegung aus. »Wer überbringt die Haftbefehle?«, fragte er leise.

»Lord John Dudley als Beauftragter des Königs«, antwortete Geoffrey.

Montague nickte. »Ich wusste immer, dass dieser Tag kommen würde«, sagte er, mehr zu sich selbst als zu Geoffrey und mir. Dann straffte er die Schultern und schob das Messer in sein Wams. »Ich muss zu meinen Freunden zurückkehren – wir müssen uns vorbereiten.«

»Aber nicht Miss Stafford?«, fragte Geoffrey schnell. »Ihr Name steht nicht auf den Haftbefehlen. Ich bin hergekommen, um sie und Arthur von hier fortzubringen. Nur darum habe ich mich hinter der Maske eines Bediensteten des Hauses versteckt.«

Montagues Gesicht sah aus wie aus Stein gemeißelt. »Aus Liebe und Respekt zu Eurem verstorbenen Vater und Eurem Onkel, dem Herzog von Buckingham, werde ich dafür Sorge tragen, dass Euer Name nicht erwähnt wird.« Damit wandte er sich zum Gehen.

»Wartet, Lord Montague«, sagte ich.

Er drehte sich um. Seine Züge waren angespannt.

»Auch Geoffrey Scovills Name darf nicht erwähnt werden – Ihr dürft nicht verraten, wer Euch unterrichtet hat«, sagte ich. »Ich bitte Euch.«

Ein Schatten des Schmerzes flog über sein Gesicht. »Wie Ihr wünscht, Miss Stafford«, sagte er tonlos.

Ich sah ihm nach, wie er hocherhobenen Hauptes die Treppe hinunterstieg. Geoffrey nahm mich beim Arm und zog mich mit sich nach oben. Er hatte sich höchster Gefahr ausgesetzt, indem er hierhergekommen war. Um sein Leben hatte ich während der Auseinandersetzung der beiden Männer gebangt. Eben noch hatte ich ihn voll Leidenschaft geküsst. Doch jetzt brachte ich es nicht über mich, ihm ins Gesicht zu blicken.

»Wir müssen unverzüglich Arthur holen«, sagte ich und eilte ihm schon durch den Korridor voraus.

Wir hatten keine zwanzig Schritte zurückgelegt, als wir Männerstimmen vernahmen. Ich erkannte die von Charles, tief und voll, und hielt an, den Arm ausgestreckt, um Geoffrey zurückzuhalten.

»Keine Angst«, flüsterte er. »Ich bin heute Abend schon an anderen Dienstleuten der Courtenays vorbeigekommen, und keiner hat mich aufgehalten. Hier sind so viele Leute beschäftigt. Sie brauchen nur die Livree zu sehen, das reicht schon.«

»Aber Charles ist der Haushofmeister«, entgegnete ich. »Und er war mit den Courtenays in Dartford – er wird Euch dort gesehen haben.«

Geoffrey blieb mit einem Fluch stehen. Dann zog er mich mit sich in unser Versteck zurück.

Die Stimmen draußen wurden nicht lauter und nicht leiser. Die Männer waren wohl stehen geblieben, um einen Schwatz zu halten. Vorsichtig stahl ich mich aus dem Alkoven und spähte um die Ecke. Ja, dort standen sie, am Ende des Korridors, und schwatzten miteinander. Es gab keine Möglichkeit, ungesehen an ihnen vorbeizukommen.

Ich flüsterte: »Warum habt Ihr das getan, Euch in die Courtenay-Tracht gekleidet? Warum habt Ihr mir nicht einfach eine Botschaft gesandt?«

»Das habe ich versucht«, antwortete Geoffrey, »und wurde von zwei Männern angegriffen, Zwillingsbrüdern, glaube ich. Der eine sagte, er müsse das Schreiben öffnen und lesen, und als ich ihm das verwehrte, hatte ich teuflische Mühe, es ihm wieder abzunehmen und zu entkommen. Dieses Haus ist die reinste Festung.«

»Wie seid Ihr dann dazu gekommen?« Ich zupfte an seiner Jacke.

Geoffrey schnitt eine Grimasse. »Fragt lieber nicht.«

Im Korridor hörte ich Charles lachen. Wie lange wollten sie noch dort herumstehen?

»Ihr habt schon Wochen vor diesen Haftbefehlen gewusst, dass der Aufenthalt hier für mich gefährlich sein würde – woher?«, fragte ich.

»Der Marquis von Exeter ist ein Verwandter des Königs, und der König misstraut allen, die ihm den Thron streitig machen könnten, ganz gleich, ob sie zur Familie gehören oder ihm bedingungslose Treue geschworen haben«, antwortete Geoffrey. »Es ist bekannt, dass die Courtenays sich in einer heiklen Situation befinden.«

Nur mir war es nicht bekannt gewesen. Aus Abscheu hatte ich von den Vorgängen am königlichen Hof nichts wissen wollen, und nun hatte meine gewollte Blindheit mich – und Geoffrey – hierher geführt.

Dann hörte ich es. Die Schläge ans Portal waren so laut, dass ich vor Schreck aufschrie. Geoffrey drückte mir eine Hand auf den Mund.

Charles rannte am Alkoven vorüber die Treppe hinunter.

»Es ist zu spät«, flüsterte ich.

»Nein«, widersprach Geoffrey entschlossen. »Alle werden jetzt unten beschäftigt sein. Wir können Arthur holen, sobald der Gang frei ist. Aber wir werden vielleicht auf der Flussseite aus dem Fenster klettern müssen.« Sein Blick flog über mein Kleid. »Ihr braucht einen Umhang, um das Kleid zu verbergen.«

Unten sperrte Charles das Portal auf.

»Im Namen seiner Majestät des Königs, lasst uns ein«, forderte ein Mann mit schallender Stimme. »Wir sind gekommen, um mehrere Personen zu verhaften, die sich in diesem Haus aufhalten.«

Charles stammelte, dass er den Marquis von Exeter benachrichtigen werde, und eilte davon.

Geoffrey zog mich tiefer in den fensterlosen Alkoven, wo wir allen Blicken von der Treppe aus entzogen waren. Aber es gab keine Tür und keinen Riegel. Wenn es jemandem einfallen sollte, unser Versteck zu betreten, würden wir augenblicklich entdeckt werden.

Draußen hörten wir jetzt Männerstimmen. Ich erkannte sie sofort. Henry Courtenay war zusammen mit Lord Montague an die Tür getreten.

»Ich werde mir diese Haftbefehle ansehen, bevor irgendetwas geschieht«, sagte Henry. Seine Stimme klang ruhig. Montague musste genug Zeit geblieben sein, um alle vorzubereiten. Während unten Papiere raschelten, dachte ich daran, welch ein schrecklicher Schlag Henrys Verhaftung für Gertrude und Edward, für alle in diesem Haus sein würde. Ich betete darum, dass ihm ein gerechtes Verfahren zuteilwerden würde. Wie konnte es Beweise gegen ihn geben? Er hatte sich nicht an irgendwelchen Verschwörungen beteiligt, ich war bereit, das bei meinem Leben zu schwören.

»Dudley, wie kommt Ihr dazu, Euch nach Einbruch der Dunkelheit Zutritt zu diesem Haus zu erzwingen, während wir uns eben zum Essen setzen wollen?«, hörte ich Montague in verächtlichem Ton fragen. »Das verstößt ja wohl gegen alle guten Sitten.«

»Dieses späte Abendessen ist einer der Gründe unseres Kommens«, antwortete Dudley. »Mit Verlaub, Lord Montague, es stinkt nach Verschwörung. Und wir werden genauestens untersuchen, was hier gesprochen wurde und welche Pläne gefasst wurden.«

»Ihr stört ein rein gesellschaftliches Beisammensein«, entgegnete Montague. »Unsere Gespräche gehen Euch nichts an. Die Dinge, die in einem Haus wie diesem besprochen werden, übersteigen ohnehin Euren Horizont. Ihr seid der Sohn eines verurteilten Verräters. Es spricht nicht für das Feingefühl Seiner Majestät, ausgerechnet Euch mit unserer Verhaftung zu beauftragen.«

Ich hörte diese Rede mit Schrecken. Warum musste Montague den Mann auch noch reizen?

»Wer die Beauftragten sind, spielt hier keine Rolle«, versetzte Dudley kalt. »Es geht allein um die Beantwortung der Frage, warum Ihr heute Abend in der Suffolk Lane zusammengekommen seid.« Einen Moment herrschte Schweigen. »Beginnt mit der Durchsuchung.«

»Was habt Ihr vor?«, fragte Montague scharf.

»Wir haben den Befehl, gewisse Räume zu durchsuchen«, antwortete Dudley.

In dem dämmrigen Alkoven starrten Geoffrey und ich einander reglos an, während ein halbes Dutzend Männer die Treppe heraufpolterten. Gleich würde man uns entdecken.

Doch die Männer des Königs eilten vorbei, ohne einen Blick in den Alkoven zu werfen.

»Das könnte uns helfen«, flüsterte Geoffrey. »Wenn hier jetzt Chaos ausbricht, können wir das vielleicht für uns nutzen.«

Durch das Stimmengewirr rundum hörte ich wieder Henry Courtenay sprechen. Von seiner Selbstsicherheit war nichts geblieben. In panischem Ton sagte er: »Nein. Nein. Das kann nicht stimmen. Diese Haftbefehle – all die Namen – das ist ausgeschlossen, Dudley.«

Seine Angst erschütterte mich bis ins Innerste. Entsetzen, Verwirrung und Abscheu schüttelten mich. Wie konnte ich mich jetzt heimlich davonmachen, nur um meine eigene Sicherheit besorgt, und Henry und Montague diesem Unheil überlassen? Zumal sie ihre Situation von Minute zu Minute dadurch verschlimmerten, dass sie den Leuten des Königs den wahren Grund für das Festmahl an diesem Abend – eine Annäherung zwischen Henry Montague und mir – beharrlich verschwiegen.

»Sie werden sich bald verteilen«, murmelte Geoffrey. »Dann versuchen wir unser Glück.«

Ich sah ihn nur schweigend an. Warum hatte er das getan – sich von Neuem in Gefahr gebracht? Ich bedauerte es, bedauerte es, dass er mir derart starke Gefühle entgegenbrachte. Er verdiente eine liebevolle und fürsorgliche Frau, nicht eine schwierige, ständig von Gefahren heimgesuchte Person wie mich. Ich konnte mir nicht vorstellen, wie es uns gelingen sollte, gemeinsam aus diesem Haus zu entkommen. Die Männer des Königs würden es von oben bis unten durchsuchen. Solange er an meiner Seite blieb, würde er sich Verhör und womöglich Gefangennahme aussetzen. Allein hatte er vielleicht eine Chance.

Eine neue Frage tat sich plötzlich auf. Vielleicht erfüllte sich hier die Prophezeiung der Seher. Vielleicht war ich ausersehen, Henry Courtenay und Lord Montague und die anderen, deren

Namen auf den Haftbefehlen standen, zu entlasten. Ich würde den Weg bestimmen, den die Zukunft nehmen werde, hatte Orobas gesagt. Ich hatte mich gegen die Prophezeiung gewehrt, weil sie mir Angst machte und es unmöglich – ja absurd – schien, dass ich König Heinrich an irgendetwas hindern könnte, was er beschlossen hatte. Aber vielleicht ging es gar nicht darum, dem König direkt die Stirn zu bieten. Vielleicht ging es bei der Prophezeiung um eine andere Art des Eingreifens. Wenn ich heute Abend schwieg, würden diese untadeligen Männer vielleicht vernichtet werden und der König noch mehr Macht gewinnen, um seine Pläne durchzusetzen und vielleicht einen zweiten Sohn zu zeugen, der ihm nachfolgen würde. Doch was, wenn ich mich aus meinem Versteck wagte und den wahren Grund des abendlichen Zusammentreffens aufdeckte? Ich konnte sie alle retten – und damit die Geschicke Englands in andere Bahnen lenken.

Ich trat von Geoffrey weg ans Licht.

»Joanna«, flüsterte er erschrocken.

»Verschwindet unverzüglich aus diesem Haus«, sagte ich.

Er wollte mich zurückziehen, doch ich war schneller. Ich wich ihm aus und trat aus dem schützenden Dunkel des Alkovens.

Beinahe überwältigten mich der blendende Glanz des Kerzenlichts und der Anblick einer Schar von Männern am Fuß der Treppe, die mir fast alle fremd waren. Es wurde plötzlich totenstill. Aller Aufmerksamkeit richtete sich auf mich.

Ich hob die Hand zu den Augen, um sie vor dem grellen Licht zu schützen, und ging langsam, so ruhig ich konnte, die Treppe hinunter. Auch hinter mir blieb es still. Geoffrey folgte mir nicht. Der Geruch nach geschmortem Fleisch erfüllte die Luft – Täubchen und Wildbret. Das Festmahl war bereitet. Die Lakaien standen parat, es aufzutragen. Ich stellte mir vor, wie verwirrt und aufgeregt sie sein mussten draußen in den Küchenräumen und Korridoren, mit Platten voller Speisen, die nun niemand verzehren würde.

»Und wen haben wir hier?« Es war die Stimme Dudleys, die ich jetzt dem Mann selbst zuordnen konnte. Ich senkte die Hand.

Er schien vielleicht fünf Jahre älter zu sein als ich – ein großer, sehniger Mann mit einem präzise gestutzten Bart. Eine Hand in die Hüfte gestemmt stand er da und wartete.

Ich schaute zu Henry Courtenay hinüber, dessen Lippen lautlos das Wort »Nein« bildeten. Neben ihm stand Lord Montague, Schmerz und Stolz im Blick und noch etwas, was ich nicht bestimmen konnte.

Am Fuß der Treppe angelangt, trat ich direkt auf John Dudley zu und sagte: »Mein Name ist Joanna Stafford.«

Kapitel 21

»Sir, ich fürchte, hier herrscht Verwirrung über den Anlass dieses Abendessens«, sagte ich mit äußerster Höflichkeit. »Ihr irrt, wenn Ihr glaubt, es hätte sich irgendetwas Unrechtes ereignet. Mein Cousin, der Marquis, hat eine Heirat zwischen Baron Montague und mir vorgeschlagen und wollte uns bei diesem Abendessen Gelegenheit geben, zu seinem Vorschlag Stellung zu nehmen.«

Ich wartete darauf, dass Dudleys eisige Feindseligkeit schmelzen würde. Nichts dergleichen geschah.

»Ihr seid eine Stafford?«, fragte er. »Wessen Tochter? Buckinghams?«

»Mein Vater war der jüngste Bruder des Herzogs, Sir Richard Stafford«, antwortete ich.

Dudley nickte. »Die Verräterfamilien schließen sich in neuen Bündnissen zusammen.«

»Von Verrat kann keine Rede sein«, entgegnete Montague scharf.

Dudley zog die Augenbrauen hoch. »Behauptet der Bruder von Kardinal Reginald Pole«, sagte er.

Aus dem oberen Korridor schallte lautes Geschrei zu uns herunter. War die Durchsuchung der Grund? Geoffrey hatte Chaos vorhergesagt. Ich blickte zum Alkoven oben an der Treppe. Geoffrey war immer noch sicher in seinem Versteck. Ich fragte mich, ob er meinen Versuch, das Unheil abzuwenden, mitgehört hatte – diesen Versuch, der bislang nicht das Geringste bewirkt hatte.

Zwei von Dudleys Soldaten gingen zielstrebig am Zugang zum Alkoven vorbei, zu meiner Erleichterung, ohne einen Blick hineinzuwerfen. Ihnen folgten Edward Courtenay, bestürzt und ängstlich, und ein schwarzhaariger Junge, vielleicht zwei Jahre älter als Edward. Es konnte nur Lord Montagues Sohn und Erbe sein. »Ihr habt kein Recht, mich irgendwohin zu bringen«, schrie der Junge wütend und versuchte vergeblich, sich aus den Fesseln zu befreien, mit denen man ihm die Hände auf dem Rücken gebunden hatte. Zwei Soldaten stießen ihn vor sich her die Treppe hinunter. Ich hielt nach Arthur Ausschau, doch er befand sich zum Glück nicht in dem schrecklichen kleinen Zug. Ich wollte mir nicht vorstellen, wie groß seine Angst und seine Verwirrung sein mussten, wenn er von dem Lärm wach geworden war.

Henry Courtenay schrie laut auf, als er hilflos mit ansehen musste, wie sein verängstigter Sohn die Treppe hinuntergeführt wurde. Im selben Moment bemerkte ich, wie Montague, dessen Augen beim Anblick seines gefesselten Sohnes wie dunkle Flammen in dem schmalen Gesicht aufloderten, in sein Wams griff. Ich wusste, was er dort suchte, und ich sah auch, dass Dudley ihn nicht aus den Augen ließ.

Ich sprang neben ihn. »Tut das nicht«, flüsterte ich. »Genau das will Dudley doch. Er versucht, Euch zu provozieren.«

Montague ließ sich nicht anmerken, dass er mich überhaupt gehört hatte, doch er zog die Hand aus seinem Wams.

Seinem Sohn wurde nicht gestattet, sich ihm zu nähern. Der junge Pole habe gewaltsamen Widerstand geleistet, erklärten die Soldaten, und werde in Fesseln bleiben. Zwei Männer bauten sich zwischen dem Baron und seinem Sohn auf.

Edward jedoch wurde erlaubt, zu seinem Vater zu gehen. »Ich verstehe das nicht«, sagte er mit seiner hohen Kinderstimme, als Henry ihn fest in die Arme schloss.

»Ihr dürft doch keine *Kinder* verhaften«, rief ich, ohne einen Moment zu überlegen.

»Genau das verlangen aber die Haftbefehle von mir, die seine Majestät persönlich unterzeichnet hat«, entgegnete Dudley.

»Das ist entsetzlich – wie niederträchtig«, rief ich.

Dudley sagte betont milde zu Montague: »An Eurer Stelle würde ich versuchen, meine Verlobte etwas zu zügeln.«

Ich unterdrückte eine Erwiderung, so schwer es mir fiel. Nicht so Montague. »Wie alt wart Ihr eigentlich, Dudley, als man Euren Vater abgeholt hat?«

Für John Dudley spielte also hier noch etwas anderes mit.

Montagues Hieb saß. Dudleys Gesicht spannte sich. »Fünf«, sagte er kurz, bevor er sich abwandte, um den Korridor hinunterzuschauen, der zum Rittersaal führte. »Ah, da sind sie ja.«

Von Soldaten begleitet, erschienen Sir Edward Neville und Gertrude, beide vergeblich bemüht, ihre Angst zu verbergen. Auch Gertrude sollte also verhaftet, die ganze Familie Courtenay in den Tower gebracht werden.

Nie werde ich Gertrudes Reaktion vergessen, als sie ihren Sohn in den Armen ihres Mannes erblickte. Ihr Gesicht wurde kreidebleich, und sie schwankte so heftig, dass ich glaubte, sie würde zusammenbrechen. Doch irgendwie hielt sie sich aufrecht und taumelte vorwärts, an Montague und mir vorbei, ohne uns wahrzunehmen. Ihr Duft, diese eigene Mischung aus Kamille, Rosmarin und Orange, umschwebte uns, als sie ihrem Mann in die ausgebreiteten Arme fiel. Von seiner Mutter gehalten begann Edward heftiger zu weinen. Die drei Courtenays hielten einander so fest, dass ich an einen dreistämmigen Baum denken musste.

»Sie nicht – Lady Pole nicht.« Dudley wies auf die blasse Constance Pole, die jetzt ebenfalls in die Halle trat. »Sie darf auf keinen Fall verhaftet werden.«

»Und warum nicht?«, fragte Montague scharf.

»Weil es die Aussage ihres Gemahls, Sir Godfrey Pole, war, die Seine Majestät davon überzeugt hat, dass eine genaue Untersuchung all Eurer Unternehmungen angebracht ist.«

»Nein«, schrie Lady Pole auf. »Nein, nein!«

»Das ist ausgeschlossen«, sagte Henry Courtenay, seine Frau und seinen Sohn weiterhin fest im Arm.

»Habt Ihr meinen Bruder gefoltert, Dudley?« Montagues Gesicht verfinsterte sich bedrohlich. »Wenn ja, so werdet Ihr dafür büßen, das schwöre ich bei der Heiligen Jungfrau.«

Lady Pole begann zu schluchzen.

Dudley blieb eiskalt. »Ich bin kein Folterknecht, Lord Montague. Ich wurde letztes Jahr zum Vizeadmiral der königlichen Flotte ernannt. Ich befehlige Schiffe und Soldaten, nicht das Gesindel im Tower. Um Eure Frage zu beantworten – Sir Godfrey Pole hat seine Aussagen aus freiem Willen gemacht.«

Montague antwortete nur mit einem kurzen Laut der Geringschätzung.

Constance Poles Schluchzen steigerte sich ins Maßlose. Dudley rief Pater Timothy an, der mit Charles und James in der gegenüberliegenden Ecke der Halle stand. »Ihr da – Priester. Bringt Lady Pole hinaus!« So wie Dudley das Wort *Priester* in den Raum spie, gab es für mich keinen Zweifel, dass er ein Feind des katholischen Glaubens war. Anhänger dieses Glaubens zu schikanieren, musste ihm eine Genugtuung sein.

Von oben kamen weitere Soldaten die Treppe herunter, mit Büchern und Schriftstücken beladen, den Früchten der Durchsuchung. Dem letzten der Soldaten folgte Constance, Gertrudes Hofdame, voll ängstlicher Erregung, die ich verstand, als ich sah, was dieser letzte Soldat bei sich hatte. Es war die kleine braune Kassette mit Gertrudes Briefen.

Mein Herz hämmerte in schmerzhaften unregelmäßigen Schlägen. Was enthielt die Kassette? An dem Abend, als ich unerwartet in Gertrudes Badezimmer gekommen war, hatte sie versucht, ein auf Lateinisch abgefasstes Schreiben vor mir zu verbergen. Das war es, was die Leute des Königs suchten! Sie wussten von Gertrudes verschwörerischen Machenschaften. Sie waren nicht wegen eines angeblich verdächtigen privaten Abendessens hier. Kein Wunder, dass meine Intervention wirkungslos geblieben war.

Ich bemerkte, dass Dudley mich beobachtete. Bei all dem Aufruhr rundherum schien ihn allein meine Reaktion auf den Anblick von Gertrudes Kassette zu interessieren. Ein kleines, befriedigtes Lächeln umspielte seinen Mund.

Das Lächeln erlosch, als Constance zu ihm trat und erregt sagte: »Sir, ich muss der Marquise von Exeter zur Seite stehen – Ihr dürft mich nicht zurücklassen.«

»Begreift Ihr nicht, wohin ihr Weg heute Abend führt?«, fragte Dudley in einem Ton, als hätte er ein kleines Kind vor sich.

»Doch, Sir«, antwortete Constance. »Aber ich bleibe an der Seite der Marquise, wohin sie auch geht. Immer.«

Mit einem Schulterzucken wandte er sich dem Mann zu, der die Haftbefehle in Händen hielt. »Bringt diese Frau mit den anderen in den Tower. Und ebenso Miss Joanna Stafford.«

Ich brauchte einen Moment, um zu erfassen, was Dudley gesagt hatte. Als ich begriff, war mir, als würde ich von einer gewaltigen Welle der Finsternis aus diesem Haus, aus dieser Stadt fortgerissen. Die Stimmen um mich herum wurden zu einem Summen, die Lichter verschwammen in einem goldenen Dunst.

Irgendwie gelang es mir, mich aus der Betäubung zu befreien und mit nunmehr wieder wachen Sinnen der erbitterten Auseinandersetzung unter den Männern zu folgen.

»Was sollte Miss Stafford mit diesen wilden Anschuldigungen gegen uns zu tun haben?«, fragte Montague scharf. »Sie hält sich erst seit einem Monat in London auf.«

»Aber der vergangene Monat war recht ereignisreich – insbesondere in diesem Haus«, gab Dudley zurück. »Und ich vermute, Miss Stafford ist tief in diese Ereignisse verstrickt.«

Ich hielt den Blick gesenkt und schwor mir, Schweigen zu bewahren, sollte es zu einer Befragung kommen. Doch wenn sie mich folterten, wie sie Schwester Elizabeth Barton gefoltert hatten und Jahre später meinen Vater? Würde ich die Kraft aufbringen zu schweigen?

Diese Schreckensvisionen traten schlagartig in den Hintergrund, als Arthur mir einfiel.

»Arthur«, rief ich erstickt. »Was soll aus Arthur werden?« Ich wandte mich direkt an Dudley. »Ich habe einen kleinen Verwandten in meiner Obhut, Arthur Bulmer. Er ist oben und schläft. Wenn Ihr mich fortbringt, ist niemand da, der sich um ihn kümmern kann.«

»Das Haus ist voller Dienstboten«, gab Dudley mit einer Handbewegung zu Charles zurück. »Da wird es schon jemanden geben, der sich seiner annehmen kann.«

Die Vorstellung, dass Arthur sich beim Erwachen mutterseelenallein sehen würde, von mir und den Courtenays verlassen, war unerträglich. Er würde weinend und klagend durch dieses Haus irren, in dem niemand ihn trösten konnte.

Mit gefalteten Händen trat ich vor Dudley hin, bereit, alles zu tun, um Arthur Leid zu ersparen. »Ich flehe Euch an, tut das nicht. Er ist noch so klein. Er ist fünf Jahre alt – so alt wie Ihr damals.«

Dudleys Gesicht zeigte keine Regung, weder Mitgefühl noch Zorn über meinen Hinweis auf die Tragödie, die sich in seiner eigenen Kindheit abgespielt hatte. Ohne ein Wort wandte er sich von mir ab, um seinen Leuten Anweisungen zu geben.

»Bringt sie zum Wagen hinaus«, befahl er. »In kleinen Gruppen. Die Ordnung muss gewahrt bleiben.«

Ich blickte die Treppe hinauf zum Alkoven. Was würde Geoffrey jetzt tun? Wenn es ihm gelang zu entkommen, so würde das immerhin ein Trost sein, an den ich mich klammern konnte. Ich hatte mein eigenes Leben zerstört, aber das seine würde weitergehen.

»Habt Ihr den Alkoven oben an der Treppe durchsucht?«, fragte Dudley in diesem Moment, als hätte er meine Gedanken gelesen.

Ein Soldat sprang in großen Sätzen die Treppe hinauf.

Ich zwang mich, ruhig zu bleiben und nichts zu tun oder zu

sagen. Doch in Gedanken flehte ich Christus an, Geoffrey Scovill zu retten.

»Da ist niemand, Sir«, rief der Soldat oben.

Meine Gebete waren erhört worden. Geoffrey musste irgendwann unbemerkt verschwunden sein. In der Courtenay-Tracht war er offenbar niemandem aufgefallen. Geoffrey war weit klüger als ich. Er hatte mich davor gewarnt, dass man auch mich verhaften würde, wenn ich mich zeigte, geradeso, wie er mich vor einem Monat vor den Gefahren eines Aufenthalts im Haus der Courtenays gewarnt hatte.

Montague bot mir den Arm, um mich aus dem Haus zu geleiten. Er sagte kein Wort. Sein Gesicht, als ich zu ihm hinaufblickte, war verschlossen und stolz. War es erst zwei Stunden her, dass er mich zu dem steinernen Kamin geführt und von meinen Ängsten befreit hatte? Erst eine Stunde, dass er mir erklärt hatte, ich könnte ihm die ideale Ehefrau sein?

Jetzt sagte er mit gesenkter Stimme: »Das hättet Ihr nicht tun sollen?«

»Was?«, fragte ich schwach.

»Ihr hättet nicht herunterkommen sollen. Ihr hättet Euch besser mit Eurem Liebhaber versteckt gehalten.«

»Geoffrey Scovill ist nicht mein Liebhaber«, widersprach ich ärgerlich. »Ich muss Euch doch bitten, die Höflichkeit zu wahren, Lord Montague.«

Montagues eben noch so verschlossenes Gesicht zeigte einen amüsierten Zug. Er lachte kurz auf.

A lle drehten die Köpfe bei diesem Lachen. Dudley runzelte wie ungläubig die Stirn.

Montague schien das nur zu animieren. Sein aschfahles Gesicht bekam wieder Farbe, seine Augen blitzten feurig. »Ihr habt hier das Kommando, Dudley, dann lasst uns endlich aufbrechen«, rief er. »Was hattet Ihr von mir erwartet? Zetern und Klagen? Ich bin wohlvorbereitet darauf, dass Ihr Euer Schlimmstes tun werdet.«

Die beiden Männer starrten einander wortlos an. Der Hass zwischen ihnen war beinahe greifbar. Ich war froh, endlich an

Montagues Arm zur Tür hinausgehen zu können und Dudleys misstrauischem Blick zu entkommen.

Die Sonne war untergegangen. Am Horizont verblasste das letzte matte Licht. Bald würde es dunkel sein. Vom Flussufer, wo die Bootsleute über offenen Feuern ihr Abendessen zubereiteten, wehte ein Geruch nach Fisch herauf.

In der Suffolk Lane erwarteten uns zwei Pferdefuhrwerke und ein Dutzend weitere Soldaten. Dudley hatte mehr als genug Leute zu unserer Bewachung mitgebracht. Hinter ihnen hatte sich bereits eine Menschenmenge gesammelt. Das Gemurmel, mit dem sie uns empfing, war bedrückend. Kein Gejohle, keine höhnischen Zurufe. Im Gedränge sah ich eine alte Frau ein Kreuz schlagen. Der junge Mann neben ihr stieß sie sofort tiefer in die Menge hinein. Vielleicht war sie seine Mutter.

Die Courtenays und Neville wurden nach uns hinausgebracht. Dudley kam als Letzter. Er teilte uns in zwei Gruppen ein. Henry, Gertrude und ihr Sohn würden zusammen mit Constance im ersten Wagen fahren. Ich würde Lord Montague, seinen Sohn und Sir Edward Neville im zweiten begleiten.

Auf dem Weg an uns vorbei blieb Henry Courtenay stehen und sah seinem alten Freund Montague fest in die Augen. Was er dort erblickte, schien ihm Mut zu verleihen; er richtete sich auf und fasste seinen Sohn fester um die Schultern, bevor er weiterging. Gertrude hingegen sah mich an, mit einem flehentlich bittenden Blick. Dann war sie an mir vorüber. Montague, der an meiner Seite stand, blickte mich fragend an, sichtlich verwundert darüber, dass die Marquise von Exeter bei Joanna Stafford Hilfe suchte.

Niemals war mir die Prophezeiung der Seher abwegiger erschienen als an diesem Abend.

Ein Soldat bedeutete mir, auf den Wagen zu steigen. Ich folgte dem Befehl, ohne mir einen Moment des Zögerns zu erlauben. Auf Stafford Castle wurde oft erzählt, dass der dritte Herzog von Buckingham vom Zeitpunkt seiner Verhaftung bis zu dem Augenblick, als er vor dem Henker niederkniete, keine Furcht gezeigt hatte. Er hatte bis zuletzt vorbildliche Haltung bewiesen, auch wenn das seinen verwaisten Kindern zweifellos nur ein schwacher Trost war.

Ich hatte Schwierigkeiten, in meinem Prachtgewand den Wagen zu erklimmen. Der schwere Silberstoff blieb an einer Holzplanke hängen, und ich hörte, wie er riss. Das Kleid war ruiniert, aber was spielte das jetzt noch für eine Rolle? Ich setzte mich auf die schmale harte Bank, und die anderen folgten mir schweigend.

Dudley beriet sich mit zwei seiner Leute an der Haustür. Montague ergriff die Gelegenheit, um mit seinem Sohn zu sprechen. Die Ähnlichkeit zwischen ihnen war selbst im schwindenden Licht unverkennbar. Es freute mich, sie so innig verbunden zu sehen, ganz Vater und Kind.

»Nein! Nein! Nein!« Ein Mann in Courtenay-Tacht stürmte zum vorderen Fuhrwerk. Es war Joseph, beide Arme nach Gertrude ausgestreckt. Dudley gab einen kurzen Befehl, und seine beiden Männer warfen sich Joseph in den Weg. Mit Leichtigkeit hielten sie ihn auf und rissen ihn zu Boden, wo er laut schreiend auf das holprige Pflaster aufschlug. Der einfältige Zwilling war keine Bedrohung mehr, doch die Soldaten ließen nicht von ihm ab, abwechselnd traten sie auf ihn ein, malträtierten mit ihren schweren Stiefeln seinen ganzen Körper und, zu meinem Entsetzen, sogar seinen Kopf.

James stürzte vorwärts, doch Charles hielt ihn am Arm fest. Er würde nicht zulassen, dass James auch noch verprügelt wurde.

»Ihr bringt ihn um – um Gottes willen, ihr bringt ihn um«, schrie James außer sich.

Dudley beobachtete das alles reglos. Sein Gesicht war so unbewegt wie zuvor, als ich für Arthur gebeten hatte. Irgendwann schaute sich einer der Soldaten mit schweißglänzendem Gesicht nach Dudley um, wohl in Erwartung eines Zeichens von ihm. A ls es ausblieb, begannen die beiden Männer von Neuem, den am Boden liegenden Joseph zu treten.

Endlich hob Dudley die Hand. »Halt.«

James rannte zu seinem besinnungslosen Bruder und kniete

neben ihm nieder. Er umschloss Josephs blutigen Kopf mit den Händen und hob ihn mit äußerster Behutsamkeit an.

Im vorderen Wagen sank Gertrude ohnmächtig auf der Bank zusammen. Ihr Mann und Constance hielten sie fest. Edward weinte. Es war totenstill in der Suffolk Lane, bis auf das Weinen des Jungen.

Mir war übel. Ich schloss die Augen und hielt mich an der Holzbank fest, aus Angst, ich könnte ebenfalls ohnmächtig werden.

Erst als der Wagen mit einem Ruck anfuhr, öffnete ich die Augen wieder. Wir waren unterwegs zum Tower, und ich bezweifelte, dass ich das Haus in der Suffolk Lane je wiedersehen würde.

Kapitel 22

Schweigende Menschengruppen säumten unseren Weg, ohne Rücksicht darauf, dass längst die Nachtruhe ausgerufen war. Irgendwie hatte sich herumgesprochen, wer in diesen von königlichen Soldaten scharf bewachten Fuhrwerken saß. Vielleicht war die Kunde von den Bootsleuten ausgegangen, sie waren immer die Ersten, die alles wussten.

Das letzte Abendlicht war geschwunden. Doch die schmale Mondsichel am Novemberhimmel leuchtete hell genug, um den trutzig über den Häusern und Kirchen der Stadt aufragenden Bau aus der Dunkelheit zu heben, der unser Ziel war: den vierkantigen Burgfried und die Ringmauern des Tower of London.

Von meinem Platz ganz am Ende des Wagens konnte ich Dudley nicht sehen, er ritt mit der Mehrheit seiner Leute an der Spitze unseres Zugs. Unserem Fuhrwerk folgten nur ein Reiter und, etwas weiter zurück, in schnellem Tempo zwei Fußsoldaten mit geschulterten Piken.

In einigem Abstand hinter ihnen ritt ein Mann allein, seiner Kleidung nach jedoch kein Soldat. Um nicht nach vorn schauen zu müssen, wo der bedrohliche Anblick des Tower den Horizont versperrte, richtete ich meine Aufmerksamkeit auf ihn. Er musste zu Dudleys Leuten gehören, ich konnte mir nicht vorstellen, wer sonst uns begleiten sollte. Von den Bediensteten der Courtenays würde es nach dem brutalen Überfall auf Joseph gewiss keiner wagen. Doch warum hielt er sich so vorsichtig zurück? Es sah aus, als läge ihm viel daran, unbemerkt zu bleiben.

Noch während ich ihn beobachtete, verringerte sich der Abstand zwischen ihm und den beiden Fußsoldaten ein wenig, und ich konnte ihn im Schein der Fackeln, die hier an der Straße standen, etwas deutlicher erkennen. Er schüttelte die Zügel und klopfte sich ungeduldig auf den Schenkel. Bei dieser vertrauten Geste durchzuckte mich ein solcher Schock, dass ich aufsprang.

Der einsame Reiter war Geoffrey Scovill.

»Starrt ihn nicht so an«, murmelte Montague und zog mich auf die Bank zurück. Er schien mit seinen Gedanken woanders zu sein. Sein Blick flog zu seinem Sohn und seinem Schwager, die uns gegenübersaßen, und dann zu den Soldaten hinter uns.

»Das ist doch Wahnsinn«, jammerte ich. »Warum tut Geoffrey das?«

»Das ist eine törichte Frage und Ihr seid keine törichte Frau«, antwortete Montague. »Haltet Euch ganz still. Ihr dürft Euch nicht noch einmal umdrehen. Ihr dürft die anderen nicht auf ihn aufmerksam machen.«

Er beugte sich vor und schob seine Hände zu den Knien hinunter. Langsam, wie beiläufig drehte er den Kopf und blickte nach vorn, an unserem Kutscher vorbei zu dem Fuhrwerk und den Soldaten vor uns. Dann schaute er nach hinten. Nach einigen Sekunden nickte er wie in Antwort auf eine Frage und lehnte sich wieder auf der Bank zurück, setzte sich ein wenig schräg und ließ einen Arm hinter mir über den Rand des Wagens hängen. Ich spürte, wie sein Arm sich drehte und dann anspannte, als machte er eine Bewegung. Als gäbe er ein Signal.

»Was tut Ihr da?«, zischte ich.

»Ich helfe Euch zu fliehen, Joanna.«

Wütend flüsterte ich zurück: »Ihr seid ja wahnsinnig. Es sind doch überall Soldaten.«

»Constable Scovill und ich sind bewaffnet – das müsstet Ihr doch wissen.«

»Ihr kommt also mit uns?«

»Nein«, entgegnete Montague. »Niemals könnte ich meinen Sohn und die Courtenays im Stich lassen. Und *alle* können wir nicht fliehen. Das schaffen wir nicht. Doch für einen müsste das Überraschungsmoment reichen.«

»Aber das wird für Euch alles nur schlimmer machen«, protestierte ich.

»Mich kann nichts retten«, versetzte Montague ruhig. »Ich werde im Tower sterben.«

Ich schüttelte erregt seinen Arm. »Sagt so etwas nicht. Es wird ein Verfahren geben – man wird Euch anhören. Wie könnt Ihr so sicher sein, dass es keine Hoffnung gibt?«

»Weil ich Heinrich Tudor kenne«, antwortete er. »Wenn ich ehrlich bin, ist dies beinahe eine Erleichterung, Joanna. Ich habe unendlich lange Jahre Tag für Tag im Schatten des Beils gelebt, nicht weil man mir etwas hätte vorwerfen können, sondern weil ich der bin, der ich bin. Ein Mitglied des Hauses York. Heinrich VII. hat schon so viele aus unserer Familie gemordet. Jetzt vollendet der Sohn das Werk des Vaters.«

Jede Widerrede wäre einer Beleidigung seiner Intelligenz gleichgekommen. Tränen traten mir in die Augen, und ich umfasste seinen Arm fester. Uns gegenüber stieß Sir Edward Neville Montagues Sohn sachte an, und die beiden rückten auf der Bank weiter nach vorn in den Wagen, wo sie außer Hörweite waren.

Montague lächelte und wischte mir eine Träne von der Wange.

»Ich möchte Euch nicht so zurücklassen«, flüsterte ich.

»Ach, Joanna«, sagte er, mein Gesicht mit seinen Händen umschließend, »Ihr könnt doch nicht einen Toten lieben.« Wieder drehte er den Kopf, um nach hinten zu blicken. »Scovill muss jetzt bald etwas tun, in wenigen Minuten sind wir am Tower.«

Als ich mich ebenfalls umdrehen wollte, sagte er: »Nein, nicht.« Er legte mir fest den Arm um die Taille. »Sobald er ausschert, springe ich über Euch hinweg und versuche, die Soldaten abzulenken. Haltet Euch bereit, damit Ihr loslaufen könnt, wenn ich das Zeichen gebe.«

Die Straße führte näher zur Themse. Wir waren fast am Ziel.

»Näher, näher«, murmelte Montague, den Kopf von mir abgewandt. Sein Körper war zum Sprung gespannt.

In mir wehrte sich immer noch etwas gegen diesen Plan, der mir vom Wahnsinn diktiert schien. Wohin wollte Geoffrey mich bringen – wohin würden wir uns wenden? In Dartford würde man zuallererst nach mir suchen. Und was würde aus Arthur werden? Würde es mir gelingen, ihn zu holen, wenn mir ein ganzer Trupp Soldaten auf den Fersen war? Doch mein Wunsch zu fliehen, mich irgendwie in Sicherheit zu bringen war beinahe unwiderstehlich. Es gab auf Erden keinen Ort, den ich so sehr fürchtete wie den Tower.

»O nein!«, sagte Montague erbittert. »Nicht das.«

Ich hörte den donnernden Hufschlag mehrerer Pferde. Geoffrey befand sich dicht hinter den beiden Fußsoldaten am Schluss unseres Zugs. Doch zu seinen beiden Seiten tauchten jetzt mindestens zehn Reiter auf. Einer hielt eine Fackel, in deren Schein ich seine Tracht erkennen konnte. Er trug nicht die Farben der Tudors und auch nicht die der Courtenays. Dieser Mann trug ein schwarzes Wams mit einem goldgestickten Zeichen darauf. Einem goldenen Löwen.

Schwarz und Gold. Die Farben der Familie Howard.

Thomas Howard, Herzog von Norfolk, galoppierte auf einem massigen Grauen heran. Die Gruppe seiner Leute teilte sich, um ihm Platz zu machen.

»Dudley«, rief er laut und richtete sich in den Steigbügeln auf. »Kommt hierher nach hinten, Dudley!« Seine Stimme klang wie Donnerhall.

In heillosem Durcheinander kam der ganze Zug ruckartig zum Stehen. Pferde stiegen wiehernd hoch, als Thomas Howards Leute die von Dudley befehligten Soldaten des Königs umringten. Geoffrey konnte ich nirgends mehr sehen. Er war im Chaos verschwunden.

Montague zog seinen Arm zurück und beugte sich vor, um leise und eindringlich auf Sir Edward Neville einzureden.

Dudley trabte an unserem Fuhrwerk vorbei dem Herzog von Norfolk entgegen.

»Ich habe hier den Befehl, Durchlaucht«, erklärte er sehr selbstsicher. »Möchtet Ihr die Papiere sehen?« Er griff in sein Wams.

»Ich weiß, dass Cromwell Euch ausgewählt hat«, versetzte der Herzog. »Allerdings hat Seine Majestät mich beim Abendessen beauftragt, bei dieser Verhaftung nach dem Rechten zu sehen. Und mit rechten Dingen scheint mir da gar nichts zugegangen zu sein. Ich komme eben vom Haus der Familie Courtenay. Und was habe ich dort vorgefunden? Einen Halbtoten in der Suffolk Lane und zwanzig zeternde Bedienstete.« Er wies auf die Fuhrwerke. »Alle diese Personen gehören dem höchsten Adel an – Ihr könnt sie nicht zusammentreiben wie Diebe und auf ein Fuhrwerk verfrachten. Ihr seid dieser Verantwortung nicht gewachsen.«

Ich sah nur Dudleys Rücken und konnte nicht erkennen, wie er diese verächtlichen Worte aufnahm, die da vor seinen Leuten und uns Gefangenen auf ihn niederprasselten.

Ohne eine Antwort abzuwarten, sprang Norfolk vom Pferd und ging schnellen Schritts zu unserem Fuhrwerk. Im Fackelschein schien mir, als seien die Falten in seinem Gesicht seit dem vergangenen Jahr noch tiefer geworden. Er bewegte sich noch immer wie ein junger Mann, doch sein Gesicht erinnerte an einen Totenschädel.

»Lord Montague, Sir Edward, hat man Euch misshandelt?«, blaffte er. »Wer ist die Frau?«

Erst als er so nahe war, dass er die Hand auf den Wagenrand legen konnte, erkannte er mich. »Bei Gott, ich fasse es nicht«, rief er. »Joanna Stafford, was tut Ihr hier?«

Dudley saß ebenfalls ab, und die beiden Männer begannen in heftigen Worten über die Rechtmäßigkeit meiner Verhaftung zu streiten. Dudley war eindeutig im Unrecht – mein Name stand nicht auf den Haftbefehlen, und ich hatte nichts getan oder gesagt, was man mir hätte vorwerfen können. Doch gerade aus diesem Grund verteidigte er sein Handeln mit größter Hartnäckigkeit.

Norfolk stellte mir nicht eine einzige Frage. Sie redeten über mich – meine angebliche Verlobung mit Montague, meinen Aufenthalt in der Suffolk Lane, sogar meine frühere Zugehörigkeit zum Kloster Dartford –, aber sie redeten nicht mit mir. Wieso sollte ausgerechnet Norfolk sich für mein Schicksal interessieren? Wenn überhaupt, hätte er sich über meine Verhaftung freuen müssen. Er selbst hatte im letzten Jahr die Verhöre geleitet, als man im Zusammenhang mit der Hinrichtung meiner Cousine Margaret Bulmer prüfte, ob ich mich des Verrats schuldig gemacht hatte. Er hatte mich sogar ins Gesicht geschlagen, als ich unter seinen Fragen nicht klein beigegeben hatte.

»Ich übernehme persönlich die Verantwortung für sie«, erklärte Norfolk.

»Aber sie ist keine Angehörige Eurer Familie«, entgegnete Dudley.

»Wisst Ihr nicht, dass meine Gemahlin eine Stafford ist, die Cousine dieser Dame?«, gab Norfolk zurück. »Mein Schwager, Lord Henry Stafford, hat mich mit der Sorge für die Familie Stafford betraut.«

»Das ist nicht wahr«, sagte ich, aber niemand außer Montague hörte mich, und der warnte leise: »Sagt nichts – besser Norfolk als der Tower.«

Ich schüttelte den Kopf. »Da besteht kaum ein Unterschied.«

Doch schon im nächsten Moment war es entschieden. Meine Verhaftung würde aufgehoben und ich unverzüglich in Norfolks Obhut übergeben werden. Norfolk drängte sich nach vorn durch, um mit Henry Courtenay zu sprechen. Dudley saß wieder auf und begab sich zurück an die Spitze des Zugs. Im Vorüberreiten warf er mir einen hasserfüllten Blick zu. Ich kehrte ihm den Rücken und sah Montague an.

Es gab keine Worte. Er würde in den Tower überführt werden, während ich auf unerklärliche Weise meine Freiheit wiedergewonnen hatte. Und was waren wir einander? Nichts. A lles.

»Ich bete für Euch«, sagte ich schließlich.

Sein Mund verzog sich zu einem Lächeln. »Ach ja, Ihr wärt ja beinahe Nonne geworden. Eine Frau, für die heute Abend zwei Männer zu sterben bereit waren.« Er zog meine Hand an die Lippen und küsste sie.

Norfolks Leute halfen mir vom Wagen. »Besorgt ihr ein Pferd«, rief Norfolk, der in diesem Moment zurückkam. Dann ging er zu seinem eigenen Pferd und rief seine Leute zusammen.

»Lebt wohl«, flüsterte ich Montague zu.

Er nickte, dann rief er Norfolk zu: »Auf ein Wort, Durchlaucht?«

Obwohl der Herzog eben aufsitzen wollte, kehrte er noch einmal zum Wagen zurück, um sich anzuhören, was Montague zu sagen hatte. Ich hatte nie erlebt, dass er irgendeinem anderen Respekt gezollt hatte – außer Bischof Gardiner.

»Jetzt ist außer Euch keiner mehr übrig, Howard«, sagte Montague. »Seid bereit.«

Norfolk zuckte ein klein wenig zusammen – nur Montague und ich konnten es bemerkt haben –, dann verneigte er sich. Der Kutscher gab den Pferden vor dem Fuhrwerk knallend die Peitsche. Norfolks Hand schoss vor. Er schlug so heftig auf die Wand des Wagens, dass es ihn beinahe von den Füßen gerissen hätte, als sich der Wagen mit einem heftigen Ruck in Bewegung setzte.

Montague blickte nicht zurück. Er saß mit hoch erhobenem Kopf, ich sah sein Gesicht nur im Profil. Sein Stolz – dieser Stolz, der von so vielen als Arroganz ausgelegt wurde – würde ihm, so hoffte ich, Kraft geben. Es war das Einzige, was er jetzt noch hatte.

Ich warf einen Blick auf Norfolk, der nun, da er direkt neben mir stand, einiges von seiner furchterregenden Imposanz eingebüßt hatte. Sein vom Alter gezeichnetes Gesicht war zur Grimasse verzogen. Als er meinen Blick bemerkte, sagte er unwirsch: »Wir brechen auf.«

»Wohin?«, fragte ich.

Einer seiner Leute, ein rotbärtiger Mann, trat zu uns. »Durchlaucht, wir haben hier einen Mann –«

»Könnt Ihr denn gar nichts allein erledigen, Richard?«, fuhr ihn der Herzog mit einer Gereiztheit an, die ihren Ursprung in einer tiefen Erschöpfung zu haben schien. Der Anblick der Poles, der Courtenays und Sir Nevilles, die da auf einem Fuhrwerk zusammengepfercht dem Tower entgegenfuhren, hatte ihn wahrhaft erschüttert.

»Es betrifft die junge Dame.« Richard zeigte auf mich.

Geoffrey. Er stand jenseits einer Reihe von Männern in Schwarz und Gold im Licht einer Fackel.

Als Norfolk näher trat, verneigte er sich tief und sagte höflich, aber fest: »Durchlaucht, es geht um Miss Joanna Stafford. Ich –«

»Halt!« Norfolk hob eine Hand. »Ich kenne Euch doch.«

Aller Mut verließ mich. Wie war es möglich, dass der Herzog Geoffrey wiedererkannte, dem er ein einziges Mal vor über einem Jahr bei einem Verhör von nicht einmal einer Stunde Dauer begegnet war? Geoffrey und ich warteten in angespanntem Schweigen, während Norfolk sich zu erinnern suchte.

»Ja, richtig, es war in einer Zelle im Tower und …« Norfolk drehte sich ruckartig nach mir um. »Er wurde mit Euch zusammen in Smithfield verhaftet. Ihr habt damals behauptet, ihn nicht zu kennen. Wenn ich nicht irre, nanntet Ihr ihn einen Wurm.«

Ich zuckte zusammen. Ja, ich hatte Geoffrey verleugnet. Es war ein verzweifelter Versuch gewesen, allen Verdacht von ihm abzuwenden. Es war mir gelungen, ihn zu befreien, doch meine Worte hatten ihn damals tief verletzt.

»Was geht hier vor?«, fragte Norfolk scharf.

Ich kam Geoffrey mit einer Antwort zuvor, entschlossen, ihn nicht noch einmal zu verleugnen. »Constable Geoffrey Scovill ist mein Freund«, sagte ich.

Norfolk starrte mich so ungläubig an wie seine Männer, deren Blicke zwischen mir in meinem silbernen Gewand und Geoffrey in der Tracht eines Mannes aus dem Volk hin und her flogen.

»Bei den Tränen der Madonna!«, rief Norfolk und lachte laut. Es schien ihm ein Hochgenuss zu sein, die Verbindung zwischen uns aufzudecken. Seine Erschütterung über die Verhaftung seiner Adelsgenossen war verflogen. Mir waren seine lästerlichen Reden so verhasst wie dieses gemeine Hohnlachen.

»Ich nehme an, Montague hatte keine Ahnung, dass er sich Euch mit diesem jungen Bock teilen würde«, spottete er.

Ich würdigte ihn keiner Antwort.

Geoffrey sagte, um Haltung bemüht: »Durchlaucht, ich bin ein gesetzlicher Vertreter der Gemeinde Dartford, in der Miss Stafford ihren Wohnsitz hat, und einzig in dieser Eigenschaft bitte ich darum, sie und ihren Verwandten, Arthur Bulmer, nach Hause geleiten zu dürfen.«

Norfolk runzelte die Stirn. »Arthur Bulmer?«

»Margarets Sohn«, sagte ich. »Er hält sich im Haus der Familie Courtenay auf. Seit dem Tod seiner beiden Eltern steht er unter meiner Obhut.«

Das höhnische Lächeln in Norfolks Gesicht erstarb. Er selbst hatte als Kommandierender der königlichen Truppen Arthurs Eltern während des Aufstands in Nordengland festnehmen lassen. Er hatte sie nach London bringen lassen, wo ihnen der Prozess gemacht wurde. Und Margaret war die Halbschwester seiner Frau gewesen.

Er überlegte einen Moment. »Arthur Bulmer wird nach Dartford zurückgebracht. Der Constable kann ihn in Obhut nehmen. Doch Ihr, Joanna Stafford, Ihr werdet mich begleiten.«

»Warum?«, fragte ich. »Ihr selbst habt Lord Dudley erklärt, dass mir nichts vorzuwerfen ist, dass mein Name niemals in Verbindung mit der Untersuchung wegen Hochverrats genannt wurde.«

»Wenn Ihr das gehört habt«, versetzte Norfolk, »dann werdet Ihr auch gehört haben, dass ich jetzt die Entscheidungen für die Familie Stafford treffe.«

Meine Proteste und ein neuerlicher Versuch Geoffreys, eine Wendung herbeizuführen, halfen nichts. Norfolk blieb fest in seinem Beschluss.

Ich wandte mich an Geoffrey. »Arthur wird außer sich sein«, sagte ich. »Er wird sicherlich weinen und schreien. Selbst wenn er sich vom Kloster her noch an Euch erinnern sollte, wird es sehr schwierig werden, ihn zu bändigen.«

»Ich werde schon mit ihm fertig, Joanna«, versicherte Geoffrey.

»Bitte bringt ihn sogleich zu Schwester Winifred und Bruder Edmund«, fuhr ich verzweifelt fort.

»Ich werde mich um alles kümmern, Joanna. Für Arthur wird gut gesorgt werden.« Er senkte die Stimme zu einem Flüstern. »Und er und ich werden schon sehr bald wieder bei Euch sein.«

Norfolk schwang sich in den Sattel und rief seine Männer ungeduldig zum Aufbruch. Einer seiner Leute führte eine Stute zu mir und half mir in den Sattel.

»Eins habe ich noch zu sagen«, verkündete Norfolk hoch zu Ross. »Ihr, Geoffrey Scovill, werdet Joanna nicht mehr nahe kommen. Die Cousine meiner Gemahlin hat eine Vorliebe für das gemeine Volk. Ich habe heute Abend Milde walten lassen, weil ich diese Vorliebe teile. Aber damit hat es nun ein Ende. Es darf in dieser Familie keine Skandale mehr geben.« Er wies mit ausgestrecktem Arm auf Geoffrey. »Wenn ich Euch noch einmal in ihrer Nähe sehe, werdet Ihr hängen, Constable. Habt Ihr verstanden?«

Ich konnte Geoffreys Gesicht nicht sehen. Doch ich hörte seine Stimme. Sie war leise und gedämpft. »Gewiss, Durchlaucht.«

»Gut.« Norfolk gab seinem Grauen einen klatschenden Schlag in die Flanke. Mit einem Satz sprang das Pferd vorwärts, und die anderen folgten. Ich brauchte kaum die Zügel zu schütteln, so wohldressiert war meine Stute. Norfolk schlug ein schnelles Tempo an, und seine Männer hielten mit.

Ich drehte und wendete mich nach allen Richtungen, doch von Geoffrey war nirgends eine Spur zu sehen. Er folgte mir nicht mehr. Keiner hätte das nach dieser Warnung gewagt. Ich war jetzt in der Hand des Herzogs von Norfolk.

Kapitel 23

Meine Gedanken rasten, während ich Norfolk in schnellem Ritt durch die Lower Thames Street folgte. Wie sollte ich es anstellen – wie konnte es mir gelingen, mich von Norfolk zu befreien? Es musste eine Möglichkeit geben zu fliehen und nach Dartford zurückzukehren, ohne Geoffrey in Gefahr zu bringen. Meine engsten Freunde, meine Träume von Unabhängigkeit – ich konnte sie nicht für Stafford Castle aufgeben.

Norfolk bog scharf ab und lenkte sein Pferd im Trab direkt zur Themse hinunter. Ich hörte jemanden nach einem Boot rufen. Wir würden übersetzen. Norfolks Ziel konnte nur Howard House in Southwark sein. Ich war schon einmal in diesem Herrschaftssitz der Familie Howard gewesen, an einem schicksalhaften Tag mit Bruder Edmund.

Die Bootsleute halfen mir in den Kahn. Nur drei von uns würden über den Fluss setzen: Norfolk, sein Diener Richard und ich. Ich blickte den übrigen Männern nach, die, unsere Pferde mit sich führend, zur Brücke galoppierten, und fragte mich, warum wir uns von ihnen getrennt hatten.

»Durchlaucht«, sagte ich, »darf ich fragen – «

»Nein, Ihr dürft nicht«, unterbrach Norfolk mich grob. »Ich dulde keine Fragen und kein Weibergezeter. Lasst mich nachdenken, verflucht.«

Gleich darauf legten wir vom Nordufer ab. Auf dem Fluss war nichts zu hören als das Ächzen der Ruderer, die sich in die Riemen legten. Es war keine leichte Fahrt; die Strömungen waren stark, und sie waren gegen uns. Ich konnte mir nicht vorstellen, warum Norfolk sich für diese nächtliche Ruderpartie entschieden hatte – es wäre doch weit vernünftiger gewesen, mit den anderen über die Brücke nach Southwark zu reiten.

Der Wind blies kalt über das unruhige Wasser. Ich legte die Arme um meinen Oberkörper und kauerte mich zitternd zusammen. Das Wasser auf dem Grund des Boots durchnässte meine

Samtschuhe. Jemand tippte mir mit dem Finger auf die Schulter. Richard reichte mir eine grobe Decke, die er sich von einem der Ruderer hatte geben lassen.

»Danke«, sagte ich leise.

Er nickte nur, den Blick auf Norfolk gerichtet, der vornübergebeugt im Bug saß.

Unser Boot erreichte schließlich eine große Anlegestelle am Südufer, die von Fackeln oben auf der Böschung erleuchtet wurde. Bei unserer Ankunft kamen vier Männer eine Treppe zum Landungssteg heruntergelaufen.

»Willkommen, Durchlaucht«, rief einer von ihnen. Es war nicht verwunderlich, dass die Leute hier in der Gegend das Gesicht des Herzogs kannten, er hatte schließlich sein Haus hier und er war ein berühmter Mann. Allerdings schienen mir diese Männer hier nicht von der Art, die sich ihr Leben als Fischer oder Fährleute verdienten. Wo waren wir? Eine hohe Mauer auf dem Hochufer verstellte den Blick.

Wir stiegen die schmale Treppe zur Böschung hinauf. Der eisige Wind vom Fluss trieb mir die Tränen in die Augen, und meine Füße in den durchnässten Schuhen wurden taub. Eine Öffnung in der Mauer führte uns auf eine schmale Allee durch einen bewaldeten Park, an dessen Ende ein Torbogen wartete. Dahinter erhob sich, zu einem großen Teil von Bäumen verdunkelt, ein massiges Gebäude. Der Schiffsanlegeplatz gehörte zu einem herrschaftlichen Anwesen, doch Howard House war es nicht. Ich erinnerte mich, dass Norfolks Londoner Palast mindestens eine Meile vom Fluss entfernt war.

Ich folgte Norfolk und seinem Diener den gepflegten Weg entlang. Er war gesäumt von Bäumen, deren kahle Äste sich über unseren Köpfen zu einem Gitterwerk verflochten. Darunter war es beinahe stockfinster.

Als ich am Ende der Allee auf eine Lichtung hinaustrat, sah ich mich unversehens einer bleichen, starr blickenden Frau gegenüber. Ich wich mit einem Sprung zurück und stürzte auf den kalten Boden. Erst da erkannte ich, dass ich vor einer Statue erschrocken war – vor dem weißen Marmorstandbild einer tanzenden Frau oder, vielleicht, eines Engels, der die Erde floh. In diesem Moment war ich versucht, ebenfalls die Flucht zu wagen. Der Herzog hatte den Torbogen vor uns schon durchschritten, ohne auf mich zu warten. Ich konnte mich im Wald verstecken oder zur Anlegestelle zurücklaufen.

Der kalte Nachtwind packte mich, und ich schauderte. Ohne Obdach für die Nacht, ohne die Möglichkeit, eins zu finden, würde ich erfrieren.

Mein Herz begann schneller zu schlagen, als ich durch den Torbogen in einen geschäftigen, von Fackeln erleuchteten Hof trat. Auf einer Seite standen mehrere Pferde, von einem halben Dutzend Reitknechten in Livree bewacht. Diese Männer gehörten nicht zum Hof des Herzogs von Norfolk, sie dienten einem anderen hochrangigen Edelmann. Zwei junge Dienstmädchen schritten mit glasierten Steingutkrügen durch den Hof.

Am Ende des Hofs erhob sich ein Palast mit einer großen Halle mit schrägem Dach und einem Kirchturm. Hinter den Fenstern aller drei Stockwerke schimmerte Licht, ein Zeichen, dass das ganze Gebäude bewohnt war. Doch von wem?

Norfolk eilte mit großen Schritten durch das Portal, das von dem Buchstaben ›W‹ gekrönt war. Richard winkte mir zu folgen und beeilte sich, mit seinem Herrn Schritt zu halten.

Drinnen gebot mir Norfolk zu warten, während er zu einem Raum ganz am Ende der langen Galerie eilte.

Ich ließ mich in den ersten Sessel sinken, den ich in der warmen Galerie entdeckte. Meine Füße begannen zu kribbeln. Der Duft süßer Kräuter stieg von den Binsen auf, die den Fußboden bedeckten.

In der Stille kam ich langsam wieder zu mir, und meine Neugier begann sich zu regen. Ein großes Gemälde, das Jesus Christus im Glanz strahlenden goldenen Lichts zeigte, fiel mir als Erstes ins Auge. Der Blick des Messias erfasste den Betrachter mit einer Direktheit, mit so viel liebender Klarheit, wie ich es noch nie auf einem Bild gesehen hatte. Es war, als blickte er mir unmittelbar in die Seele. Dieses unglaublich lebendige Werk musste in Rom gemalt worden sein, von einem der vom Heiligen Vater hochgeschätzten Meister. Das lebensechte Standbild im Park schien mir jetzt, da ich darüber nachdachte, von ähnlich genialer Hand gestaltet. Ich empfand eine tiefe Demut angesichts solch begnadeter Kunst. Das war einer der traurigsten Aspekte der Reformation – der Hass ihrer Verfechter auf die Kunstwerke der Menschen.

Ein junger Mann im Samtwams, mit einer Schriftrolle in der Hand, nickte mir im Vorübergehen zu. Gleich darauf hörte ich die gedämpften Stimmen zweier Männer, die ins Gespräch vertieft durch die Galerie schritten. An ihren Krägen und den dunklen Gewändern erkannte ich sie sofort als Priester. A ls sie auf Richard stießen, entspann sich eine freundliche Unterhaltung mit ihm.

Was war das für ein Haus? Weder Schloss noch Kathedrale – und ganz gewiss kein Kloster, auch wenn zahlreiche religiöse Motive diese Galerie schmückten. Vielleicht war es der Sitz eines Kirchenfürsten. Eines Kardinals vielleicht. Aber es gibt keine Kardinäle mehr in England, sagte ich mir sogleich. Es würde nie wieder einen päpstlichen Abgesandten in diesem Land geben.

Ratlos richtete ich meinen Blick wieder auf das Gemälde. So unmöglich es schien, der Blick des Messias hatte sich verändert. Mir wurde kalt, als ich erkannte, was er jetzt ausdrückte: Mitleid.

Ein Bischof. Der Buchstabe ›W‹. Eine Person, die dem Herzog von Norfolk nahestand.

Dies war der Sitz des Bischofs von Winchester. Stephen Gardiner diente dem König nicht länger als Gesandter am französischen Hof. Gardiner, mein Erzfeind und Beherrscher, der Mann der Kirche, dem ich gegen meinen Willen Spitzeldienste geleistet hatte, war zurückgekehrt.

Ich sprang auf. Ich hatte keinen Plan – einzig Panik trieb mich. Und ein Wort: *Weg. Weg. Weg.*

»Miss Stafford, was tut Ihr da?« Richards Stimme schallte durch die Galerie. Ich hörte seine Schritte, als er mir nachlief.

Ohne mich umzudrehen zog ich die schwere Tür auf, doch ein

junger Diener schlug sie mir vor der Nase wieder zu und stellte sich mir in den Weg.

»Steht Ihr in Bischof Gardiners Diensten?«, fragte ich.

Er nickte, verwundert, als verstünde er nicht, warum ich diese Frage stellte, deren Antwort doch offenkundig war. »Dies ist der Winchester-Palast«, sagte er.

Im selben Augenblick hörte ich die Stimme des Herzogs von Norfolk, der Richard gebot, mich zu ihm zu bringen.

Mit anklagendem Blick fasste Richard mich unsanft am Arm und zog mich durch die Galerie. Ich erinnerte mich meines letzten Zusammentreffens mit Bischof Gardiner in Dartford. Damals, an meinem letzten Tag im Kloster, hatte er mit Schmeichelei und Drohung versucht, mich weiterhin zu Spitzeldiensten zu verpflichten – doch ohne Erfolg. *Wenn Ihr mir trotzt, werdet Ihr das bitter bereuen.* Deshalb also hatte Norfolk sich solche Mühe gegeben, mich Dudley zu entreißen – um mich erneut dem Bischof von Winchester auszuliefern.

Als wir die Tür am Ende der Galerie erreichten, klopfte Richard zweimal, dann stieß er sie auf. Ich versuchte, alle Gefühle in mir zu ersticken. Es war immer ein Fehler, Gardiner gegenüber Furcht zu zeigen.

Ich erwartete, zwei Personen zu sehen: Gardiner und seinen wichtigsten Verbündeten, den Herzog von Norfolk, und in der Tat waren beide Männer anwesend. Norfolk stand mit düsterer Miene, die Hände auf dem Rücken, an einem der Bleiglasfenster. Bischof Gardiner thronte in wallendem weißem Gewand und edelsteinfunkelnder Mitra in einem prunkvollen Sessel auf einem Podium. Er hatte sich nicht verändert. Der Blick seiner hellbraunen Augen umfasste mich mit derselben durchdringenden Schärfe, die ich kannte, immer auf der Suche nach einem Zeichen von Schwäche.

Doch in einem zweiten Sessel auf dem Podium saß noch eine Person, eine kleine, verloren wirkende Gestalt, die zu sehen ich nicht im Traum erwartet hatte.

Lady Maria Tudor.

Kapitel 24

In einem tiefen Hofknicks, wie meine Mutter ihn mich gelehrt hatte, noch bevor ich das Lesen lernte, verneigte ich mich vor der ältesten Tochter des Königs.

Sie sah krank aus – nein, schlimmer, leidend. Ihrer weißen Haut war alle Leuchtkraft verloren gegangen, sie wirkte teigig und stumpf. Ihre Augen waren rotgerändert.

Sie breitete die Arme aus, und ich stieg zu ihr aufs Podium. Als ich sie umarmte, war mir, als hielte ich ein zerbrechliches Kind und nicht eine junge Frau von zweiundzwanzig Jahren. Das mit Juwelen besetzte Kruzifix an ihrem Hals drückte so hart gegen mein Brustbein, dass ich glaubte, es würde meine Haut ritzen.

»Ich danke der Heiligen Jungfrau, dass wenigstens Ihr in Sicherheit seid«, flüsterte sie, bevor sie mich losließ, und fügte dann lauter hinzu: »Ich werde Euch immer dafür dankbar sein, Norfolk, dass Ihr das heute Abend zuwege gebracht habt.«

Norfolk verbeugte sich steif. Deshalb also hatte er mich aus Dudleys Gewalt befreit, nicht weil er an meine Unschuld glaubte, sondern weil er sich die Gunst der Prinzessin sichern wollte.

Lady Maria sah mich erwartungsvoll an, dann den Bischof, der neben ihr saß. Obwohl sich mir fast der Magen umdrehte, trat ich vor Gardiner hin, kniete nieder und senkte den Kopf.

Unter gesenkten Lidern hervor beobachtete ich, wie er mir huldvoll die Hand bot. Niederknien reichte nicht. Der Bischof wollte mir auch noch die letzte Geste des Gehorsams abfordern. Bereitwillig Gehorsam leisten und sich dem Vorgesetzten niemals widersetzen – das waren die Leitsätze, die man mich in Kloster Dartford gelehrt hatte. Ich musste sie befolgen.

Ich küsste Gardiners goldenen Ring mit dem Amethysten und unterdrückte nur mit Mühe ein Schaudern, als meine Lippen die glatte weiße Hand streiften.

Sehr langsam zog Gardiner seine Hand zurück, und ich stand auf.

»*Benedictite*, Schwester Joanna«, sagte er in mildem Ton.

»*Dominus*«, antwortete ich automatisch.

»Mein treuester Bischof ist nun nach drei langen Jahren nach England zurückberufen worden«, sagte Lady Maria mit einem zitternden Lächeln.

»Ihr ehrt mich mit Eurem Vertrauen und Eurer Gunst«, erwiderte Gardiner.

Die Hand an ihrem Kruzifix sagte sie: »Ihr seid ein großer Berater in allen Dingen des Reiches und ein Reiniger des Glaubens.«

Mir fielen die Worte ein, die ich vor zwei Tagen aus dem Mund Orobas' gehört hatte: Er sehe Maria als Königin und in Begleitung eines Kardinals und eines Bischofs. Würde Gardiner Maria zur Macht verhelfen?

Laut sagte ich: »Lady Maria, ich glaubte Euch in Hudson House, weit fort auf dem Land.«

»Cromwell meinte, es wäre das Beste für mich, nach London zurückzukehren«, erwiderte sie. »Der Lordsiegelbewahrer lässt mich schärfer denn je überwachen. Er liest noch immer jeden Brief, den ich schreibe oder empfange.« Sie blickte mit zusammengekniffenen Augen in die fernste Ecke des Raums, als suchte sie dort nach Spionen.

»Hier seid Ihr geschützt«, bemerkte Gardiner beschwichtigend. »Im Winchester-Palast habt Ihr nichts zu fürchten. Norfolk und ich sind die treuesten Diener des Königs.«

Gardiner ein treuer Untertan? Der Mann, der mich gezwungen hatte, mein Kloster nach einer geheimnisvollen Reliquie zu durchsuchen, die die vom König gewollte Reformation des Glaubens aufhalten sollte? Zutiefst erbittert musste ich einsehen, dass ich wohl niemals in die Abgründe von Täuschung und Verstellung vordringen und begreifen würde, wem der Bischof wirklich diente: dem König, Lady Maria, dem Papst oder nur sich selbst.

»Ich weiß nicht, warum Cromwell mich gerade jetzt in der Nähe des Hofes wissen möchte«, sagte Lady Maria. »Er hat mir keinen Grund genannt, und ich weiß aus Erfahrung, dass Fragen zwecklos ist.«

»Der Grund müssen die Verhaftungen von heute Abend sein«, meinte Norfolk. »Cromwell wünschte Euch in Reichweite, Lady Maria, für den Fall, dass es im Volk zu Unruhen kommen sollte. Auf dem Land, fürchtet er, könnten sich die Unzufriedenen um Euch scharen.«

»Habt Ihr denn Anzeichen solcher Unzufriedenheit bemerkt, Thomas?«, fragte Gardiner.

Norfolk schüttelte den Kopf. »London ist dem König ergeben. Niemals würde man sich hier gegen ihn erheben. Courtenay und Pole haben keinerlei Unterstützung.«

Ich rief zornig: »Es war nie eine Erhebung geplant. Diese Männer sind absolut loyal.« Ich wandte mich an Norfolk. »Was soll Sir Godfrey Pole denn Cromwell überhaupt mitgeteilt haben? Dudley hat gesagt, er habe seine Aussage ohne Zwang gemacht. Ist das wahr?«

Norfolk, der rastlos auf und ab gegangen war, blieb abrupt stehen und sagte voller Geringschätzung: »Godfrey wurde in den Tower gebracht und immer wieder verhört. Von Männern, die sich auf dieses Handwerk verstehen. So lange bis sein Widerstand gebrochen war. Danach hat er versucht, Hand an sich zu legen. Wie ich hörte, wollte er sich erstechen, aber das Messer war so stumpf, dass es diesem Narren kaum Schaden angetan hat.«

Ich bekreuzigte mich ebenso wie Lady Maria, deren Augen sich mit Tränen füllten.

Gardiner tätschelte fürsorglich den Arm der Prinzessin. »Lassen wir die traurigen Einzelheiten dieser Angelegenheit ruhen.«

Doch genau das wollte ich nicht. »Vergebt mir, Lady Maria, aber ich kann das noch immer nicht glauben.« Ich tat so, als sähe ich Gardiners eisigen Blick nicht. »Ich bin bereit, bei meinem Leben zu schwören, dass Henry Courtenay sich niemals gegen den König verschworen hat. Und ich kann mir nicht vorstellen, dass Baron Montague oder Sir Edward Neville sich eines solchen Verrats schuldig gemacht haben.«

Lady Maria tupfte sich die Augen und sah Norfolk an. »Nun? Womit wurden die Haftbefehle begründet?«

»Ich habe nur Gerüchte gehört – die wahren Gründe kennen nur Cromwell und der König.« Norfolks Gesicht hatte sich verfinstert. Sein Ärger darüber, dass Cromwell ihn nicht ins Vertrauen gezogen hatte, war offenkundig. »Montagues schwerstes Verbrechen ist natürlich, dass Kardinal Pole sein Bruder ist. Der andere Bruder, der im Tower, konnte dem Vernehmen nach von nicht viel mehr berichten als von allgemeiner Unzufriedenheit. Montague soll einmal erklärt haben, dem König dienten nur Schurken und Ketzer. Und Courtenay hat sich angeblich über die Veränderungen der Glaubenslehre beschwert, die der König befürwortet hat.«

»Das ist alles?«, rief ich fassungslos.

Gardiner sagte: »Laut einem kürzlich beschlossenen Gesetz gilt als Hochverräter, wer böswillig wünscht oder arglistig plant oder versucht, sei es in Wort oder Schrift, der Person des Königs Schaden zuzufügen. In diese Schublade passt natürlich so ziemlich alles, wenn man es entsprechend hinbiegt.«

Lady Maria drehte eine lange rote Locke, die sich aus ihrer spanischen Haube gelöst hatte, um den Finger. »Meine armen Freunde«, sagte sie. »Diese guten Menschen. Gerade die Poles hat meine Mutter von allen englischen Familien am meisten geliebt, und Sir Edward Neville gehört zu den sanftmütigsten Menschen, die ich kenne. Gertrude Courtenay hat mehr für mich getan, als jede andere Dame bei Hof überhaupt gewagt hätte, und Henry ist die Güte selbst.«

»In ihrer aller Adern fließt königliches Blut, Lady Maria«, sagte Gardiner. »Sie sind eine Bedrohung für das Haus Tudor. Wie mir der französische Botschafter erst heute berichtete, soll der König gesagt haben, er habe Montague und die restliche Familie Pole schon lange vernichten wollen, da sie dem Haus York angehören.«

Das entsprach beinahe Wort für Wort dem, was Montague am Abend zu mir gesagt hatte. Ich biss die Zähne aufeinander, um meine Erregung zu zügeln, während Gardiner mich aufmerksam musterte.

»Solange Kaiser Karl und der französische König gegen England stehen«, erklärte Gardiner, »kann der König an seinem Hof keine Nörgler dulden. Sonst könnte sich ja, sollte es zu Invasion und Krieg kommen, eine Gruppe abtrünniger Edler mit Kaiser Karl verbünden.«

Lady Maria schien plötzlich sehr weit entfernt. Mit ihren dunkelroten Haaren, den blauen Augen und der weißen Haut hatte sie rein äußerlich nichts von einer Spanierin an sich. Da wirkte ich mit meinen schwarzen Haaren und dem dunklen Teint weit fremdartiger. Doch in diesem Moment, da sie so fern und unzugänglich erschien, war sie ganz die Enkelin von Königin Isabella von Kastilien und König Ferdinand von Aragón. Was würde geschehen, wenn der Kaiser, ihr Cousin, beschloss, England zu erobern? Ich wusste, dass genau das Gertrudes großer Traum war. Sollte sie so weit gegangen sein, mit der Prinzessin über diesen Traum zu sprechen?

Norfolk räusperte sich. »Lady Maria, auch ich habe diese Männer zu meinen Freunden gezählt, doch es ist nicht zu leugnen, dass ihr Sturz *Eurer* Sicherheit dienen würde.«

»Sagt so etwas nicht«, gebot sie ihm in plötzlich sehr gebieterischem Ton. »Niemals würde ich mir die Opferung guter christlicher Männer wünschen, nur damit ich nachts ruhiger schlafen kann.«

Sie sank plötzlich in ihrem Sessel zusammen. »Ach, Ihr ahnt nicht, was es bedeutet, die Ursache von so viel Kummer und Leid zu sein«, klagte sie. »Niemand konnte sich das je vorstellen außer meiner Mutter. Für sie sind Menschen zu Märtyrern geworden. Eher ließen sie sich zum Richtblock führen, als dass sie sie im Stich gelassen hätten. Warum muss es auch mir jetzt so ergehen?« Tränen liefen der Prinzessin über die verhärmten Wangen.

Gardiner erklärte, Lady Maria habe für einen Abend genug ertragen. Norfolk ging hinaus, um ihren Leuten zu befehlen, sich zum Aufbruch bereitzumachen.

Wieder breitete sie die Arme aus, um sich von mir zu verabschieden. »Ich weiß nicht, wann wir uns wiedersehen werden, Joanna. Bitte, bitte seid von heute an vorsichtiger.«

Ich löste mich behutsam von ihr. »Vergebt mir, Lady Maria, aber ich kann Euch nicht folgen«, sagte ich. »Vorsichtiger? Wieso?«

Sie seufzte. »Es war nicht klug von Euch, so lange Wochen mit Gertrude Courtenay zu verbringen. Ich liebe sie von Herzen, doch sie neigt dazu, sich von unbesonnener Leidenschaft beherrschen zu lassen. Ich muss gestehen, es hat mich überrascht zu hören, dass Ihr so enge Gefährtinnen geworden seid. Ich glaubte Euch glücklich und zufrieden in Eurem Häuschen in Dartford.«

»Aber habt denn nicht Ihr Gertrude nach Dartford gesandt, um mich zu suchen und nach London mitzunehmen?«, fragte ich erstaunt. »So hat sie es mir berichtet.«

Lady Maria war noch erstaunter als ich. »Warum hätte ich das tun sollen? Ich habe das letzte Jahr über mit Gertrude in Briefwechsel gestanden, gewiss, aber nie habe ich in diesen Schreiben andere meiner Freunde erwähnt. Es wäre höchst unklug gewesen, das zu tun.«

Mir blieb keine Gelegenheit, mehr dazu zu sagen, da in diesem Moment Norfolk mit dem Gefolge der Prinzessin erschien. Sie sah mich noch einmal an und sagte voll Inbrunst: »Joanna, wir müssen auf Gott den Allmächtigen, unseren Schöpfer und Erlöser, vertrauen. Betet zur Heiligen Jungfrau um die Sicherheit unserer geliebten Freunde.«

Ich gelobte ihr, das zu tun, dann ging sie.

Die Männer, die draußen gewartet hatten, stürmten ungeduldig ins Zimmer. Der ältere der beiden Priester übergab dem Bischof eins von mehreren Schriftstücken.

»Es würde mich interessieren«, bemerkte Gardiner in nachdenklichem Ton, während er das überreichte Schriftstück überflog, »wer Gertrude Courtenay geraten hat, Euch in Dartford aufzusuchen und nach London zu bringen.«

So ruhig, wie es mir möglich war, versetzte ich: »Es kann sein, dass ich mich geirrt habe.«

Gardiner reichte das Schriftstück zurück und verlangte mit einem Wink das nächste. »O ja, ich weiß, dass Ihr zu Irrtümern neigt«, sagte er.

Keinesfalls durfte ich mich von ihm provozieren lassen. Sollte er mich ruhig für ein unfähiges Geschöpf halten; das Entscheidende war, er erfuhr nicht, dass ich ihm über meine Entdeckungen in Kloster Dartford nie die ganze Wahrheit gesagt hatte.

Es war sehr still im Zimmer, während Gardiner das zweite Schriftstück durchsah. Norfolk war verschwunden, ohne dass ich es bemerkt hatte. Hatte Norfolk den Winchester-Palast verlassen? Bei diesem Gedanken wurde mir kalt, trotz des lodernden Feuers im Kamin.

Gardiner lehnte sich in seinem pompösen Sessel zurück. »Ihr wolltet hoch hinaus mit Eurer geplanten Heirat mit Montague«, sagte er noch immer in diesem milden, nachdenklichen Ton. »Es gibt Leute, die glauben, er hätte Anspruch auf den Thron. Habt Ihr Euch für würdig gehalten, Englands Königin zu werden?«

»Ich bin dem König so treu ergeben wie Ihr«, entgegnete ich.

Er lächelte. »Als ich Euch im letzten Jahr vorgeschlagen habe, eine Ehe einzugehen, nur zum Schein, damit Ihr der Sache des wahren Glaubens besser dienen könnt, habt Ihr diesen Vorschlag auf Eure gewohnt unbeherrschte Art zurückgewiesen. Ich hatte ja keine Ahnung, dass Ihr Euch für einen Bewerber vom Format eines Montague aufsparen wolltet. Und dabei ist Montague ein so weltzugewandter Mann, so gar nicht der Gemahl, den ich mir für Euch vorgestellt hätte. Aber das spielt ja nun keine Rolle mehr – Ihr werdet nie Baronin Montague werden.«

Eins war mir bei dieser Rede deutlich geworden. »Euch ist völlig gleichgültig, was aus Montague und seinen Freunden wird«, sagte ich.

»Sie sind entbehrlich«, erwiderte er gelassen. »Wie auch Ihr, Schwester Joanna. Meinetwegen könntet Ihr wieder im Tower sitzen, wäre es Euch nicht gelungen, Euch Lady Maria gewogen zu machen. Solange die Tochter Seiner Majestät um Euer Wohl besorgt ist, bin auch ich es.«

»Ich brauche Eure Sorge nicht«, sagte ich, nahe daran, meine Selbstbeherrschung zu verlieren.

Gardiner musterte mich einen Moment lang schweigend. »Wisst Ihr, ich bin mir nicht einmal sicher, ob eine Verbindung zwischen einem Mann und einer Frau, die das Keuschheitsgelübde abgelegt hat, vor dem Gesetz Gültigkeit besitzt. Der König hat dazu sehr klare Ansichten. Ich werde das bei meiner nächsten Audienz mit ihm besprechen.«

Zu meiner großen Erleichterung erschien in diesem Moment Norfolk und begab sich zu Gardiner, um sich mit ihm über irgendetwas zu beraten. Dann winkte er mir. »Wir brechen auf«, sagte er kurz.

»Wartet, Thomas.« Gardiner sprach mit einem seiner Bediensteten, und gleich darauf trug ein Page auf ausgestreckten Armen einen schwarzen Samtumhang mit einem in Gold eingestickten ›W‹ ins Zimmer.

»Wir möchten doch nicht, dass Lady Marias Schützling an einer Erkältung erkrankt«, sagte Gardiner.

»Ich danke Euch, Exzellenz«, sagte ich zähneknirschend und warf mir den schweren Umhang um.

»*Di te incolumen custodiant.*« Die lateinische Formel floss ihm honigsüß von der Zunge.

Eine hohe Fackel vor dem Portal beleuchtete den weiträumigen Prachtbau von Howard House, das nicht weit entfernt vom Winchester-Palast lag. Norfolk schwang sich aus dem Sattel und gab dem Mann, der schlafend neben der Fackel auf dem Boden hockte, einen Tritt. »Aufgewacht, Faulpelz!«, donnerte er.

Bedienstete stürzten aus dem Haus, andere kamen um das Haus herumgerannt, um unsere Pferde in den Stall zu bringen.

Richard half mir aus dem Sattel. Meine Beine, meine Arme, mein Hals und meine Schultern – alles tat mir weh vor Erschöpfung.

»Wie lange soll ich hier bleiben?«, fragte ich.

Richard zuckte mit den Schultern.

Norfolk, der meine Frage gehört hatte, sagte: »Bis alles bereit ist, um Euch nach Stafford Castle zu befördern.« Er wandte sich an eine Bedienerin mit harten Augen. »Gebt der Lady ein Zimmer.«

Meine Unterkunft an diesem ersten Abend in Howard House war schäbig und verlottert: das Bettzeug nicht sauber; schmutzige Becher auf einem Tisch. Doch meine Gedanken galten nur den neuen Gefangenen im Tower, in welch grauenvoller Umgebung *sie* diese Nacht zubringen mussten. In dem schweren silbernen Gewand, das Gertrude für mich hatte anfertigen lassen, und dem Samtumhang, den Gardiner mir aufgedrängt hatte, sank ich auf das Bett, nachdem ich die Kerze ausgeblasen hatte. Lieber in diesen unbequemen Kleidern schlafen als nackt zwischen verschmutzten Laken.

Eigentlich hätte ich sofort in einen tiefen Schlaf fallen müssen, aber sie bedrängten mich gnadenlos – Gertrude mit flehendem Blick; Henry Courtenay, der seinen weinenden Sohn umfangen hielt; Lord Montague, der sein Entsetzen hinter einer Maske des Stolzes verbarg; Geoffrey, der alles versuchte, um mich in Sicherheit zu bringen und es doch nie ganz schaffte. Und schließlich James, der mit beiden Händen den blutüberströmten Kopf seines Zwillingsbruders umfasste.

Ich hatte Montague gesagt, ich würde für ihn beten. Ich hatte Lady Maria versprochen zu beten. Und ich betete. Mein Flehen erfüllte das finstere, schäbige Zimmer und fand doch kaum Raum neben dem schrecklichen Lärmen in meinem Kopf: Schreie und Schluchzen; donnernder Hufschlag; das Klatschen der Ruder im Wasser der Themse. Und die Stimme eines Mannes, der immer wieder dieselben Worte sprach: *Es würde mich interessieren, wer Gertrude Courtenay geraten hat, Euch in Dartford aufzusuchen und nach London zu bringen.*

Kapitel 25

»Wach auf, Joanna«, sagte eine Frau. »Ach, du gehörst immer noch zu denen, die morgens am schwersten aus dem Bett zu bekommen sind.«

Ich öffnete die Augen. Das kleine Zimmer war von Sonnenlicht durchflutet. Neben mir auf der Bettkante saß in einem düsteren Kleid mit viereckigem Halsausschnitt eine Frau mittleren Alters mit einem langen, schmalen Gesicht – meine Cousine Elizabeth, die Herzogin von Norfolk.

Ich verstand nicht, was sie in diesem Haus tat. Die Ehe des Herzogs und der Herzogin von Norfolk war katastrophal wie kaum eine zweite in ganz England. Der Hass zwischen den beiden hatte sich immer wieder in heftigen Streitereien, ja sogar Handgreiflichkeiten entladen, bis meine Cousine vor fünf Jahren das Haus des Herzogs für immer verlassen hatte. Seither lebte sie allein in Hertfordshire und verweigerte dem Herzog eine Scheidung ebenso wie eine Versöhnung.

Elizabeth umfasste mit beiden Händen einen Zipfel meines silbernen Kleides und stand auf, um ihn ans Licht zu halten. »Woher hast du dieses Kleid?«

»Gertrude Courtenay hat es mir geschenkt«, antwortete ich. Ich hatte Halsschmerzen, und mir war schwindlig vor Hunger. »Weißt du, was gestern Abend geschehen ist?«

Sie setzte sich wieder auf die Bettkante. »Ja, es ist alles sehr erschütternd«, sagte sie gelassen. »Ich werde dafür sorgen, dass dir zu essen und zu trinken gebracht wird. Und frische Kleidung. Wären wir im Haus meines Vaters, würde das alles im Nu geschehen. Doch dies ist Howard House, und ich bin erst seit einer Woche zurück. Ich habe die Dienerschaft noch nicht recht im Griff. Es könnte also eine Stunde dauern.«

Sie ging zur Tür. Das düstere Kleid erinnerte mich an die Kleider, die meine Mutter vor Jahren getragen hatte.

»Warte – Elizabeth«, rief ich. »Was wird jetzt aus mir?«

»Du wirst so bald wie möglich nach Stafford Castle reisen. Howards Sekretär schreibt noch heute deinem Bruder. Sobald der Herzog vom Hof zurückkehrt, wird er den Brief unterschreiben und abschicken.«

Ich setzte mich im Bett auf. »Aber mein Zuhause ist in Dartford«, sagte ich. »Arthur muss inzwischen dort angekommen sein. Dort sind meine Freunde – dort ist mein Leben. Bitte, du musst mir helfen.«

Elizabeth zog die Brauen zusammen. »Mach jetzt keinen Ärger, Joanna. Es ist längst entschieden. Arthur wird zu gegebener Zeit ebenfalls nach Stafford Castle geschickt. Hierher kann er nicht kommen. Der Herzog will nichts davon hören.«

Sie öffnete die Tür. »Du kannst mir später im Salon Gesellschaft leisten, aber nicht, wenn du vorhast, mich zu quälen. Von deinen Ausbrüchen bekomme ich immer Kopfschmerzen.«

Mit einem Rascheln ihrer schwarzen Röcke war sie verschwunden.

Die Herzogin von Norfolk behielt recht, es dauerte beinahe eine Stunde, bevor mir ein Stück Brot und ein Krug mit dünnem Bier gebracht wurden. Doch das ließ mir Zeit zum Nachdenken. Und als ich mich allmählich von der Erschöpfung des Vortags erholte, war ich bereit, Pläne zu schmieden.

Ich würde mich nirgendwohin befördern lassen. Ich würde nach Dartford zurückkehren, irgendwie würde ich schon Mittel und Wege finden.

Elizabeth und ich hatten einander nie nahegestanden. Sie war siebzehn Jahre älter und hatte als älteste Tochter des Herzogs von Buckingham unter den Frauen der Familie Stafford stets den Ton angegeben, während ich in der Hierarchie ganz unten gestanden hatte. Ihre jüngere Halbschwester jedoch, Margaret, war mir die innigste Freundin meiner Kindheit gewesen. Nach der Hinrichtung des Herzogs von Buckingham war Margaret in das Haus ihrer unglücklichen Halbschwester übergesiedelt. Ich sah die beiden bei Besuchen, und Margaret schrieb mir regelmäßig. Ich kannte also Elizabeths Launen recht gut.

Vor dem Salon schon konnte ich ihre scharfe Stimme hören. »Muss ich denn alles zweimal sagen?«, fragte sie gereizt. »Kannst du dir nicht einmal das Einfachste merken?«

Ich schlüpfte ins Zimmer.

Elizabeth stand mit verschränkten Armen und strengem Gesicht vor einem Tisch, auf dem verschiedene Dinge verteilt waren: Zinnteller, Becher, Schälchen mit Salz. Und ein großes Messer. Eine merkwürdige Zusammenstellung, doch sehr vertraut.

Auf der anderen Seite des Tisches stand zitternd ein Mädchen von vielleicht sechzehn Jahren, klein und ein wenig rundlich, mit langem kastanienbraunem Haar. Sie war nicht die Tochter der Herzogin. Ich war diesem Mädchen schon einmal begegnet, auf einem Maskenball, den Elizabeths ältester Sohn, der Graf von Surrey, hier in diesem Haus veranstaltet hatte. Sie hieß Catherine Howard und war eine der vielen Nichten des Herzogs von Norfolk. Ich hatte sie als ein kicherndes junges Ding in Erinnerung, mit einem hübschen Gesicht und tiefen Grübchen in den Wangen. Von den Grübchen war jetzt nichts zu sehen. Catherine schien in Unschlüssigkeit erstarrt, eine Hand zitternd über dem Messer.

»Du musst dich dreimal niederwerfen, bevor du es berührst«, erklärte Elizabeth.

»Das Messer – oder das Salz?«, fragte sie leise.

Elizabeth warf verzweifelt die Hände in die Luft. »Siehst du, womit ich mich hier abplagen muss, Joanna?«, rief sie, als sie mich sah. »Mein Gemahl hat befohlen, sie auf den Dienst bei Hof vorzubereiten. Nach dem Willen der Howards soll sie Ehrendame werden. Sie ist die Einzige, die das richtige Alter hat und hübsch genug ist. Aber sie ist unfähig. Sie kann nichts weiter als die Laute spielen und tanzen. Die Howards haben sie nichts Ernsthaftes gelehrt – sie kann kaum lesen –, und nun erwarten sie von ihr, dass sie eine Königin bedient, die vielleicht in Paris oder Brüssel erzogen ist. *Absurd.*«

Rot vor Scham blickte Catherine zaghaft zu mir herüber. In ihren Augen blitzte es auf – auch sie erinnerte sich an unsere Begegnung.

Ich trat an den Tisch. »Ihr knickst so tief wie möglich vor dem Messer«, erklärte ich. »Ihr reibt den Teller mit etwas Salz ein. Dann gebt Ihr ein kleines Häufchen Salz auf das Messer.«

»Ich danke Euch von Herzen für Eure gütige Hilfe«, sagte das Mädchen, und mit ihrem Lächeln kehrten auch die hübschen Grübchen wieder. »Woher wisst Ihr das alles?«

»Das hat meine Mutter mich gelehrt. So wird das Abendessen im Audienzzimmer der Königin vorbereitet.«

Elizabeth sagte beifällig: »Joannas Mutter wurde in Spanien erzogen. Dort werden an Hofdamen die höchsten Anforderungen gestellt. Wir haben beide der Königin gedient; ich war sechzehn Jahre lang Hofdame bei Katharina von Aragón.«

»Durchlaucht«, sagte Catherine schüchtern, »es wäre vielleicht eine Hilfe, wenn ich verstehen könnte, was das alles zu bedeuten hat. Warum müssen die Teller mit Salz abgerieben werden?«

»Das hat mit möglichen Giftanschlägen zu tun«, antwortete Elizabeth.

Catherines Augen flammten auf vor Interesse. »Hat schon einmal jemand versucht, eine Königin von England zu vergiften?«

»Meines Wissens nicht«, bekannte Elizabeth. »Aber die Zeiten der Borgias und ihrer Giftmischer sind noch nicht so lange vorbei.«

»Wer sind die Borgias?«, fragte Catherine.

Elizabeth stöhnte. Wieder kam ich der Kleinen zu Hilfe und versuchte zu erklären. Es fiel mir nicht leicht, über die verbrecherischen Machenschaften der Borgias zu sprechen. Es gab Leute, die behaupteten, die Borgias hätten mit dazu beigetragen, dass sich der Feuersturm der Ketzerei entzündete, der jetzt die ganze Christenheit zu verschlingen drohte.

Als ich geendet hatte, trat Elizabeth zu einem Hocker an der Wand, auf dem eine Handarbeit lag. Sie winkte mir damit. »Das ist alles, was Catherine zustande bringt.«

Selbst auf mehrere Schritte Entfernung konnte ich erkennen, wie kläglich die Arbeit war. Ich warf einen Blick zu Catherine. Sie verdrehte vielsagend die Augen – es freute mich zu sehen, dass sie

Temperament hatte – und knickste. »Ich bitte um Vergebung für all meine Unzulänglichkeiten, Durchlaucht.«

»Wann soll die neue Königin denn eintreffen?«, fragte ich.

»Ach, da ist noch nichts entschieden«, antwortete Elizabeth. »Aber der Kreis wird kleiner.« Sie kaute einen Moment nachdenklich an einem Fingernagel, dann sagte sie: »Catherine, für heute habe ich genug von dir. Lass mich jetzt allein.«

Die kleine Howard flüchtete erleichtert aus dem Zimmer.

»Wirst du denn dann an den Hof zurückkehren?«, fragte ich meine Cousine. »Du würdest doch sicher Erste Hofdame werden.« Sie hatte immerhin sechzehn Jahre lang Katharina von Aragón gedient.

»Möglich.«

»Dann wirst du aber eine neue Garderobe brauchen«, rief ich und klatschte in die Hände, als wäre mir soeben eine Idee gekommen. »Nimm das Silberlamékleid, Elizabeth. Es lässt sich leicht reinigen und ausbessern. Und all die anderen eleganten Kleider, die Gertrude Courtenay mir geschenkt hat – die sollst du auch haben. Wir haben ja ungefähr die gleichen Maße.«

Elizabeths Gesicht leuchtete auf. Es gelang ihr nicht ganz, ihre Freude zu verbergen, obwohl sie wusste, wie unangebracht sie war. »Nun gut«, sagte sie dann beherrscht, »wenn es möglich ist, sie dort abzuholen. Ich könnte hier sicher Platz für sie schaffen. Aber ist das wirklich dein Wunsch, Joanna?«

»O ja, ich möchte dir die Kleider schenken«, versicherte ich. Und es war ja auch so. Ich würde sie bestimmt nie wieder tragen.

Elizabeth lief plötzlich mit ausgebreiteten Armen auf mich zu und umarmte mich. »Das ist lieb von dir, Joanna. Wirklich, sehr lieb. Wenn ich irgendetwas für dich tun kann –«

Ich ließ einen Moment verstreichen, dann sagte ich: »Du kannst mit dem Herzog über meine Rückkehr nach Dartford sprechen.«

Mit einem schnellen Schritt trat sie von mir weg. »Nein, das kann ich nicht«, entgegnete sie. »Der Herzog wäre niemals damit einverstanden. Es ist deine eigene Schuld, Joanna. Du hättest dich gar nicht erst mit dem Kind in Dartford niederlassen dürfen. Das war unpassend – niemand hat das damals gebilligt.«

»Das ›Kind‹, wie du ihn nennst, ist Margarets Sohn«, sagte ich.

»Aber das weiß ich doch«, rief sie, und zum ersten Mal entdeckte ich in ihren Augen etwas von der Warmherzigkeit, von der Margaret mir immer wieder erzählt hatte. »Ich wünsche mir schon so lange, Arthur zu sehen – ich wollte Margaret an ihrem Ende zur Seite stehen. Es war unmöglich. Ich bin nach den Ehefrauen und Töchtern des Königs und nach Lady Margaret Douglas, seiner Nichte, die Frau von höchstem Rang in diesem Land, aber ich verfüge weder über Macht noch Einfluss.«

Elizabeth hatte sich immer schon über die Schwäche unseres Geschlechts empört. Andere Frauen ließen sich jeden Tag Kränkungen, wenn nicht gar Misshandlungen gefallen. Nicht so Elizabeth. Das war einer der Gründe, weshalb sie den schockierenden Schritt gewagt und ihren Mann verlassen hatte. Sie war nicht mehr bereit gewesen, sich ihm bedingungslos zu unterwerfen.

»Warum bist du hierher zurückgekehrt?«, fragte ich.

»Ich hatte keine Wahl«, antwortete sie. »Mein Gemahl war nicht bereit, mir eine angemessene Apanage auszusetzen, nachdem ich ihn verlassen hatte. Ich besitze kein eigenes Vermögen. Niemand wollte etwas mit mir zu tun haben, nicht einmal meine Kinder. Sie stellten sich auf die Seite ihres Vaters. Deine gute Freundin Gertrude Courtenay ließ mich genauso im Stich wie alle anderen. Ich fragte meinen Bruder Henry, ob ich nach Stafford Castle übersiedeln und dort mit ihm und seiner Familie zusammenleben könne – und weißt du, was er getan hat? Er hat meinem Gemahl geschrieben, dass er nicht bereit sei, mich aufzunehmen – *mich* hat er nicht einer Zeile gewürdigt. Ich bin eine viel zu skandalöse Person.«

»Vielleicht wird er mich auch nicht aufnehmen wollen«, sagte ich hoffnungsvoll.

Elizabeth machte eine wegwerfende Geste. »Ich bin die Herzogin von Norfolk, und du bist ein Niemand, Joanna. Das ist ein Unterschied.« Sie seufzte. »Diese Einigung hat Cromwell ausgehandelt. Ich habe eingewilligt, einen Versuch zu machen, aber ich werde meinem Gemahl nie wieder die geringste Zuneigung entgegenbringen. Meine Bedingung war, dass er nicht gewalttätig wird und mich nicht damit demütigt, dass er seine Huren ins Haus schleppt. Dafür werde ich hier den Haushalt führen, auch wenn das weiß Gott nicht einfach ist. Er möchte Weihnachten in großem Stil feiern. Lächerlich. Jeder in der Familie kommt und geht, wie es ihm beliebt, und die Konten sind ein einziges Chaos. Die Howards sind eine üble Sippschaft. Das habe ich meinem Vater schon gesagt, als er mich zu dieser Ehe zwang. Er hat mich ausgelacht – aber ich hatte recht.«

Beim Anblick ihrer niedergeschlagenen Miene kam mir ein neuer Gedanke.

»Lass mich dir helfen, Elizabeth«, sagte ich. »Ich kann Catherine in der Nadelarbeit und all den anderen Dingen unterrichten, die sie als Hofdame brauchen wird. Und ich helfe dir bei den Vorbereitungen für die Weihnachtszeit.«

Elizabeths Stimmung hellte sich auf. »Würdest du das wirklich tun, Joanna?«

Es bedrückte mich, sie so zu täuschen, trotzdem sagte ich zu. Southwark lag so nahe an Dartford, nur zwei Stunden zu Pferd! Wenn es mir gelang, mich hier unentbehrlich zu machen, würde ich vielleicht doch einen Weg finden, nach Hause zu kommen. Von Stafford Castle aus wäre das sehr viel schwieriger.

Elizabeth sprach mit ihrem Mann, und mir wurde gestattet, über Weihnachten zu bleiben. Doch wurde mir die strikte Einhaltung gewisser Regeln auferlegt, da der Herzog mir offensichtlich nicht traute. Arthur Bulmer durfte das Haus nicht betreten. Ich durfte mit niemandem korrespondieren. Ich durfte nicht über das Schicksal der Courtenays und der Montagues sprechen. Ich durfte keine Bücher lesen. Diese letzte Vorschrift blieb mir völlig unverständlich, bis Elizabeth mir erklärte, dass der Herzog die Literatur hasste und überzeugt war, das Buchwissen hätte das Königreich zugrunde gerichtet. Literatur, Theologie und Politik waren Tabuthemen in Howard House.

Alle in der Familie fügten sich ängstlich den Verordnungen des Herzogs, nur einer nicht – der Graf von Surrey, Norfolks einundzwanzigjähriger Sohn und Erbe. Surrey brach sämtliche Regeln.

An meinem vierten Tag in Howard House erschien er mit seiner Frau Frances zum Essen. Wie Catherine Howard erinnerte auch er sich unserer Begegnung bei dem Fest im vergangenen Jahr, doch hatte er jetzt anderes als Feiern im Kopf. Ihn beschäftigten die angespannten politischen Verhältnisse bei Hof. »Es gibt keine konkreten Beweise gegen Courtenay und die anderen«, erklärte er. »Sie werden vielleicht für lange Zeit im Tower eingekerkert werden, aber der König wird nicht zulassen, dass Cromwell diese braven Männer hinrichten lässt, ohne dass dafür die geringste Grundlage gegeben ist.«

Ich konnte es kaum erwarten, ihn zu befragen, um mehr über das Schicksal meiner Freunde zu erfahren. Doch Elizabeth, die offenbar ahnte, was in mir vorging, schüttelte warnend den Kopf.

Surrey sprang zornig auf und schleuderte einen Trinkbecher in den offenen Kamin, wo er in Scherben ging. »Cromwell geht es vor allem darum, niedrige Kreaturen seines eigenen Schlags im Gefolge des Königs unterzubringen«, schimpfte er laut.

Meine nächste Begegnung mit Surrey war unangenehm persönlicher Natur. Ich lag in meinem Zimmer und schlief, als grölender Gesang auf dem Korridor mich weckte. Als ich vorsichtig meine Tür einen Spalt öffnete, um zu sehen, was vorging, bemerkte ich Surrey, der an die Wand gelehnt stand, und neben ihm seine Mutter

»Ihr!«, schrie er sie an. »Ihr verfolgt meinen Vater mit Eurem Hass.« Er stürmte zu meinem Zimmer und stieß die Tür mit solcher Gewalt auf, dass das Holz splitterte. »Ich werde jetzt mit Eurer Cousine sprechen«, rief er seiner Mutter zu.

Jetzt, da er nahe war, nahm ich den Geruch von Erbrochenem auf seinen Kleidern wahr. Sein Gesicht war hochrot und glänzte vor Schweiß. Männer tranken leicht einmal zu viel Wein, das wusste ich. Doch dieser Grad der Trunkenheit war widerwärtig.

»Sie ist auch *Eure* Verwandte«, sagte Elizabeth, sichtlich um mich besorgt. Doch das konnte ihn nicht besänftigen.

»Ich will nicht mit *Euch* reden«, fuhr er sie an. »Ich will mit Joanna Stafford reden.«

»Dann tut das«, sagte ich angewidert. »Sagt, was Ihr zu sagen habt, und lasst mich in Ruhe.«

Surrey stieß seine Mutter in den Gang hinaus und schlug die Tür zu. »Ich weiß genau, was die Leute hinter meinem Rücken tuscheln. Mein Vater hätte für Anne Boleyn den Kuppler gespielt. Aber das ist eine verdammte Lüge. Die Boleyns haben nie auf ihn gehört. Sie haben immer getan, was ihnen beliebte. Was haben wir denn von dieser Heirat gehabt? Nichts. Er hat mir erzählt, dass sie ihn schlimmer behandelt hat als einen Hund.«

Eine Erinnerung regte sich. Wenige Tage vor seinem Tod hatte mein Vater mir eine unfassbar schmutzige Geschichte über Norfolk erzählt. In der Zeit von Königin Annes Schwangerschaft war der König meiner schönen Cousine Margaret begegnet und hatte, von Lust entbrannt, die Tochter des Mannes, den er einst hinrichten ließ, zu seiner Mätresse machen wollen. Er beauftragte Norfolk, sie zu ihm zu bringen, und Norfolk hatte tatsächlich versucht, sie zur Einwilligung zu zwingen, weil er meinte, als Mätresse des Königs könnte seine Schwägerin ihm von Nutzen sein. Als Margaret geflohen war, hatte mein Vater sie in seinem Haus versteckt gehalten, bis sie in den Norden zurückreisen konnte.

Möglich, dass der Herzog seine Nichte Anne Boleyn am Ende verabscheute, doch ich vermutete, dass er anfangs auch bei dieser Liebschaft den Kuppler gespielt hatte. Anscheinend waren mir meine Zweifel anzusehen, denn Surrey verdoppelte seine Bemühungen, mich von der Ehrenhaftigkeit seines Vaters zu überzeugen.

»Warum ist es Euch so wichtig, was ich denke?«, fragte ich müde.

»Ich möchte, dass Ihr die Wahrheit kennt – alle sollen die Wahrheit erfahren.« Er wurde plötzlich kreidebleich, drückte beide Hände auf den Mund und stolperte in den Korridor hinaus.

Ich hörte ihn husten und würgen. Elizabeth, die draußen auf ihn gewartet hatte, redete beruhigend auf ihn ein.

»Ach, Mutter«, jammerte Surrey und begann zu weinen. Seine kindlichen Klagen schallten durch den Korridor und wurden allmählich leiser, als er sich in sein Zimmer zurückzog. Das unglückliche Haus versank wieder in Schweigen.

Kapitel 26

Ich hielt das Versprechen, das ich Elizabeth gegeben hatte, und lehrte Catherine Howard die Fertigkeiten, die sie bei Hof brauchen würde. Ich half bei den Vorbereitungen für das Weihnachtsfest und bei der Planung des Festmahls, für das Braten, Gebäck und süße Leckereien zubereitet werden mussten.

Doch meine Sehnsucht nach meinen Dartforder Freunden war so groß wie nie zuvor. In diesem Haus gab es niemanden, der mir Bruder Edmund oder Schwester Winifred, beide so uneigennützig und von Herzen fromm, hätte ersetzen können. Auch weilte ich in Gedanken oft bei Geoffrey. Manchmal sah ich ihn, wenn ich mich nachts schlaflos in meinem Bett wälzte, aus dem Schatten des Alkovens im Haus der Courtenays treten. Dann nahm er mich so fest in seine Arme, dass der raue Silberlamé meines Kleides brennend auf meiner Haut rieb. Doch wenn ich mich morgens beim Erwachen meiner Schwäche erinnerte, überkam mich stets eine tiefe Scham. Für Geoffrey Scovill wäre es das Beste, nie wieder etwas mit mir zu schaffen zu haben. Er hatte durch mich selten Freude erlebt, und wenn wir in Zukunft aufeinandertreffen sollten, konnte ihm das den Tod bringen.

Die Sorge um Arthur quälte mich Tag und Nacht. Mein Vater hatte ihn meiner Obhut anvertraut – und wie kläglich hatte ich versagt. Wer kümmerte sich jetzt um ihn? Wie erging es ihm?

Norfolks grausames Verbot, Arthur zu mir zu holen oder wenigstens mit jenen, die ihn betreuten, Verbindung aufzunehmen, erfüllte mich mit tiefer Verzweiflung. Ich vermutete, dass Schuldgefühle wegen Margarets Tod hinter seiner Haltung steckten. Meine Cousine Elizabeth sorgte sich beinahe so sehr um Arthur wie ich, das wusste ich. Doch sie konnte nichts tun – sie befand sich selbst in einer äußerst heiklen Lage. Eines Abends, nach einem Streit mit dem Herzog, weinte sie sich in meinen Armen aus.

»Worum ging es denn bei dem Streit?«, fragte ich.

»Er will unsere Tochter Mary mit Thomas Seymour verheiraten, einem sittenlosen Rüpel und Verschwender. Ich weiß, dass Mary Seymour verabscheut und habe versucht, sie zu verteidigen. Sie hat sich geweigert, diesen Mann zu heiraten, und bleibt London fern. Oh, wie er mich beschimpft hat.«

Als ich Elizabeth trösten wollte, merkte ich bald, dass ich dieser Aufgabe nicht gewachsen war. Zwar versuchte ich zu tun, was Margaret getan hätte, ich leistete ihr Zuspruch, legte ihr beruhigende Kompressen auf, bürstete ihr das Haar und betete mit ihr zusammen, doch ich war selbst so gedrückter Stimmung, dass es mir nicht gelang, sie aufzuheitern. Hinzu kam, dass zwischen uns eine ständige Spannung bestand, weil sie es ablehnte, mich bei meinen Plänen einer Heimkehr nach Dartford, zu unterstützen. »Quäle mich jetzt nicht damit«, wehrte sie jedes Mal ab, wenn ich davon anfing.

Catherine Howard war die Einzige, die meine zunehmende Niedergeschlagenheit bemerkte, obwohl ich mich nach Kräften bemühte, sie zu verbergen. Sie kannte die Schattenseiten des Lebens aus eigener Erfahrung und war keineswegs »die hübsche kleine Einfalt«, als die Elizabeth sie gern bezeichnete. Sie sprach selten von ihrer Vergangenheit, doch ich erfuhr, dass ihre Kindheit von Not und Vernachlässigung geprägt gewesen war. Niemanden hatte es gekümmert, was aus ihr wurde, bis der Herzog sie als Kandidatin für eine Stellung bei Hof entdeckte. Und auch jetzt war nicht ihr Glück das Wichtige – was zählte, war allein die Möglichkeit, dass sie es weit genug bringen könnte, um dem

Familienclan von Nutzen zu sein. Es war klar, dass man von ihr eine Heirat mit einem vermögenden Mann erwartete, die die Howards von allen finanziellen Pflichten ihr gegenüber entbinden würde.

»Wenn Ihr hier so unglücklich seid«, sagte sie eines Morgens zu mir, als wir über einer Handarbeit saßen, »warum geht Ihr dann nicht nach Stafford Castle?«

»Ich habe mir in Dartford ein eigenes Leben geschaffen, mit Freunden und einem kleinen Jungen, der mich braucht«, antwortete ich. »Ich möchte eine Tapisseriewirkerei eröffnen. Jetzt steht mein Webstuhl unbenutzt in einer Lagerhalle.«

»Ich bringe kaum einen ordentlichen Kreuzstich zuwege, und Ihr wollt ganze Tapisserien herstellen?«, fragte sie voll ehrfürchtiger Bewunderung.

»Catherine, Eure Stickerei ist besser, als Ihr Euch zugesteht«, sagte ich und wies auf die Arbeit auf ihrem Schoß. »Ihr habt große Fortschritte gemacht.«

Selbst das kleinste Lob machte sie über die Maßen glücklich, so ausgehungert war sie nach ein wenig Anerkennung.

»Ich habe aber auch eine vortreffliche Lehrerin«, erwiderte sie mit einem Lächeln, das ein Grübchen in ihrer weichen Wange zum Vorschein brachte.

An einem kalten Freitagmorgen Ende November änderte sich alles. Ich hatte noch keine Nahrung zu mir genommen, denn ich war entschlossen, den ganzen Tag zu fasten, was ich schon viel zu lange nicht mehr getan hatte.

Ein leises Klopfen an der offen stehenden Tür riss mich aus meinen Gedanken. Catherine winkte mir aufgeregt, zu kommen.

Widerstrebend legte ich meine Stickerei weg und ging zur Tür. »Ist etwas passiert?«

»Ihr müsst mitkommen. Jetzt gleich«, sagte sie und zog mich aus dem Zimmer.

»Was ist denn?«, fragte ich, als wir durch den Korridor liefen. Doch sie antwortete nicht.

Wenig später blieb Catherine vor einer Tür am Ende des langen Ganges stehen und zog einen Schlüssel aus der Tasche.

»Was tut Ihr da?«, fragte ich ungeduldig.

»Pscht«, machte Catherine und schob kichernd den Schlüssel ins Türschloss.

»Es freut mich, dass Ihr so guter Laune seid, aber ich muss darauf bestehen, dass Ihr mir verratet, was wir hier tun«, sagte ich energisch.

Catherine flüsterte: »Vorhin ist ein Mann gekommen, der Euch sprechen möchte, und ich habe ihn hier versteckt.«

Geoffrey. Er hatte unsere Trennung nicht länger ertragen können. Eine wilde Freude durchzuckte mich, die jedoch sogleich von Furcht erstickt wurde. Wie konnte er so tollkühn sein, sich in Norfolks Haus zu wagen?

Sobald die Tür offen war, stürmte ich noch vor Catherine in den Raum, eine dämmrige Kammer voll alter Möbel.

Aus der Dunkelheit trat mir Bruder Edmund entgegen.

»Schwester Joanna«, sagte er, »ich bin gekommen, um Euch nach Hause zu holen.«

Kapitel 27

»Wollt Ihr nicht mit mir sprechen, Schwester Joanna?«, fragte Bruder Edmund.

Ich konnte kein Wort hervorbringen. Es war zu unglaublich, dass er nach dieser langen Zeit wirklich und wahrhaftig vor mir stand. Ich starrte ihn an, wie um mir jede vertraute Einzelheit für immer einzuprägen: das aschblonde Haar, das ein wenig zu lang war, weil er sich nie die Zeit nehmen wollte, es zu schneiden; das praktische dunkelbraune Wams, das ich mit ihm zusammen beim Schneider bestellt hatte, nachdem wir unsere Klostergewänder hatten ablegen müssen; die schmutzverkrusteten festen Schuhe. Er musste den ganzen Weg von Dartford bis zum Howard House zu Fuß gegangen sein.

»Ihr seid es – «, schluchzte ich.

Er kam sofort zu mir, um mich zu trösten. Seine Umarmung war anders als die von Geoffrey Scovill. Er drückte mit einer Hand meine Schulter und klopfte mir mit der anderen zart den Rücken. »Ich bin ja hier. Beruhigt Euch. Ich bin hier«, sagte er.

»Ihr seid mein Freund«, stieß ich hervor wie ein kleines Kind. Bruder Edmund lächelte. »Hat nicht Euer liebster Dominikaner Thomas von Aquin gesagt: ›Nichts auf Erden ist höher zu preisen als wahre Freundschaft‹?«

»Ja«, sagte ich. »O ja.« Ich drehte mich nach Catherine um. »Danke Euch.«

Sie berichtete, dass sie Bruder Edmund am Morgen von ihrem Fenster aus den Weg hatte heraufkommen sehen. Er war ihr, genau wie ich, von dem Fest im vergangenen Jahr bekannt; sie hatte uns beide damals angesprochen, bevor wir unsere Masken anlegten. Als sie ihn bemerkte, war sie hinausgelaufen, um zu erfahren, was ihn hierherführte. Ein paar Worte reichten, um sie davon zu überzeugen, dass es das Beste war, ihn ins Haus zu bringen und dort zu verstecken, bis sie mich holen konnte.

»Wie geht es Arthur?«, fragte ich.

»Es geht ihm gut, Schwester Joanna, macht Euch keine Sorgen. Er lebt bei mir und Schwester Winifred.« In allen Einzelheiten berichtete er mir von Arthurs Ankunft und seinem täglichen Tun und Treiben. »Natürlich vermisst Arthur Euch, genau wie ich Euch vermisse.« Hastig fügte er hinzu: »Und natürlich Schwester Winifred und Schwester Beatrice und alle anderen – Schwester Eleanor und Agatha und Rachel. Wir alle vermissen Euch.«

»Woher wusstet Ihr, dass ich hier bin?«, fragte ich.

Als Geoffrey Scovill Arthur nach Dartford gebracht hatte, hatte er Bruder Edmund von den Verhaftungen berichtet und auch, dass der Graf von Norfolk Lord Dudley gezwungen hatte, mich in seine Obhut zu übergeben. »Mr Scovill sagte, er wisse zwar nicht, wohin man Euch gebracht habe, doch Ihr würdet im rechten Moment mit ihm Verbindung aufnehmen. Er riet abzuwarten.«

Geoffrey hatte ihm offensichtlich nichts von Norfolks Drohung gesagt, ihn hängen zu lassen, sollte er sich noch einmal in meine Nähe wagen.

Catherine sagte: »Aber Ihr habt nicht abgewartet.«

»Nein«, antwortete Bruder Edmund. Seine Wangen röteten sich leicht. »Mir fiel sofort dieses Haus ein, das ich ja von unserem gemeinsamen Besuch her kannte, Schwester Joanna. Deshalb beschloss ich, als Erstes hierher zu reisen.«

Catherine hatte Bruder Edmund bereits von Norfolks Plänen für mich unterrichtet.

»Ich werde mit dem Herzog sprechen, sobald er zurückkommt, und dafür eintreten, dass er Euch mit mir nach Dartford reisen lässt«, sagte Bruder Edmund.

Catherine und ich tauschten einen entsetzten Blick.

»Der Herzog wird nicht auf Euch hören, Bruder Edmund«, entgegnete ich. »Ich danke Euch, dass Ihr mir helfen wollt, aber Ihr werdet Euch nur seinen Zorn zuziehen.«

Bruder Edmund schwieg, den Blick aus dem Fenster gerichtet. Seine Mundwinkel zogen sich ein wenig abwärts – ich kannte dieses Mienenspiel. Mit seinem von den Dominikanern geschulten Verstand unterzog er das Problem einer scharfen Prüfung.

»Ich wüsste nicht, woher der Herzog von Norfolk die Autorität nimmt, über Euch zu bestimmen«, sagte er nach einer kleinen Weile. »Er ist weder Euer Vater noch Euer Bruder oder Ehemann. Die Tatsache, dass er mit Eurer Cousine Elizabeth verheiratet ist, verleiht ihm nicht das Recht, darüber zu entscheiden, wo *Ihr* zu leben habt. Es wäre etwas anderes, wenn Euch ein Verbrechen vorgeworfen würde und ihm gesetzliche Vollmacht erteilt worden wäre. Aber das ist nicht der Fall. Ihr habt lediglich den Wunsch, ein Leben zu führen, das ihm nicht gefällt.«

»Das klingt ja alles sehr vernünftig«, meinte ich, »aber er braucht nur einen Befehl zu erteilen, und alle gehorchen ihm.«

»Ja, hier in diesem Haus. Deshalb, finde ich, sollten wir die Angelegenheit seinem Einflussbereich entziehen und in London rechtlichen Beistand suchen«, erklärte Bruder Edmund.

Ich sah ihn entgeistert an. Es war lachhaft zu glauben, ein Advokat könnte etwas gegen einen Angehörigen des Hochadels ausrichten, noch dazu einen, der Armeen befehligte.

»Ich sehe, Ihr seid skeptisch«, sagte Bruder Edmund. »Aber Ihr solltet die Möglichkeit einer rechtlichen Lösung nicht ausschließen. In den letzten zwanzig Jahren sind Rechtsbeistände zu einer Kraft geworden, mit der man rechnen muss. Hat nicht der König selbst auf das Recht des Landes zurückgegriffen, als der Papst ihm die Scheidung verweigerte?«

»Die beiden Fälle sind wohl kaum vergleichbar«, entgegnete ich. »Aber ich gebe zu, es ist ein Plan, und wahrscheinlich der einzige, der funktionieren könnte.«

Catherine wollte unbedingt helfen. Sie und ich würden unter dem Vorwand, einen Spaziergang machen zu wollen, gemeinsam das Haus verlassen. Bruder Edmund wollte uns an der Straße erwarten, und von dort aus würden wir, er und ich, uns auf den Weg durch Southwark zur London Bridge machen. Da Norfolk zweifellos sofort seine Leute nach Dartford entsenden würde, um mich dort zu suchen, wollten wir Unterkunft in einem Londoner Gasthaus nehmen, bis die rechtlichen Auseinandersetzungen begannen.

Im Nu waren Catherine und ich aus dem Haus. A ls ich mich an der Straße, wo Bruder Edmund unter einer kahlen Eiche wartete, von ihr verabschiedete, drückte sie mir eine Börse mit Münzen in die Hand. Ich wusste, dass das ihr ganzes Geld war, und wollte ihr die Börse zurückgeben, doch das ließ sie nicht zu.

»Ihr werdet mir fehlen, Joanna«, sagte sie mit zitternder Stimme. »Ihr seid der einzige Mensch, der freundlich zu mir war, ohne eine Gegenleistung zu erwarten.«

Wir umarmten einander noch einmal, dann trat ich an der Seite von Bruder Edmund den Weg nach London an. Jedes Mal, wenn ein Reiter vorbeitrabte, krampfte sich mein Magen zusammen. Ich fürchtete ständig, die schwarz-goldene Livree zu sehen und jemanden laut meinen Namen rufen zu hören. Doch niemand achtete auf uns. Die Straßen wurden belebter, die Herrschaftshäuser blieben zurück. Wir gelangten in den raueren Teil Southwarks – und endlich zur London Bridge.

Vom Südufer der Themse aus war es ein fantastischer Anblick. Häuser und Läden, alle in unterschiedlichen Farben gestrichen, drängten sich auf der steinernen Brücke. Ich hatte gehört, dass Buchmacher, Kaufleute und Künstler in diesen Häusern hoch über der Themse lebten.

»Oh, da wartet ja schon eine ganze Schlange«, sagte Bruder Edmund bedauernd und zeigte auf die lange Reihe wartender Fußgänger neben dem Strom von Pferden und Fuhrwerken, der sich in die enge dunkle Öffnung, mehr Tunnel als Brücke, bewegte. »Das könnte länger dauern, als uns lieb ist.« Er warf einen Blick auf die Holzbank vor dem Haus, neben dem wir, etwas abseits vom Gedränge, stehen geblieben waren.

»Wollt Ihr Euch nicht setzen?«, fragte er. »Ich erkundige mich inzwischen. Ihr seht müde aus, und bis Lincoln's Inn haben wir noch ein ganzes Stück zu laufen.«

Ich setzte mich, und während ich Bruder Edmund nachsah, der den Rest des Wegs zur Brücke eilte, merkte ich, wie gut mir diese kleine Rast tat.

Von der anderen Straßenseite hörte ich ein seltsames raues Brüllen, dem lautes Jubelgeschrei folgte. Es schien von jenseits einer hohen Wand aus Holzplanken zu kommen, die zu einem gewaltigen Ring zusammengeschlossen waren. Wieder stieg das heisere Brüllen auf – ich hatte ein solches Geräusch noch nie gehört. Doch ich konnte nichts sehen; die hohe Bretterwand des Rings versperrte mir die Sicht.

Ein alter Mann, der neben der Bank stand, bemerkte meine Neugier.

»Das sind die Bären, Miss«, sagte er.

Ich starrte ihn an. »In Southwark gibt es Bären?«

»Sie fangen sie in fernen Gegenden ein und bringen sie nach

Southwark«, erklärte er. »Die Leute sparen monatelang für einen Ausflug zur Bärenhatz.«

Ich schluckte. An irgendetwas erinnerte mich diese Geschichte mit den Bären.

Eine Rotte junger Männer führte jetzt Hunde in die Arena, große Hunde. Ich wusste, dass sie auf den gefangenen Bären gehetzt werden sollten, aber nicht, wie genau diese grausame Jagd vonstattenging.

Plötzlich überlief es mich eiskalt. Ich hörte Orobas' dumpfe Stimme, die den Geist einer lang verstorbenen sächsischen Nonne heraufbeschwor: *Baut auf den Bären, wenn ihr den Stier schwächen wollt.*

Und sogleich kam mir Schwester Elizabeth Bartons Prophezeiung in den Sinn. Warum überfielen mich gerade jetzt, mitten im lärmenden, schmutzigen Southwark, diese Erinnerungen? Ich hatte keine Ahnung, doch ich konnte die Worte nicht zurückdrängen: *Wenn der Rabe das Seil erklimmt, muss der Hund sich in die Lüfte erheben wie der Falke.*

Ich spürte Gertrude Courtenays Blick auf mir, diesen Blick inständigen Flehens, mit dem sie mich auf dem Weg zum Fuhrwerk angesehen hatte. *Tu etwas*, hatte dieser Blick mich angefleht. Doch ich hatte nie eine Ahnung gehabt, was ich überhaupt tun konnte.

»Schwester Joanna?« Bruder Edmund war schon zurück. »Was ist passiert?«, fragte er drängend. »Ihr seht aus, als wäre Euch ein Geist begegnet.«

»Es ist nichts«, antwortete ich. »Nur die Bärenhatz. Nichts weiter.«

Er sah mich verwundert an. »Habt Ihr so große Angst vor Bären?«

Ich sprang auf. »Können wir jetzt hinüber?«

Da die Brücke so schmal war und der Wagenverkehr so dicht, erklärte Bruder Edmund, dürften alle, die zu Fuß hinüber wollten, nur einzeln hintereinander gehen. Wir würden warten müssen, bis wir an der Reihe waren, und das könne sich noch gut eine Stunde hinziehen.

»Das macht nichts«, murmelte ich, immer noch mit den Bären und ihrem schmerzlichen Gebrüll beschäftigt.

»Wartet, Schwester Joanna.«

Bruder Edmund war stehen geblieben. Er hatte die Arme über der Brust gekreuzt und sah mich ernst an. »Ich muss wissen, was passiert ist«, sagte er. »Euch hat doch etwas ganz anderes so in Angst versetzt.«

Ich durfte Bruder Edmund kein Wort verraten.

»Wenn Ihr mir sagt, was geschehen ist, kann ich helfen«, drängte er.

»Bruder, wir müssen über die Themse«, sagte ich.

Er gab auf. In gespanntem Schweigen legten wir die letzten Schritte zur Brücke zurück. In mir tobte ein heftiger Kampf. Ich dachte daran, welch eine Stütze Bruder Edmund mir bei der verzweifelten Suche nach der Athelstan-Krone gewesen war. Wie hilfreich seine Klugheit war und ebenso seine Lauterkeit und sein Mitgefühl.

Kurz vor der Menschenschlange an der Brücke blieb ich stehen und zog Bruder Edmund weg vom Gedränge in eine schmutzige kleine Gasse, wo niemand uns sehen und hören konnte. Er war nicht erstaunt, und er widersetzte sich nicht. Er wusste, dass ich ihm jetzt sagen würde, was er wissen wollte.

»Ich war siebzehn«, begann ich, »als meine Mutter mit mir nach Canterbury reiste.«

VIERTER TEIL

Kapitel 28

Bruder Edmund hörte sich meine Geschichte von den zwei Prophezeiungen, die mich wider meinen Willen einem unbekannten und von mir gefürchteten Schicksal entgegenführten, schweigend und mit ungeteilter Aufmerksamkeit an. Nur einmal unterbrach er mich, nachdem ich berichtet hatte, dass Schwester Elizabeth Barton die Worte einer anderen Seherin, einer Mother Shipton aus Yorkshire, wiederholt hatte: *Reitet die Kuh einst auf dem Stier, dann, Priester, geht's ans Leder dir.*

»Das habe ich schon gehört«, sagte er. Und dann: »Fahrt fort.«

Als ich geendet hatte, schwieg er lange und starrte mit leicht zusammengezogenen Brauen auf die schmutzbedeckte Mauer der Gasse. Dann wandte er sich mir zu. »Glaubt Ihr daran?«, fragte er.

Ich holte tief Atem. »Diese Frage habe ich mir so oft gestellt und immer wieder über alles nachgedacht – über Schwester Elizabeths Widerruf und Gertrudes Erklärung dafür, warum sie widerrufen hat. Und natürlich auch über die Möglichkeit, dass Orobas nur ein Scharlatan war, der es auf Gertrudes Geld abgesehen hatte. Ich weiß nicht, was ich von all dem halten soll. Ich drehe mich endlos im Kreis, es ist eine Qual.«

Ich legte ihm die Hand auf den Arm. »Sagt mir, Bruder Edmund, wie *Ihr* darüber denkt. Kann es solche Prophezeiungen überhaupt geben?«

»Oh, Propheten und Seher, Hexen und Geisterbeschwörer gibt es zuhauf, und alle behaupten sie, in die Zukunft sehen zu können«, antwortete Bruder Edmund. »Wie viel davon wahr ist, lässt sich unmöglich sagen. Natürlich gibt es Schwindler, die den

Leichtgläubigen nur das Geld aus der Tasche ziehen wollen. Aber Eure Erfahrungen, das, was Ihr gesehen und gehört habt, lassen mich doch glauben …«

Zu meiner Verblüffung lächelte Bruder Edmund. Das hatte ich nicht erwartet. Ich hatte geglaubt, er werde sich um mich ängstigen. »Schwester Joanna, ich glaube wirklich, dass hinter diesen Prophezeiungen eine Wahrheit steckt.«

Ich erschrak. »Und das ist Euch willkommen?«

»Es ist erschreckend, gewiss, und sehr mysteriös, aber überlegt nur einmal, wenn es wahr ist, dann seid Ihr die Ausersehene«, sagte er.

»Die Ausersehene?«, wiederholte ich verständnislos.

Er nahm mich bei den Armen und schüttelte mich, nicht im Zorn, sondern vor Erregung. »Durch Euch würden die *Klöster* wieder ins Leben gerufen.« Unsere Gesichter waren keine Handbreit voneinander entfernt – seins war wie verklärt. Eine starke Sehnsucht ging von ihm aus. Er hatte sein Leben als Dominikanermönch verloren, doch die Berufung war geblieben. Wir alle waren gezwungen worden, unseren Traum aufzugeben. Doch jetzt, nach dem, was ich enthüllt hatte, schien eine Erneuerung möglich. Warum also stürmte ich nicht voran, um die alte Ordnung, die unser Leben bestimmt hatte, wiederherzustellen? Ich trat mit so heftiger Bewegung von ihm weg, dass ich mit dem Rücken gegen die Backsteinmauer prallte.

Am Ende der Gasse lachte jemand laut, und ein Mann grölte: »So ist's recht, Bursche – nimm sie dir, wo du kannst.«

Bruder Edmund trat einen Schritt zurück. Ich errötete tief.

Immer noch lachend machten die beiden Männer sich davon.

Ich räusperte mich. »Ich verstehe das alles nicht«, sagte ich. »Diese Bilder von allen möglichen Tieren – warum müssen diese Prophezeiungen so dunkel und geheimnisvoll sein?«

»Prophezeiungen sind gefährlich«, erwiderte Bruder Edmund, der seine Gelassenheit wiedergefunden hatte. »Der König weiß das, deshalb fürchtet und hasst er sie. Er hat sie für ›teuflische Fantasterei‹ erklärt. Von Prophezeiungen dessen, was kommen wird, können Menschen sich zu Akten der Gewalt und der Verzweiflung verleiten lassen. Wisst Ihr etwas über Codes?«

Ich schüttelte den Kopf.

»Ausländische Botschafter und Staatsmänner – und die Spione in ihren Diensten – bedienen sich in ihren Mitteilungen oft geheimer Codes, um Sinn und Bedeutung ihrer Nachrichten vor anderen, die sie missbrauchen könnten, zu verbergen. Tiere oder Pflanzen zum Beispiel können für bestimmte Personen oder Ereignisse stehen. Aber ein Code ist natürlich nur dann sinnvoll, wenn beide Parteien die Bedeutung verstehen: der Absender und der Empfänger.«

»Aber darum geht es ja gerade«, sagte ich. »Ich verstehe *nichts.*«

»Codes sind nicht immer schwer zu entschlüsseln«, sagte Bruder Edmund. »Die Worte der Mother Shipton – *Reitet die Kuh einst auf dem Stier, dann, Priester, geht's ans Leder dir* – hat man weithin so verstanden, dass Anne Boleyn König Heinrich beherrscht.«

Es war, als öffnete sich eine Tür. »Der Stier ist der König«, rief ich. »Aber Orobas hat gesagt: *Baut auf den Bären, wenn ihr den Stier schwächen wollt.* Der Bär muss also für den Mann oder die Frau stehen, der König Heinrich schwächen wird. Aber wer ist der Bär?«, fragte ich. »Könnte *ich* der Bär sein?«

Bruder Edmund dachte einen Moment nach, dann schüttelte er den Kopf. »Ich habe keine Ahnung.«

»Warum überhaupt ich? Warum soll ausgerechnet ich auserwählt sein, irgendeine entscheidende Tat zu vollbringen? Schwester Barton hat zu mir gesagt: *Ihr seid die Ausersehene, die nachkommen wird.* Gertrude hat gesagt, ich würde die Retterin des wahren Glaubens in England sein. Und Orobas hat erklärt, die Zukunft des ganzen Königreichs hänge an einer Entscheidung von mir. Aber ich besitze weder Macht noch Einfluss über irgendjemand. Ich bin nicht einmal mutig.«

Bruder Edmund lächelte. »Darüber lässt sich streiten.« Er wurde wieder ernst. »Nun, ich könnte mir zwei Gründe vorstellen, weshalb das Los auf Euch gefallen ist. Erstens, Ihr seid eine Stafford. Ich weiß, dass Ihr nichts auf Eure adelige Abstammung gebt, aber durch sie habt Ihr Zugang zum Hof und zum König, und auch zu Cromwell, wenn Ihr das wünschen solltet.«

»Tue ich aber nicht«, sagte ich mürrisch. »Und der zweite Grund?«

»Ihr seid Dominikanerin. Vielleicht hat Schwester Elizabeth Barton mit ihrer Gabe, in die Zukunft zu sehen, bei Eurem Besuch schon gewusst, dass Ihr in unseren Orden eintreten würdet.«

»Aber warum sollte ich, nur weil ich Dominikanerin bin, zum Werkzeug einer Prophezeiung bestimmt sein? Es gibt andere Orden, die viel tiefer in der Mystik verankert sind.«

»Unserem Orden fehlt es nicht an einer zutiefst mystischen Orientierung«, beharrte er. »Wir sind von Gott umgeben. Das Wissen, das uns zuteilwird, die Weisheit und die Erkenntnis, sind mit dem Intellekt nicht fassbar. Zu diesem Wissen gehören auch Fingerzeige in die Zukunft.«

»Also kann jeder Dominikaner Prophet werden?«, fragte ich schockiert.

»Nein, nein, nein«, entgegnete er. »Nur sehr wenige verfügen über seherische Kräfte. Ach, hätte ich nur die Bücher eines dominikanischen Klosters zur Hand. Dann könnten wir versuchen, den Schlüssel zu diesen Prophezeiungen zu finden. Ohne Wissen gibt es nur Angst.«

Bruder Edmund hatte recht. Es war Zeit, die Flucht vor den Prophezeiungen aufzugeben. Wenn es mir gelänge, sie zu entschlüsseln, würde ich wenigstens durch Wissen einen gewissen Vorteil erlangen.

Doch ich sah sogleich die Schwierigkeit. »Die Klöster sind alle zerstört worden und mit ihnen ihre Bibliotheken«, sagte ich.

»Das größte von allen – Blackfriars – wurde erst kürzlich dem König übergeben«, meinte Bruder Edmund. »Vielleicht stehen die Bücher noch in der Bibliothek.«

»Kennt Ihr das Kloster?«, fragte ich.

Er nickte. »Ich war nach meiner Profess vier Jahre Ordensbruder dort. Wir könnten heute nach Blackfriars gehen und später weiter zum Lincoln's Inn. Das eine ist nicht weit vom anderen.«

Voll neuer Entschlossenheit reihten wir uns in die Schlange der Wartenden an der sechzig Fuß hohen London Bridge ein. Nachdem wir bezahlt hatten, schoben wir uns mit den anderen durch den Korridor, der so schmal war, dass die vorüberrumpelnden Fuhrwerke und Kutschen uns manchmal beinahe streiften.

Als wir auf dem Nordufer ans Tageslicht traten, empfingen uns die Rufe eines Buckligen, der den Leuten seine Dienste anbot. »Wohin wollt Ihr? Braucht Ihr ein Pferd? Ein Boot? Für ein paar Münzen kann ich Euch alles beschaffen.«

»Danke Euch, Sir, aber wir gehen zu Fuß. Wir wollen zum Kloster Blackfriars.«

Der Bucklige lachte. »Niemand geht zu Fuß zum Kloster Blackfriars«, sagte er und diente sich schon den nächsten Vorüberkommenden an.

»Was meint er damit?«, fragte ich.

»Das werdet Ihr bald sehen.« Bruder Edmunds Gesicht hatte einen schmerzlichen Zug.

Das Kloster Blackfriars ist das größte Dominikanerhaus in England, ein Wunder der Christenheit. Zwei Jahrhunderte lang erkannten seine Ordensbrüder keine andere Autorität an als die des Papstes. Ich hatte es trotz seiner Berühmtheit nie mit eigenen Augen gesehen. Das überraschte Bruder Edmund – wie so viele andere glaubte er, Zugehörigkeit zu einer vornehmen Adelsfamilie bedeute zugleich auch eine genaue Kenntnis Londons. Doch es gab viele Teile der Stadt, die ich nicht kannte.

Beim Kloster angekommen, traten wir durch einen imposanten Torbogen, in dessen Stein das Dominikanerwappen mit seinen Sternen und Lilien und dem Wort *Veritas* eingemeißelt war, und gelangten in einen mit Kopfsteinen gepflasterten Hof, so groß wie der des Winchester-Palasts. Hinter einem Pförtnerhaus zur Linken erhob sich, von hohen Steinmauern umschlossen, eine gewaltige Burg mit einem Friedhof und mehreren Nebengebäuden – die königliche Festung, die vor langer Zeit zu einem

Kloster geworden war. Einen solchen Ort würde man zu Pferd oder in einer Sänfte aufsuchen, nicht bescheiden auf Schusters Rappen.

Wir fanden den Pförtner, einen rotgesichtigen Mann in den Vierzigern, allein im Pförtnerhaus, wo er sich singend die Zeit vertrieb.

»Das ist Mr John Portinary«, stellte Bruder Edmund vor, »viele Jahre lang der unermüdliche Pförtner von Blackfriars.«

»Und stolz darauf, stolz darauf«, rief der Mann und schlug mit der Faust auf den Tisch. »Ach, es ist ein Segen, dass Ihr nicht hier wart, als der feige Prior uns dem Willen Cromwells ausgeliefert hat. Nur sechzehn Brüder waren am Ende noch übrig – kann man das glauben? Sechzehn. Von den Hunderten, die früher hier waren. In alle Winde zerstreut. Fort, wie Ihr, Bruder Edmund. Ich weiß, Ihr seid nach Cambridge gegangen, und als das Kloster dort aufgelöst wurde, hat man Euch nach Dartford geschickt, stimmt's?«

»Das ist richtig – ich fühle mich geehrt, dass Ihr meinen Weg verfolgt habt«, sagte Bruder Edmund. »Wir kommen beide von Kloster Dartford.«

»Ich habe die Brüder, die zu großen Hoffnungen Anlass gaben, immer im Auge behalten.« Der Mann musterte mich forschend. »Ah, das ist sie also. Ich erinnere mich, Ihr habt öfter von Eurer Schwester in Dartford gesprochen.«

Ich wartete darauf, dass Bruder Edmund ihn belehren würde, aber er tat es nicht. Als wir im vergangenen Jahr nach Malmesbury gereist waren, hatten wir uns als Bruder und Schwester ausgegeben, um keine Aufmerksamkeit zu erregen. Vielleicht war es klug, das jetzt wieder zu tun, auch wenn mir solcher Betrug verhasst war.

»Ich wollte gern heute Abend noch einmal ins Kloster, um zu beten und die Bibliothek zu besichtigen«, sagte Bruder Edmund. »Wäre das möglich?«

»Möglich?« Der Pförtner lachte. »Ich sage Euch als Pförtner von Blackfriars, dass Ihr jederzeit das Kloster besuchen und auch hier übernachten könnt, wenn Ihr wollt – aber nur, wenn Ihr einen Becher vom Malvasier des Priors mit mir trinkt.«

Bruder Edmund wollte ablehnen, doch davon wollte der Pförtner nichts hören. Er füllte zwei hohe Becher für uns. Mir wurde warm, als ich von dem schweren, süßen Wein trank, der weit stärker war als der verwässerte Erdbeerwein, den ich manchmal zu mir nahm.

Bruder Edmunds gerötete Wangen verrieten mir, dass auch er die berauschende Wirkung des Weins spürte.

»Wir haben nur noch etwa eine Stunde Tageslicht und noch einiges zu tun«, sagte Bruder Edmund und stand auf. »Ich danke Euch für den Malvasier, aber – «

»Bleibt doch noch ein Weilchen«, bat der Pförtner. »Ich habe schon so lange mit niemandem mehr über die guten alten Zeiten gesprochen. Morgen ist mein letzter Tag hier – wir werden auseinandergehen und uns wahrscheinlich nie wiedersehen. Noch einen Becher?«

Bruder Edmund ließ sich erweichen. Er setzte sich wieder, und die beiden Männer ergingen sich noch eine ganze Weile in Erinnerungen an alte Zeiten, als die Macht des Klosters noch ungebrochen gewesen war.

Schließlich stand der Pförtner auf und sperrte mit klapperndem Schlüsselbund die Tür zum Kloster auf. Voll ehrfürchtiger Scheu schritt ich unter himmelstrebenden Gewölbebögen hindurch, die von massigen Säulen getragen wurden. Vielfarbige, von Gold durchwirkte Deckengemälde schimmerten im Kerzenlicht. Hier spürte ich intensiver als irgendwo sonst das ungeheure Ansehen und die weitreichende Macht des Dominikanerordens. Unsere Führer berieten die Fürsten Europas. Unsere Gelehrten übersetzten die alten griechischen und lateinischen Schriften, die uns das Wissen einer verlorenen Welt offenbarten und die Gedankenwelt Livius', Vergils und Plinius' nahebrachten. Unsere Prioren waren Mäzene von Architekten und Musikern, sie entwarfen herrliche Gärten, unterstützten die Arbeit der größten Künstler, die die Welt kannte. Leonardo da Vincis Gemälde *Das letzte Abendmahl* zierte die Refektoriumswand eines Dominikanerklosters in Mailand.

Im Speisesaal machten wir Halt. Der Pförtner wollte uns die Fenster zeigen. Dieses Refektorium war zehnmal so groß wie das in Kloster Dartford. Ich fühlte mich klein und demütig angesichts der Erhabenheit dieses Raums mit den schier endlosen Fensterreihen in der Westwand. Der letzte Glanz der Abenddämmerung fiel durch das Glas, ein violettstichiges graues Licht melancholischer Stimmung. Sechzehn Brüder? Sechshundert hätten in diesem Saal Platz gehabt.

Auf einem der Tische stand verlassen eine Holzschale, halb gefüllt noch mit Mixtum, dem kargen Frühstück für alle, die im Kloster lebten. Während ich auf die ausgetrockneten, steinharten Brotklumpen hinunterblickte, wurde mir bewusst, dass dies die letzte Mahlzeit der Brüder von Blackfriars gewesen war. An diesem Tag waren die sechzehn Männer hier hereingekommen, um ihr Frühstück zu verzehren. Ich konnte es mir vorstellen: Zu tief bekümmert, um mit Appetit essen zu können, hatte einer von ihnen, vielleicht einer der älteren, seine Schale weggeschoben und danach seine bescheidene Habe gepackt, um das Kloster für immer zu verlassen.

»Schwester, wollt Ihr nicht kommen?« Der laute Ruf des Pförtners riss mich aus meinen traurigen Gedanken. »Wir gehen jetzt in den großen Saal.«

Dieser Raum stellte an Größe alles in den Schatten, was ich bisher gesehen hatte, auch die Rittersäle in den Häusern der Courtenays und des Herzogs von Norfolk.

»Zweimal ist hier das Parlament zusammengetreten, und hier hat vor zwei Kardinälen das Scheidungsverfahren von König Heinrich und Königin Katharina stattgefunden«, sagte Bruder Edmund.

»A lles vorbei, alles vorbei«, murmelte der Pförtner mit brüchiger Stimme. »Das unzerstörbare Blackfriars ist nun zerstört, und das vom Urenkel eines walisischen Pferdeknechts.«

Bruder Edmund sagte augenblicklich: »Nein, nein, Mister Portinary, so dürft Ihr vom König nicht sprechen. Zügelt Euch.«

Der Pförtner nickte. »Ihr wart einer der Besten unter den Brüdern, Bruder Edmund. Alle haben gesagt, Ihr könntet einer der größten Dominikanergelehrten in ganz England werden. Und was ist aus Euch geworden? Ein Apothecarius in einer bedeutungslosen kleinen Ortschaft. Es ist eine Schande, und trotzdem tröstet Ihr *mich.*«

Bruder Edmund stand ganz still. Im dämmrigen Licht der Kerzen konnte ich seine Gesichtszüge nicht erkennen, aber das war auch gar nicht nötig. Ich hatte immer gewusst, dass in seinem tiefsten Inneren das Verlangen brannte, Großes zu vollbringen. Ich konnte ihm nicht glauben, wenn er darauf bestand, dass die Heilkunst eine echte Berufung sei und es völlig ausreiche, als Apothecarius tätig zu sein.

Der Pförtner merkte wohl, dass er Bruder Edmund mit seiner Bemerkung getroffen hatte. »Was rede ich da?«, rief er. »Zu viel Wein, viel zu viel Wein. Ich muss zu Bett.« Er lief eilig zur Tür des großen Saals. »Ich sehe Euch morgen, Bruder. Ich schließe ab. Niemand wird Euch stören.«

Das Letzte, was wir von ihm hörten, war die Melodie eines Liedes, das er vor sich hin summte und das bald verklang.

Bruder Edmund und ich waren allein im Kloster Blackfriars.

Kapitel 29

»Sollen wir wirklich hierbleiben?«, flüsterte ich.

»Die Zimmer werden vielleicht nicht allzu gemütlich sein, aber ich kann mir keinen Ort vorstellen, wo wir sicherer sind«, antwortete er. »Einen Advokaten können wir heute Abend sowieso nicht mehr aufsuchen. Sie sind um diese Zeit nicht mehr in ihren Kanzleien. Aber wir haben Zeit, uns in der Bibliothek umzusehen.«

Mit der Kerze in der Hand führte er mich tiefer in das Kloster hinein. Auf dem Weg durch London, von der Brücke zum Kloster, hatte er mir von den Schätzen der Bibliothek und des Skriptoriums erzählt. Aus ganz Europa kamen die Menschen, um die kostbare Sammlung zu sehen: die illuminierten Handschriften, die alten Schriftrollen, die philosophischen Werke.

Doch als wir die Bibliothek betraten, sahen wir sofort, dass nichts mehr seine Ordnung hatte. Einige Borde waren leer; dort, wo man Bücher zurückgelassen hatte, standen und lagen sie ungeordnet durcheinander, willkürlich in die Fächer geschoben.

»Die illuminierten Handschriften – alle weg«, sagte Bruder Edmund mit schmerzerfüllter Stimme. »Wisst Ihr, wie lang so ein Buchmaler brauchte, um nur eine dieser Handschriften zu gestalten? Ein ganzes Leben. Und es ging ihnen nicht allein darum, Gott zu dienen – sie wollten den Menschen, die nach ihnen kommen würden, Seelenstärkung spenden. Wir sind Glieder einer Kette, Schwester Joanna, wir ehren jene, die vor uns da waren, und helfen denen, die nach uns kommen werden. Deshalb legen wir Gelübde ab, um Teil einer Einheit zu werden, die größer ist als wir selbst. Was tun wir, wenn die Kette von unserem König zerrissen wird?«

Ich wusste nichts zu sagen, was ihn hätte trösten können. Die Plünderung der Klöster hatte uns allen eine tiefe Wunde geschlagen, die niemals heilen würde. Während Bruder Edmund die Bücher durchsah, trat ich zu einer steinernen Statue des heiligen Dominikus, die neben der Tür zum Skriptorium stand.

Langsam und voller Ehrfurcht näherte ich mich dem Abbild unseres Ordensgründers. Ein großer steinerner Hund saß treu an seiner Seite, eine Fackel zwischen den Zähnen. Die Mutter des heiligen Dominikus hatte während ihrer Schwangerschaft geträumt, sie habe einen Hund geboren, der eine Fackel im Maul trug. Als sie voll Furcht ihren Priester befragte, erklärte er ihr, die Fackel stehe für das Wort Gottes, das die Welt entzünden werde.

Der Traum war eine Prophezeiung gewesen, die sich bewahrheitet hatte – und der Hund wurde zu unserem Symbol.

Wenn der Rabe das Seil erklimmt, muss der Hund sich in die Lüfte erheben wie der Falke.

»Bruder Edmund«, rief ich, »ich glaube, ich verstehe jetzt einen der Codes.« Ich wies auf die Statue. »Wenn der Hund den Dominikanerorden symbolisiert, dann kann es keinen Zweifel daran geben, dass ich der Hund bin.«

»Aber ja, natürlich, Schwester Joanna!«, rief er. »Das hätte mir längst einfallen müssen. Doch was ist mit dem Raben? Wofür steht er? Schwester Elizabeth Barton war Benediktinerin, und das Symbol dieses Ordens ist der Ölzweig, zum Zeichen seiner Friedensliebe. Wer könnte nur der Rabe sein?«

Wieder wurde eine Erinnerung wach.

»Im Kloster St. Sepulchre habe ich ein Buch gesehen«, sagte ich langsam. »Ich glaube, es war eine der illuminierten Handschriften, von denen Ihr gesprochen habt. Die Seiten waren mit Abbildungen von Ölzweigen umrandet, aber vielleicht haben sie auch das Bild eines Vogels enthalten.«

»Das Leben des heiligen Benedikt von Papst Gregor dem Großen findet sich in jeder Klosterbibliothek – wir werden hier sicher eine Ausgabe finden«, meinte Bruder Edmund. Er übernahm die eine Hälfte des Raums, ich die andere.

Wir suchten wenigstens eine Stunde, vielleicht auch zwei. Ich kämpfte gegen die Müdigkeit und musste mir immer wieder die Augen reiben, um deutlich sehen zu können. Als ich glaubte, nicht ein weiteres Wort mehr lesen zu können, machte ich eine Pause und schaute mich nach Bruder Edmund um. Er stand über einen Tisch voller Bücher gebeugt. Das Kerzenlicht umgab sein langes blondes Haar wie eine Gloriole. Er gönnte sich nicht die kleinste Pause, plagte sich unermüdlich, um in dieser ausgeplünderten Bibliothek Antworten auf unsere Fragen zu finden.

Bruder Edmund ist mein Schutzengel, dachte ich. Eine leidenschaftliche Zärtlichkeit durchflutete mich. Ich schüttelte heftig den Kopf. Solche Gedanken durfte ich nicht zulassen.

»Ich habe es«, rief er laut und hielt ein kleines, in Leder gebundenes Buch in die Höhe.

Wir blätterten die Seiten gemeinsam um und übersetzten den lateinischen Text in gleicher Geschwindigkeit.

Mir stockte einen Moment der Atem, als mein Blick nach dem Umblättern einer dünnen Seite auf das Bild eines großen schwarzen Vogels fiel. »Ja«, rief ich. »Ich weiß, dass ich den gleichen Vogel damals in dem Buch gesehen habe.«

Ungeduldig folgten unsere Finger den Sätzen. Die Geschichte erzählte vom Leben des heiligen Benedikt in der Wildnis:

Zu den Mahlzeiten pflegte ein Rabe aus dem nahen Wald zu kommen und sich von Benedikt mit Brot füttern zu lassen. Als er diesmal kam wie gewohnt, warf der Gottesmann dem Raben das Brot hin, das der Priester ihm gegeben hatte und das vergiftet war. Und er sagte: »Im Namen unseres Herrn Jesus Christus, nimm dies Brot und bringe es irgendwo hin, wo niemand es findet.« Immer wieder befahl der Gottesmann ihm, dies zu tun, indem er sagte: »Nimm es, nimm es. Hab keine Angst.« Nach langem Zögern nahm der Rabe das Brot in seinen Schnabel und flog davon. Stunden später kam er zurück, nachdem er das Brot fortgeworfen hatte, und erhielt sein gewohntes Quantum aus den Händen des Gottesmannes. So waren der Rabe und Benedikt zu Beginn miteinander verbunden.

»Der Rabe war tatsächlich zu Beginn ein Symbol der Benediktiner«, sagte ich. »Und wenn das die Erfüllung einer alten Prophezeiung ist …« Ich sprach nicht weiter.

»Schwester Barton wurde doch gehängt, nicht wahr?«, fragte Bruder Edmund. »Dann hat der Rabe in der Tat das ›Seil erklommen‹, und das bedeutet, dass die Zeit des Raben um ist und jetzt die Zeit des Hundes angebrochen ist, eines Hundes, der zum Falken wird.«

»Aber wofür steht der Falke?«, fragte ich, ungeduldig und enttäuscht, dass jedem gelösten Rätsel ein neues folgte.

Bruder Edmund ging tief in Gedanken in der Bibliothek auf und ab. Endlich wandte er sich mir zu. »In diesem Fall geht es vielleicht nicht darum, was der Falke ist, sondern was er tut. Die Falknerei ist der Lieblingssport von Königen, und diese Vögel besitzen einen unglaublichen Instinkt für das Töten. Es ist bekannt, dass sie im Verborgenen bleiben und dann, wenn sie ihre Beute gesichtet haben, plötzlich aus der Luft herabstoßen.«

Ich umklammerte meinen Rosenkranz so fest, dass es wehtat. »Ihr glaubt, der Falke ist ein Symbol für mich und bedeutet, dass ich *töten* muss? Heilige Muttergottes, lass das nicht wahr sein. Ich könnte nie jemanden töten. Es ist eine Todsünde.« Ich starrte Bruder Edmund an. »Und Ihr könntet es genauso wenig. Ihr könntet niemals ein Leben nehmen.«

»Nein, Schwester.«

Seine Stimme hatte einen merkwürdigen Klang. Ich wartete schweigend.

Schließlich sagte er: »Mein Leben ist dem Dienst an Gott und den Menschen geweiht, ich will lernen und lehren, heilen und helfen. Das ist mein Weg und der Weg all jener, die ein heiliges Gelübde ablegen. Ein Leben in Frieden.« Er lächelte bitter. »Und deshalb ist es so leicht für den König und Cromwell, uns zu vernichten.«

»Wir wehren uns nicht«, flüsterte ich und dachte an Gertrudes trotzigen Vorwurf an dem Abend, als wir nach Londinium geritten waren. Tief beklommen fragte ich: »Glaubt Ihr, Ihr wärt fähig, im Dienst eines höheren Guten eine Gewalttat zu begehen, Bruder Edmund?«

»Ich weiß es nicht«, antwortete er. »Das ist die Wahrheit.« Dann fügte er angesichts meiner Verwirrung und Furcht hinzu: »Das Ziel der Prophezeiung muss nicht sein, Schaden zu tun. Vielleicht sollt Ihr jemanden *retten*. Oder verhindern, dass sich etwas Schreckliches ereignet. Die geringste Tat zur rechten Zeit und am rechten Ort kann tiefgreifende Auswirkungen haben.«

Ich sank in einen Sessel und stützte meinen Kopf in die Hände. Alles drehte sich.

»Wir bedürfen jetzt des Gebets und göttlicher Weisung«, sagte Bruder Edmund mit fester Stimme. »Kommt, gehen wir in die Kapelle.«

In der herrlichen Kapelle von Blackfriars kniete ich vor dem Altar nieder. Bruder Edmund kniete sich neben mich. Es war seltsam, einander so nahe zu sein. Im Kloster Dartford und in der Dreifaltigkeitskirche saßen Männer und Frauen beim Gebet getrennt.

Mit fester, klarer Stimme begann Bruder Edmund das Totengebet der Dominikaner zu sprechen. »Aus der Tiefe rufe ich, Herr, zu dir. Herr, höre meine Stimme.« Er hielt inne und sah mich an. Ich begriff. Er wollte, dass ich das Gebet mit ihm sprach. Er wollte mir nicht predigen. Wir würden gemeinsam beten.

Und so kamen die Worte im Gleichklang über unsere Lippen. »Wende dein Ohr mir zu, höre mein lautes Flehen! Würdest du, Herr, unsere Sünden beachten, Herr, wer könnte bestehen? Doch bei dir ist Vergebung, damit man in Ehrfurcht dir dient. Meine Seele wartet auf den Herrn, mehr als die Wächter auf den Morgen.«

Als wir geendet hatten, standen wir auf und schritten schweigend durch die Kapelle. Aller Schmuck war ihr genommen worden. Doch unter der letzten Bank entdeckte ich im Licht der Kerze, die ich trug, einen schlichten Holzbecher.

Ich blieb stehen.

»Der Kelch«, sagte ich.

Bruder Edmund runzelte die Stirn. »Was?«

»Das habe ich Euch gar nicht gesagt – ich hatte es fast vergessen –, aber das war das Letzte, was Schwester Elizabeth Barton gesprochen hat. Sie hat gerufen: ›Der Kelch‹.«

»Der Kelch ist das heiligste der heiligen Gefäße, denn er wird zur Feier der Messe gebraucht«, sagte Bruder Edmund langsam. »Vielleicht muss die Prophezeiung erfüllt werden, um den Kelch zu schützen – und die Messe.«

Mit klopfendem Herzen entgegnete ich: »Ich glaube nicht, dass sie es so gemeint hat. Ich kann es Euch nicht erklären, aber es war wie – wie eine Warnung.« Und dann rief ich: »Oh, Bruder Edmund, ich fürchte mich. Ich will nicht, dass mir das geschieht. Ich habe es nie gewollt.«

Bruder Edmund nickte. »›Und Jesus sprach: Vater, willst du, so nimm diesen Kelch von mir.‹«

»Gethsemane«, flüsterte ich.

Bruder Edmund fuhr fort: »Dort betete Christus, denn er war voll Furcht vor dem, was, wie er wusste, kommen würde. Gott erschien ihm und Jesus sprach: ›Vater, willst du, so nimm diesen Kelch von mir; doch nicht mein, sondern dein Wille geschehe.‹«

Bis ins Tiefste aufgewühlt wandte ich mich ab.

Bruder Edmund legte mir die Hand auf die Schulter. »Ihr sollt wissen, dass ich alles in meiner Macht Stehende tun werde, um Euch zu helfen. Ich möchte nicht, dass Ihr dies allein durchsteht, Schwester Joanna. Ich werde immer für Euch da sein.«

»Ja«, sagte ich.

»Jeder hat Euch gesagt, dass Ihr die Prophezeiungen von drei Sehern hören müsst – dass der dritte Euch sagen wird, was Ihr tun müsst. Aber Ihr könnt sie nur aus freiem Willen und ohne Zwang empfangen. Wenn Ihr Euch also entscheidet, den dritten Seher nicht zu hören, ist es jetzt vorbei.«

Ich erschrak vor dem Blick brennenden Verlangens in Bruder Edmunds Augen. Ich wusste, mit welcher Leidenschaft er sich die Rückkehr in unser altes Leben wünschte. Und dennoch schreckte ich vor meiner Bestimmung zurück. Zorn ergriff mich – warum musste diese Bürde mir aufgeladen werden?

Als hätte Bruder Edmund meine Gedanken gelesen, sagte er: »Ihr seid zu einer großen Aufgabe auserwählt worden. Aber nicht nur, weil Ihr aus vornehmer Familie stammt und das Gelübde der Dominikanerinnen abgelegt habt. Ihr seid auserwählt, weil Ihr die seid, die Ihr seid, Schwester Joanna. Ihr seid eine Frau wie keine andere. Ich habe versucht, diese Eigenschaft zu definieren, die Euch zu etwas Besonderem macht. Es ist mir nie ganz gelungen.«

Zitternd vor innerer Bewegtheit starrte ich Bruder Edmund an. Ich verstand nichts.

Bruder Edmund meinte endlich, wir seien beide erschöpft und sollten das Gespräch lieber am Morgen fortsetzen. Er führte mich ins Kalefaktorium, die Wärmestube des Klosters, wo, wie in jedem Kloster, zwischen Allerheiligen und Karfreitag immer ein Feuer brannte, um den Gläubigen Wärme zu spenden. Während ich wartete, holte er Brennholz und einen Strohsack, auf dem ich schlafen konnte. Er meinte, ich solle die Nacht hier verbringen, in der Nähe des Feuers; er selbst werde in einem der anderen Zimmer nächtigen.

Er schichtete das Anmachholz in die flache viereckige Mulde im Boden des Kalefaktoriums, und bald hörte ich den ersten seufzenden Hauch des sich entzündenden Feuers und dann das eifrige Wispern der ersten Flammen. Das Holz knisterte und knackte. Strahlen zuckten auf wie goldene Speere und erfüllten das Zimmer mit Licht.

Etwas entfernt auf dem Fußboden sitzend beobachtete ich das Spiel von Licht und Schatten auf Bruder Edmunds Gesicht. Er lehnte sich mit einem Nicken zurück und drehte sich halb zu mir um. »Hier seid Ihr warm und sicher, Schwester Joanna.«

»Ja«, sagte ich.

»Ich bin ganz in der Nähe.« Er richtete sich auf. »Niemand kann in dieses Zimmer gelangen, ohne an mir vorbei zu müssen.«

Auch ich stand auf. Er ergriff meine Hände und drückte sie. Als er sich zum Gehen wenden wollte, hielt ich seine Hände fest. »Geht nicht.«

Mit unsicherem Blick sah er zu mir hinunter. »Möchtet Ihr, dass ich noch ein Weilchen bleibe?«

Ich schwieg. Ich wusste, dass ich Bruder Edmund jetzt fortschicken sollte. Aber ich konnte mich nicht von ihm trennen.

»Bleibt bei mir.«

Ich konnte nicht atmen. Es war, als steckte ich wieder in einem von Gertrudes engen Miedern. Er entzog mir seine Hände nicht, aber ich spürte seine Anspannung.

»Ich weiß nicht, was Ihr von mir wünscht, Schwester Joanna«, sagte er.

Ich blickte in sein Gesicht, das Verwunderung spiegelte und eine Vorsicht, die ich bisher nicht von ihm gekannt hatte. Doch seine Lippen öffneten sich, als hätte auch er Mühe zu atmen.

Ich wusste, dass es Sünde war. Dennoch schob ich meine Arme um ihn. Ich schob sie höher und höher seinen straffen Rücken hinauf. Ich hob mein Gesicht dem seinen entgegen und schloss angstvoll die Augen. Ich hatte geglaubt, Bruder Edmunds Körper würde kühl sein; doch er war warm und mager und bis zum Äußersten angespannt.

Ich wartete mit geschlossenen Augen. Nach einer Ewigkeit berührten seine Lippen die meinen, doch so sachte, dass ich beinahe meinte, ich täuschte mich. Nie hatte ich eine so zarte Berührung erfahren. Ich sehnte mich nach mehr.

Doch er trat abrupt von mir weg, und ich stand allein. Meine Augen waren noch immer geschlossen, ich schwankte ein wenig.

»Das ist unrecht«, sagte er. »Erinnert Ihr Euch an die Nacht in Amesbury? Damals habe ich vor Gott geschworen, dass ich niemals Euren Glauben und Euer Vertrauen zu mir verletzen würde.«

Die Scham überwältigte mich beinahe.

»Wir haben heute gemeinsam so vieles darüber gelernt, was vielleicht in der Zukunft geschehen wird«, fuhr er fort. »Es könnte sein, dass die Klöster von Neuem erstehen. Das ist ein Teil der Prophezeiung. Schwester Joanna, wie könnten wir unseren Brüdern und Schwestern ins Auge sehen, wie könnten wir unseren Platz unter denen einnehmen, die wir lieben, wenn wir jetzt der Schwäche nachgeben? Wir haben das Keuschheitsgelübde abgelegt – wir wären Wortbrüchige.«

Ich nickte und wandte mich ab, blind vor Scham.

»Weint nicht, bitte. Weint nicht«, bat er bekümmert. Dann sagte er: »Ich gehe jetzt – ich *muss* gehen.« Und ohne auf ein Wort von mir zu warten, verließ Bruder Edmund das Kalefaktorium.

Ich blieb noch einen Moment reglos stehen, dann ging ich zu dem Strohsack, den er mir hingelegt hatte. Das Feuer knisterte laut und fröhlich wie zum Hohn. Ich starrte in die züngelnden gelben Flammen. Was ich getan hatte, war so schwach, so verächtlich. Ich konnte nicht glauben, dass es geschehen war.

Jetzt verstand ich, was das Böse war – ich begriff die hinterhältige Macht des Teufels. Wie anders war es zu erklären, dass ich mich Bruder Edmund auf diese Weise angeboten hatte? Der Teufel hatte von meinem Körper und meiner Seele Besitz ergriffen. Und ihm gerade *hier* zu erliegen – an einem Ort, der vor wenigen Wochen noch ein geweihtes Kloster gewesen war –, das war doppelt scheußlich. Ich sehnte mich nach dem Sakrament der Buße. Auf Knien wollte ich mein sündiges Begehren beichten und um Absolution bitten. Wenn meiner Seele Gnade gewährt wurde, konnte ich der Sünde widerstehen.

Doch ich musste auch Bruder Edmund um Verzeihung bitten. Und es durfte keine Wiederholung geben. Was an diesem Abend geschehen war, durfte nie wieder geschehen. Denn ohne Bruder Edmunds Freundschaft konnte ich nicht leben. Das war das Wichtigste. *Nichts auf Erden ist höher zu preisen als wahre Freundschaft*, hatte er in Howard House zu mir gesagt. Ich musste mich seiner Freundschaft würdig erweisen.

Nachdem ich dies beschlossen hatte, wurden mir die Augen so schwer, dass ich nur noch auf meinen Strohsack sinken konnte, um zu schlafen.

Grobe Hände rissen mich von meinem Lager. Ich wurde hochgehoben und geschüttelt, dass meine Beine haltlos in der Luft schwangen.

Der Herzog von Norfolk schlug mir mit harter Hand ins Gesicht. Ich hörte ein feines inneres Knacken, und im selben Moment durchschoss mich ein heißer Schmerz vom Kopf bis zur Schulter.

»Was seid Ihr doch für ein missratenes Weib«, brüllte Norfolk. Sein Speichel traf meine Stirn.

Ein halbes Dutzend Männer drängte ins Zimmer. Hinter Norfolk stand Bischof Gardiner. Von Bruder Edmund war keine Spur zu sehen.

»Ihr haltet Euch wohl für schlau, wie?«, fuhr Norfolk mich an. »Diese törichte Gans, Catherine, zu überreden, Euch bei der Flucht mit einem gewissenlosen Mönch zu helfen. Aber meine Männer sind keine Dummköpfe. Sie haben zwei Damen weggehen und nur eine zurückkommen sehen. Sobald man mich unterrichtet hatte, habe ich meine Männer in Southwark und London und Dartford nach Euch suchen lassen – *die ganze Nacht.* Erst als wir bei Morgengrauen endlich auf diesen Buckligen gestoßen sind, haben wir von dem blonden Mann und der dunklen Frau gehört, die nach Blackfriars wollten.«

Der Bucklige, der uns an der London Bridge seine Dienste angeboten hatte, schob sich hinter einem von Norfolks Leuten hervor und rief, mit dem Finger auf mich zeigend: »Das ist die Frau, das ist sie.«

»Natürlich ist sie es«, schrie Norfolk ihn gereizt an. »Gebt diesem Speichellecker einen Schilling und einen Tritt, damit er endlich verschwindet.«

Meine linke Wange brannte von dem Schlag, aber viel schlimmer war es um meinen Nacken bestellt. Ich konnte mich nicht einmal gerade aufrichten, sondern nur gekrümmt stehen, eine Hand an meiner schmerzenden Schulter. »Wo ist Bruder Edmund?«, fragte ich.

Bischof Gardiner sagte unbewegt: »Er ist in den Winchester-Palast gebracht worden, um dort mein Urteil abzuwarten.«

Norfolk hatte sich noch immer nicht beruhigt. »Hierherzukommen und den Pförtner zu belügen, Euch als Geschwister auszugeben und dann dieses Kloster zu besudeln – ich dachte, ich hätte alles gesehen, was die Welt an Verworfenheit zu bieten hat, aber das … das …« Er geriet ins Stocken.

»Wir haben uns nichts zuschulden kommen lassen«, sagte ich.

»Ihr seid mit diesem Bruder hierhergekommen, um Unzucht zu treiben«, donnerte Norfolk. »Ihr mögt andere hinters Licht führen mit Eurem Novizinnengehabe, aber mich täuscht Ihr nicht. Ihr seid nichts Besseres als eine Hure, Joanna Stafford.«

»Nein«, entgegnete ich.

Es kostete mich meine ganze Kraft, mich trotz der quälenden Schmerzen gerade aufzurichten. Ich sah Gardiner an, nicht Norfolk. »Wir sind nach Blackfriars gekommen, um zu lernen«, sagte ich. »Um zu beten. Das ist die Wahrheit.«

In Gardiners Augen sprühte ein Funke auf. Es hätte Mitleid sein können. Oder auch Verachtung. Er öffnete den Mund, um etwas zu sagen, doch Norfolk ließ ihn nicht zu Wort kommen.

»Um zu *lernen*?«, höhnte er. »Aber Ihr lernt ja nicht – Ihr lernt gar nichts. Im letzten Jahr seid Ihr verhaftet worden, dieses Jahr ist Euer Kloster aufgelöst worden. Jede Frau mit einem Funken Verstand hätte inzwischen begriffen, dass die Zeiten für Nonnen und Mönche und Ordensbrüder vorbei sind. Es gibt keine Klöster mehr. Und wer das nicht akzeptieren will, muss zu Staub zermalmt werden. Am Ende des Jahres werden wir das letzte Zerstörungswerk erleben.«

»Was gibt es denn noch zu zerstören?«, fragte ich trostlos. »Es ist doch schon alles vernichtet.«

»Ihr irrt, wie immer«, versetzte Norfolk. »Der König hat die Wallfahrtsstätte Thomas Beckets schon räumen und schließen lassen, und in der Nacht des 28. Dezember werden nun seine Leute auch noch die Gebeine des Heiligen aus der Kathedrale von Canterbury entfernen. Wenn am nächsten Morgen die letzten Pilger zur Feier von Beckets Todestag eintreffen, werden sie nichts als einen zerstörten Schrein vorfinden. Der König hat befohlen, den Sarg und die Gebeine zu verbrennen. So enden alle Pfaffen, die sich ihrem gesalbten Herrscher widersetzen.«

Dass etwas so Monströses geschehen könnte, war mir nie auch nur in den Sinn gekommen. Es war eine Qual – weit schlimmer als die körperliche Pein, die Norfolk mir zugefügt hatte – zu wissen, dass unser geliebter und verehrter Heiliger auf solche Weise geschändet werden sollte. Die Schätze des Heiligen zu plündern und die Wallfahrtsstätte für die Pilger zu schließen war Frevel genug. Aber nun auch noch seine sterblichen Überreste zu entweihen …

Ich bekreuzigte mich mit zitternder Hand. Ich blickte Gardiner an. Sein Gesicht war marmorbleich. Er musste so entsetzt sein wie ich, seine Züge jedoch verrieten keinerlei Gefühl.

»Ihr werdet nach Stafford Castle gebracht«, sagte Norfolk, »dort könnt Ihr verrotten. Bei Gott, und wenn ich Euch eigenhändig auf ein Pferd binden müsste, Ihr reist. Aber vorher habt Ihr noch eine Pflicht zu erfüllen.«

»Eine Pflicht?«, wiederholte ich.

»Der Marquis von Exeter und Baron Montague wurden gestern des Hochverrats für schuldig befunden. Nach dem Willen des Königs sollen sie auf dem Tower Hill enthauptet werden. Seine Majestät hat ihnen ihre letzte Bitte gewährt, gemeinsam zu sterben. Ich werde der Hinrichtung beiwohnen. Und Ihr ebenfalls, Joanna Stafford. Lady Maria möchte, dass Ihr sie vertretet, und genau das werdet Ihr tun. Wir werden das bis zum Ende durchstehen, Ihr und ich.«

Kapitel 30

Als ich damals im Tower of London gefangen gesessen hatte, hatte ich den Festungsgraben von meiner Kerkerzelle aus nicht sehen können. Doch am Morgen der Hinrichtung hatte ich ihn stundenlang vor Augen: einen Ring stinkenden schlammigen Wassers, von kahlen Ästen gesäumt. Auf der anderen Seite der Mauer war alles peinlich gepflegt. Dass der Graben so vernachlässigt war, musste einen Sinn haben – im Tower hatte alles einen Sinn –, doch ich konnte ihn nicht erkennen.

Noch vor Morgengrauen hatte es zu regnen begonnen. Als ich auf dem Tower Hill stand, war aus dem Wolkenbruch eine beständig strömende Flut geworden. Der Graf von Surrey fluchte hinter mir. Er trug sein bestes Barett, mit einer Straußenfeder geschmückt, die im Regen immer unansehnlicher wurde. Wie viele junge Männer fürchtete Surrey nichts mehr, als lächerlich zu wirken.

Der Regen rann über das faltige Gesicht des Herzogs von Norfolk. Er durchweichte seinen weißen Pelz, doch seine Amtskette und die goldene Medaille strahlten in ungemindertem Glanz. Als ich vor Howard House ein Pferd bestiegen hatte, hatte er gesagt: »Haltet den Kopf gesenkt. Schließt die Augen, wenn Ihr es nicht ertragen könnt. Ich will kein Weibergeflenne hören.«

»Ich werde nicht weinen«, entgegnete ich. »Es ist nicht das erste Mal, dass ich einen Menschen mitten in einer grölenden Menge sterben sehe.«

Wir standen auf dem Hügel, der sich über den Tower erhob. Hinter uns lag die Stadt. Die All-Hallows-Barking-Kirche und eine Häusergruppe markierten die Grenze zwischen London und dem Tower-Bezirk. In großer Zahl strömten die Menschen herbei und drängten sich um das hohe, strohbedeckte Gerüst, auf dem bald Henry Courtenay und Baron Montague sterben würden. Ich sah viele Amtsketten und Pelze. Diese Menge hier hatte keinerlei Ähnlichkeit mit dem johlenden Mob, der sich damals zu Margarets Verbrennung eingefunden hatte. Niemand lachte, niemand grölte, aber ich bildete mir nicht einen Moment lang ein, dass diese Leute trauerten.

Ich ignorierte sie alle, um mich ganz auf mein Gebet zu konzentrieren. Henry Courtenay war für schuldig befunden worden, den Sturz des Königs und die Verheiratung seines Sohnes Edward mit Lady Maria geplant zu haben. Ich wusste, dass das eine gemeine Lüge war. Gertrude war nicht vor Gericht gestellt worden, doch weder sie noch ihr Sohn wurden auf freien Fuß gesetzt. Was Montague anging, so hatte seine angebliche Sympathie für die monarchiefeindlichen Überzeugungen seines Bruders, des Kardinals Reginald Pole, herhalten müssen, um ihn schuldig zu sprechen.

Ich richtete mich höher auf. Ich würde stehen, ohne zu wanken – ich würde Henry Courtenay und Montague nicht im Stich lassen.

Und ich würde auch Bruder Edmund nicht im Stich lassen. Ich hatte einen Plan zu unserer Befreiung aus der Knechtschaft Norfolks und Gardiners. Die Möglichkeit, dass er Erfolg haben würde, war gering, und wenn er misslang, würde das meine ohnehin elende Lage noch verschlimmern. Aber ich würde es versuchen, bevor ich den Tower Hill verließ, koste es, was es wolle.

Ich hörte jemanden mit Norfolk Französisch sprechen, und als ich mich umdrehte, blickte ich in das Gesicht von Eustace Chapuys, des Botschafters am Hof Kaiser Karls.

»Seine Majestät muss natürlich Verräter bestrafen – doch Anlässe wie dieser können traurig sein«, sagte Chapuys. Ich wartete darauf, dass er sich der Hofdame erinnern würde, die Katharina von Aragón während ihrer letzten Lebenswochen im Exil betreut hatte. Doch er verneigte sich nur mit der oberflächlichen Höflichkeit, die man einer unbedeutenden Frau von vornehmer Geburt wohl oder übel zu zollen hat, und entfernte sich.

Eine Gruppe Männer hinter mir begann zunehmend lauter zu sprechen. »Gesegnet der Gott, der seine Hand über England hält und Euch erkoren hat, uns von diesen gemeinen Verrätern zu befreien, Lord Cromwell«, sagte jemand.

Cromwell.

Ich hätte mit seiner Anwesenheit rechnen, mich darauf vorbereiten müssen. Er war der höchste Minister des Königs, er hatte diese Verhaftungen eingefädelt. Wenn ich mich jetzt umdrehte und Cromwell ins Gesicht blickte, würde mich das vielleicht in meiner Standhaftigkeit schwächen. Trotzdem, ich wollte diesem Feind alles Guten und Wahren ins Auge sehen.

Die Hand an meinem Kruzifix, drehte ich mich um.

Ein halbes Dutzend beflissener Höflinge scharte sich um einen gedrungenen, breitschultrigen Mann mittleren Alters in nüchterner schwarzer Kleidung. Zunächst war mir der Blick auf sein Gesicht versperrt, aber dann trat ein Mann zur Seite, und ich sah es. Cromwell war keine zehn Fuß von mir entfernt.

Wie hässlich er war! Er hatte die schwammige weiße Haut eines Menschen, der selten an die frische Luft geht, und er war dick, ein

Mann, der der Völlerei huldigte. Sein Doppelkinn fiel faltig auf seinen Kragen hinunter, und darüber wölbten sich wulstige Lippen. Seine dicht beieinanderliegenden grauen Augen ruhten unverwandt auf dem Geistlichen, der mit ihm sprach.

Wie ein sprudelnder Quell aus der Erde wallte unversehens ein Gedanke aus meiner Seele auf:

Ich verfluche dich, Thomas Cromwell, Mörder, Ketzer und Zerstörer. Ich bete zu Gott, dass ich diejenige sein werde, die dich eines Tages zu Fall bringt.

Die Gewalt meines Hasses bestürzte mich, doch sie befeuerte mich auch. Könnte ich nur den letzten Teil der Prophezeiung entschlüsseln, um zu erfahren, ob ich es sein würde, die Thomas Cromwell sein Ende bereitete.

Gerade als Norfolk den Arm ausstreckte, um mich herumzureißen, wanderte Cromwells Blick von dem Geistlichen zu mir. Es war, als hätte er meinen Hass gespürt. Unsere Blicke trafen sich höchstens drei Sekunden lang. Doch in diesem flüchtigen Augenblick musterte er mich mit so durchdringender Schärfe, dass mir der Atem stockte und der Tower Hill sich unter meinen Füßen zu senken schien.

»Starrt ihn nicht so an«, zischte Norfolk, als ich den Blick wieder zum Blutgerüst hinaufrichtete.

Ich schöpfte tief Luft und gewann meine Fassung wieder.

Nicht Cromwell selbst trat wenig später zu uns, um herauszufinden, wer ich war. Thomas Wriothesley – ein dünner Mann mit langem rotem Bart – plauderte mit Norfolk und Surrey, sichtlich in Erwartung, mit mir bekannt gemacht zu werden.

»Das ist Joanna Stafford«, bemerkte Norfolk schließlich wie nebenbei.

»Ah, ja«, sagte Wriothesley, der Ehemann der Frau, die mir auf Gertrudes Gesellschaft begegnet war. Er trat zu mir und sah mich erwartungsvoll an. Als ich schwieg, verneigte er sich kurz und ging wieder.

»Jetzt berichtet er Cromwell«, murmelte Surrey.

Norfolks ärgerlicher Fluch ging unter im plötzlichen Raunen

der Menge. Alle blickten zur Themse hinunter. Oberhalb der Mauer, die den Weg zum Middle Tower begrenzte, bewegte sich eine Fahne in Richtung Tower Hill. Gleich darauf sah ich die erste Gruppe Tower-Wachen hinter der Mauer hervortreten. Ihr folgte Sir William Kingston, der Gouverneur des Tower, der mich noch jetzt in meinen Albträumen heimsuchte. Weitere Wärter erschienen, und schließlich Henry Courtenay und Baron Montague.

Während sie den Pfad zur Höhe des Tower Hill hinaufschritten, konnte ich deutlich sehen, was ein Monat Kerker ihnen angetan hatte. Henry Courtenay, der voranging, war stark abgemagert. Man hatte ihm trotz der Kälte nicht erlaubt, ein Wams zu tragen. Er war nur in ein weißes Unterhemd und eine dunkle Strumpfhose gekleidet, die mit einem Strick um seine Mitte gegürtet war. Das Hemd war schon durchweicht vom Regen und klebte ihm am Körper. Unmittelbar hinter ihm ging Baron Montague, ebenfalls nur in Unterhemd und Strumpfhose. Sein Gesicht war so eingefallen, dass es aussah, als schwebte ein Geist den Hügel hinauf. Als er näher kam, konnte ich erkennen, dass sein Hemd über der grau behaarten Brust zerrissen war. Es war schrecklich, diese beiden Edlen des Reiches in solchem Zustand zu sehen.

Zwei Männer näherten sich der Gruppe, als sie das Gerüst erreichte – Sheriffs der Stadt London. Ein Schriftstück wechselte die Hände. Ein Priester stieg als Erster die Stufen zum Schafott hinauf, gefolgt von den beiden Sheriffs. Der Vierte in diesem tödlichen Bund war der Henker, ein schwarzgekleideter, kräftiger Mann mit einer ebenfalls schwarzen Maske, die, bis auf zwei Augenschlitze, seinen ganzen Kopf verhüllte. Die Ausgeburt eines Fiebertraums.

Nun war für die zwei Verurteilten der Moment gekommen, zum Gerüst hinaufzusteigen.

Von Hunderten beobachtet, erklomm Henry Courtenay langsam Stufe um Stufe. Drei Stufen unterhalb des Gerüsts blieb er stehen. Baron Montague folgte ihm schnell. Er berührte den Ellbogen seines Freundes. Henry Courtenay nickte und stieg weiter aufwärts, doch seine Hand am Geländer zitterte.

Ich danke Gott und der Heiligen Jungfrau, dass Gertrude dies nicht miterleben muss.

Courtenay und Montague übergaben dem Henker ihre Münzen – man musste für seine Hinrichtung bezahlen – und nahmen ihre Plätze vorn auf dem Schafott ein.

Ich atmete kurz und hastig. Beten konnte ich nicht. Ich hatte versucht, mich zu wappnen, doch jetzt, da es so weit war, hatte ich Mühe, die Wellen von Furcht und Schmerz niederzuhalten.

Henry Courtenay, mein Cousin, trat vor.

»Schau zu mir, Henry«, flüsterte ich, doch sein glasiger Blick geisterte unstet über die Menge.

Er hustete, dann sagte er: »Ihr guten Christenmenschen, hier bin ich, um zu sterben, vom Gesetz zum Tode verurteilt. Betet für den König, euren gerechten und gnädigen Herrn. Und vertraut auf Gott, dem ich jetzt meine Seele empfehle.«

Nie erging sich am Ende jemand in Unschuldsbeteuerungen oder bitteren Worten – das war nur Momente vor dem Eintritt in die Ewigkeit undenkbar. Und ich wusste, warum Henry im Besondern den König preisen musste. Er wollte Gertrude und Edward schützen.

Henry Courtenay kniete nieder und legte den Kopf auf den Block.

Ich schloss die Augen, ich muss es zu meiner Schande gestehen. Ich war ein elender Feigling. Schweiß trat mir auf die Stirn.

Ich hörte einen dumpfen Schlag. Das Beil fiel mit solcher Wucht auf Henrys Nacken hinunter, dass der Boden unter meinen Füßen bebte.

»Herr Jesus«, flüsterte der Graf von Surrey hinter mir. »Danke Gott, dass nur ein Schlag nötig war«, sagte sein Vater.

Ich öffnete die Augen. Der kopflose Leichnam Henry Courtenays lag neben dem blutüberströmten Richtblock. Die Wärter trugen ihn nach hinten und legten ihn in eine lange Kiste, neben der eine zweite, noch leere stand.

Ein Mann hob einen Sack zum Rand des Gerüsts empor und nahm den vom Rumpf getrennten Kopf darin auf. Als er sich umdrehte, erkannte ich Charles, den Haushofmeister der Courtenays.

Ich blickte zu Baron Montague hinauf. Er weinte nicht, er zitterte nicht einmal.

Ein Sheriff sagte etwas zu ihm, doch er rührte sich nicht.

Jetzt war es an ihm, sein Leben zu lassen, und ich verstand alles. Henry war der gütigere Mensch, ein besserer Mensch, wenn man alles in Betracht zog. Doch Montague war der Stärkere. Ich zweifelte keinen Moment daran, dass er darauf bestanden hatte, dass Henry zuerst starb. Dieses Gemetzel ansehen zu müssen und zu wissen, dass man selbst folgen würde – das verlangte eine Stärke, die vermutlich nicht viele besaßen.

Nun trat auch Montague vor. Sein Auge schweifte, bis es Norfolk fand – und dann mich. Als unsere Blicke sich trafen, atmete ich ruhiger; der Schweiß auf meiner Stirn trocknete.

Ich wusste, was ich zu tun hatte. Ich sprach keinen Psalm und kein Trauergebet für die Toten. Ich sprach den täglichen Segen der Dominikaner. »Gott der Vater segne uns.«

Montague nickte, als verstünde er mich.

»Gott der Sohn heile uns«, sagte ich lauter.

Norfolk drehte sich nach mir um, er hob die Hand, doch ich trat schnell nach vorn. Ich ging geradewegs auf das Gerüst zu. Norfolk folgte mir nicht.

»Der Heilige Geist erleuchte uns und gebe uns Augen zu sehen, Ohren zu hören und Hände, das Werk Gottes zu tun«, fuhr ich mit schallender Stimme fort.

Die Leute wichen zur Seite, um mir Platz zu machen, als ich dem Blutgerüst entgegenging. »Füße zu gehen und einen Mund, das Wort des Heils zu predigen«, sagte ich. Ich wusste, dass sie mich alle beobachteten: Norfolk und sein Sohn, Cromwell und Wriothesley, Botschafter Chapuys und der ganze jämmerliche Hofstaat. Es war mir egal.

Ich war jetzt nur noch wenige Fuß von ihm entfernt. Ich neigte den Kopf so weit wie möglich in den Nacken, um Montague ins Gesicht sehen zu können.

»Der Engel des Friedens wache über uns und führe uns endlich, durch die Gnade unseres Herrn, ins Königreich«, sagte ich.

Der Segen war gesprochen.

Montague blickte über mich hinweg in die Menge. Es hatte aufgehört zu regnen. Ein leichter Wind bewegte sein Haar.

»Lang lebe der König«, rief Montague so laut, dass es über den ganzen Hügel schallte.

Die Menge wartete. Aber es kam nichts mehr.

Montague drehte sich um und kniete mit einer schnellen, anmutigen Bewegung nieder. Er legte den Kopf auf den Block. Sein Blick suchte wieder den meinen, und als wäre niemand außer uns auf dem Tower Hill, sagte er: »Seht weg, Joanna.«

Kapitel 31

Montague schloss die Augen, ich schloss meine nicht. Der Henker trat schweren Schrittes vor. Ich konnte seine Augen hinter den Schlitzen der Maske erkennen – wie sie Maß nahmen. Er schwang das Beil hoch über seinen Kopf. Die blutige Klinge blinkte im trüben Licht. Dann fiel sie herab.

Was ich sah, brannte sich für immer in meine Seele ein.

Danach sackte ein Fremder den abgetrennten Kopf Montagues ein. Wärter schleppten den Leichnam nach hinten. Die Treppen knarrten, als der Priester, der Henker und die Sheriffs hinunterstiegen. Andere Männer liefen hinauf, um die Kisten mit den Leichen abzuholen. Ich wusste, dass alles unmittelbar in meiner Nähe geschah, doch ich war weit weg. Ich hätte eine der grauen Möwen sein können, die über dem Tower of London kreisten.

Charles stieß mich an. »Miss Stafford?« Sein Ton verriet mir, dass er schon mehrmals versucht hatte, mich anzusprechen.

Ich konnte nichts sagen.

»Wir beerdigen sie jetzt. Der Sheriff hat uns die Erlaubnis erteilt. Möchtet Ihr mitkommen?«

»Was?«, fragte ich.

»Die Kirche dort –« Er wies zur Stadt. »All Hallows Barking. Dort werden sie fürs Erste ruhen.«

Mit Mühe nickte ich.

Der Nächste, der mich ansprach, war Surrey. »Joanna, wir müssen – Allmächtiger, Ihr seid ja voller Blut.«

Er zog mich ein Stück hinter das Gerüst und suchte in seinem Wams nach einem Tuch. Sein Blick war voller Mitleid, als er mit eigener Hand mein Gesicht reinigte. Männer rundherum starrten mich an. Tuscheln umgab uns. Ich hörte jemanden »Stafford« sagen. Er beachtete das alles nicht, hielt seine Aufmerksamkeit einzig auf mich gerichtet, während er mir das Blut von den Wangen wischte. Wäre ich irgendeines Gefühls fähig gewesen, so hätte ich bedauert, was ich Surrey gleich antun würde.

»Gehen wir«, schrie Norfolk von Weitem.

»Nein«, sagte ich.

Widerwillig kam er näher. Ich bemerkte seinen Blick zum Schafott. Eben wurden die Kisten mit den Leichen Courtenays und Montagues die Treppe hinuntergetragen.

»Ich reite direkt zum Hof«, sagte Norfolk zu seinem Sohn. »Der König muss sehen, dass ich präsent bin. Bring sie nach Howard House und komm dann nach.«

»Nein«, sagte ich noch einmal.

»Ihr tut, was ich sage«, herrschte Norfolk mich an. »Morgen bringen meine Leute Euch nach Stafford Castle.«

Ich fasste den geschlitzten Brokatärmel des Grafen von Surrey. »Ich muss Euch etwas sagen, Sir. Es handelt sich um Eure Tante, Margaret Bulmer. Gerade Ihr müsst es erfahren. Sie ist damals aus einem ganz bestimmten Grund nach Nordengland gegangen. Es hatte mit Eurem Vater zu tun.«

Norfolk packte mich. Er bedeutete Surrey zu bleiben, wo er war, und zog mich ein Stück weg.

»Habt Ihr den Verstand verloren, gerade jetzt – und *hier* – ihren Namen zu nennen?«, fragte er wutschnaubend.

»Eurem Sohn ist es verhasst, wenn die Leute hinter Eurem Rücken tuscheln, dass Ihr ein Kuppler seid«, sagte ich. »Wie würde er sich wohl fühlen, wenn ich ihm erzähle, dass Ihr Margaret dem König zuführen wolltet, als Mätresse – und dass sie nur aus diesem Grund vom Hof geflohen ist?«

Nach seiner Miene zu urteilen, musste er so entsetzt sein wie ich gewesen war, als Gertrude Courtenay den Namen George Boleyns genannt hatte.

»Das stimmt nicht«, sagte er.

Mein Vater hatte mir Margarets Geheimnis wenige Tage vor seinem Tod anvertraut. Doch seinen Namen würde ich vor Norfolk nicht aussprechen. Ich log.

»Margaret hat mir einen Brief geschrieben, in dem sie mir alles erzählt hat«, sagte ich, bemüht, kühl und ruhig zu sprechen. »Ich habe ihn nie einem Menschen gezeigt, weil mir ihr Andenken teuer ist. Doch ich werde alles öffentlich machen, wenn Ihr mich heute nicht hier zurücklasst.«

Norfolk lächelte tatsächlich – ein gefährliches Lächeln. Der Schmerz über die Hinrichtungen, den ich ihm eben noch angesehen hatte, war in mörderische Wut umgeschlagen.

»Deshalb ließ der König Margaret einen so gnadenlosen Tod sterben«, sagte ich. »Ohne Euch wäre es nie so weit gekommen. Ohne Euch wäre sie niemals nach Nordengland gegangen, hätte sich niemals in den Aufstand dort verwickeln lassen. Ihr habt Margaret schon getötet, ehe sie sich überhaupt gegen den König erhob. Und ich finde, Euer Sohn und Eure Gemahlin sollten das wissen.«

Norfolk neigte sich mir entgegen und sagte mit eiskalter Klarheit: »Ihr wisst offenbar nicht, wem Ihr Euch entgegenstellt.«

Ich sah ihn an, diesen Mann, der Heere in die Schlacht führte. Er hatte den Tod von Männern und Frauen – ja, selbst von Kindern – befohlen.

»Wollt Ihr mich im Angesicht von Cromwells Leuten schlagen?«, fragte ich. »Wenn Ihr mich zwingen wollt, Euch zu folgen, müsst Ihr mich niederschlagen und mitschleifen, Durchlaucht. Doch ist es klug, auf Euch aufmerksam zu machen, wenn bereits der gesamte Hochadel des Königreichs unter Verdacht steht? Montague hat es gesagt: Ihr seid der Letzte.«

Norfolks Lippen bebten. Er sah aus, als würde er mich am liebsten mit bloßen Händen erwürgen. Ich bemerkte, dass sein Sohn uns beobachtete.

»Ich werde keiner Menschenseele die Wahrheit über Margaret verraten – Ihr habt mein Wort vor Gott darauf«, sagte ich. »Aber nur, wenn Ihr mich hier zurücklasst. Ich gehe jetzt zu den Beerdigungen. Und dann reise ich nach Dartford. Ihr werdet mich nie wiedersehen. Ich will mit Eurer Familie nichts mehr zu tun haben und ebenso wenig mit irgendeinem der Adelshäuser oder dem königlichen Hof.« Ich hielt einen Moment inne. »Aber zuvor spreche ich im Winchester-Palast vor und hole Bruder Edmund ab. Gebt dem Bischof Bescheid, dass er noch heute auf freien Fuß gesetzt werden soll.«

Norfolk drehte sich nach seinem Sohn um, dann schaute er wieder mich an. Sehr leise, so leise, wie er noch nie mit mir gesprochen hatte, sagte er: »Glaubt nicht, dass es damit vorbei ist.«

Dann ließ er mich stehen und gebot seinem Sohn fingerschnalzend, ihm zu folgen. Surrey ging mit ihm. Ich hatte gewusst, dass er das tun würde.

Durch die sich lichtende Menge ging ich hinunter zur All-Hallows-Barking-Kirche am Rand des Tower-Hill-Bezirks. Ein Dutzend Bedienstete der Courtenays hatte sich eingefunden. Und drei Männer, die Montague gedient hatten. Keine Verwandten oder Freunde bis auf mich. Hier fanden Verräter von Rang und Namen ihren ersten Ruheplatz: Kardinal Fisher, Sir Thomas Morus. Manchmal erteilte der König, wenn seine rachsüchtige Wut abgekühlt war, den Familien die Erlaubnis, ihre Lieben an einem anderen Ort zu begraben. Manchmal tat er es nicht.

Ein schwermütiger Priester sprach ein paar Worte an den beiden Gräbern.

Ich verabschiedete mich von den Trauernden und verließ Tower Hill. An der London Bridge bemerkte mich der Bucklige, der mich für eine Handvoll Münzen verraten hatte, heute nicht. Ich bezahlte für den Übergang und nahm, sorgsam auf Pferde und Fuhrwerke an meiner Seite achtend, meinen Weg über die Brücke. Das starke Rauschen des Wassers tief unter mir klang so fremd wie das Lärmen und Lachen der anderen Passanten. Ich empfand keinen Triumph über meine Befreiung, einzig eine tiefe Traurigkeit darüber, in einer so dunklen und erbarmungslosen Welt leben zu müssen.

Ich betrat den Winchester-Palast gar nicht. Ich stellte mich draußen vor dem Hof an die Straße, die zum Palast führte. Dem Jungen, der dort postiert war, sagte ich lediglich meinen Namen und nichts weiter.

Lange Zeit kam niemand. Es regnete wieder, leichter jetzt. Ich stellte mich nicht unter. Die Leute, die in den Winchester-Palast wollten, um dort ihre Geschäfte zu erledigen, mussten alle an meiner beinahe reglos stehenden Gestalt vorbei.

Endlich kam ein Priester mit steinerner Miene durch den Hof. Auf halbem Weg blieb er stehen. Er musterte mich von Kopf bis Fuß, bevor er umdrehte, um ein Zeichen zu geben.

Bruder Edmund erschien unter dem steinernen Torbogen mit dem eingemeißelten Buchstaben »W«. Er ging langsam durch den mit Kopfsteinen gepflasterten Hof zur Straße. Der dunkle Schleier, der sich über mich gelegt hatte, hob sich beim Anblick Bruder Edmunds, wenngleich auch Schuldgefühle nagten. Ich bedauerte es, ihn in meine Schwierigkeiten hineingezogen zu haben – und am meisten bedauerte ich, dass ich mich an dem Abend in Blackfriars in eine so beschämende Situation gebracht hatte.

»Schwester Joanna«, sagte er, als er zu mir trat.

»Bruder Edmund.«

Sein Gesicht war bleich, und unter seinen Augen lagen tiefe Schatten, doch er schien wohlbehalten zu sein. Beim Blick auf mein Kleid zuckte er zusammen. »Ist das Blut?«

Ich schaute an mir hinunter. Es war mir bis jetzt nicht aufgefallen, doch auf der linken Seite meines Umhangs waren dunkelrote Flecken.

»Sie sind heute Morgen gestorben«, sagte ich.

Er nickte nur und nahm meinen Arm, um mich wegzuführen.

»Wie kommt es, dass ich frei bin?«, fragte er.

»Ich habe dem Herzog von Norfolk gedroht, dass ich etwas, was er unbedingt geheim halten möchte, publik machen würde, wenn er uns nicht beide unverzüglich freigibt«, antwortete ich.

Bruder Edmund blieb stehen. »Ihr habt ihm *gedroht*?«, fragte er verblüfft. »Womit?«

»Das kann ich Euch nicht sagen.«

Er senkte die Stimme. »Es hat nichts mit den Prophezeiungen zu tun?«

»Natürlich nicht. Darüber würde ich nie ein Wort sagen.«

»Ich finde, Ihr solltet mich ins Vertrauen ziehen, damit ich besser vorbereitet bin, Schwester Joanna.«

»Das kann ich nicht«, antwortete ich. »Ich habe vor Gott gelobt, dass ich schweigen werde.«

Bruder Edmund nickte und setzte sich wieder in Bewegung. »Nun gut, dann reden wir nicht mehr davon.«

Als wir in die Straße nach Southwark einbogen, bemerkte ich eine Bande Raufbolde, die einen Bettler drangsalierte.

»Bischof Gardiner selbst hat mich ins Verhör genommen«, sagte Bruder Edmund. »Ich habe ihm nichts gesagt, aber ich fürchte, er hegt den Verdacht, dass uns nicht nur das Bedürfnis nach Stille und Gebet nach Blackfriars geführt hat.«

Mir blieb fast das Herz stehen vor Schreck. Das war etwas, was ich nicht vorausgesehen hatte. So durchtrieben wie Gardiner war und so gut wie er Bruder Edmund und mich kannte, traute ich ihm zu, dass es ihm gelingen könnte, hinter unser Geheimnis zu kommen.

Bruder Edmund stieß einen unterdrückten Schrei aus, doch nicht aus Furcht vor unserem gefährlichen Gegner, dem Bischof. Seine Aufmerksamkeit galt der gewalttätigen Bande, die mir zuvor schon aufgefallen war. Bevor ich etwas sagen konnte, rannte er los.

»Aufhören«, schrie er. »Lasst sofort diesen Mann in Ruhe!«

Ich lief ihm nach, verwirrt, weil ich nicht verstand, dass er sich gerade jetzt in eine Straßenprügelei einmischen musste.

Einer der Männer, ein großer Kerl, hielt den Bettler unter einen Arm geklemmt wie einen Sack Mehl. »Und wer seid Ihr?«, rief er Bruder Edmund an. »Ein Pfaffenfreund?«

Erst da sah ich mir den Bettler genauer an. Der Mann war gar kein Bettler. Er trug den Kapuzenumhang eines Zisterziensermönchs.

Der Raufbold riss seinem Opfer die Kapuze vom Kopf, und ich blickte in das weiße Gesicht Bruder Oswalds. Er schien der Bewusstlosigkeit nahe, Blut sickerte über sein Kinn.

»Kennt Ihr die Missgeburt?«, rief der Raufbold herausfordernd.

»Er ist ein Mönch – ein Gottesmann«, sagte Bruder Edmund. »Ihr müsst ihn auf der Stelle loslassen.«

»Mönche können uns gestohlen bleiben«, höhnte der Raufbold. »Nichts als Heuchler, die den ganzen Tag auf der faulen Haut liegen.«

Ich hatte solche hässlichen Worte über Mönche schon früher gehört, und jedes Mal trafen sie mich tief.

»Er ist ein elender Papist«, brüllte der Mann, »und wir wissen, was wir mit solchen Leuten machen, stimmt's?«

Die anderen johlten. Es waren mindestens zehn. Ich hatte mir manchmal einzureden versucht, nur der König und Cromwells Schergen hassten den alten Glauben und die Klöster. Dieser gemeine Überfall zeigte, dass ich mir etwas vorgemacht hatte.

»Er ist wehrlos! Einem Wehrlosen braucht Ihr doch nicht zu beweisen, dass Ihr der Stärkere seid«, rief Bruder Edmund.

Der Mann ließ Bruder Oswald zu Boden fallen, wo er stöhnend liegen blieb. Bruder Edmund wollte zu ihm, doch der andere trat ihm in den Weg. »Soll ich's lieber Euch beweisen?«, spottete er.

»Nein!«, rief ich. »Hört sofort auf!«

Mit einem anzüglichen Grinsen wandte der Bursche sich jetzt mir zu. »Ah, eine Frau habt Ihr Euch auch gleich mitgebracht?«

Bruder Edmund stellte sich vor mich. »Ihr werdet ihr nichts antun und auch sonst niemandem.« Er hob die geballte Faust. Bruder Edmund wurde nicht leicht zornig, doch wenn er wirklich einmal in Wut geriet, konnten die Folgen äußerst schmerzhaft sein.

Seine Bande hinter sich versammelt, kam der Raufbold Bruder Edmund und mir großspurig entgegen.

Ich hörte Schritte hinter mir. Zwei Dutzend Männer liefen, vom Winchester-Palast kommend, die Straße herauf, einige von ihnen mit langen Stöcken bewaffnet.

»Verschwindet hier – verschwindet!«, rief ein weißhaariger Priester.

Die wüste Horde zog sich augenblicklich zurück. An der Straßenbiegung drehte sich der Anführer noch einmal um und schrie: »Das vergessen wir nicht so schnell, dass Euer Bischof Gardiner zu den *Papisten* hält.«

»Dieser Mann ist Bruder Oswald, ein ehemaliger Zisterziensermönch«, erklärte ich Gardiners Priester. »Er ist verletzt – wir müssen ihn in den Palast bringen und behandeln.«

»Auf keinen Fall«, entgegnete der Priester. »Wir haben getan, was wir können. Entweder lasst Ihr ihn hier liegen, oder Ihr nehmt ihn mit. Auf jeden Fall würde ich Euch empfehlen, hier zu verschwinden, bevor diese Männer mit Verstärkung zurückkommen. Denn sie werden zurückkommen, verlasst Euch darauf.«

Damit traten Gardiners Leute eilig den Rückzug an. Bruder Edmund kniete neben dem blutenden Mönch nieder. Er hob vorsichtig seinen Kopf an. »Bruder Oswald, hört Ihr mich? Erinnert Ihr Euch? Ich bin Edmund Sommerville – wir kennen uns von der Wallfahrt nach Stonehenge.«

Die Augenlider des Verwundeten flatterten. »Edmund ...ja«, murmelte er schwach. »Ich erinnere mich.« Er zwinkerte mehrmals. »Ist diese Joanna bei Euch?«

»Ja«, antwortete ich.

»Wir bringen Euch jetzt an einen sicheren Ort«, versprach Bruder Edmund.

»Gott segne Euch«, sagte Bruder Oswald. »Gott unser Vater und Erlöser hat mich gerettet.« Seine rechte Hand fiel kraftlos herab, als er sich bekreuzigen wollte.

»Ich glaube nicht, dass er laufen kann«, flüsterte ich Bruder Edmund zu.

»Seid Ihr allein hier?«, fragte ihn mein Freund. Bei unserer ersten Begegnung war Bruder Oswald mit einem Dutzend anderer vertriebener Mönche auf einer Reise durch England gewesen, auf der sie durch Gebete und Wallfahrten Erleuchtung suchten.

»Die anderen warten beim Fluss auf mich«, sagte Bruder Oswald. Er verzog das Gesicht und rieb sich die Seite. Dann hustete er. »Sie sind zu fünft. In der Nähe von einer – einer Arena, wo sie Bärenhetzjagden veranstalten. Wir sind unterwegs nach Kent, zum Kloster Aylesford.«

»Dartford liegt auf dem Weg nach Aylesford«, bemerkte ich.

Bruder Edmunds Gesicht färbte sich rot vor Anstrengung, als er Bruder Oswald hochhob, um ihn fortzutragen. »Ich wünschte, wir könnten sie alle nach Dartford mitnehmen«, sagte er mit zusammengebissenen Zähnen.

»Das können wir«, rief ich aufgeregt. »Das können wir.«

»Wie denn? Auch wenn wir alle zusammenhelfen, können wir einen Verletzten eine solche Strecke nicht tragen.«

Ich zerrte an meinem blutbespritzten Umhang. »Wir mieten einen Wagen«, sagte ich. »Ich habe das Geld hier. Catherine Howard hat mir eine Börse mit Geld mitgegeben. Es müsste reichen.«

»Und dafür wollt Ihr Euer ganzes Geld ausgeben?«

»Ja«, antwortete ich. »Ich wüsste keine bessere Verwendung.«

Er nickte, Entschlossenheit im Blick.

»Auf nach Dartford«, sagte er.

Kapitel 32

»Janna! Janna!«, rief Arthur an der Haustür der Sommervilles. Er flog mir entgegen, und unter dem Anprall des kräftigen kleinen Körpers riss es mich beinahe von den Füßen. Ich schloss ihn lachend in die Arme und hielt ihn fest, während Schwester Winifred in der weniger stürmischen Umarmung ihres Bruders Tränen vergoss.

»Ich bin ja wieder da – ich bin da«, sagte Bruder Edmund. »Alles ist gut.«

Mir aber ging es gar nicht gut. Als ich nach einem Tag der Tränen und Umarmungen am Abend dankbar mein eigenes Bett aufgesucht hatte, wurde ich die ganze Nacht von entsetzlichen Ängsten geplagt. Am nächsten Morgen fühlte ich mich schwach und benommen. Doch ich zwang mich ins Amt für Bauwesen zu gehen, um wenigstens meinen Webstuhl abzuholen.

Jacquard Rolin, der junge Protestant aus den Niederlanden, führte mich ins Lager, wo in der Tat die ersehnte zweite Hälfte meines Webstuhls wartete, die zweite hohe Holzstange des Rahmens, die Walze und die Pedale für drei Weberinnen.

»Die Brüssler leisten gute Arbeit, *n'est-ce pas*?«, bemerkte Jacquard, stolz auf das, was in den Werkstätten seiner Landsleute geschaffen wurde.

Er beauftragte einen Jungen, vier Leute zum Transport des Webrahmens zu holen, und wandte sich dann einem älteren Mann zu, der an die Tür des Lagerraums getreten war und uns anstarrte.

»Kann ich Euch zu Diensten sein, Mr Brooke?«, fragte er.

Dies war also der Ehemann von Mrs Brooke, die mich am letzten Tag vor meiner Abreise nach London noch so schikaniert hatte. Er war für die Anwerbung von Leuten zur Erbauung des neuen königlichen Herrschaftssitzes auf den Trümmern unseres Klosters zuständig.

»Timothy ist Schlag vier bereit«, sagte Mr Brooke.

»Ich werde da sein – nichts könnte mich daran hindern«, versprach Jacquard. Mit einem unfreundlichen Blick zu mir drehte Mr Brooke sich um und ging wieder.

Jacquard erzählte mir, dass Timothy, der älteste Sohn der Brookes, vor zwei Monaten als enthusiastischer Prediger der Reform aus der Schule zurückgekehrt war. Auf einem Baumstumpf auf der Weide neben dem Haus seiner Eltern stehend verkündete er Gottes Wort jedem, der es hören wollte.

»Auf einem Baumstumpf?«, fragte ich. Kaum etwas verwunderte mich mehr als die Verachtung, mit der die Reformer es ablehnten, ihre Gottesdienste in einer schönen Kathedrale oder Klosterkapelle – im Schmuck von bunten Glasfenstern, Heiligenbildern, edelsteinfunkelndem Gerät – zu halten, um sich dafür entweder in nüchternen Räumen oder auf freiem Feld zu versammeln.

»Seine Auslegungen der Heiligen Schrift sind höchst anregend«, erklärte mir Jacquard mit der Begeisterung des wahren Gläubigen. »Jedes Mal, wenn Timothy spricht, kommen mehr Leute zu den Bibelgesprächen.«

Jacquard ließ es sich nicht nehmen, den Transport des Webrahmens persönlich zu beaufsichtigen, als die vier Träger kamen. Die High Street war an diesem Nachmittag ziemlich belebt. Ich gab mir alle Mühe, unbekümmert zu erscheinen, während ich neben Jacquard herging; in Wirklichkeit machte mich die Wiederholung dieses unglückseligen Gangs nervös. Es war lächerlich, sich vor den einfachen Leuten hier zu fürchten. Dennoch gelang es mir nicht, meine Nerven zur Ruhe zu bringen.

Doch der Mann an meiner Seite erregte weit mehr Aufsehen als ich. Jacquard verzauberte die Frauen von Dartford. Ich bemerkte, wie die jungen – und auch einige, die nicht mehr so jung waren – ihn anstarrten.

»Ihr seid offensichtlich sehr beliebt, Mr Rolin«, stellte ich fest.

Jacquard lachte. »In höchst bescheidenem Maße. Ihr solltet einmal Constable Geoffrey Scovill durch die High Street gehen sehen. Ihr würdet staunen, welch erschütternde Wirkung er auf die Frauen von Dartford ausübt.«

Geoffreys Namen aus seinem Mund zu hören – und in so frivolem Zusammenhang –, machte mich von Neuem nervös. Ich hatte Geoffrey seit meiner Rückkehr noch nicht gesehen. Ich hätte ihn sofort unterrichten sollen, doch ich hatte nicht gewusst, was ich ihm schreiben sollte.

A ls Jacquard von meiner Tapisseriewerkstatt zu reden begann, war ich froh – anfangs.

»Was Ihr vorhabt, ist bemerkenswert«, sagte er. »Ich habe Euren Entwurf gesehen, und ich muss zugeben, ich war überrascht über die Wahl Eures Themas für die erste Tapisserie.«

»Mein Entwurf war verpackt und versiegelt«, entgegnete ich. »Woher kennt Ihr ihn?«

Jacquard bat mit einer tiefen Verbeugung um Entschuldigung. »Ich brauchte Einzelheiten für unsere Bücher. Ich muss über alle eingehenden Waren genauestens Buch führen, das gehört zu meinem Auftrag. Nur deshalb habe ich Euer Paket inspiziert, doch sogleich wieder verschlossen.«

Vielleicht war er wirklich zu einer solchen Untersuchung berechtigt, trotzdem beunruhigte es mich, dass er in meinen Angelegenheiten herumstöberte.

»Was findet Ihr an einem Fabelwesen denn so überraschend?«, fragte ich.

Er lächelte. »Nun, zum einen ist es der hohe Anspruch dieses Kunstwerks. Der Phönix ist ein ungemein farbenschillerndes Geschöpf. Ihr werdet viele, viele verschiedene Farben und Farbtöne verwenden müssen. Zudem wollt Ihr den Phönix im Moment seines Lebensendes darstellen. Wenn er sich nach tausend Jahren in seinem Nest niederlässt und dann in Flammen aufgeht und verbrennt – und ein neuer, junger Phönix aus der Asche steigt. Wie wollt Ihr das Feuer abbilden?«

»Mit Goldfäden«, antwortete ich. »Und was den hohen Anspruch angeht – ich muss als erstes Werk aus meiner Werkstatt etwas wirklich Beeindruckendes schaffen. Eine Serie von Bildteppichen, die eine Geschichte erzählt, bringt das meiste Geld ein, aber ich habe nur einen kleinen Stuhl für drei Weberinnen. Es würde länger als ein Jahr dauern, eine Serie herzustellen. Aus diesem Grund habe ich nur ein einziges Bild gewählt, ein besonders schönes, wie ich finde, für dessen Einschätzung ein Blick genügt. Wenn ich den richtigen Käufer finde und die Tapisserie an einem markanten Ort gezeigt wird, wird sie mir weitere Kunden bringen.«

Jacquard blieb stehen. »Aber – aber Ihr habt das ja wirklich bis in jede Kleinigkeit durchdacht. Ein brillanter Plan«, sagte er.

»Ach, das ist doch nicht der Rede wert«, wehrte ich verlegen ab. »Aber wolltet Ihr nicht noch etwas hinzufügen? Ihr sagtet vorhin ›zum einen‹. Überrascht Euch noch etwas an der Wahl meines Entwurfs?«

Er neigte den Kopf und sah mich mit seinen samtbraunen Augen an. »Ich frage mich, ob Ihr daran gedacht habt, was manche Leute im Bild des Phönix sehen könnten, zumal wenn es von Frauen geschaffen ist, die einmal einem Kloster angehört haben.«

»Es ist doch nur ein Vogel«, protestierte ich. »Die Sage wurde uns von Herodot überliefert, der im fünften Jahrhundert vor der Geburt unseres Herrn Jesus Christus lebte. Sie hat mit dem katholischen Glauben nichts zu tun.«

»Der Phönix lebt tausend Jahre«, sagte Jacquard. »Und die katholischen Klöster bestehen seit tausend Jahren. Könnte diese Geschichte von Tod und Wiedergeburt nicht als Gleichnis verstanden werden? Gleichnisse können große Macht haben.«

Den Trägern voraus ging ich ins Haus, bemüht, meine Bestürzung zu verbergen. War es vielleicht wirklich meine, von mir selbst unverstandene Absicht gewesen, der Welt meine Sehnsucht nach einer Wiederauferstehung unseres Glaubens aus der Asche der Zerstörung mitzuteilen? Aber ich wollte mit meinen Bildwerken keinen Streit heraufbeschwören – das hätte niemandem gedient.

Arthur, der mit Schwester Winifred im Wohnzimmer gespielt hatte, fiel bei der Ankunft des Webstuhls sofort mit aufgeregten Fragen über mich her.

In der Küche servierte Kitty, mein Dienstmädchen, gerade zwei von den Männern, die Bruder Oswald begleiteten, das Essen. Die Männer übernachteten alle im Hospital. Bruder Oswald hatte ernstliche Verletzungen erlitten und drei der anderen waren ebenfalls zu krank oder zu schwach, um sich auf den Beinen zu halten. Bruder Edmund kümmerte sich Tag und Nacht um sie. Sobald sie sich hinreichend erholt hatten, wollten sie weiter nach Aylesford, zu einem kürzlich aufgelösten Karmeliterkloster, um dort einen Bruder abzuholen, der sich ihnen anschließen wollte.

Beim Anblick der zerlumpten Ordensbrüder, die über ihrer Fischpastete saßen, wurde mir klar, wie seltsam sie auf Jacquard Rolin wirken mussten. Ihre abgetragenen Gewänder verrieten, dass sie einmal einem Kloster angehört hatten. Ich wollte nicht, dass Timothy Brookes nachmittägliche Bibelstunde zu einer gefährlichen Klatschrunde über die Mönche ausartete, die in Dartford eingezogen waren.

Doch als ich mich von Jacquard verabschieden wollte, sagte er: »Ich werde noch den Aufbau des Webstuhls beaufsichtigen.«

»Das ist wirklich nicht nötig«, entgegnete ich. »Ihr habt schon mehr als genug getan.«

»Ihr solltet Mr Rolins freundliches Angebot annehmen, Schwester«, warf Schwester Winifred ein. »Wir hätten die größte Mühe mit dem Aufbau – würde das nicht Zeit sparen?«

Jacquard sagte sehr ernsthaft: »Ich möchte gern helfen, wo ich kann.«

Also machte sich Jacquard ans Werk, und während er den Aufbau des Webstuhls beaufsichtigte, zauste er Arthur die Haare, unterhielt sich höflich mit Schwester Winifred und mir und rief sogar der errötenden Kitty ein paar neckende Bemerkungen zu. Die zwei schweigsamen Mönche in der Küche schien er überhaupt nicht zu beachten, nicht einmal als sie das Haus verließen, um ins Hospital zurückzukehren. Und sobald der Webstuhl stand, verabschiedete sich Jacquard mit einer letzten galanten Verbeugung.

Schwester Winifred legte den Kopf an meine Schulter. »Wie wunderbar«, sagte sie. »Jetzt können wir dort weitermachen, wo wir im Kloster aufgehört haben, und die schönsten Tapisserien herstellen. Ach, Schwester Joanna, ich werde jeden freien Moment nutzen, um Euch beim Weben zu helfen.«

»Wie schön.« Ich legte den Arm um ihre schmale Taille, dankbar für ihre Freundschaft und froh, dass sie ihre Bedenken hinsichtlich meiner Werkstatt aufgegeben hatte.

Als die Haustür geöffnet wurde, glaubte ich zuerst, Jacquard sei noch einmal zurückgekommen. Doch auf der Schwelle standen Geoffrey Scovill und Schwester Beatrice. Sie traten zusammen ein, ihr Verhalten jedoch hätte nicht unterschiedlicher sein können. Geoffrey bewegte sich steif und unnahbar und brachte nicht mehr hervor als »Guten Tag«. Schwester Beatrice hingegen begann sogleich mit blitzenden grünen Augen auf mich einzureden.

»Ich war außer mir vor Freude, wirklich außer mir, als ich hörte, dass Ihr zurück seid, Schwester Joanna. Die zwei Monate waren lang, und Ihr habt uns allen bitter gefehlt. Geoffrey hat mir gar nicht geglaubt, als ich ihn heute aufgesucht habe, um ihm zu erzählen, dass Ihr wieder da seid. ›Dann sehen wir doch selbst nach‹, habe ich gesagt, und wahrhaftig, da seid Ihr. Mit Eurem Webstuhl – endlich.«

Sie wandte sich Geoffrey zu. »Sieht sie nicht gut aus?«, rief sie mit beinahe peinlichem Überschwang, während sie seinen Arm umklammert hielt. Geoffrey sagte nichts, er sah mich nur an, hundert Fragen im Blick. Ich fühlte mich nicht wohl, und ich war sicher, dass man es mir ansehen konnte.

Plötzlich geriet das Zimmer um mich herum ins Schwanken.

»Ist Euch nicht gut?«, fragte Schwester Winifred.

»Doch, doch«, entgegnete ich und versuchte, tief zu atmen. Dann erklärte ich: »Ich habe etwas zu sagen.« Ich blickte sie alle nacheinander an, Schwester Winifred, Schwester Beatrice und Geoffrey. »Ich danke Euch, dass Ihr Euch für mich um Arthur gekümmert habt. Freunde wie Euch zu haben, ist eine große Ehre, und ich danke Gott dem Vater für Euch. Ich bin nicht würdig –« Meine Stimme brach, meine Schultern zuckten. Zu meiner peinlichen Verlegenheit brach ich in Tränen aus.

»Sie ist müde – sie hat so viel durchgemacht – wir müssen Schwester Joanna jetzt Ruhe gönnen«, sagte Schwester Winifred bestimmt. »Ich kümmere mich den Rest des Tages um Arthur. Und ich glaube, es ist besser, wenn Ihr jetzt geht.«

»Ja, vielleicht wäre das das Beste«, murmelte ich. Ohne Geoffrey oder die anderen anzusehen, wandte ich mich zur Treppe. Oben kroch ich in mein Bett. Ich verschlief den ganzen Nachmittag und die folgende Nacht, als suchte ich Entkommen in traumlosem Schlummer.

Als ich erwachte, fühlte ich mich etwas kräftiger. Es war Samstag, und ich begab mich gleich nach der Morgenmesse zum Markt. Kitty hatte ich angewiesen, zu buttern und Gemüse einzuwecken – das Brotbacken gehörte nicht zu ihren Stärken, und ich hatte ohnehin nicht den geeigneten Backofen dafür. Statt auf die Hilfe von Kittys Mutter zu warten, beschloss ich, mit dem letzten Geld von Catherine Howard Brot und so viele Nahrungsmittel einzukaufen, wie ich tragen konnte. Bis Bruder Oswald die Reise nach Aylesford antreten konnte, hatte ich für viele zu sorgen.

Die Markthalle von Dartford ragte in die Straße hinein, und vor ihr boten auf langen Karren die Fischer ihren Fang vom Morgen feil. Von schwatzenden, lachenden Leuten umgeben füllte ich in der Halle meinen Korb zuerst mit Brot, dann kaufte ich Karotten, getrocknete Erbsen, Zwiebeln und andere Lebensmittel ein. Es gab vieles zu besorgen, und es war ein angenehmes Gefühl, diese alltäglichen Dinge zu erledigen. Vielleicht würde ich mich in dieser kleinen Stadt eines Tages doch noch akzeptiert fühlen.

Ich sah gerade ein Fass Äpfel durch, als Geoffrey Scovill sich neben mich drängte.

»Joanna, kann ich Euch sprechen?«, fragte er.

»Natürlich«, sagte ich, und meine gute Stimmung fiel in sich zusammen. Ich fuhr fort, den Apfel zu begutachten, den ich ausgesucht hatte. Er war fest und rot auf der einen Seite, doch auf der anderen hatte er eine braune Stelle. Ich legte ihn ganz an den Rand des Stands, damit niemand sonst ihn kaufen würde.

»Ihr seht heute besser aus, das freut mich«, sagte er.

»Danke.«

Er betrachtete mich forschend. »Ich würde gern wissen, wie es kommt, dass der Herzog von Norfolk Euch erlaubt hat heimzukehren – und welche Bedingungen daran geknüpft sind«, sagte er.

Ich ließ die Äpfel liegen. Geoffrey zupfte mit der linken Hand an einem Knopf seines Wamses, während er auf meine Antwort wartete.

»Das ist wirklich nicht der richtige Ort, um das zu besprechen«, sagte ich und trat von dem Obststand weg.

»Ich wüsste keinen besseren«, widersprach er. »Hier ist es so laut wie sonst nirgends im ganzen Ort. Kein Mensch hört, was wir reden.«

Ich überlegte nur einen Moment, dann sagte ich: »*Erlaubt* hat Norfolk es nicht direkt.«

»Ich wusste es. Ach, Joanna, was habt Ihr getan?«

»Er wird nicht kommen und mich holen«, sagte ich. »Wir hatten am Tower Hill eine kleine Auseinandersetzung, bei der ich ihm mitgeteilt habe, dass er ohne mich abziehen müsse, weil ich in mein Leben in Dartford zurückkehren würde. Daraufhin ist er verschwunden.«

»Aber hat es Bedingungen gegeben?«, drängte Geoffrey.

Ich sagte heftig: »Ich stand direkt unter dem Schafott, mit Montagues Blut im Gesicht – das war wirklich nicht der Zeitpunkt, um zu feilschen.«

Geoffrey starrte in die Ferne. »Montague war ein tapferer Mann. Es hat mir sehr leidgetan, von seinem Tod zu hören.«

Ich bedauerte es, so scharf mit ihm gesprochen zu haben. »Ja, mir tut es auch leid«, sagte ich.

Einen Moment schwiegen wir beide in Trauer. Um uns herum drängten sich lachend und ihre Witze machend die Leute von Dartford.

Geoffrey trat näher an mich heran. Zu mir hinuntergebeugt sagte er: »Das heißt also, dass es kein Hindernis gibt?«

»Hindernis? Für wen?«

»Für uns, Joanna.« Sein Gesicht strahlte vor Hoffnung. »Nichts hindert uns mehr daran, endlich zusammenzukommen.«

Ich starrte ihn fassungslos an. »Und was ist mit Schwester Beatrice?«

Er schüttelte den Kopf und zog so heftig an dem Knopf, dass ich glaubte, er würde ihn abreißen. »Das ist nicht das Gleiche. Ich weiß, dass sie – dass sie mich sehr gern hat, aber –«

»Sie liebt Euch, Geoffrey.«

Er wurde rot und sagte dennoch: »Ich habe ihr nichts versprochen.«

»Ich hätte nie gedacht, dass ich Euch einmal grausam erleben würde.« Ich hielt geradewegs auf das Tor der Markthalle zu.

Geoffrey holte mich ein. »Das ist nicht fair, Joanna. Benutzt Ihr nicht meine Freundschaft mit Beatrice als Vorwand? Mir scheint, Sommerville hat Euch wieder unter seinem Einfluss. Ihr seid diejenige, die Versprechungen macht – ihm. Glaubt Ihr, ich weiß nicht, dass Ihr mit ihm nach Dartford zurückgekommen seid?«

Ich drängte mich zur Straße durch und wäre beinahe mit einem Fischhändler zusammengestoßen, der sich an seinem Karren zu schaffen machte. Mein Sack Bohnen fiel aus dem Korb und sein Inhalt ergoss sich in den Straßenschmutz. Doch ich war so erregt, dass es mich nicht kümmerte.

Wieder war Geoffrey an meiner Seite. Ich konnte ihm nicht entkommen.

»Er hat sich heimlich aus Dartford weggeschlichen, um Euch zu suchen, ohne mir etwas zu sagen«, erklärte Geoffrey wütend. »Er wusste genau, wo Ihr Euch aufhieltet – er hat nur gewartet, bis ich sicher mit Gemeindeangelegenheiten beschäftigt war, dann hat er sich auf den Weg gemacht, um Euch zu retten. Aber bedenkt eins, Joanna: Ihr habt nicht an Sommerville geschrieben, als Ihr nach einem Weg gesucht habt, London verlassen zu können. Ihr habt *mir* geschrieben. Ihr wolltet *mich* bei Euch haben.«

Geoffrey war laut geworden. Mehrere Leute sahen sich neugierig um.

»Hört auf«, sagte ich verzweifelt und zog ihn auf die andere Seite der High Street, vor den Laden eines Schuhmachers. »Diese

Eifersucht ist erniedrigend – für Euch und für mich. Ihr seht Bruder Edmund ganz falsch.«

Geoffrey schlug mit der Faust gegen die Holzwand. Ich hatte ihn nie so unbeherrscht gesehen.

»Das Schlimmste ist, dass ich genau weiß, was Euch an ihn bindet. Er ist genauso toll wie Ihr. Er versucht gar nicht, Euch zur Vernunft zu bringen. Er ermutigt Euch in jeder Eurer verrückten Ideen. Er ist sogar noch schlimmer als Ihr! Was für ein Gedanke, nach Blackfriars zu gehen, nachdem es vom König aufgelöst worden war!«

»Woher wisst Ihr von Blackfriars?«, fragte ich scharf. »Und woher wusstet Ihr, dass die Verhaftungen in Red Rose an jenem Abend stattfinden würden? Das habt Ihr mir nie verraten.«

»Ein Constable hört vieles«, gab er zurück. »Ich mag kein Gelehrter sein wie Euer edler Bruder Edmund, aber ich bin kein Narr. Und wenigstens bin ich ehrlich mit Euch. Er tut die ganze Zeit so, als wäre er über alle irdischen Begierden erhaben – als begehrte er Euch nicht. Seht Ihr denn die Verstellung nicht?«

Ich war so zornig, dass ich kaum Luft bekam.

»Ihr seid eben doch ein Narr, Geoffrey Scovill«, stieß ich hervor. »Ihr wisst nichts über ihn. Und Ihr wisst nichts über mich. Er begehrt mich nicht auf die Art, wie Ihr es tut, wie andere Männer vielleicht. In Blackfriars war ich diejenige. Ich habe ihn begehrt. Ich habe mich ihm angeboten – und er sagte, es sei unrecht. Er hat mich zurückgewiesen.«

Nie werde ich Geoffreys Gesicht in diesem Moment vergessen. Seine ganze Wut und Ungläubigkeit wurden zu tiefem Schmerz.

»Ich hätte nie geglaubt, dass ich *Euch* jemals grausam erleben würde, Joanna«, sagte er mit erstickter Stimme. Dann drehte er sich um und ging.

»Geoffrey«, rief ich ihm nach. »Wartet. So wartet doch!«

Doch er drehte sich nicht um. Er ging davon und lief immer schneller, bis er die High Street hinauf vor mir davonrannte.

Kapitel 33

Zur Messe am ersten Weihnachtsfeiertag blieb in der Dreifaltigkeitskirche kein Platz leer. Das Schiff und die Seitenkapellen waren all ihres Schmucks beraubt, die schönen Gemälde dunkel übertüncht worden, sodass den Räumen das Licht früherer Zeiten fehlte, und zugleich war etwas Neues hinzugekommen: Lange Bänke füllten jetzt das Kirchenschiff. Ich saß mit Arthur und Schwester Winifred auf der einen und Bruder Edmund auf der anderen Seite in einer Bank etwa in der Mitte der Kirche, während Pater William Mote mit so viel Leidenschaft, wie ihm gegeben war, die Geschichte von der Geburt des Messias erzählte. Wir waren jetzt nicht mehr dazu verbannt, uns abseits in der Votivkapelle mit den weitschweifigen Predigten des zerstreuten alten Pater Anthony abspeisen zu lassen. Während meiner Abwesenheit hatte Pater William den ehemaligen Angehörigen des Klosters gestattet, sich in die größere Gemeinde einzugliedern. Es wäre ein Segen gewesen, wäre nur die Kette nicht gewesen.

Pater William stand direkt neben ihr – einer langen, schweren Kette, mit der die auf einem Lesepult ruhende englische Bibelübersetzung von Myles Coverdale, die sogenannte Große Bibel, am Altar befestigt war. Vor zwei Sonntagen hatte Pater William uns allen verkündet: »Lord Cromwell hat mir ans Herz gelegt, euch freundlich und milde zu ermahnen, selbst in dieser Bibel zu lesen – der König möchte, dass ihr euch ihr ernst und gesittet nähert.« Die Leute hatten verwunderte Blicke getauscht. Nicht ein Mann unter sieben in Dartford konnte lesen, bei den Frauen war die Zahl noch weit geringer. Und daran würde sich auch in naher Zukunft kaum etwas ändern, da die Klöster, von alters her Mittelpunkte von Erziehung und Bildung, samt und sonders aufgelöst waren. Die Reichen konnten sich Privatlehrer für ihre Kinder leisten. Für die Angehörigen des niederen Adels und die Kaufleute jedoch gab es keinen Ort mehr, wo ihre Söhne und Töchter lesen und schreiben lernen konnten.

Der Einzige unter den Gemeindemitgliedern, der sich ernsthaft mit dem Studium der Großen Bibel befasste, war Bruder Edmund. »Ich werde mich nicht durch Fehlinterpretation verführen lassen«, versicherte er Schwester Eleanor, die ihn bat, sich nicht in Gefahr zu bringen. Fehlerhafte Übersetzung, die zu Glaubensirrtümern führte, war das, was wir Katholiken fürchteten. Nach einigen Tagen aufmerksamer Lektüre stellte Bruder Edmund fest: »Coverdale hat seine Sache recht ordentlich gemacht – er war ja auch Augustiner.«

Mich störte nicht das Buch, sondern die Kette. Jedes Mal wenn mein Blick auf sie fiel, hatte ich das Gefühl, nach London zurückgezerrt zu werden, an den Hof, in den Tower und zum Schafott König Heinrichs VIII. Während ich Pater Williams Predigt lauschte, legte ich beide Hände um meinen Hals und schloss die Augen.

Nach der Messe nahm Bruder Edmund mich beiseite. »Schwester Joanna, könntet Ihr mir für kurze Zeit im Hospital helfen?«

»Natürlich.«

Arthur ging vergnügt mit Schwester Winifred nach Hause, während Bruder Edmund und ich die Kirche gemeinsam verließen. Niemand nahm es zur Kenntnis – nicht einmal Geoffrey Scovill; er widmete seine ganze Aufmerksamkeit Schwester Beatrice, mit der er in einer der hinteren Reihen saß. Sie waren jetzt ständig zusammen. Geoffrey hatte seit dem Morgen auf dem Markt kein Wort mehr mit mir gesprochen. Ich hatte beschlossen, nichts zu unternehmen, um den Bruch zu kitten, auch wenn es mir wehtat. Geoffrey Scovill war ohne Joanna Stafford besser dran.

Bruder Edmunds kleines Hospital, sauber und wohlversehen mit heilenden Tinkturen, Pillen, Salben und Kräutern, war leer. Während Bruder Edmund Feuer machte, ging mir der Gedanke durch den Kopf, dass wohl am Weihnachtstag kaum jemand aus dem Ort den Apothecarius brauchen oder er meine Hilfe benötigen würde.

»Schwester Joanna, ich muss etwas Wichtiges mit Euch besprechen. Es muss unbedingt unter uns bleiben.« Er wies auf die Hocker, die vor seinem Arbeitstisch aus Eiche standen.

»Natürlich.« Mein Herz klopfte schneller. Ich wollte Bruder Edmund so gern wichtig sein.

Er zog seinen Hocker näher zu mir heran. So nahe war ich ihm seit dem Abend im Kalefaktorium von Blackfriars nicht mehr gewesen.

»Habt Ihr das Gefühl, dass Ihr verfolgt werdet?«, fragte Bruder Edmund.

Ich fuhr erstaunt ein wenig zurück. »Was meint Ihr damit?«

Er fuhr mit den Fingern durch sein aschblondes Haar. »Ich habe den Eindruck, dass jemand mich beobachtet. Ich bemerke einen Schatten in einer Türnische, und wenn ich mich umdrehe, ist er weg. Es kann natürlich irgendjemand sein, nicht unbedingt jemand, der mich verfolgt. Beim letzten Mal, als ich die Schritte hörte, habe ich mich zwischen zwei Häusern versteckt und gewartet. Lange Zeit zeigte sich kein Mensch, und dann kam der Metzger mit seinem Sohn.«

Ich starrte Bruder Edmund an, während ich versuchte, mir klarzumachen, was er da sagte.

»Seid Ihr absolut sicher, dass niemand Euch beobachtet?«, fragte er.

»Mit Sicherheit kann ich es natürlich nicht sagen – aber mir ist nichts dergleichen aufgefallen«, antwortete ich. »Habt Ihr denn eine Vorstellung, wer diese Person sein könnte?« Mir kam plötzlich ein erschreckender Gedanke. »O nein«, rief ich. »Es ist ein Spitzel von Gardiner und Norfolk.«

Bruder Edmund machte ein nachdenkliches Gesicht. »Das ist eine Möglichkeit. Es gibt aber noch eine andere.«

Er zögerte, als überlegte er, wie er mir seinen Gedanken nahebringen sollte. Draußen schrie John sein unsinniges Zeug – seine Dämonen quälten ihn wieder einmal. Ich hoffte, jemand würde ihn zum Weihnachtsmahl ins Haus holen, auch wenn dazu eine gewisse Unerschrockenheit gehörte.

»Schwester Joanna, habt Ihr einmal darüber nachgedacht, wer Gertrude Courtenay zu Euch gesandt haben könnte?«, fragte er.

»Habt Ihr eine Ahnung, wer hinter ihr stand, als sie Euch zwang, den zweiten Seher aufzusuchen?«

Natürlich. Bruder Edmund war von der Prophezeiung besessen. Er *wünschte* sich, es käme jemand und brächte mich zu dem dritten Seher. Das war der einzige Grund, weshalb er mit mir unter vier Augen sprechen wollte.

»Nein, ich weiß nur, dass es nicht Lady Maria war«, antwortete ich. »Vielleicht werde ich es nie erfahren. Gertrude kann ich jedenfalls nicht fragen.«

In diesem Augenblick klopfte es draußen. A ls Bruder Edmund die Tür öffnete, traten Jacquard Rolin und Oliver Gwinn ein, der Witwer, den wir am Tag meiner Abreise aus Dartford in der Kirche getröstet hatten.

»Seht Ihr?«, sagte Jacquard. »Ich habe Euch gesagt, dass Bruder Edmund hier ist. Ich habe ihn nach der Kirche mit Schwester Joanna in diese Richtung gehen sehen.«

»Ich möchte Euch nicht stören«, sagt Gwinn, dessen linke Hand mit einem Tuch verbunden war. »Es ist meine eigene Schuld. Ich habe mich dumm angestellt.«

»Mr Gwinn war heute Morgen im Stall von Holcroft House an der Arbeit, als ihm das Missgeschick passiert ist«, erklärte Jacquard. Damit verabschiedete er sich.

Holcroft war das Anwesen, wo die sechs Schwestern aus Kloster Dartford lebten. Ich wusste aus Schwester Winifreds Brief und aus Erzählungen, dass Gwinn ihnen ein unentbehrlicher Helfer geworden war.

»Zeigt mir Eure Hand«, forderte Bruder Edmund ihn auf. »Es ist keine schwere Verletzung, aber sie muss versorgt werden, sonst entzündet sie sich. Ihr erlaubt?«

»Natürlich, Bruder Edmund«, antwortete er. »Ich danke Euch.«

Während mein Freund eine Salbe zubereitete, wandte Oliver Gwinn sich mir zu. »A ls Ihr im Kloster wart, war Schwester Agatha Eure Novizinnenmeisterin, nicht wahr?«

Ich nickte.

»Das kann ich mir gut vorstellen.« Er lächelte schüchtern. »Sie ist gewiss unübertrefflich darin, junge Frauen zu lehren und zu unterweisen. Ach was, sie ist in allem unübertrefflich. Sie ist der gütigste, herzlichste und aufmerksamste Mensch überhaupt. Und sie bringt mich zum Lachen – niemand kann so gut Geschichten erzählen wie Schwester Agatha.«

Er schien aufs Höchste entflammt zu sein. Vielleicht, dachte ich, war Schwester Agatha diejenige unter uns, die heiraten würde. Überall in England gab es inzwischen ehemalige Nonnen und Mönche, die sich verheirateten. Als ich anfangs davon hörte, war ich bestürzt. Doch allmählich gewöhnte ich mich an die Vorstellung.

»Das ist wirklich gute Pflege – sehr gute Pflege«, erklärte Gwinn. »Was die anderen behaupten, stimmt nicht.«

»Wer sind die anderen?«, fragte Bruder Edmund, der dabei war, Gwinns Wunde zu reinigen.

»Die Leute im Ort«, antwortete Gwinn. Er sah zuerst Bruder Edmund an, dann mich. »Ihr meint, Ihr wisst es gar nicht?«, fragte er erschrocken. »Ach, was bin ich für ein dummer Kerl.«

»Ich weiß, dass in den letzten zwei Monaten kaum Leute gekommen sind, um sich von mir behandeln zu lassen – abgesehen von meinen Freunden, die auf der Durchreise hier waren«, sagte Bruder Edmund.

Das überraschte mich. Warum hatte er mir das nicht erzählt?

Gwinn seufzte. »Daran ist nur der junge Brooke schuld – Timothy, der Prediger.«

»Der auf dem Baumstumpf«, murmelte ich.

»Er wettert gegen die Schwestern und noch mehr gegen Euch, Bruder Edmund«, berichtete Gwinn. »Gute Christen sollten Euren papistischen Heilkünsten misstrauen, sagt er. Tut mir leid, dass ich diese Verleumdungen hier wiederholen muss.«

Bruder Edmund legte Kräutersalbe auf und verband dann die verletzte Hand. »Macht Euch keine Gedanken, Mr Gwinn«, sagte er. »Ich habe es schon vermutet.«

»Es kommt nicht von Timothy allein«, meinte Gwinn. »Pater Williams Predigten sind auch mit schuld. Jetzt, wo Ihr unter uns sitzt, sagt er's natürlich nicht mehr, aber er hat monatelang behauptet, wenn die Klöster alle geschlossen würden, brauchte König Heinrich das Volk nie wieder mit Steuern zu belegen, weil die Schatzkammer bis zu unserem Lebensende voll sein würde.«

»Das ist eine Schande«, rief ich. »Wie kann ein Priester seiner Gemeinde so etwas erzählen?«

Bruder Edmund hob die Hand. »Ihr dürft ihn nicht allein verantwortlich machen, Schwester Joanna. Vor zwei Jahren hat Erzbischof Cranmer den Priestern im ganzen Königreich Anweisung gegeben, eben das von ihren Kanzeln zu predigen.«

Mit unglücklicher Miene sagte Gwinn: »Es ist unrecht, und es tut mir wirklich leid.«

Nachdem der Witwer gegangen war, reinigte Bruder Edmund die Holzschale und den Stößel, während ich am Tisch saß, den Kopf in die Hände gestützt. Tränen liefen mir über die Wangen, die graue Aussichtslosigkeit unserer Lage war kaum noch zu ertragen. Würde ich denn den Rest meines Lebens in Hoffnungslosigkeit zubringen müssen?

»Wenn ich wüsste, wer der dritte Seher ist, würde ich auf der Stelle zu ihm gehen«, rief ich. »Ich muss etwas unternehmen und mein Leben endlich selbst in die Hand nehmen.«

Bruder Edmund antwortete nicht gleich. Ich konnte nicht erkennen, was in ihm vorging. Dann sagte er leise: »*Wenn der Rabe das Seil erklimmt, muss der Hund sich in die Lüfte erheben wie der Falke.*«

Die Prophezeiung hatte ihn all die Wochen nicht losgelassen. Wie verzweifelt er doch die Klöster erneuert sehen wollte.

»Vielleicht könnten wir selbst den Sinn dieser Prophezeiung herausfinden«, sagte ich. »In Blackfriars haben wir ja schon einen Anfang gemacht.«

»Ja, vielleicht.« Er nickte. »Aber der Weihnachtstag ist nicht der günstigste Tag dafür. Wir müssen uns beruhigen, bevor wir uns den anderen anschließen.«

Ich wischte mir die Tränen ab. Ich wollte Schwester Winifred nicht damit erschrecken, dass ich verweint zu ihrem Weihnachtsmahl erschien. Ich musste mich zusammennehmen und zusehen, dass wenigstens Arthur einen schönen Tag erlebte.

Bruder Edmund tätschelte mir die Hand, allerdings etwas zaghaft. Ich erinnerte mich seiner tröstlichen Umarmung in Howard House und des wunderbaren Gefühls, als ich ihn später in Blackfriars in die Arme genommen hatte, und kämpfte meine Sehnsucht nieder.

Von draußen hörten wir die Stimmen der Leute, die singend durch die Straßen zogen.

Bruder Edmund zog seine Hand weg.

»Ich wurde für das Kloster bestimmt, als ich acht Jahre alt war«, sagte er, den Blick zum Fenster hinaus gerichtet. »Ich kann mich nicht erinnern, dass ich je glaubte, ich könnte etwas anderes werden als ein Mann der Kirche. Ich habe es einfach akzeptiert, dass ich niemals Ehemann oder Vater werden würde. Solche Dinge bedeuten einem Kind ja noch nichts.«

Ich wartete gebannt. Nie hatte er mir etwas so Persönliches anvertraut. Versuchte er, mir zu erklären, warum er mich in Blackfriars abgewiesen hatte?

Draußen entfernte sich allmählich der Gesang.

Noch immer schwiegen wir beide. Die Spannung zwischen uns war fast unerträglich. Ich fragte mich, ob er darauf wartete, dass ich die unausgesprochene Frage stellte.

»Bruder Edmund«, fragte ich leise, »habt Ihr je am Zölibat gezweifelt?«

Den Blick auf den Tisch zwischen uns gerichtet, antwortete er: »Der heilige Dominikus hat gesagt: Ein Mensch, der seine Leidenschaften beherrscht, ist Herr über sein Leben. Wir müssen ihnen befehlen, oder wir werden von ihnen geknechtet.«

Der Stich der Enttäuschung, den ich verspürte, war lächerlich. Ich kannte Bruder Edmunds Einstellung, wie hatte ich da etwas anderes erwarten können? Wenigstens schien er mir nicht böse zu sein. Um das Gespräch in sichere Bahnen zu lenken, sagte ich: »Aber Ihr habt die *vita activa* gewählt und nicht die völlige Abkehr von der Welt, wie die *vita contemplativa* sie verlangt.«

Bruder Edmund sagte: »Meinem Vater war nur wichtig, dass ich in ein Kloster gehe, ob als Mönch, der sich allein der Einkehr und dem Gebet widmet, oder als Ordensbruder, der sich der tätigen Nächstenliebe verpflichtet, war ihm gleichgültig. Als ich darum bat, Dominikaner werden zu dürfen, war er einverstanden. Es hat ihn nicht weiter gekümmert.«

Mich berührte diese Geschichte sehr merkwürdig. Bruder Edmund, der die Frage in meinem Gesicht bemerkte, fügte hinzu: »Ich bin der Zweitgeborene. Mein Bruder Marcus ist zehn Jahre älter als ich. Mein Vater besaß ein kleines Vermögen. Er wollte es nicht zwischen uns aufteilen. Alles sollte meinem Bruder Marcus zufallen. Keinesfalls sollte davon etwas für mich abgezogen werden. Mein Vater war selbst ein zweitgeborener Sohn. Man sollte meinen, er hätte Verständnis für meine Situation gehabt. Aber genau das Gegenteil war der Fall.«

So hatte ich mir die Familie von Bruder Edmund nicht vorgestellt. Doch seine Miene blieb völlig neutral, während er seine Geschichte erzählte. Er schien unberührt davon, und tatsächlich war es nichts Besonderes, dass Väter ihre Söhne mit so ungleichem Maß maßen.

»Wie ist es denn Schwester Winifred ergangen?«, fragte ich.

»Wir waren fünf Geschwister, drei davon Mädchen. Da musste natürlich einiges für Mitgiften hingelegt werden. Winifred war ein kränkliches Kind – ›Kümmerling‹ hat unser Vater sie manchmal genannt. Er fürchtete, dass er sie ohne gute Mitgift niemals würde verheiraten können. Er hat sich schließlich das Geld geliehen, um ihr die Aussteuer für Dartford zu bezahlen, und damit war die Sache erledigt.«

Die Falte zwischen seinen Brauen vertiefte sich. Die geringe Liebe des Vaters zu Schwester Winifred bekümmerte ihn mehr als die Behandlung, die ihm selbst zuteilgeworden war.

»Und wie denkt Euer Vater jetzt, da Ihr beide nicht mehr im Kloster seid?«, fragte ich.

Bruder Edmund starrte wieder zum Fenster hinaus. »Er ist vor sieben Jahren gestorben.«

»Und Euer Bruder?«, bohrte ich weiter. »Er wollte das alles vielleicht gar nicht. Er bedauert vielleicht die Haltung Eures Vaters und hätte gern eine engere Verbindung zu Euch.«

Bruder Edmund wandte den Kopf, um mich anzusehen. »Wie kommt es nur, dass Ihr nach allem, was Ihr durchgemacht, nach all den Verlusten, die Ihr erlitten habt, immer noch das Beste in den Menschen sehen könnt, Schwester Joanna? Es ist wirklich bemerkenswert.«

Zum ersten Mal seit dem Morgen auf dem Tower Hill fühlte ich in mir wieder Wärme und Selbstgewissheit aufsteigen. Gleichzeitig jedoch haderte ich mit mir selbst. Warum brauchte es nur ein freundliches Wort von Bruder Edmund, um mich so zu verwandeln? Es wurde Zeit, dass ich mich wie eine Erwachsene benahm und nicht wie ein schwaches, abhängiges Kind.

Bruder Edmund sprang plötzlich auf und zog mich in seinen Arm. Meine freudige Überraschung wich Erschrecken, als ich sein beunruhigtes Gesicht sah. Er wollte mich beschützen. Sein Blick war zur Tür gerichtet.

Dort stand Jacquard Rolin. Er hatte die Tür geöffnet, ohne dass wir es zunächst bemerkt hatten.

»Was tut Ihr hier?«, fragte ich ärgerlich.

»Ich wollte mich nach meinem Freund Gwinn erkundigen«, antwortete Jacquard.

Bruder Edmund räusperte sich. »Er ist schon vor einiger Zeit gegangen. Das Salbenpflaster, das ich ihm aufgelegt habe, sollte die Heilung beschleunigen.«

»Das ist gut«, sagte Jacquard, doch er ging nicht.

»Gibt es noch etwas, Mr. Rolin?«, fragte Bruder Edmund.

»Ich habe gerade eine höchst interessante Nachricht erhalten«, sagte Jacquard. »Sie könnte die englische Welt verändern.«

»Worum geht es?«, fragte ich.

»Papst Paul hat König Heinrich mit dem Kirchenbann belegt. Euer Herrscher ist damit exkommuniziert.«

Kapitel 34

Nachdem Jacquard gegangen war, löschte Bruder Edmund das Feuer im Hospital, und ich dachte darüber nach, was diese Nachricht zu bedeuten hatte. Der päpstliche Bann war eine seltene und sehr ernste Maßnahme. Der Letzte, der aus der katholischen Kirche ausgestoßen worden war, war 1520 Martin Luther gewesen.

Ich musste daran denken, was Gertrude auf unserem Ritt nach Londinium gesagt hatte: *Dann ist es die Pflicht anderer christlicher Herrscher, ihn zu entthronen. Wir, seine Untertanen, könnten Heinrich nicht verteidigen. Jedenfalls nicht, wenn wir der Kirche und dem Heiligen Vater die Treue halten wollten.*

Während wir uns im Hospital aufgehalten hatten, war es draußen kälter geworden, eine drückende Feuchtigkeit in der Luft kündigte Schnee an. Von den Straßensängern war nichts mehr zu hören, die meisten Leute saßen jetzt, von lodernden Feuern gewärmt, beim Weihnachtsmahl.

Als wir die High Street erreichten, bemerkte ich am Ende der Straße eine Gruppe, die sich sehr langsam auf die Ortsmitte zubewegte. Zu unserer Bestürzung waren es Bruder Oswald und seine Freunde. Wir hatten nicht mit ihrer Rückkehr gerechnet.

Der Zisterzienser war so erschöpft, dass ich fürchtete, er würde auf offener Straße zusammenbrechen. Seine Freunde sahen ebenso schlimm aus: niedergedrückt wie geprügelte Hunde.

»Was ist passiert?«, rief ich.

»Alles ist gut, Schwester Joanna«, versicherte Bruder Oswald mit schwacher Stimme.

»Ich sehe kein neues Gesicht – habt Ihr den Bruder, zu dem Ihr wolltet, in Aylesford nicht gefunden?«, fragte Bruder Edmund.

Niemand antwortete.

Arthur schoss, zornig über meine Verspätung, aus dem Haus der Sommervilles. Ich schob den Jungen, der nicht einmal eine Jacke trug, schnell wieder hinein. Einige Minuten später führte Bruder Edmund die neuen Gäste ins Haus.

Ich bewunderte Schwester Winifred, mit welch ungetrübter Freundlichkeit sie Bruder Oswald und seine Getreuen begrüßte. Während ich den Männern einen Becher Weihnachtspunsch kredenzte, zauberte sie aus einem Mahl für vier eines für zehn Personen. Jeder Gast erhielt ein Stück Gänsebraten und mehr als einen Bissen vom traditionellen *mince pie*, perfekt gewürzt und nicht zu dicht mit Rosinen gefüllt.

Angesichts Arthurs ausgelassener Freude an diesem Weihnachtsfest fragte ich mich, ob er sich an das letzte erinnerte: einen Tag, den er mit trauernden Verwandten in Nordengland verbracht hatte, ein Waisenkind, das keiner haben wollte, bis mein Vater kam und ihn mit nach Süden nahm. Und welche Erinnerungen hatte er an Weihnachten vor zwei Jahren, als seine beiden Eltern noch gelebt und ihn mit ihrer Liebe umgeben hatten? Ich hoffte aus tiefstem Herzen, dass Margaret ihren Sohn bei mir gut aufgehoben sah und ich sie nicht enttäuschte. Doch was würde sie davon halten, dass ich ihr schmerzliches Geheimnis dazu benutzt hatte, mich von Norfolk freizukaufen? Schuldgefühle quälten mich. Ich hätte mir meine Freiheit auf andere Weise erkämpfen müssen.

Doch immerhin war Arthur glücklich, ich sah es an seinem strahlenden Lachen, das alle am Tisch entzückte, auch wenn die Mönche nicht viel sprachen. Bruder Edmund stellte keine Fragen, sondern kümmerte sich nur aufmerksam um ihr Wohlbefinden. Doch ich kannte ihn gut genug, um zu wissen, dass er so verwundert war wie ich. Irgendetwas war in Aylesford vorgefallen. Aber was?

A ls Kitty kam, um den Tisch abzudecken, fragte ich Schwester Winifred, ob sie sich Arthurs ein Weilchen annehmen könne, ich wolle Bruder Oswald gern meinen neuen Webstuhl zeigen.

Die Mönche sahen sich mit großem Interesse an, was wir bisher auf dem Webstuhl zustande gebracht hatten. Keiner von ihnen stellte die Verbindung her, von der Jacquard gesprochen hatte – dass man den Phönix als Symbol für die Wiedererstehung der Klöster sehen könnte.

Allein mit Edmund und ihnen in der Abgeschlossenheit meines Hauses wagte ich zu fragen: »Wollt Ihr uns nicht berichten, was in Aylesford geschehen ist?«

Trauer senkte sich wieder über die Gruppe. Die Mönche warteten schweigend auf Bruder Oswalds Entscheidung. Der sagte schließlich: »Wenn es Euch beliebt, Schwester Joanna«, und setzte sich auf den Boden. So war seine Art – so war die Demut der Zisterzienser.

»Kloster Aylesford war wunderschön«, begann Bruder Oswald. »Wir trafen bei Abenddämmerung ein, und es in diesem Licht zu sehen – es war wie ein Traum. Dreihundert Jahre alt, zur Zeit der Kreuzzüge erbaut ...«

Bruder Oswald stockte, den Blick in die Flamme der Kerze gerichtet, die qualmend vor ihm stand. Ich konnte erkennen, dass die Wunde in seinem Gesicht, die ihm der Raufbold in Southwark beigebracht hatte, noch immer nicht verheilt war.

»Wir haben Bruder Paul gefunden. Er hatte sich dort versteckt gehalten. Er konnte kein Feuer machen, weder um zu kochen, noch um sich zu wärmen, weil er fürchten musste, dann entdeckt zu werden. Er sagte, er betrachte es als ein Zeichen Gottes, dass wir gekommen seien – dafür, dass noch nicht alles verloren sei. Wir haben dann zusammen gebetet und uns ein Nachtlager gesucht. Es war sehr tröstlich, in diesem Raum zusammen zu sein, als hätten wir wieder eine geistliche Heimat gefunden.«

Bruder Oswald senkte den Kopf. »Am nächsten Morgen konnten wir Bruder Paul nicht wecken. Er war in der Nacht gestorben.«

Jetzt tat es mir leid, dass ich ihn mit meiner Frage bedrängt hatte.

Bruder Oswald straffte die Schultern und sagte mit großer Anstrengung: »Wie werden nicht verzweifeln – nein, wir werden die Hoffnung nicht aufgeben. Gott hat einen Plan, und ich glaube, dass unsere nächste Pilgerreise uns den Willen Gottes offenbaren wird. Ja, ich bin ganz sicher.«

»Wohin wollt Ihr denn von hier aus?«, fragte Bruder Edmund.

»Nach Canterbury, zum Schrein des heiligen Thomas Becket. In vier Tagen ist sein Todestag«, antwortete Bruder Oswald.

»Nein«, rief ich. »O nein!«

Ich hatte Bruder Edmund nie gesagt, was ich vom Herzog von Norfolk über die zerstörerischen Pläne des Königs anlässlich dieses Todestags gehört hatte. Ich hatte es natürlich nicht vergessen – doch ich hatte es aus meinen Gedanken verdrängt wie einen schauerlichen Albtraum.

Mit hämmerndem Herzen sagte ich: »Der König will am Abend vor dem Todestag den Sarg mit den Gebeinen des heiligen Thomas aus der Kathedrale entfernen lassen.«

»Warum?«, rief einer der Mönche erstickt.

»Die Gebeine sollen verbrannt und die Asche verstreut werden«, antwortete ich. »Der König will ein Exempel statuieren und der Welt zeigen, welches Schicksal auf einen Gottesmann wartet, der sich seinem König widersetzt.«

Bruder Oswald bekreuzigte sich mit geschlossenen Augen. Die anderen fassten einander voll Schmerz und Entsetzen bei den Händen.

Bruder Edmund packte mich am Arm. »Warum habt Ihr mir davon nie etwas gesagt?«, fragte er beinahe ärgerlich. »Seit wann wisst Ihr das, Schwester Joanna?«

»Seit Blackfriars«, antwortete ich. »Der Herzog von Norfolk hat es mir gesagt.«

»Ja«, rief Bruder Edmund, »deshalb ist der König exkommuniziert worden. Ich wusste sofort, dass nur ein schrecklicher Frevel den Papst veranlasst haben kann, den Bann zu verhängen. Wenn Norfolk davon wusste und es Euch gesagt hat, dann wussten auch andere bei Hof davon. Dieser schändliche Plan wurde vielleicht schon vor Monaten ausgeheckt. Er hat sich bis nach Rom herumgesprochen – und Papst Paul blieb daraufhin keine Wahl. Kein Heiliger darf so entehrt werden.«

Bruder Oswald begann zu schluchzen. Seine Freunde gerieten außer sich, als sie den Mann, der sie bisher geführt hatte, in so trostlosem Zustand sahen. Einer der Mönche kniete vor Bruder

Oswald nieder und sagte: »Vielleicht können wir es verhindern. Wir könnten schon jetzt nach Canterbury reisen, bevor die Leute des Königs eintreffen, und den Prior überreden, uns den Sarg des heiligen Thomas zu überlassen, damit wir ihn in Sicherheit bringen können.«

»Ich fürchte, der Prior von Canterbury wird Euch das niemals gestatten«, wandte Bruder Edmund ein. »Er wird es nicht wagen, dem König zu trotzen.«

»Wir reisen trotzdem.« Bruder Oswald hatte sich wieder gefasst. »Wir werden da sein, wenn die Männer des Königs eintreffen«, entschied er und stand auf. »Wir warten, bis sie mit dem heiligen Schrein herauskommen, und dann entreißen wir ihn ihnen.«

»Ja! Ja! Ja!«, riefen die anderen, augenblicklich überzeugt von diesem Plan, der mir höchst gefährlich schien. Ich konnte jedoch verstehen, dass sie sofort dafür entflammt waren. Der unbezwingbare Hass des Königs hatte sie in Hoffnungslosigkeit und Schmerz gestürzt. Mit diesem Plan wurde der Schmerz beseitigt und die Hoffnung wiederhergestellt. Doch wie wollten sie die Soldaten des Königs überwinden? Ich sah Bruder Edmund an – er musste ihnen dieses Vorhaben ausreden.

»Ich gehe mit Euch nach Canterbury«, erklärte Bruder Edmund.

»Das könnt Ihr nicht tun«, rief ich. »Bitte, hört mir zu! Hat man uns nicht gelehrt: Wappne dich mit dem Gebet statt mit dem Schwert; kleide dich in Demut statt in schöne Gewänder?«

Er wandte sich mir zu. Seine Augen blitzten, genau wie die Bruder Oswalds, wie geschliffene Steine. »Wir haben uns lange genug in Demut gekleidet, Schwester. Seht doch, was das aus uns gemacht hat. Ich *muss* gehen.«

»Bruder Edmund, sie werden Euch töten – Euch alle«, sagte ich. »Keiner von Euch hat so wie ich erlebt, wozu die Männer des Königs und seine Soldaten fähig sind.«

»Und wenn ich bei diesem Versuch umkommen sollte, bei diesem Versuch, einen Akt des Hasses und der Gotteslästerung zu verhindern – so wird mein Leben doch endlich einen Sinn bekommen haben, Schwester Joanna«, sagte Edmund leidenschaftlich. »Gerade Ihr wisst, was es mich gekostet hat, vor fünf Jahren den Suprematseid zur Anerkennung Heinrichs VIII. als Oberhaupt der Kirche zu leisten. Ich habe den Heiligen Vater verleugnet. Seither ist mir die Gnade Gottes versagt. Ich war schwach; ich habe mich vor Folter und Tod gefürchtet; ich habe den Eid abgelegt. Ich kann damit nicht länger leben.«

»Und Schwester Winifred?«, fragte ich.

»Wenn wir in Canterbury obsiegen, kann sie stolz auf mich sein«, antwortete er. »Und wenn wir unterliegen, wird es sie stolz machen, zu wissen, dass ich endlich Mut gezeigt habe, als Mut erforderlich war. Wie es auch Euch stolz machen wird, Schwester Joanna.«

»Ich bin schon stolz auf Euch, Bruder Edmund«, entgegnete ich. »Jetzt, heute und immer.«

Er starrte mich an, und ich glaubte schon, ich hätte gesiegt. Doch dann trat er von mir weg und gesellte sich zu den anderen.

Hilflos und ängstlich beobachtete ich sie, wie sie sich rot vor Eifer und Entschlossenheit miteinander besprachen. Sie hatten ihr Schicksal gefunden. Sie hatten es selbst gewählt.

Schicksal.

Es gibt ein Schicksal, das man selbst erschafft. Und es gibt ein Schicksal, das einem bestimmt ist.

Langsam trat ich in die Mitte des Kreises diskutierender Männer. Sie verstummten und warteten.

»Ich reise mit Euch nach Canterbury«, sagte ich.

Kapitel 35

Einmal entfacht, war das Feuer der Entschlossenheit in mir nicht mehr zu löschen. Als ich drei Tage später nachts die Stufen zur Kathedrale von Canterbury hinaufstolperte, hatte Bruder Oswald den heiligen Schrein schon aus den Händen der Soldaten gerettet.

Der älteste von ihnen, ein großer grauhaariger Mann, drängte sich drohend zwischen mich und Bruder Edmund und schwang seinen Knüppel. Ich schrie ihn an. Ich kam mir vor wie die rasende Königin Boudicca.

Der Soldat wich vor uns zurück an dem benommen dahockenden Prior vorbei in die Kathedrale. Wir hatten ihn in die Flucht geschlagen. Gleich würden wir die sterblichen Überreste unseres Heiligen mit uns fort führen und an einen sicheren Ort bringen können.

Eine wilde Erregung packte mich. Endlich hatte ich es geschafft, mein Schicksal selbst in die Hand zu nehmen. Doch das war es nicht allein. Zum ersten Mal verstand ich, Joanna Stafford, eine Novizin, die gelernt hatte, sich in friedlicher Kontemplation zu üben, warum Männer in Kriege zogen und die Ehre auf dem Schlachtfeld suchten. Das hohe Ziel, das mich mit Bruder Edmund, Bruder Oswald und den fünf anderen Mönchen verband, der gemeinsame leidenschaftliche Wille, Gott um jeden Preis zu dienen …

Hinter mir, am Ende der breiten Straße, ertönte gewaltiger Lärm. Es klang wie das Brausen, das mir in den Ohren gedröhnt hatte, als ich vor dem Friedhof gegen meine Schwäche kämpfte, nur hundertmal lauter.

»Nein, nein, nein«, rief Bruder Edmund in einem Singsang des Entsetzens.

Mindestens zwanzig Soldaten in königlicher Uniform galoppierten auf uns zu. Als die ersten uns erreichten, sprangen sie von ihren Pferden und schwärmten die Treppe zur Kathedrale hinauf.

Silber blitzte im Fackelschein – sie trugen Schwerter. Das waren keine ängstlichen Jungen, keine leicht in die Flucht zu schlagenden alten Männer. Zwei von ihnen entrissen den Mönchen den Schrein. Doch meine Aufmerksamkeit galt nicht den sterblichen Überresten von Englands verehrtem Heiligen.

Der Mann, der uns geführt hatte, der fromme Zisterzienserbruder Oswald, lag reglos, mit zertrümmertem Schädel vor der untersten Treppenstufe auf der Straße.

Schneeflocken setzten sich auf die Lache dunkelroten Bluts, die sich auf den Pflastersteinen ausbreitete.

Ein behelmter Mann auf einem mächtigen Rappen mit schäumendem Maul versperrte uns den Fluchtweg. Mit lauter Stimme befahl er seinen Männern, uns alle gefangen zu nehmen. Grobe Hände packten meine Freunde, zogen ihnen die Arme auf den Rücken, um sie zu fesseln.

Ich konnte es nicht begreifen, konnte nicht glauben, dass dies wirklich geschah. Zu siegen und zu leben – das war immerhin eine Möglichkeit gewesen. Zu siegen und zu sterben war die wahrscheinlichere, und ich hatte mich darauf vorbereitet. Doch zu scheitern und am *Leben* zu bleiben? Das war unmöglich. Tödliches Grauen erfasste mich, als ich erkannte, dass ich erneut in Gefangenschaft geraten war.

»Schafft sie weg. So schnell wie möglich«, rief der Behelmte auf dem riesigen Rappen, und zwei Soldaten hoben den schlaffen Leichnam Bruder Oswalds so achtlos hoch wie einen Sack Mehl, den sie zum Markt bringen wollten.

Der Mann, der die Befehle gab, nahm seinen Helm ab – Lord John Dudley. Keine zwei Monate war es her, dass ich Zeugin geworden war, wie er eine Gruppe Menschen ganz anderer Art in die Gefangenschaft abgeführt hatte.

Einer der Soldaten riss Bruder Edmund herum und band ihm die Hände auf dem Rücken. Mein armer Freund krümmte sich mit schmerzverzerrtem Gesicht. Sein Blick suchte und fand mich. Er versuchte, sich aufzurichten und seine Schmerzen zu verbergen.

Ich trat aus dem Schatten des Portals. Ich konnte nicht zulassen, dass ich jetzt von Bruder Edmund getrennt wurde. Dudley nickte, als er mich bemerkte. Er zeigte keine Überraschung.

In dem Moment verstand ich. Wir waren verraten worden. Und ich wusste auch, von wem.

So endete unsere Wallfahrt. Sie hatte voller Hoffnung, Glauben und Mut begonnen und endete mit Tod und Scheitern. Selbst die Würde, für ein heiliges Ziel gekämpft zu haben, wollte Dudley uns noch nehmen.

»Habt Ihr das getan, weil Ihr geglaubt habt, die Leute des Königs würden Beckets Leichnam rauben und entweihen?«, fragte mich Dudley, als er uns durch dunkle Straßen von der Kathedrale wegführte. Es hatte aufgehört zu schneien. Eine dünne weiße Schicht überzog die Straße. Wir folgten den Hufabdrücken von Dudleys Rappen.

»Das ist ein Gerücht, das jeder Grundlage entbehrt«, fuhr Dudley fort. »Die Papisten haben es ausgestreut, um den Namen des Königs in der ganzen Christenwelt in Verruf zu bringen. Der König hat den Schrein zwar geleert und geschlossen, aber nur um abergläubische Bräuche zu unterbinden. Die Gebeine sollten an einen sicheren Ort gebracht werden, um genau solche verbrecherischen Vorstöße, wie Ihr heute einen unternommen habt, zu verhindern.«

Ich sagte nichts. Ich hatte keine Ahnung, ob an dem, was er sagte, auch nur ein wahres Wort war.

Eins jedoch wusste ich: Zu glauben, ich könnte in diesem Königreich eine Veränderung herbeiführen, war nichts als Hybris von mir gewesen. Am Abend des ersten Weihnachtstags in Dartford hatte ich gedacht, dies sei vielleicht die Tat, die zu vollbringen ich aufgerufen war, und es wäre nicht nötig, auf die Anweisung eines dritten Sehers zu warten. Doch entweder waren die Prophezeiungen falsch, oder ich hatte sie gründlich missverstanden.

Wenn der Rabe das Seil erklimmt, muss der Hund sich in die Lüfte erheben wie der Falke … Baut auf den Bären, wenn ihr den

Stier schwächen wollt. Ich war weiter denn je davon entfernt, diese Worte zu verstehen.

Bitterkeit und Enttäuschung tobten in mir. Warum war mir dieses Los auferlegt worden? Es hatte mir nichts als Schmerz und Verwirrung gebracht. Wenn ich durch ein Wunder Gottes vor einem Gerichtsverfahren und nachfolgender Gefangensetzung oder Hinrichtung bewahrt werden sollte, wünschte ich mir nur noch ein stilles Leben des Gebets und der Buße.

Ich hätte so gern mit Bruder Edmund gesprochen, der, an den Händen gefesselt wie ich, an meiner Seite ging. Dudley ritt uns voraus. Von Zeit zu Zeit drehte er sich im Sattel um und verhöhnte uns. Ein halbes Dutzend Soldaten trennte uns von den Freunden Bruder Oswalds. Ich konnte an nichts anderes denken als an den toten Zisterzienser am Fuß der Kirchentreppe und das Blut, auf das der Schnee fiel. Ich betete darum, dass eine barmherzige Seele ihm ein christliches Begräbnis bereiten würde.

Dudley lenkte sein Pferd an den Straßenrand und winkte einen jungen Soldaten zu sich, um ihm einen Befehl zu geben. Der Mann nickte, kehrte um und stieß Bruder Edmund und mich von der Straße zu Dudley hinüber.

Die anderen marschierten weiter, Soldaten und Mönche, geführt von einem Fackelträger. Als die Gruppe an uns vorüberkam, rief einer der Mönche: »Gott schütze und bewahre Euch.«

Dudley prustete geringschätzig.

Sobald die Gruppe verschwunden war, trieb Dudley sein Pferd wieder an, führte uns jedoch eine andere Straße hinunter. Der einzige Soldat, der ihn begleitete, ging dicht hinter uns und stieß Bruder Edmund immer wieder seine Hellebarde in den Rücken. Einzig das schwache Mondlicht leuchtete uns.

Was hatte es zu bedeuten, dass wir von den anderen getrennt worden waren und nun mit Dudley und seinem Soldaten allein einem anderen Ziel entgegengingen?

Ich kämpfte gegen meine wachsende Furcht.

Unser nächtlicher Marsch dauerte mindestens eine Stunde, vielleicht auch zwei. Die Häuser, an denen wir vorüberkamen, waren dunkel. Die Leute von Canterbury hielten die Nachtruhe ein. Niemand sah uns – niemand würde später etwas über unser Schicksal sagen können.

Als wir Dudley schließlich durch die Öffnung in einer niedrigen alten Steinmauer folgten, wurde ich trotz der tiefen Erschöpfung, die von mir Besitz ergriffen hatte, plötzlich hellwach. Ich fühlte mich an etwas erinnert, ohne sagen zu können, was es war.

Auf der anderen Seite der Mauer standen kaum Häuser. Wir kamen an einem Wald kahler Bäume vorüber, an deren nackten Ästen der Schnee in Streifen klebte wie Verbände an verkrüppelten Gliedern. Mein Blick schweifte zur linken Straßenseite, wo eine Gruppe von Gebäuden sich aus der Dunkelheit hob und ein Kirchturm zum eisigen Himmel emporragte.

Dudley hat uns nach St. Sepulchre gebracht.

Ein bärtiger junger Mann kam aus dem Pförtnerhaus von St. Sepulchre gelaufen. Es war nicht mehr der Pförtner, der vor zehn Jahren meine Mutter und mich empfangen hatte. Er nahm Dudleys Pferd, als dieser abstieg.

Vom Kloster stand nur noch ein Teil. Die Zerstörung durch den neuen Eigentümer, sei es der König oder ein Höfling, hatte begonnen. Die Kirche war schon abgerissen, bis auf den Turm, ebenso der vordere Empfangsraum, in dem ich das Bild des heiligen Benedikt gesehen hatte. Doch im Moment ruhten die Arbeiten wohl wegen des Wintereinbruchs. Jener Trakt, in dem sich die Räume der Priorin und das Dormitorium befanden, war unversehrt.

Der Pförtner kam mit einer Fackel zurück und führte uns zusammen mit dem Soldaten durch den einzigen noch verbliebenen Gang. Dudley begleitete uns nicht. Er schien von der Bedeutung dieses Orts für mich nichts zu ahnen. Doch wenn er meine Geschichte nicht kannte, warum hatte er mich dann hierher gebracht?

Vor dem Dormitorium machten die zwei Männer Halt. Schlüssel klapperten, eine Tür wurde geöffnet und Bruder Edmund wurde ins Dunkle gestoßen. Bevor ich noch ein Wort zu ihm sagen konnte, schlug der Pförtner die Tür wieder zu.

»Hier rüber«, befahl er mir und zeigte auf die nächste Tür. Ich sollte in der Zelle eingesperrt werden, in der ich Schwester Elizabeth Bartons Prophezeiung empfangen hatte.

Ich wich zurück. »Nein, nicht hier«, rief ich.

Der Soldat packte mich. »Schließt auf«, befahl er, und der Pförtner gehorchte.

Der Soldat schleuderte mich in die Zelle. Mit meinen auf dem Rücken gebundenen Händen stürzte ich hilflos zu Boden. Hätte nicht ein Strohhaufen den Fall gedämpft, ich hätte mir das Gesicht blutig geschlagen.

Die Tür flog krachend zu. Es war stockfinster. Die Zelle hatte kein Fenster, wie ich wusste.

»Heilige Mutter Maria, hilf mir – lieber Gott, hilf mir«, jammerte ich und wälzte mich in dem stinkenden Stroh.

Aber es gab keine Hilfe für mich. Ich krümmte mich zusammen und weinte wie ein verlorenes Kind. In diesem Raum hatte ich mit angesehen, wie eine junge Nonne sich zuckend auf dem Boden gewälzt hatte. *Ihr seid die Ausersehene, die nachkommen wird*, hatte sie stöhnend gesagt. Schwester Barton war gefoltert und gehängt worden, weil sie sich dem König widersetzt hatte. Wollte Dudley mich auf diese Weise wissen lassen, dass ich bald den gleichen Weg gehen würde?

»Schwester Joanna. Schwester Joanna.«

Hatte der Wahnsinn von mir Besitz ergriffen? Wessen Stimme war das – Schwester Bartons vielleicht? Ich lag starr vor Angst. Doch dann erkannte ich, dass es eine Männerstimme war, die mich rief. Bruder Edmund.

»Könnt Ihr mich hören?«, rief er laut.

»Ja«, schrie ich zurück.

»Folgt meiner Stimme – folgt ihr«, befahl er. »Ich rede weiter, bis Ihr an der Wand angekommen seid.«

Ich richtete mich auf die Knie auf und rutschte blind, ohne mich mit den Händen vorantasten zu können, seiner Stimme nach, bis ich gegen die Backsteinmauer prallte. Der Zusammenstoß war so schmerzhaft, dass ich glaubte, ich würde ohnmächtig werden. Keuchend ließ ich mich an der Mauer niederfallen. Bruder Edmunds Stimme drang durch ein Loch am Fuß der Mauer. Ich kauerte davor nieder und drückte meine Wange an den rauen, kalten Backstein.

»Wir sind hier in St. Sepulchre, nicht wahr?«, fragte er. Jetzt, da er so nahe war, brauchte er nicht mehr zu schreien.

»Ja«, antwortete ich.

»Schwester Joanna, hört mir zu«, beschwor er mich. »Ich weiß nicht, wie viel Zeit wir haben. Ihr müsst Ruhe bewahren. Sagt ihnen nichts von den Prophezeiungen. Vielleicht gelingt es uns noch, uns zu befreien. Das Wichtigste ist, ruhig zu bleiben.«

»Wie sollten wir uns jetzt noch befreien können?«, fragte ich. »Sie werden uns verhören – vielleicht foltern oder sogar töten.«

Bruder Edmund schwieg einen Moment. »Ja«, sagte er dann. »Es ist möglich, dass sie uns töten werden. Dann sollten wir beide Gott um Gnade und Vergebung bitten.«

Noch vor wenigen Stunden hatte ich mich auf den Tod vorbereitet geglaubt. Jetzt wollte ich nur leben.

»Es ist aber auch möglich«, fuhr Bruder Edmund fort, »dass etwas ganz anderes passiert. Woher kann Dudley von unserem Unternehmen gewusst haben? Er ist mit seinen Soldaten eigens den ganzen Weg aus London hierher geritten.«

Ich drückte meine Wange fester an die abgebröckelte Steinkante. »Ich glaube, Geoffrey Scovill hat es ihm gesagt.«

»*Was*?« Ich hörte ihm den Schock an.

Am Morgen des zweiten Weihnachtstags, an dem wir nach Canterbury aufbrechen wollten, packte ich eilig Proviant in Taschen und Körbe, als Geoffrey Scovill an meine Haustür hämmerte und dann an Kitty vorbei in die Küche stürmte.

»Was tut Ihr da?«, fragte er, als er das aufgeschnittene Brot und die abgepackten Lebensmittel sah.

»Ich bereite den Proviant für einige Freunde vor, die über Weihnachten hier waren und jetzt weiterreisen«, erklärte ich ruhig.

»Wohin?« Geoffrey musterte mich mit zusammengekniffenen Augen.

»Das geht Euch nun wirklich nichts an«, entgegnete ich.

»Ich bin der Constable von Dartford, also geht es mich sehr wohl etwas an«, widersprach er. »Ich hoffe, sie wollen nicht nach Canterbury.«

Das erschreckte mich. Wie kam er auf diesen Gedanken? Wir hatten ja selbst diese Reise erst vor nicht einmal zwölf Stunden beschlossen.

»Wieso interessiert es Euch, wohin sie reisen?«, fragte ich.

»Weil sie in Canterbury nur Ärger bekommen werden«, sagte er. Und dann: »Reist Sommerville mit ihnen? Und Ihr?«

»Nein«, antwortete ich schnell.

Er presste die Lippen zusammen. Wieder hatte ich ihm Schmerz bereitet. Ich wollte es nicht, und doch musste ich es immer wieder tun.

»So weit ist es also zwischen uns gekommen – dass Ihr mich belügt«, sagte er zornig. »Ihr seid eine Närrin, Joanna. Was Ihr tut, ist Wahnsinn – und es wird nichts bewirken.«

Damit ging er.

Das alles berichtete ich Bruder Edmund. Als ich endete, sagte er: »Ihr hättet mich und die anderen unterrichten müssen.«

»Ja«, sagte ich niedergeschlagen. »Ich habe so vieles falsch gemacht. Und dieser Fehler von mir hat Bruder Oswald das Leben gekostet und wird uns vielleicht alle das Leben kosten. Aber ich habe Geoffrey ja danach nicht mehr gesehen, und er hat auch nicht versucht, uns aufzuhalten. Ich bin überhaupt nicht auf den Gedanken gekommen, dass er sich an jemanden wie John Dudley wenden könnte. Ich kann nicht glauben, dass Geoffrey jemals etwas tun würde, was mir schaden könnte, ganz gleich, wie verärgert er ist. Und ich – ich wollte nicht, dass Ihr von dem Streit erfahrt.«

Eine Weile blieb es still. Ich fragte mich, ob Bruder Edmund so erschüttert über mein Verhalten war, dass er nicht mehr mit mir sprechen wollte.

Doch dann hörte ich seine Stimme wieder, und sie war ohne Zorn. »Erinnert Ihr Euch, wie Ihr mich auf dem Friedhof gefragt habt, ob ich mich anders besonnen habe?«

»Ja«, sagte ich. »Ihr habt so aufgewühlt ausgesehen.«

»Während wir dort gewartet haben und ich Euch neben dem Grabstein sah«, sagte er leise, »habe ich etwas erkannt, Schwester Joanna.« Er schwieg abrupt.

Ich wartete unsicher. Als er wieder zu sprechen begann, war seine Stimme noch leiser als zuvor.

»So sehr ich wünschte, für unseren Glauben und den heiligen Thomas zu kämpfen, wünschte ich mir noch etwas anderes. Ich wünsche es mir schon lange. Ich habe es nicht immer verstanden; ich habe es gefühlt, und ich habe es bekämpft. Ich war immer überzeugt, ich sei dazu bestimmt, ein Mann Gottes zu werden. Doch jetzt weiß ich, wie stark dieser andere Wunsch in mir ist. Ich weiß, dass ich, wenn ich vor die Wahl zwischen Leben und Tod gestellt würde, das Leben wählen würde – selbst ein Leben, das mir fremd ist und das sicher schwierig für mich wäre.«

Ich presste mein Gesicht an die Maueröffnung. Ich konnte ihn in der Dunkelheit nicht sehen, aber ich wusste, dass sein Gesicht nicht mehr als drei Fuß von meinem entfernt sein konnte.

»Was ist das für ein Wunsch, Bruder Edmund?«, fragte ich.

»Dieser Moment verlangt nach Außergewöhnlichem, nach Worten der Tiefe, aber ich kann nur aus den heiligen Schriften schöpfen.« Der Schatten eines Lachens färbte seine Stimme. »Mir fällt nur ein, was die heilige Katharina von Siena gesagt hat: ›Das menschliche Herz ist immer der Liebe zugeneigt.‹«

Er zögerte wieder.

»Es geht um Euch«, sagte er. »Ich liebe Euch.«

Tränen sprangen mir in die Augen, mein Hals war plötzlich wie zugeschnürt. Ich unterdrückte die Aufwallung, um mit ihm sprechen zu können.

»Wenn es uns gelingt, uns zu befreien, Schwester Joanna, habe ich nur den einen Wunsch, Euch zu heiraten«, sagte er. »Ich habe keine Ahnung vom Leben in der Ehe, aber ich möchte den Rest meines Lebens mit Euch verbringen.«

»Ja«, sagte ich, und trotz allem, was geschehen war, lächelte ich vor Glück.

Doch mir blieb keine Zeit, ihm von meinen eigenen Gefühlen zu sprechen. Die Zellentür flog plötzlich auf, Fackelschein erhellte die Finsternis, und der bärtige Pförtner zog mich in den Gang hinaus.

»Lebt wohl, Bruder Edmund«, rief ich in einer Art wilder Verzweiflung. Furcht stieg in mir auf, doch es brannte auch eine tiefe Freude in meinem Herzen. Ich wurde geliebt. Wenn ich diese Nacht überlebte, würde ich Edmund Sommervilles Frau werden.

Am Ende des Korridors stieß der Bärtige mich um eine Ecke. Beinahe wäre ich mit dem Mann zusammengestoßen, der mich dort erwartete.

Jacquard Rolin.

Ich wich zurück und wollte etwas sagen, doch Jacquard hielt mich fest und drückte mir die Hand auf den Mund. Er war schnell, und er war weit kräftiger, als mir je aufgefallen war.

»Ich glaube zwar nicht, dass Euer Bruder Edmund durch diese Tür hindurch etwas hören kann, aber sicher ist sicher«, flüsterte er. »Nennt keinesfalls meinen Namen, wenn Ihr wollt, dass er am Leben bleibt.«

Ich nickte hastig.

»Gut.« Er zog seine Hand weg, und ich drehte mich langsam zu ihm um. Ich konnte nicht glauben, dass wirklich Jacquard Rolin, der Protestant aus den Niederlanden, mir hier in St. Sepulchre gegenüberstand.

»Kommt, gehen wir ein Stück weiter, dann können wir uns unterhalten«, sagte er. »Aber erst bindet sie los.«

Der Bärtige gehorchte ohne ein Widerwort.

Jacquard musterte mich von Kopf bis Fuß, während er neben mir her ging. »Welch eine Nacht Ihr hinter Euch habt, Joanna Stafford«, sagte er in einem Ton, als hätten wir uns zufällig auf der High Street getroffen. »Wie ich hörte, hat Euch Euer Mut verlassen, und Ihr habt geweint, als man Euch in Elizabeth Bartons Zelle geworfen hat. Das hätte ich nicht erwartet.«

»Wie ist es möglich?«, stammelte ich. »Habt *Ihr* uns an Dudley verraten?«

Jacquard lächelte. »Kommt mit mir«, sagte er nur.

Er führte mich zu den ehemaligen Räumen der Priorin. Nachdem er geklopft hatte, stieß er die Tür auf und forderte mich mit einer galanten Geste auf, vor ihm einzutreten.

Das Zimmer, dasselbe, in dem ich vor zehn Jahren mit meiner Mutter gewartet hatte, war von zahlreichen Kerzen hell erleuchtet. Der Eichentisch war derselbe wie damals. Dahinter saß ein Mann.

Es war Eustace Chapuys, der Botschafter Kaiser Karls.

»Seid mir gegrüßt, Juana«, sagte er.

Einen Moment lang glaubte ich, ich litte an Halluzinationen. Als ich mich halbwegs gefasst hatte, fiel mir nichts anderes zu sagen ein als: »Dann kennt Ihr mich also doch?«

Hinter mir lachte Jacquard, und auch Chapuys lächelte amüsiert, doch mit einer Spur Wehmut.

Ich wies auf Jacquard. »Warum ist er hier, Herr Botschafter? Er ist für den König tätig und ein Anhänger des reformierten Glaubens.«

»Nein, Juana«, widersprach Chapuys. »Jacquard Rolin ist geheimer Beobachter in Diensten Kaiser Karls.«

Das Kerzenlicht begann zu wabern. Ich spürte, wie ich fiel, und ich wäre zu Boden gestürzt, wäre nicht Jacquard blitzschnell herbeigesprungen und hätte mich aufgefangen. Er trug mich zu dem Sessel vor Chapuys' Tisch.

»Wein. Etwas zu essen. Sofort«, befahl Chapuys.

Jemand hielt mir einen Becher an die Lippen. Das Stück Brot, das man mir reichte, lehnte ich ab, doch das half nichts. Ich musste es essen, auch wenn ich es nur mit Mühe hinunterbrachte.

»Ich verstehe das alles nicht«, sagte ich.

»Jacquard gelang es, sich in eine Gruppe deutscher Protestanten einzuschmuggeln, mit der er im Mai in London eingetroffen ist«, erklärte Chapuys. »Wir brauchten jemanden, der Euch in Dartford unter Beobachtung halten konnte. Ich habe Engländer in meinen Diensten, aber niemanden, der für diese wichtige Aufgabe das nötige Fingerspitzengefühl besitzt. Ich habe den besten Mann verlangt – und ich habe ihn bekommen.«

Jacquard verneigte sich. »Euer Lob ehrt mich.«

»Warum war es nötig, mich zu beobachten?«, fragte ich.

Keiner der beiden Männer gab mir eine Antwort. Ich drehte mich nach Jacquard um. »Ihr seid kein Protestant? Aber Euer Glaube – Ihr habt doch selbst mit mir darüber gesprochen.«

Jacquard verwandelte sich vor meinen Augen. Mit fanatisch brennendem Blick sagte er: »Timothys Ansichten zur Lehre vom freien Willen sind höchst anregend.« Dann lachte er schallend.

»Genug«, sagte Chapuys.

»Was ist mit John Dudley – ich verstehe nicht, welche Rolle er spielt«, fuhr ich fort. »Er kann doch nicht im Dienst des Kaisers stehen.«

»Dudley hält Jacquard für einen kleinen Spitzel Cromwells, der er tatsächlich auch ist«, erklärte Chapuys. »Jacquard ist seit acht Jahren ein hochgeschätzter geheimer Kundschafter des Kaisers. Dank seinen Fähigkeiten konnte er sich dem Lordsiegelbewahrer so interessant machen, dass dieser ihn bereits drei Wochen nach seiner Ankunft in London angeworben hat.«

»Doch nicht, um mich zu bespitzeln?«, fragte ich entsetzt.

»Nein, ursprünglich nicht. Cromwell verteilt ja seine Spitzel überall, und Dartford ist ein Ort mit vielen Gasthäusern, wo sich durch Klatsch und Tratsch so manches in Erfahrung bringen lässt.« Chapuys zog ein Gesicht. »Aber nach Eurem Auftritt auf dem Tower Hill hat sich der Lordsiegelbewahrer natürlich erkundigt, wer Ihr seid, und dann Jacquard beauftragt, regelmäßig über Euch zu berichten. Uns kommt sein Interesse an Euch gar nicht entgegen. Es wird unsere Zusammenarbeit wesentlich erschweren.«

Die Worte *unsere Zusammenarbeit* hingen bedrohlich in der Luft.

»Wir dachten daran, Euch in Eurem nächtlichen Unternehmen in Canterbury gewähren zu lassen, aber es war zu gefährlich«, fuhr Chapuys fort. »Wir konnten nicht riskieren, dass man Euch töten oder festnehmen würde. Jacquard wusste, dass Ihr mit den

Mönchen zusammen etwas vorhattet und dass es mit Canterbury zu tun hatte. Er alarmierte den Constable, Geoffrey Scovill, in der Hoffnung, dass dieser Euch davon abhalten würde. Unglücklicherweise hat er das nicht getan. Und er hat Stunden verstreichen lassen, bevor er Jacquard von Eurem Aufbruch unterrichtete. Wir verloren wertvolle Zeit. Dudley wurde vom Plan Eurer Gruppe in Kenntnis gesetzt, jedoch unter der Bedingung, dass er Euch und Bruder Edmund von den anderen trennt. Jacquard und ich haben dann hier auf Euch gewartet. Die Mönche sind ins Gefängnis von Canterbury gebracht worden – sie werden den Preis bezahlen müssen.«

»Nein, das darf nicht sein«, rief ich. »Könnt Ihr ihnen nicht helfen?«

»Sie werden gefangen gesetzt, aber ich rechne nicht damit, dass man sie hinrichten wird – und es wird kein Gerichtsverfahren geben«, sagte Chapuys. »Der König wird die Spannungen mit den katholischen Ländern nicht weiter verschärfen wollen. Seine Übergriffe auf den Schrein des heiligen Thomas Becket und die heiligen Stätten Englands sind der Grund für die Exkommunikation.«

Ich verstand immer noch nicht, warum Dudley sich überhaupt zu Milde mir und Bruder Edmund gegenüber herabgelassen hatte.

»Ich habe ihm erklärt, dass meine Leute Euren Plan aufgedeckt hätten und ich Euch um des Andenkens Eurer spanischen Mutter willen vor Strafe bewahren möchte«, sagte Chapuys auf meine diesbezügliche Frage. »Und ich habe ihm die höchste Summe bezahlt, die ich in diesem Land je jemandem habe zukommen lassen. Dudley, der Sohn eines Verräters, ist ein Mann, bei dem man mit Geld alles erreichen kann. Cromwell und der König werden nur von sechs Mönchen hören, die die Kathedrale von Canterbury überfallen haben.«

»Wir durften Euch hier in St. Sepulchre Dudleys wegen nicht zu sanft behandeln«, bemerkte Jacquard. »Er hasst Euch von Herzen. Ihr besitzt zweifellos eine Begabung dafür, die mächtigsten Leute gegen Euch aufzubringen.«

Ich wandte mich wieder Chapuys zu. »Was hat der König mit den Gebeinen des heiligen Thomas vor? Dudley hat behauptet, was wir gehört haben, wäre gelogen. Aber ich glaube ihm nicht.«

Chapuys überlegte einen Moment. »Es ist wahr, dass dem König diese Verehrung Beckets, eines Kirchenmannes, der einst seinem König so unerschrocken Widerstand geleistet hat, schon lange ein Dorn im Auge ist. Soweit ich unterrichtet bin, sollten seine Leute den heiligen Schrein aus der Kathedrale entfernen und nach London bringen. Was damit weiter geschieht, weiß nur der König selbst, und er ist, wie Ihr wisst, unberechenbar.«

Norfolks Behauptung war also in der Tat eine Lüge gewesen. Wie hatte ich nur so dumm sein können, ihm zu glauben?

»Ich kann verstehen«, bemerkte Chapuys, »dass fromme Katholiken sich angesichts solcher Umstände getrieben fühlen, ihren Glauben zu verteidigen. Ganz gleich was der König weiter vorhat, diese Schändung des Schreins ist verabscheuenswürdig. Doch der Coup, den Ihr geplant hattet, ist uns alle teuer zu stehen gekommen. Wir werden nicht mehr davon sprechen. Von jetzt an wird es keine Mittelsleute mehr geben. Ihr werdet einsehen, dass ich nicht schon früher direkt mit Euch Verbindung aufnehmen konnte. Wäre das herausgekommen, so hätte man uns beide hingerichtet, und es wäre zum Krieg mit Spanien gekommen. Jetzt aber bin ich der Einzige, der Euch leiten kann.«

Wieder sollte über mich bestimmt, sollte ich benutzt werden. Ich hatte mich endlich frei geglaubt – frei für ein Leben mit Bruder Edmund –, doch ich würde niemals nach meinem eigenen Willen leben dürfen.

Das Wort *Mittelsleute* klang mir noch in den Ohren. »*Ihr* habt Gertrude Courtenay nach Dartford gesandt, um mich ausfindig zu machen«, sagte ich zu Chapuys.

»Natürlich«, bestätigte Chapuys. »Sie war die beste Verbindung, die sich mir bot.«

»Ist Eure Beziehung zu ihr bekannt?«, fragte ich.

»Dann wäre ich kaum hier. Nein, sie hat alle meine Briefe nach der Lektüre verbrannt. Ich hatte es ihr so befohlen, und sie hat meinen Befehl befolgt. Doch man entdeckte die Briefe anderer in ihrer Schatulle, und sie wurden gegen ihren Gemahl verwendet. Im Haus der Exeters in Cornwall fand man eine Flagge, die zu gegebener Zeit gehisst werden sollte, um unter ihr den Westen des Reichs gegen den König zu vereinen. Wie konnte sie sich zu einer so unglaublichen Dummheit hinreißen lassen? Gertrude Courtenay glaubte, sein Reichtum und seine königliche Abstammung würden ihren Gemahl schützen. Ich habe vergeblich versucht, ihr zu erklären, dass genau dies ihm zum Verhängnis werden könnte.«

Ich sah wieder Henry Courtenay auf dem Schafott stehen und schauderte.

Chapuys, dem offenbar kaum etwas entging, sagte: »Ich weiß, wie viel Ihr durchgemacht habt und wie schwer es für Euch war. Ich bedaure das aufrichtig. Doch in den vergangenen neun Monaten waren die Hinweise unseres Gewährsmanns über Euch nicht – äh, nicht eindeutig. ›Schickt sie nach London.‹ ›Bringt sie aus London weg.‹ ›Bringt sie zu einem Astrologen.‹ Es war ein ständiger Wechsel, über den ich keine Kontrolle hatte. Ich könnte mir denken, dass nicht einmal er selber kontrollieren kann, was er erfährt und wann er es erfährt.«

Ich hörte ihm gebannt zu. Es war also ein Mann, der meine Zukunft sehen konnte. »Von was für einem Gewährsmann sprecht Ihr?«, fragte ich. »Wer sagt Euch, was mit mir geschehen muss?«

Chapuys blickte mich ruhig an. »Ihr werdet nicht unter Eurem eigenen Namen reisen können. Jetzt nicht mehr, da Ihr Cromwell aufgefallen seid. Er lässt sich die Namen aller Personen zeigen, die Genehmigung erbitten, England zu verlassen. Das wird Zeit brauchen – wir müssen Urkunden herstellen, wir müssen uns überlegen, wie Ihr Dartford verlassen könnt, ohne Verdacht zu erregen.«

»Was sagt Ihr da?«, fragte ich.

»Juana, Ihr müsst in die Niederlande reisen, in die Stadt Gent, die Geburtsstadt Kaiser Karls. Nur dort und zur vorbestimmten Zeit könnt Ihr die Prophezeiung des dritten Sehers empfangen.«

Kapitel 36

Botschafter Eustace Chapuys war in der ganzen Christenwelt hoch gerühmt wegen seiner Klugheit, seiner Gelehrtheit, seines Mutes und, vor allem, seiner Gelassenheit. Doch er war nahe daran, diese Gelassenheit zu verlieren, als ich mich weigerte, England zu verlassen und den dritten und letzten Teil der Prophezeiung zu hören.

»Ihr kommt aus einer englischen Familie, die vom König ruiniert wurde, Ihr habt Katharina von Aragón gedient, Ihr habt bei der Hinrichtung der Freunde von Lady Maria gebetet«, sagte er ungläubig. »Gestern Abend wart Ihr zu sterben bereit, um das Andenken des höchsten englischen Heiligen zu schützen, und dennoch weigert Ihr Euch, den nächsten Schritt auf dem Weg zur Erfüllung der Prophezeiung zu tun? Der Heilige Vater hat Heinrich VIII. aus der Kirche verbannt. Keine Tat, die gegen ihn gerichtet ist, kann daher Sünde sein.«

Ich schüttelte nur den Kopf.

Chapuys stand auf, seine scharfen Züge bebten. »In wenigen Wochen wird König Franz in Spanien eintreffen, um seinen Friedensvertrag mit dem Kaiser zu erneuern. Ich bin in Besitz von Hinweisen, zuverlässigen Hinweisen, dass der Papst die katholischen Könige von Frankreich und Spanien bitten wird, ein heiliges Bündnis zu schmieden, um dem vom Glauben abgefallenen König Englands den Krieg zu erklären. Heinrich wird mit jedem Jahr unmenschlicher und grausamer. Er muss abgesetzt werden.«

Ich sehe viele Schiffe. Sie segeln nach England. Das waren Orobas' Worte gewesen.

»Wenn eine Invasion bevorsteht, wird das ganze Land voller Soldaten und Waffen sein«, sagte ich. »Wie könnte ich da irgendetwas ausrichten?«

Chapuys schüttelte den Kopf. »Juana, Ihr habt das Gehorsamsgelübde der Dominikaner abgelegt, des höchstgeachteten Ordens in Spanien, Frankreich, Italien – überall. Es bedeutet nichts, dass dieser englische König Euer Kloster aufgelöst hat. Ihr müsst uns Gehorsam leisten. Dieses Gelübde kann nicht gebrochen werden!«

Ich holte tief Atem, bevor ich ihm erwiderte: »Ich wollte diese Rolle nie haben; ich habe seit meinem siebzehnten Lebensjahr gegen sie gekämpft und habe durch sie Schreckliches erfahren. Ich kann mich nicht von diesen Sehern, von diesen fremden Mächten leiten lassen. Ihr wollt mir nichts über diesen Mann sagen, trotzdem soll ich England verlassen? Das ist zu viel verlangt.«

Chapuys kehrte an seinen Platz hinter dem Tisch zurück. Er schenkte sich Wein ein. Den Becher in der Hand, sah er Jacquard an, der eine ganze Weile nichts gesagt hatte. Ich hatte den Eindruck, dass etwas zwischen ihnen vorging, dass sie stillschweigend einen Beschluss fassten.

Der Botschafter trank von seinem Wein, dann sagte er mit wiedergewonnener Gelassenheit: »Nichts muss sofort entschieden werden. England hat ein Embargo gegen Flandern und den Rest des Kaiserreichs verhängt. Es wird Monate dauern, um die nötigen Papiere für die Reise zu beschaffen. Wir werden also auf jeden Fall mit den Vorbereitungen beginnen. Wenn alles arrangiert ist, werdet Ihr vielleicht anderen Sinnes geworden sein.«

»Darauf solltet Ihr nicht zählen«, entgegnete ich. »Ich wüsste nicht, was mich zu so einer Sinneswandlung veranlassen sollte.«

»Wollt Ihr nicht im Andenken an Eure Mutter, die eine treue Tochter Spaniens war, diese Möglichkeit wenigstens offenhalten?«, drängte Chapuys.

Meine Mutter. Woher konnte er wissen, dass sie selbst drei Jahre nach ihrem Tod noch Macht über mich besaß wie sonst niemand? Ich hatte immer das Gefühl gehabt, sie enttäuscht zu haben. In ihren Augen hatte ich in allem versagt. Ich war aus den Diensten der Königin geflohen, ich hatte nie geheiratet. Sie hatte nicht mehr miterlebt, dass ich Katharina von Aragón auf ihrem Sterbebett gepflegt hatte und später ins Kloster eingetreten war. Vielleicht hätte das sie endlich stolz auf mich gemacht.

»Es tut mir leid«, sagte ich unglücklich. »Aber das kann ich nicht.«

Chapuys blieb ruhig. »Gut, Juana. Wir werden dafür sorgen, dass Ihr nach Dartford zurückgeleitet werdet.« Er wandte sich Jacquard zu. »Veranlasst bitte, dass der Dominikanerbruder zu den anderen Mönchen ins Gefängnis von Canterbury überführt wird.«

»Nein, nein, nicht Bruder Edmund«, rief ich laut. »Könnt Ihr nicht Euren Einfluss geltend machen und ihn ebenfalls auf freien Fuß setzen?«

Chapuys seufzte. »Selbst wenn das möglich wäre, Juana, kann ich nicht riskieren, dass Ihr ihm von unseren Plänen und von der Existenz des dritten Sehers berichtet. Ich weiß, dass Bruder Edmund Sommerville Euch nahesteht.«

»Ich sage nichts – bestimmt nicht«, versicherte ich. »Das verspreche ich Euch, und ich gehöre nicht zu den Menschen, die ihre Versprechen brechen.«

Jacquard mischte sich ein. »Ihr kennt die geheimsten Pläne des Kaisers. Ihr seid halb Spanierin und somit vertrauenswürdiger als die Engländer. Doch wenn Euer Bruder Edmund irgendetwas erfahren sollte – nur die geringste Kleinigkeit –, müsste er beseitigt werden.«

Beseitigt. Mit welcher Selbstverständlichkeit Jacquard dieses Wort gebrauchte.

Der Botschafter sagte: »Angenommen, ich würde für seine Freilassung sorgen, Juana, können wir uns dann darauf einigen, dass Ihr nicht nur absolutes Stillschweigen ihm gegenüber bewahrt, sondern zu gegebener Zeit, wenn der Plan reif ist, wenigstens in Erwägung zieht, Euren Platz darin einzunehmen?«

Nach einem Augenblick der Unschlüssigkeit stimmte ich zu.

Wieder fiel mir dieser vielsagende Blickwechsel zwischen Chapuys und Jacquard auf.

»Aber wenn ich dann ablehne, muss es damit zu Ende sein«, stieß ich hervor. »Ihr könnt mich nicht zwingen. Das ist von Anfang an Teil der Prophezeiung gewesen.«

»Natürlich, Juana«, stimmte Chapuys zu. »Natürlich.«

Über den froststarren Feldern ging die Sonne auf, als ich zusammen mit Bruder Edmund das Kloster St. Sepulchre verließ. Wir gelangten ohne Zwischenfall nach Dartford zurück. Über Wochen und Monate hatte ich keinen Kontakt zu Botschafter Chapuys. Ich plante mein neues Leben – ich wollte heiraten und endlich meine Tapisseriewerkstatt in Gang bringen. Der Winter ging vorüber, und der Frühling brachte die Hoffnung auf ein normales Leben.

Bis zu einem Tag im April, als ich erkannte, dass mein Leben niemals normal sein würde.

Den größten Teil des Tages verbrachte ich am Webstuhl. Dank unseren unermüdlichen Anstrengungen war die Phönix-Tapisserie nahezu vollendet. Der rotgoldene Körper des mythischen Vogels hatte Gestalt angenommen. Der Schnabel, dem eines Adlers ähnlich, war durchaus stolz zu nennen; das Gefieder schimmerte in violetter und grüner Pracht. Doch jetzt musste das untere Viertel des Bildteppichs gefertigt werden, das Schwierigste von allem: züngelnde Flammen rund um das Nest des gewaltigen Vogels. Wir mussten mit höchster Genauigkeit arbeiten, wenn wir nicht das ganze Werk ruinieren wollten.

»Achtet genau auf die Bindung«, drängte ich Schwester Beatrice und Schwester Agatha, die rechts und links von mir am Stuhl saßen. Schwester Winifred saß etwas abseits und las uns aus der Geschichte der Märtyrer vor. Ich hatte mir die größte Mühe gegeben, unsere kleine Werkstatt so einzurichten wie unsere frühere im Kloster. Ich ermahnte die anderen nicht gern, doch in letzter Zeit zeigten beide eine Neigung zur Nachlässigkeit. Sie verloren sich in ihren Tagträumen – was vielleicht nicht so verwunderlich war, da beide bald heiraten wollten. Schwester Agathas Hochzeit mit Oliver Gwinn war in nur drei Tagen. Sie sollte am 20. April stattfinden. Schwester Beatrice und Geoffrey Scovill würden sich im Juni das Jawort geben.

Meine Hochzeit mit Bruder Edmund war für den 16. Mai geplant, dann würde ich Joanna Sommerville werden.

Schwester Agatha hätte wahrscheinlich so kurz vor ihrer Hochzeit überhaupt nicht am Webstuhl sitzen sollen, aber sie wollte es sich nicht nehmen lassen, uns zu helfen. Es war ihre Art, mir dafür zu danken, dass ich ihr in meinem Haus Gastfreundschaft gewährte. Die anderen Schwestern hatten ihre Verlobung mit Oliver Gwinn mit Unwillen aufgenommen. Sie betrachteten sie als eine Missachtung ihrer Vereinbarung, als Bräute Christi zusammenzuleben. Ich konnte sie verstehen, doch ich hatte auch Verständnis für Schwester Agatha. Deshalb hatte ich sie eingeladen, bis zu ihrer Hochzeit bei Arthur und mir zu leben.

Schwester Beatrice war durch ihre bevorstehende Heirat am meisten verändert. Sie strahlte vor Glück. Natürlich freute ich mich für sie, das war unter den Umständen die einzig angemessene Reaktion.

Von der Straße hörten wir vergnügtes Geschrei, gleich darauf ging die Tür auf, Bruder Edmund brachte Arthur von seiner täglichen Unterrichtsstunde nach Hause. Arthur im Lesen und Schreiben zu unterrichten, bedurfte unendlicher Geduld. Einzig Bruder Edmund konnte diesem Anspruch genügen.

»Es war ein guter Tag, ein sehr guter Tag«, sagte er und lächelte in die Runde.

Ich wurde ruhiger. Meine Ängste verschwanden niemals ganz, doch sie beruhigten sich, wenn Bruder Edmund in meiner Nähe war. Edmund. Wenn ich nur dieses »Bruder« vergessen könnte. Ich wusste selbst nicht, warum das so schwierig war.

»Ich muss mit einigen Männern aus dem Ort nach London reisen«, erklärte er. »Schwester Winifred, könntet Ihr vielleicht hier, in Joannas Haus, schlafen, solange ich weg bin? Ich hoffe, morgen wieder zurück zu sein.«

Ich rutschte von meiner Bank am Webstuhl. »Warum müsst Ihr fort?«, fragte ich und bemerkte wohl, wie meine Freundinnen einander zulächelten.

»Es geht um John«, sagte Edmund. »Wir haben gehört, dass er in London ist und dass es ihm gar nicht gut geht. Sein Cousin sucht Leute, um ihn nach Hause zu holen.«

Der verrückte John war seit zwei Monaten fort. Er war schon früher ab und zu verschwunden, doch stets nach wenigen Tagen zurück gewesen. Diesmal jedoch hatte er sich nicht wieder blicken lassen, und wir hatten schon alle gefürchtet, er sei irgendwo elend gestorben.

»Ihr wart immer das Ziel von Johns Beschimpfungen«, sagte ich, »und trotzdem wollt Ihr ihn jetzt zurückholen, damit er Euch weiter quälen kann?«

»Ich muss versuchen, ihm zu helfen, das versteht Ihr doch?«, entgegnete er.

»Ja, natürlich.«

»Er braucht vielleicht Medikamente«, fuhr Edmund fort. »Ich hole sie jetzt aus dem Hospital, bevor ich zu den anderen stoße.« Seit unserer Rückkehr aus Canterbury erfreute sich das Hospital immer größeren Zuspruchs. Das war Oliver Gwinn zu verdanken. Er kämpfte energisch gegen die Vorurteile, die Timothy Brooke und seine Eltern verbreiteten. Inzwischen suchten so viele Patienten das Hospital auf, dass Edmund sich einen kundigen Helfer namens Humphrey genommen hatte.

»Kommt Ihr einen Moment mit mir nach draußen?«, fragte mich Edmund.

Die High Street hatte sich unter einem heftigen Regenschauer vor einigen Stunden in Matsch aufgelöst. Doch jetzt kam die Sonne vorsichtig hinter den Wolken hervor.

Edmund blickte mit gerunzelter Stirn die Straße hinauf und hinunter. »Es ist möglich, dass wieder jemand nach Dartford gekommen ist, um uns zu beobachten. Heute Morgen kam die ganze Metzgerfamilie zu mir, weil der Sohn sich beim Spielen den Arm gebrochen hat. Und da ist mir ein Mann aufgefallen, der nicht dazugehörte: sehr dünn, ziemlich groß, mit sehr schmalen braunen Augen. Er hielt sich im Hintergrund, und als ich das nächste Mal hinsah, war er verschwunden. Heute, bei der Messe, habe ich ihn wieder bemerkt, ganz hinten in der Kirche. Ich habe mich nach ihm erkundigt, aber niemand weiß, wer er ist.«

»Mir ist nichts aufgefallen«, sagte ich.

»Ihr seid selten allein, Joanna, ich weiß. Aber trotzdem: Seid vorsichtig«, sagte Edmund. »Versprecht Ihr mir das?«

»Aber ja, natürlich.«

Als er sich zum Gehen wenden wollte, hielt ich ihn fest. »Wartet, Edmund. Ihr müsst mir versprechen, dass Ihr rechtzeitig zu Schwester Agathas Hochzeit zurück seid. Das ist die ideale Gelegenheit für Euch, das Tanzen noch ein wenig zu üben.«

»Ach ja, das Tanzen«, sagte er mit einem leisen Lachen. Edmund hatte das Tanzen nie gelernt, ich hingegen war von Kindesbeinen an in dieser gesellschaftlichen Kunst unterrichtet worden. Ich hatte ihm einige Schritte gezeigt, um ihn auf unseren Hochzeitstanz vorzubereiten, doch ohne Musik war das nicht so einfach.

Er drückte meinen Arm und küsste mich auf die Stirn. »Ich bin bald zurück«, versprach er und ging die High Street hinunter, groß und locker, mit beschwingtem Schritt. Sein langes Haar schimmerte wie Weißgold. Er würde es zu unserer Hochzeit schneiden lassen müssen.

Ich kehrte ins Haus zurück, um meinen Freundinnen zu sagen, dass ich noch etwas zu erledigen hatte. Dann eilte ich in die High Street hinauf.

Im Amt für Bauwesen empfing mich Gregory, der ehemalige Pförtner unseres Klosters.

»Ich muss mit Jacquard Rolin sprechen«, erklärte ich ihm. »Könntet Ihr ihm ausrichten, dass die Tapisseriebestellung geändert werden muss?«

»Natürlich, Schwester Joanna.« Gregory fiel es so schwer wie mir, mit den Klostergewohnheiten zu brechen.

Ich war bestürzt gewesen, als sich zeigte, dass Jacquard in Dartford bleiben würde. »Wenn ich meinen Posten als Einkäufer für das Bauvorhaben seiner Majestät aufgebe, wird Cromwell wissen wollen, warum«, hatte er mir auf meine Frage erklärt. »Und wohin sollte ich auch gehen? In die Niederlande kann ich jetzt nicht zurückkehren.«

Edmund wusste bis heute nicht, dass Jacquard in St. Sepulchre gewesen war. Ich erzählte ihm die gleiche Geschichte, die Chapuys John Dudley aufgetischt hatte: Aus Zuneigung zu mir und meiner spanischen Familie habe der Botschafter Dudley bestochen, damit er mich und meinen Freund verschonte. Unsere Namen erschienen nicht in dem Bericht an den König. »Die halbe Wahrheit ist immer besser als eine ganze Lüge«, hatte Chapuys mir erklärt.

Edmund legte unsere Befreiung als ein Zeichen Gottes aus, dass wir dem Frieden leben und unsere Anstrengungen aufgeben sollten, der Prophezeiung auf den Grund zu gehen. Er trauerte mit mir zusammen um Bruder Oswald. Und er sorgte sich um die gefangen gesetzten Mönche, von Schuldgefühlen darüber geplagt, wie er mir gestand, dass er ihr Schicksal nicht teilte. Was sich in dieser Nacht in Canterbury ereignet hatte, war entsetzlich gewesen. Und was hatte es genützt? Der König hatte die Gebeine des heiligen Thomas Becket in seinem Besitz. Ob er sie vernichtet und entweiht hatte oder ihnen ein würdiges Begräbnis zuteilwerden ließ, wussten wir nicht – und würden es möglicherweise nie erfahren.

Lächelnd trat Jacquard mir entgegen. »Guten Tag, Joanna Stafford«, begrüßte er mich herzlich. »Ich höre, Ihr habt Fragen zu der letzten Bestellung. Ich habe zufällig etwas da, was ich Euch zeigen kann.«

Das war der Code, den wir vereinbart hatten, falls ich ihn brauchen sollte. Ich folgte Jacquard nach hinten. Wir waren einander in den vergangenen dreieinhalb Monaten hin und wieder begegnet, in der Kirche oder auf der Straße, aber niemals allein, und er hatte, zusammen mit einer Gruppe anderer Bekannter, Edmund und mir zu unserer Verlobung gratuliert. Immer noch fiel es mir schwer, zu glauben, dass dieser gewandte junge Mann, der jedem, an dem wir vorüberkamen, einen freundlichen Gruß zurief, ein heimlicher Kundschafter des Kaisers war.

Er führte mich in einen großen Raum, in dem die kürzlich eingetroffenen Materialien für den Landsitz des Königs gelagert waren. Die Backsteinmauern des Hauses standen schon; Böden und Dächer waren fertig. Im Sommer sollten die Fenster eingebaut werden. Ich war geblendet von den langen Reihen gerahmten Glases, an denen wir entlangschritten.

Als er den Teil des Raumes erreichte, wo die Tapisserien hingen, sagte er: »Berichtet mir. Versucht, keine Gefühle zu zeigen. Seht Euch die Tapisserien an, während Ihr mit mir sprecht.«

Ich sagte leise: »Edmund glaubt, dass jemand in Dartford ist, um uns zu beobachten. Oder zumindest ihn. Er hat den Mann im Hospital und in der Kirche gesehen. Er hatte übrigens schon im letzten Dezember das Gefühl, beobachtet zu werden.«

Jacquard wischte ein Stäubchen von einem der Bildteppiche. »Ist er groß und dünn und hat schmale dunkle Augen?«, fragte er.

»Ja«, antwortete ich verblüfft. »Ihr kennt den Mann?«

»Redet nicht so laut; zeigt keine Gefühle«, ermahnte er mich. »Ja, das ist der dritte Spitzel, den Bischof Gardiner hierher geschickt hat. Euer Edmund hat den ersten bemerkt, aber den zweiten offenbar nicht. Ich schon. Gardiner bedient sich jedes Mal eines anderen Mannes.«

Gardiner.

»Woher wisst Ihr das?« Ich war atemlos vor Schreck.

»Ich muss Euch noch einmal ermahnen, keine Gefühle zu zeigen«, sagte Jacquard kühl. »Ich kenne hier jeden, der kommt, und jeden, der geht.«

Ich schluckte, dann fragte ich so ruhig, wie es mir möglich war: »Was werdet Ihr tun?«

»Nichts.«

Ich drehte den Kopf, um Jacquard anzusehen. Er sah lächelnd die Tapisserien durch.

»Ihr habt Verdacht erregt, und Gardiner lässt Euch von einem Spitzel beobachten. Und was bekommt dieser Spitzel zu sehen? Eine Frau, die täglich an ihrem Webstuhl sitzt, die ihre Hochzeit vorbereitet, die mit ihrem Bräutigam tanzt. Er weiß nichts, und er kann nichts berichten. Joanna Stafford, ich weiß, Ihr wünscht, ich würde diesem Spitzel des Bischofs den Kragen umdrehen, und ich würde das auch liebend gern tun, aber es wäre höchst unklug.«

Ich hatte Mühe, meine Stimme zu beherrschen, als ich zurückgab: »*Niemals* würde ich wünschen, einem anderen Schaden zuzufügen.«

»Ihr wolltet den Soldaten in Canterbury Schaden zufügen«, entgegnete Jacquard. »Aber die Spanierinnen sind ja alle blutrünstig.«

Als ich mich zum Gehen wenden wollte, hielt Jacquard mich auf. Eisern hielt er meine Hand umspannt.

»Seht Euch diese hier an – diese erlesene Arbeit«, sagte er laut und murmelte dann: »Ich lasse Euch jetzt los. Und wir werden unser Gespräch fortsetzen. Habt Ihr verstanden?«

»Ja.« Mir blieb gar nichts anderes übrig, als mich seinem Willen zu beugen.

Nach einer kleinen Pause sagte er: »Ich weiß, wie sehr Ihr Gardiner fürchtet. Und mit Recht. Er ist ein Ungeheuer, so arglistig und gewissenlos wie Cromwell.«

Ich schauderte.

»Es braut sich etwas zusammen«, sagte er nachdenklich. »Niemand weiß mit Sicherheit, was es ist. Zum ersten Mal seit zwei Jahren tritt das Parlament zusammen. Die Sitzung beginnt am 28. April. Es sollen religiöse Angelegenheiten erörtert werden sowie die Vorbereitungen für einen Krieg. Ständig gibt es neue Gerüchte. Einen Tag höre ich, dass im Kanal französische Schiffe gesichtet wurden, den nächsten, dass Schottland seine Streitkräfte sammelt, um sich die Invasion zunutze zu machen. Auf König Heinrichs Befehl liegen hundertzwanzig Schiffe an der Themsemündung bereit und dreißig in Portsmouth. Hunderte von Leuten sind Tag und Nacht dabei, Befestigungsanlagen an der Südküste auszubauen. Und wisst Ihr, woher das Geld für das alles kommt?«

Ich schüttelte den Kopf.

»Es ist die Beute aus der Auflösung der Klöster. Im Fall eines Krieges mit dem Papst und seinen Verbündeten wird er sein Land mit dem Geld verteidigen, das er den Klöstern gestohlen hat.«

Mir schlug das Herz bis zum Hals. »Ihr seid ärgerlich«, sagte ich, »weil ich mich Chapuys' Wünschen nicht füge.«

»Ich bin nicht ärgerlich, und ebenso wenig ist es der Botschafter«, entgegnete Jacquard sofort. »Denn die letzte Mitteilung, die er erhalten hat, besagt, dass Ihr nicht zögern werdet, wenn der Moment gekommen ist. Und nicht nur das. Ihr werdet zu uns kommen und uns *anflehen*, Euch nach Gent zu bringen.«

»Niemals«, sagte ich.

Jacquard zog ein Schriftstück aus seinem Wams. »Habt Ihr Constable Scovill in letzter Zeit gesehen?«

»Das geht Euch nichts an«, sagte ich zähneknirschend.

Jacquard lächelte. »Wenngleich Eure amourösen Verwirrungen natürlich für uns alle von großem Interesse sind, ist das nicht der Grund meiner Frage. Geoffrey Scovill wurde vor zwei Tagen vom Polizeipräsidenten von Kent ein königlicher Befehl zugestellt. Er ist jetzt sicherlich sehr beschäftigt. Ich habe selbstverständlich eine Kopie des Befehls.«

Ich nahm ihm das Schriftstück aus der Hand und las: Das ganze Volk muss in Bereitschaft sein, sollten die Feinde Seiner Majestät versuchen, sein Reich zu besetzen. Jeder Constable muss eine amtliche Liste aller in seinem Bezirk wohnhaften Männer zwischen sechzehn und sechzig Jahren sowie allen Rüstzeugs und aller Waffen in ihrem Besitz erstellen. Die Männer müssen zur Musterung antreten, und die fähigsten unter ihnen sollen ausgewählt werden. Eine kleine Anzahl soll zurückgestellt werden, um, wenn notwendig, den Heimatort zu verteidigen.

»König Heinrich übernimmt seine Rolle in dem großen Spiel«, bemerkte Jacquard.

»*Spiel?*«, fragte ich.

»Den Kriegen, die von Königen um Land und Ruhm ausgetragen werden.«

Ich gab ihm das Papier mit zitternder Hand zurück. »Zwischen sechzehn und sechzig Jahren«, wiederholte ich und sah sie vor mir, die lachenden jungen Männer, die Lehrlinge, die stolzen jungen Väter, tüchtigen Kaufleute, Bauern und Fischer und Großväter. Edmund und Geoffrey.

»Wenn es zur Invasion kommt, wird es hier und im ganzen Land ein großes Blutvergießen geben«, sagte Jacquard. Er tippte mich am Ellbogen an. »So, wir haben lange genug hier herumgestanden. Ich bringe Euch jetzt hinaus. Nur eins solltet Ihr noch wissen.«

»Ja?«, fragte ich müde.

»Der Kaiser hat Chapuys zurückbeordert, kurz nachdem König Franz den französischen Botschafter zurückbeordert hatte. Das ist stets der Auftakt zu einer formellen Kriegserklärung. König Heinrich möchte Chapuys weiterhin am englischen Hof sehen; er hat Protest eingelegt. Doch spätestens Ende Juni wird unser Botschafter wohl dieses Land verlassen haben.«

Jacquard lächelte, als er mich nach draußen geleitete. »Beunruhigt Euch nicht, wenn es so weit kommt. Ich bleibe hier. Und meine Anweisungen sind klar – der Kaiser persönlich hat mich beauftragt, im Fall Joanna Stafford nach bestem Wissen und Gewissen zu handeln.«

Kapitel 37

Edmund kehrte weder am folgenden Tag zurück noch am Tag darauf. Ich war am Nachmittag vor Schwester Agathas Hochzeit viel zu nervös, um mich an den Webstuhl zu setzen. Seit dem Zusammentreffen mit Jacquard Rolin hatte ich kaum geschlafen. Immer wieder wälzte ich das beunruhigende Gespräch in meinen Gedanken. Und ich begann, mir um Edmund Sorgen zu machen. Schwester Winifred erkundigte sich und berichtete, dass auch die anderen beiden Männer aus Dartford noch nicht zurückgekehrt waren; einer hatte seine Frau unterrichten lassen, dass sie John nicht an dem Ort gefunden hatten, an dem er ursprünglich gesehen worden war, und sie deshalb weiter nach ihm suchen würden. An mir nagte die Furcht, Edmunds Abwesenheit könnte irgendwie mit der Prophezeiung zu tun haben, die wie ein Damoklesschwert über mir schwebte. Er wäre niemals fortgegangen, wenn er alles gewusst hätte. Wie verhasst es mir war, Geheimnisse vor ihm zu haben. Wie sollten wir auf so einer Grundlage ein gemeinsames Leben beginnen? Doch ich musste schweigen, wenn ich ihn schützen wollte.

Schwester Winifred versuchte, mich zu trösten. »Macht Euch keine Sorgen«, sagte sie. »Ihr wisst doch, dass meinem Bruder Kranke und Notleidende wichtiger sind als jede Hochzeit – ausgenommen seine eigene.«

»Ja, natürlich.« Ich zwang mich zu lächeln.

Schwester Agatha war bei ihrer Hochzeit am folgenden Tag genauso aufgeregt, wie ich es mir vorgestellt hatte. Schwester Winifred und ich würden sie zur Dreifaltigkeitskirche begleiten. Die übrigen Gäste, unter ihnen die ehemaligen Nonnen unseres Klosters, würden uns dort erwarten, wobei allerdings nicht ausgeschlossen war, dass jemand fehlen würde. Ich wusste, dass Schwester Rachel Mühe hatte, diese Heirat zu akzeptieren.

Schwester Agatha hatte keine lebenden männlichen Verwandten, doch der Brautführer durfte nicht fehlen. Es fand sich eine überraschende Lösung. Ein Mann namens Ellis Hancock, ein wohlhabender Schiffsbauer, der sich erst vor kurzem in Dartford niedergelassen und mit Oliver Gwinn angefreundet hatte, erbot sich, die Rolle des Brautführers zu übernehmen, und hatte die Hochzeitsgäste zur nachfolgenden Feier in sein Haus eingeladen.

Schwester Winifred und ich schmückten Schwester Agatha mit dem Brautkranz. Wir hatten ihn aus Maßliebchen, Narzissen und Schlüsselblumen geflochten, die wir am frühen Morgen taufrisch auf den Wiesen im Süden des Orts gepflückt hatten. Sie hatte ihr bestes Kleid angelegt; blauer Brokat mit Goldverzierung.

»Ihr seht wunderschön aus«, flüsterte ich.

Es schlug elf, als ich die Haustür öffnete. Mr Hancock wartete schon, und hinter ihm eine Menschenmenge im Festtagsstaat. Viele gute Wünsche begleiteten uns auf dem kurzen Weg zur Dreifaltigkeitskirche. Die Haltung der Leute im Ort uns gegenüber war deutlich freundlicher geworden. Das hätte mich freuen müssen, aber aus irgendeinem Grund machte es mich traurig.

Ich bemerkte die Familie Brooke – der schlaksige Junge mit den Pickeln am Kinn und der finsteren Miene konnte nur Timothy sein – und, neben Gregory, Jacquard Rolin. Er lächelte und klatschte mit den anderen Schaulustigen. Näher bei der Kirche warteten Arm in Arm Geoffrey Scovill und Schwester Beatrice. Geoffrey und ich vermieden es, einander anzusehen, wie es uns mittlerweile zur Gewohnheit geworden war. An diesem Morgen sah ich alle, die ich in Dartford kannte. Nur den Mann, den ich liebte und dem ich mehr als jedem anderen vertraute, sah ich nicht. Edmund hatte es nicht geschafft, rechtzeitig zur Hochzeit zurück zu sein.

Oliver Gwinn stand strahlend und stolz vor dem geöffneten Kirchenportal und nahm Schwester Agatha in Empfang. Als das Paar vor Pater William Mote Aufstellung genommen hatte, verlas der Geistliche, vor dem Portal stehend, mit schallender Stimme, sodass alle auf der Straße es hören konnten, das Aufgebot. Auf die Frage, ob jemand gegen die Eheschließung Einspruch erheben wolle, meldete sich niemand.

Nachdem das Paar die Ringe getauscht hatte, begaben wir uns alle zur Hochzeitsmesse und zum Segen in die Kirche. Oliver und Agatha knieten vor dem Altar nieder, über ihren Köpfen ausgebreitet das Hochzeitstuch aus feinem Leinen. Ich saß mit Arthur, der sich schon am Morgen nicht wohlgefühlt hatte und jetzt immer wieder in sein Taschentuch schniefte, ziemlich weit hinten neben meiner engsten Freundin Schwester Winifred, Schwester Eleanor, Schwester Rachel und den drei anderen. Sie hatten sich entschlossen, doch zu der Hochzeit zu kommen. Wir sprachen nichts, tauschten nicht einmal Blicke, doch wir fühlten das Gleiche. Es war nicht Freude. Wir trauerten um das Leben, das uns genommen worden war, eine Berufung wie keine andere, von Opfer und tiefer Erfüllung bestimmt. Wir waren nicht Eigentum der Menschen, wir waren einzig Bräute Christi gewesen. In einem Monat würde ich neben Edmund dort vor dem Altar knien. Unsere Zahl würde wiederum schrumpfen. Edmund war der Mann, den ich liebte, gewiss, dennoch teilte ich diese Trauer um ein Leben, das für immer verloren war. Sollte ich mich nicht wie Agatha auf die neue Verbindung freuen, die auf mich wartete? Ich lauschte Pater Williams Segnungen und kämpfte gegen meine Melancholie.

Strahlende Sonne empfing die Hochzeitsgäste, als wir aus der Kirche traten. Schwester Eleanor und die anderen Schwestern aus Holcroft House gingen still nach Hause; ich konnte es ihnen nicht verübeln. Niemand konnte verlangen, dass sie die Hochzeit einer ihrer ehemaligen Mitschwestern auch noch bei Musik und Tanz feierten. Doch ich bemerkte, dass auch Schwester Winifred sich aus dem Kreis der Gäste entfernte.

»Kommt Ihr denn nicht mit zur Feier?«, fragte ich.

Sie legte Arthur die Hände auf die Schultern. »Dem Jungen geht es nicht gut. Er gehört ins Bett.« Arthur erhob quengelnd Protest, doch sie hatte recht: Seine Augen sahen fiebrig aus und seine Wangen stark erhitzt. Ich versprach, ihm etwas von den Leckereien des Hochzeitsmahls mitzubringen.

Ich ging allein zum Haus der Hancocks, freundlich gegrüßt von den Leuten rundherum. Jetzt, da ich wie Agatha bereit war, endgültig von meinem Leben als Nonne Abschied zu nehmen und zu heiraten, waren sie bereit, mich zu akzeptieren.

»Constable, ist Eure Musterungsliste komplett?«, fragte ein Mann hinter mir.

»Ja«, antwortete Geoffrey, »ich habe sie bereits abgeschickt. Wir sind wohlvorbereitet für einen Angriff auf unser Land.«

Der erste Mann sagte: »Die Liste für London ist sicherlich sehr lang?«

Geoffrey antwortete: »Ich habe gehört, dass der König die Listen, die von den Londoner Constables eingereicht wurden, selbst durchgesehen hat. Nächste Woche reist er nach Dover, um die neuen Befestigungsanlagen zu besichtigen.«

Sie begannen, von Bollwerken, Blockhäusern und Festungsmauern zu reden, die an der Küste errichtet worden waren. Ich ging schneller, ja ich rannte beinahe, um diesem Gespräch zu entkommen, und war froh, als ich die beiden jungen Trommler vor mir einholte, die den Hochzeitsmarsch schlugen. Wir kamen an knospenden Apfelgärten und braunen Äckern vorüber, die schon zur Aussaat von Gerste und Weizen umgepflügt waren. Die Bauern hatten Grenzlinien ins Erdreich gezogen, um ihre zwei oder drei Ackerreihen zu kennzeichnen. Der scharfe Geruch der frischen Erde tat mir wohl.

Von der Hauptstraße führte ein breiter Fahrweg zu dem Herrschaftshaus, wo die Blumenbeete in erster Frühlingsblüte standen. An den Bäumen grünten die jungen Triebe.

Im Vergleich mit den üppigen Girlanden aus Efeu und Blumen, mit denen das Haus geschmückt war, wirkte mein schon etwas welkes Sträußchen recht armselig. Lange Tische bogen sich unter der Last wohlgefüllter Schüsseln und Schalen; Wein und Bier flossen reichlich. Die Familie Hancock scheute offensichtlich keine Mühe, um sich die Leute von Dartford gewogen zu machen.

Alle hier schienen entschlossen, sich zu amüsieren. Im vergangenen Jahr hatte es wegen der religiösen Unruhe im Land weit weniger Fest- und Feiertage gegeben. Heute lechzten wir in Dartford danach, endlich wieder zu feiern.

Im Mittelpunkt der allgemeinen Fröhlichkeit stand natürlich das Brautpaar, Agatha im Kreis ihrer neuen Familie. Mein Blick schweifte zu Geoffrey Scovill, der sich einer Gruppe biertrinkender Männer angeschlossen hatte. Schwester Beatrice war nicht bei ihm. Ich hatte den Eindruck gehabt, sie wiche ihm keinen Schritt von der Seite, doch jetzt fiel mir auf, dass ich sie zuletzt in der Kirche gesehen hatte.

Sehr bald wurde in einem großen Saal zum Tanz gebeten. Als Erstes spielten die Musikanten ein Lied zu Ehren des Brautpaars, und wir klatschten alle, als Agatha sich in den Armen ihres Ehemanns drehte. Ich hatte auch ihr Tanzunterricht gegeben. Oliver Gwinn war, um die Wahrheit zu sagen, ein ziemlich grobschlächtiger Mensch, und auch seine neue Frau hätte niemand als hübsch bezeichnet. Doch die Schönheit, die diese beiden ineinander fanden, verlieh ihnen eine Anmut ohnegleichen.

Nach dem Hochzeitstanz wurde eine Gaillarde angekündigt.

Es war kein einfacher Tanz; viele der Gäste wechselten zweifelnde Blicke und machten sich unauffällig davon.

Mr Hancock trat zu mir. Er habe als Junge meinen Vater im Turnier kämpfen sehen, sagte er, und wolle der Tochter von Sir Richard Stafford einen herzlichen Empfang bereiten. Stolz führte er mich zum Tanz, und wir nahmen die Anfangsposition ein. Seine Frau stellte sich mit einem Mann, den ich als den bekanntesten Gastwirt im Ort kannte, hinter uns auf. Außer ihnen schlossen sich nur noch zwei weitere Paare an.

Sobald die Musiker das Lied anstimmten, setzten wir den ersten Schritt. Die Gaillarde besteht aus einer Reihe kleiner Sprünge und Wendungen, die einem strengen Takt folgen. Doch ich brauchte nicht auf den Takt zu achten, ich folgte der Musik mit dem Herzen – es war, als wäre die Zeit stehen geblieben, während ich meine Schritte und Sprünge machte und mich mit Mr Hancock im Kreis drehte.

Als nach der Gaillarde die Musiker zu einem weniger höfischen Tanz aufspielten, drängten alle zur Tanzfläche. Ich dankte Mr Hancock mit einem Knicks und wollte mich zurückziehen, als der Gastwirt mich um den nächsten Tanz bat.

Und so ging es fort. Einer nach dem anderen verbeugten sich die ehrenwerten Herren von Dartford vor mir, um mich zum Tanz aufzufordern. Jedes Mal plagte mich ein wenig das schlechte Gewissen. Ich hätte nach Hause gehen sollen, zu Arthur und Schwester Winifred. Doch gleichzeitig war ich froh, denn während ich mich der Poesie der Musik hingab, vergaß ich beinahe meine Sorgen.

Bis zu dem Moment, als Geoffrey sich vor mir verneigte.

»Wo ist Schwester Beatrice?«, fragte ich.

»Sie hat sich nicht wohlgefühlt.«

»Das tut mir leid.«

Rund um uns herum begannen die Leute zu tanzen. Wir mussten uns ihnen entweder anschließen oder Platz machen.

Geoffrey bot mir lächelnd die Hand. Doch in seinen Augen konnte ich Traurigkeit erkennen.

Ich ergriff die dargebotene Hand nicht. »Ich weiß nicht, ob es sich ziemt, dass wir miteinander tanzen.«

Er wurde nicht ärgerlich, sondern sagte ruhig: »Joanna, wir werden bald mit anderen verheiratet sein. Können wir nicht heute wenigstens Freunde sein? Ihr habt mit jedem achtbaren Mann aus Dartford getanzt. Wollt Ihr nicht auch dem Constable das Vergnügen gönnen?«

Ich knickste und ergriff seine Hand. Er schob seine Finger zwischen die meinen. Ein leichter Schauder überlief meinen Arm, und ich sah weg. Geoffrey sollte nicht merken, welche Wirkung seine Berührung auf mich hatte.

Zum ersten Mal in unserem Leben tanzten wir miteinander. Nach jeder Drehung, die ich vollendete, wartete er genau an der richtigen Stelle. Nie hielt er meine Hand zu lang, nie ließ er sie zu früh los. Wir waren in vollkommenem Einklang. Ich hoffte, er würde nicht weiter mit mir sprechen. Doch natürlich tat er es.

»Wie oft habe ich mir gewünscht, Euch so zu sehen«, sagte er. »Hier lächelt Ihr. Ja, Ihr könnt sogar lachen.«

»Es ist eine Hochzeit«, entgegnete ich abwehrend. Wir mussten uns trennen, um die Partner zu tauschen. Als wir wieder zueinander kamen, sagte ich: »Ihr findet mich also freudlos?«

»Nein, nein«, widersprach er. »Ihr versteht mich falsch, Joanna. Ich möchte nicht kritisieren. Ich möchte Euch glücklich sehen. Das war immer mein Wunsch.«

»Ich weiß nicht, ob es mir bestimmt ist, glücklich zu sein«, entfuhr es mir ungewollt.

Er sah mich erstaunt an. Die nächste Tanzfigur trennte uns wieder. Einen Augenblick später sagte er angespannt: »Das ist eine seltsame Bemerkung von einer Frau, die im nächsten Monat heiratet.«

Ich sagte nichts, betete nur, dass der Tanz bald vorüber sein würde.

»Ich habe Euch nie für freudlos gehalten, Joanna«, sagte er. »Ihr seid – Ihr seid –«

Das Lied endete. Er hätte sich verbeugen und gehen müssen. Stattdessen trat er einen Schritt näher zu mir und zog dabei einen Gegenstand aus der Tasche seines Wamses, einen kleinen Stoffbeutel. Langsam zog er die Schnur auf und ließ den Inhalt vorsichtig in seine geöffnete Hand fallen.

Es war ein glänzender dunkler Stein von nicht mehr als einem Zoll Durchmesser.

»Wisst Ihr, was das ist?«, fragte er.

»Nein.«

Der nächste Tanz begann. Wieder würden wir allen im Weg stehen.

»Es ist ein schwarzer Opal«, sagte Geoffrey. »Manche nennen ihn Schwarzes Feuer. Ich habe ihn einen Monat nach unserer ersten Begegnung in Smithfield, nach unserer Fahrt in den Tower, bei einem Händler gekauft. Als ich glaubte, ich würde Euch nie wiedersehen. Ich wollte ein Andenken an Euch haben.«

Ich trat erschrocken einen Schritt zurück. »Oh, Geoffrey, zeigt mir das nicht. Nicht hier – und auch nicht anderswo. Es ziemt sich nicht.«

Geoffrey schob den Opal wieder in den Beutel und steckte ihn ein. »Das weiß ich.«

Ich entfernte mich von ihm. Ich würde zwischen den Tänzern hindurchschlüpfen und in ein anderes Zimmer flüchten. Doch er holte mich ein, fasste meine Hand und zog mich zu sich. Es war, als wären wir wieder in Smithfield, an jenem ersten Tag. Immer versuchte ich, Geoffrey Scovill zu entkommen. Und immer folgte er mir. Und, mochte Gott mir verzeihen, immer war ich auch froh darüber.

»Wisst Ihr noch, als wir in dem Boot die Themse hinauf zum Tower gefahren sind? Als ich aufwachte, lag mein Kopf in Eurem Schoß. Ihr habt Euch um mich gesorgt. Und obwohl ich Schmerzen hatte – obwohl man mich gefangen genommen hatte –, war es wunderbar, Joanna. Unglaublich.«

Mir traten die Tränen in die Augen. »Nicht, Geoffrey, nein. Es tut mir leid. Es tut mir so leid.«

»Eins muss ich Euch noch sagen, Joanna.« Er zog mich noch näher an sich. »An dem Tag, an dem Ihr nach Canterbury gereist seid, wusste ich, dass Ihr mir niemals verzeihen würdet, wenn ich Euch verriete. Aber ich wusste auch, dass Ihr in Canterbury vielleicht getötet werden würdet, und diesen Gedanken konnte ich nicht ertragen. Ich musste es tun, auch wenn es bedeutete, dass Ihr mich auf ewig hassen würdet, dass es Euch Sommerville nur noch näher bringen würde und ich nichts mehr zu hoffen hätte.« Tränen glänzten in seinen blauen Augen. »Ich könnte nicht weiterleben, wenn Ihr tot wärt. Das ist die Wahrheit.«

Sein Blick flog plötzlich über meine Schulter, und er ließ meinen Arm los.

Ich drehte mich um.

Nur wenige Fuß entfernt stand Edmund mit fassungslosem Blick und bleichem Gesicht. Brüsk drehte er sich um und ging, ohne Rücksicht auf die Leute, die ihm im Weg standen.

»Edmund!«, rief ich. »Wartet.«

Ich lief ihm nach, zwischen den Tänzern hindurch, die sich rundherum drehten, doch ich konnte ihn nirgends entdecken. Er war verschwunden.

Ich rannte aus dem Saal, ich musste ihn finden. Der Letzte, den ich sah, war Jacquard Rolin, der mit verschränkten Armen an der Tür stand. Er hatte eine Frau bei sich, die eine blassgrüne Kapuze trug. Er sprach mit ihr und nickte, doch sein Blick ruhte auf mir.

Kapitel 38

Ich suchte ihn überall im Gedränge, doch ich fand Edmund nirgends. Als ich sicher war, dass er sich nicht mehr im Haus aufhielt, stürzte ich ins Freie hinaus. Doch auch dort fand ich ihn nicht. Ich lief den Fahrweg zur Straße hinaus und rannte den ganzen Weg bis nach Hause, unablässig nach Edmund Ausschau haltend. Nichts.

Zu Hause saß Schwester Winifred bei Arthur und hatte keine Ahnung, dass ihr Bruder zurück war. Ich beschloss, ihr nichts von dem bestürzenden Zusammentreffen zu sagen – wie hätte ich es ihr auch erklären sollen? Doch ich war sicher, dass er hierherkommen würde, wenn nur, um seine Schwester abzuholen. Ich würde mit ihr hier warten. Edmund kannte die stürmische Geschichte, die Geoffrey und mich verband, auch wenn über dieses Thema nie gesprochen wurde. Doch auf Geoffrey wartete eine Zukunft an der Seite von Schwester Beatrice – und ich gehörte zu Edmund.

Nach dem Abendessen brachte Edmunds Gehilfe Humphrey einen Brief. John war gefunden und nach Dartford zurückgebracht worden; die Mission war erfolgreich gewesen. Doch Edmund habe gleich nach seiner Rückkehr der Hilferuf eines alten Freundes erreicht, er werde also noch einige Tage fernbleiben.

Ich weinte, als ich dieses kühle Schreiben las.

»Schwester Joanna«, sagte Schwester Winifred tief besorgt, »bitte seid nicht so traurig – es besteht doch gar kein Anlass dazu. Warum sollte er nicht jetzt einen alten Freund aufsuchen? Ihr werdet schließlich den Rest Eures Lebens zusammen sein.«

Die folgenden Tage waren eine Qual. Ich rechnete damit, dass Edmund bei unserem nächsten Zusammentreffen die Verlobung lösen würde. Vielleicht verdiente ich nicht, seine Frau zu werden. Doch ich wollte wenigstens eine Klärung.

Am Freitagnachmittag ging ich von Rastlosigkeit getrieben zum Hospital. In der Rezeptur stand Edmund über seinen Apothekertisch gebeugt und arbeitete, als wäre alles wie immer. Er war mit der Zubereitung von Pillen beschäftigt – neben einer Schale mit gestampften Kräutern stand eine kleinere mit Honig zum Mischen –, und er rollte die Pillen auf einem glatten Holzbrett.

Obwohl er meine Schritte gehört haben musste, blickte er nicht von seiner Arbeit auf. Langsam ging ich zu ihm und blieb neben ihm stehen. Eine der Schalen war, wie ich bemerkte, fast leer.

»Soll ich den Honig auffüllen, Edmund?« Meine Stimme klang erstaunlich ruhig.

»Ja, das wäre eine Hilfe«, antwortete er leise.

Ich ging mit der Schale zum Schrank und gab Honig hinein. Meine Finger zitterten vor Nervosität, und der Honig klebte am Löffel, sodass ich übermäßig lang brauchte, um die Schale zu füllen.

Als ich zu ihm zurückging, konnte ich es plötzlich nicht mehr aushalten. »Wollt Ihr mich immer noch heiraten?«, fragte ich.

Edmund kniff eine Pille ab, die er gerade fertiggestellt hatte. Ich sah ihm an, wie müde er war, sah die tiefen Linien auf der Stirn und um den Mund.

»Mehr als alles auf der Welt«, sagte er.

Dann lagen wir einander in den Armen. Er küsste meine Wangen und meine Stirn, während ich ihn umfangen hielt. Er küsste meine Lippen mit einer Leidenschaft wie nie zuvor. Bisher hatte er sich bei unseren Umarmungen immer gezügelt. Ich hatte es an der Spannung in seinen Armen, der kühlen Berührung seiner Lippen gespürt. Jetzt aber spürte ich etwas Neues – etwas Wildes und Zorniges – in seinen Küssen, und mir verschlug es den Atem. Ich glaubte, ich würde die Besinnung verlieren unter so viel Leidenschaft.

Ein diskretes Hüsteln riss uns auseinander. Humphrey stand an der Tür und lächelte hinter vorgehaltener Hand. Augenblicklich kehrten wir zu schicklicher Förmlichkeit zurück. Ich blieb noch etwa eine Stunde im Hospital. Später aß Edmund mit mir zu Abend, nachdem er Arthur eine Unterrichtsstunde erteilt hatte. Wir waren verlobt, daran hatte sich zu meiner Erleichterung und Dankbarkeit nichts geändert. Doch zwischen uns blieb eine gewisse Vorsicht, die bisher nicht da gewesen war. Ich wartete darauf, dass er von Geoffrey Scovill sprechen würde. Er tat es nicht – und ich auch nicht.

Ich fiel aus allen Wolken, als mein Cousin Lord Henry Stafford und seine Frau Ursula mit ihren sechs Kindern in Dartford eintrafen. Ich hatte ihnen aus reiner Höflichkeit meine bevorstehende Heirat mitgeteilt, doch keinen Moment mit ihrem Besuch gerechnet. Henry hatte Stafford Castle seit Jahren nicht mehr verlassen. Für ihn hatte es sein ganzes Erwachsenenleben lang nur eins gegeben: die Politik und alles, was gefährlich werden könnte, zu meiden. Ich konnte kaum glauben, dass er es gewagt hatte, über London nach Dartford zu reisen.

Henry und Ursula schienen mir in den zwei Jahren, seit ich sie das letzte Mal gesehen hatte, stark gealtert zu sein. Beider Haltung war gekrümmt, ihre Gesichter wirkten müde und eingefallen. Doch Henry erklärte mit fester Stimme: »Joanna, ich muss Euer Brautführer sein. Das schulde ich Eurem Vater.«

Da mein Haus zu klein war, mussten meine Verwandten mit ihren Bediensteten wohl oder übel in einem Gasthof absteigen. Ich sah Henry an, dass ihm das nicht behagte, doch er ließ sich nichts anmerken. Die Familie Stafford bezog also Räume im Saracens Head Inn – jedoch nur für wenige Stunden. Die Neuigkeit ihrer Ankunft verbreitete sich schnell, und schon gegen Abend sprach Mr Hancock in meinem Haus vor und bestand darauf, meine Verwandten bei sich aufzunehmen. Die Einladung wurde gern angenommen, und ich verbrachte von da an viel Zeit mit Besuchen, um Arthur, der diese neue Verwandtschaft höchst aufregend fand, mit seinen älteren Cousins und Cousinen bekanntzumachen.

Zwei Tage vor meiner Hochzeit, als die Kinder spielten, kam Henrys Frau Ursula zu mir. Wir hatten nie Streit miteinander gehabt, doch ich hegte auch keine besondere Zuneigung für sie. Als ich noch auf dem Schloss gelebt hatte, hatte sie beinahe jedes Jahr ein Kind zur Welt gebracht und war vor allem mit sich selbst beschäftigt gewesen, sodass sie häufig geistesabwesend gewirkt hatte.

Als wir jetzt jedoch allein waren, fragte sie sehr klar und deutlich: »Habt Ihr meinen Bruder geliebt?«

Ich fand, sie verdiente die Wahrheit.

»Nein«, antwortete ich. »Ich habe ihn nicht geliebt und hätte ihn auch niemals lieben können. Henry Courtenay wollte diese Ehe zwischen Eurem Bruder und mir stiften. Ich kann aber sagen, dass ich eine – dass ich mich ihm nahe gefühlt habe.«

Einen Moment lang saß ich wieder neben Montague hinten auf dem Fuhrwerk. Ich fühlte seine Hände, die mein Gesicht umschlossen, und hörte ihn sagen: *Ach, Joanna, Ihr könnt doch nicht einen Toten lieben.*

»Ich weiß, dass Ihr auf dem Tower Hill für ihn gebetet habt, kurz bevor er gestorben ist.« Ursula fasste meine Hand. »Er war ein schwieriger Mensch. Zweifellos hochmütig. Aber er war ein liebevoller Bruder. Ich trauere um ihn. Ihr wisst nicht, wie sehr.«

»Auch ich trauere um ihn«, sagte ich. »Ich bin froh, dass ich etwas für ihn tun konnte, auch wenn es nur so wenig war.«

»Es war nicht wenig«, widersprach sie heftig. Ich sah sie an, und da wusste ich auf einmal, warum sie und Henry zu meiner Hochzeit gekommen waren. Es war ihnen nicht nur um das Andenken meines Vaters gegangen. Ursula hatte ihren Mann zu dieser Reise gezwungen, aus Dankbarkeit für das, was ich für ihren Bruder getan hatte.

»Die Poles sind so tief gefallen wie die Staffords«, sagte sie. »Mein Bruder Reginald ist dem König verhasster als jeder andere lebende Mensch. Godfrey ist ein gebrochener Mann. Der König hat ihn begnadigt, doch er wird wegen seiner Falschaussage von allen verachtet. Er und seine Gemahlin haben England verlassen, was hätten sie auch für eine Wahl gehabt? Jetzt wird meine arme Mutter in ihrem eigenen Haus bewacht. Sie verhören sie Tag und Nacht, um ihr eine Beteiligung an der Verschwörung nachzuweisen. Sie ist fast siebzig Jahre alt, Joanna, und ohne Schuld.«

Der von seinem Hass auf das Haus York besessene König richtete nun also seine Rachsucht auf eine alte Frau. Ich wünschte von Herzen, ich hätte etwas tun können, um Ursulas Leid zu lindern.

»Meine Freunde haben mir geschrieben, dass das Schlimmste vorüber sei und der König vielleicht endlich einlenken und meine Mutter in Frieden lassen werde«, sagte sie. »Gertrude Courtenay ist nie wegen irgendeines Verbrechens vor Gericht gestellt worden; es ist möglich, dass sie eines Tages auf freien Fuß gesetzt wird, zusammen mit ihrem Sohn.«

Mir war das unbegreiflich. Gertrude, die die wahre Verschwörerin gewesen war, sollte aus dem Tower freikommen, während ihr Mann, der immer loyal gewesen war, sein Leben verloren hatte. Vielleicht war es nie gelungen, Beweise gegen sie zu finden, abgesehen von diesen Flaggen in Cornwall, von denen Chapuys gesprochen hatte.

»Ich habe gehört, es gebe deutliche Anzeichen dafür, dass König Heinrich Cromwells ketzerischer Umtriebe müde ist«, sagte Ursula.

»Was?«, rief ich erstaunt.

»Wisst Ihr, dass der König am Stillen Freitag von der Kirchentür zum Kreuz gekrochen ist wie der frömmste Katholik?«, fragte sie eifrig.

Ich schlug die Hände über dem Kopf zusammen. »Und hier, in der Dreifaltigkeitskirche, werden die Bildnisse der Heiligen als abergläubisches Blendwerk entfernt, und man kettet eine Coverdale-Bibel an den Altar!« Ich fand diese Neuigkeit von der scheinbaren Rückkehr des Königs zum wahren Glauben weniger tröstlich als empörend. Wir waren alle Opfer seiner Launen.

»Ja«, sagte Ursula seufzend, »das ganze Königreich befindet sich in heilloser Verwirrung. Es heißt, dass das Parlament, das gerade erst seine Sitzung aufgenommen hat, nicht zu einer Einigung in religiösen Streitfragen findet. In dieser Zeit völliger Richtungslosigkeit gibt es nur einen Weg – ein zurückgezogenes Leben zu führen und den König und seinen Hof zu meiden.«

»Ja«, sagte ich, »und genau das gedenken Edmund und ich zu tun.«

Ich erfuhr, dass Henry mit den Howards korrespondiert hatte. Meine Cousine Elizabeth würde nicht zu meiner Hochzeit kommen, sie hatte ihren Mann wieder verlassen und war in ihr früheres Haus zurückgekehrt, um dort in Zukunft allein zu leben. Die Verhandlungen zur Festsetzung einer Apanage für die Herzogin von Norfolk hatten bereits begonnen. Versöhnungspläne gab es keine mehr. Catherine Howard lebte immer noch in Horsham, dem Landsitz ihrer Stiefgroßmutter. Dort würde sie die Ankunft der neuen Königin abwarten, wenn es je eine geben sollte.

Edmunds Gäste trafen in zwei Gruppen ein, zuerst drei Männer aus Cambridge, zwei von ihnen ehemalige Dominikanerbrüder. Der eine war Priester geworden, der andere Hauslehrer. Der dritte Mann hatte nie einer klösterlichen Gemeinschaft angehört – ganz im Gegenteil. Er war Protestant, ein junger Student namens John Cheke.

»Er ist ein sehr liebenswürdiger Mensch«, sagte Edmund. »Ihr werdet sehen.«

In der Tat, der junge Cheke war heiter und freundlich, voller Wissbegier und lebhaftem Interesse an der Welt. Er wollte alles über meine Tapisseriewerkstatt wissen und unbedingt den Phönix sehen, der mittlerweile beinahe fertig war. Geschmeichelt zeigte ich unser Werk.

»Bruder Edmund kann stolz sein auf eine so kunstfertige Ehefrau«, sagte Mr Cheke, während er den Bildteppich eingehend betrachtete. Dann wurde er rot. »Verzeiht, ich sollte ihn nicht mehr ›Bruder‹ nennen. Gerade ich sollte mich über diese Veränderung freuen, aber die Umstellung fällt mir doch schwer.«

»Das verstehe ich«, sagte ich. »Ihr braucht Euch nicht zu entschuldigen.«

Die zweite Gruppe bestand aus einem Mann allein, Edmunds älterem Bruder Marcus. Er besaß in Hertfordshire einen großen Hof und hatte Familie, doch die hatte er zu Hause gelassen. Seine Haare waren dunkler als die von Edmund und Schwester Winifred, überhaupt hatte er kaum Ähnlichkeit mit seinen beiden Geschwistern.

»Ich weiß nicht, an wen ich mich in dieser Angelegenheit wenden sollte, aber es muss über eine Mitgift gesprochen werden«, verkündete Marcus seinem Bruder und mir beim Abendessen im Gasthof. Er war im Saracens Head abgestiegen, und niemand hatte etwas anderes vorgeschlagen.

Edmund schüttelte den Kopf, und sie begannen zu streiten.

Marcus zeigte auf mich. »Sie kommt aus einer adligen Familie. Wie konntet Ihr dieser Heirat zustimmen, ohne eine Vereinbarung über eine Mitgift zu treffen?«

Ich starrte ihn verärgert an.

»Das geht Euch nichts an«, sagte Edmund.

»Ich bin das Oberhaupt der Familie«, entgegnete Marcus.

»Ihr seid nicht das Oberhaupt *meiner* Familie«, sagte ich und stand auf. Edmund folgte mir.

»Ihr seid eingeladen, der Hochzeit beizuwohnen, doch über diese Angelegenheit werden wir kein Wort mehr verlieren«, erklärte Edmund, und wir gingen zusammen hinaus.

Auf der Straße sagte ich: »Jetzt ist mir alles klar.«

Edmund antwortete nicht. Ich sah ihm an, wie belastend das alles für ihn war – die Erwartungen und Forderungen von Familie und Freunden. Als Ordensbruder hatte ihn das Lärmen der Welt nie berührt, doch jetzt bedrängte es ihn von allen Seiten. Wenn ich nun den Vorschlag machte, nicht zu heiraten, was würde er antworten? Im Inneren fürchtete ich, er sei ein Mensch, der für ein einsames Leben geschaffen war. Sich in diese neue Rolle hineinzufinden kostete ihn große Anstrengung. Ich fühlte mich schuldig.

Doch als Edmund mich beim Abschied auf die Lippen küsste, sagte er: »Ich liebe dich, Joanna«, und alle meine Zweifel legten sich. Wenn wir erst verheiratet waren und all diese Menschen uns in Ruhe ließen, würde unser wahres gemeinsames Leben beginnen.

So unerfreulich das Gespräch mit Edmunds Bruder gewesen war, ich hatte noch eins vor mir. Ich machte mich auf den Weg, um mit Jacquard zu sprechen.

»Bitte verreist einige Zeit. Wenn Ihr hier in Dartford bleibt, würde es sich merkwürdig ausnehmen, wenn Ihr nicht zu unserer Hochzeit kämet. Es wäre mir aber lieber, Ihr würdet ihr fernbleiben.«

Der Gedanke, unter unseren Gästen einen Spitzel zu wissen, der ganz kühl über Edmunds »Beseitigung« nachgedacht hatte, war mir unerträglich.

Jacquard schien nicht im Geringsten gekränkt. Er verneigte sich nur lächelnd. »Ich werde wohl nach London müssen«, sagte er.

Den Abend vor meiner Hochzeit verbrachte ich im Kreis von Frauen. Arthur übernachtete bei seinen Cousins und Cousinen in Mr Hancocks Herrenhaus. Ursula hatte mir ein wunderschönes blassgoldenes Kleid mitgebracht – »Wir wissen alle, dass Ihr für die Mode nichts übrig habt, doch dies ist Eure Hochzeit« – und legte zusammen mit Kitty noch letzte Hand an, bevor sie den Kranz richteten, den ich auf meinem schwarzen Haar tragen sollte. Ich hatte das Gefühl, als geschähe das alles einer anderen Joanna und ich selbst beobachtete nur aus der Ferne.

Während sie ein paar Blättchen von einer Blume für den Kranz entfernte, sagte Ursula: »Ihr solltet uns Arthur nach Stafford Castle mitnehmen lassen.«

»Was – zu einem Besuch?«, fragte ich erstaunt.

»Er kann bei Henry und mir aufwachsen. Wir könnten ihn zu unserem amtlichen Mündel erklären lassen. Euer Vater hätte Euch diese Belastung nicht zumuten sollen, Joanna. Ich weiß nicht, warum er das getan hat. Wir sollten die Verantwortung für Margarets Sohn übernehmen. Ihr solltet Euch ganz Eurem zukünftigen Mann widmen und den Kindern, die Ihr beide sicher bekommen werdet.«

»Ich habe es versprochen«, murmelte ich. »Ich kann dieses Versprechen nicht brechen.«

Vielleicht weil Ursula von Margaret gesprochen hatte, suchte sie mich in dieser Nacht im Traum auf. Wir waren wieder zu Hause, und sie hatte ein Geheimnis. Sie drückte einen Finger auf den Mund, als wollte sie mich ermahnen zu schweigen. Zugleich jedoch lächelte sie. Es war ein seltsamer Traum, denn die ganze Zeit wusste ich, dass Margaret tot war und ich sie gar nicht sehen konnte. Doch ich war glücklich, sie lebend bei mir zu haben, in unserem geheimen Versteck auf Stafford Castle, einem Zimmer im ältesten Flügel des Hauses, den nie jemand aufsuchte. Wir waren keine Kinder mehr, doch wir redeten über die Dinge, die wir als Kinder geliebt hatten: die Geschichten von König Arthur und Guinevere und von den Heiligen, den römischen Jungfrauen, die für ihren christlichen Glauben gestorben waren. In meinem Traum wussten wir, dass uns nichts Schlimmes widerfahren konnte.

An meinem Hochzeitstag schien die Sonne nicht, doch es regnete auch nicht. Nervosität und Aufregung trieben mich früh aus dem Bett. Ich hatte nie gern im Mittelpunkt der Aufmerksamkeit gestanden. Etwas später kam Ursula, um mich anzukleiden und mir die Haare zu flechten, wobei sie ab und zu einen Schluck Apfelmost trank und Gebäck knabberte. Ich selbst brachte keinen Bissen hinunter, was die anderen mit Lächeln bemerkten.

Mit dem Glockenschlag verließ ich mein Haus. Mein Cousin Henry Stafford bot mir den Arm, und wir schritten über die High Street. Es waren noch mehr Schaulustige da als zu Agathas Hochzeit. Sicher nicht aus Zuneigung zu mir, vermutete ich, sondern aus Neugier über die Staffords. Das war kein netter Gedanke an einem Hochzeitstag.

Doch als wir uns der Dreifaltigkeitskirche näherten, sah ich Edmund am Portal auf mich warten, und alle Bedenken und Zweifel lösten sich auf. Groß und stolz stand er da, das blonde Haar gekürzt, sodass es gerade den Kragen seines grauen Wamses berührte.

Er würde mein Ehemann werden. A lles war, wie es sein sollte.

Freunde scharten sich um Edmund. Oliver Gwinn nickte, und John Cheke lachte ausgelassen. Auch die beiden ehemaligen Ordensbrüder und meine früheren Mitschwestern waren gekommen, und ich war ihnen zutiefst dankbar dafür.

Pater William führte uns alle hinein. Er hatte auf diesem Zeremoniell bestanden. Gewöhnliche Leute wurden vor dem Portal getraut. Die Tochter eines Edelmanns jedoch musste in der Kirche verheiratet werden.

Mein Cousin Henry führte mich zu Edmund, und wir reichten einander die Hände. In seinem Lächeln lagen alle Gedanken, Gefühle und Erlebnisse, die wir seit dem Tag, an dem ich ihm das erste Mal begegnet war, miteinander geteilt hatten; seit dem Tag, an dem er mit mir vom Tower of London nach Dartford geritten war.

Wir traten vor Pater William. Der Priester öffnete den Mund – und erstarrte, den Blick über uns hinweg zum Portal gerichtet.

Hinter uns, draußen in der High Street, gab es Tumult. »Platz da!«, hörte ich einen Mann laut rufen. »Platz da!«

Jemand wollte sich den Weg in die Kirche erzwingen.

»Macht Platz für den Grafen von Surrey«, rief eine andere Stimme.

Der Graf drängte sich durch die Schar der Gäste, die sich hinten in der Kirche versammelt hatte. Sein Gesicht war schweißfeucht vom schnellen Ritt.

»Joanna«, rief er. »Ihr könnt nicht heiraten. Laut Parlamentsbeschluss ist diese Eheschließung gesetzwidrig.«

Kapitel 39

»Das ist Wahnsinn«, rief ich. »Norfolk hat dem Parlament ein Gesetz vorgelegt, um *meine* Heirat zu verhindern?«

Surrey schüttelte den Kopf. »Es geht nicht nur um Euch. Es betrifft alle, die einmal einem Kloster angehört haben. Das Statut heißt: ›Sechs Artikel: ein Gesetz zur Abschaffung der Unterschiede in den Überzeugungen‹.« Er zog ein Schriftstück aus seinem Wams. »Im vierten Artikel heißt es, dass niemand, der das Keuschheitsgelübde abgelegt hat, sich jemals verheiraten darf. Wer sich nicht daran hält, verstößt gegen das Gesetz. Ich habe es selbst erst heute Morgen in aller Frühe gelesen, Joanna. Ich schwöre es, ich hatte keine Ahnung. Mein Vater legte den Gesetzesentwurf bei der Parlamentseröffnung beiden Häusern vor. Ich bin auf dem schnellsten Weg hierher geritten. Ordensbrüder, Mönche und Nonnen dürfen nicht heiraten.«

»Nein«, schrie Agatha Gwinn.

Mit trockenem Mund sagte ich: »Steht in der Vorlage etwas von einer Erneuerung der Klöster? Liegt das in der Absicht des Königs?«

»Nein.«

»Ich darf also nicht mehr Nonne sein, doch heiraten darf ich auch nicht?«, fragte ich wie betäubt.

Edmund trat vor. »Lasst mich das sehen.«

Surrey hielt ihm das Schriftstück hin, John Cheke nahm es und brachte es zu Edmund. Sie lasen es gemeinsam.

»Euer Vater verfasst eine Gesetzesvorlage zur Religionspolitik und legt sie dem Parlament vor?«, fragte ich Surrey. »Es fällt mir schwer, das zu glauben.«

John Cheke las vor: »Viertens, dass das Keuschheitsgelübde, das ein Mann oder eine Frau, ein Witwer oder eine Witwe vor Gott ablegt, eingehalten werden soll; und dass es diesen Personen alle anderen Freiheiten christlicher Menschen versagt, die sie andernfalls genießen dürften.«

»Gardiner«, stieß ich hervor. Ich konnte in diesen Worten die Stimme des Bischofs hören.

Surrey konnte mir nicht in die Augen sehen. In diesem Punkt zumindest hatte ich recht. Gardiner hatte die Sechs Artikel verfasst und sie dem höchsten Lord im Land, dem Herzog von Norfolk übergeben, damit er sie im Parlament durchbrachte.

John Chekes Gesicht zeigte sein Entsetzen, nicht nur darüber, dass diese Hochzeit in einem Chaos der Ungewissheit endete. Nachdem er das Schriftstück überflogen hatte, rief er: »Dieses

Gesetz schützt die Messe, die Beichte, das Sakrament der heiligen Kommunion – die Kernlehren des katholischen Glaubens. Jeder Verstoß gegen diese Glaubensgrundsätze wird gesetzlich bestraft. In England ist es mit der Reform vorbei. Wenn diese Vorlage Gesetz wird, ist der Rückschritt vollzogen.«

In der Kirche brach Verwirrung aus. Edelmann und Kaufmann, Schiffsbauer und Nonne – alle redeten gleichzeitig über die scharfe Kehrtwendung, die nun vielleicht im Königreich stattfinden würde. Agatha Gwinn lag weinend in den Armen ihres Mannes. Sie fürchteten offensichtlich beide, dass ihre Ehe nun annulliert werden würde. Pater William blickte verstört vom Altar zu den Kirchenwänden, er fragte sich wohl, was nun wiederhergestellt werden würde. Ursula glühte vor Stolz, genau wie ihr Mann. Draußen auf der Kirchentreppe stand Timothy Brooke an der Seite seiner Eltern und schimpfte laut vor einem wachsenden Kreis von Reformanhängern.

Einige Augenblicke waren Edmund und ich einfach vergessen.

»Was sollen wir tun?«, fragte ich ihn.

»Ich weiß es nicht.« Edmund war selten unschlüssig. Doch jetzt war er ebenso ratlos wie ich.

Arthur war außer sich. »Was ist los? Was ist los?«, schrie er unablässig, während Schwester Winifred sich bemühte, ihn zu beruhigen. Doch wie sollte sie ihm etwas erklären, wenn keiner von uns eine Ahnung hatte, wie es weitergehen würde?

John Cheke war der Erste, der es aussprach.

»Ihr müsst *trotzdem* heiraten«, sagte er zu Edmund und mir. »Diese Vorlage wird vielleicht nicht angenommen.«

Surrey, der ihn gehört hatte, rief erregt: »Doch, sie wird angenommen werden, Sir, verlasst Euch darauf. Schon im Juni wird sie Gesetz sein. Und jeder Verstoß gegen die Artikel wird mit dem Tod bestraft.«

Cheke schüttelte den Kopf. »Heiratet heute, Edmund. Ich bitte Euch.«

Von allen Seiten redeten sie auf uns ein. Meine Stafford-Verwandten, die Autoritätsgläubigen, beschworen uns zu warten, bis das Parlament entschieden hatte. Auch Edmunds Bruder Marcus riet zu warten. Andere jedoch meinten, wir sollten uns nicht abhalten lassen und, falls das Gesetz angenommen werden sollte, eine Ausnahmepetition einreichen.

Surrey sagte: »Wenn ein Ordensbruder oder eine Nonne jemanden heiratet, der nie das Gelübde abgelegt hat, mag Hoffnung auf eine Ausnahmeregelung bestehen. Ihr wart nur Novizin, Joanna, und habt nie die ewige Profess abgelegt, für Euch könnte es eine Ausnahme geben.« Er wandte sich Edmund zu. »Bei Euch ist das anders, fürchte ich, Ihr gehört seit Jahren Eurem Orden an – ich glaube nicht, dass da etwas zu machen ist. Ihr werdet niemals heiraten können, sie nicht und auch keine andere.«

»Ihr seid kein Jurist«, wandte Cheke ein. »Gibt es hier jemanden, der das Gesetz vertritt? Einen Friedensrichter oder Constable?«

»Nein«, sagte Edmund scharf. Doch Cheke hatte sich schon an die Menge gewandt und hörte ihn nicht. Edmund wollte Geoffrey Scovill nicht in diese Sache hineingezogen sehen. Mir war übel – bitte, lass sie Geoffrey nicht finden. In der Kirche hatte ich ihn nicht bemerkt. Vielleicht war er der Trauung ferngeblieben. In Anbetracht seiner Gefühle, die er mir im vergangenen Monat gestanden hatte, wäre das das Angemessene gewesen.

»Constable Scovill! Constable Scovill!«

Der Ruf wurde laut, und ich betete darum, dass er nicht hier sein möge.

Doch die Menge teilte sich, und Geoffrey kam auf uns zu. Er war die ganze Zeit da gewesen, ich hatte ihn nur nicht bemerkt. Schwester Beatrice war nirgends zu sehen. Geoffrey näherte sich uns langsam, beinahe widerstrebend.

»Ich habe hier keine gesetzliche Vollmacht«, sagte er.

»Aber Ihr müsst die Lage beurteilen«, entgegnete Pater William. »Jeder vertritt hier eine andere Meinung, und niemand weiß etwas mit Sicherheit. Darf Edmund Sommerville Joanna Stafford heute heiraten?«

Geoffrey sah mich nicht an. Er trat einen Schritt auf Edmund zu, dann noch einen. »Nein«, sagte er, und sein Ton war hart. »Nein, das darf er nicht.«

»Und *Ihr* dürft nicht über mich bestimmen.« Zu meinem Entsetzen versetzte Edmund Geoffrey einen Schlag vor die Brust, dass er taumelte. Augenblicklich schlug Geoffrey zurück. Eifersucht und Misstrauen beider Männer entluden sich in einem Ausbruch von Gewalt.

»Aufhören«, schrie ich. »Aufhören, bitte!«

Noch während der Kampf tobte, umfassten mich Surrey und mein Cousin Henry und trugen mich kurzerhand aus der Kirche hinaus. Ich versuchte, mich umzudrehen und nach Edmund zu sehen. Er war von einer Gruppe von Männern umgeben, die ihn und Geoffrey voneinander getrennt hatten.

Die Leute in der High Street starrten mich an, als ich von einem Stafford und einem Howard zu meinem Haus geschleppt wurde. So etwas hatte es noch nie gegeben – eine Hochzeit, die in Tätlichkeiten ausartete.

Im Haus zerrte ich mir den Brautkranz vom Kopf, riss ihn entzwei und warf ihn zu Boden.

»Ach, Joanna, nicht«, rief Ursula, die uns nachgelaufen war. Sie kniete nieder und versuchte, den Kranz zu reparieren.

»Gardiner lässt mich büßen«, schrie ich halb weinend, halb lachend. »Und wie er mich büßen lässt!«

»Joanna, bitte beruhigt Euch.« Ursula legte mir die Hände auf die Schultern. »Seid Ihr denn dem Bischof von Winchester je begegnet? Seid vernünftig! Warum sollte er gerade gegen Euch etwas haben?«

Diese Frage konnte ich ihr unmöglich ehrlich beantworten.

»Edmund«, sagte ich. »Ich muss unbedingt mit Edmund reden.«

»Nein«, gebot Henry. »Erst wenn sich die Situation beruhigt hat und wir etwas mehr Klarheit haben. Und Euer Mr Sommerville muss lernen, sich zu zügeln. Er hat sich in der Kirche wie ein Raufbold aufgeführt.«

»Hört auf, ihn zu kritisieren«, fauchte ich. »Ihr versteht gar nichts.« Ich wandte mich zur Treppe. »Lasst mich einfach in Ruhe, ihr alle«, rief ich meinen Verwandten zu.

Sie ließen mich gehen. Ich sperrte mich in meinem Zimmer ein und warf mich aufs Bett. Die Faust auf den Mund gepresst, damit niemand es hörte, weinte ich. Vor allem wollte ich jetzt keine tröstenden Worte oder guten Ratschläge. Mir konnte keiner helfen außer Edmund. Wir mussten das gemeinsam durchstehen. Vielleicht irrte ich mich. Vielleicht hatte Bischof Gardiner gar nicht mich im Auge gehabt, als er die Passage über das Heiratsverbot von Mönchen und Nonnen eingefügt hatte. Vielleicht war dieser Artikel einfach Teil einer allgemein konservativeren Richtung, die er einzuschlagen gedachte. Und wie John Cheke gesagt hatte, das Parlament würde die Vorlage vielleicht gar nicht annehmen. Oder Edmund und ich würden eine Ausnahmeregelung erwirken können, wenn es doch dazu kommen sollte.

Unten herrschte ein lebhaftes Kommen und Gehen. Ich hörte auf zu weinen, um lauschen zu können. Bald würde Edmund mich holen – ich wusste es. Ich wartete darauf, den Klang seiner Stimme zu hören.

Surrey war der Erste, der das Haus verließ. Er würde zweifellos dafür leiden müssen, dass er sich so lange von der Seite seines Vaters entfernt hatte. Ich wusste, dass er nach Dartford gekommen war, weil er gefürchtet hatte, ich würde mich eines Gesetzesverstoßes schuldig machen. Doch ich wünschte aus tiefstem Herzen, er hätte es gelassen. Dann wären wir jetzt schon verheiratet gewesen und hätten mit unseren Freunden gefeiert.

Unsere erste gemeinsame Nacht hätte auf uns gewartet, vor der ich Angst hatte und die ich doch herbeisehnte. Doch darüber durfte ich jetzt nicht nachdenken; ich durfte mich nicht den Gedanken daran hingeben, wie es sein würde, mit meinem Ehemann zusammenzuliegen.

Das Nachmittagslicht trübte sich. Henry und Ursula blieben unten. Arthur war wahrscheinlich bei seinen Cousins und Cousinen im Haus der Hancocks. Gedämpftes Stimmengemurmel drang zu mir herauf. Ich konnte mir vorstellen, wie sehr meine Verwandten es bedauerten, nach Dartford gereist zu sein, nur um dieses Desaster zu erleben. Doch sie konnten mich nicht einfach im Stich lassen, verwandtschaftliche Verpflichtung zwang sie, mir beizustehen.

Ich trat zur Treppe hinaus und räusperte mich. Erschreckt blickten beide zu mir hinauf.

»Es geht mir wieder besser«, sagte ich, äußerlich ruhig. »Ihr braucht nicht zu bleiben.« Ich ging die Treppe hinunter. »War Edmund hier?«

»Nein«, antwortete Ursula.

Das machte mir Angst. Es musste etwas passiert sein. Doch es gelang mir, die Beherrschung zu wahren und scheinbar unbesorgt zu sagen: »Nun, dann wird er morgen kommen. Ich glaube, ich werde jetzt etwas essen und dann zu Bett gehen. Ich bin sehr müde.«

»Ihr bleibt nicht allein hier«, erklärte Henry. »Ihr kommt mit uns zu den Hancocks. Im Ort ist es zu – unruhig. Die Nachricht von diesem neuen Gesetz erregt die Gemüter. Ihr könnt nicht schutzlos in diesem Haus bleiben.«

Ich warf einen Blick zur Küche. Kitty war nicht da.

»Ich habe ein Dienstmädchen, das ich bitten kann herzukommen«, sagte ich. »Wenn sie mir hier Gesellschaft leistet, werdet Ihr dann zu den Hancocks zurückkehren? Ihr müsst Euch um Eure eigene Familie kümmern – und Eure Heimreise vorbereiten.«

»Solange diese Heiratsangelegenheit nicht geklärt ist, können wir nicht reisen«, sagte Henry.

»Das werden Edmund und ich klären«, entgegnete ich mit Entschiedenheit.

Ursula schüttelte den Kopf.

»Was ist?«, fragte ich.

»Henry hat schon vor zwei Stunden nach ihm schicken lassen, um mit den Besprechungen zu beginnen«, sagte sie. »Er war nirgends zu finden. Weder seine Schwester noch sein Bruder konnten uns weiterhelfen. Wir haben bei diesem Studenten aus Cambridge anfragen lassen, Mr Cheke, doch vergeblich. Seit diesem unglückseligen Handgemenge mit dem Constable hat niemand etwas von Mr Sommerville gesehen oder gehört.«

Mein Liebster war in Schwierigkeiten – ich musste ihm helfen, nur ich konnte ihm helfen.

»Edmund zieht sich manchmal in die Einsamkeit zurück, um in der Stille zu beten«, sagte ich. »Er wird mich ganz sicher morgen aufsuchen.«

Endlich waren sie einverstanden. Eine halbe Stunde später erschien Kitty, in einem Zustand heller Aufregung, der meinen Verdacht bestätigte, dass meine gescheiterte Hochzeit Stadtgespräch war. Sie erklärte sich bereit, bei mir zu übernachten.

»Alles wird gut werden, Joanna – Ihr werdet sehen«, versicherte Ursula und küsste mich auf die Wange.

»Möchtet Ihr Suppe haben, Miss Stafford?«, fragte Kitty, als wir allein waren.

»Später«, sagte ich kurz. Ich stellte mich ans Fenster. Draußen dämmerte es, aber die High Street war, anders als sonst um diese Zeit, immer noch voller Menschen. Ich würde warten müssen, bis es ganz dunkel geworden war.

Kitty wirtschaftete in der Küche. Ich hörte sie Gemüse schneiden, ich hörte das Zischen des Feuers unter dem Suppenkessel. Zwar war mir nicht wohl dabei, sie täuschen zu müssen, doch ich hatte keine Wahl. Ich schlüpfte aus der Tür.

Auf halbem Weg zum Hospital wäre ich auf der Straße beinahe mit Humphrey zusammengestoßen. »Miss Joanna, ich wollte gerade zu Euch«, rief er.

»Hat Edmund Euch geschickt?«

Er schüttelte den Kopf.

»Wisst Ihr, wo er ist?«

»Mr Sommerville ist im Hospital«, antwortete Humphrey. »Aber er ist – er ist – ich weiß nicht, ich glaube, er ist krank. Ich weiß nicht, was ich tun soll.«

Das letzte Stück Wegs rannte ich, dicht gefolgt von Humphrey. Als wir uns dem Hospital näherten, sah ich Kerzenschein hinter dem Fenster.

Ich stieß die Tür auf. »Edmund? Edmund?«

Niemand antwortete.

»Er ist hinten, Miss«, sagte Humphrey. »Er kann sich nicht recht auf den Beinen halten.«

Edmund lag auf einem Strohlager. Er trug noch die Hochzeitskleidung, das hellgraue Wams und die Kniehose dazu. Im ersten Moment dachte ich, er wäre bewusstlos, so still lag er da. Hier hinten brannte keine Kerze.

Ich kniete neben dem Strohsack nieder. »Edmund«, flüsterte ich. »Ich bin hier.«

Sehr langsam drehte er den Kopf. »Joanna?« Seine Stimme klang undeutlich, als wäre er benommen. »Ihr seid zu mir gekommen?«

Mein Herz begann wie wahnsinnig zu hämmern. »Humphrey«, rief ich, »bringt die Kerze.«

Ich hielt die Kerze hoch, sodass ihr Licht Edmunds Gesicht überflutete. Er sah aus, als wäre er halb im Schlaf, ruhig und sehr friedlich. Seine Augen waren wie glanzlose dunkle Steine. So hatte ich sie seit langer Zeit nicht mehr gesehen. Und selbst damals, als er scheinbar rettungslos in der Abhängigkeit von der roten Blume Indiens gefangen gewesen war, war die Stumpfheit in seinem Blick nicht so ausgeprägt gewesen.

»Er hat neben seinem Apothekertisch auf dem Boden gelegen, als ich ihn fand«, sagte Humphrey. »Verzeiht die Frage, Miss Stafford, aber er ist doch nicht betrunken?«

»Nein, er ist nicht betrunken«, sagte ich.

Meine Hand begann heftig zu zittern, und ich stellte die Kerze auf den Boden.

»Joanna?«, murmelte Edmund. Er zwinkerte ein paarmal. »Seid Ihr wirklich hier?«

»Ja, ich bin hier«, antwortete ich. »Geht zum Bell Inn«, sagte ich zu Humphrey, »und fragt nach John Cheke. Bitte holt ihn hierher. Aber sagt niemandem, in welchem Zustand Edmund sich befindet. Das ist sehr wichtig. Versteht Ihr?«

»Ja, ich verstehe.« Humphrey eilte schon davon.

Ich hockte mich neben Edmunds Lager auf den kühlen Boden.

»Weint Ihr, Liebste?«, fragte er. »Warum?«

»Es ist nichts«, sagte ich mit tränenerstickter Stimme.

Nach einer kleinen Weile sagte er: »Ihr tragt immer noch Euer Hochzeitskleid.«

Ich blickte an meinem blassgoldenen Rock hinunter. »Ja.«

Die Geschichten, die Lieder und Gedichte, die von gebrochenen Herzen erzählten, hatten bei mir immer Vorstellungen von einem Gefühl wehmütiger Trauer erweckt. Aber es war ganz anders. Der Schmerz zerriss mich beinahe.

»Ihr seht müde aus. Legt Euch zu mir«, sagte er. »Alles wird gut, Joanna.«

»Ja, Edmund.«

Ich legte mich neben ihn auf das schmale Lager. Ich drehte mich auf die Seite und legte meinen Kopf auf seine Brust, meinen Arm über seinen. Er streichelte sacht meinen Arm. Die Tränen liefen mir aus den Augen, doch ich regte mich nicht. Ich unterdrückte mein Schluchzen, denn ich wollte Edmund nicht verstören, obwohl ich wusste, dass es gleichgültig war, wie ich mich bewegte oder was ich tat. Er würde es wahrscheinlich gar nicht merken.

»Ihr werdet sehen, Joanna – Ihr werdet sehen«, murmelte Edmund. »Alles wird gut.«

Kapitel 40

Als John Cheke ins Hospital kam, erkannte er sofort, was geschehen war. Der schreckliche Trank, den Edmund zu sich genommen hatte, war ihm bekannt. »Dagegen gibt es kaum ein Mittel – da helfen nur Ruhe und Zeit«, sagte Cheke. »Lasst mich heute Nacht bei ihm bleiben, Miss Stafford. Der Tag war schrecklich genug für Euch. Und Edmund würde Euch niemals mit seinem Unglück belasten wollen, das weiß ich, dazu kenne ich ihn gut genug.«

Ich ging nach Hause. Doch das war ein Fehler. Als Edmund aus der Betäubung erwachte, wusste er, dass er nicht nur der finstersten Versuchung erlegen war – obwohl er sich geschworen hatte, dass ihm das nie wieder passieren würde –, sondern dass ich Zeugin seiner Schwäche geworden war. Wenn ich die Nacht über bei ihm geblieben wäre, wäre er vielleicht nicht gegangen. Ich hätte einen Weg gefunden, ihn meiner Liebe zu versichern. Ich hätte vielleicht verhindern können, dass Abscheu und Verachtung vor sich selbst ihn forttrieben.

John Cheke war blass, als er mir das Schreiben überbrachte. Es war bestürzend kurz.

Joanna,
ich werde Euch immer lieben, aber Ihr werdet ohne mich glücklicher werden. Ihr werdet mich nicht wiedersehen. Ich bitte Euch um Verzeihung, dass ich Euch so enttäuscht habe, auch wenn ich weiß, dass ich sie nicht verdiene.
Edmund

Ich blieb lange allein und fühlte nichts. Doch als ich begriff, was geschehen war, was der König uns angetan hatte, überwältigte mich der Schmerz, in den sich eine Wut mischte, wie ich sie nie zuvor empfunden hatte. Nicht heiß und unbeherrscht, sondern eiskalt und von einer wilden Entschlossenheit erfüllt.

Ich wusste jetzt, was ich tun würde. Die Entscheidung war ganz einfach. Es gab keinen Zweifel mehr und keine Furcht. Mein Entschluss, Edmund zu heiraten und ein ruhiges Leben zu führen, war ein unverzeihlicher Fehler gewesen. Ich hatte mich einzig von meiner Selbstsucht leiten lassen und damit nicht nur mein Leben zerstört, sondern auch seins. Viel zu lange war ich vor der Prophezeiung geflohen. Vielleicht waren die Seher wahre Seher, vielleicht nicht. Es war mir gleichgültig. Wenn es eine Möglichkeit gab, dem zerstörerischen Treiben Heinrichs VIII. Einhalt zu gebieten, dann wollte ich versuchen, sie zu nutzen.

Ich bat meinen Cousin Henry, Arthur eine Weile zu sich zu nehmen. Er war sofort einverstanden und drängte mich, mit ihnen nach Stafford Castle zu reisen. Ich versprach ihm, in einigen Wochen nachzukommen; vorher, sagte ich, hätte ich noch einige Dinge zu erledigen.

Lügen kamen mir jetzt mühelos über die Lippen.

Ich suchte Schwester Winifred auf, um sie zu trösten, da ich wusste, wie tief auch sie Edmunds Entscheidung getroffen haben musste. Marcus bestand darauf, sie nach Hertfordshire mitzunehmen. Sie müsse nun, da Edmund mit seinem unerhörten Verhalten den guten Namen der Familie so schwer geschädigt habe, bei ihm und seiner Familie leben. Schwester Winifred und ich hielten uns weinend in den Armen, während Marcus ungeduldig wartete. Er war ihr ältester Bruder und machte jetzt von seinem Recht Gebrauch, über ihr Leben zu bestimmen. Ich hätte für ihr Recht, in Dartford zu bleiben, gekämpft, wenn ich nicht schon feste Pläne gehabt hätte. Nun, da ich meinen Entschluss gefasst hatte, war es für Schwester Winifred besser, wenn zwischen uns keine Verbindung mehr bestand.

Ich ließ also nur wenige Menschen zurück. Die Schwestern, die in Holcroft House lebten, suchten mich nach der Hochzeit, die nie stattgefunden hatte, auf, um mich zu trösten und mir anzubieten, zu ihnen ins Haus zu ziehen. Ich dankte ihnen und speiste sie, genau wie zuvor Henry Stafford, mit dem Versprechen ab, es mir zu überlegen.

Und schließlich Geoffrey. Er versuchte zweimal, mich zu sprechen, doch ich lehnte ein Zusammentreffen ab. Wer wusste, welchen Anteil er an Edmunds Zusammenbruch hatte? Auch das war eine der Ungewissheiten, die mich immer begleiten würden. Doch ich hasste Geoffrey nicht. Mein Hass war anderen vorbehalten.

Das Boot glitt schnell auf der Themse dahin, es war das dritte Mal, dass ich auf diesem Weg von Dartford nach London reiste.

Die erste Reise hatte ich in aller Heimlichkeit unternommen – zwei Jahre war das erst her, dennoch war ich damals ungleich jünger und unerfahrener gewesen. Das zweite Mal hatte ich in Gesellschaft einer adeligen und reichen Familie, der es nicht an Hochmut fehlte, diesen Weg genommen. Der König hatte sie vernichtet. Und nun reiste ich also ein drittes Mal, wieder allein und heimlich, ohne Hoffnung auf Erbarmen und Güte, geschweige denn Erlösung von dem Schicksal, das mich erwartete. Ich hatte nicht mehr mitgenommen als etwas Geld, eine Garnitur Kleider zum Wechseln und Edmunds Brief.

Als wir London vor uns sahen, sagte der Bootsmann, ein alter Mann mit einem Gesicht wie ein runzliger Apfel: »Weiter kann ich Euch nicht bringen, Miss. Wir müssen alle Gäste östlich der London Bridge absetzen, wegen der Versammlung in Whitehall.«

»Was für eine Versammlung?«

»Die Musterung, Miss. Jeder Mann aus der Stadt muss heute zum Appell antreten. Der König will seine Truppen inspizieren. Sie haben sich alle um sechs Uhr heute Morgen auf den Feldern zwischen Whitechapel und Mile End versammelt. Es sollen zwanzigtausend Mann sein. Könnt Ihr Euch das vorstellen?«

»Unglaublich«, sagte ich.

Von meinem scheinbaren Interesse ermuntert, rief der Bootsmann: »Der Kaiser wird sein blaues Wunder erleben, wenn er glaubt, er kann mit seinen Papisten, diesen Saukerlen, an unserer Küste landen.« Ein anderer Bootsmann, der ihn hörte, spendete laut Beifall. Zu mir herüberblickend rief er: »So eine Musterung hat's in London noch nie gegeben. Der König und Cromwell und der ganze Adel kommen nach Whitehall. Die kleinen Leute können sich's auch anschauen, wenn sie wollen. Und Ihr seid also auf dem Weg nach Whitehall? Ihr wollt wohl den König von England sehen, was?«

»Ja, den würde ich wirklich gern sehen«, antwortete ich, die Hand fest um Edmunds Brief.

Der Bootsmann ruderte mich zu einer Anlagestelle kurz vor der London Bridge, und ich drückte ihm einen Schilling in die

Hand, die dauerhaft gekrümmt war von endlosen Jahren an den Rudern.

Nichts hätte einfacher sein können, als den königlichen Palast zu finden. Das ganze Volk schien nach Whitehall zu strömen – Frauen und Kinder und alte Männer, die für die Musterung nicht mehr in Frage kamen. In der Hauptstraße nach Westen drängten sich in den Fenstern der oberen Stockwerke Frauen mit Blumenkörben. Hier führte vermutlich der Weg der Männer nach der Musterung in Whitehall vorbei.

Das Gewirr von Häusern und Kirchen lichtete sich, und ich erreichte ein riesiges freies Feld, über das ein beinahe unüberschaubares Heer von Männern in Richtung einer fernen Gruppe hoher Steingebäude marschierte. Diese Massen waren nicht zu zählen, aber es schien mir durchaus möglich, dass es zwanzigtausend Mann waren.

Mit Erstaunen sah ich, dass die Männer alle von Kopf bis Fuß weiß gekleidet waren. Tausende weißer Mützen schimmerten im Sonnenschein. An alle zur Musterung aufgerufenen Untertanen musste der Befehl ergangen sein, sich am heutigen Tag weiß zu kleiden. Sie hatten sich die Kleider gekauft oder ihre alten Sachen geflickt, gewaschen und gebleicht. Die meisten dieser Leute hatten weiß Gott wenig genug Geld. Doch für ihren König war ihnen offenbar nichts zu teuer. War das blinde Ergebenheit? Oder blanke Furcht? Oder war es Hass auf die feindlichen Eindringlinge?

Die Reihen bewegten sich langsam über das Feld. Ganz vorn krachten Waffen, Rauch stieg über der Menge auf und verflüchtigte sich. Es sah aus, als defilierten die Männer in Gruppen an ihrem König vorbei und präsentierten ihm ihre Waffen.

Die meisten Schaulustigen warteten hier, am Rand des Felds, doch eine Schar dreister junger Frauen wollte mehr sehen. Sie schwenkten seitlich ab und folgten einer Reihe niedriger buschiger Bäume, die sich zum Palast erstreckte. Diese Frauen waren entschlossen, ihren König und seine Berater mit eigenen Augen zu sehen.

Ich rannte ihnen nach.

Die Männer marschierten in dicht geschlossenen Fünfergruppen voran, jeder mit einer Pike, einem Bogen oder auch nur einem langen Messer gerüstet. Mitten im Gewühl konnte ich Pferde erkennen, die mit Munition beladene Karren zogen.

Meine Stirn war schweißfeucht, als ich etwa den halben Weg über das Feld bewältigt hatte. Doch es war mir gleich, wie heiß mir war, wie müde ich mich fühlte. Denn jetzt konnte ich die Bühne erkennen, die man vor dem Torhaus des Palasts errichtet hatte, und die Männer, die sich dort oben versammelt hatten.

In der Mitte stand König Heinrich, der alle anderen um Haupteslänge überragte. In den zwölf Jahren, die seit meiner letzten Begegnung mit ihm vergangen waren, hatte ich vergessen, was für ein Hüne er war. Er trug ein tiefblaues Brokatwams mit geschlitzten, goldbesetzten Ärmeln. Jedes Mal, wenn er sich bewegte, hatte man den Eindruck eines schwankenden Schiffs, so unglaublich dick war er geworden. Als ich näher herankam, konnte ich auch das rotgoldene Haar erkennen, das unter seinem Barett herabhing. Es hatte die gleiche Farbe wie das Haar meines Onkels, des Herzogs von Buckingham. Wir waren miteinander verwandt, so verhasst mir dies war. Die Großmutter des Königs war die Schwester meiner Großmutter gewesen.

Eine Frau zeigte mit ausgestrecktem Arm auf einen der Begleiter des Königs und rief: »Das ist der Bürgermeister.«

Ein dicker Mann trat aus der ersten Reihe der zur Musterung Angetretenen und verbeugte sich vor dem König und seinem Kronrat. Heinrich sagte mit seiner schrillen Stimme etwas zu ihm und wies dann kurz auf den Mann, der etwas im Hintergrund neben ihm stand.

Thomas Cromwell trat vor, auch heute wieder sehr nüchtern gekleidet.

»Lordsiegelbewahrer, Euch ist die Stadt London hoch verpflichtet und wird es immer sein«, rief dröhnend der Bürgermeister. »Wir sind bereit, den Streitkräften dieser falschen Schlange, des Bischofs von Rom, entgegenzutreten.«

»Danke Euch, Sir William«, sagte Cromwell. Was für eine farblose Stimme, weder hoch noch tief, weder aristokratisch noch gewöhnlich. Sie hätte jedem gehören können – doch sie gehörte dem Mann, der die Zerstörung der Klöster geplant und geleitet hatte.

Ich betrachtete die Gesichter der Männer, die zur anderen Seite des Königs standen, und mein Blick fiel sogleich auf den Herzog von Norfolk, den der König auserwählt hatte, sein Heer in die Schlacht zu führen, wenn es zum Krieg kommen sollte. Heute blickte er auf die zukünftigen Soldaten hinunter, die vielleicht auf seinen Befehl ihr Leben lassen würden.

Nicht weit von Norfolk entdeckte ich Bischof Gardiner, unzweifelhaft der Autor der Sechs Artikel. Er warf einen Blick zum König, sah einen Moment zum Bürgermeister hinunter und richtete seine Aufmerksamkeit dann auf die Frauen, die gekommen waren, um den König zu sehen.

Ich konnte mich jetzt nicht umdrehen und versuchen, mich hinter einer der Frauen zu verbergen, eine solche Bewegung wäre dem Bischof womöglich aufgefallen. So hielt ich mich also stocksteif, meinen Blick zum Boden der Bühne gerichtet, wo ich nichts als die Schuhe der hohen Lords von England vor Augen hatte. Ich zählte bis fünfzig, dann hob ich langsam den Blick. Gardiner hatte mich in der Menge nicht erkannt. Ich war einst seine bevorzugte Zuträgerin gewesen. Jetzt war ich nur ein anonymes Gesicht in einer Menge gewöhnlicher Frauen aus dem niederen Volk.

Von sechs Pferden gezogen rollte der bisher größte Wagen heran, mit zwei Kanonen beladen. Mehrere Männer ließen sie zum Boden hinunter und suchten die beste Zielrichtung für eine Vorführung.

Der König wedelte mit dem Arm und rief schrill: »Nicht in diese Richtung, dreht sie dort hinüber.« Er trat zum Rand der Bühne, in seinen Bewegungen so steif und mühsam wie ein alter Mann. Er wirkte wie ein Greis neben Norfolk, der doch beinahe zwanzig Jahre älter war als er.

Während ein Dutzend Männer sich mühte, die Wünsche des Königs auszuführen, schob ich mich seitlich aus der Frauengruppe hinaus. Bevor ich Whitehall hinter mir ließ, blieb ich noch einmal stehen, um einen letzten Blick auf die vier Männer auf der Bühne zu werfen: König Heinrich, Cromwell, Gardiner und Norfolk.

Ich bringe es wieder in die rechte Ordnung, Edmund, gelobte ich. *Ich führe das Land zurück in die Gnade, den Glauben und den Gehorsam gegenüber dem Heiligen Vater. Ich werde dich kein zweites Mal im Stich lassen.*

Ich ging den Weg zurück, den ich gekommen war, die Baumreihe entlang über das flache, sumpfige Feld. Hinter mir hörte ich wiederholt Kanonenfeuer, während ich meinem Ziel entgegeneilte. Die Sonne stand tief am Horizont – es war fast Zeit zum Abendessen –, als ich es erreichte. Diese stattlichen Häuser trugen Nummern, und ich brauchte nicht lang, um die zu finden, die ich suchte. Drei sehr kräftige Männer standen Wache vor dem Haus.

Sobald ich mich näherte, traten sie mir in den Weg.

»Fort mit Euch«, sagte einer. Ein zweiter drohte mir mit seinem Knüppel.

»Ich muss mit *ihm* sprechen«, erklärte ich und wies auf das Haus hinter ihnen.

Plötzlich erschien wie aus dem Nichts ein vierter Mann. Er war älter als die anderen, seine Haut war dunkler, sein Blick wachsam.

»Weg mit den Knüppeln«, befahl er den Wächtern, und sie gehorchten augenblicklich.

Dann trat er näher zu mir. »Vergebt die Unhöflichkeit«, sagte er, und jetzt hörte ich deutlich den fremdartigen Akzent, »aber wir hatten es hier mit einigen Störenfrieden zu tun, die Drohungen ausgestoßen und sogar mit Gegenständen geworfen haben.« Er wies die Straße hinunter in Richtung Whitehall. »Das haben wir dem König zu verdanken. Er hat ja heute mit Nachdruck seine Stärke demonstriert, einzig für unseren Herrn, der diesem Aufmarsch allerdings nicht beigewohnt hat. Es wäre zu gefährlich gewesen.«

»Ja, das glaube ich auch«, stimmte ich zu.

Der Mann musterte mich – mein reisemüdes Gewand, die Reisetasche in meiner Hand und, schließlich, mein Gesicht, das so dunkel getönt war wie seins, und meine schwarzen Haare, die sich unter der Kapuze gelöst hatten.

»Wen soll ich Botschafter Chapuys melden?«

»Sagt ihm«, bat ich, »es ist die Ausersehene, die nachkommen wird.«

FÜNFTER TEIL

Kapitel 41

Es ist gar nicht so schwer, sich für jemand anderen auszugeben. Mir jedenfalls fiel es nicht schwer.

Drei Monate nachdem ich zugestimmt hatte, mich in den Dienst des Kaisers zu stellen, wurde mir eine Aufgabe erteilt, die nicht ganz einfach war. Sie erforderte Fingerspitzengefühl und Verstellung und Geschick darin, andere zu gängeln, ohne dass sie es merkten. Jacquard, der in dieser Kunst Meister war, fand, ich wäre für eine solche Aufgabe bereit, und ich fand es auch. So kam es, dass ich an einem sehr heißen Julitag auf einer Londoner Straße stand und über Marzipan schwatzte.

Meine neue Nachbarin, eine gewisse Mrs Griswold, neigte sich mir in der St. Paul's Row vertraulich zu. »Ihr dürft bei der Herstellung nicht an Rosenwasser sparen«, sagte sie. »Die meisten Leute sorgen sich um die Qualität der Mandeln, aber den besonderen Geschmack gibt ihm das Rosenwasser.«

»Darauf kommt es an?«, fragte ich. »Ach, ich wollte, ich könnte meinem Mann ein so köstliches Marzipan zubereiten. Er isst es von allen Süßigkeiten am liebsten.«

»Ich könnte Euch das Rezept aufschreiben lassen«, meinte Mrs Griswold zögernd.

»Oh, nein«, sagte ich. »Das würde ich niemals von Euch verlangen. Schon gar nicht, wenn es ein Geheimnis ist.«

Nicht drängen, hatte Jacquard mich ermahnt. *Niemals besonderes Interesse zeigen.*

Ein Reiter trabte die schmale Straße hinunter, und wir wichen aus.

Mrs Griswold warf einen Blick zu ihrem Haus; gleich würde sie sich von mir verabschieden, ohne dass ich bekommen hatte, was ich haben wollte.

»Ich könnte mir natürlich eine gute Vorstellung machen, wenn ich ein Stück von Eurem Marzipan kosten könnte«, sagte ich. »Dürfte ich Euch um eine kleine Kostprobe bitten, wenn Ihr es das nächste Mal zubereitet?«

Mrs Griswold lachte erfreut. »Gerade heute mache ich welches. Ich bringe Euch am Nachmittag gern etwas davon vorbei.«

»Nein, nein, danke, das ist zu viel«, wehrte ich ab und fürchtete, sie würde mich beim Wort nehmen.

»Betrachtet es als Hochzeitsgeschenk.« Sie tätschelte mir die Wange. »Ich würde zu gern einmal Euren Mann kennenlernen. Keiner hier in der Straße hat ihn bisher gesehen, und Ihr wohnt nun schon länger als einen Monat in der St. Paul's Row.«

»Er hat mit seinem Geschäft so viel zu tun«, erklärte ich mit geheuchelter Wehmütigkeit.

»Oh, ich weiß noch, wie es ist, wenn man jung verheiratet ist.« Mrs Griswold lachte mitfühlend, und ich spürte den ersten Anflug von Reue über meine Falschheit.

Die Nachbarin wandte sich um, ihrem Fachwerkhaus zu, das meinem gegenüber auf der anderen Straßenseite stand. Erst da fiel es mir wieder ein. Wie töricht von mir. *Ihr müsst eine feste Zeit vereinbaren*, hatte Jacquard mehr als einmal betont.

»Mrs Griswold, wartet«, rief ich laut, um trotz des Getöses auf der Straße gehört zu werden. »Wann darf ich Euch erwarten? Ich möchte Euch gern einen Becher Kräuterbier anbieten.«

»Das ist sehr freundlich, danke«, sagte sie. »Wenn es drei schlägt?«

»Gut.« Ich eilte die Treppe zu meinem schmalen Häuschen hinauf. Nelly, das Dienstmädchen stand am Fenster. Sie hatte das Gespräch belauscht.

»Geh und sag ihm die Zeit«, wies ich sie an.

Nelly lief zur Hintertür hinaus, von der ein Weg durch einen Garten zur Straße führte. Sie war ein hübsches, rundliches kleines Ding – sie erinnerte mich ein wenig an Catherine Howard –

und hatte im Gegensatz zu anderen fünfzehnjährigen Mädchen keine Angst, sich allein auf Londons Straßen zu wagen. Der Bezirk nördlich der St. Paul's Cathedral war nicht der übelste in der Stadt, doch vornehm war er auch nicht gerade. Niemand würde es verwunderlich finden, dass ein junges Ehepaar mit bescheidenem Einkommen in dieser Gegend Wohnung nahm. Das Häuschen in der St. Paul's Row war mit Bedacht gewählt worden.

Die nächsten fünf Stunden tat ich keinen Schritt aus dem Haus, obwohl es heiß und stickig war. Es war der wärmste Juli, an den ich mich erinnern konnte. Hätte ich auf dem Land gelebt oder in Dartford oder näher der Themse, so hätte sich vielleicht ab und zu ein Lüftchen durch ein geöffnetes Fenster gestohlen. Doch hier, mitten in der dicht bevölkerten, fast immer stinkenden Stadt, gab es keine Erleichterung. Dennoch ging ich selten aus dem Haus. Es bestand zwar kaum Gefahr, dass ich in dieser Gegend erkannt werden würde, doch wir konnten nicht vorsichtig genug sein.

Endlich schlug es drei. Ich lehnte am Tisch und starrte auf den Krug mit Kräuterbier. Nelly hatte Becher und Teller herausgestellt, alle neu, ohne den geringsten Makel, wie man das vom Geschirr einer frischgebackenen jungen Ehefrau erwarten konnte.

Als es draußen zaghaft klopfte, öffnete Nelly die Tür und führte Mrs Griswold mit ihrem Teller Marzipan ins Zimmer. Ich bemerkte sehr wohl die verstohlenen Blicke, mit denen meine Nachbarin die Gegenstände und Möbel im Zimmer musterte, auch wenn sie sich bemühte, ihre Neugier nicht zu zeigen.

Nelly schenkte gerade das Kräuterbier ein, als draußen krachend die Haustür aufflog.

»Ich bin wieder da, mein Schatz«, rief Jacquard aus dem Vorderzimmer.

Als er um die Ecke bog, blieb er beim Anblick von Mrs Griswold einen Moment erstaunt stehen. Dann machte er seine höfischste Verbeugung. Die Hitze schien ihm nichts anhaben zu können. Seine Kleider waren frisch; sein Haar war trocken.

»Das ist mein Mann«, sagte ich und machte sie mit Jacquard bekannt.

Er setzte sein gewinnendstes Lächeln auf, das die erwartete Wirkung nicht verfehlte. Nervös erklärte Mrs Griswold, sie habe von Mr Rolins Vorliebe für Marzipan gehört.

Jacquard setzte sich und verzehrte ein Stück mit offensichtlichem Vergnügen. Er konnte sich gar nicht genugtun, sie zu loben. »Das ist das beste Marzipan, das ich gekostet habe, seit ich hier in England bin«, versicherte er.

»Ach ja, Ihr kommt aus Brüssel, wie ich hörte?«, fragte sie, voll Eifer, mehr über ihn zu erfahren.

»Ich habe die Niederlande verlassen, als mir die Wahrheit des Evangeliums offenbar wurde«, sagte Jacquard. »Jetzt muss ich zurückkehren, denn mein Vater ist krank und braucht mich. Aber ich nehme eine englische Ehefrau mit.«

Er stand auf, kam zu mir und legte mir seine Hände um die Taille, bevor er sich zu mir hinunterneigte und mich auf den Mund küsste. Ich musste mich zusammennehmen, um nicht zurückzuzucken.

»Ach, wie reizend«, sagte Mrs Griswold und senkte züchtig den Blick, interessiert, aber auch ein wenig verlegen. »Ja, Ihr gebt wirklich ein schönes Paar ab.«

»Meine Catherine ist die schönste Frau der Welt«, sagte Jacquard und drückte zum Abschluss meine Schulter.

Mrs Griswold fächelte hastig ihr Gesicht. »Ich hoffe, wir sehen Euch in der Kirche, bevor Ihr aus London abreist«, sagte sie. »Alle hier sind sehr neugierig auf Euch, Mr Rolin.«

»Ja, ich komme gern«, versicherte Jacquard mit seinem dunkel glühenden samtbraunen Blick.

Als Mrs Griswold einige Minuten später gegangen war, setzte sich Jacquard und trank einen vollen Becher Kräuterbier. »Das habt Ihr gut gemacht«, sagte er, sich den Mund wischend. »Jetzt wird die größte Klatschbase in der St. Paul's Row allen ihren Freundinnen von uns erzählen. Sollte jemand Fragen stellen, wenn wir weg sind, so kann sie eine vortreffliche Beschreibung von einer netten braunhaarigen Frau aus Derbyshire liefern, die mit einem Mann aus Brüssel verheiratet ist.«

Während er sprach, zupfte ich an einer Strähne der kastanienbraunen Perücke, unter der ich mein auffallendes pechschwarzes Haar verbarg.

»Ich habe Neuigkeiten aus Dartford«, sagte Jacquard. »Constable Scovill hat geheiratet.«

Ich zuckte zusammen und sah an dem Aufblitzen in Jacquards Augen, dass er genau das bezweckt hatte – mich zu treffen. Ich hatte Geoffrey so oft von mir gestoßen; jetzt begann er ein neues Leben mit einer Frau, die ihn wahrhaft liebte, so wie er es verdiente. Ich hätte nichts als Freude über diese Nachricht verspüren müssen.

»Es hat viel Gerede gegeben«, fuhr Jacquard fort, »weil die Braut offensichtlich guter Hoffnung war.«

Seit wann wussten die beiden das schon? Sie war nicht zu Agathas Hochzeit gekommen; weil sie sich nicht wohlfühlte, hatte Geoffrey gesagt. War es möglich, dass sie da schon schwanger gewesen war – und doch hatte er mir an diesem Nachmitttag seine Gefühle offenbart?

Ich schob diese Gedanken weg.

»Ich weiß, ich habe Euch das schon früher gefragt, doch ich verstehe es immer noch nicht«, sagte ich. »Warum sollte jemand hierherkommen, in die St. Paul's Row, und nach uns fragen, wenn wir weg sind? Ihr seid niemandem verdächtig – Cromwell hält Euch für einen seiner Leute.«

Jacquard sah mich einen Moment an. Statt mir zu antworten, rief er zur Küche: »Nelly, ich möchte mein Abendessen.« Sie bereitete rasch einen Teller mit Fleisch und Käse. Vor ihr konnten wir frei reden. Nellys Mutter war die Mätresse von Pedro Hantaras, dem Mann, der mich vor Chapuys' Haus empfangen hatte und dem ich seither wohl ein Dutzend Mal begegnet war. Hantaras war der Mann, dem Chapuys am meisten vertraute; seine Mätresse setzte sich unermüdlich für die spanische Sache ein, und nun folgte ihre Tochter ihrem Beispiel.

Ich wusste, dass Jacquard mir zu gegebener Zeit Antwort geben würde. Er schlief gewöhnlich nicht hier im Haus, ich sah ihn nicht regelmäßig. Doch in dieser Maskerade des jungen Ehepaars – die mir im Übrigen häufig Unbehagen bereitete – hatten wir doch so viel miteinander zu tun, dass ich seine Angewohnheiten kennengelernt hatte.

»Um Cromwell sorge ich mich nicht«, sagte Jacquard genau in dem Moment, in dem ich seine Antwort erwartet hatte.

»Um wen dann? Ihr habt doch gesagt, dass *er* die Genehmigungen zur Ausreise prüft«, beharrte ich. »Warum sollte er sich irgendwelche Gedanken machen, wenn er Euren Namen sieht? Ihr habt ihm erklärt, dass Ihr nach Hause müsst und Eure Frau mitnehmen möchtet.«

Jacquard zufolge hatte Cromwell ihm durch einen Mittelsmann zu seiner Hochzeit gratulieren lassen. Ein Geldgeschenk hatte es allerdings nicht gegeben. »Was für ein Knauser«, hatte Jacquard lachend gesagt. Dennoch war er erleichtert gewesen darüber, dass jedermann unsere gefälschte Heiratsurkunde akzeptierte. Jacquard und Catherine Rolin hatten die Genehmigung erhalten, in die Niederlande auszureisen. Ein Versuch, in diesen Zeiten, da jeden Tag Krieg drohte, England ohne Cromwells Zustimmung zu verlassen, wäre mit dem Tod bestraft worden. Die Kriegsvorbereitungen waren weiterhin in vollem Gang: Musterungen wurden abgehalten, Schiffe gerüstet, Festungsanlagen gebaut.

Chapuys war inzwischen abberufen worden. Er erwartete uns in seinem Haus in Antwerpen und würde mich nach Gent begleiten. Die Schwierigkeit war nur, dass es keine Schiffe gab, die von England nach den Niederlanden segelten. Es stachen kaum noch Schiffe zu fremden Ländern in See.

Ich begriff plötzlich, was Jacquard beunruhigte – warum er Täuschung und Betrug so weit treiben musste.

»Gardiner?«, fragte ich.

Jacquard nickte.

Ich stieß den Teller weg, den Nelly mir gerade hingestellt hatte. »Was wisst Ihr?«, fragte ich scharf. »Was habt Ihr gehört?«

Er gab Salz auf seine Hähnchenkeule und sagte: »Ich habe gar nichts gehört. Aber vielleicht hält Gardiner es für notwendig, die

Ausreisegenehmigungen ebenfalls zu prüfen. Er steigt jeden Tag höher im Ansehen des Königs, seit die Sechs Artikel in Kraft getreten sind. Wenn er meinen Namen sieht, wird ihm vielleicht das Wort Dartford auffallen. Wenn er dann noch sieht, dass ich eine Ehefrau mitnehme, wird er vielleicht genau den Schluss ziehen, den er auf keinen Fall ziehen soll.«

»Aber *warum*?«, rief ich. »Warum sollte er ausgerechnet auf mich kommen?«

Jacquard biss ein Stück Fleisch ab und kaute sehr wohlerzogen mit geschlossenem Mund, bevor er antwortete. »Ich glaube, der Bischof ahnt etwas. Er spürt, dass mit Euch etwas nicht stimmt. Ich habe selbst schon solche Ahnungen gehabt, und ich habe gelernt, mich immer auf sie zu verlassen – jedem noch so vagen Verdacht nachzugehen, hinter jeden Schatten zu schauen.«

In den Tagen, die ich in Chapuys' Haus verbrachte hatte, war ein Plan ausgearbeitet worden. Jacquard erschien gleich am ersten Abend – Chapuys hatte offensichtlich genau gewusst, wo er zu finden war. Ich erfuhr, dass Hantaras und Jacquard trotz meiner Proteste im Kloster St. Sepulchre unverzüglich mit der Beschaffung gefälschter Papiere und einer Ausreisegenehmigung für ein Ehepaar begonnen hatten. Sobald ein Schiff bereit war, würden wir an Bord gehen. Für die Passage war kein Preis zu hoch. Die größte Schwierigkeit, die es zu überwinden galt, war die Frage, wie Joanna Staffords Verschwinden aus Dartford zu erklären war. Wenn ich den Leuten in Dartford erzählt hätte, ich wollte nach Stafford Castle zu meinen Verwandten, so wäre diese Lüge leicht aufzudecken gewesen; der Herzog von Norfolk stand ja in Verbindung mit seinem Schwager, meinem Cousin Henry. Nach stundenlangen Überlegungen wurde beschlossen zu verbreiten, ich wäre nach Hertfordshire gereist, um einige Monate bei meiner engsten Freundin, Schwester Winifred, zu verbringen. Chapuys stellte einen seiner Leute ab, den Hof von Marcus Sommerville zu überwachen und an mich gerichtete Briefe abzufangen. Bisher war keiner eingetroffen.

Niemanden schien es zu überraschen, dass ich mich nun doch

freiwillig als Helferin im Kampf für die Sache des päpstlichen Lagers zur Verfügung gestellt hatte. In Dartford hatte Jacquard zu mir gesagt: *Ihr werdet zu uns kommen und uns* anflehen, *Euch nach Gent zu bringen.* Es machte mir Angst, dass alles, was ich tat, den Vorhersagen eines Fremden in einem anderen Land folgte. Chapuys, Jacquard und Hantaras weihten mich in alle Pläne ein – nur wer der dritte Seher war, verrieten sie mir nicht. Sie begnügten sich damit zu sagen, dass seine seherische Gabe vom Dominikanerorden bestätigt worden sei.

»Esst etwas – ihr müsst bei Kräften bleiben«, sagte Jacquard. »Danach üben wir mit dem Scheibendolch.«

Botschafter Chapuys hatte vor seiner Abreise aus England vorgeschlagen, mich in gewissen Kampfkünsten auszubilden. Ich hatte meinen Ohren nicht trauen wollen. In meinem ganzen Leben hatte ich von keiner zur Kämpferin ausgebildeten Frau gehört. »Wenn Ihr das Tanzen lernen könnt, dann könnt Ihr auch das Kämpfen lernen«, sagte der unerschütterliche Botschafter. »Der Unterschied ist gar nicht so groß. Und wir müssen alles dafür tun, dass Ihr Euch im Notfall selbst schützen könnt.«

Er sagte nicht – brauchte es gar nicht zu sagen –, dass es hier keineswegs nur um Verteidigung ging, sondern auch um Angriff.

In meinem kleinen Schlafgemach legte ich meine Kleider und die alberne Perücke ab und steckte mein schwarzes Haar hoch. Dann schlüpfte ich in meine Kampftracht, den Anzug eines Knaben: ein loses Hemd und eine Strumpfhose. Es war ein unziemlicher Anzug, doch in meinen Gewändern konnte ich nicht richtig üben.

Jacquard, der ähnlich gekleidet war, verbeugte sich, als ich das Zimmer betrat, in dem wir unsere Übungsstunden abhielten. Er reichte mir einen zwölf Zoll langen Stahldolch mit abgestumpfter Spitze, genau wie er selbst einen in der Hand hielt.

Ich umfasste fest den holzgeschnitzten Griff, und dann begannen wir.

»Drehung, Ausfallschritt und Stoß; Drehung, Ausfallschritt und Stoß«, diktierte Jacquard. Nach der ersten Runde meinte er:

»Ihr macht Fortschritte. Ihr habt eine schnelle Auffassungsgabe, und Ihr seid wendig. Fehlt nur noch die Form. Noch zwei, drei Übungsstunden, und Ihr seid wahrhaft …« Er hielt inne, auf der Suche nach dem richtigen Wort.

»Gefährlich?«, fragte ich.

»*Précisement*«, bestätigte er.

Ich wollte gefährlich sein. So hatte der Hass mich verändert. Deshalb fürchtete ich tief in meiner Seele diese Übungsstunden mit Jacquard. Sie zeigten mir eine Seite von mir, die beinahe unmenschlich war in ihrer Grausamkeit. So tief war ich seit den Tagen meines Noviziats bei den Dominikanerinnen gefallen. Damals hatte ich an Frieden, Opferbereitschaft und Vergebung geglaubt. Heute betete ich nur noch selten, und dann nur darum, nicht wankend zu werden in meinem Mut, wenn der Tag der Entscheidung kam.

Bei der dritten Übungsrunde passierte mir ein Missgeschick, ich ließ mich zu tief in den Ausfallschritt fallen und stürzte flach auf den Rücken. Mein Haar löste sich aus den Nadeln und fiel mir auf die Schultern herab.

»Habt Ihr Euch verletzt?«, fragte Jacquard und kniete neben mir nieder.

Ich schüttelte den Kopf, obwohl ich nicht gleich wieder aufstehen konnte. Die Wucht des Sturzes hatte mir alle Luft aus der Lunge gepresst.

Jacquard hob plötzlich meine Haare in seine Hände. »Ihr seid wirklich eine schöne Frau«, meinte er nachdenklich. »Ich habe nicht gelogen, als ich das vorhin sagte.«

Ich zuckte vor ihm zurück und kroch wie gejagt über den Boden.

Jacquard seufzte. »Wann werdet Ihr aufhören, Euch vor mir zu fürchten?«, fragte er. »Jedes Mal, wenn ich Euch berühre, erstarrt Ihr zu Eis. Aber wir sind angeblich verheiratet, und wir müssen das so überzeugend spielen, dass alle anderen es glauben. Wie soll das erst auf dem Schiff werden, wo wir einander nicht aus dem Weg gehen können?«

Ich hob meinen Dolch auf und stand auf. »Ich werde schon überzeugend genug sein – aber glaubt ja nicht, dass es jemals Vertraulichkeiten zwischen uns geben wird. Das ist ausgeschlossen«, sagte ich.

»Warum?«, fragte er, den Dolch in den Händen drehend. »Ich würde Euch sehr sanft begegnen. Glaubt Ihr, wir wissen nicht, dass Ihr nachts um Euren verschwundenen Ordensbruder weint? Ich könnte Euch leicht helfen, über ihn hinwegzukommen.«

»Ich werde niemals über ihn ›hinwegkommen‹, wie Ihr es ausdrückt«, entgegnete ich. »Und ich will es auch gar nicht, ganz besonders nicht mit Hilfe von Euch.«

Ohne auf eine Erwiderung von ihm zu warten und ohne den Dolch aus der Hand zu legen, lief ich hinaus, direkt in mein Schlafzimmer im oberen Stock hinauf, wo ich hinter mir absperrte.

Ich kann nicht sagen, dass ich eine solche Szene für unvermeidlich gehalten hätte. Jacquard hatte sich mir nie mit der persönlichen Zuneigung – oder Begierde – genähert, die unweigerlich zu einem Liebesantrag geführt hätte. Doch ich hatte von Beginn an gefürchtet, dass dieses Ehespiel mich in anstößige Situationen bringen würde. Chapuys hatte mir versichert, dass nichts dergleichen geschehen, dass meine Tugend gewahrt bleiben würde. Doch Chapuys war in Antwerpen, und ich war in enger Zweisamkeit mit diesem Mann gefangen, der mir gerade so nonchalant, als spräche er von einem gemeinsamen Ausflug, vorgeschlagen hatte, das Bett mit ihm zu teilen.

Entgegen meinem Willen kam Edmund mir in den Sinn. Jetzt, da etwas Zeit vergangen war, erkannte ich mit aller Deutlichkeit, dass er für Ehe und Familie nicht geschaffen war. Er war zu einem Leben in Gott berufen. Die Gefühle, die wir einander entgegenbrachten, waren fleischlicher Natur, wir hätten ihnen widerstehen müssen. Jetzt konnte ich nur beten, dass meine Mission gelingen würde – ich würde die dritte Prophezeiung empfangen und erfahren, was ich tun musste, um Heinrich VIII. Einhalt zu gebieten. Wenn das alte Königreich wiederhergestellt war, konnten Edmund und ich in das Leben in Keuschheit zurückkehren, das unsere wahre Bestimmung war. Wir konnten wieder Nonne und Ordensbruder sein.

Mein Zimmer hatte nur ein kleines Fenster, und die Hitze ließ in dieser Nacht nicht nach. Mit jeder Stunde schien die Luft stickiger zu werden. Ich lag in meinen schweißfeuchten Laken und ekelte mich – ich fühlte mich wie ein primitives Tier. Draußen war es totenstill. Die Leute in der St. Paul's Row beachteten die gesetzliche Nachtruhe. Kein Blättchen raschelte, nicht einmal der Schrei eines Nachtvogels drang durch das offene Fenster herein.

Wahrscheinlich fielen mir deshalb die Geräusche sofort auf.

Zuerst glaubte ich, es wären die Schreie eines hungrigen Kätzchens; als sie lauter wurden, fordernder, dachte ich an eine Wildkatze – vielleicht auch mehrere. Ich stand auf und ging zur Tür. Zu meinem Schrecken hörten sich diese heftigen kurzen Aufschreie menschlich an. Es konnte eine Frau sein, die Schmerzen litt. Die einzige andere Person, die heute Nacht hier schlief, war Nelly – ich hatte Jacquard nicht in seinem Schlafzimmer neben meinem herumgehen hören. Sie war nicht mein Dienstmädchen, wie Kitty es gewesen war – Nelly stand in Chapuys' Diensten. Trotzdem fühlte ich mich für ihre Sicherheit verantwortlich. Im Nachthemd, meinen Dolch in der Hand, sperrte ich meine Zimmertür auf, um den Geräuschen nachzugehen.

Vom Treppenflur aus hörte ich, dass nicht eine Katze schrie, sondern eindeutig eine Frau. War es Nelly? Die Schreie waren jetzt von einem heiseren Keuchen abgelöst worden. Als ich die Treppe hinunterstieg, wunderte ich mich über den gleichmäßigen Rhythmus. Der Schmerz schien weder stärker zu werden noch nachzulassen.

Auf Zehenspitzen schlich ich zu Nellys Zimmer neben der Küche. Ja, die Geräusche kamen unverkennbar von dort.

Ich hatte die Hand an der Tür, bereit, sie aufzustoßen, als ich im Zimmer dahinter jemanden sprechen hörte. »Ja – ja, so«, flüsterte Jacquard.

In meiner Eile zu verschwinden ließ ich den Dolch fallen. Ich hob ihn nicht auf. Ihn in der Dunkelheit zu suchen, hätte zu lange gedauert. Ich wollte nicht mit Jacquard und Nelly zusammentreffen.

Oben schloss ich die Tür ab und warf mich auf mein Bett. Es dauerte lange, ehe ich einschlief, und am nächsten Morgen wurde ich später wach als gewohnt.

Als ich mich ankleidete, hörte ich von unten Männerstimmen. Hantaras saß im Gespräch mit Jacquard am Tisch, während Nelly ihnen Brot und Bier servierte. Hantaras besuchte uns regelmäßig im Haus, aber gewöhnlich kam er abends. Sein dunkler Teint kennzeichnete ihn als Fremden, und gerade jetzt, wo ständig von Krieg die Rede war, verhielten sich die Engländer allen Fremden gegenüber besonders feindselig.

»Ich wünsche Euch einen guten Morgen«, begrüßte mich Hantaras höflich wie immer.

Ich blickte zu der Stelle vor Nellys Zimmertür. Der Dolch lag nicht mehr da. Nelly sah mich nicht an.

Als Hantaras gegangen war, sagte ich: »Jacquard, kann ich Euch drüben im anderen Zimmer sprechen?«

»Natürlich.« In seinen braunen Augen glomm ein Funke auf. Er fegte einen Brotkrümel von seinem Wams und stand auf.

Sobald wir allein waren, sagte ich: »Euer Benehmen ist eine Schande. Es muss auf der Stelle aufhören.«

»Von welchem Benehmen sprecht Ihr?«

»Das wisst Ihr ganz genau. Lasst also den Spott. Ein kleines Dienstmädchen zu verführen, das kaum fünfzehn Jahre alt ist.« Meine Stimme klang schrill. »Das ist ekelhaft. *Ihr* seid ekelhaft«, brach es aus mir heraus.

Jacquard schob die Hände in die Taschen und wippte auf den Fersen auf und nieder. »Kleine Dienstmädchen sind nicht nur die besten Bettgefährtinnen, sie können einem auch sehr viel über ihre Herrinnen erzählen. Nicht nur hier, sondern auch in Dartford.«

Ich war wie vom Donner gerührt, als ich begriff. »Ihr habt auch Kitty verführt. Daher habt Ihr so viel von mir gewusst – über jeden meiner Schritte und über alle meine Pläne.«

Er lächelte.

»Ich kann und will nichts mehr mit Euch zu tun haben«, schrie ich. »Was würde Botschafter Chapuys zu Eurem gemeinen Benehmen sagen – oder Señor Hantaras? Verlasst Euch darauf, ich werde Mittel und Wege finden, um sie über alle diese Vorkommnisse zu unterrichten.«

Jacquard zog die Hände aus den Taschen. Der amüsierte Funke in seinen Augen erlosch. »Ich habe jetzt wirklich genug von Eurem jungfräulichen Gezeter. Legt Euch nicht mit mir an, Joanna Stafford. Ich gebe mich mit diesen jungen Dingern nicht nur ab, um mir die Zeit zu vertreiben, sondern um den Auftrag besser zu erfüllen, den mir der Kaiser persönlich gegeben hat: *Joanna Stafford zu schützen und sie sicher nach Gent zu bringen und alle jene zu beseitigen, die sie in Gefahr bringen oder aufdecken könnten, welche Bedeutung sie für das Reich besitzt.* Doch von dieser Bedeutung habt Ihr offenbar keine Ahnung.«

»Ich bin nicht dumm«, fuhr ich ihn an. »Ich weiß, dass ich angeblich aufgerufen bin, etwas zu vollbringen, das über die Zukunft dieses Königreichs entscheiden wird.«

Jacquard lachte. »*Dieses* Königreichs? Dieser trübseligen kleinen Insel? Glaubt Ihr im Ernst, dass wir deswegen diese ungeheuren Anstrengungen und Kosten auf uns genommen haben? Die zwei mächtigsten Herrscher der Christenheit sind Kaiser Karl und König Franz. Euer König spielt nur eine kleine Rolle – doch unglücklicherweise eine bedeutsame. Heinrich VIII. ist das Zünglein an der Waage, das das Gleichgewicht der Kräfte verändern kann. Und wenn das Zünglein sich in die richtige Richtung neigt, wird Kaiser Karl siegen. *Ihr* werdet dafür sorgen, dass es so geschieht. So ist es vorausgesagt.«

Ich erschrak vor dieser Erkenntnis. Der Druck, der auf mir lastete, war beängstigend genug; bei dieser Eröffnung stieg er beinahe ins Unerträgliche. Sie glaubten also, durch mein Handeln würde nicht nur der wahre Glaube in England wiederhergestellt, sondern die Machtbalance in der christlichen Welt verändert werden.

»Von wem ist es vorausgesagt?«, fragte ich schließlich. »Wenn meine Person von so großer Bedeutung ist, warum könnt Ihr mir dann nicht sagen, wer der dritte Seher ist? Warum muss ich in Unwissenheit gelassen werden?«

»Darauf kann ich Euch nicht antworten«, versetzte Jacquard. »Ich kann Euch aber sagen, dass Euer Tudor-König mit jedem Tag abscheulicher wird. Vielleicht liegt es an seiner Angst vor einer Invasion – oder an seiner Wut auf den Papst und die katholischen Fürsten, die sich gegen ihn gewendet haben. Oder an den Schmerzen, die ihm sein Bein bereitet und die ihn, wie ich höre, nachts kaum schlafen lassen. Woher soll man wissen, was einen Menschen so zur Bestie machen kann.«

Eisige Furcht legte sich um mein Herz.

»Was ist denn passiert?«

»Zwar hat es den Anschein, als wollte der König in den Schoß der katholischen Kirche zurückkehren«, erklärte Jacquard, »doch er verfolgt die Klöster mit unvermindertem Hass. Auch das letzte, das noch besteht, die Abtei Glastonbury, hat nun seine rasende Wut zu spüren bekommen. Der Abt, ein kranker alter Mann, der Cromwells Abgesandten Widerstand leistete, wurde in den Tower gebracht. Und wisst Ihr, was Heinrich über ihn verfügte?«

Ich machte mich auf eine neue Gräueltat gefasst, dennoch traf mich, was folgte, gänzlich unvorbereitet.

»Der Abt von Glastonbury wurde aus dem Tower geschleppt und auf einem von Pferden gezogenen Schandkarren auf den höchsten Hügel in Glastonbury gebracht. Dort wurde er gehängt, danach enthauptet und gevierteilt. Sein Kopf wurde auf dem Tor der Abtei Glastonbury aufgespießt, und seine Glieder wurden in den vier Ecken des Königreichs zur Schau gestellt.«

Es war, als hätte Heinrich VIII. sich vorgenommen, die tiefsten Tiefen der Unmenschlichkeit auszuloten.

Doch Jacquard war noch nicht fertig.

»Ich habe noch anderes gehört«, fügte er hinzu. »Von allerhand Geschehnissen im Tower of London. Sie betreffen Leute, die Euch nicht fremd sind.«

Ich wagte kaum, es auszusprechen. »Geht es um Gertrude? Oder ihren Sohn Edward?«

Er schüttelte den Kopf. »Sie sind immer noch gefangen. Doch unversehrt. Nein, es geht um die Familie von Baron Montague.«

Ich brachte kein Wort heraus. Einen Moment lang schloss ich die Augen.

»Die Mutter, Margaret, Gräfin von Salisbury, ist in den Tower gebracht und dort in eine kahle Zelle eingesperrt worden – trotz ihres Alters, sie ist siebzig. Der König kennt kein Erbarmen mit der Mutter von Kardinal Reginald Pole, der ihn von Rom aus bekämpft. Sie wird höchstwahrscheinlich hingerichtet werden wie ihr ältester Sohn vor ihr.«

Ich begann zu weinen. Ich dachte an Ursula und was sie jetzt erleiden musste. Jedem, der auch nur das Geringste für die Familie Pole übrig hatte, musste dies das Herz zerreißen.

»Und es kommt noch schlimmer«, sagte er.

Ich war blind vor Tränen. »Was noch?«, fragte ich heiser.

»Der Sohn von Baron Montague ist verschwunden. Er hat den Wärtern im Tower das Leben so schwer gemacht, dass einer von ihnen gesagt haben soll, man sollte diesen verfluchten Jungen in seinem Bett ersticken. Als Letztes wurde uns berichtet, dass seine Zelle leer ist. Es wurde nichts von Krankheit oder Tod bekanntgegeben. Doch der junge Pole wird wohl für immer verschwunden bleiben.«

Ich streckte abwehrend die Arme aus. »Nicht mehr«, bat ich. »Bitte, nicht noch mehr.«

Jacquard ergriff meine Hände. Eine unheimliche Kraft ging von ihm aus.

»Joanna Stafford, wollt Ihr dann meinem Wort bedingungslos folgen? Ihr braucht nicht um Eure Tugend zu fürchten. Ich werde Euch nicht anrühren, wenn Ihr es nicht wollt.« Er umfasste meine Hände noch fester. Schmerz schoss meine Arme hinauf bis zu den Schultern. »Doch Ihr allein könnt tun, wozu Ihr bestimmt seid. Ihr müsst mir gehorchen, hier und in den Niederlanden, solange wir aufeinander angewiesen sind.«

»Ja«, sagte ich. »Das weiß ich.«

Er ließ meine Hände los, und ich sank in einen Sessel, kaum noch fähig zu atmen.

»Dann packt jetzt«, sagte er. »Wir haben endlich ein Schiff. Hantaras war hier, um mir das mitzuteilen. Wir reisen in drei Tagen nach Antwerpen.«

Kapitel 42

An einem heißen, wolkenlosen Morgen im Juli brachte ein Boot Jacquard Rolin und mich nach Gravesend am Südufer der Themse. In dieser Stadt in Kent lagen die großen Schiffe mit den Munitionslieferungen für den kommenden Krieg. Ich wusste nichts von solchen Schiffen und noch weniger über Kriegsmunition. Ich hatte nie ein größeres Boot betreten als dieses Flussboot. Als die gewaltigen Schiffe im Hafen von Gravesend vor uns auftauchten, stockte mir einen Moment der Atem. Es war gewiss ein halbes Dutzend Schiffe, über denen ein Wald von Masten in den Himmel hineinragte.

Jacquard lächelte über mein Staunen. »Wartet nur, bis Ihr erst Antwerpen seht«, sagte er.

Seit er mir das Versprechen abgenommen hatte, seinem Wort bedingungslos zu folgen, hatte sein Verhalten mir gegenüber sich geändert. Er hatte die übertriebene Höflichkeit abgelegt; das spöttische Lächeln war verschwunden. Und er hatte die letzten Nächte ausnahmslos allein in der Schlafkammer neben meiner genächtigt. Ich vermutete, dass er seine Liebschaft mit Nelly als eine Art Geste mir gegenüber abgebrochen hatte. Dennoch hatte ich das Gefühl, das junge Mädchen im Stich gelassen zu haben, weil ich es nicht vor Jacquards Nachstellungen geschützt hatte. Als ich mich von Nelly verabschiedete, machte ich ihr ein kleines

Geldgeschenk. Sie nahm es dankbar an, doch aus irgendeinem Grund fühlte ich mich danach nur noch unzulänglicher.

»Welches ist unser Schiff?«, fragte ich.

»Das größte natürlich.« Er wies auf ein massiges aus Holz gebautes Schiff mit drei Masten, das vom Bug bis zum Heck gewiss zweihundert Fuß maß. »Das ist eine Galeone«, erklärte Jacquard. »Seht Ihr die großen Löcher in den Wänden für die Kanonen?«

An Deck, wo die Seeleute das Schiff zur bevorstehenden Abfahrt bereitmachten, herrschte rege Geschäftigkeit. Hinten im Deck gähnte eine große viereckige Öffnung, durch die schwere Kisten in den Schiffsrumpf hinunterbefördert wurden. Wie sollte ein so stattliches Bauwerk voller Menschen und Fracht sich schnell durchs Wasser bewegen können? Es erschien mir unmöglich.

»Ich freue mich darauf, den Kapitän kennenzulernen, denn er scheint auf jeden Fall kein Feigling zu sein«, bemerkte Jacquard.

»Und warum glaubt Ihr das?«

»Er ist letzte Woche mit einem ganzen Frachtraum voll Schießpulver von Hamburg nach London gesegelt, durch Gewässer, in denen es von Piraten und Feinden König Heinrichs wimmelt«, sagte Jacquard. »Die Einzigen, die bereit waren, Heinrich Schießpulver zu liefern, waren die Deutschen. Stellt Euch vor, was eine einzige Kanonenkugel angerichtet hätte – oder ein brennender Pfeil.« Jacquard schleuderte beide Hände hoch. »Bum!«, sagte er und lachte.

Ich konnte nichts Komisches an der Vorstellung finden. »Haben sie das Schießpulver jetzt ausgeladen?«, fragte ich.

»Bis auf die letzte Unze«, versicherte er. »Der König hat es an seine Festungen verteilen lassen. Die Deutschen sind sehr entgegenkommend. Er bekommt Schießpulver von ihnen *und* eine vierte Ehefrau.«

»Die nächste soll die Prinzessin von Kleve werden?«

Jacquard vergewisserte sich, dass die Bootsleute nicht in Hörweite waren. Dann nickte er. »So scheint es. Er hat die Wahl zwischen zwei Schwestern: Anna und Emilia. Er hat Hans Holbein nach Kleve gesandt, um die beiden Damen malen zu lassen.«

Ich versuchte, mein Erschrecken zu verbergen, als mir die Prophezeiung Orobas' einfiel: *Der König hat einen zweiten Sohn bekommen. Cromwell steht hinter dem Knaben, der jetzt König ist, er herrscht über das Land.*

Als unser Boot angelegt hatte, dingte Jacquard zwei junge Burschen, damit sie unsere Schiffskisten zu dem für das Gepäck bestimmten Platz trugen. Wir hatten noch mindestens eine Stunde Wartezeit vor uns, doch wir gingen nicht in die Stadt, sondern Jacquard führte mich zu einem baumbestandenen Stück Land unweit der Straße und hieß mich dort auf einem umgestürzten Baumstamm auf ihn warten.

»Ich muss unsere Papiere dem Kapitän vorlegen, und ich kann mir ein besseres Bild von ihm machen, wenn ich allein mit ihm bin«, erklärte er. »Je weniger Ihr gesehen und gehört werdet, desto besser ist es.«

Ich erhob keine Widerrede. Ich war froh, eine Weile allein sein und mich innerlich für diese Seereise rüsten zu können. Die Reise würde nicht lang dauern – Jacquard hatte von zwei Tagen gesprochen –, doch ich hatte England noch nie verlassen und nie damit gerechnet, es einmal zu verlassen.

Ein ungutes Gefühl erwachte in mir, als ich Jacquard zurückkommen sah. Seine Miene verriet, dass etwas an dem Kapitän ihm nicht gefiel.

»Er ist ein harter Mann, das sieht man gleich, und korrupt bis in die Fingerspitzen«, sagte Jacquard. »Ein Menschenschlag, wie ich ihn gebrauchen kann, aber es gibt auch Gefahren. Ich habe ihm eine stattliche Summe für die Überfahrt geboten – und ein kleines Vermögen dazu, damit wir so bald wie möglich in See stechen. Doch wenn ihm jemand ein besseres Angebot macht, wird er mich ohne Zögern sitzenlassen. Der Mann ist käuflich.«

Einen Augenblick später fragte er in scharfem Ton: »Was ist das?«

Über die sumpfige Wiese kam ein rothaariger Mann direkt auf uns zu. Er lüftete seinen Hut und fragte auf Französisch, wo das Gasthaus namens Black Swan zu finden sei.

Es schien ein vereinbartes Zeichen zu sein. Jacquard sprang sofort auf. Die beiden Männer gingen ein Stück von mir weg und besprachen sich ungefähr zehn Minuten lang mit angespannten Mienen. Dann verneigte sich der Rothaarige vor Jacquard und ging den Weg zurück, den er gekommen war.

Als Jacquard sich wieder zu mir setzte, sah ich zum ersten Mal Schweiß auf seiner Stirn. »Wir müssen so schnell wie möglich an Bord gehen«, erklärte er.

»Was ist denn passiert?«

»Das, was ich am meisten befürchtet habe«, antwortete er sichtlich besorgt. »Letzte Woche ist in Hertfordshire, in der Nähe des Hofs von Marcus Sommerville, ein Spitzel aufgetaucht. Man hat erst heute in London davon erfahren und sofort diesen Mann geschickt, um mich zu warnen.«

»Bischof Gardiner?«, fragte ich erschrocken.

Er nickte.

»Aber der Mann wird berichten, dass ich gar nicht dort bin. Und dann weiß der Bischof, dass etwas im Gang ist.«

»Der Mann wird nicht berichten.«

Ich wartete auf eine Erklärung, doch Jacquard stand nur auf und bot mir seinen Arm, um mich zum Hafen zurückzuführen.

Als wir am Wasser angelangt waren, fragte ich leise mit zitternder Stimme: »Der Mann ist getötet worden?«

Ohne mich anzusehen, sagte Jacquard: »Nehmt Euch sofort zusammen! Natürlich ist der Mann getötet worden. Doch das wird neue Schwierigkeiten nach sich ziehen. Man wird nachforschen und innerhalb eines Monats einen neuen Mann oder mehrere Männer nach Hertfordshire schicken. Aber vor allem fürchte ich, dass Gardiners Leute uns hierher gefolgt sind.«

Das Glitzern der Sonne auf dem Wasser blendete mich, und ich beschirmte meine Augen mit zitternder Hand. Sofort ergriff Jacquard sie und tat so, als küsste er sie. Dann zog er mich an der

Schulter näher und flüsterte mir ins Ohr: »Dies war immer eine Mission auf Leben und Tod – und das wisst Ihr auch.«

Ich folgte ihm wie betäubt zum Kai. Auch wenn Jacquard den Spitzel im fernen Hertfordshire nicht mit eigener Hand getötet hatte, so war er doch mit dem Tod dieses Unbekannten völlig einverstanden. Seine Gleichgültigkeit menschlichem Leben gegenüber erschütterte mich.

An der Anlegestelle, wo eine Anzahl kleiner Boote wartete, um Passagiere zur Galeone zu befördern, half Jacquard mir in eins hinein, bevor er nachkam und sich neben mich setzte.

Gerade als unser Fährmann die Ruder ins Wasser tauchte, sprang ein dritter Fahrgast ins Boot.

»Entschuldigung – Entschuldigung – ich hoffe, ich störe nicht«, sagte der junge Mann lachend. Er war vielleicht Mitte zwanzig und hatte blondes Haar – beinahe so hell wie Edmunds. »Ich bin Charles Adams. Ich bin schon bei Morgengrauen hierhergekommen, um mir die neue Festung seiner Majestät anzusehen. Ungeheuer interessant, meint Ihr nicht auch?«

Während wir zur Galeone hinausgerudert wurden, unterhielt sich Jacquard mit dem jungen Mann angeregt über die neuesten Festungsanlagen, die eine kaiserliche Invasion verhindern sollten.

»Krieg interessiert Euch, Mr Adams?«, meinte Jacquard lächelnd. Ich kannte ihn gut genug, um zu sehen, dass es ein künstliches Lächeln war. Jacquard war jeder verdächtig.

»Ich stehe auf der Londoner Musterungsliste, wenn das Eure Frage ist«, sagte der junge Mann. »Aber der Krieg ist nichts für mich. Ich muss mich um das Familiengeschäft kümmern, deshalb reise ich nach Antwerpen.«

Freundlich erkundigte sich Jacquard nach der Art des Geschäfts.

»Wir sind Tuchhändler«, antwortete Charles Adams. »Adams und Söhne. Unsere Firma hat durch das Embargo schwer gelitten. Doch ich nehme es als gutes Omen, dass Cromwell mir die Reisegenehmigung erteilt hat. Ich muss mich mit unseren Geschäftspartnern in den Niederlanden treffen, um die Geschäfte wieder in Gang zu bringen. Die Handelswege müssen unbedingt wieder freigegeben werden.«

»Das wird nicht einfach werden«, sagte Jacquard.

»Nein – und ich bin bei Weitem nicht so ein guter Geschäftsmann, wie mein Vater es war. Er ist leider im letzten Jahr verstorben, und nun muss ich sehen, was ich tun kann. Meine Mutter ist auf mich angewiesen.«

»Ihr werdet sicher Euer Bestes tun«, bemerkte ich.

Jacquards Hand an meinem Arm spannte sich. Er hatte mir unzählige Male geboten, mit niemandem zu sprechen, wenn es nicht unumgänglich war. Aber würde es nicht mehr Aufmerksamkeit erregen, wenn ich die ganze Zeit nur scheinbar desinteressiert schwieg?

Adams erklärte mit stolzem Lächeln: »Wir betreiben unser Handelsgeschäft schon seit vier Generationen. Die Habsburger haben mindestens zehnmal versucht, dem englischen Handel zu schaden – und es ist ihnen nie gelungen. Sie können noch so viele Embargos verhängen, wir halten durch. Wir sind nicht totzukriegen.«

Jacquard lachte, als wäre das die lustigste Geschichte, die er seit Langem gehört hatte.

Nacheinander kletterten wir zum Deck der Galeone hinauf. Jacquard hatte uns mit viel Geld eine Offizierskabine im Achterschiff gesichert. Dort würden wir schlafen, solange wir an Bord waren – mindestens eine Nacht, vielleicht auch zwei, je nachdem, ob die Winde günstig waren. Wir begaben uns direkt in die Kabine, wo unsere Schiffskisten uns schon erwarteten.

»Ich habe schon weit schlechter genächtigt«, sagte Jacquard, sich in der engen Kabine umsehend. Mit einer höflichen Verneigung zu mir fügte er hinzu: »Ihr nehmt das Bett. Mir reichen der Fußboden und ein paar Decken.«

»Muss ich die ganze Zeit hier unten bleiben?«, fragte ich.

Er überlegte einen Moment. »Ihr solltet an Deck sein, wenn die Segel gehisst werden. Es würde sich merkwürdig ausnehmen, wenn ich ohne Euch erschiene. Aber danach müsst Ihr hier unten bleiben, ja.«

»Ich werde mich bemühen, nicht mit Mr Adams zu sprechen, obwohl ich ihn für harmlos halte«, sagte ich.

»Ich glaube nicht, dass er ein Spitzel Gardiners ist, aber harmlos ist niemand«, erwiderte Jacquard.

Das Schiff schwankte ein wenig, vielleicht wurde der Anker gelichtet. Mich überkam plötzlich Trauer.

»Jacquard, was passiert, wenn ich die Prophezeiung erfülle und der Kaiser und König Franz siegen?«

»Wie meint Ihr das?«

»Ich meine, was wird dann aus England. Wenn Heinrich nicht mehr König ist – wenn Maria ihn auf dem Thron ablöst, werden sich dann alle zurückziehen?«

Er lächelte. »Ihr glaubt, wir tun das alles nur, um Euren Glauben zu retten und Lady Marias Thronrechte zu verteidigen? Ich nehme an, das Königreich wird aufgeteilt werden. König Jakob von Schottland, der Verbündete Frankreichs, wird seine Grenzen nach Süden vorschieben. Ich habe gehört, Frankreich beabsichtigt, den Westen Englands für sich zu beanspruchen. Und der Kaiser wird natürlich seine Cousine, die neue Königin, unter seinen Einfluss nehmen. Außerdem wird er den gesamten Handel uneingeschränkt beherrschen. Das ist den Kampf wohl wert, meint Ihr nicht?«

Trotz allem, was der König mir angetan hatte, war ich entsetzt zu hören, dass mein Heimatland derart behandelt werden sollte.

»Was glaubt Ihr – gäbe ich nicht einen hervorragenden vierten Herzog von Buckingham ab?«, fragte Jacquard ohne Rücksicht auf meine Gefühle und lachte. Bei der Vorstellung, dass dieser Mann, ein Spion und Mörder, sich anmaßen könnte, sich mit dem erblichen Titel der Familie Stafford zu schmücken, wurde mir beinahe übel.

Doch ich hatte jetzt keine Wahl mehr. Ich musste meinen Weg weiterverfolgen. Mit Jacquard zusammen ging ich auf Deck hinauf.

Kurze Zeit später versammelten wir uns, vielleicht ein Dutzend Passagiere, um dem Setzen der gewaltigen Segel beizuwohnen. Und es war in der Tat ein denkwürdiges Erlebnis. Jeder Mann an Bord wusste genau, was er zu tun hatte. Über das ganze Schiff pflanzten sich die laut schallenden Befehle fort, und die Seeleute zogen so kräftig an den Tauen, dass ich glaubte, ihre Arme würden bersten, während andere mit müheloser Behändigkeit an den Masten hinauf- und hinunterkletterten.

Mit einem gewaltigen Donnerknall strafften sich die Segel, und langsam glitt das große Schiff nach Osten, dem offenen Meer entgegen.

Ein Offizier trat zu Jacquard. »Der Kapitän erbittet die Ehre, Euch auf der Brücke begrüßen zu dürfen, Mr Rolin«, sagte er.

Jacquard blickte zu dem hohen Brückenaufbau hinauf, wo ein großer, breiter Mann mit einem buschigen Bart neben einer silbern glänzenden Kanone stand.

»Ja, gern«, sagte er und wandte sich mir zu, zweifellos, um mich unter Deck zu schicken.

Doch noch ehe er etwas sagen konnte, gesellte sich Charles Adams zu uns. »Ich nehme mich inzwischen gern Eurer Gemahlin an«, sagte er liebenswürdig.

Jacquard küsste mich leicht auf die Wange und drückte dabei meine Hand so fest, dass es wehtat.

Ich merkte bald, dass es nicht nötig war, mich vor Mr Adams meiner Worte zu hüten. Ja, ich brauchte eigentlich überhaupt nichts zu sagen. Er war ein äußerst gesprächiger junger Mann, der sich in beinahe unablässigem Redefluss über Galeonen, den Tuchhandel und seine alte Mutter ausließ. Von seinen lebhaften Ausführungen angeregt, beteiligten sich bald andere Passagiere am Gespräch, und ich konnte mich damit begnügen zu nicken und freundlich zu lächeln. Immer wieder blickte ich zu Jacquard hinauf, der mit dem Kapitän und einigen Offizieren beieinanderstand. Vielleicht meinten sie, wegen der hohen Summe, die er bezahlt hatte, wären sie es ihm schuldig, ihn auf die Brücke zu holen. Ich hoffte, er bemerkte, dass ich so gut wie stumm blieb.

Das Schiff nahm Fahrt auf. Alle freuten sich darüber, wie schnell wir vorankamen. Mir hingegen schien es, als hätten sich die Winde verschworen, mich aus England fortzubringen. Ich entfernte mich von der Gruppe und ging weiter nach vorn, zum Bug des Schiffes. Der Wind peitschte hier die knallenden Segel stärker und riss an meinen Röcken.

Der Fluss weitete sich, und vor mir konnte ich die Mündung zum Meer erkennen. Sie war gar nicht mehr so fern – wir würden sie vielleicht in einer Stunde erreichen. Dann würde England hinter mir liegen. An die hölzerne Reling der auf und nieder schaukelnden Galeone geklammert fragte ich mich, wann ich wohl zurückkehren würde – und mit welch schrecklichem Wissen. Ganz sicher würde ich nicht mehr die sein, die ich heute war.

»Ihr seid doch hoffentlich nicht seekrank, Mrs Rolin?« Charles Adams hatte die anderen verlassen und blickte mich besorgt an. »Verzeiht, wenn ich es sage, aber Ihr seid ganz blass. Ihr habt doch keine Angst vor Piraten? Wir sind gut bewaffnet, und dieser Kapitän ist ein sehr tüchtiger Mann.«

Ich nickte und hoffte, er würde zu den anderen zurückkehren. Doch das tat er nicht.

»Mrs Rolin, darf ich Euch von meinen Früchten anbieten?«, fragte er freundlich. »Hier an Bord gibt es ja nichts als Pökelfleisch und Brot, darum habe ich mir etwas Frisches mitgenommen. Früchte sind gut für den Ausgleich der Körpersäfte.«

Adams kramte in einem kleinen Beutel und entnahm ihm ein eingewickeltes Päckchen voll roter reifer Kirschen.

»Meine Mutter hat darauf bestanden«, erklärte er mit einem etwas verlegenen Lächeln.

»Dann müsst Ihr sie allein essen«, sagte ich.

Doch er beharrte auf seinem Angebot, und so nahm ich mir schließlich eine Kirsche und schob sie in den Mund. Die saftige Süße bereitete mir einen Moment herrlichen Genusses. Von den Früchten, die wir im Klostergarten gezogen hatten, waren mir Kirschen immer die liebsten gewesen.

Das Schiff tauchte plötzlich in ein tiefes Wellental, Wasser spritzte schäumend über die Reling und wir sprangen zurück. Adams lachte. A ls ich mir das Wasser vom Hut wischte, fielen ein paar Tropfen in meinen Mund – ich war erstaunt über den salzigen Geschmack. Hier vermischte sich das Meer mit dem Fluss.

»Noch eine Kirsche?«, drängte Adams.

Ich nahm mir eine zweite und schloss genießerisch die Augen, während ich kaute. Die Sonne lag angenehm warm auf meinem Gesicht. »Danke«, sagte ich. »Kirschen sind etwas Köstliches.«

»Ja, das sagt meine Mutter auch immer – und meine Schwester. Wir haben außerhalb von London einen Obstgarten mit Kirschbäumen. Sie sind nicht ganz einfach zu pflegen, habe ich mir sagen lassen.«

»Das stimmt«, bestätigte ich. »Unsere Bäume in Dartford brauchten auch immer besondere Pflege.«

In dem Moment, als ich das Wort *Dartford* aussprach, wurde mir eiskalt vor Schreck.

»Habt Ihr vor Eurer Heirat in Dartford gelebt?«, fragte er.

»Nein, nie«, stammelte ich. »Ich – ich war dort bei Freunden zu Besuch.«

Dieser Widerspruch verschlimmerte nur meinen Fehler, doch Adams schien sich nichts dabei zu denken. Er packte die Kirschen wieder ein und begann, mir von den Büchern zu erzählen, die er in Antwerpen kaufen wollte. Ich nickte und hörte ihm kaum zu, meine Aufmerksamkeit war einzig auf Jacquard gerichtet, der jetzt zurückkam. Ich war aus tiefster Seele froh, dass er von meinem törichten Fehler nichts gemerkt hatte.

»Meine Frau braucht jetzt Ruhe«, sagte er zu Adams.

»Ja«, stimmte ich eilig zu. »Ich bin wirklich ein wenig müde.«

»Aber natürlich«, sagte Adams. »Schade, ich dachte, die Kirschen hätten Euch erfrischt, Mrs Rolin.«

»Die haben herrlich geschmeckt«, versicherte ich mit einem mühsamen Lächeln.

In der Kabine war es heiß und stickig, trotzdem war ich froh, mich nach meiner Dummheit oben an Deck hier verkriechen zu können. Ich überlegte, ob ich Jacquard etwas davon sagen sollte, doch ich wollte ihn nicht zusätzlich beunruhigen. Ich war sicher, dass Charles Adams die Bemerkung vergessen würde – wahrscheinlich hatte er sie bereits vergessen.

Jacquard kam erst zurück, als ich schon eingeschlafen war. Das Geräusch der Tür weckte mich. Es war stockfinster, ich sah nichts. Doch ich roch den Wein in seinem Atem und hörte ihn, als er sich sein Lager auf dem Boden bereitete. Ich schlief schnell wieder ein. Die Schaukelbewegungen des großen Schiffs halfen mir in einen tiefen, traumlosen Schlaf.

Am Morgen weckte mich das Sonnenlicht, das durch das kleine Fenster in der Kabinenwand fiel. Ich rieb mir die Augen, um wach zu werden. Jacquard stand kaum einen Schritt entfernt und sah zu mir hinunter. In seinem Blick war kein Begehren; im Gegenteil, seine Augen waren kälter, als ich sie je gesehen hatte.

»Was ist?«, fragte ich mit vom Schlaf heiserer Stimme.

»Nichts.«

Er hatte die Kleider gewechselt – ich war froh, dass er es getan hatte, während ich schlief.

»Ich lasse etwas zu essen herunterbringen«, sagte er. »Bleibt hier unten, bis ich Euch hole. Wir haben guten Wind und müssten gegen Abend in Antwerpen anlegen.« Er wartete einen Moment. »Habt Ihr mich verstanden, Joanna Stafford?«

»Wie sollte ich Euch nicht verstehen?«, gab ich verblüfft zurück.

Als er gegangen war, sagte ich mir, dass Jacquards Kälte nur zu erwarten war. Wir befanden uns auf einer lebensgefährlichen Mission. Er hatte gestern vor unserer Abreise alarmierende Nachrichten erhalten und in der Nacht nicht viel geschlafen. Heute Abend schon würden wir Fuß auf niederländischen Boden setzen. Vielleicht sah er diesem Moment mit ebenso großem Zweifel entgegen wie ich, nur dass sich dies bei ihm anders äußerte.

Ich war ruhelos und in Schweiß gebadet, als Jacquard mich endlich abholte. »Unsere Kisten werden sie gleich nach oben bringen«, sagte er, als er mich in den engen Gang hinaus begleitete. Die Treppe zum Deck war nur ein paar Schritte entfernt. »Wir suchen heute Abend noch Chapuys auf. Vorher gehen wir etwas essen. Ich kenne einen Gasthof in Antwerpen.«

»Warum gehen wir nicht gleich zu Chapuys?«, fragte ich. »Unser Auftrag ist doch das Wichtigste.«

Darauf gab Jacquard mir keine Antwort.

An Deck vergaß ich Jacquards kalte Schroffheit. Es war herrlich, endlich wieder Sonne und Wind auf meiner Haut zu spüren. Unser Schiff hatte die schmale Meeresenge überquert, während ich mich unter Deck aufgehalten hatte. Jetzt segelten wir durch einen breiten Kanal zwischen einer Insel und der niederländischen Küste nach Osten. In diesem blühenden Land lagen die bedeutenden Städte Brüssel und Amsterdam, Antwerpen und Gent. Dass an dieser Küste weit mehr Menschen lebten als an der englischen, war sofort zu erkennen. Dächer und Türme drängten sich dicht am Horizont. Unser Schiff schwenkte in einen von kleinen Booten und mächtigen Galeonen befahrenen Fluss ein, die Schelde, die uns an unser Ziel führen würde.

»Ich hatte ganz vergessen, wie das ist«, bemerkte Charles Adams, der sich zu uns gesellt hatte. »Man hat den Eindruck, die ganze Welt wäre auf dem Weg nach Antwerpen.«

»So ist es ja auch«, erwiderte Jacquard. »Portugiesische Gewürzhändler, deutsche Buchdrucker, mailändische Seidenhändler, venezianische Glasbläser, holländische Buchhändler und« – er verneigte sich vor Adams – »englische Tuchhändler: Alle haben hier ihre Geschäftssitze. Die Habsburger mögen die Herrscher von Flandern sein, doch die eigentlichen Fürsten von Antwerpen sind die Bankiers. Hier gewährt man sogar den Juden Zuflucht – die Verfolgungen in Spanien werden in Flandern heftig missbilligt.«

Den Rest der Fahrt unterhielten sich Jacquard und Adams angeregt über Bücher, Wein und Musik. Ich merkte an der vertrauten Art, wie sie miteinander umgingen, dass sie heute, und vielleicht auch gestern Abend schon, Stunden mit Gesprächen zugebracht hatten. Jacquard hatte offensichtlich eine Zuneigung zu diesem jungen Kaufmann gefasst.

Die Sonne stand tief am Himmel hinter uns, als wir in Antwerpen einliefen. Ihr Licht, das sich blendend hell in den Fenstern der Kirchen, Häuser, Zunfthallen und Gasthöfen der Stadt spiegelte, flammte noch einmal golden auf, ehe die Stadt im Grau des Abends versank. Während wir auf die Ruderboote warteten, die uns an Land bringen sollten, erzählte mir Adams von der Bedeutung des Wortes *Antwerpen*.

»Einer Legende zufolge soll ein Riese den Fluss bewacht haben«, berichtete er. »Jeder, der übersetzen wollte, musste ihm Zoll bezahlen. Wenn sich jemand weigerte, hackte der Riese ihm die Hand ab und warf sie in den Fluss. Aus dem niederländischen *hand werpen*, also Hand werfen, soll der Name Antwerpen entstanden sein.«

»Oh«, sagte ich

Selbst im grauen Zwielicht konnte ich erkennen, dass er errötete. »Die Geschichte ist vielleicht zu grausam für eine junge Ehefrau – ich hoffe, Ihr seid nicht ärgerlich.«

»Meine Frau mag grausame Geschichten«, bemerkte Jacquard mit einem seltsamen Unterton.

Dann trafen die Ruderboote ein und brachten uns an Land. Zu meiner Überraschung bestand Jacquard darauf, dass Charles Adams uns in einen Gasthof zum Essen begleitete. Adams wollte ablehnen, er sei müde, erklärte er, doch Jacquard ließ nicht locker.

»Kommt, kommt – Ihr seid fünf Jahre jünger als ich, und ich bin nicht müde«, neckte er. »Nur auf einen Becher Wein.«

Geschmeichelt gab Adams nach. Ich war froh; dann würde sich Jacquard mit seinem neuen Freund unterhalten anstatt mir Vorhaltungen zu machen.

In Antwerpen schien es, anders als in London, keine amtlich verordnete Nachtruhe zu geben. Obwohl es dunkel geworden war, wimmelte es auf den brettebenen geraden Straßen von Menschen. Ich hörte hier und dort etwas Französisch und Spanisch, hauptsächlich jedoch eine mir völlig fremde Sprache, Flämisch, wie mir Jacquard erklärte. Musik strömte aus Fenstern und Türen, die in der milden Nacht geöffnet waren.

Noch etwas unterschied Antwerpen von London: der Geruch. Ich hatte angenommen, allen großen Städten wäre der gleiche Geruch eigen. Doch abgesehen von dem unvermeidlichen Gestank der Metropole hingen über Antwerpen der beißende Geruch nach Druckerschwärze und das scharfe Aroma vielfältiger Gewürze wie Nelke, Ingwer, Pfeffer und anderer exotischer Gewächse, von denen ich nie gehört hatte.

Wäre ich aus einem anderen Grund in die Niederlande gekommen, so wäre ich wahrscheinlich begeistert gewesen, eine Stadt wie Antwerpen kennenzulernen. Doch wir waren in einer Mission hier, die von Gefahr und Bedrohung überschattet war.

Jacquard führte uns durch eine stille Straße zu einem Gasthof, der nicht so freundlich gelegen war, wie ich es mir vorgestellt hatte. Doch er war dort bekannt; er begrüßte einen Mann mit Zuruf, einen anderen mit einem Nicken, und sie sprachen kurz darüber, wie lange sie Jacquard nicht mehr gesehen hatten. Dann verließen sie beide den Speiseraum.

Wir setzten uns an einen Tisch. Jacquard prahlte, dass die Weine in Antwerpen die besten der Welt seien. »Antwerpen ist dank dem Silber und den Gewürzen, die vom amerikanischen Kontinent importiert werden, eine reiche Stadt, da haben selbst die bescheidensten Gasthäuser bessere französische Weine zu bieten als Paris.«

Adams kostete einen Schluck von dem Wein, den Jacquard bestellt hatte.

»Schmeckt er nicht hervorragend?«, fragte Jacquard.

Adams zögerte, dann sagte er: »Nehmt es mir nicht übel, Mr Rolin, aber er scheint mir etwas sauer.«

»Was?«

Jacquard sprang auf und lief zu einer Tür hinaus in den hinteren Teil des Gasthauses. Im Nu war er wieder zurück und winkte Adams. »Der Wirt möchte sich entschuldigen und uns in seinen Privaträumen einen Becher von seinem Besten anbieten. Einem Madeirawein. Kommt.«

»Und Eure Gemahlin?«, fragte Adams mit einem Blick zu mir.

»Keine Sorge. Wir trinken drüben einen Schluck und kommen dann hierher zurück. Es ist Wein vom Fass – er muss hinten gezapft und sofort probiert werden.«

Sobald Adams mit ihm gegangen war, um den Wein zu probieren, fiel mir auf, wie still es in dem Gasthaus war. Die Tische waren alle leer, nur in einer Ecke stand eine Frau mit traurigem Blick und polierte Becher. Aus einem anderen Haus, weiter die Straße hinauf, konnte ich gedämpfte Musik hören.

Ich weiß nicht, woher ich es plötzlich wusste. Kein Geräusch, kein ungewöhnliches Geschehnis verriet es mir. Doch ich wusste es.

Ich rannte zu der Tür, hinter der die Männer verschwunden waren. Die Frau, die die Becher polierte, blickte kurz auf.

Die Tür führte nicht in die Privaträume des Wirts. Sie führte in einen schmalen steinernen Durchgang. An seinem hinteren Ende brannte hoch oben an der Mauer eine Fackel. Darunter stand Jacquard über Charles Adams gebeugt. Er hatte ihm soeben die Kehle durchgeschnitten.

Kapitel 43

»Glaubt Ihr denn, ich *wollte* diesen Jungen töten?« Jacquards schweißgebadetes Gesicht war wie versteinert. »Ich hatte keine Wahl.«

Er hatte mich in das Gasthaus zurückgezerrt. Die Tür zur Straße wurde geschlossen und abgesperrt. Einer der Männer, die uns begrüßt hatten, hielt mir den Mund zu, als ich zu schreien begann; ich hatte ihn nicht kommen hören. Ehe ich weggezogen wurde, sah ich, wie der andere Mann Charles Adams' Leichnam wegschleifte. Sie waren alle Jacquards Kumpane von früheren Unternehmungen.

Die Frau mit dem traurigen Blick stellte Jacquard einen Becher hin, den er in einem Zug austrank.

»Warum?«, rief ich weinend. »Warum musstet Ihr das tun?«

Er zeigte mit dem Finger auf mich. »*Ihr* seid schuld. Hundertmal habe ich Euch eingebläut, dass Ihr den Mund halten sollt, und dann erzählt Ihr ihm, kaum dass wir eine Stunde auf dem Schiff sind, dass Ihr aus Dartford kommt.«

Ich starrte ihn fassungslos an.

»Ja, ja, ich habe Euch mit ihm schwatzen sehen. Da habe ich natürlich versucht, herauszubekommen, was genau Ihr ihm erzählt habt.« Jacquard winkte der Frau, ihm noch etwas zu trinken zu bringen.

»Aber ihn gleich zu töten – das hättet Ihr nicht zu tun brauchen«, rief ich.

Jacquard schlug mit der Faust auf den Tisch. »Gardiner ist hinter Euch her. Es ist nur eine Frage der Zeit, wann er dahinterkommt, dass Ihr Euch nicht mehr in Hertfordshire aufhaltet – vielleicht auch, dass Ihr nie dort gewesen seid. Und wenn er erfährt, dass ich mit diesem Schiff nach Antwerpen gereist bin, wird er sich ganz gewiss für meine Ehefrau interessieren. Natürlich wird er nachforschen, wer sonst noch an Bord war, und die Leute befragen. Und Ihr habt Adams erzählt, dass Ihr aus Dartford kommt. Nicht Derbyshire – Dartford. Wie konntet Ihr so dumm sein?«

Ich schluchzte, die Hände vors Gesicht geschlagen, von Schuldgefühlen und Schmerz über den Tod dieses liebenswürdigen jungen Mannes überwältigt.

»Hört auf damit!«, fuhr Jacquard mich an. »Ich ertrage dieses Geflenne nicht. Nehmt Euch endlich zusammen. Wir gehen jetzt zu Chapuys.«

»Nein«, widersprach ich. »Für mich ist die Sache hier beendet. Es hat schon zwei Tote gegeben – ich kann die Last dieser Sünden nicht tragen, die um meinetwillen begangen wurden. Es gibt keine Buße, die mich von dieser Schuld befreien kann.«

Jacquard stand auf. »Entweder Ihr geht jetzt mit mir zu

Chapuys, oder ich werfe Euch gefesselt und geknebelt auf einen Wagen und lasse Euch hinfahren. Ihr habt die Wahl.«

Auch ich stand auf. Auf die Rückenlehne meines Stuhls gestützt, beugte ich mich vor. »A lso gut«, sagte ich, »ich gehe. Aber danach wird nur geschehen, wofür ich mich aus freiem Willen entscheide – vergesst das nicht.«

Einen Moment sagte er gar nichts; ich sah ihm an, dass er Mühe hatte, sich zu beherrschen. »Ich werde es nicht vergessen«, sagte er schließlich. »Wenn Ihr nicht wollt, kann Euch niemand zwingen, das ist wahr. Ich möchte allerdings sehen, wie Ihr ohne meine Hilfe oder die des Botschafters nach England zurückkommen wollt. Ihr habt kein Geld, und Eure Papiere sind Fälschungen.«

Er machte eine Pause, um das wirken zu lassen. »Redet mit Chapuys, bevor Ihr eine Entscheidung trefft.«

Jacquard sprach zuerst mit Chapuys, unter vier Augen. Danach empfing Chapuys mich, ebenfalls allein. Ich wurde in ein Zimmer mit holzgetäfelten Wänden geführt, überladen mit Büchern, Gemälden und wertvollen Kunstgegenständen.

Die scharfen Züge des Botschafters wurden milde, als er mich betrachtete. »Ihr habt sehr viel gelitten, Juana«, sagte er. »Das tut mir leid.« Er führte mich an einen mit Speisen und Getränken gedeckten Tisch.

»Ich bin nicht hungrig.«

Chapuys drängte mich zu essen. »Ihr dürft uns nicht krank werden.«

»Weil Ihr mich braucht«, sagte ich bitter. »Ihr behandelt mich nicht anders als der Bauer sein Mastschwein, das er hegt und pflegt bis zu dem Tag, an dem es geschlachtet wird.«

»So denkt Ihr von mir?«, fragte er ruhig.

»Ich weiß nicht, was ich denken soll«, rief ich heftig. »Mein Weg zu den Sehern ist von Sünde und Tod gezeichnet. Ihr und die anderen erwartet von mir, dass ich dem Bösen Einhalt gebiete. Doch mit jedem Schritt *erzeuge* ich Böses. Ich habe geschworen, alles zu tun, was in meiner Macht steht, um in England den katholischen Glauben wiederherzustellen. Doch warum müssen diese Morde geschehen? Erst der Mann, der in Hertfordshire für Gardiner spionierte, und nun der junge Charles Adams? Das würde Gott nicht wollen. Mein Herz sagt mir, dass es nicht recht ist.«

Chapuys nickte. Dann wies er auf die Schränke voll wertvoller, in Leder gebundener Bücher. »Wollt Ihr wissen, warum ich mir gerade in Antwerpen ein Haus gekauft habe? Weil Bücher meine Leidenschaft sind. Erasmus war mein Freund, ein vertrauter Freund. Ich habe viele Abende lang mit ihm und anderen über die Grundsätze des Humanismus debattiert. Antwerpen ist das Zentrum des niederländischen Buchdrucks. Auf dem Weg hierher konntet Ihr wahrscheinlich die Druckerschwärze riechen.«

Ich nickte.

»Auch Ihr liebt Bücher, das weiß ich von Euch, Juana. Theoretisch sind wir uns also einig, dass die Buchdruckerkunst etwas Gutes ist. Kommt bitte mit mir zum Fenster.«

Mit Chapuys trat ich an das hohe Bogenfenster, das geöffnet war, um die laue Sommerluft hereinzulassen. Sein Haus stand auf einem Hügel und überblickte die ganze Stadt und das glänzende breite Band der Schelde.

»Doch dort unten stellen jetzt, in diesem Moment, mehr als fünfzig Druckereien Bücher her, die die protestantische Bewegung unterstützen. Seht Ihr nun, wie das Gute sich zum Bösen wenden kann? Die Niederlande, die skandinavischen Länder, die Schweizer Eidgenossenschaft – sie alle sind fürs Erste verloren. Und in den deutschen Gebieten treibt die Ketzerei Blüten. Die Infektion breitet sich auch in Frankreich und Schottland aus. England ist ihr, wie wir wissen, schon zum Opfer gefallen. Unser Glaube darf nicht sterben, Juana. Tausend Jahre Weisheit und Frömmigkeit dürfen nicht einfach ausgelöscht werden. Ein Mann – nur einer – steht zwischen der zivilisierten Welt und der Anarchie. Ihr wisst, wer es ist. Der Kaiser, Karl V.«

Er war sehr beredt. Doch ich hatte eine Frage, dieselbe, die mich seit Canterbury plagte. »Wenn der Kaiser so mächtig ist, warum braucht er dann mich?«

»Weil das Bündnis mit Frankreich auf sehr wackligen Füßen steht«, antwortete Chapuys in leicht wegwerfendem Ton. »König Franz ist ein Lügner, der keinen Funken Ehre im Leib hat. Wir wissen, dass er heimlich mit den Türken verhandelt. Sie sind für das Heilige Römische Reich ein ebenso gefährlicher Feind wie die Protestanten. Karl V. muss also nach zwei Seiten Krieg führen, auf der einen gegen die Anhänger Luthers und auf der anderen gegen die Mohammeds. Doch ganz gleich, ob das Bündnis mit Frankreich hält, der Kaiser wird nicht nachgeben. Könnt Ihr es nicht über Euch bringen, unserer heiligen Sache zu helfen, Juana, und die Prophezeiung zu hören, die Euch gilt?«

Ich spürte, wie ich schwankend wurde in meinem eben noch so festen Entschluss, mich aus diesem ganzen Unternehmen zurückzuziehen.

»Wenn ich nach Gent weiterreise«, sagte ich, »dann nur unter der Bedingung, dass Ihr mir etwas über den dritten Seher sagt. Gertrude Courtenay, die in Euren Diensten stand, hat mir so gut wie keine Aufklärung über den zweiten Seher gegeben, und ich war deshalb schlecht vorbereitet. Es dient niemandem, mich in völliger Unwissenheit zu lassen. Ich habe Euch viele Male um Auskunft gebeten – Eure Weigerung beleidigt mich.«

Chapuys betrachtete mich nachdenklich. »Wenn Ihr jetzt etwas esst, werde ich Euch nachher alles über den Mann sagen, was ich sagen darf«, versprach er mit einem gutmütigen Lächeln.

Während ich aß, ein Gericht, das Chapuys *Vlaamse stoofkarbonaden* nannte, zartes, in Bier geschmortes Rindfleisch mit Karotten und Gewürzen, sprach Chapuys von Lady Maria und seiner Sorge um ihre Sicherheit, jetzt, da er abberufen worden war. »Nach der Entfernung der Mätresse ist Maria nicht, wie wir gehofft hatten, wieder in eine bedeutende Position gelangt. Der König traut ihr nicht. Nur aus diesem Grund hat er die Adligen, die ihr Freundschaft entgegengebracht haben, samt und sonders verhaften und hinrichten lassen. Ich fürchte, diese neue protestantische Königin aus Kleve wird sie sehr schlecht behandeln.«

Ich teilte die Befürchtungen des Botschafters hinsichtlich Lady

Marias Situation. In dieser Beziehung waren wir uns immerhin einig. Doch nun erinnerte ich ihn an sein Versprechen, mir etwas über den dritten Seher zu sagen.

»Der Mann, der nach Gent gebracht wird«, erklärte Chapuys, »ist ein Gefangener des Kaisers. Deshalb konnten wir nicht daran denken, ihn nach England zu holen. Er ist in den Niederlanden in Gewahrsam.«

»Heißt das, ich werde die Prophezeiung von einem Verbrecher empfangen?«, fragte ich ungläubig.

»Er ist kein gefährlicher Mensch«, sagte Chapuys. »Er wurde im Zusammenhang mit einem Ketzerprozess befragt, und dabei wurde seine Sehergabe offenbar. Nach wiederholter Vernehmung enthüllte er die Prophezeiung über Euch. Er ist fraglos der begnadetste Seher unserer Zeit, Juana. Er verwies auf eine englische Dominikanernovizin spanischer Abstammung, die England vom Bösen befreien und das Gleichgewicht der Macht in der Christenwelt verändern würde. Er enthüllte uns eine Reihe von Visionen über Euch, auf die hin wir zu handeln versuchten, zunächst über Gertrude Courtenay, dann nur noch über Jacquard und mich. Der dritte Teil der Prophezeiung darf nur in Gent ausgesprochen werden, der Stadt, in der vor neununddreißig Jahren Kaiser Karl geboren wurde. Ich wollte, es wäre anders. Ich bedauere aufrichtig, was Ihr bisher erleiden musstet, Juana. Der Dominikanerbruder, der den Mann von Anfang an befragt und dabei von Eurer Bestimmung erfahren hat, bewacht ihn auch heute noch in dem Gefängnis, in dem er sich in Gewahrsam befindet.«

Ich schwieg lange. Ich brauchte Zeit, um mich mit dem Gehörten auseinanderzusetzen.

»Ist der Mann ein Protestant?«, fragte ich schließlich. »Ihr habt gesagt, er hätte Verbrechen gegen den Glauben begangen.«

»Nein«, antwortete Chapuys. »Der dritte Seher wurde von der Inquisition befragt, weil er verdächtigt wurde, zu den *conversos*, also den konvertierten Juden, zu gehören, die sich nur vorgeblich zum katholischen Glauben bekannten. Im Lauf der Befragung offenbarten sich, wie schon gesagt, die Prophezeiungen des Mannes von dem Hund, der sich in die Lüfte erheben wird wie der Falke und den englischen Stier für immer schwächen wird.«

Die Inquisition. Ich wusste natürlich von ihr. Der Orden der Dominikaner war eng verbunden mit dem Heiligen Amt der Inquisition, das geschaffen worden war, um in Spanien die Ketzerei zu bekämpfen. Zu seinen Hauptaufgaben gehörte es, gegen Juden und Muslime vorzugehen, die behaupteten, zum christlichen Glauben übergetreten zu sein, tatsächlich jedoch weiterhin nach ihrem eigenen Glauben lebten.

Endlich wusste ich die Wahrheit über den dritten Seher.

Der Botschafter sagte: »Gent ist einen Dreitagesritt von hier entfernt. Wir müssen uns beeilen. Ihr müsst die Prophezeiung am 14. August vor Mitternacht empfangen, das ist die letzte Nachricht, die ich von dem Dominikaner erhalten habe, der unseren Mann bewacht. Bis dahin sind es nur noch vier Tage. Doch Jacquard kennt das Land – er wird uns rechtzeitig hinbringen.«

»Muss Jacquard uns unbedingt begleiten?«, fragte ich.

Der Botschafter beugte sich vor. »Ich weiß, dass Ihr nicht gut miteinander zurechtkommt. Doch hat er Euch je etwas angetan?«

»Nein«, bekannte ich.

»Und dabei wird es bleiben. Ohnehin werde jetzt ich bei Euch sein, Juana. Und in Gent steht Ihr unter dem Schutz eines Dominikanerbruders.«

Ich überlegte einen Augenblick. »Also gut, ich reite mit Euch nach Gent. Ich kann jetzt nicht mehr umkehren. Doch ganz gleich, was geschieht, ich werde Jacquard niemals verzeihen, dass er Charles Adams getötet hat.« Ich senkte den Kopf. »Und auch mir selbst nicht.«

Kapitel 44

Auf diesem letzten Stück Wegs legte ich die Maske der Catherine Rolin ab. Jacquard bestand darauf, dass ich mich als junger Mann verkleidete – auf dem Ritt nach Gent würde keine Frau dabei sein. Obwohl mir seine fortgesetzte Sorge nach der Ermordung von Charles Adams übertrieben schien, steckte ich also meine Haare unter einem Hut hoch und band meine Brüste unter einem Männerwams, im Grunde genommen froh, nicht mehr Jacquards Ehefrau spielen zu müssen.

Die Straßen hier waren breiter als die meisten, die sich in meiner Heimat über Land zogen, und führten uns durch Dörfer und an vielen stattlichen Bauernhöfen vorbei. Ich vermisste die ungezähmte Schönheit der englischen Landschaft, die undurchdringlichen grünen Wälder und die felsigen Hügel.

Oft dachte ich an Arthur. War er glücklich auf Stafford Castle? Hatte ich das Richtige getan? Nach Edmund sehnte ich mich mehr denn je. Mir fehlten nicht nur seine Feinfühligkeit und seine Güte, sondern auch sein Urteil. Ich wollte gar nicht darüber nachdenken, was er von meiner Entscheidung gehalten hätte, trotz allem meiner Bestimmung zu folgen. Würde er sie missbilligen – oder vielleicht ärgerlich sein, dass ich nicht früher gehandelt hatte?

Chapuys und Jacquard ritten Seite an Seite. Ich schnappte immer wieder die Wörter *Gent*, *Bürger* und *Zünfte* auf. Sie sahen unserer Ankunft in der Stadt mit Bedenken entgegen, jedoch nicht wegen des dritten Sehers. Es hatte mit der brodelnden Unruhe unter den Einwohnern von Gent zu tun.

Am Abend des zweiten Reisetags bestand Jacquard darauf, dass Chapuys und ich mit den Bediensteten weiterreiten sollten, während er selbst zurückblieb. Niemand erklärte mir den Grund dafür. Insgeheim hoffte ich, Jacquard würde unsere Gruppe endgültig verlassen und ich würde mit dem Botschafter allein weiterreisen.

Ich hatte mich nach einem späten Mahl gerade in mein Zimmer in unserem Gasthof zurückgezogen, als ein Bediensteter Chapuys' klopfte und mich bat, ihn zum Botschafter zu begleiten.

Gleich beim Eintreten sah ich, dass Jacquard zurück war, und mir fiel auf, wie erregt Chapuys war.

»Wir sind von England aus verfolgt worden«, sagte er.

»O nein«, rief ich. »Nein.«

»Ich hatte schon auf dem Schiff das Gefühl, beobachtet zu werden«, erklärte Jacquard. »Doch in Antwerpen ist mir nichts aufgefallen. Erst als wir nach Gent unterwegs waren, stellte sich das Gefühl wieder ein. Deshalb bin ich zurückgeblieben. Ich wollte dem Verfolger eine Falle stellen. Und ich habe ihn ertappt.«

»Aber wer ist es?«, fragte ich.

»Derselbe Mann, den Gardiner zu Eurer Beobachtung nach Dartford geschickt hatte«, antwortete Jacquard. »Der Dünne mit den schmalen Augen. Er wurde hierher gesandt, weil er Euch in Dartford gesehen hatte und Euch hätte erkennen können. Gardiner hatte in der Tat den Verdacht, dass Ihr die Frau seid, die mit mir zusammen das Land verlassen hat, und er ist diesem Verdacht nachgegangen.«

»Wir können diese Mission nicht fortsetzen«, sagte ich. »Gardiner weiß zu viel – wie soll ich je wieder heimkehren?«

»Wir *müssen* sie fortsetzen«, widersprach Chapuys erregt. »Wir werden einen Weg finden, um Eure Rückkehr nach England zu sichern.«

»Gardiners Spitzel hat noch nicht nach England berichtet. Er konnte noch nicht mit Sicherheit sagen, ob Ihr wirklich Joanna Stafford seid. Und er hatte keine Zeit, eine Botschaft nach England zu senden, bevor er unsere Verfolgung nach Gent aufnahm. So viel konnte ich immerhin aus ihm herausbekommen.«

Mir wurde kalt bei Jacquards Worten. »Ist der Mann tot?«, fragte ich.

Jacquard sah mich an, ohne ein Wort zu sagen. Es war Antwort genug. Nun hatte ich ein drittes Menschenleben auf dem Gewissen.

Als ich mich nach einer Nacht unruhigen Schlafs ankleidete, war es trotz der frühen Morgenstunde schon drückend heiß, und wir hatten einen anstrengenden Ritt vor uns. Wir mussten uns sputen, um Gent vor Abend zu erreichen, denn dies war der Tag, an dem ich die Prophezeiung hören sollte.

Doch die Hitze war, wie ich bald erfuhr, das geringste Problem. Als ich mit den anderen zusammentraf, eröffnete mir Chapuys, dass er uns nicht weiter begleiten würde.

»Niemand darf von meiner Beteiligung an dieser Sache erfahren, Juana«, erklärte er mir. »So lautet der Befehl des Kaisers.«

»Aber Ihr habt versprochen, mich nicht allein zu lassen«, entgegnete ich.

Chapuys packte mich bei den Schultern und schüttelte mich. »Vertraut mir«, sagte er. »Vertraut Ihr mir?«

Ich nickte.

»Alles wird sich finden«, versprach Chapuys. »Ihr werdet in Euer Heimatland zurückkehren. Wenn Ihr nach vollbrachter Tat in England um Eure Sicherheit fürchten müsst, werden wir dafür sorgen, dass Ihr auf dem Kontinent leben könnt. Ihr könntet in die Obhut der Dominikaner zurückkehren – ein Platz in einem Kloster in den Niederlanden oder in Spanien wird sich ohne Mühe finden lassen. Wir lassen Euch nicht im Stich, Juana.«

Ich wusste, das Chapuys recht hatte. Für eine Umkehr war es zu spät. Jacquard und ich setzten, von zwei Männern begleitet, den Ritt nach Gent in scharfem Tempo fort. Ich war schweißgebadet und taumelte beinahe vor Erschöpfung, als wir kurz vor Sonnenuntergang den Ort erreichten, wo Schelde und Leie zusammenfließen. Wo mir die dritte und letzte Prophezeiung offenbart werden sollte.

Die Stadt schien mir so groß wie Antwerpen. Wir kamen an einer imposanten grauen Kathedrale vorüber, an vornehmen Häusern, an Klöstern und Zunfthäusern. Doch die Stimmung war eine merklich andere als die in Antwerpen, dieser großzügigen, weltoffenen Hafenstadt. Hier sah ich Misstrauen und Argwohn in den Gesichtern der Menschen, die uns begegneten.

»Gent ist eine eigenwillige Stadt«, bemerkte Jacquard. »Die Leute hier weigern sich, dem Kaiser Steuern zu bezahlen. Sie seien nicht bereit, sich für seine Kriege in Schulden zu stürzen, sagen sie. Ohne Geld kann das Reich nicht zusammengehalten werden. Doch die Bürger wiegeln mit ihren Unabhängigkeitsbestrebungen die ganz Stadt auf.«

Ich hatte noch nie von einer Stadt gehört, die sich gegen ihren Herrscher erhoben hatte. Und dies war der Ort, an dem der Kaiser geboren war? Neue Fragen bedrängten mich. Wenn der Kaiser nicht einmal Flandern beherrschen konnte, das Kernland der Habsburger, wie wollte er dann ein riesiges Reich regieren – und eine Invasion Englands anführen?

Die Straße, der wir folgten, führte uns auf einen weiten Stadtplatz – ich konnte ihn schon von Weitem sehen und das ohrenbetäubende Geschrei und Gegröle von Menschen hören. Nicht Hunderter. Tausender.

Jacquard fluchte, als wir den Platz erreichten und er die wogenden Massen sah, die sich um ein Gerüst drängten, das man in der Mitte des Platzes errichtet hatte. Wir konnten nicht weiterreiten.

»Der Gravensteen ist drüben auf der anderen Seite, noch mehrere Straßen entfernt«, schimpfte er.

»Was ist das?«

»Die Burg mit dem Kerker, in dem der Seher festgehalten wird«, antwortete Jacquard. »Und wir haben keine vier Stunden mehr bis Mitternacht. Es wird nicht einfach werden, dort hinzukommen.«

Er übergab den beiden Männern die Pferde und gebot ihnen zu warten, bis die Stimmung auf dem Platz sich beruhigte, und uns dann zu folgen. »Rührt Euch nicht von der Stelle«, befahl er mir. »Ich komme zurück, sobald ich mich umgesehen habe.«

Während ich wartete, versuchte ich, mich auf den Besuch in diesem Kerker namens Gravensteen vorzubereiten. Doch mit jedem Moment, der dahinkroch, wuchs meine Angst vor der tobenden Menge. Erinnerungen an den blutrünstigen Mob in

Smithfield kehrten zurück, der die Verbrennung meiner Cousine Margaret bejubelt hatte.

Ich bat Gott um Kraft.

Jacquard kehrte mit erschreckenden Nachrichten zurück. Die Stadt hatte sich in der Tat geweigert, der Statthalterin der Niederlande, Maria von Ungarn, Schwester Karls V., die auferlegten Steuern zu bezahlen, und behauptete unter Berufung auf alte Rechte, die sie vor der Herrschaft der Habsburger genossen hatte, sie schulde der Monarchie keine Loyalität. Die Bürger, zu denen nur jene Stadtbewohner zählten, die steuerpflichtigen Grundbesitz ihr Eigen nannten, hatten geschworen, die Urkunde zu verbrennen, die die Stadt Gent zur Treue gegenüber dem Reich verpflichtete. Ein Diakon, der noch treu zu Kaiser Karl stand, hatte das Dokument in Verwahrung und weigerte sich, es herauszugeben. Doch die Bürger hatten ihr eigenes Gericht über ihn abgehalten und ihn zum Tode verurteilt. Heute Abend sollte er auf dem Platz hingerichtet werden.

Jacquard wies auf das hohe Gerüst. Mein Gefühl hatte mich nicht getrogen. Diese Menge wollte Blut sehen.

Jacquard stieß mich vorwärts, dem Gerüst entgegen.

»Nein, das können wir nicht«, protestierte ich.

»Es wird nicht lange dauern. Der Diakon soll bei Sonnenuntergang getötet werden«, sagte er. »Dann können wir zum Gravensteen hinüber.«

Ich konnte das Gerüst mit den lodernden Fackeln an den vier Ecken jetzt besser erkennen. Und ich konnte den wild um sich schlagenden Mann erkennen, den sie zum Gerüst hinaufschleppten. Seine Schreie mischten sich mit dem Johlen der Menge. Ein Mann mit erhobenem Beil rannte ihm nach. Das war keine ordentliche Hinrichtung, wie ich sie auf dem Tower Hill erlebt hatte. Dies war ein blutiges Gemetzel vor den Augen einer unbeherrschbaren Masse.

Dreimal fiel das Beil herab, bevor der Diakon tot war.

Ich empfand nichts als ohnmächtige Wut über den Wahnsinn und die Erbarmungslosigkeit der Menschen. Jacquard schien unruhig, doch nicht erschüttert. Für ihn war dies nichts als eine unwillkommene Verzögerung seiner Mission auf Leben und Tod.

Ein Bürger erklomm das Gerüst und schwenkte etwas, das aussah wie ein dünnes Tuch von heller Farbe. Gleich darauf ging es in Flammen auf. Über dem verstümmelten Leichnam des Diakons hatten sie das Kalbspergament mit der Unterschrift Kaiser Karls verbrannt und so die Urkunde vernichtet, die sie zur Treue gegenüber dem Heiligen Römischen Reich verpflichtet hatte.

Während die Leute von Gent feierten, versuchten Jacquard und ich, uns einen Weg durch das Gewühl zu bahnen. »Tanzt!«, riefen uns die Leute zu. Ich verbarg mein Gesicht an Jacquards Schulter. So sehr ich ihn verabscheute, das Lächeln in den Gesichtern der Mörder war mir noch widerwärtiger.

Ich weiß nicht, ob es uns gelungen wäre, den Platz rechtzeitig zu verlassen, wäre nicht der Wind uns zu Hilfe gekommen.

Jacquard fasste mich fester am Arm, als wir die ersten Stöße spürten. »Was ist das?« Er blickte zum Himmel hinauf. »Eben war der Himmel doch noch voller Sterne. Wie kann es da einen Sturm geben?«

Auch ich sah hinauf, während der Wind uns schon umfing. So schnell wie die geblähten Segel des Schiffes, das uns nach Antwerpen getragen hatte, zogen die Wolken über den Himmel und verdunkelten die Sterne. Die Leute auf dem Platz begannen aufmerksam zu werden, als der Wind an Stärke gewann.

»Das ist das Gericht Gottes«, rief eine alte Frau, und ihre Nachbarn brachten sie hastig zum Schweigen. Andere jedoch schienen Ähnliches zu fürchten. Die Menge begann sich zu zerstreuen.

»Jetzt ist der Weg zum Gravensteen gleich frei«, sagte ich zu Jacquard.

Er blickte mich in der Dunkelheit an. »Bei dem Sturm wird es vielleicht schwierig werden. Haltet Euch bereit.«

»Ich *bin* bereit«, erwiderte ich. »*Ihr* seid es vielleicht nicht.«

Gegen den Sturm kämpften wir uns voran. Auf dem letzten Stück Weg legte Jacquard seinen Arm um mich und zog mich dicht an sich, um mir Schutz zu geben, während er mit dem anderen Arm die wirbelnden Wolken aus Schmutz und abgerissenen Ästen abzuwehren suchte. Jeder Fremde hätte uns für ein liebendes Paar gehalten, das verzweifelt nach Hause zu kommen suchte.

Der Gravensteen war ein finsterer Ort. Ich hatte geglaubt, für den Anblick dieses Kerkers gewappnet zu sein, in dem ich die dritte Prophezeiung empfangen sollte. Doch als ich davorstand – vor diesem hohen steinernen Turm mit den schmalen Schießscharten und den grauen Mauern dahinter –, überfiel mich das Grauen. Der Gravensteen schluckte alles von Menschen erzeugte Licht. Es war der finsterste Ort, den ich je gesehen hatte.

Jacquard und ich hörten das Rasseln der Ketten, als die Zugbrücke herabgelassen wurde. Zwei Männer sprangen heraus und zogen uns in die Burg. Gleich als Erstes teilten sie uns mit, dass der Dominikanerbruder, der den Gefangenen des Kaisers unter seiner Obhut hatte, am Tag zuvor unter heftigen Schmerzen in der Brust gestorben war. Ich war erschüttert, doch Jacquard sagte nur mit einem Schulterzucken: »Ich weiß, was zu tun ist.«

Nachdem er sich mit einem feuchten Tuch den Schmutz vom Gesicht gewischt hatte, fragte er mich: »Möchtet Ihr Euch vorher frisch machen, Joanna, oder etwas trinken?«

»Bringt mich einfach zu dem Seher«, gab ich ungeduldig zurück.

»Ich mag Frauen, die wissen, was sie wollen. Spart eine Menge Zeit. Lasst mich zuerst mit dem Mann reden und ruht Euch inzwischen etwas aus.«

Trotz meiner Proteste ging er davon, während ich in einen kleinen Raum geführt wurde, in dem auch ich mir Gesicht und Hände reinigte. Ein Diener schenkte mir Wein ein. Speisen wurden mir angeboten, doch ich schüttelte den Kopf. Ich wusste genau, in welch gefährlicher Situation ich mich befand. Ich war Jacquard Rolin ausgeliefert, eingesperrt in einer Trutzburg mitten in einer Stadt, die sich gewaltsam gegen ihren Herrscher erhoben hatte. Wie hätte ich da an Essen auch nur denken können?

Als Jacquard zurückkehrte, schien er zu meiner Überraschung bestens gelaunt. »Alles ist gut, Joanna Stafford«, verkündete er.

Dann führte er mich durch die steinernen Gemächer des Burgfrieds, an einem riesigen offenen Kamin vorbei zu einem Torbogen, hinter dem sich ein steinernes Treppenhaus befand, in dem Stufen nach oben und nach unten führten.

»Wie soll es nun weiter ablaufen?«, fragte ich.

»Ganz einfach«, antwortete er. »Diesmal müssen weder nekromantische Beschwörungskreise gezogen werden, noch müsst ihr tollwütige Anfälle einer Klosterfrau über Euch ergehen lassen. Er braucht nur einige – Werkzeuge. Der Dominikaner hat das Verfahren aufgeschrieben und an Chapuys geschickt, der mir in Antwerpen alles erklärt hat. Ich werde die Werkzeuge vorbereiten, die der Seher braucht, um seine Prophezeiung empfangen zu können. Währenddessen werdet Ihr mit dem Mann sprechen.«

»Mit ihm sprechen?«, fragte ich. »Habt Ihr den Verstand verloren?«

»Ein interessanter Aspekt an dieser Sache ist, dass der Mann Euch ohne Zweifel angenehm sein wird«, sagte Jacquard. »Ich habe mit ihm gesprochen. Er ist anspruchslos. Höflich. Ein Apothecarius.«

Ich blieb abrupt stehen. »Jacquard, was habt Ihr getan?«

»Nein, nein.« Er lachte. »Ich habe Euch nicht Edmund Sommerville gebracht.« Er gab dem Wärter ein Zeichen, die Tür aufzusperren. »Ursprünglich hat er in Südfrankreich gelebt. Warum er nach Spanien gegangen und dort in die Fänge der Inquisition geraten ist, kann ich Euch nicht sagen.«

Die Tür öffnete sich. Jacquard ging voraus und winkte mir, ihm zu folgen.

Die Zelle war klein, der Boden mit Stroh bedeckt. An einer Wand zog sich eine Bank entlang. Frisch angezündete Kerzen tauchten den Raum in helles Licht.

Ein magerer Mann mit einem struppigen braunen Bart saß auf der Holzbank, die Hände im Schoß. Er blickte zuerst Jacquard an und dann mich, als er aufstand.

»Joanna Stafford«, sagte Jacquard, »das ist Michel de Nostredame – Nostradamus.«

SECHSTER TEIL

Kapitel 45

»Mir wurde gesagt, Ihr seid Apothecarius?« Meine Stimme zitterte hörbar in der kleinen schmutzigen Zelle.

»Ja, das ist wahr. Aber bitte – setzt Euch«, forderte Nostradamus mich in einem weichen Französisch auf und wies auf die Holzbank an der Wand. Ich ging über das Stroh und setzte mich.

»Es war immer mein Wunsch, andere zu heilen.« Er nickte mir zu, bevor er sich mit gebührendem Abstand neben mir niedersetzte. »Ich wollte alles über die Heilkunst lernen. Meine Eltern glaubten an meine Zukunftsträume und ließen mich zwei Universitäten besuchen.«

Er schwieg eine Weile, in Gedanken versunken.

»Ich hatte ungeheuren Erfolg bei der Bekämpfung der Pest«, fuhr er dann fort. »Meine Heilmittel retteten Leben; man ließ mich von überall in Frankreich holen. Eine Stadt hat mir sogar eine lebenslange Rente ausgesetzt für meine Dienste. Ich wurde hochmütig. A ls die Pest die Stadt traf, in der ich mit meiner Frau und meinen Kindern lebte, war ich überzeugt, dass niemand an ihr sterben würde. Ich war schließlich der Heilkundige und Apothecarius, der keine Patienten verlor.«

In seinen Augen glänzten Tränen.

»Doch die Pest hat sie mir genommen – meine Frau und unsere beiden Kinder. Ich habe versucht, sie zu retten; ich habe alles versucht. Doch was ich bei anderen – bei wildfremden Menschen – mit Erfolg angewendet hatte, half bei denen, die ich liebte, nicht. Das ist jetzt fünf Jahre her. Danach fand ich mich nicht mehr zurecht. Es kümmerte mich nicht, was aus mir wurde. Ich nahm ein Wanderleben auf. Im vergangenen Jahr hatte ich viel Zeit zum

Nachdenken, und ich glaube, dass ich in meinem tiefsten Inneren sterben wollte. Ich wollte zu meiner Familie.«

Ich schluckte. »Aber die Inquisition hat Euch am Leben gelassen.«

Er nickte. »Ja. Anfangs befragten sie mich wegen einer Bemerkung, die ich vor Jahren einmal über eine Kirchenstatue gemacht hatte. Es sei eine ketzerische Bemerkung gewesen, behaupteten sie. Dann nahmen sie den Glauben meines Großvaters zum Anlass zu weiterer Prüfung.«

Wenn ich eine Prophezeiung von Nostradamus annehmen sollte, wollte ich alles wissen.

»Seid Ihr ein *converso*?«, fragte ich.

Er schüttelte den Kopf. »Ich bin ein guter Katholik.«

»Warum ist man dann so überzeugt davon, dass Ihr in den alten jüdischen Glauben zurückgefallen seid?«

»Der Name meines Großvaters war Gassonet. Mein Vater änderte ihn ein Jahr vor meiner Geburt in Nostredame, den christlichsten Namen, den er sich denken konnte. Meine Eltern ließen mich taufen und im katholischen Glauben erziehen.« Er setzte sich gerader. Seine freundlich-entgegenkommende Art veränderte sich; er wurde nicht kühl gegen mich, doch er zog sich in sich zurück und blickte gleichzeitig über mich hinaus – Jahrhunderte über mich hinaus. Ich spürte einen kalten Schauder.

Er sagte: »Ich folge nicht den religiösen Gebräuchen der Juden, aber ich sage Euch, das Volk Israel wird über die Welt herrschen, auch wenn der Tag noch nicht bestimmt ist.«

Es stimmte – er war ein Seher.

Nostradamus stand auf, den Kopf zur Seite geneigt. Es schien, als hörte er etwas, obwohl ich kein Geräusch vernahm. Dann blickte er zu mir hinunter, Bedauern in den Zügen. »Jetzt kommt Monsieur Rolin, und ich habe Euch etwas zu sagen, Demoiselle Stafford.«

Gleich darauf hörte ich Schritte auf der Steintreppe.

Nostradamus hob die Hände. »Es tut mir wahrhaft leid«, sagte er.

Ich stand ebenfalls auf und trat ihm gegenüber. »Nein«, sagte ich, »*mir* tut es leid. Denn was mir bestimmt ist, hat Euch die Freiheit gekostet und wird Euch vielleicht noch das Leben kosten.«

Die Tür wurde geöffnet, und Jacquard trat mit einem der Wärter ein. Sie brachten die »Werkzeuge«: eine flache, mit Wasser gefüllte Schale; einen Dreifuß aus Messing und einen Holzstab.

Nostradamus stellte die Schale vorsichtig auf den Dreifuß. Die beiden Männer gingen wieder. Jacquard warf mir noch einen fragenden Blick zu, doch ich tat, als bemerkte ich es nicht.

»Nehmt so viel Abstand wie möglich und wendet Euch ab, bitte«, sagte Nostradamus sehr höflich.

Ich kam der Aufforderung nach. Während ich dort in der Zelle stand, dicht vor der dicken Steinmauer, klopfte mein Herz so heftig, dass ich kaum atmen konnte. Hinter mir war es totenstill. Ich hatte keine Ahnung, was geschehen würde.

Plötzlich erhellte ein goldener Blitz wie eine aufspringende Flamme die Mauer, und ich fuhr herum. Doch in der Kerkerzelle brannte kein Feuer. Nostradamus saß reglos vor dem Dreifuß mit der Schale. Seine Augen waren weit aufgerissen. Sehr langsam tauchte er den Stab ins Wasser.

Er nickte dreimal, die Augen noch immer groß und starr. Dann öffnete er den Mund.

»Der Rabe erklimmt das Seil«, sagte er mit angestrengter Stimme. »Jetzt wird sich der Hund in die Lüfte erheben wie ein Falke. Wartet auf die Zeit, da der Bär den Stier schwächen wird. Es ist die einzige Zeit …«

Er brach ab, hob den Stab aus der Wasserschale empor und richtete ihn auf mich.

»Diese Hand wird den Kelch berühren. Der Kelch muss vom Rat der Zehn kommen. Leeren muss er ihn, bevor die vierte Frau in sein Bett steigt. Sonst wird der Sohn William kommen. Er wird kommen, und er ist der König, der die Welt spalten wird.«

Zitternd sank Nostradamus auf die Bank. Der Stab fiel ihm aus der Hand. Seine Augenlider flatterten.

Die Tür flog auf, und Jacquard stürmte herein. Er sah mich an, hellauf begeistert. »Jetzt wissen wir, was wir zu tun haben«, sagte er.

Dem Wärter, der ängstlich hinter ihm in die Zelle schlich, befahl er, die Werkzeuge wegzuräumen. Beide Männer schenkten Nostradamus, der ermattet halb auf der Bank zusammengesunken war, keine Beachtung.

»Ihr habt draußen gehorcht?«, fragte ich vorwurfsvoll.

»Natürlich.« Er zog mich aus der Zelle, so glücklich, dass ich glaubte, er würde mich gleich in einem Freudentanz herumschwenken.

»Kommt mit in mein Zimmer«, sagte er lachend. »Jetzt können wir planen.«

Kurz darauf saß ich auf einem niedrigen gepolsterten Hocker in dem großen, mit Bildteppichen behangenen Raum, den Jacquard für sich in Anspruch genommen hatte. Mit Unbehagen sah ich das riesige Bett auf der anderen Seite des Gemachs. Zum ersten Mal fragte ich mich, wo ich im Gravensteen schlafen sollte.

»Hier, trinkt.« Er wollte mir einen Becher Wein aufdrängen.

»Nein«, wehrte ich ab. »Was habt Ihr gemeint, als Ihr sagtet: *Jetzt wissen wir, was wir zu tun haben?* Ich weiß nicht, was ich zu tun habe. Was ist der Rat der Zehn?«

Jacquard trank gierig vom Wein, bevor er antwortete. »Der Rat der Zehn wacht über die innere Sicherheit Venedigs und schreckt auch vor Morden nicht zurück. Er beschäftigt seine eigenen Giftmischer. Die besten der Welt.«

Gift.

»Und der Kelch?«, fragte ich voll Angst und dunkler Ahnung.

»Ich habe gehört, dass der Rat ein gewisses Verfahren entwickelt hat, bei dem das Gift in einem besonderen Kelch oder Becher verabreicht wird. Auf dem Grund des Gefäßes befindet sich eine kleine Kammer, die eine Substanz freisetzt, sobald Wein eingegossen wird. Der Wein ist harmlos. Es kann jede beliebige Art sein. Doch wenn er sich mit der Substanz mischt, entsteht ein Gift.« Er grinste breit. »Eine alte List der Borgias.«

»Und das Gift – tötet den, der den Wein trinkt?«, fragte ich.

»Aber nein«, versetzte Jacquard, »es macht ihm Lust auf ein kleines Nickerchen nach dem Essen.«

Ich starrte ihn verwirrt an. Er lachte schallend. »Ja, natürlich bringt es ihn um. Innerhalb einer Stunde.« Er hielt inne und kniff die Augen zusammen. »Halt, nein, es *muss* nicht so sein. Ich habe gehört, dass der Rat der Zehn auch ein Gift entwickelt hat, das, wenn es nur in kleiner Dosis genossen wird, Manneschwäche und eine tiefe Übellaunigkeit hervorruft. Aber ich bin sicher, Ihr werdet Mittel und Wege finden, den König dazu zu bringen, dass er den Kelch bis zum letzten Tropfen leert, Joanna.«

Ich sprang von meinem Hocker auf. »Das also erwartet Ihr von mir? Dass ich dem König Wein aus einem vergifteten Becher kredenze?«

»Bei Eurer vornehmen Abstammung und Euren Verbindungen seid Ihr dafür die ideale Besetzung«, erklärte er vergnügt. »Ich bin gewiss, dass Gardiners Spitzel seinem Herrn und Meister nie berichtet hat. Er wollte vorher noch mit den anderen englischen Passagieren in Antwerpen reden, vor allem aber mit einem gewissen Charles Adams.«

Er hielt inne, um seine letzten Worte wirken zu lassen, bevor er fortfuhr. »Wir werden jetzt Folgendes tun: Wir reisen so schnell wie möglich nach England, und sobald Ihr wieder zurückgekehrt und Joanna Stafford seid, sorgen wir dafür, dass Ihr eine Stellung bei Hofe bekommt. Wir müssen uns natürlich Gardiner vom Leib halten, doch Chapuys und ich haben das bereits besprochen, und er ist überzeugt, dass wir einen Weg finden werden, Euch in der Nähe des Königs unterzubringen.«

»Ich bin keine Giftmischerin«, sagte ich.

Er schlug sich verärgert auf den Schenkel. »Was glaubt Ihr eigentlich, worauf wir die ganze Zeit hingearbeitet haben? Seid Ihr wirklich so dumm, dass Ihr nicht gemerkt habt, dass es sich hier von Anfang an um einen geheimen Plan gehandelt hat, alle Voraussetzungen für einen perfekten Mord zu schaffen?«

Ich hielt mir die Ohren zu. »Hört auf! Hört auf!«

Jacquard bemühte sich sichtlich, seine Ungeduld zu beherrschen. »Ihr seid sehr müde«, sagte er angespannt. »Und Ihr seid schon wohlausgeruht eine schwierige Person. Ich zeige Euch jetzt das Zimmer, das man für Euch vorbereitet hat. Wir reden morgen weiter.«

Er führte mich die Steintreppe hinauf zu einem Zimmer direkt über seinem. Edle Decken waren auf dem Bett ausgebreitet; Kleider zum Wechseln lagen bereit; Speise und Trank warteten; er hatte mir sogar eine Bibel ans Bett legen lassen.

Ich aß nichts. Ich las nicht. Ich lag stundenlang wach.

War ich wirklich so töricht gewesen, nicht zu erkennen, was von Anfang an geplant gewesen war – dass ich den König von England töten sollte? Ich hatte gehofft, und das war vielleicht tatsächlich völlig wirklichkeitsfremd gewesen, dass ich schließlich durch eine entscheidende, aber doch nicht gewaltsame Tat den Lauf der Geschichte verändern würde. Welch ein Irrtum, welch ein tragischer Irrtum! Dies also war die Prophezeiung, die mich seit meinem siebzehnten Lebensjahr verfolgte. Dass ich zur Mörderin werden würde.

Was hatte ich in meinem Leben getan, um ein solches Schicksal zu verdienen? Warum sollte gerade ich ausersehen sein, einen schmutzigen und gemeinen Mord zu verüben? Eine Tat, die finsterste Verbrecher vom Schlag der teuflischen Borgias ausgebrütet hatten?

Doch während die Stunden quälend langsam dahinschlichen, begann ich, die Dinge von einem anderen Gesichtspunkt aus zu betrachten. Der König hatte nicht nur meinen Onkel, den Herzog von Buckingham, ermordet, sondern auch meine Cousine Margaret, meine Freunde Henry Courtenay und Lord Montague und andere Adelige. Er hatte das Leben Edmund Sommervilles, meines Vaters und Maria Tudors zerstört. Er hatte Arthur Bulmer zur Waise gemacht. Eine lange Reihe unglücklicher Märtyrer, die mit Sir Thomas Morus begann und mit dem Abt von Glastonbury endete, war seiner barbarischen Grausamkeit zum Opfer gefallen. Die katholische Kirche war missachtet, die Klöster waren zerstört worden. Der Papst hatte Heinrich VIII. exkommuniziert und zu seiner Absetzung aufgerufen. Angesichts all dessen war es möglich, dass mir Vergebung – ja selbst die Absolution – gewährt würde, wenn ich den König vom Antlitz dieser Erde entfernte.

Doch ich war keine Mörderin.

Ich dachte an meine Eltern, an meine Freunde aus dem Kloster; wie nahe ich als Novizin der Schönheit und der Macht von Gottes Weisheit und Gnade gewesen war. Wie konnte ich da ausersehen sein, eine Tat schändlichster Gewalt zu vollbringen? Hatte ich überhaupt den Hass und die Wut in mir, die dazu nötig waren? Ich war eine schwierige Frau – darin hatte Jacquard recht –, und ich hatte Schwächen. Doch ich weigerte mich zu glauben, dass ich töten konnte.

Ich erinnerte mich an Gertrude Courtenays verzweifelte Worte: »Ihr seid die, die uns retten kann.« Glaubte sie, Mord – von meiner Hand – würde sie und das Königreich England retten? Ich konnte es mir nicht vorstellen, so tief sie dem wahren Glauben auch verbunden war.

Und schließlich dachte ich an Edmund. Ich hatte den Kampf gegen die Prophezeiung aufgegeben und mich ihr geöffnet. Er hatte mich dazu ermutigt. Ich wollte England den Glauben und die Klöster zurückgeben – und Edmund sein Leben. Und mir meines, wenn möglich. Doch jetzt war ich sicher, dass gerade Edmund diese entsetzliche Tat nicht von mir begangen sehen wollte.

Als Jacquard am nächsten Morgen zu mir kam, sah er aus, als hätte auch er eine schlaflose Nacht hinter sich.

»Ich habe Chapuys' Leute zurück nach Antwerpen geschickt, mit chiffrierten Briefen, die genaue Details über die Prophezeiung enthalten«, sagte er. »Sie sind vor Morgengrauen aufgebrochen, mit einer Stunde Abstand voneinander. Wenn einer getötet wird, kann der andere durchkommen. Es ist gut, dass sie schon weg sind, denn jetzt wird der Gravensteen von den Stadtbewohnern belagert. Irgendwie ist durchgesickert, dass sich hier ein Getreuer des Kaisers aufhält. Die Leute können nicht herein, aber sie werden uns auch nicht hinauslassen. Es wird schwierig werden, aus Gent wegzukommen.«

»Das macht nichts«, sagte ich. »Ich habe meinen Entschluss gefasst. Auf mich könnt Ihr nicht mehr zählen. Ich werde den englischen König nicht vergiften.«

Jacquard sah mich lange an. »Wenn ich einmal beerdigt werde«, sagte er, »wird auf meinem Grabstein stehen: In den Tod getrieben von einer Frau namens Joanna Stafford.«

Kapitel 46

Jacquard blieb länger als eine Woche aus. Bedienstete brachten mir zu essen und zu trinken, sogar frische Kleider bekam ich. Doch die Tür war immer verriegelt. Ich war eine Gefangene, nicht anders als Nostradamus.

Als Jacquard das nächste Mal erschien, wollte er über Politik reden.

»Königin Maria von Ungarn, die Statthalterin der Spanischen Niederlande, hat den Kaiser um Unterstützung bei der Niederwerfung Gents gebeten«, berichtete er. »Natürlich wünscht sie, dass ihr Bruder persönlich kommt, doch die Reise von Spanien hierher ist beschwerlich, und wir haben bald Herbst, da kommt so ein Heer nur langsam voran. Die Leute hier in der Stadt vertrauen darauf, dass ihnen nichts geschehen und der Kaiser niemals nach Gent kommen wird. Sie werden immer aufsässiger. Die Burg wird ständig bewacht.«

Ich sagte nichts. So verhasst mir der Gravensteen war, ich wollte nicht von hier weg, wenn es bedeutete, nach England zu reisen, um einen Mord zu verüben.

»Ich muss Euch aber unbedingt hier herausbringen.« Jacquard begann, rastlos auf und ab zu gehen. »Der Ehevertrag für Anna von Kleve ist auf dem Weg. Ihr Bruder, der Herzog von Kleve, ist so ehrgeizig, dass es ihn gar nicht stört, sie ins Bett eines Mannes zu drängen, der seine vorletzte Ehefrau enthaupten ließ. Sie trifft in drei oder vier Monaten in England ein, um ihren Platz als vierte Königin einzunehmen.«

»Das alles hat mit mir nichts zu tun, Jacquard«, sagte ich.

Zum ersten Mal verlor er die Beherrschung. Er begann, mich heftig zu beschimpfen und Gegenstände an die Wand zu schleudern. Er regte sich über meine Dummheit und meine Halsstarrigkeit auf. Dann rief er die Burgwächter und befahl ihnen, mich in die Zelle neben Nostradamus zu bringen.

»Hier könnt Ihr Euch überlegen, was Ihr wollt«, sagte er, nachdem man mich in den fensterlosen Raum gestoßen hatte, in dem es nur eine Bank, ein schmales Strohlager, einen Eimer für die Notdurft und einige Kerzen gab. »Wenn ich wiederkomme, werdet Ihr zweifellos gefügiger sein.«

Er war schon halb zur Tür hinaus, als ich rief: »Wartet, Jacquard. Wartet.«

Lächelnd kam er zurück. »Nun, das hat ja nicht lange gedauert.«

»Ich wollte Euch nur daran erinnern«, sagte ich, »dass ich einmal vier Monate lange im Tower of London gefangen war, in einer Zelle, die nicht viel größer war als diese hier. Und ich habe keinen dauernden Schaden davongetragen.«

Sein Gesicht verfinsterte sich, während er mich anstarrte, die Hand an der Tür. »Wir werden sehen, Joanna Stafford.«

Wie zuvor, als ich das wohlausgestattete Gemach oben bewohnt hatte, wurde ich unten in der Zelle regelmäßig mit Speisen und Getränken versorgt. Ich bekam Kerzen. Ich hatte meine Bibel mitnehmen dürfen, sodass ich keinen Mangel an geistiger Beschäftigung leiden musste. Die meiste Zeit betete ich. Im Tower war mir regelmäßiger Ausgang an die frische Luft gestattet gewesen. Das vermisste ich hier sehr. Doch im Tower hatte mich neben Ungewissheit und Verwirrung die Angst um das Leben meines Vaters gequält. Hier war es anders. Ich fühlte mich nicht mehr verloren. Ich sah ganz klar. Ich war entschlossen, den Plänen Jacquards zu widerstehen.

Tage und Wochen vergingen. Ich fühlte mich oft todmüde und orientierungslos. Meine Glieder schmerzten. Ich weinte viel. Dennoch hielt ich an meinem Entschluss fest. Jede Minute des Tages bat ich Gott, mir Kraft zu verleihen, und er half mir. Ich blieb standhaft.

Von draußen konnte ich die lauten Reden der Männer hören, selten allerdings vernahm ich Jacquards Stimme. Zu meiner Erleichterung sprachen sie auch von Nostradamus. Also lebte er noch, und ich war froh darüber. Seine Sehergabe war mir unheimlich, doch ich hatte bei dem französischen Apothecarius echtes Wohlwollen gespürt. Er war, wie ich, in Dinge hineingeraten, über die er keine Macht besaß.

Auf dem Gang gab es viele Beschwerden über Jacquard Rolin – über seine Schroffheit und seine Arroganz. Das überraschte mich nicht. Doch die Männer schienen auch zu fürchten, dass ihnen die Vorräte ausgehen würden. Die Stadt hatte uns offenbar unter Belagerung genommen. Wie lange noch, dachte ich, bevor sie uns aushungerten?

Die Antwort brachte mir Jacquard, der eines Tages mit einem Krug Wein in der einen Hand und einem Brief in der anderen in meiner Zelle erschien. Ich wusste, dass ich nach diesen langen Wochen der Gefangenschaft einen erbärmlichen Anblick bieten musste – doch er war auch nicht mehr so stattlich anzusehen wie zuvor. Sein Wams war zerdrückt, als hätte er darin geschlafen, und er machte sich nicht mehr die Mühe, seinen Schnurrbart zu stutzen.

»Joanna Stafford«, erklärte er, als er hereinkam, »es gibt etwas zu feiern. Die Kerle hier sind keine würdige Gesellschaft, darum bleibt nur Ihr. Aber schließlich sind wir ja verheiratet. Warum also nicht meiner Gemahlin einen Besuch abstatten, hm?«

Er schwenkte den Brief.

»Das hier kam heute durch ein Fenster geflogen. Chapuys hat offensichtlich einen geübten Bogenschützen aufgetan, dem es gelungen ist, in die Stadt einzudringen. Und nun habe ich natürlich allerhand Neuigkeiten für Euch.«

»Zum Beispiel?«, fragte ich.

»Ah, sie kann sprechen«, sagte er mit einem spöttischen Lachen. »Madame Rolin kann sprechen. So aufgeregt ist sie darüber, dass der Botschafter an uns gedacht hat. Eure Bewunderung für Eustace Chapuys rührt mich, Joanna.«

Ich beugte mich vor. »Redet schon.«

»Nun, zunächst einmal gibt es zu berichten, dass Kaiser Karl in seinem Zorn auf die Stadt Gent beschlossen hat, der Bitte seiner Schwester stattzugeben und mitsamt seinem Heer hierherzukommen, um die Aufrührer persönlich zu bestrafen. Er hat den König von Frankreich in aller Form gebeten, ihm die Durchreise zu gestatten. Wir befinden uns ja hier nahe der französischen Grenze, wie Ihr wisst. Da ist dieser Weg für ihn natürlich der kürzeste.«

»Dann kommen wir frei«, sagte ich. »Wann?«

»Vielleicht schon im Januar.« Er nahm einen tiefen Zug aus dem Weinkrug. »Doch es gibt eine kleine Schwierigkeit. Königin Maria, die Statthalterin, hat auf Bitten des englischen Königs Anna von Kleve die Erlaubnis erteilt, über die Spanischen Niederlande nach England zu reisen. Sie wird schon sehr bald mit ihrem deutschen Hofstaat aufbrechen – vielleicht ist sie sogar schon unterwegs.«

Ich beobachtete Jacquard scharf. Es schien für mich keine Möglichkeit zu geben, England vor Anna von Kleve zu erreichen. Ich hoffte aus tiefstem Herzen, dass dieses Mordkomplott gegen Heinrich VIII. aufgegeben und mir gestattet würde, Gent zu verlassen, sobald der Kaiser hier eintraf, damit ich irgendwie die Scherben meines früheren Lebens wieder zusammenfügen konnte.

»Nun haben wir hier die Anweisungen von Botschafter Chapuys«, fuhr Jacquard fort und strich mit der Hand beinahe zärtlich über den Brief. »Der Plan ist variationsfähig: Die erste Variante sieht vor, dass wir, Ihr und ich, mit Hilfe von Ablenkungstaktik versuchen, so bald wie möglich aus dieser Burg zu entkommen, um auf dem schnellsten Weg nach London zu reisen.«

Ich schüttelte den Kopf. »Das kommt für mich nicht in Frage. Ich kann Euch versprechen, dass es Euch äußerst schwerfallen wird, eine ›Ehefrau‹ aus den Niederlanden hinauszuschleppen, die Euch auf Schritt und Tritt Knüppel zwischen die Beine werfen wird.«

Jacquard legte den Kopf in den Nacken und starrte zur Decke hinauf. »Mit dieser Einstellung von Euch haben wir gerechnet. Trotzdem hatte ich gehofft, Ihr würdet vernünftig sein.«

»Wie sieht die zweite Variante aus?«, fragte ich.

»Die Venezianer haben uns den Kelch sehr schnell angefertigt. Er wurde bereits nach England geschickt. Wenn nötig, wird jemand anders die Aufgabe ausführen, die durch die Prophezeiung vorgegeben ist.«

Ich sah ihn entgeistert an. »Jemand anders?«

»Wir haben schon Ersatz zur Hand«, sagte er. »Die betreffende Person wird nicht erfahren, was der Kelch enthält. Sie muss nur wissen, dass er unbedingt mit Wein gefüllt und seiner Majestät gereicht werden muss. Es handelt sich um eine sehr willige Person – zu unser aller Freude nach diesen endlosen Schwierigkeiten mit Euch.«

Ich war fassungslos. »Aber die Prophezeiung verlangt doch ausdrücklich, dass meine Hand den Kelch berührt.«

Er verzog das Gesicht. »Ja, das ist eine Schwäche dieses Ersatzplans. Deshalb wäre es vorzuziehen, dass Ihr selbst die von der Prophezeiung vorgesehene Rolle übernehmt.« Er beugte sich zu mir hinunter. »Glaubt ja nicht, dass man Eure beständige Weigerung mit Nachsicht aufnehmen wird.«

Ich blickte in Jacquards samtbraune Augen und verabschiedete mich innerlich von der Hoffnung, die ich bis dahin genährt hatte, dass der Mordplan verworfen und mir mein Leben wiedergegeben würde.

»Wenn der Kaiser nach Gent kommt«, sagte Jacquard, »wird er nicht nur die Edlen seines Reichs und seine Minister mitbringen, sondern auch seine Inquisitoren. Sie werden Nostradamus in Gewahrsam nehmen – er wird beinahe mit Sicherheit auf dem

Scheiterhaufen enden –, und danach werden sie sich mit dem Fall Joanna Stafford befassen.«

Ich fuhr zurück. »Was habe ich denn getan? Was hat Nostradamus getan? Er ist ein guter Katholik.«

»Ach, tut doch nicht so«, sagte er. »Ihr habt beide Zauberei und Nekromantie betrieben. Das sind Verbrechen, die von der Inquisition verfolgt werden.«

Ich sprang auf. »Das ist alles auf Veranlassung des Kaisers und seines Vertreters, Botschafter Chapuys, geschehen«, schrie ich außer mir.

»Tatsächlich? Und wie wollt Ihr das beweisen? Habt Ihr vielleicht Schriftstücke?«

»Chapuys kann Euch nicht befohlen haben, mich der Inquisition zu übergeben«, rief ich. »Das ist ganz ausgeschlossen.«

Jacquard hielt den Brief hoch. »Wollt Ihr ihn lesen? Ich müsste Euch den Schlüssel geben, um ihn zu dechiffrieren, aber das tue ich gern, wenn es notwendig ist.«

Die Wahrheit traf mich wie ein gewaltiger Schlag. Jacquard brauchte nichts zu entschlüsseln. Chapuys hatte mich verraten.

»Wenn Ihr mich begleitet, braucht Ihr die Inquisition nicht zu fürchten«, drängte Jacquard. »Ihr werdet es nicht glauben, aber ich möchte Euch nicht brennen sehen, Joanna Stafford. Ich habe Menschen auf dem Scheiterhaufen gesehen.«

»Ich auch«, stieß ich hervor, erneut überwältigt von der schrecklichen Erinnerung an Margarets Tod in den Flammen von Smithfield. Und jetzt sollte ich ihr nachfolgen? Bevor ich etwas dagegen tun konnte, begann ich laut zu lachen, doch es war ein Lachen des Wahnsinns und der Verzweiflung.

Hastig versuchte ich, mich zu beruhigen, indem ich mehrmals tief Luft holte. Schließlich blickte ich Jacquard fest in die Augen. »Ist das das Schlimmste, was Ihr zu melden habt?«

»Ich weiß, Ihr wünscht Euch jetzt ein Ja von mir«, sagte er. »Aber es wird noch schlimmer.«

»Schlimmer als der Scheiterhaufen?«, fragte ich bitter. »Wie soll das noch möglich sein?«

»Weil nicht Euer eigenes Schicksal auf dem Spiel steht, sondern das eines Menschen, der Euch teuer ist«, antwortete Jacquard. »Wenn Ihr nicht einwilligt – und auch das Feuer der Inquisition Euch nicht dazu bewegen kann –, werden wir vielleicht einen weiteren Gast nach Gent bitten müssen.«

Ich ließ mich auf die Bank niederfallen und umklammerte ihre Kante. Er hatte recht – das war noch schlimmer. Geradeso wie Gardiner meine Angst um meinen Vater genutzt hatte, wollte Jacquard mich jetzt mit Drohungen gegen einen Menschen, den ich liebte, unter Druck setzen. Doch wer konnte das sein?

»Ihr könnt nicht Arthur meinen«, rief ich. »Eure Leute könnten ihn nicht aus Stafford Castle entführen und hierher bringen.«

»Ich spreche nicht von einem Kind«, sagte Jacquard.

Eisiges Grauen lähmte mich. Ich konnte nicht einmal mehr sprechen.

»Wir brauchen niemanden aus England zu entführen«, sagte Jacquard. »Einer unserer Leute hat auf der Liste der Anträge auf Ausreise aus England einen bekannten Namen entdeckt. Der Antrag wurde genehmigt, und diese Person, die nach unglücklichen Ereignissen in Dartford England unbedingt verlassen wollte, befindet sich jetzt auf Reisen im Herrschaftsgebiet von Kaiser Karl. Ich glaube, Ihr würdet sehr viel tun, um Schaden von dieser Person abzuwenden.«

»Nein«, rief ich verzweifelt. »Nein, das kann nicht sein. Das kann nicht sein.«

»Doch, wir bemühen uns, Edmund Sommervilles habhaft zu werden und ihn zu Euch zu bringen. Freut Ihr Euch nicht, Euren Ordensbruder noch einmal zu sehen?«

Ich sprang von der Bank auf und stürzte mich wie eine Rasende auf ihn, krallte die Hände um seinen Hals und drückte mit aller Kraft. »Wenn Ihr Edmund etwas antut, töte ich Euch, Jacquard«, schrie ich. »Ich schwöre es.«

Jacquard riss meine Hände von seinem Hals und schleuderte mich durch die Zelle. Stolpernd stürzte ich ins Stroh. »So sehe ich Euch gern«, sagte er.

Dann ging er zur Tür meiner Zelle und öffnete sie. »Mich werdet Ihr nicht töten, Joanna Stafford«, sagte er, bevor er hinausging. »Ihr werdet Heinrich VIII. töten.«

Kapitel 47

Ich weiß nicht, wie viel Zeit verstrichen war – ich glaube, es waren drei Tage –, als ich von draußen das laute Geschrei der Wärter vom Gravensteen hörte. Nach einer Weile wurde es still, und ich hörte nichts mehr. Einen ganzen Tag lang kam niemand, um mir zu essen oder zu trinken zu bringen. Ich hatte mich am Vortag nicht wohl genug gefühlt, um das übel riechende Fleisch und das saure Bier zu mir zu nehmen, das man mir auftischte, dies war also der zweite Tag ohne Nahrung. Ich hatte die letzte Kerze angezündet. Vielleicht war die Belagerung aufgehoben worden und alle hatten die Burg verlassen. Ich hielt es allerdings für unwahrscheinlich, dass Jacquard ohne einen letzten Versuch, mich gefügig zu machen, das Feld geräumt hatte. Es war jedoch auch möglich, dass die Burg gestürmt und Jacquard gefangen genommen oder getötet worden war.

Meine Zellentür hatte wie die von Nostradamus oben eine vergitterte Öffnung, durch die schwaches Licht eindrang. Ich drückte mich an die Tür und schrie, zu dem kleinen Fenster emporgereckt, so laut ich konnte: »Ist jemand da? Kann mich jemand hören? Bitte, kann mich jemand hören?« Nichts rührte sich.

Obwohl ich mit beinahe immerwährendem Gebet versucht hatte, mich auf den Tod vorzubereiten, schauderte mich bei der Vorstellung, ein solches Ende zu nehmen – in einer finsteren Zelle langsam zu verhungern. Und ich wütete gegen Jacquard, dass er mir das Recht einer Katholikin verweigerte, vor dem Tod die Beichte abzulegen.

Halb betäubt vor Hunger schlief ich auf meinem Strohlager ein – ich hatte keine Ahnung, ob es Tag oder Nacht war. Als ich irgendwann wieder erwachte, stand auf dem Boden, neben einer Reihe brennender Kerzen, ein Teller mit einer Mahlzeit aus Brot, Käse und Fleisch. Auch einen Krug Bier hatte man mir gebracht, und anderes mehr: ein Kleid, das über der Bank lag; eine Schale frisches Wasser und Laugenseife.

Ich wusste sofort, woher das Kleid aus Brokatstoff kam. Jacquard hatte es mir bringen lassen. Er lebte, und dies war sein neuester Schachzug in einem Spiel, das er nicht verloren geben wollte.

Legt das Kleid an und folgt mir aus der Burg an einen anderen Ort, in ein anderes Königreich. Wir werden planen und töten und nochmals töten.

Ein letztes Gefecht zwischen Jacquard Rolin und Joanna Stafford würde es noch geben, entschied ich. Und dann keines mehr.

Ich aß und trank. Dann legte ich mein schmutziges Kleid ab, wusch mich, so gut es ging, und schlüpfte in das Brokatgewand. Es war gelbbraun und rot und hatte ein Mieder mit viereckigem Ausschnitt. Es war aus edlem Stoff gemacht, doch es war nicht das Kleid einer Dame. Und es roch modrig. Ich fragte mich, wo er es gefunden hatte.

Später holte mich einer der Wärter aus meiner Zelle und führte mich nach oben zu Jacquards Zimmer, wo dieser mich mit zwei vollen Bechern Wein auf einem schweren Silbertablett erwartete.

»Oh«, sagte er erfreut, »Ihr habt es angezogen.« Doch dann schüttelte er den Kopf. »Es ist nicht richtig geschnürt«, erklärte er. »Dreht Euch um.«

Seine Finger flogen meinen Rücken hinauf und hinunter, als er mit Routine das Mieder neu schnürte. Zu meiner Verlegenheit saß es danach so eng, als wäre es mir auf den Körper geschneidert, und enthüllte viel zu viel von meinem Busen.

Jacquard flüsterte mir ins Ohr: »Wie schön, dass Ihr jetzt so willig seid.«

Ich sagte nichts.

Betont langsam legte er seine Hände auf meine Schultern und drehte mich zu sich herum. »Der letzte Burgverwalter hat sich hier seine Hure gehalten. Sie hatte schöne Kleider und Schmuck und trank ihren Wein von einem silbernen Tablett« – er wies auf das Tablett auf dem Tisch –, »doch sie durfte die Burg niemals verlassen. Gar kein so schlechtes Leben, meint Ihr nicht auch?«

Ich blieb bei meinem Schweigen.

In ernsthafterem Ton fuhr er fort: »Der Kaiser kommt nach Gent. Sein Heer befindet sich schon auf dem Marsch nach Norden, auf Frankreich zu. Er führt fünfundzwanzig weiße spanische Pferde mit sich, als Geschenk für König Franz zum Dank dafür, dass er ihm sichere Durchreise gewährt. Die Genter zittern vor Angst, seit sie vor zwei Tagen diese Nachricht erhalten haben. Um ihr Leben zu retten, suchen sie jetzt wieder die Gunst der Statthalterin, doch dafür ist es zu spät. Sie haben beschlossen, die wenigen, die treu zum Kaiser stehen, nicht weiter zu unterdrücken.« Er griff nach seinem Becher und hob ihn mir wie zum Gruß entgegen. »Und damit sind wir gemeint. Nichts hindert uns mehr daran, noch heute dem Gravensteen den Rücken zu kehren. Wenn wir mit gebotener Geschwindigkeit reisen, erreichen wir England noch vor Anna von Kleve.«

»Jacquard«, sagte ich, »ich werde diese Burg nicht verlassen, um den König zu töten.«

Flüchtig trübte Enttäuschung seinen Blick. Dann lächelte er und fragte: »Gefällt Euch das Kleid?« Er strich mit dem Finger über einen Ärmel. »Es ist das einzige saubere, das ich Euch bieten kann. Wenn Ihr mit mir nach Antwerpen reisen würdet, könnte ich Euch dort sechs neue Kleider kaufen.« Er lachte. »Aber ich muss gestehen, ich wollte Euch immer einmal wie eine Hure gekleidet sehen. Und ich hatte recht – es kleidet Euch.«

Ich trat einen Schritt zurück.

»Ich gehe jetzt wieder in meine Zelle.«

Er griff nach dem Dolch in seinem Wams. »Ich glaube, wir werden Euch ein anderes Zimmer geben. Ihr weigert Euch, abzureisen und Euren Auftrag zu erfüllen? Gut. Der Kaiser dürfte meiner Berechnung nach im Januar oder vielleicht im Februar eintreffen. Um diese Zeit ist das Reisen über Land beschwerlich. Warum ihn nicht in aller Behaglichkeit erwarten?«

»Ich suche keine Behaglichkeit«, entgegnete ich.

Er lachte. »Ich wusste, dass Ihr das sagen würdet. Es ist beinahe so, als wären wir wirklich verheiratet. Ich weiß schon vor Euch, was Ihr sagen oder tun werdet.«

Wie ein Blitz traf mich die Erkenntnis. »Ihr habt Edmund nicht in Eurer Gewalt«, sagte ich. »Sonst würdet Ihr mich damit erpressen, nach England zu reisen.«

Jacquard hob in ratloser Geste die Hände. »Selbst die eifrigsten Spürhunde des Kaisers haben Mühe, in den Schwarzwald vorzudringen.«

Obwohl das Wort *Schwarzwald* einen unheimlichen Klang hatte, überschwemmte mich eine Welle der Erleichterung. Die einzige Drohung, die nun noch blieb, war die Inquisition. Und ich war bereit, mich dem Urteil der Dominikaner und Christi zu stellen, wenn es so weit kommen sollte.

Jacquard winkte mich zu sich. »Da wir Mann und Frau sind, könnten wir uns doch die zwei Monate bis zur Ankunft des Kaisers dieses Zimmer teilen. Ich habe alle Wärter bis auf einen entlassen. Doch zu essen ist genug da. Ich habe die Schlüssel zur Burg.« Er klopfte auf seine Tasche, und ich hörte das Klirren. »Das könnten sehr kalte Wochen werden. Da schläft man am besten hier am Feuer.«

Welch ein Vergnügen es ihm stets bereitete, mich in Verlegenheit zu bringen. Selbst jetzt hatte er seine helle Freude an meinem Unbehagen.

»Wenn Ihr ein braves Weibchen seid«, sagte er, »lasse ich Euch vielleicht entkommen, bevor der Kaiser in Gent eintrifft.«

Jetzt war ich es, die lachte. »Niemals würdet Ihr das tun.«

»Ihr glaubt, dass ich Euch keinerlei Gefühle entgegenbringe – dass ich Euch hasse?«, fragte er verwundert. »Ihr irrt Euch. Ich bin außerordentlich enttäuscht von Euch, Joanna Stafford. Ich habe oftmals Zorn verspürt. Doch wenigstens kennen wir jetzt die ganze Prophezeiung und können mit Hilfe Eures Ersatzes dafür sorgen, dass sie erfüllt wird.« Er lächelte. »Ich muss gestehen, Ihr seid eine höchst ungewöhnliche Frau. Eure Willenskraft erstaunt mich. Sie erstaunt uns alle. Ich spreche die Wahrheit, wenn ich sage, dass ich Euren Tod nicht wünsche.«

»Aber ich würde lieber sterben, als Euch zu Willen zu sein, Jacquard, und ich würde lieber sterben, als Euch auch nur einen Tag länger zu dienen«, schrie ich ihn an. »Ich ertrage es nicht mehr. Ihr und Chapuys – und Euer Kaiser – Ihr seid mir widerwärtig!«

Von dem neckenden Ton war nichts mehr zu hören, als Jacquard sagte: »Nichts kann mich schneller in Rage bringen als Beschimpfungen des Kaisers.«

»Der Papst hat den König von England exkommuniziert und seine Absetzung angeordnet«, gab ich zurück. »Doch Kaiser Karl fordert die Engländer nicht zum ehrenvollen Kampf, sei es zu Wasser oder zu Land. Um sich die Mühe und die Kosten zu ersparen, hetzt er einer Frau seine Handlanger auf den Hals und versucht sie zu zwingen, einen arglistigen Mord zu begehen. Das nenne ich Feigheit. Ihr *verdient* das Königreich England nicht. Es ist besser dran, wenn es von einem Ketzerkönig regiert wird.«

Jacquard wurde bedrohlich ruhig. »Ihr nennt mich einen Handlanger?«

»Das seid Ihr doch«, sagte ich. »Ein intriganter … verlogener … mordlustiger … Handlanger.«

Jacquards Gesicht verzerrte sich. »Du englisches Miststück.« Er zückte seinen Dolch, und im Handumdrehen lag die Klinge an meinem Hals. »Ich habe mir genug von Euch bieten lassen. Soll ich mich auch noch beleidigen lassen?«

Mit der freien Hand packte er mich vorn am Kleid. »Heute wird Euch Respekt beigebracht, Joanna Stafford. Ich hab's auf andere Art versucht. Ich habe mich lange genug mit Euch geplagt.«

Das Messer an meiner Kehle, zerrte er mich zum Bett und stieß mich darauf. Dann warf er sich auf mich. Mit dem Ellbogen drückte er meinen Arm zur Seite und stieß mit dem Knie meine Beine auseinander. Ich versuchte, ihn zu treten, doch augenblicklich ritzte das Messer meine Haut. Der Schmerz trieb mir die Tränen in die Augen.

Mit der freien Hand begann Jacquard, seine Strumpfhose herunterzuziehen. Als er seinen Körper anhob, nutzte ich die Gelegenheit und wälzte mich so rasch zur Seite, dass er nicht dazu kam, sein Messer zu gebrauchen. Er stürzte mir nach, doch als er mich zu fassen bekam, schlug ich mit aller Kraft zu. Das Messer glitt ihm aus der Hand und fiel klirrend zu Boden. Quer über das Bett geworfen, rangen wir miteinander. Er war stark, doch mir kamen Angst, Hass und Verzweiflung zu Hilfe. Ich stieß ihm mit aller Kraft das Knie zwischen die Beine. Er krümmte sich schreiend vor Schmerz.

Mit einem Sprung war ich aus dem Bett und rannte zur Tür. Jacquard kam mir nach, ich hörte ihn fluchen. Ich wusste, dass er mich töten würde, wenn er mich einholte. Es würde keine Gnade geben.

Auf dem Tisch neben der Tür blitzte das silberne Tablett. Ich packte es mit beiden Händen, riss es in die Höhe und schlug es ihm mit einer schnellen Drehung auf den Kopf.

Jacquards Augen verdrehten sich, und er glitt zu Boden.

Das Tablett fiel mir aus den zitternden Händen. Ich kniete nieder und legte meine Finger an seinen Hals. Ich spürte den klopfenden Puls. Er war bewusstlos, doch am Leben.

Als ich die Schlüssel aus seiner Tasche holte, fiel mit ihnen ein Stoffbeutel voller Münzen heraus. Auch den nahm ich an mich.

An der Tür zögerte ich. Würde Jacquard an der Kopfverletzung sterben, wenn sie nicht behandelt wurde? Ich hatte die schlimmsten Dinge erduldet, um mich nicht der Todsünde des Mordes an König Heinrich schuldig zu machen. War es nicht eine ebenso schwere Sünde, Jacquard Rolin sterben zu lassen?

Einen Moment blickte ich noch auf den leblos daliegenden Mann hinunter. Dann straffte ich die Schultern, ging aus dem Zimmer und sperrte die Tür hinter mir ab. Ein Wärter war nirgends zu sehen. Ich lief zu der Treppe, die zu den Zellen hinunterführte, und öffnete die Tür zur Zelle von Nostradamus.

Der französische Apothecarius war weit ruhiger, als ich erwartet hatte.

»Ich muss irgendwie in mein Heimatland zurück«, erklärte ich ihm. »Nach Antwerpen wage ich mich nicht, das ist die Stadt, in der Botschafter Chapuys lebt. Ich habe Jacquard Rolin verletzt, doch wenn er mit dem Leben davonkommt und sich befreien kann, wird er mir nach Antwerpen folgen.«

Nostradamus lächelte. »Frankreich. Das ist der Weg, den Ihr nehmen müsst. Ich bringe Euch nach Calais. Die Stadt gehört zu England. Liegt nicht Euer Dover direkt gegenüber auf der anderen Seite des Kanals?«

Ich war unsicher. »Werden wir denn jemals dort ankommen?«

»Es sind nicht einmal hundert Meilen.«

Meine erste Freude trübte sich, als ich mich an Jacquards Worte erinnerte: *Ich möchte allerdings sehen, wie Ihr ohne meine Hilfe oder die des Botschafters nach England zurückkommen wollt. Ihr habt kein Geld, und Eure Papiere sind Fälschungen.*

»Ich werde vielleicht auf ewig in Calais festsitzen«, sagte ich. »Ich habe nur die Münzen von Jacquard, und ich weiß nicht, ob das genug Geld ist, um meine Überfahrt zu bezahlen. Es erscheint mir ziemlich hoffnungslos.«

Sein Blick schien in weite Ferne gerichtet, als er sagte: »Ihr irrt. Es gibt Hoffnung.«

Kapitel 48

Nostradamus und ich brachen nach Calais auf. Zwar war es richtig, dass die Stadt keine hundert Meilen von Gent entfernt war, doch es war inzwischen November geworden. Ich sah ungläubig zum kalten, grauen Himmel, als ich aus der steinernen Burg ins Freie trat. Ich war beinahe drei Monate gefangen gewesen.

Die Straßen nach Gravelines, der kleinen französischen Küstenstadt, waren schlammig – nahezu unwegsam. Wann immer möglich mieteten wir einen Wagen, doch wenn der Morast zu tief war für Pferdehufe, marschierten wir. Brachliegende Äcker und Weiden begleiteten unseren Weg, und hin und wieder kamen wir durch ein Dorf. Wir übernachteten in Gasthäusern, soweit wir welche fanden, oder bezahlten einen Bauern dafür, dass er uns ein Zimmer zur Verfügung stellte. Wir gaben uns als Bruder und Schwester aus, wie Edmund und ich das auf unseren Reisen getan hatten. Das Sprechen überließ ich Nostradamus, mein Französisch mit dem englischen Akzent hätte nur unnötig Verdacht erregt. In den ersten Tagen schaute ich mich immer wieder um, aus Angst, Jacquard könnte uns auf den Fersen sein. Doch ich sah nie etwas. Entweder war er hinter der abgesperrten Tür gestorben, oder er war auf dem Weg nach Antwerpen.

Überall in den Gasthäusern redete man von König Karls Marsch durch Frankreich. Fünftausend bewaffnete Soldaten begleiteten ihn, dazu der Herzog von Alba und die Edlen seines Reichs und, ja, die Dominikanerbrüder, die die Inquisition vertraten. Man war sich weithin einig, dass die Bewohner von Gent nichts Gutes zu erwarten hatten.

Nostradamus fragte mich nicht, warum ich so schnell wie möglich Calais erreichen wollte. An dem Abend, an dem wir in Gravelines ankamen, stiegen wir in einem großen Gasthof ab. Der Wirt erklärte sich bereit, uns eine Fischsuppe zu servieren, bevor wir uns zurückzogen, und wir ließen uns müde in einer stillen Ecke nieder. In einträchtigem Schweigen saßen wir beieinander, bis ich schließlich sagte: »Ich muss den englischen Königshof erreichen, bevor es geschieht.«

Durch die Dampfwolken, die von seiner Suppe aufstiegen, betrachtete Nostradamus mich. »Dann wollt Ihr versuchen, es zu verhindern?«, fragte er. »Wie wollt Ihr das anstellen?«

»Ich weiß es nicht«, antwortete ich. »Leicht wird es nicht werden, an den Hof vorzudringen. Aber ich weiß jetzt mit Gewissheit, dass *das* die Tat ist, die ich vollbringen muss. Das erste Mal habe ich es in meiner Zelle im Gravensteen gespürt, als Jacquard mir erklärte, was sie vorhatten – wenn ich nicht bereit wäre, den Becher zu reichen, würde eine andere Person es tun, die schon bereitstünde. Es wird kurz vor der Hochzeit passieren, und irgendwie wird ein Bär eine Rolle spielen.«

Er blies in seine Suppe, um sie zu kühlen. Ich beobachtete ihn, um zu sehen, wie er meine Enthüllung aufnahm. Doch er blieb unbewegt. Und dann erkannte ich auch, warum.

»Ihr habt gewusst, dass es sich so entwickeln würde«, sagte ich voll Ehrfurcht.

»Nicht genau«, antwortete er. »Es ist schwer zu erklären.«

»Warum bin ich auserwählt worden?«, fragte ich. »Wann hat die Prophezeiung sich herausgebildet? An dem Tag, an dem ich bei Schwester Elizabeth Barton war?«

Nostradamus schüttelte den Kopf. »Die Zukunft ist nicht unabänderlich. Doch es gibt – Fixpunkte, die lange bekannt sind. Wie lange, kann ich Euch nicht sagen.«

»Was haben diese Fixpunkte mit mir zu tun?«, fragte ich verblüfft.

»A lles«, antwortete er schlicht.

Ich sah mich um und vergewisserte mich, dass niemand uns belauschen konnte. »Ich weiß«, sagte ich dann, »dass ich durch mein Eingreifen den Weg dafür freimachen werde, dass der König und seine vierte Frau einen Sohn bekommen. Und ich weiß auch, dass dieser Sohn den wahren Glauben bekämpfen wird. Das ist eine schwere Last, doch die andere Möglichkeit – dem Kaiser und dem König von Frankreich den Weg zu ebnen, damit sie das Land in Chaos stürzen und dann zerstückeln können – ist nicht besser, Nostradamus.«

Mir schossen die Tränen in die Augen bei diesem Geständnis vor dem dritten Seher.

Am nächsten Morgen hellte sich das trübe Wetter endlich auf. Neue Entschlossenheit beflügelte mich auf dem Weg in jenen Teil von Gravelines, der die in der Sonne glitzernde blaugrüne See überblickte. Hohe Wellen brandeten an die Küste, und ein Stück den Strand hinunter konnte ich eine Flotte von Fischerbooten erkennen, die ihrem Tagwerk nachgingen.

Auf der anderen Seite des Kanals lag England – ich würde endlich nach Hause kommen.

Nostradamus, der sich längere Zeit mit dem Wirt unterhalten hatte, sagte: »Für die Fahrt über den Damm ins Calaisis, das englische Randgebiet, und in die Stadt müssen wir einen Wagen nehmen. Es gibt nur diesen einen Weg, und die Reise ist nicht ungefährlich. Auf dem Damm gibt es nichts, keine Häuser, keine Menschen, er führt durch einsames Sumpfgebiet. Wenn es dort einen Sturm gibt, und wir ihm ungeschützt ausgesetzt sind, kommen wir um.«

Ich sah zum klaren Himmel hinauf. »Es sieht nicht nach Sturm aus.«

Nostradamus warf mir einen Blick zu.

»Ach so«, sagte ich. »Natürlich. Gut – lasst uns sofort aufbrechen.«

Wir mieteten einen Wagen, der von schweigsamen, abgehärteten Männern gelenkt wurde. A ls es Mittag wurde, war die Sonne verschwunden; keine Stunde später brachen Sturm und Regen los. Wir kauerten unter einer Plane, die bald zusammenfiel. Zitternd im eisigen Wind hielten wir uns aneinander fest.

»Wenn ich hier sterbe«, schrie ich Nostradamus zu, »kann dann jemand anders verhindern, dass der Becher gereicht wird?«

»Nein«, schrie er zurück. »Es muss Eure Hand sein.«

Der Himmel verfinsterte sich noch mehr, der Sturm nahm weiter zu, und es goss in Strömen. Mir war so kalt wie nie zuvor in meinem Leben, und ich litt kaum erträgliche Schmerzen. Vielleicht wäre es ein Gottessegen, wenn ich einschlafen könnte.

Nostradamus schüttelte mich. »Nein, nein, bleibt hier«, schrie er mich an. »Hört meine Stimme.«

Doch die Dunkelheit hüllte mich ein, und aus ihr trat Edmunds Gesicht hervor. Ich sah ihn so wie damals, als er nach Howard House in Southwark gekommen war. Seine Haare waren lang und seine Schuhe schmutzig. Ich hörte Nostradamus nicht mehr. Ich hörte nur Edmund.

»Ich bin gekommen, um Euch nach Hause zu holen, Schwester Joanna. Ich bin gekommen, um Euch nach Hause zu holen.«

»Edmund«, stöhnte ich. »Helft mir.«

Ich sank in eine Art Traum. Er lächelte mir zu, ein wenig scheu, stille Weisheit in den Augen. Nicht die stumpfe Leere jenes Abends, an dem ich ihn zum letzten Mal gesehen hatte. Wir waren in Dartford, einander versprochen, und er hielt sein Gedichtbuch in den Händen, an der Seite eingemerkt, die er gleich vorlesen würde.

Edmund, rief ich in meinen Gedanken, *warum habt Ihr mich verlassen? In der Kapelle von Blackfriars habt Ihr versprochen, immer für mich da zu sein, erinnert Ihr Euch. Doch Ihr habt Euer Versprechen nicht gehalten. Ihr habt mich verlassen.*

Dann war nichts mehr.

Stimmen drangen schließlich zu mir, doch es waren fremde Stimmen: »Sie ist eiskalt – so kalt wie der Tod.«

»Wir müssen sofort einen Arzt holen.«

Dann hörte ich Nostradamus. »Ich bin Heilkundiger. Ich kümmere mich um sie.«

Als ich die Augen aufschlug, war es dunkel, und es regnete nur noch leicht. Straßenlärm umgab mich, und Menschen starrten mich an, als ich an ihnen vorüberschwebte. Ich hob den Blick und sah in das Gesicht von Nostradamus. Er trug mich durch Calais.

»Wohin gehen wir?«, krächzte ich.

»Aus der Stadt hinaus«, sagte er.

Mehr hörte ich nicht. Die Dunkelheit zog mich wieder in ihren Schoß.

Nur Augenblicke später, wie mir schien, erwachte ich in einem Bett neben einem Fenster. Der Himmel war hellgrau; ich hörte die Rufe von Meeresvögeln.

Ein hübsches dunkelhaariges Mädchen stand auf und klatschte in die Hände. »Sie ist wach«, rief sie auf Französisch und eilte aus dem Zimmer.

Wenig später trat Nostradamus zu mir. »Wie geht es Euch?« Er umschloss einen Moment mein Handgelenk, dann zog er meine Augenlider hoch.

»Ich glaube, es ist alles gut«, sagte ich. »Wo sind wir hier?«

»Bei Freunden.«

»Wie lange bin ich schon hier?«, fragte ich.

»Drei Tage. Ihr wart dem Tod sehr nahe. Vergebt mir, ich wusste, dass es Sturm geben, doch nicht, dass er so heftig toben würde.«

Ich setzte mich auf. Mir war noch ein wenig schwach. »Ich erinnere mich, dass Ihr gesagt habt, wir gingen aus der Stadt hinaus. Was habt Ihr damit gemeint?«, fragte ich.

»Wir sind hier in einem jüdischen Haus, Joanna«, antwortete er. »Ich bin als Erstes in den Tempel gegangen und habe um Hilfe gebeten.«

Er wartete, wie ich das aufnehmen würde.

»Ich danke diesen Menschen für ihre Freundlichkeit und würde es ihnen gern selbst sagen«, sagte ich.

Später ging ich hinunter und lernte die ganze Familie Benoit kennen: Monsieur Benoit, einen Händler, seine Frau und seine drei Töchter. Die jüngste, Rachel, hatte die meiste Zeit an meinem Bett gesessen. »Können wir es ihr jetzt zeigen?«, fragte sie aufgeregt.

»Was denn?«, fragte ich.

»Etwas, das für Eure Reise nach England von Bedeutung ist«, antwortete Nostradamus. »Etwas Erfreuliches.«

»Dann möchte ich es sehen«, sagte ich sofort, ohne seine Vorhaltungen zu beachten, dass ich noch nicht kräftig genug sei, um so weit zu laufen. Keiner wollte mir verraten, was ich zu sehen bekommen würde – Rachel meinte, es solle eine Überraschung sein, eine schöne, und obwohl ich es kaum erwarten konnte, eine gute Nachricht zu erhalten, richtete ich mich nach ihrem Wunsch.

Nach einer kräftigenden Mahlzeit machte ich mich mit Nostradamus und Rachel auf den Weg. Das Haus der Familie Benoit lag außerhalb der hohen Stadtmauern von Calais im jüdischen Viertel. Die Wächter am Stadttor nickten uns zu. Endlich war ich in Calais, dem berühmten Hafen, den Eduard III. nach langer Belagerung schließlich eingenommen hatte und der jetzt der einzige verbliebene Besitz der englischen Krone im Königreich Frankreich war.

Rachel wies auf eine stattliche Kirche mit hohem Turm. »Da sieht man am besten.«

Ich sah Nostradamus verwundert an.

»Von Notre Dame aus hat man den besten Blick über den Hafen«, erklärte er lächelnd. »Vielleicht bekommen wir die Erlaubnis, auf den Turm zu steigen.«

Am Kirchenportal stieß Rachel mich aufgeregt vorwärts. »Ich warte hier draußen«, sagte sie, als Nostradamus und ich in die Kirche traten.

Der Priester gewährte uns unsere Bitte, und wir stiegen langsam die Treppe hinauf.

»Hier sehen wir alles«, rief Nostradamus. »Kommt.«

Ich trat neben ihn ans Fenster. Von hier aus konnten wir über die hohe Hafenmauer hinweg zu den schäumenden Wassern des Kanals sehen. Es lagen viele Schiffe im Hafen. Die kleineren schaukelten im scharfen Winterwind. Es mussten um die zwanzig sein. Beim Anblick der Flagge, die auf einer der größten Galeonen flatterte, stieß ich einen Schrei aus. Es war die Flagge des Hauses Tudor.

»Das sind ja englische Schiffe«, rief ich.

»Der König von England hat sie gesandt, um seine Braut nach Dover zu bringen«, sagte Nostradamus. »Anna von Kleve ist nicht nach Antwerpen gereist, um von dort aus überzusetzen. Sie ist auf dem Weg durch die Niederlande hierher, nach Calais. Die Prinzessin wird schon sehr bald eintreffen. Ihr werdet mit Anna von Kleve die Heimreise antreten.«

Kapitel 49

Eine Woche später traf Anna von Kleve mit ihrer Entourage von mehr als zweihundert deutschen Edelleuten und Bediensteten in Calais ein. Die Kanoniere auf den größten Schiffen feuerten hundertfünfzig Salutschüsse zu ihrer Begrüßung ab; etwa fünfhundert Soldaten in königlicher Uniform säumten die Straßen und jubelten ihr zu. Die junge Prinzessin stieg in einem vornehmen Herrschaftshaus ab, das den Namen Exchequer führte, während ich weiterhin bei den Benoits im jüdischen Viertel außerhalb der Stadtmauern wohnte. Es war unwahrscheinlich, dass unsere Wege sich kreuzen würden.

Doch vor den rauen Winterstürmen des englischen Kanals sind alle Menschen gleich. Anna von Kleve musste tagelang in der Hafenstadt auf gutes Wetter warten. Ich hatte am Tag vor der Ankunft der Deutschen auf einem der kleineren englischen Begleitschiffe eine Passage nach Dover gebucht und mit meinem letzten Geld bezahlt. Um mich auszuweisen, legte ich neue gefälschte Urkunden vor. Mein Name war diesmal der richtige; gefälscht war aber die Unterschrift eines französischen Stadtrats auf dem Dokument, das mir die Ausreisegenehmigung bescheinigte.

Nostradamus, der mir das Papier besorgt hatte, riet mir, nicht weiter nach dessen Herkunft zu fragen, versicherte mir jedoch, dass es ausreichen würde. Als ich ihm dafür dankte sowie für alles, was er seit unserem Aufbruch aus dem Gravensteen für mich getan hatte, sagte er: »Nein, ich muss *Euch* danken, Demoiselle Stafford. Ihr habt mich aus dieser Gefängniszelle befreit, obwohl Ihr es nicht hättet tun müssen.«

Bevor er abreiste, um nach Südfrankreich zurückzukehren, unternahmen wir einen letzten Spaziergang am Strand von Calais, an den Hütten der Heringsfischer gleich nördlich der Sanddünen vorbei. Außer uns war niemand unterwegs – die Dezemberwinde waren unwirtlich. Doch ich hatte Schlimmeres überlebt.

Während ich aufs Meer hinausblickte, überfiel mich plötzlich die Erkenntnis, dass ich nun bald den Kontinent hinter mir lassen würde, auf dessen Straßen Edmund unterwegs war.

»Habt Ihr schon einmal vom Schwarzwald gehört?«, fragte ich Nostradamus.

Er nickte. »Das ist ein großes Waldgebiet in Deutschland, das diesen Namen trägt, weil es so dunkel und undurchdringlich ist.«

Bestürzt fragte ich: »Warum sollte jemand dorthin reisen wollen?«

»Nun, es ist auch ein Gebiet der Legenden und Mythen, mystischer Kräfte und uralten Wissens«, antwortete er. »Für die Unerschrockenen kann der Schwarzwald ein Zauberreich sein.«

Eine Zeitlang gingen wir schweigend nebeneinander her. Dann wandte ich mich ihm erneut zu. »Warum wurde ich auserwählt?«, fragte ich.

»Ich weiß es nicht«, antwortete er. »Gründe zu erkennen, ist das Schwierigste für mich.«

Ich versuchte es anders. »Aber wisst Ihr, warum es so verlaufen musste? Warum musste ich zuerst von zwei anderen Sehern und schließlich von Euch Schritt für Schritt in die Prophezeiung eingeweiht werden? Und warum konnte es immer nur aus freiem Willen und ohne Zwang geschehen?«

Nostradamus hielt das Gesicht in den Wind und kniff die Augen zusammen. »Es ist eine Art innere Alchemie der menschlichen Natur, ein Prozess der Beeinflussung und Verwandlung Eurer Eigenschaften, der ins Spiel kommen wird, wenn es darauf ankommt. Jede Begegnung mit einem Seher hat Euch verändert – dem Menschen näher gebracht, der Ihr im entscheidenden Augenblick sein müsst.«

»Was sind das für Eigenschaften?«, fragte ich erschrocken. »Ich fürchte, es sind mein Jähzorn und meine Unbesonnenheit, Nostradamus, und nicht der fromme Glaube, den ich durch den Dienst an Gott zu finden hoffte.«

»Auch ich habe mit dem Glauben zu kämpfen, doch eins kann ich Euch sagen, Joanna, ich glaube an Euch«, erklärte er.

Als wir einander später Lebewohl wünschten, sagte er lächelnd: »Wir werden uns wiedersehen, doch bis dahin wird viel Zeit vergehen.« Und dann trat er die Reise in sein Heimatdorf im Süden Frankreichs an.

Am Tag seines Aufbruchs suchte ich ein Geschäft in Calais auf, um neues Seidengarn für meine Handarbeitsstunden mit den Benoit-Mädchen zu besorgen. Um mich abzulenken und um mich im Haus Benoit nützlich zu machen, hatte ich begonnen, die drei Mädchen in feiner Nadelarbeit zu unterweisen.

Ich stand im Laden und zeigte der Händlerin meine Stickerei, um die passenden Farben auszusuchen, als jemand an dem Tuch zupfte. Erstaunt drehte ich mich um und sah mich einer fülligen Frau mittleren Alters mit einem breitkrempigen Hut gegenüber.

Sie begann in einer mir unbekannten Sprache auf zwei Männer einzureden, die sie begleiteten. Der eine war jung und hager und schien mir ein Gelehrter zu sein, der andere war älter und sehr vornehm gekleidet. Als sie geendet hatte, wandte sich der jüngere auf Französisch an den älteren. Der nickte und sprach mich an.

»Wenn Ihr gestattet«, sagte er, »ich bin der Graf von Southampton. Ich bin mit dem Schutz der Herzogin von Kleve beauftragt, der Braut des Königs von England. Mutter Lowe hier ist die Haushofmeisterin der Herzogin. Sie möchte gern wissen, wer Ihr seid, weil sie, wie sie sagte, keine so schöne Handarbeit mehr gesehen hat, seit sie Deutschland verlassen hat.«

Nun musste ich mich viel früher als erwünscht zu erkennen geben, doch es war nicht zu ändern. Ohne Namen und Familiengeschichte würde es mir niemals gelingen, bis an den königlichen Hof vorzudringen. »Ich komme aus England«, sagte ich. »Mein Name ist Joanna Stafford.«

Southamptons Augen leuchteten auf. »Stafford?«, fragte er. »Verwandt mit dem Herzog von Buckingham?«

»Er war mein Onkel.«

»Aber warum seid Ihr hier?«, fragte er. »Die englischen Hofdamen erwarten die neue Königin in Dover, Canterbury und in Greenwich.«

»Ich gehöre nicht zum Hof«, erklärte ich. »Ich war auf Reisen auf dem Kontinent und bin rein zufällig gerade jetzt auf der Rückreise nach England. Ich habe bereits eine Passage auf einem der königlichen Begleitschiffe gebucht.«

Mutter Lowe machte eine Bemerkung zu dem jungen Gelehrten, der sie dem Grafen ins Französische übersetzte. Mutter Lowe wolle unbedingt Näheres über mich wissen, sagte er.

Und so ging es hin und her, Deutsch, Französisch, Englisch.

»Ja, gewiss – warum nicht«, sagte der Graf von Southampton. »Es gibt kaum eine Familie, die so hohes Ansehen genießt wie die Familie Stafford.«

Er wandte sich mir zu. »Mutter Lowe meint, die Herzogin von Kleve würde gewiss gern eine englische Dame kennenlernen, die so vortrefflich handarbeitet. Wir hoffen, morgen in See stechen zu können. Euer Gepäck wird auf die Galeone gebracht, auf der die Herzogin reist, damit Ihr ihr vorgestellt werden könnt.«

Ich knickste mit klopfendem Herzen.

Doch wir stachen nicht am folgenden Tag in See, und auch nicht am Tag darauf. Die Küste entlang waren Wetterbeobachter postiert, um unverzüglich Zeichen zu geben, wenn die Wetterlage sich so weit besserte, dass die dreißig Meilen lange Überfahrt nach Dover gefahrlos unternommen werden konnte. Am dritten Tag, am Samstag, dem 27. Dezember, feuerten sie die Kanonen. Das war das Signal.

Ich eilte zum Hafen und wurde zum größten der Schiffe übergesetzt. An Bord sprach niemand mit mir. Die Herzogin und ihre deutschen Damen waren unter Deck. Es war zu kalt, um dem Hissen der Segel beizuwohnen. Ich glaubte mich vergessen und war durchaus zufrieden damit, als der Graf von Southampton kam und mich abholte.

Eine so große Schar von deutschen und englischen Hofleuten umgab Anna von Kleve, dass ich sie gar nicht sehen konnte. Unversehens trat ein junger Mann aus dem Gedränge auf mich zu und musterte mich von Kopf bis Fuß.

»Ich wusste gar nicht, dass jemand von der Familie Stafford an Bord ist«, sagte er. »Noch dazu ein Familienmitglied von so gefälligem Aussehen.« Er verneigte sich. »Ich bin Thomas Seymour.« Das also war der Bruder der toten Königin, der sittenlose Rüpel und Verschwender, den Mary Howard Fitzroy auf keinen Fall heiraten wollte.

Southampton sagte ungeduldig: »Die Herzogin wartet.«

Mutter Lowe und der Gelehrte standen neben einer jungen, prächtig gekleideten Frau, die in einem gepolsterten Sessel über eine Nadelarbeit gebeugt saß. Sie trug einen sehr großen Hut, dessen breite Krempe zu drei Ecken aufgeschlagen war. A ls Mutter Lowe sie ansprach, hob sie den Kopf. Dann nickte sie, sah zuerst zu Southampton hinüber und dann zu mir. Sie schien etwa Ende zwanzig zu sein. Ihre Haut war nicht so hell wie die der meisten Engländerinnen, sondern hatte einen ähnlich bräunlichen Ton wie meine. Sie hatte eine lange Nase, ein kleines, spitz zulaufendes Kinn und große hellbraune Augen mit langen Wimpern. Ihr Blick war ruhig und würdevoll, wie es sich für eine zukünftige Königin gebührte.

Anna von Kleve unterhielt sich einen Moment in dieser fremden, hart klingenden Sprache mit Mutter Lowe. Offenbar sprach auch sie kein Englisch – oder Französisch. Ich fragte mich, wie sie sich mit ihrem zukünftigen Ehemann verständigen wollte.

»Die Herzogin würde gern Eure Handarbeit sehen«, teilte mir Southampton mit. »Das Handarbeiten ist ihre liebste Beschäftigung.«

Ich wartete, während die zukünftige Königin meine Stickerei begutachtete. Bedächtig drehte sie die Arbeit von der einen auf die andere Seite, und langsam breitete sich ein entzücktes Lächeln auf ihren Zügen aus. Mich befiel etwas wie Mitleid bei dem Gedanken, dass sie einem Mann wie Heinrich VIII. ausgeliefert werden sollte. Ihr Bruder, der Herzog von Kleve, musste nicht nur ehrgeizig, sondern herzlos sein, wenn er das guthieß.

Es wurde hin und her übersetzt, und ich wurde aufgefordert, der Herzogin etwas über mich zu erzählen.

»Sie möchte wissen, ob Ihr verheiratet seid«, sagte Southampton.

Ich schüttelte den Kopf.

Dann fragte sie, ob ich bei meinen Eltern lebte.

»Bitte sagt der Herzogin, dass meine Eltern tot sind und ich allein in meinem eigenen Haus lebe.«

Anna von Kleve schien verwirrt über diese Auskunft und ließ mich fragen, wie es sein könne, dass eine Frau von hoher Geburt – eine Frau überhaupt – allein lebte.

Ich seufzte. Es hatte keinen Sinn, etwas verbergen zu wollen.

»Bitte teilt der Herzogin mit, dass ich Novizin in einem katholischen Kloster war, das nicht mehr existiert.«

Southampton verzog das Gesicht.

»So ist es nun einmal«, sagte ich.

Nach dem nun schon gewohnten sprachlichen Hin und Her wurden meine Worte endlich der Herzogin übermittelt, die sie zu meiner höchsten Verwunderung wiederum mit diesem entzückten Lächeln aufnahm.

Southampton bemerkte zu mir: »Die Mutter der Herzogin schätzt die guten Werke der Nonnen und zählt eine Äbtissin zu ihren engsten Vertrauten.«

Ich starrte ihn verblüfft an. Er neigte sich näher zu mir. »Die Mutter ist immer noch überzeugte Katholikin, während ihr Sohn, Herzog Wilhelm, dem lutherischen Glauben anhängt.«

Inzwischen ergoss sich ein deutscher Wortschwall über den jungen Gelehrten, und ich erfuhr schließlich, dass die Herzogin der Meinung war, eine Frau wie ich, so gesittet und hochwohlgeboren und mit häuslichen Talenten ausgestattet, müsse unverzüglich verheiratet werden. Nun, da ich keine Nonne mehr sei, müssten sogleich die nötigen Schritte unternommen werden. Wenn ich einverstanden sei, werde die Herzogin mit ihrem zukünftigen Gemahl, dem König, darüber sprechen.

Southampton bekam einen ziemlich roten Kopf, als er mir dies alles mitteilte. Er kannte wie jeder Engländer hier die Sechs Artikel, die ehemaligen Ordensangehörigen die Ehe verboten. Er wartete nervös auf meine Antwort.

»Ich danke der Herzogin für ihre große Freundlichkeit. Doch ich muss mich jetzt meinem kleinen Geschäftsunternehmen in meiner Heimatstadt Dartford zuwenden. Dort wartet eine Tapisserie, die fertiggestellt werden muss und einen Käufer braucht.«

Das führte zu vielen aufgeregten Fragen der Herzogin, die Southampton mir getreulich übermittelte. Das Schiff stampfte und rollte auf seinem Weg zur englischen Küste; mehrere Hofdamen der Herzogin wurden seekrank. Doch Anna von Kleve hielt stand.

Unglücklicherweise kehrte sie zum Thema meiner Verheiratung zurück. »Die Herzogin ist der festen Überzeugung«, berichtete mir Southampton, »dass Ihr Euch verheiraten und eine Familie gründen solltet. Kinder, sagt sie, seien die größte Freude, die einer Frau beschieden sei. Mit Gottes Willen hoffe sie, dem König von England Söhne und Töchter zu schenken. Und sie hofft, er wird dem Wunsch ihrer Familie willfahren, den ersten Sohn nach ihrem Bruder Wilhelm oder William zu nennen.«

Ich blickte in das zarte und offene Gesicht der zukünftigen Königin und empfand nichts als Schrecken.

»Ist Euch nicht wohl, Miss Stafford?«, erkundigte sich Southampton.

»Nein, ich fürchte …«, murmelte ich.

Er übermittelte meine Entschuldigungen und sagte dann, noch ehe ich mich entfernen konnte: »Die Herzogin bittet Euch, sie und ihre Gesellschaft nach Greenwich zu begleiten, wo sie mit dem König zusammentreffen wird. Ist Euch das genehm?«

Ich starrte ihn an.

»Miss Stafford, ist Euch das genehm?«, wiederholte er ungeduldig.

»Ja, natürlich.« Ich versank in einem tiefen Hofknicks und verließ dann die Kabine.

Was sollte ich tun? Der Gedanke, dass Kaiser Karl und seine Verbündeten mein Heimatland nach der Ermordung des Königs unter sich aufteilen würden, war mir unerträglich. Doch nun hatte ich den Beweis, dass die Prophezeiung über Englands Zukunft, sollte Anna von Kleve einen Sohn zur Welt bringen, zutraf.

Wenige Stunden später erreichte unser Schiff kurz vor Sonnenuntergang die englische Küste. Wir legten in Deal an und wurden auf Befehl des Lord Warden of the Cinque Ports nach Deal Castle geleitet. Das ganze Gefolge der Herzogin, zu dem jetzt auch ich gehörte, sollte auf der Festung übernachten. Morgen würden wir nach Dover reisen und von dort weiter nach Canterbury. Ich hatte gehört, dass die Braut des Königs am dritten oder vierten Januar in London erwartet wurde.

Ich reihte mich in den langen Zug von Hofleuten ein, der sich zu dem von Fackeln hell erleuchteten Festungstor bewegte. Eine spärliche Menge, die sich trotz der Kälte eingefunden hatte, säumte unseren Weg, und eine kleine Gruppe örtlicher Würdenträger empfing uns.

Ich erwartete, den Lord Warden zu sehen, doch als wir uns dem Tor näherten, wartete dort ein prunkvoll gekleidetes Paar, ein großgewachsener beleibter Mann mittleren Alters und eine sehr junge Frau. Ich hörte jemanden sagen: »Der Herzog und die Herzogin von Suffolk«, und erinnerte mich, vor einem Jahr im Haus der Courtenays von ihnen gehört zu haben. Catherine Brandon war die Tochter von Maria de Salinas, die den engsten Freund König Heinrichs geheiratet hatte.

Als ich an der Reihe war, knickste ich vor dem Paar und sagte: »Ich bin Joanna Stafford.«

Die junge Herzogin, in einem langen Samtumhang, einen großen Hund an ihrer Seite, warf mir einen erstaunten Blick zu.

»Seid Ihr die Frau, die mit meiner Mutter zusammen Katharina von Aragón betreut hat?«, fragte sie. »Ich würde später sehr gern mit Euch sprechen. Ich habe schon lange den Wunsch, Euch kennenzulernen.«

»Ich stehe jederzeit zu Eurer Verfügung«, antwortete ich und schloss mich der Menge an, die in das Gebäude drängte. Die Herzogin, Mutter Lowe und die Hofdamen waren in Begleitung des Grafen von Southampton nach oben in die königlichen Gemächer geleitet worden. Vermutlich waren auch der Herzog und die Herzogin von Suffolk bei ihnen.

Wir anderen wurden in einen Rittersaal mit langen gedeckten Tafeln geführt. Das Stimmengewirr im Saal war ohrenbetäubend. Ich suchte mir einen Platz und aß etwas, während ich überlegte, wie ich der Herzogin von Suffolk – und anderen, die zweifellos das Gleiche fragen würden – erklären sollte, wieso ich dem Gefolge Annas von Kleve angehörte.

»Verzeiht, Miss Stafford?«

Ich blickte in das lächelnde Gesicht Thomas Seymours.

»Man hat mich gebeten, Euch zu holen«, sagte er. »Angefleht, genauer gesagt. Es ist eine junge Dame, die behauptet, Euch zu kennen. Sie möchte Euch unbedingt sprechen.«

»Eine junge Dame?«, wiederholte ich verwundert. »Niemand aus dem Gefolge der Herzogin?«

»Das kann ich nicht sagen. Darf ich Euch zu ihr bringen – und später, wenn das Fest beginnt, werdet Ihr mir vielleicht einen Tanz schenken?«

»Bitte bringt mich einfach zu der Dame, die mich zu sprechen wünscht«, sagte ich kühl.

Seymours Augen blitzten; er war offensichtlich ein Mann, der die Herausforderung liebte.

Ich folgte ihm durch einen Gang, in dem es immer stiller wurde, und ich war, argwöhnisch geworden, nahe daran, ihn zur Rede zu stellen, als er vor einem Alkoven Halt machte, in dem eine junge Frau mit einer Kerze in der Hand wartete.

Ich erkannte sie sofort. Es war Nelly, die in der St. Paul's Row mein Dienstmädchen gewesen war. Obwohl sie einen langen Umhang trug, sah ich, dass sie guter Hoffnung war. Ihr Blick war ein einziges Flehen.

»Kennt Ihr die junge Dame?«, fragte Seymour.

»Ja«, antwortete ich. »Danke Euch, Sir Thomas.«

»Ich hoffe, wir sehen uns später«, bemerkte er vielsagend, dann ließ er uns allein.

»Nelly, was tust du hier?«, fragte ich, und im selben Moment wurde mir eiskalt. »Ist Señor Hantaras auch hier?«

»Nein, meine Mutter und ich sind jetzt in einem Haus in Dover in Diensten«, sagte sie. »Ich bin hergekommen, weil ich die neue Königin sehen wollte – aber dann habe ich Euch gesehen, Miss Stafford. Und ich wollte mit Euch sprechen. Wegen – Jacquard. Er sollte inzwischen wieder in England sein.«

Wenn ich sie in London besser beschützt hätte, wäre das alles nicht passiert.

»Ist Jacquard der Vater des Kindes?«, fragte ich.

»Ja«, flüsterte sie. »Er ist jetzt schon so lange weg, und nie hat er mir Nachricht zukommen lassen. Oh, ich möchte nicht, dass uns jemand hört, bitte – vielleicht können wir in eins der Zimmer dort drüben gehen.« Sie zog mich mit sich durch den Gang und stieß die Tür zu einer kleinen unordentlichen Kammer auf.

»Nelly«, sagte ich, »es tut mir leid, dir das sagen zu müssen, aber du musst es erfahren. Es kann sein, dass Jacquard nie mehr nach England zurückkommt.«

Nelly schwieg. Im Schein der Kerze nahm ihr Gesicht einen seltsamen Ausdruck an.

»Ja«, sagte sie endlich. »Ich weiß.«

Ihr Blick flog über meine linke Schulter. Ein Schatten sprang über den Boden. Das Letzte, was ich sah, war Hantaras, der irgendetwas in der Hand hielt. Er schwang es in die Höhe und dann nach mir.

Schmerz durchzuckte mich. Dann versank ich im Dunkeln.

Kapitel 50

Langsam wurde ich aus dem Nichts emporgetragen. Ich konnte nichts sehen, und ich konnte mich nicht bewegen. Nach einer Weile merkte ich, dass man mir die Augen verbunden und die Hände gefesselt hatte. Doch es machte mir nichts aus, denn angenehme Empfindungen bewegten mich. Ich fühlte mich ruhig und heiter in diesem Meer der Dunkelheit, in dem ich dahintrieb.

Plötzlich wurde mir das Tuch von den Augen gerissen. Blinzelnd blickte ich zu einer dunkelhaarigen Frau hinauf, die ich noch nie gesehen hatte.

»Trinkt das«, befahl sie kurz und flößte mir etwas dünnes Bier ein.

»Danke«, sagte ich, nachdem ich getrunken hatte, und sah mich um. Ich lag unter einem Berg von Decken, die mich wohl warmhalten sollten, gefesselt, hinten in einem großen geschlossenen Wagen, der jedoch nicht in Bewegung war. Holzwände und ein Dach, durch dessen Ritzen Tageslicht sickerte, verbargen mich vor der Außenwelt. Ich kam mir vor wie in eine große Reisekiste eingesperrt.

»Seid Ihr Nellys Mutter?«, fragte ich die Frau.

»Natürlich ist sie das«, versetzte ein Mann, der in der Ecke gegenüber saß. Hantaras kroch näher. »Es wird uns allen viel Zeit und Euch eine Menge Schmerzen ersparen, wenn Ihr mir sagt, wieso Ihr im Gefolge von Anna von Kleve hierhergekommen seid.«

Ich wusste, dass er mir drohte. Ich hätte Angst bekommen müssen. Stattdessen sagte ich: »Guten Tag, Señor Hantaras«, und lächelte dazu.

»Du hast ihr zu viel gegeben«, herrschte er die Frau an.

Sie blickte zu ihrem Schoß hinunter, in dem sie eine Flasche hielt, die aussah wie eine Apothekerflasche. Auf ihrem Grund lagen schwarze Perlen.

Die Steine der Unsterblichkeit.

Ich kannte sie aus Edmunds Klosterapotheke. Er hatte sie unserer Wäscherin verabreicht, als diese im Sterben lag, um ihre Schmerzen zu lindern. Und später hatte er mir gestanden, dass er sie zu Pulver mahlte, um daraus eine Tinktur für sich zu bereiten. Man hatte mir dasselbe berauschende Mittel eingeflößt, das Edmund in die Abhängigkeit getrieben hatte. Die rote Blume Indiens, nannte er es.

Irgendetwas in mir begann zu rebellieren. Das ist gefährlich, dachte ich. Wirklich? Wie konnte es gefährlich sein, wenn ich mich so voller Frieden fühlte?

Hantaras schüttelte mich. »Los, warum wart Ihr im Gefolge von Anna von Kleve?«

Der Druck seiner Hände schmerzte, und ich war froh darüber. Es half mir, einen klaren Kopf zu bekommen. »Ich erfülle die Prophezeiung des dritten Sehers«, sagte ich. »Aus welchem Grund sollte ich sonst in ihrer Nähe sein?« Ich räusperte mich. »Wo sind wir hier? Ihr solltet mich schleunigst zur königlichen Gesellschaft zurückbringen. Ich muss bei ihr sein, wenn sie in Greenwich mit dem König zusammentrifft.«

»Warum habt Ihr Jacquard Rolin angegriffen?«

Er hatte nicht »getötet« gesagt, sondern »angegriffen«. Also lebte Jacquard.

»Ich habe mich verteidigt«, antwortete ich.

Hantaras maß mich mit einem langen Blick. Dann schüttelte er den Kopf. »Wenn Ihr noch auf unserer Seite wärt, wärt Ihr nach Antwerpen gereist und hättet Chapuys berichtet.«

Ich musste lachen, ich konnte nichts dagegen tun. »Jacquard sagte mir, dass Chapuys vorhatte, mich wegen Zauberei der Inquisition auszuliefern. Und da hätte ich ihm noch trauen sollen?« Ich schüttelte den Kopf. »Ich bin nach Calais gereist, weil das die einzige andere Möglichkeit war, nach England zu gelangen. Ich wollte die Prophezeiung von mir aus erfüllen, ohne mich auf andere zu verlassen.«

Ich bemühte mich, so überzeugend wie möglich zu sprechen. »Ich weiß, was ich zu tun habe. Ich verstehe die Prophezeiung besser als jeder andere.« Doch es hörte sich an wie kindische Prahlerei.

Hantaras schwieg. Ich war entschlossen, seinem Blick nicht auszuweichen. Vielleicht würde es mir gelingen, ihn zu täuschen.

»Wir werden sehen«, sagte er schließlich und wandte sich Nellys Mutter zu. »Verbinde ihr den Mund und lass sie nicht aus den Augen. Gib ihr morgen nicht so viel.« Er kroch wieder in seine Ecke.

»Und die Augen?«, fragte die Frau.

»Sie hat uns schon gesehen. Es spielt sowieso keine Rolle.«

Hantaras stieg aus dem Wagen. Ich hörte ihn draußen mit jemandem sprechen, vielleicht mit einem Wachposten. »Wir können sie erst töten, wenn es erledigt ist«, sagte er.

Sie wollen mich töten, dachte ich. *Ich muss mich retten.*

Der Wagen setzte sich in Bewegung. Ich spürte den Ruck, als die Pferde anzogen. Nellys Mutter saß im Halbdunkel des Wagens und ließ mich keinen Moment aus den Augen. Ich versuchte zu hören, was draußen gesprochen wurde. Zuerst war es nur unverständliches Genuschel. Nellys Mutter gab mir nichts mehr von der Tinktur, und meine Wahrnehmung wurde allmählich schärfer. Ich verstand das Wort *Rochester*. Dann: *das Gefolge der Herzogin*. Wir begleiteten also Anna von Kleve auf ihrer Reise nach London. Sie war von Deal nach Dover und dann nach Canterbury gereist und befand sich jetzt in Rochester. In zwei oder drei Tagen würden wir London erreichen.

Nellys Mutter entfernte die Binde von meinem Mund, um mir zu essen zu geben. Sie schnitt ein Stück braunes Brot ab, und ich beobachtete, wo sie danach das Messer verstaute. Sie legte es in einen offenen Kasten an der Seitenwand des Wagens.

Schweigend aß ich das Brot, bemüht, mich gefügig zu zeigen. Ich musste es versuchen, jetzt war die Gelegenheit. Ich spürte immer noch die Wirkung des Gifts, doch eine zweite Chance würde ich vielleicht nicht bekommen. Edmund hatte, auch während er kleine Mengen der Tinktur zu sich genommen hatte, alle seine täglichen Aufgaben erfüllen können. Ich musste mich aus der noch immer anhaltenden friedlichen Ruhe reißen und handeln.

»Ich muss Wasser lassen«, sagte ich. »Bitte, ich möchte mich nicht beschmutzen.«

»Meinetwegen.« Sie zog mich auf die Knie. »Da hinten ist ein Eimer«, sagte sie.

Halb zog, halb stieß sie mich zum hinteren Ende des Wagens. Kurz bevor wir es erreichten, ließ ich mich fallen und drehte mich dabei so, dass ich mit dem Rücken vor dem Kasten mit dem Messer zu liegen kam. »Verzeiht«, sagte ich und tastete mit den gefesselten Händen, bis ich die Klinge spürte. Flugs drehte ich das Messer, um es am Griff packen zu können.

»Ich muss Euch den Mund wieder verbinden, bevor Ihr den Eimer benutzt«, sagte sie mit argwöhnischem Blick.

»Ja, natürlich.« *Ich hatte das Messer.*

Sie zog mich hoch. Als sie mir das Tuch um den Mund legen wollte, riss ich mich los und drehte mich blitzschnell, um ihr den Rücken zuzuwenden.

Dann stach ich sie ins Bein.

Sie schrie auf vor Schmerz, während ich wie gejagt zum hintersten Ende des Wagens kroch und dabei mit dem Messer fuchtelte, um irgendwie die Stricke an meinen Handgelenken zu durchtrennen.

Sie wollte mir nach, doch der Schmerz zwang sie in die Knie. Keuchend brach sie zusammen.

Dann begann sie zu schreien. »Hilfe«, kreischte sie. »Hilfe. Sie läuft weg.« Mir blieben nur noch Sekunden

Ich riss mir das letzte Stück Strick von den Handgelenken und stieß die Tür hinten im Wagen mit der linken Schulter auf. In der rechten Hand hielt ich immer noch das Messer.

Einige Fuß von mir entfernt stand schwer atmend ein Mann; wahrscheinlich war er dem Wagen nachgerannt, als er den Schrei gehört hatte. Es dauerte einen Moment bis ich ihn erkannte – es war der rothaarige Spitzel, der Jacquard unmittelbar vor unserer Abreise aus Gravesend aufgesucht hatte.

Mit einem Satz wollte er sich auf mich stürzen. Doch ich wich aus und ging zum Gegenangriff über.

Drehung, Ausfallschritt, Stoß.

Hals über Kopf suchte der Rothaarige, meinem Messer zu entkommen, zu meinem Vorteil so überrascht wie erschrocken darüber, sich einer Frau gegenüberzusehen, die im Kampf mit dem Messer geübt war. Wenn er gewusst hätte, dass Jacquard mein Lehrmeister gewesen war – ich begann zu lachen.

Drehung, Ausfallschritt, Stoß.

Wieder sprang er hastig weg, doch jetzt glomm Entschlossenheit in seinem Blick. Er überlegte, wie er mich außer Gefecht setzen könnte.

Als er zum nächsten Angriff ansetzen wollte, wurde es plötzlich laut in der bis dahin stillen Straße. »Was ist da los?«, rief ein Mann.

Ich hörte eilende Schritte. Mindestens zwei Männer kamen in schnellem Lauf auf uns zu.

Der Rothaarige flüchtete und war zwischen den Häusern verschwunden, bevor die beiden Männer mich erreichten. Ich hatte das Messer schon hinter einen Abfallhaufen geworfen. Ein blutiges Messer in meiner Hand wäre etwas schwer zu erklären gewesen.

»Was war denn das?«, fragte mich einer der Männer. »Seid Ihr verletzt?«

Beide musterten mich mit unsicheren Blicken. Ich hatte drei Tage gefesselt und zeitweise bewusstlos in diesem Wagen gelegen, kein Wunder, dass ich einen zweifelhaften Anblick bot.

»Sind wir hier in Rochester?«, fragte ich.

Sie tauschten einen Blick. »Ja, natürlich sind wir hier in Rochester«, sagte der andere. »Braucht Ihr einen Constable? Einen Friedensrichter?«

»Kennt Ihr den hiesigen Constable?«, fragte ich. Es war vielleicht gar keine so dumme Idee, Hilfe zu suchen. Hantaras und der Rothaarige würden zweifellos versuchen, mich doch noch zu töten, schon gar wenn Hantaras' Geliebte in dem stillen Wagen keine zehn Fuß entfernt von mir verblutete. Doch wie sollte ich einem Fremden diesen Zwischenfall erklären?

»Ich kenne alle Constables von West-Kent«, antwortete mir der Mann, der mich zuerst angesprochen hatte.

»Ist Euch Geoffrey Scovill bekannt? Er ist der Constable von Dartford«, sagte ich. »Könntet Ihr ihn vielleicht holen lassen? Wäre das möglich?«

Wieder sahen die beiden einander an, bekümmert diesmal.

Dann sagte der zweite Mann: »Wir sind gut bekannt mit Geoffrey. Er war eine Zeitlang hier in Rochester Constable. Seine Frau ist vor zwei Wochen im Kindbett gestorben. Das Kind wurde tot geboren. Ihn können wir jetzt nicht behelligen.«

Und damit verpuffte die Wirkung der berauschenden Tinktur, und echter Schmerz ergriff mich.

»Miss, was ist Euch? Wie können wir Euch helfen?«

Ich schluckte. »Ist Anna von Kleve in Rochester?«

Die beiden Männer nickten. »Im Bischofspalast.«

Ich ließ mir den Weg dorthin erklären, dann lief ich los. Ich hatte keinen Umhang, und es war bitterkalt. Doch mir war das nur recht, es würde mir helfen, wieder zu klarem Verstand zu kommen. Die Straßen waren nicht vereist, also raffte ich meine Röcke und begann zu laufen, dem imposanten Gebäude entgegen, das sich vom grauen Winterhimmel abhob – es musste der Bischofspalast sein.

Als ich nicht mehr allzu weit entfernt war, kam ich nur noch langsam vorwärts. Die Straßen waren von Menschen verstopft, vielleicht alle angelockt von der Aussicht, einen Blick auf die neue Königin zu werfen.

Ich hörte ein gedämpftes Brüllen, einen merkwürdigen Laut, bei dem meine Knie zu zittern begannen.

»Verzeiht«, rief ich einen jungen Mann an, der mit einem großen Hund an einem Strick an mir vorüberkam. »Wohin bringt Ihr den Hund?«

»Zur Bärenhatz«, rief mir der Mann über die Schulter zu.

Ich rannte ihm nach. Neben dem Bischofspalast erhob sich der hohe, aus dicken Holzplanken zusammengefügte Ring, die Arena für die Bärenhatz.

»Seht doch«, rief eine alte Frau laut. »Der neuen Königin gefallen die Bären.«

Ich kniff die Augen zusammen, um besser sehen zu können. Die alte Frau hatte recht. Die hohen Fenster im obersten Geschoss des Bischofspalasts waren weit geöffnet. An einem von ihnen stand eine Frau mit einer dreieckigen Haube, Anna von Kleve. Und neben ihr erkannte ich die füllige Mutter Lowe.

Trotz der Kälte wurde mir plötzlich unerträglich heiß. Ich rannte um die Bärenarena herum zur Fassade des Bischofspalasts. Mindestens zwanzig Wachen in königlicher Livree standen davor. Wie sollte ich da hineinkommen? Würden Mutter Lowe oder Southampton sich erinnern, dass Anna von Kleve meine Gesellschaft wünschte?

»Es ist der König«, schrie einer der Wachposten.

»Nein«, rief ein anderer. »Der ist doch in London.«

Doch der Stimmen wurden immer mehr, und sie wurden immer lauter. Die Leute zeigten auf eine Reiterschar in der Ferne, die direkt auf den Bischofspalast zuhielt.

Der König hatte beschlossen, nicht in Greenwich auf Anna von Kleve zu warten. Er wollte sie jetzt sehen – heute – in Rochester.

Baut auf den Bären, wenn ihr den Stier schwächen wollt. Wenn der Rabe das Seil erklimmt, muss der Hund sich in die Lüfte erheben wie der Falke.

Kapitel 51

Ich drängte mich zum Eingang des Bischofspalasts durch. Irgendwie musste ich an den Wachen vorbeikommen. Doch ich wurde natürlich sofort bemerkt. Einer der Männer stieß mich zurück, als ich plötzlich Thomas Seymour entdeckte, der sich an der Tür mit einem anderen Mann unterhielt.

»Sir Thomas«, schrie ich. »Sir Thomas, ich bin es, Joanna Stafford.«

Damen von Stand schreien nicht, um Männer auf sich aufmerksam zu machen. Ein Wachposten stieß lachend seinen Nachbarn an. Doch immerhin hatte ich Seymours Interesse erregt. Er näherte sich mit einem amüsierten Lächeln.

Je näher er kam, desto mehr trübte sich das Lächeln.

»Was ist Euch denn zugestoßen?«, fragte er.

»Bitte, würdet Ihr so freundlich sein, der Herzogin von Suffolk auszurichten, dass ich sie dringend sprechen muss«, sagte ich, bemüht, nur ja nicht im Ton einer Bittstellerin zu sprechen.

Seymour drehte den Kopf, um nach der Reiterschar zu sehen, die jetzt fast den Bischofspalast erreicht hatte. »Beim Blut Christi, ist das der König?«, rief er. Er hatte alles Interesse an mir verloren.

Während sich aller Aufmerksamkeit auf den Reiterzug richtete, rannte ich zur Tür und hatte es bis ins Haus geschafft, als ich hinter mir einen Mann rufen hörte: »Haltet sie! Haltet die Frau auf!«

In der langen Eingangshalle stand Catherine Brandon, die Tochter von Maria de Salinas, mit ihrem Mann, dem Herzog von Suffolk, und dem großen Hund an ihrer Seite. Derselbe lange Umhang aus dunklem Samt wie auf Deal Castle lag um ihre Schultern.

Als sie mich bemerkte, eilte sie zu mir.

»Ich habe Euch in Deal überall gesucht, aber Ihr wart nirgends zu finden«, sagte sie vorwurfsvoll. »Southampton hat sich Sorgen gemacht. Wo wart Ihr denn?« Sie musterte mich stirnrunzelnd. »Was ist passiert?«

»Durchlaucht«, sagte ich, »Ihr müsst mir helfen.«

Irritiert trat sie einen Schritt zurück. Vielleicht hielt sie mich für verrückt. Vielleicht war ich wirklich verrückt geworden.

»Um Eurer Mutter willen«, bat ich. »Eure Mutter hat Katharina von Aragón geliebt bis ans Ende ihres Lebens. Genau wie meine Mutter. Wir haben beide spanische Mütter.«

In ihren Augen regte sich etwas. Dies war eine Frau, die ihre Mutter liebte – und vermisste.

Doch dann sagte sie: »Ihr habt doch das Gelübde abgelegt, um Nonne zu werden, nicht wahr?« Ich erinnerte mich, was ich an Gertrude Courtenays Tisch gehört hatte: dass sie eine leidenschaftliche Verfechterin der religiösen Reform war.

»Ja«, antwortete ich. »Mag sein, dass unser Glaube uns unterscheidet. Aber Ihr müsst mich in dieses Haus lassen. Ich muss mit der Herzogin von Kleve sprechen.«

Genau in diesem Moment stürmte der König mit seinem Gefolge ins Haus. Nicht in königliche Tracht gekleidet, sondern im schlichteren Wams eines Edelmanns eilte er, ein Bein nachziehend, ungeduldig durch die Halle, wo alle sich tief verneigten. Sein Freund Charles Brandon ging sogleich zu ihm, und der König zog ihn mit sich zum Fuß der Treppe, um dort allein mit ihm zu sprechen.

Wenig später näherten sich auch die anderen Herren und lachten schallend über eine Bemerkung des Königs. Charles Brandon kam eilig zu seiner Frau zurück. Ohne mich zu beachten, sagte er: »Der König hat eine kleine Maskerade vor. Er will ihr seine Aufwartung machen, ohne ihr zu verraten, wer er ist. Erst danach will er sich zu erkennen geben. Wenn alles gut geht, wird die Hochzeit – zumindest in einem Teil – dann wohl ein wenig früher gefeiert werden.« Mit einem kleinen Schmunzeln kehrte er zum König zurück.

Die Gruppe um den König ging die Treppe hinauf. Doch ich konnte nicht folgen; der Kommandant der königlichen Wachtruppen hatte mich entdeckt. »Euer Durchlaucht«, sagte er zu Catherine Brandon, »diese Frau ist ohne Genehmigung hier eingedrungen. Der König hält sich im Haus auf – wir können das nicht zulassen. Sie muss unverzüglich das Haus verlassen.«

Irgendetwas an der Haltung des Mannes störte den Hund der Herzogin. Er knurrte. »Still, Gardiner«, schalt sie das Tier.

»Sagtet Ihr ›Gardiner‹?«, fragte ich. »Ihr habt Euren Hund nach dem Bischof von Winchester genannt?«

»So ist es«, sagte sie kühl und ein wenig trotzig.

Ich konnte das Lachen nicht zurückhalten. Eine Hand auf den Mund gedrückt, krümmte ich mich prustend, nahe daran, an meinem Lachanfall zu ersticken.

»Geht es Euch gut?«, fragte Catherine Brandon.

»Sehr gut, danke.« Ich richtete mich auf und klopfte mir leicht das Gesicht. »Ich muss um Vergebung bitten, aber das ist einfach zu komisch.«

Catherine Brandon zwinkerte erstaunt, dann flog ein Lächeln über ihr junges Gesicht.

Der Wachkommandant wiederholte seine Forderung, mich aus dem Haus zu weisen.

»Die Dame ist eine Freundin von mir«, erklärte sie ihm gebieterisch. »Und die Herzogin von Kleve hat um ihre Gesellschaft gebeten. Es gibt keinen Anlass zur Sorge.«

»Aber Durchlaucht, ich –«

»Geht«, herrschte sie ihn an.

Er zog sich zurück.

Die Gruppe mit dem König war nicht mehr zu sehen.

»Gebt mir bitte Euren Umhang«, sagte ich.

»Wie?«

»Den Umhang. Leiht ihn mir. Ich kann so nicht vor den König treten«, erklärte ich.

»Vor den König?«

»Ich flehe Euch an, leiht mir Euren Umhang«, sagte ich. »*Por favor.*«

Kopfschüttelnd knöpfte Catherine Brandon den langen Umhang auf und reichte ihn mir. Ich warf ihn über mein beschmutztes Kleid und schloss die oberen Knöpfe. Ich strich mir glättend über das Haar. Dann ging ich zur Treppe. Ich rannte nicht, doch ich eilte so schnell, wie es einer Dame erlaubt war, die Stufen hinauf.

Im dritten Stock gelangte ich in eine lange Galerie mit einer Fensterfront auf einer Seite. Ungefähr dreißig Leute standen dort in kleinen Gruppen umher. Alle Augen waren auf ein Paar in der

Mitte der Galerie gerichtet. Der Mann war ein Hüne von Gestalt und stark aufgeschwemmt – der König. Die Frau war jung und zierlich, mit einem hübschen Gesicht.

Es war Catherine Howard. In ihren glatten, jungen Händen hielt sie einen eleganten silbernen Kelch mit juwelenbesetztem Fuß.

Ich huschte nach links, zu den Fenstern, schoss am Herzog von Suffolk vorbei und dann an Thomas Seymour. Ich war noch fünfzehn Fuß entfernt … noch zehn …

Der König hob den Kelch an die Lippen und legte den Kopf in den Nacken, um zu trinken. Er hatte die ersten Tropfen gekostet, als ich laut rief: »Nicht, Euer Majestät!«

A lle in der Galerie starrten mich entgeistert an. Catherine Howard riss den Mund auf.

Heinrich VIII. senkte den Kelch und sah mich an. »Ja?«, fragte er mit seiner hohen, schrillen Stimme.

»Ich bin Eure Cousine Joanna Stafford«, sagte ich. »Ich bin noch nicht sehr lange bei Hof.«

Mit Verwunderung, die in Ärger überzugehen drohte, fragte der König: »Und?«

»Darf ich Euch den Kelch abnehmen?« In meinem strahlenden Lächeln spiegelte sich zweifellos noch ein Abglanz der roten Blume Indiens. »Mir wurde die Ehre zuteil, der Herzogin von Kleve vorgestellt zu werden. Ich möchte Euch sagen, dass sie eine junge Dame von vornehmer Gesinnung ist. Ich glaube, Ihr werdet sie höchst ziemlich finden, Majestät. Ihr dürft nicht länger verweilen. Für Wein ist später noch viel Zeit.«

Den Kelch in der erhobenen Hand, starrte der König mich an.

Ich spürte die Blicke der Höflinge auf mir, hörte ihr schockiertes Getuschel. Mich dem König so einfach in den Weg zu stellen und ihm seinen Wein nehmen zu wollen, das war unerhört.

Ich wartete atemlos, während der König mich mit seinen kalten blauen Augen musterte, die tief eingebettet in seinem feisten Gesicht lagen.

Würde er den Rest des Weins trinken und sterben? War das das Ende Heinrich Tudors?

Er reichte mir den Kelch. Mit einem ungeduldigen Lächeln drehte er sich um und setzte den Weg zum Ende der Galerie fort, zu den Gemächern, in denen Anna von Kleve wartete.

Die Wache vor der Tür verneigte sich. Plötzlich zögerte der König und stützte sich mit ausgestrecktem Arm am Türpfosten ab.

Meine Hand mit dem Kelch begann zu zittern.

Doch da öffnete sich die Tür, und der König ging hindurch, von fünf seiner Herren gefolgt. Die Tür wurde hinter ihnen geschlossen. Niemand hier draußen konnte hören, was in den Gemächern vorging.

»Was tut Ihr hier?«, fragte Catherine Howard. »Ich freue mich natürlich, Euch zu sehen, Joanna, aber Euer Name steht nicht auf der Liste der königlichen Hofdamen. Ich bin – ich bin eine der Ehrendamen. Ich stehe seit Canterbury in den Diensten der neuen Königin.«

»Das freut mich für Euch, Catherine«, erwiderte ich. »Darf ich fragen, von wem Ihr diesen Kelch bekommen habt?« Ich hielt ihn hoch, ein wahrhaft königliches Trinkgefäß. Unser Herr Jesus hatte beim letzten Abendmahl aus einem silbernen Gefäß getrunken – die Idee des Rats der Zehn, diesen todbringenden Kelch aus demselben edlen Metall zu fertigen, war die Höhe der Blasphemie.

Catherine strahlte mich an. »Er ist ein Geschenk von Königin Maria von Ungarn an die Familie Howard. Ein sehr angenehmer spanischer Herr brachte ihn meinem Onkel, dem Herzog. Er sagte, die Statthalterin habe ausdrücklich darum gebeten, dass darin dem König von England *vor* seiner Hochzeit ein Trunk Wein kredenzt werde. Er sagte, das sei ein alter Hochzeitsbrauch aus den Niederlanden. Und er bat *mich*, dem König den Wein zu reichen. Stellt Euch das nur vor, eine solche Ehre! Gerade war er hier, um mir zu sagen, dass der König der Herzogin seine Aufwartung inkognito machen wolle. Er meinte, das sei doch die ideale Gelegenheit, da der König nach dem Ritt sicher durstig wäre.« Catherine blickte die Galerie hinauf und hinunter. »Ich sehe ihn nicht mehr. Eben war er noch hier. Nun ja, es war alles sehr aufregend – aber Ihr habt ihn dann nicht austrinken lassen. Seht.« Sie deutete auf den noch nahezu vollen Kelch, den ich so krampfhaft festhielt.

»Ich lasse ihn säubern«, sagte ich. »Dann bringe ich ihn Euch zurück.«

»Aber, Joanna«, beharrte sie, »warum habt Ihr den König seinen Wein nicht trinken lassen?«

»Lasst Euch von mir etwas sagen, Miss Catherine Howard, und vergesst es nicht«, entgegnete ich. »Man kann den Spaniern nicht immer trauen.«

Damit machte ich kehrt und verließ die Galerie. Immer noch mit dem Kelch in der Hand suchte ich mir im zweiten Stockwerk einen Platz an einem Fenster und wartete. Keine zwanzig Minuten später kam der König wie ein Rasender die Treppe hinuntergedonnert. Der ganze Palast war in Aufruhr.

»Sie gefällt ihm nicht.« Immer wieder hörte ich diesen Satz. »Sie gefällt ihm nicht.«

Ich stand bei Catherine Brandon, als ihr Mann zu ihr eilte. »Ich habe nie erlebt, dass er auf Anhieb eine solche Abneigung gegen eine Frau fasste – und sie soll seine Ehefrau werden«, murmelte er. »Man könnte den Eindruck haben, sie sei ihm widerwärtig. Solche Übellaunigkeit! Es ist ein Desaster.«

Wenig später ließ der König Brandon, die Seymours, Southampton und mehrere andere in einem Raum im ersten Stock des Bischofspalasts zusammenrufen. Nach einer Beratung, die sehr hitzig verlaufen zu sein schien, stürmte der König mit hochrotem Gesicht aus dem Zimmer und hinkte zu seinem Pferd.

Ich blickte ihm nach, als er wütend und übellaunig davonritt. Doch er war am Leben.

Ich gab Catherine Brandon ihren Umhang zurück und sagte Catherine Howard Lebewohl. Sie war so erschüttert von dem unglücklichen ersten Zusammentreffen des Königs mit seiner zukünftigen Frau, dass sie mein vorheriges seltsames Verhalten vollkommen vergessen hatte.

Einer jedoch hatte es nicht vergessen. Nachdem der Tumult sich gelegt hatte, traf ich Hantaras, der im Schatten der Bärenarena neben dem Bischofspalast stand.

Mit finsterem Blick schaute er mir entgegen, als ich auf ihn zutrat und ihm den Kelch bot. Kurz bevor ich ihn erreichte, goss ich den vergifteten Wein auf die Straße. Hinter der hohen Holzwand brüllte der Bär.

»Wenn Ihr nicht wollt, dass Mitglieder der Familie Howard in ein frühes Grab sinken«, sagte ich, »solltet Ihr den an Euch nehmen. Habt Ihr einen Ersatz, den man den Howards zurückgeben kann?«

»Natürlich«, antwortete er.

»Ist Eure Geliebte tot?«, fragte ich.

»So tief war die Wunde nicht.« Er schien sich keine sonderlichen Sorgen zu machen. »Sie wird sich bald erholen.«

»Dies war meine Bestimmung, und ich habe sie erfüllt«, sagte ich. »Nostradamus hat es mir bestätigt. Der König sollte nicht getötet werden. Dieses Gift, das der Rat der Zehn Euch gemischt hat, bewirkt in kleiner Menge genossen Manneschwäche und allgemeine Übellaunigkeit. Der König hat davon getrunken. Es wird keinen zweiten Sohn geben. Und eines Tages, wenn der König tot ist und Prinz Eduard ebenfalls, wird Lady Maria den Thron besteigen, und der wahre Glaube wird wiederhergestellt werden. Das wollten wir doch alle, nicht wahr? Zu diesem Zweck wurde ich doch in Dienst genommen und abgerichtet?«

Er sagte nichts.

»Richtet also Botschafter Chapuys aus, dass es vorbei ist«, sagte ich und wandte mich ab.

Ich ließ die Bärenarena und den Bischofspalast hinter mir und begab mich zur Watling Street, die mich nach Hause führen würde.

Kapitel 52

Noch bevor mit der Errichtung des königlichen Landsitzes auf dem Grund von Kloster Dartford begonnen wurde, hatten die Erbauer die Gräber verlegt, die zum Kloster gehörten. Es war eine vordringliche Aufgabe. Priorinnen, Nonnen und Ordensbrüder wurden im Allgemeinen dort beerdigt, wo sie gelebt hatten. Doch man konnte nicht einen Bau einreißen und dann einen neuen auf den Gräbern errichten. Das hätte dem König Unglück bringen können.

Der neue Friedhof war auf der anderen Seite der Straße zum ehemaligen Kloster gelegen. Die Toten blickten auf die lange Steinmauer und das lichte Wäldchen und mussten nichts wissen von dem herrschaftlichen neuen Gebäude. Hier ruhten die Priorin Elizabeth Croessner, die mich in Dartford empfangen hatte, unsere Tapisseriemeisterin Schwester Helen, der brillante Bruder Richard und Dutzende anderer. Hier ruhte auch mein Vater, Sir Richard Stafford, der das Kloster kurz vor seinem Ende erreichte und dort starb. Ich hatte meinen Vater für immer in meiner Nähe wissen wollen.

Und auf diesem Friedhof hatte Geoffrey Scovill seine Frau und seine Tochter zur Ruhe gebettet.

Ich suchte diese Gedenkstätte gleich am ersten Tag meiner Heimkehr auf. Mein Haus war seltsam unverändert. Damals auf dem Schiff hatte ich geglaubt, dass ich nach all dem, was ich erleben würde, unmöglich dieselbe bleiben könnte. Doch ich fand meine Umgebung weder tröstlich noch fremd, als ich in das Haus in der High Street zurückkehrte. Jacquard Rolin hatte dafür gesorgt, dass die Miete für sechs Monate im Voraus bezahlt wurde, als wir Dartford verließen. Man müsse sich immer mehrere Wege offenhalten, hatte er mir erklärt.

Sollte ich Arthur zu mir holen, damit ich ihn großziehen konnte, wie ich es meinem Vater versprochen hatte? Ich war nicht mehr sicher, ob ich geeignet war, ein Kind in meine Obhut zu nehmen. Zwar hatte ich Standhaftigkeit bewiesen, ich hatte die Kraft gefunden, zu tun, was meiner Überzeugung nach recht und gerecht war. Doch wenn ich an die vielen Fehler dachte, die ich auf dem Weg zu diesem Tag begangen hatte, an all die Leben, die zugrunde gerichtet und ausgelöscht worden waren, konnte ich die Scham und die Trauer darüber kaum ertragen.

Doch wie sah meine Zukunft aus? Ich setzte mich an meinen Webstuhl und starrte auf die nahezu vollendete Tapisserie. Ein mächtiger Vogel mit grünem und violettem Gefieder erhob sich aus den leuchtenden Flammen seines Nests, auf der Schwelle zur Wiedergeburt.

Als es draußen klopfte, war ich versucht, nicht zu öffnen. Ich fühlte mich jetzt zu keinem Gespräch bereit.

Dann aber freute ich mich doch, als ich Agatha Gwinn sah, meine frühere Novizinnenmeisterin. In der Dreifaltigkeitskirche hatte sie gehört, dass jemand mich ins Haus hatte gehen sehen.

»Wo seid Ihr nur so lange gewesen?«, rief sie.

»Auf Reisen.«

»Oh, hat es mit Edmund zu tun – kommt er nach Hause?«, fragte sie. »Alle in Dartford vermissen ihn.«

»Ich weiß es nicht.« Ich senkte den Kopf.

Agatha berichtete mir, dass ihr Mann mit Mr Hancocks Hilfe eine Petition eingereicht und endlich Bescheid erhalten hatte, dass seine Ehe mit ihr anerkannt werde, auch wenn sie früher Nonne gewesen war.

»Das freut mich für Euch«, sagte ich, und schon klopfte es wieder. Als sollte ich heute keine Ruhe bekommen.

Diesmal war es ein königlicher Bote. »Ihre Majestät Königin Anna schickt mich aus London. Sie möchte die Tapisserie von Miss Joanna Stafford erwerben.«

»Sie möchte meine Tapisserie haben?« Ich konnte es nicht glauben.

Der Bote bestätigte es mit einem Nicken. »Sie möchte sie dem König zum Geschenk machen und lässt Euch ausrichten, Ihr möchtet ihr Euren Preis nennen.«

»Was für eine ungeheuere Ehre!«, rief Agatha. »Gleich Euer erstes Werk wird im Königspalast hängen? Da wird gewiss eine Flut von Bestellungen folgen.«

»Ja.« Ich senkte den Kopf tiefer, um meine Tränen zu verbergen. Ich sah wieder das zarte, offene Gesicht Annas von Kleve vor mir. So entschlossen, eine gute Ehefrau und Königin zu werden.

»Die Tapisserie ist noch nicht ganz fertig«, sagte ich. »Die Details sind noch nicht alle so, wie sie sein sollten.«

Nachdem ich mit dem Boten vereinbart hatte, die Tapisserie zu gegebener Zeit an die Königin zu schicken, verabschiedete ich mich von Agatha und ging die High Street hinauf zur Hauptstraße. Bis zum Friedhof war es nicht mehr weit.

Der Gedenkstein für Beatrice Scovill und ihr Kind stand unter einer jungen Eiche. Ich kniete auf dem beinhart gefrorenen Boden nieder, um zu beten.

»Ich wusste gar nicht, dass Ihr zurück seid«, sagte eine Stimme neben mir.

Ich blickte zu Geoffrey Scovill hinauf. Seine blauen Augen waren glanzlos und tief umschattet.

»Es tut mir so leid, Geoffrey, mit Worten kann ich es gar nicht ausdrücken«, sagte ich.

»Ich finde mich nicht mehr zurecht, Joanna«, sagte er. »Alles ist so sinnlos.«

Ich nickte. »Ich weiß, wie das ist.«

»Ich weiß nicht, wie ich damit leben soll – mit den Schuldgefühlen«, sagte er mit erstickter Stimme. »Ich habe ihr nie die Liebe geschenkt, auf die sie ein Anrecht hatte.«

»Ihr wart ein guter Ehemann«, versuchte ich ihn zu trösten.

Er schauderte. »Nein, das war ich nicht«, widersprach er. »Ich habe immer nur an Euch gedacht. Es ist nicht zu verstehen. Es war wie ein Fieber in diesen letzten zwei Jahren. Ich habe es versucht, aber ich konnte mich nicht von Euch befreien, Joanna. Erst jetzt erkenne ich, was Gott mir geschenkt hatte, eine schöne und liebevolle Frau, der ich mehr bedeutet habe als jedem anderen Menschen auf der Welt.«

Ich weinte, als ich das hörte.

»Ich habe auch gelitten, Geoffrey«, sagte ich unter Tränen.

»Das weiß ich.« Er hielt ein Buch in der Hand und nickte, als er bemerkte, dass es mir aufgefallen war. »Es ist die Bibel von William Tyndale«, sagte er. »Ihr werdet es nicht verstehen, Joanna, wie könntet Ihr auch? Doch es ist das Einzige, was mir einen Moment der Tröstung bringt.«

Ich holte tief Atem. »Wenn es Euch hilft, dann macht mich das froh.«

Ich faltete die Hände und fuhr in meinem Gebet fort. Nach einer kleinen Weile hörte ich einen dumpfen Aufprall. Ich blickte zum Boden hinunter. Geoffrey hatte den kleinen Beutel mit dem schwarzen Opal, den er »Schwarzes Feuer« genannt hatte, neben mir niedergeworfen.

»Ich schwöre zu Gott, ich würde alles geben, wenn ich Beatrice nur ein paar Augenblicke wiederhaben könnte.« Seine Stimme brach. »Ich möchte ihr sagen, wie leid es mir tut.«

Ich schloss die Augen. Ich betete um Frieden für Beatrice und Trost und innere Gelassenheit für Geoffrey. Er sprach nichts mehr. Ich hörte seine Schritte auf dem harten Boden, als er um die Grabsteine herumging, und dann nur noch den Wind in den Bäumen.

Ich spürte eine leichte Berührung auf meinem Kopf und meinen Armen. Als ich hastig die Augen öffnete, sah ich, dass es zu schneien begonnen hatte. Meine Knie und Finger waren taub vor Kälte. Mühsam stand ich auf.

Ich blickte zu der Stelle, wo er den Beutel zu Boden geworfen hatte. Er war nicht da. Ich suchte eine Weile vergeblich. Geoffrey musste ihn wieder mitgenommen haben.

Außer mir war kein Mensch auf dem Friedhof. Die dürren Bäume warfen lange Schatten. Geblieben waren einzig die frommen Seelen jener, die das Fegefeuer durchschritten hatten und nun bei Christus und der Heiligen Jungfrau im Reich Gottes wohnten.

Als ich mein Gebet beschloss, hatte es aufgehört zu schneien. Es war still und dämmrig auf dem Friedhof, die Nacht kam näher. Auf dem Rückweg zum Ort ging ich schnell, um wieder warm zu werden. Als ich die High Street erreichte, war es dunkel geworden, nur wenige Menschen hielten sich noch auf den Straßen auf. Mit der Kapuze über dem Kopf hoffte ich, unerkannt zu bleiben.

Als ich mich meinem Haus näherte, sah ich dort einen Mann mit einem großen Bündel stehen. Er schien auf mich zu warten. War er von Hantaras geschickt? Es war so töricht zu glauben, ich würde sicher sein vor diesen Leuten, die den Tod des Königs gewünscht hatten, deren verschwörerischen Plan ich vereitelt hatte.

Ich war ganz allein, nirgends in der High Street ein Freund, an den ich mich hätte wenden können.

»Schwester Joanna?«, rief der Fremde mir entgegen. »Ihr seid zurück?«

»Ja?« Ich atmete tief, um mich zu beruhigen. »Kann ich Euch behilflich sein, Sir?«

Als der Mann einen Schritt näher kam, konnte ich im Mondlicht seine Gesichtszüge erkennen. Er erschien mir bekannt – und doch auch wieder nicht.

»Ich bin es, John«, sagte er leise.

Er trug keinen Bart mehr, deshalb hatte ich ihn nicht gleich erkannt. Und er war sauber und ordentlich gekleidet. Zudem hatte er mich nie zuvor so gesittet angesprochen.

»Geht es Euch gut, John?«, fragte ich vorsichtig.

Er nickte. »Ja, Schwester. Seit kurz nach Weihnachten höre ich keine Stimmen mehr. Ich wohne jetzt bei meinen Verwandten.« Er hielt das Bündel fester. »Ich helfe beim Feuerholzsammeln, und ich gehe jeden Tag zur Messe.«

Eine klare, sprudelnde Freude wallte in mir auf. »John, Ihr seid geheilt? Wirklich und wahrhaftig?«

»Ja, Schwester. Alle sagen, dass es ein Wunder ist.« Doch seine Stimme klang bedrückt – traurig. »Kommt Bruder Edmund auch zurück?«

»Das weiß ich nicht, John.«

»Er war mein Freund«, sagte John.

»Ja«, antwortete ich zitternd. »Thomas von Aquin hat geschrieben: *Nichts auf Erden ist höher zu preisen als wahre Freundschaft.*«

Er senkte den Kopf. »Danke Euch, Schwester. Ich bete darum, dass ich Bruder Edmund bald wiedersehe.« Er wandte sich zum Gehen. Nur einen Satz sagte er noch, bevor er davonging: »Es gibt viel zu verzeihen.«

Die Nacht war bitterkalt, doch ich blieb vor meinem Haus stehen und blickte John mit seinem Bündel Feuerholz nach, bis er mit der Dunkelheit verschmolz.

Kapitel 53

London, 13. März 1540

Bischof Gardiner geleitete mich über die Brücke, die den Burggraben des Tower of London überspannte. Der Wachposten winkte ihm, als wir uns dem Byward Tower näherten.

»Exzellenz, Sir William Kingston lässt sich entschuldigen. Er leitet gerade ein Verhör«, erklärte der Mann.

»Ich verstehe«, sagte Gardiner mit einem huldvollen Nicken.

Die versammelten Wachen begrüßten ihn mit ehrerbietiger Verbeugung. Gardiner stand in höherem Ansehen denn je. Der König hatte darauf bestanden, dass der Bischof von Winchester während der Fastenzeit jeden Freitag vor ihm predigte. Wenn Gardiner nicht predigte, widmete er sich der Verfolgung jener Anhänger Luthers, die bei der Wanderung auf dem schmalen Grat zwischen Gehorsam und Ketzerei vom Weg abkamen. Wer wusste, wie lange er sich noch der Gunst des Königs erfreuen würde? Er musste die Zeit nutzen und seine überlegene Macht voll ausspielen.

Der Beauchamp Tower war nicht weit. Seine dicken Mauern waren mir nur allzu vertraut; dieser Ort lebte auch beinahe drei

Jahre nach meiner Gefangenschaft noch in meinen Träumen fort.

Endlich brach Gardiner das Schweigen. »Es gibt Nachricht aus Gent.«

»Ja?«, fragte ich ruhig.

»Kaiser Karl ist am 14. Februar mit seinem Heer in der Stadt einmarschiert. Die Anführer der Revolte sind festgenommen worden – doch der Kaiser will Gnade walten lassen, wie ich gehört habe. Weniger als dreißig sollen hingerichtet werden.«

Ich dachte an die blutrünstige Menge auf dem Stadtplatz von Gent. Gewalt gebiert Gewalt – und neue Gewalt.

»Diese schändliche Rebellion muss ein für alle Mal niedergeworfen werden«, erklärte Gardiner mit Zorn in der Stimme. »Wenn das Volk seinen Herrscher stürzt und glaubt, sich selbst regieren zu können – so ist das eine Bizarrerie, die nicht geduldet werden kann. Die Strafzahlungen, die man diesen Leuten auferlegen wird, werden die Stadt für Generationen lahmlegen.«

Er hielt inne, als wartete er auf ein Wort von mir.

»Das ist sehr interessant«, sagte ich.

»O ja.« Gardiner warf mir einen scharfen Blick von der Seite zu. »Aber in den Niederlanden ereignen sich ja viele interessante Dinge, nicht wahr?«

Ich hatte mich oft gefragt, ob Gardiner geahnt hatte, warum die Spitzel, die er mir auf die Fersen gesetzt hatte, verschwunden waren wie von der Erde verschluckt. War es ihm je gelungen, mit Sicherheit festzustellen, dass ich die Frau war, mit der Jacquard Rolin England verlassen hatte? Von mir hatte er nur die Geschichte gehört, die ich allen erzählt hatte, dass ich auf den Kontinent gereist war, um Edmund Sommerville zu suchen, ohne ihn jedoch zu finden. Niemand hatte sich je mit Einzelheiten meiner Reise befasst. Ich hatte Hantaras nie wiedergesehen. Und Jacquard war nicht nach England zurückgekehrt – soweit ich wusste.

Am Beauchamp Tower erbot sich einer der Wachen, uns zu begleiten.

»Das ist nicht nötig, ich kenne den Weg«, lehnte Gardiner ab.

Ich folgte ihm die ausgetretenen Steinstufen der Haupttreppe hinauf in das zweite Stockwerk. Ich erinnerte mich der Mulden, die die Füße zahlloser Gefangener über die Jahre in ihnen hinterlassen hatten.

»Der König war gestern Abend wieder im Winchester-Palast«, bemerkte Gardiner. »Ich hatte die Ehre, ihm ein Fest mit großem Gastmahl ausrichten zu dürfen. Ich habe ihn seit Monaten nicht mehr so guter Dinge gesehen. Die kleine Catherine Howard konnte gar nicht aufhören zu tanzen.«

Ich blieb stehen. »Catherine Howard war auf Eurem Fest?«

»Natürlich«, antwortete er. »Ah, hier sind wir richtig.«

Wir schritten einen Gang hinunter bis zur vorletzten Tür. Dort erwartete uns eine Wache.

»Schwester Joanna«, sagte Gardiner, »ich vergaß, Euch etwas auszurichten. Der König wünscht Euch zu einer Audienz bei Hof zu sehen. Er beabsichtigt, eine Serie von Tapisserien bei Euch in Auftrag zu geben. Ihm missfällt alles an seiner vierten Gemahlin bis auf eins: die Phönix-Tapisserie, die sie ihm zur Hochzeit geschenkt hat. Die in Eurer Werkstatt gefertigt wurde.«

Ich starrte ihn an, unfähig, meine Bestürzung zu verbergen.

Mit einem dünnen Lächeln der Genugtuung winkte Gardiner der Wache, uns einzulassen.

Gertrude Courtenay saß mit einem Buch in den Händen in einem Sessel am Feuer. Die Zelle bot viele Bequemlichkeiten, alle von ihren Freunden bezahlt, da das gesamte Vermögen der Familie Courtenay schon vor vielen Monaten eingezogen worden war.

Sie trug ein grünes Kleid und zierliche Schuhe, jedoch keinen Schmuck. Das wäre unpassend gewesen. Ihr Gesicht war welk geworden, doch das Feuer in den braunen Augen sprühte ungebrochen.

»Joanna – Ihr könnt Euch nicht vorstellen, wie sehr Ihr mir gefehlt habt«, rief sie. Auch der melodische Klang ihrer Stimme war unverändert.

»Ich bin in einer Stunde zurück«, bemerkte Gardiner.

»Danke Euch, Exzellenz«, sagte Gertrude. »Ich werde Euch nie vergessen, was Ihr für mich getan habt.«

»Ihr wisst, ich werde auch weiterhin tun, was ich kann – aber Ihr müsst Geduld haben«, sagte er und bedeutete mir dann, zu Gertrude zu gehen. Die Tür wurde hinter mir verschlossen.

»Ihr seht gut aus, Joanna«, sagte sie. »Kommt, umarmt mich.«

Ich legte meine Arme um den zarten Körper, der so voller Leidenschaft war.

»Ich höre, man wird Euch vielleicht freilassen«, sagte ich und spürte die plötzliche Anspannung.

»Aber nicht meinen Sohn«, flüsterte sie. »Er wird diesen Ort nicht verlassen, solange der König lebt.«

Sie atmete tief, um ihre Fassung wiederzugewinnen. Gemeinsam gingen wir zum Feuer und setzten uns. »Wie ich höre, ist die Ehe mit Anna von Kleve nie vollzogen worden«, bemerkte sie.

»Nein«, bestätigte ich. »A lle Welt weiß, dass der König sie vom ersten Moment an nicht ausstehen konnte. Es heißt, dass seine Räte nach einem Grund für eine Scheidung suchen. Sie wird keinen Sohn gebären. Sie wird ihm keinen zweiten Sohn schenken.«

Wir sahen einander einen Moment schweigend an. Dann legte sie den Finger auf die Lippen. Im Tower musste man immer damit rechnen, belauscht zu werden.

»Erzählt mir alles Neue vom Hof«, bat sie, und ich berichtete ihr allen Klatsch, der mir bekannt war. Früher einmal hatte ich nichts wissen wollen von London und der Welt. Heute jedoch hielt ich es für klug, stets gut unterrichtet zu sein. Sie reichte mir eine angefangene Stickerei, und wir widmeten uns gemeinsam der Nadelarbeit. Wir sprachen nicht von den geliebten Menschen, die gestorben waren, und auch nicht von jenen, die uns verlassen hatten. Es war, als leistete ich ihr Gesellschaft in ihrem Salon.

Nur Augenblicke schienen mir vergangen zu sein, als der Schlüssel im Türschloss knirschte und es für mich Zeit war, zu gehen.

Gardiner wartete an der Tür.

»Muss sie mich denn wirklich verlassen?«, fragte Gertrude. Sie versuchte, einen leichten Ton anzuschlagen, doch ihre Stimme zitterte.

Ich umarmte sie noch einmal, und sie hielt mich so fest, als besäße ich allein die Kraft, sie zu erlösen.

»Bereut Ihr es?«, flüsterte ich dicht an ihrem Ohr. Das war die Frage, die mich nicht losließ. Bereute sie es im Angesicht all dessen, was sie verloren hatte – ihren Mann, ihren Sohn, ihre Freiheit und ihr Vermögen –, und all dessen, was mir angetan worden war, dass sie sich auf die Verschwörung gegen den König eingelassen hatte?

»*Niemals*«, zischte sie.

Mit einem letzten Gruß ließ ich Gertrude Courtenay in ihrer Zelle zurück. Augenblicke später stand ich wieder auf dem Anger des Tower. Der Winter war fast vorbei. Im schwachen Märzsonnenschein sahen die wenigen Flecken Schnee, die noch übrig waren, grau und traurig aus.

Der Bell Tower war nicht weit. Dort war ich Edmund das erste Mal begegnet.

Ja, ausgerechnet Gardiner hatte uns zusammengebracht. Hatte er uns auch voneinander getrennt? Edmund war fort, weit fort, ob immer noch im deutschen Schwarzwald, wusste ich nicht. Ach, wäre es mir nur möglich gewesen, zu erfahren, wo er sich aufhielt, um noch einmal mit ihm sprechen zu können.

Ich hatte den Mut gefunden, Gertrude die Frage zu stellen, die mir lange auf der Seele gebrannt hatte. Jetzt wollte ich auch von Gardiner Klärung fordern.

»Exzellenz«, sagte ich, »habt Ihr an mich gedacht, als Ihr den Gesetzesartikel verfasst habt, der allen, die das Keuschheitsgelübde abgelegt haben, die Eheschließung verbietet? Wusstet Ihr, dass Edmund Sommerville und ich uns verlobt hatten?«

Er schüttelte den Kopf. »Ich habe es Euch schon im Winchester-Palast gesagt, Joanna. Seine Majestät wünscht solche Heiraten nicht. Er ist ein Mann von Prinzipien, falls Ihr das nicht wissen solltet.«

Er blieb stehen und wandte sich mir zu. Ein schwaches Lächeln umspielte seinen Mund. »Habt Ihr wirklich geglaubt, dass die Religionspolitik für das gesamte Königreich einzig formuliert wurde, um *Euch* zu treffen? Aus Rache vielleicht von meiner Seite, wegen Eures Scheiterns bei der Suche nach der Athelstan-Krone – oder wegen jüngerer Verstöße gegen meine Wünsche?«

Ich sah Gardiner unbeirrt an und schwieg. Schließlich bedeutete er mir weiterzugehen. Jacquard Rolin, der Herzog von Norfolk, selbst Botschafter Chapuys – alle hatten sie mich bedroht, benutzt und bedrängt, ohne sich um mein Wohl oder selbst mein Leben zu sorgen. Dennoch war Stephen Gardiner, Bischof von Winchester, noch immer der Mann, den ich am meisten fürchtete.

»So wichtig wart Ihr nie.« A ls wir die schmale Brücke über den Graben erreichten, fügte er hinzu: »Nicht jedem ist es bestimmt, in den Angelegenheiten der Welt eine bedeutsame Rolle zu spielen, Joanna.«

»Ich werde es mir merken, Exzellenz«, sagte ich.

Im Licht der noch winterlichen Sonne, das auf der Themse glitzerte, ließ ich an Stephen Gardiners Seite den Tower of London hinter mir.

Danksagung

Ich habe einen großen Teil dieses Buchs im Wertheim Study der New York Public Library geschrieben, im Stephen A. Schwarzman Building. Ohne meinen festen Platz am Tisch und mein eigenes Fach Nr. 92 wäre ich verloren gewesen. Danke, Jay Barksdale, dass Sie mir den Platz dort zur Verfügung gestellt haben! Im Lauf meiner Arbeit ging der Herbst 2010 in den Winter über, der sich langsam zum Frühling erwärmte, bis schließlich, während ich noch immer über meinem Manuskript saß, der Sommer kam. Als ich Ende 2011 meinen ersten Entwurf fertig hatte, fielen im Bryant Park die ersten Schneeflocken.

Bei meinen Recherchen zu den unruhigen Zeiten Ende der 1530er-Jahre in England bekam ich wertvolle Hilfe, für die ich von Herzen dankbar bin. Mein Dank gilt wieder Mike Still, stellvertretender Direktor des Dartford Borough Museums in Kent; dem Historiker Hans van Felius, der mir vor allem bei meinen Recherchen über die Niederlande geholfen hat; Emily Fildes, kuratorische Praktikantin beim Tower of London; und Schwester Mary Catharine Perry vom Dominikanerkloster Our Lady of the Rosary. Näher an zu Hause fand ich Inspiration im Cloisters Museum and Gardens des Metropolitan Museum of Art. Das Cloisters ist wahrhaft das Juwel der Stadt.

Ich danke meinen Lehrern: Russell Rowland, der mich in seinem Workshop wieder in die richtige Richtung gelenkt hat; Rosemarie Santini und Max Adams für die handwerklichen Lektionen, die mich stets begleiten. Und ich danke den Lesern des ersten Entwurfs, die die Vorarbeit geleistet haben: Harriet Sharrard, Rachel Andrews, Emilya Naymark und Elena Fraboschi.

Das Buch wäre ohne Freunde, Arbeitgeber und Kollegen nicht möglich gewesen.

Ich danke Ellen Levine, Programmleiterin bei *Hearst Magazines*. Ohne ihre großzügige Unterstützung wären meine Bücher nicht so gut gestartet. Ich danke auch Gary Marmorstein, Lorraine Glennon, Donna Bulseco, Megan Deem, Isabel Gonzalez-Whitaker, Nikki Ogunnaike, Daryl Chen, Tish Hamilton, Anthony DeCurtis, Evelyn Nunlee, Elaine Devlin Beigelman, Brec und Sandy Morgan, David und Ilissa Sternlicht, Bret Watson, Sean O'Neill, Bruce Fretts, Michele Koop, Kitty Bell Sibille, Dave Diamond, Doug Solter, David und Nikki Gardner, Olga Chesellsa und Maggie Murphy. Mein besonderer Dank gilt Jason Binns großartigem Team beim *Dujour*-Magazin unter Führung von Keith Pollock und Nicole Vecchiarelli.

Ich muss der Online-Gemeinde danken, die von Anfang an so wesentlich zu meiner Arbeit beigetragen hat: der Tudor-Yahoo-Gruppe geführt von Lara Eakins; den English Historical Fiction Authors, geführt von Debra Brown; On the Tudor Trail, geführt von Natalie Grueninger; den wunderbaren Mitstreitern bei Book Pregnant und den großartigen Bloggern, die *Die letzte Nonne* und *Die Prophezeiung der Nonne* unterstützt haben. Amy Bruno und MJ Rose, ich hoffe, Ihr wisst, wie sehr ich Eure Hilfe schätze! Ich freue mich, dass ich über die Historical Novel Society, die Mystery Writers of America und die International Thriller Writers neue Freunde gefunden habe. Dank auch an Autorin und Filmemacherin Christie LeBlance, die die Buchtrailer schuf, sowie an die Autorin und Produzentin Thelma Adams, die genug Vertrauen besaß, um mein erstes Buch unter Option zu nehmen.

Ich hatte das Glück, an *Die Prophezeiung der Nonne* mit einem sehr begabten und einfühlsamen Team von Lektoren zu arbeiten. Ich danke Heather Lazare, Cheflektorin bei Touchstone Books, Simon & Schuster; Genevieve Pegg, Redaktionsleiterin der Orion Publishing Group, und Eleanor Dryden, Redakteurin bei Orion. Mein Dank gilt auch Jessica Roth, Leiterin der Presseabteilung bei Touchstone; Meredith Vilarello, Marketingmanagerin bei Touchstone; Cherlynne Li, Artdirektorin bei Touchstone; und Marie Florio, die für die Nebenrechte bei Simon & Schuster zuständig ist.

Ich danke Heide Lange, meiner Agentin bei Sanford J. Greenburger Associates, für ihre unermüdliche Unterstützung meiner Romane, und ihren Assistentinnen Rachael Dillon Fried und Stephanie Delman. Kate McLenann von Abner Stein war von Anfang an mein Fels in der Brandung, und ich danke der Agentur Hannigan Salky Getzler.

Und natürlich hätte ich ohne die Ermutigung meiner Familie meine Romane nie zu Papier gebracht. Ich danke meinem Mann und meinen Kindern; meiner Mutter und meiner Schwester; allen meinen wunderbaren Verwandten. Ihr wisst hoffentlich, wie sehr ich euch liebe.